T0245997

MI HERMANA,
MI REINA

MARÍA DE SALINAS

*Mi hermana, mi reina. La historia de Catalina de Aragón
contada por su dama y fiel amiga, María de Salinas*

Título original: *All Manner of Things*

© 2021 Wendy J. Dunn
© de la traducción: Tatiana Marco Marín

© de esta edición: Libros de Seda, S.L.
Estación de Chamartín s/n, 1ª planta
28036 Madrid
www.librosdeseda.com
www.facebook.com/librosdeseda
@librosdeseda
info@librosdeseda.com

Diseño de cubierta: Gema Martínez Viura
Maquetación: Rasgo Audaz

Imágenes de la cubierta: © Crow's Eye Productions/Arcangel Images (dos damas, frontal);
    ©Shutterstock/Kjpargeter (fondo adamascado, contra)
Imagen de la portadilla: dama de la época Tudor, de autor anónimo. Según
    Carole Levin, historiadora y autora del libro *Extraordinary Women of the
    Medieval and Renaissance World. A Biographical Dictionary*, se trata de
    María de Salinas.

Primera edición: septiembre de 2023

Depósito legal: M-24518-2023
ISBN: 978-84-19386-19-9

Esta obra ha recibido una ayuda a la edición del Ministerio de Cultura y Deporte.

Impreso en España – Printed in Spain

WENDY J. DUNN

MI HERMANA, MI REINA

LA HISTORIA DE CATALINA DE ARAGÓN CONTADA POR SU DAMA Y FIEL AMIGA, MARÍA DE SALINAS, BARONESA WILLOUGHBY DE ERESBY

Libros de seda

Les dedico esta novela a mi hijo Tim y a mi hermana Karen. Ambos hicieron que retomara el camino que me dictaba el corazón.

PREFACIO

urante siglos uno de los episodios más célebres de la historia de Inglaterra fue el enfrentamiento que protagonizaron los reyes Enrique VIII (1491-1547) y su primera esposa doña Catalina de Aragón y Castilla (1485-1536) por la validez de su matrimonio. Esta reina de Inglaterra de origen hispánico fue la hija menor de los poderosos Reyes Católicos y nació a finales de 1485 en un momento clave para la historia europea. Tan solo unos meses antes, Enrique Tudor derrotó al rey Ricardo III poniendo así fin a la complicada Guerra de las Dos Rosas que en Inglaterra venía enfrentando a las casas de los York y los Lancaster desde mediados del siglo XV. Tan solo unas semanas después del nacimiento de la infanta en la villa de Alcalá de Henares, la reina Isabel la Católica se entrevistó por primera vez con un explorador italiano llamado Cristóbal Colón que quería que le financiara un viaje atendiendo a las teorías que ya circulaban de que la tierra era redonda. Isabel finalmente aceptó sufragar la empresa y con ello ambos cambiaron el curso de la historia de Europa para siempre.

Si hubo una persona que conoció y estuvo al lado de Catalina de Aragón, como es comúnmente conocida esta reina, durante la mayor parte de su vida fue su servidora y amiga María de Salinas (c. 1490-1539). La protagonista del presente libro fue, al igual que su señora, un agente de cambio femenino fundamental en Inglaterra. Ambas crearon su identidad en la corte de Isabel la Católica, algo que tuvo una gran impronta en sus actuaciones en la corte Tudor. Además, el hecho de que en el trono de Castilla hubiera una reina que lo era por derecho propio hizo que las mujeres tomaran un nuevo protagonismo en la corte. Isabel fue una gran mecenas del movimiento humanista y del estudio del latín. Buen ejemplo de esto es el caso de Beatriz Galindo conocida como La Latina y que en esta novela es presentada como la educadora de María, un hecho que es muy probable no esté muy lejos de la realidad histórica. Y los Reyes Católicos se apoyaron enormemente en el trabajo administrativo de familias como los Salinas que participaron en empresas regias que los llevaron desde Portugal hasta Flandes pasando por Inglaterra.

Gracias a la documentación castellana sabemos que María fue una de las damas de compañía que partió con la ya princesa de Gales hacia Inglaterra en 1501. Desde Granada fueron en peregrinaje hasta Santiago de Compostela para después embarcarse en La Coruña. El matrimonio de la infanta doña Catalina con el príncipe de Gales, Arturo Tudor, tuvo lugar en noviembre de 1501 en Londres y fue el mayor acontecimiento propagandístico del reinado. Ya en la corte Tudor, existen varias fuentes que apuntan a que entre ambas mujeres existía un fuerte vínculo. Siendo ya reina de Inglaterra, el embajador del rey Fernando de Aragón advirtió a su señor del poder que María tenía dentro de la corte de su hija, la influencia que ejercía sobre la reina y se mostraba preocupado al comprobar que también tenía muchos intereses y contactos en los Países Bajos. Esto solo muestra la confianza que la reina depositó en ella.

No parece una coincidencia que el matrimonio de María de Salinas con William Willoughby, undécimo barón Willoughby de Eresby, se llevara a cabo tan solo meses después de que la reina hubiese dado a luz a su única hija superviviente. Es muy posible que, con el matrimonio de María de Salinas, la reina doña Catalina tuviera la esperanza de que su amiga fuera madre también para poder crear un círculo hispánico alrededor de su heredera. Conviene recordar que la princesa María Tudor se convertiría en la primera mujer en sentarse en el trono de Inglaterra por derecho propio en 1553. Tal fue el favor regio con el que contó María con motivo de su matrimonio que Enrique VIII le concedió junto a su marido el castillo de Grimsthorpe en Lincolnshire. En 1519 María dio a luz a Catherine Willoughby, a quien nuestra protagonista en esta novela dirige su carta al final de su vida explicando los motivos de sus actuaciones.

La mayor aportación que hizo María de Salinas a la historia de Inglaterra fue su lucha judicial frente a su cuñado sir Christopher Willoughby por los derechos sucesorios de su hija tras la muerte de su marido en 1526. A diferencia de en su Castilla natal, donde mujeres como Beatriz Galindo fueron capaces de fundar mayorazgos para sus herederos, en Inglaterra la situación legal de las mujeres fue muy diferente. Pero estas circunstancias no detuvieron a María, que protagonizó una lucha titánica por defender los derechos de Catherine Willougbhy desafiando el sistema patriarcal imperante. Finalmente, Catherine se convirtió en la undécima baronesa Willoughby de Eresby gracias a la lucha de su madre.

El carácter asertivo que María y Catalina aprendieron de la reina Isabel la Católica también tuvo su mejor reflejo en el episodio final de esta historia entre ambas amigas. Cuando la baronesa recibió noticias a principios de 1536 de que su señora iba a morir, cabalgó hasta el castillo de Kimbolton desafiando la orden del rey Enrique VIII para mantener a Catalina aislada de todos sus seres queridos y aliados. Haciendo caso omiso de la prohibición, se las ingenió para entrar en el castillo incurriendo en un delito considerado como alta traición. La reina doña Catalina, la mujer que le dio todo a María de Salinas y su más fiel amiga, murió en sus brazos el 7 de enero de 1536; la baronesa murió tres años más tarde. María de Salinas no solo debe ser recordada como una gran castellana sino como una mujer fundamental en las relaciones anglo-hispánicas. El lector encontrará de su interés saber que entre sus descendientes en Inglaterra estuvo Diana Spencer, la que fuera princesa de Gales y madre del futuro rey de Inglaterra, fallecida trágicamente en 1997 en un accidente de trafico en París.

En esta maravillosa novela María de Salinas y Catalina de Aragón vuelven a la vida para que conozcamos la historia de la profunda amistad que las unió.

EMMA LUISA CAHILL MARRÓN,
historiadora del arte

PRÓLOGO

La luz del día comenzó a menguar, retirándose como el Támesis y sus mareas. María de Salinas, baronesa Willoughby de Eresby, dejó la pluma que no había utilizado y se levantó del asiento para encender las velas de la diminuta habitación que utilizaba como estudio privado. Cuando regresó al escritorio, se volvió un poco sobre el asiento para mirar a través de la ventana los robles que había en el jardín. Al otro lado del grueso cristal, los árboles, que recibían el roce de la nieve al caer, parecían salidos de un sueño y, bajo la tenue luz del día, sus ramas desnudas se habían oscurecido hasta volverse casi negras.

El fuego ardía resplandeciente y hambriento en el hogar cercano, pero, aun así, ella temblaba. Se sacudió y se arrebujó con su viejo manto. «Aunque hace años que siento este frío». Haciendo caso omiso de la dureza del asiento y los gemidos y silbidos del viento invernal, volvió a contemplar el pergamino color crema que había sobre el escritorio inclinado. La forma de su cabeza desnuda dibujaba una sombra sobre la vitela y el pergamino en blanco se burlaba de ella: se enfrentaba a ella y la retaba a comenzar.

María suspiró, mirando la matriz del sello de la baronía de Willoughby de Eresby que estaba junto al tintero, en la parte superior del escritorio. Se inclinó hacia delante, acariciándolo con el dedo índice. Su adorado marido, que había muerto hacía más de doce años, se lo había regalado el día de su boda. En aquel momento, parecía que el sello estuviera esperando a que le escribiera aquella carta a su hija. Contaría su verdad. En aquellos días de desolación, era la única verdad que le quedaba, la única verdad que importaba. Tomó la pluma y, con una habilidad practicada, trazó las primeras palabras, haciendo una pausa para sumergir la punta de nuevo en la tinta.

Escrita en mi casa de Londres en el Día de Santa Águeda, durante el vigesimoséptimo año del reinado de Enrique VIII. Para mi hija, la duquesa de Suffolk.

Hija mía, mi Catalina:

Escribo esta carta para pediros un favor. La muerte viene a por mí y la recibo de buen grado. Hija, no escribáis una respuesta burlándoos de mí o suplicándome que no diga algo así. He estudiado medicina el tiempo suficiente como para reconocer las señales, que recibo con los brazos abiertos. He visto pasar cincuenta y tres inviernos y no deseo ver ni uno más. Estoy cansada, no por la edad, sino por el sufrimiento. Sin embargo, antes de morir, quiero que comprendáis... No; necesito que comprendáis por qué nuestras vidas han transcurrido tal y como lo han hecho. Deseo... No; necesito contaros mi historia. Aunque no se trata solo de mi historia. Desde el principio, los hilos de mi propia vida han estado entrelazados con los de mi amada reina.

María se enjugó las lágrimas, odiaba su debilidad. En aquellos días, lloraba con demasiada facilidad. Volvió a mirar la carta. Lo que iba a escribir a continuación haría que su hija comprendiera al fin su vida y las decisiones que había tomado o, por el contrario, haría que volviera a fracasar a la hora de derribar el muro que se había levantado entre ambas desde que la entregara en matrimonio a Charles Brandon, duque de Suffolk. La muchacha, bien educada, mostraba un rostro feliz ante los demás, pero, a puerta cerrada, la historia cambiaba. Las palabras amargas que le dirigiera antes de casarse volvieron a retumbarle en los oídos: «Me prometisteis que me desposaría con Harry. Jamás pensé que seríais tan malvada y cruel como para hacer que me despose con un hombre lo bastante mayor como para ser mi abuelo».

Jamás debería haber hecho aquella promesa. Tendría que haber sabido que no debía confiarle a Suffolk el bienestar de su hija. Debería haber recordado su propia vida y las duras lecciones que esta le había enseñado.

En el taburete que había junto al escritorio, un fajo de cartas atado con cuidado esperaba a que añadiera la suya. También debía enviar aquellas misivas, que los nietos de La Latina le habían devuelto, para que las viera su hija. La mayor parte de las cartas que le había escrito a aquella mujer estaban en aquel fajo; cartas que había escrito desde que tenía dieciséis años hasta poco antes de la muerte de su maestra tres años atrás.

Observando la carta inacabada, María se preguntó si sería la última. Ya le estaba resultando una de las más difíciles de escribir. «No, no puedo volver a fracasar; me niego a fracasar. Esta carta hará que mi hija entienda el poco poder que tienen las mujeres sobre su propia vida». Volvió a sumergir la pluma en la tinta y, durante un rato, rasgó el pergamino con resolución.

Sintió un calambre en los dedos. Dejó la pluma para descansar la mano y miró por la ventana sin ver nada. Ya no podía escuchar la voz del viento. Más allá del crepitar ocasional del fuego, la habitación permanecía en silencio con excepción de sus recuerdos, que titilaban y danzaban sobre las llamas.

PARTE 1

Hija, todavía no había cumplido dieciséis años cuando todo cambió para mí. Sobre las andas reales... Perdonadme por mi inglés, hija; se me olvida que tal vez no conozcáis esta palabra que, en mi tierra, se solía usar para decir «litera». Durante meses, recorrimos los antiguos caminos de los peregrinos hacia Santiago y cada día que pasaba me acercaba más a una vida en el exilio. Todos nosotros dejamos atrás a nuestras familias. Sabíamos que no volveríamos a verlas nunca más.

CAPÍTULO 1

Junio de 1501.
Camino de peregrinaje hacia Santiago de Compostela.
Monasterio de Guadalupe.

uando se despertó tras haber recibido una patada en la pierna, María dio un brinco y se golpeó la cabeza contra el pilar desconocido de una cama extraña.

—¡Por la espada de san Miguel!

Con los ojos acostumbrándose a la luz tenue, se frotó la coronilla, dolorida.

Junto a ella, destapada, su princesa y compañera de dormitorio desde hacía mucho tiempo daba vueltas en la cama mientras dormía. Catalina jadeó como si estuviera corriendo para salvar la vida y gritó un «¡No!» prolongado.

María se agachó para sacudir a su amiga y prima.

—Despertaos; estáis soñando.

La muchacha se estremeció, se revolvió en la cama y abrió los ojos de golpe.

—¿A eso llamáis «sueño»? —Tembló mientras se santiguaba—. Más bien era una pesadilla, enviada por el mismísimo diablo.

María se santiguó también y agarró la mano de su amiga.

—Contadme el sueño; ahuyentad vuestro temor.

La princesa se apoyó en el cabecero de la cama, abrazándose a la almohada.

—Hablar de ello no me ayudará.

—¿Cómo lo sabéis si no lo intentáis?

Cansada y gruñona, con la cabeza todavía dolorida, María miró detenidamente a Catalina. Bajo la luz ambarina de las velas, su rostro sudoroso parecía resplandeciente. ¿Acaso había vuelto a tener fiebre? Días atrás, habían llegado al monasterio de Guadalupe temiendo por su vida a causa de la fiebre y, cuando al fin le había bajado, le habían dado gracias a Dios.

Se mordió una uña, observando la puerta que conducía a la antecámara en la que dormía la sirvienta morisca. Ligera de pies, la chica podría ir a buscar a don Alcaraz y llevarlo ante ellas en apenas un momento. «¿No sería mandar llamar al médico de Catalina la decisión más sabia?».

Todavía mordiéndose la uña, volvió a estudiar a la princesa. En su interior, escuchó las palabras de La Latina, su querida maestra: «Atiendo a la reina Isabel cuando está enferma. Os he enseñado a hacer lo mismo por su hija». Pero, en momentos como aquel, daba traspiés por culpa de la desconfianza en sí misma y maldecía sus pocas habilidades que, por dentro, hacían que se sintiera insegura y sin saber qué hacer. «Me faltan meses para cumplir dieciséis años, ¿cómo se supone que voy a saber nada?».

Se bajó de la cama y encendió las tres velas altas que había cerca. «La luz me ayudará a decidir si debo mandar que llamen a don Alcaraz». Con el cuerpo cubierto tan solo por un camisón fino, tembló a causa del frío de la noche y se apresuró a volver a meterse en la cama. Tiró hacia arriba de la manta, cubriendo también a Catalina. Apoyada contra el duro cabecero, se rodeó las rodillas con los brazos, esperando a que su amiga hablase. Los ojos grandes y brillantes de la princesa parpadearon ante la luz de las velas. Cambiando de postura, María apoyó la cabeza en la de la princesa.

—Contádmelo —insistió de nuevo—; habladme de vuestro sueño.

—Ha sido horrible —dijo ella—. Un hombre suplicaba clemencia. Dios bendito, quería vivir, no morir, pero los hombres que allí había le estaban colocando la cabeza sobre un bloque. —Se cubrió el rostro con las manos—. El verdugo le golpeaba con el hacha y alzaba la cabeza, que goteaba sangre. El hombre seguía suplicando clemencia. —Bajó las manos, soltando un sollozo.

La luz de las velas parpadeó ante una corriente repentina, lo que hizo que las sombras oscuras de la noche se movieran en una danza extraña. María volvió a salir de la cama, llenó una copa de vino aguado y se la tendió a la princesa.

—¡Bebed!

Hizo que su voz aguda sonase lo más grave posible, imitando a Catalina. Ella intentó sonreír, pero fue una sonrisa breve.

—He tenido este mismo sueño otras veces. Sin embargo, en esta ocasión... yo estaba allí, en el patíbulo, observando cómo ocurría. —Dio un trago de la copa y cerró los ojos antes de volver a hablar—. La forma en que moría, el lugar... Nunca he visto algo así, pero debo de recordarlo de las lecciones de La Latina, pues fue ella quien me contó que los ingleses decapitan a los nobles traidores. —Se volvió hacia María—. Moría en un patíbulo lleno de paja y cubierto de pétalos de rosas. Eran innumerables pétalos de rosas blancas cubiertos de sangre. —La agarró del brazo—. ¿No lo veis? ¡He soñado con la muerte de Warwick, la rosa blanca![1]

María se estremeció, no por el frío, sino por el miedo. Sintió el roce de un dedo helado, como si fuese el dedo de un fantasma. ¿Sería cierto? ¿Acaso el fantasma de Warwick estaba atormentando a Catalina?

Todavía no hacía dos años, habían ejecutado al conde de Warwick en la Torre de Londres por intentar escapar de su cautiverio. Con un remordimiento sin fin, Catalina no podía olvidar al muchacho que, en realidad, con su muerte había despejado el camino para su matrimonio con Arturo Tudor. Los Reyes Católicos le habían dejado claro a su embajador en Inglaterra que no enviarían a su hija hasta que Warwick, que para muchos tenía más derecho a sentarse en el trono que el rey Enrique, estuviese muerto. Muerto y enterrado.

Sacudió la cabeza. «Soy una tonta por pensar en estas cosas».

—No es más que una pesadilla —dijo, tanto para calmarse a sí misma como a la princesa.

---

1 N. de la Ed.: Se refiere a Eduardo Plantagenet, conde de Warwick (1475-1499). Era hijo de Jorge Plantagenet, hermano del rey Eduardo IV y, por tanto, tenía derechos al trono inglés tanto durante el reinado de su tío Ricardo III como durante el de Enrique VII. En la época se creía que este joven, ejecutado a los veinticuatro años tras haber pasado catorce encarcelado, había sido ejecutado por presiones de los Reyes Católicos antes de que su hija Catalina contrajera matrimonio con Arturo Tudor y que a ella siempre le pesó. Con su muerte, la línea masculina de la Casa de Plantagenet se extinguió.

Tras estrechar brevemente la mano de Catalina, volvió a salir de la cama y encendió todas las velas que pudo encontrar. Aquella pesadilla de su amiga había acabado con cualquier esperanza de dormir aquella noche.

❀ ❀ ❀

Mi querida doña Latina:

Nos encontramos en el monasterio de Guadalupe, lugar sagrado de la Virgen negra. Cuando llegamos, la princesa estaba enferma. Alabado sea Dios, ahora está dejando de ser la chica enferma que trajimos hasta aquí apenas hace unos días. En esos momentos, eché mucho en falta vuestra sabiduría.

La flota real del rey Fernando espera la llegada de la princesa en La Coruña. Un día lento sucede a otro día lento. Los días, como caracoles, se arrastran hasta convertirse en semanas, que se convierten en meses. Cada día nos acerca más al momento en que tendremos que abandonar nuestra tierra. En realidad, me siento agradecida por el transcurrir lento de los días. Temo el viaje que nos espera. Comparto el miedo de cruzar el mar con muchos de los miembros de nuestra comitiva...

Con la pluma seca, María la dejó y se mordió una uña. «¿Debería escribir sobre mis preocupaciones con respecto al obispo Geraldini?». Menos de una hora antes, había acudido a la alcoba y había escuchado sus confesiones antes de marcharse para escuchar las de sus acompañantes. Catalina se sintió complacida al saber que su madre había escogido a aquel hombre, que había sido su tutor durante años, para que fuese su confesor en Inglaterra. María no lo tenía tan claro. La Latina había sido su única maestra y no tenía la lealtad dividida. Aquellas largas semanas habían hecho que se sintiera aliviada, pues aquel hombre orgulloso, pomposo y pedante no había sido su maestro. A sus ojos, no era más que un tipo aburrido, tedioso y arrogante que carecía de la mayoría de los dones de La Latina.

Vestida con una túnica amplia, Catalina estaba sentada a poca distancia, cerca de las puertas abiertas que daban al jardín. La luz de la mañana se colaba en la alcoba solitaria como si de unos dedos extendidos se tratara. Dentro de los haces de luz, una miríada de motas de polvo resplandecían y danzaban como si unas estrellas diminutas girasen descontroladas en un cosmos polvoriento. Fuera, el cielo del alba se había aclarado hasta teñirse de un azul libre de nubes.

Catalina mostraba todos los signos de haber pasado una noche carente de sueño. Tenía ojeras y la cabeza se le caía sobre el pequeño libro de horas que sujetaba sobre el regazo. Aquel había sido un regalo de despedida de la reina Isabel y, con un colorido parecido al de las joyas, ilustraba diferentes episodios de la vida de la Virgen. En aquel momento, la princesa no parecía prestar atención al libro, que seguía abierto por su página favorita, la que mostraba la escena de la Anunciación.

—«*Magnificat anima mea Dominum*»; alaba mi alma al Señor, mi Salvador.

Catalina declamó con suavidad la respuesta que la buena Virgen le había dado al arcángel Gabriel cuando este le había anunciado que Dios la había escogido como el cuerpo puro que daría a luz a su hijo. Sus palabras también podrían haber sido una exhalación o un suspiro. Con lentitud, la princesa trazó el contorno del arcángel Gabriel que, con las alas iluminadas por el sol dobladas a la espalda, se alzaba frente a María, arrodillada, que, siendo una muchacha no mucho mayor que Catalina, parecía alarmada y temerosa.

María hizo una mueca. ¿Acaso era de extrañar que la chica de la pintura pareciese asustada? Acababan de informarle de su inminente y virginal maternidad.

—He aquí la sierva de mis padres.

De nuevo, Catalina volvió a hablar en voz baja, con la cabeza inclinada. Desde la cuna, las hijas de la reina Isabel habían aprendido a cumplir con sus obligaciones. Sin embargo, eso no significaba que su amiga y princesa no estuviese ansiosa por su casamiento, que se acercaba rápidamente. Suspirando, María deseó saber qué decir para ayudarla.

Catalina cerró el libro y se levantó del asiento. Con el rostro contraído en pensamiento, colocó el tomo en un soporte que había junto a la ventana abierta y, después, se dirigió a la entrada del jardín, que dibujaba un arco con columnas.

María se levantó del escritorio de la alcoba y atravesó la puerta. Los sonidos de la naturaleza formaban un coro. El agua que borboteaba en las fuentes se derramaba sobre una alberca larga y rectangular. Refunfuñando, los pájaros sedientos se zambullían en el agua para un primer sorbo matutino antes de ponerse a chapotear y nadar. Los arcos de piedra se abrían a amplios caminos en los que la luz del sol se mezclaba con las sombras. Una brisa suave arrastraba un caudal de perfumes procedentes de los restos de un jardín morisco muy bien cuidado. Sin embargo, ya no era morisco; aquel jardín pertenecía a la reina de Castilla.[2]

Como en muchos de los jardines que María había conocido y amado a lo largo de su vida, la rosa ocupaba el lugar principal como reina, por lo que sobrepasaba en número al resto de flores que allí crecían. Los colores de las rosas creaban un tapiz bordado de vida que poseía todas las tonalidades imaginables. Una de ellas era tan oscura que le recordó al terciopelo negro.

Cerca del límite del jardín cerrado, un rosal carmesí repleto de capullos crecía en un tiesto de cerámica. Descalza, Catalina se acercó con pasos suaves hasta él. Sacando la pequeña daga de la funda de cuero que colgaba de la cintura de su túnica, cortó un tallo y se llevó a la nariz el capullo que se estaba abriendo. El placer le iluminó el rostro hermoso, ahuyentando las arrugas causadas por la enfermedad y la preocupación. Cerró los ojos y las pestañas largas y espesas le dibujaron medias lunas sobre las mejillas.

Aliviada al ver que ya no estaba abatida, María se dirigió a otro tiesto de cerámica y rozó los pétalos sedosos de una rosa que había florecido del todo. Para su consternación, la belleza de la flor se deshizo, pues los pétalos se desprendieron y se cayeron uno a uno.

Venid a mi jardín y arrancad las rosas
cuyo perfume es como mirra pura.
Junto a las flores y las aves dichosas
que cantan sobre los buenos tiempos
bebed tanto como lágrimas derramé
por los amigos perdidos
de este vino que tiene el color
del rostro ruborizado de los amantes.

---

2 N. de la Ed.: Catalina de Aragón partió desde el puerto de La Coruña hacia Inglaterra en 1501. De hecho, la conversión de los musulmanes por ley se produjo en 1502. Estos conversos fueron conocidos como «moriscos». Muchos iniciaron ya su conversión con anterioridad. La conquista de Granada, último bastión musulmán de la Península, se había producido diez años antes, en 1492, y supuso una gran victoria para la cristiandad de la época.

María se repitió a sí misma las palabras de su ancestro de hace tiempo, Samuel Ibn Nagrela.[3] Al igual que su madre, había memorizado muchos de sus poemas. Había sido un príncipe y un guerrero poderoso, así como un poeta, y a ella poco le importaba que hubiese sido judío. Estaba orgullosa de su linaje. Mientras que Catalina había aprendido de la reina, su regia madre, a contemplar a los judíos con desconfianza, ella había aprendido de su madre y de La Latina, a respetar a todos aquellos que lo merecían.

El poema de su ancestro le recordó al que ella misma había escrito durante el último verano que había pasado en la Alhambra, un día que había estado a solas, sentada entre las rosas. Como en aquel momento, la mañana temprana había esparcido su magia sobre el jardín y una brisa susurrante había reunido los pétalos de rosa en lo que parecía un remolino que se hacía eco del dolor que sentía por abandonar a su madre.

Regresando a la entrada de la alcoba de Catalina, tomó su vihuela y se sentó en el banco de piedra. «¿Puedo convertir mi poema en una canción?». Rasgueó una serie de notas interrumpidas. Como no deseaba que la princesa la escuchase, cantó en voz baja:

> *Roja como la sangre,*
> *una rosa arranqué.*
> *Sentí su belleza de cerca*
> *y en las espinas no pensé.*

El crujido de la maleza hizo que detuviera los dedos sobre el instrumento y que volviera a dirigir los ojos al jardín. Catalina paseaba junto a la alberca. El viento y el sol jugaban a un juego alegre, que moteaba el agua de sombras y brillos mientras la luz del sol se abría paso a través de las hojas de los altos árboles y las sombras se deslizaban por las baldosas del suelo. La brisa levantaba largos mechones del cabello suelto de la princesa y el sol matutino, que aún estaba bajo, hacía que su pelo rojizo pareciese en llamas. «Sí, el jardín es una joya, pero también lo es Catalina, pues es la joya de su madre». María hizo una mueca, pues no quería llevar aquel pensamiento más lejos. «No es cierto; la reina no considera a su hija una posesión que pueda ser comprada o vendida».

---

3 N. de la Ed.: Samuel Ibn Nagrela (993-1055). Poeta y filósofo sefardí que vivió en Al-Ándalus. Llegó a ser visir de la taifa de Granada.

Las sombras de los árboles del jardín vacilaron y, después, cedieron. Como innumerables veces desde que había cumplido los cinco años, María esperó en las sombras. Había sido la compañera de Catalina el tiempo suficiente como para saber cuándo hablar o cuándo permanecer en silencio. Satisfecha con su propia compañía y con tener tiempo para leer o escribir, nunca le había importado que la princesa desease cierta soledad. Estaba segura de su amistad.

Volvió la vista hacia la puerta cerrada de la alcoba. Podía imaginar al otro lado de la puerta a Inés, la preciosa hija de quince años de la antigua niñera de Catalina, María de Rojas, que era la más hermosa de las damas de la princesa, y a Francisca, que tenía el pelo oscuro, era vivaracha y tenía hoyuelos. Sabía que a las tres muchachas les molestaba que estuviese allí, a solas con su amiga. María se encogió de hombros. Catalina la consideraba una hermana y solo el tiempo haría posible que sintiese lo mismo por las otras chicas.

La princesa se acercó y se sentó junto a ella en el banco.

—¿Creéis que le gustaré? —le preguntó, sujetando en la mano un pergamino muy arrugado.

Antes de que su amiga cerrase la carta y la deslizara al bolsillo profundo de su túnica, María pudo leer las primeras líneas y reconoció que era la carta que Arturo le había enviado tres años atrás.

Ilustrísima y excelentísima señora, queridísima esposa:

Con mis mayores elogios, os deseo mucha salud.
He leído las cartas tan dulces de su alteza que me han sido entregadas últimamente, en las cuales he percibido con facilidad el gran amor que sentís por mí.

María le pasó un brazo por los hombros.

—¿Os he dicho alguna vez que os preocupáis demasiado?

La princesa se rio.

—Muchas veces. Pero ¿no estaríais preocupada también si fuerais a casaros con alguien a quien nunca habéis visto?

Inspiró hondo y poco a poco, y luego espiró.

—Por supuesto. —Juntó las manos—. ¿Alguna vez le preguntasteis a La Latina por qué nos daba para leer todos aquellos libros de Filosofía?

Catalina alzó una ceja inquisitiva.

—No, pero vuestra pregunta me hace pensar que vos sí lo hicisteis.

Cambiando un poco de postura sobre el banco incómodo, María miró en torno al jardín, ordenando sus pensamientos.

—En estos últimos años, he pasado más tiempo con ella que vos. —Se rio un poco—. No envidiaba vuestras lecciones con el obispo.

—Sois injusta con él; es un profesor excelente.

María se encogió de hombros.

—La Latina también lo es y, cuando la mala salud obligó a mi madre a dejar la corte, se convirtió en una segunda madre para mí.

—También fue así para mí. Pero aún no me habéis dicho por qué quería que leyéramos libros de Filosofía.

—Pensaba que era importante. —María sonrió a Catalina—. Jamás pensé que fuese a disfrutar de aprender cosas por el mero hecho de adquirir conocimiento, pero ahora sí lo hago. —Sacudió la cabeza, pensando en cómo los años la habían cambiado—. No soy estudiante por naturaleza como vos. —Soltó una risita—. Siempre estaba preguntándole a La Latina por qué tenía que aprender esto o aquello.

La princesa le tocó la mano.

—Lo recuerdo. Pero no me habéis explicado por qué doña Latina[4] pasaba tanto tiempo enseñándonos Filosofía.

María la contempló.

—Me dijo que nos ayudaría a prepararnos para la vida. Decía que la vida nunca era fácil, pero que mientras siguiéramos aprendiendo quiénes somos, la viviríamos tal como se supone que deberíamos vivirla. También me dijo que nadie puede arrebatarnos nuestra vida interna. Saberlo me ayuda a no preocuparme demasiado. Sea lo que sea que la vida ponga en mi camino, lo enfrentaré cuando llegue.

Un golpe enérgico y agudo resonó en el jardín, seguido por el ruido de la puerta de la habitación al abrirse. Doña Elvira se acercó hasta ellas con grandes zancadas. Sus pasos pesados indicaban su estado de ánimo.

---

4   N. de la Ed.: Beatriz Galindo, «La Latina», fue una mujer extraordinariamente culta para su tiempo. Proveniente de una familia acomodada venida a menos, a los quince años era capaz de hablar latín con fluidez, algo fundamental en la época, pues era la lengua franca, como pueda serlo ahora el inglés. Llamó la atención de la reina Isabel la Católica, que no hablaba bien latín, pues no había nacido heredera y no había sido educada para ser reina. También enseñó esta lengua a las hijas de la reina Católica.

Hizo una reverencia ante Catalina.

—Princesa, ¿por qué estáis fuera de la cama? Debéis descansar antes de que comencemos nuestro viaje una vez más. Doña María debería saber que no debe permitiros vestiros y cansaros en demasía. —Volvió los ojos hacia María—. Y vos... Vos no deberíais estar junto a la princesa; siempre os olvidáis de cuál es vuestra posición y os tomáis demasiadas libertades.

Catalina miró a María y, después, otra vez a doña Elvira.

—Mi señora, he sido yo la que se ha sentado junto a María, no al revés. En estas habitaciones privadas, la trato como si fuera mi hermana. Por favor, recordadlo. —Se movió hacia la parte frontal del banco, como si estuviera lista para ponerse de pie—. Os agradezco vuestra preocupación, mi señora, pero ya no estoy enferma. De hecho, hoy me gustaría presentarle mis respetos a la Virgen.

Doña Elvira frunció el ceño.

—Alteza, creo que eso sería una imprudencia. Debéis regresar a la cama.

«Debéis». Había usado aquella palabra dos veces. María estuvo a punto de frotarse las manos a la espera de la respuesta de la princesa.

—Doña Elvira, os estáis dejando llevar —dijo en voz baja, con los ojos encapotados.

La mujer no comprendió la indirecta y puso las manos en jarras.

—Mi princesa, estáis a mi cargo. No puedo permitir que lleguéis a Inglaterra tan enferma como para que no podáis casaros. Enviaré a vuestra sirvienta a que vuelva a hacer la cama, y regresaréis a ella.

María miró a la mujer con incredulidad. Doña Elvira amedrentaba a todas las damas de Catalina pero, generalmente, evitaba hacer lo mismo con la princesa. Estaba segura de que la conocía lo suficiente como para saber que su aspecto en apariencia amable ocultaba una cabeza muy dura. Casi sintió pena por la mujer. La enfermedad de Catalina debía de haberla asustado tanto que ya no podía morderse la lengua.

La princesa alzó la barbilla.

—No volveré a repetirlo, doña Elvira. No podéis prohibirme rezar en la iglesia. Debéis saber que este lugar es importante para mi familia y para todos los cristianos. Hace cien años, mi antepasado, el rey Alfonso, celebró aquí la victoria contra los moros. Creía que había sido gracias a la intercesión de la Virgen negra. Es justo que, ahora, yo también muestre mis respetos. Ahora, dejadme.

—Pero... —espetó la mujer mayor.

Catalina se puso en pie con los ojos iluminados por la ira.

—Os he dicho que me dejéis. Y no regreséis hasta que os lo ordene. Hoy no deseo volver a veros.

Como si culpase a María del enfado de la princesa, le dirigió una mirada de pura maldad antes de retroceder hacia la puerta. Ella suspiró para sí. La mujer llevaba años odiándola, molesta por la influencia que tenía sobre su señora y que deseaba para sí misma.

Catalina volvió a sentarse y sacudió la cabeza.

—Ojalá mi madre me hubiese escuchado y no hubiese decidido enviar a doña Elvira a Inglaterra con nosotras. Siempre desea tener el control. —Los ojos se le abrieron de par en par. Con la mirada fija detrás de María, su rostro, atravesado por el pánico, perdió todo el color—. ¡Vos! ¿Por qué me acosáis?

María se mordió el labio inferior. Tomó a Catalina del brazo y miró en torno al jardín.

—¿Qué ocurre? ¿Qué es lo que veis?

La princesa susurró.

—A Warwick. Debe de ser él. He visto su sombra, la del hombre que se me aparece en sueños.

Perturbada, María se santiguó. Las semanas de viaje habían reavivado las ascuas imperecederas del dolor y la pena. Desde que Catalina había cumplido doce años, una muerte había sucedido a otra. Primero había sido su abuela, después su hermano Juan, seguido por su hermana mayor, Isabel, y, finalmente, el hijo pequeño de esta. Pero no eran solo las muertes familiares las que le causaban un profundo sufrimiento. No era capaz de olvidar a Warwick y cómo había encontrado la muerte.

Se habían criado juntas, como hermanas, así que cada una de las muertes también la había destrozado. Su propio padre[5] había muerto poco después del pequeño príncipe. Pestañeó, recordando a su padre marchando a caballo hacia su última batalla junto al marido de la Latina, Francisco Ramírez. Ambos habían dado la vuelta a sus caballos para unirse al rey y se habían girado para decirles adiós con la mano. Entonces, su padre se había

---

5 N. de la Ed.: El padre de María de Salinas fue Martín de Salinas, fallecido en 1503, tres años después que Miguel de la Paz (1499-1500), el pequeño príncipe al que se hace referencia, hijo de Isabel de Aragón (que murió en el parto) y Manuel I de Portugal.

marchado al galope, alejándose de su vida hacia las brumas del tiempo y el recuerdo. Estrechó la mano de su amiga.

❊ ❊ ❊

Mi querida doña Latina:

Me he grabado en el corazón todos los lugares de nuestro viaje: Córdoba, Mérida, Cáceres y Palencia. Pronto, haré lo mismo con Salamanca y Santiago de Compostela. Demasiadas despedidas y la última será la más dura de todas.

Con un peligroso viaje por mar acercándose rápidamente, todos estamos ansiosos por llegar a Santiago de Compostela donde rezaremos para pedir la bendición de Santiago apóstol. Ya debéis de saber que nuestra noble reina concedió a nuestra comitiva el permiso para viajar como peregrinos y sacar provecho del año jubilar convocado por el Papa. El obispo Geraldini nos dice que eso significa que, cuando muramos, no pasaremos tiempo en el limbo.

Me alegra deciros que mi princesa vuelve a estar bien del todo. No aceptó discusiones e insistió en que nos desviáramos hasta el monasterio de Santo Tomás en Ávila, a pesar de que eso significaba añadir días adicionales al viaje.

Los demás no se mostraron complacidos cuando Catalina les dijo que se quedasen fuera del claustro del Silencio y que esperasen su regreso. María siguió a Catalina hasta la capilla. Dio un paso adelante con cuidado mientras su vista se acostumbraba a la oscuridad del interior. Alzó los ojos hacia el alto techo. La intrincada bóveda de crucería que había muy arriba, sobre su cabeza, pertenecía más a una catedral que a un monasterio, incluso aunque fuese uno dotado generosamente por el patrocinio de la realeza. La abundancia de velas que había en cada rincón del edificio, así como la luz que entraba por las ventanas altas, apenas cambiaban la atmósfera opresiva y deprimente.

La visión del coro fue como una flecha atravesándole el corazón. Detrás del altar, se podía ver la tumba de alabastro blanco del príncipe Juan. Los recuerdos la asaltaron, amenazando con destrozar su determinación de no llorar. Se rodeó con fuerza el cuerpo con los brazos. «Controlaos. Habéis pedido venir porque no queríais que Catalina se enfrentase a este momento sola». Recogiéndose las faldas, se apresuró a recorrer el pasillo para unirse a la princesa en la tumba de Juan. Se le cerró la garganta. El escultor había hecho un buen trabajo. Ante ella, el príncipe parecía acostado, dormido como un angelito, tal como lo había llamado su madre en vida. Ahora, era un ángel en la muerte.

Desde que había sido una niña pequeña, él le había robado el corazón. Había sido un niño dulce y cariñoso, que se había convertido en un joven de corazón y alma nobles. Reconociendo su talento para la música, la había tomado bajo su ala y había pasado horas enseñándole a tocar la vihuela y guiándola para que compusiera su primera canción. Con doce años, había empezado a soñar con él de formas que le hacían sentirse intranquila, confundida y apenada al enterarse de su matrimonio. Durante semanas, había librado una dura batalla para superar los celos que tenía de Margarita de Austria, su esposa. Sin embargo, Margarita había hecho feliz a Juan durante los últimos meses de su vida; tan feliz que, pronto, ella misma había visto aliviada su propia infelicidad.

Al contemplar el pasado, aquella María de doce años le parecía una tonta por haber soñado siquiera que él la miraría y la convertiría en su esposa. Sin embargo, no había sido una tonta por amar a Juan, eso nunca. Todos los que lo habían conocido lo amaban. Cuando había muerto, María había deseado hacer lo mismo que su perro, *Bruto,* que se había tumbado a los pies del féretro, aullando con pesar.

Se arrodilló junto a Catalina, deseando aullar una vez más. La princesa tocó la tumba de su hermano.

—Sé que está con Dios y que está en paz, pero todavía sigo buscándole y deseando escuchar de nuevo su voz —murmuró.

María colocó la mano junto a la de su amiga. No había nada que pudiera decir. Cuando se acercó a la efigie, la piedra fría le hizo daño, puesto que él estaba fuera de su alcance. Suspiró. Siempre había estado fuera de su alcance.

—Tan solo vamos a pasar aquí una noche y, después, continuaremos el viaje. Nunca volveré a visitar la tumba de Juan —dijo Catalina.

Con la cabeza gacha, María tampoco tuvo nada que decir con respecto a eso. No era más que la verdad. Juntó las manos frente a ella e intentó rezar. Sin embargo, no podía apartar los ojos de la efigie de Juan, incapaz de dejar de pensar en la muerte, las despedidas y en todas las promesas que se convertían en polvo y gusanos.

Al día siguiente irían a Salamanca antes de partir hacia Zamora, donde volverían a unirse al camino de peregrinaje hacia Santiago de Compostela. Pasó los dedos por una de las figuras sagradas talladas en la tumba, suaves y pulidas. Se miró los dedos. Hubiera sido más adecuado que la piedra se los hubiera hecho trizas, pues eso era lo que la muerte de Juan le había hecho a su corazón.

Removiéndose sobre las rodillas, dejó caer las manos sobre el regazo. Faltaban seis semanas o más para que llegasen a la catedral de Santiago. Pasarían unos pocos días allí y, entonces, comenzarían la última etapa de su viaje. Con cada nuevo día, La Coruña estaba más cerca.

❁ ❁ ❁

Al fin llegaron al río Lavacolla. Mientras bajaba a la orilla con las demás mujeres, María echó la vista atrás, hacia los densos matorrales y los altos árboles. Ocultos tras ellos, los hombres esperaban su turno para seguir aquellos rituales centenarios. Vestidas tan solo con la ropa interior, las mujeres acompañaron a Catalina a bañarse.

Las jóvenes se abalanzaron juntas hacia el río y, cuando sus cuerpos cálidos entraron en contacto con el agua fría, sus gritos compitieron con el ruido que levantaban los chapoteos. Pronto, todas las muchachas volvieron a parecer niñas mientras se reían y se perseguían las unas a las otras en el agua que casi les llegaba hasta los hombros.

Al cabo de poco tiempo, doña Elvira, con el ceño fruncido ante el comportamiento de las chicas, anunció su intención de marcharse, claramente esperando que Catalina y las demás jóvenes siguieran su ejemplo. Sin embargo, la princesa se limitó a hacerle un gesto con la mano tanto para despacharla como a modo de despedida. María estuvo a punto de estallar en carcajadas ante el gesto furioso de la mujer.

Quitándose de la piel los largos días de viaje, se arrodilló, sumergiendo la cabeza en el agua y, después, volvió a levantarse. Se le clavaron los pequeños guijarros que emergían de la superficie del río. Extendió los brazos frente a ella, abriendo y cerrando las manos en el agua. Cuando bajaron al río, el sol de la mañana palidecía de timidez. En aquel momento, en torno a ellas soplaba un viento cálido y los rayos de sol se colaban a través de los árboles y los arbustos, posando sobre todo una inquietante red de luz verdosa.

Cerca de ella, Francisca, que estaba justo al lado de Inés, estalló en carcajadas. Como despertando de un trance, Catalina se volvió un poco hacia ella.

—¿Qué ocurre?

La muchacha se sonrojó, echando un vistazo a doña Elvira que, en aquel momento, estaba demasiado lejos como para escucharlas.

—Perdonadme, estaba pensando en cómo llaman algunos al río.

María se rio.

—«Lavacolla» es un buen nombre, y no podéis decir que no estemos haciendo lo propio.[6] —María volvió a reírse—. Solo que usamos otras palabras en latín para referirnos a nuestras partes femeninas. —Miró a Catalina, sabiendo que estaría de acuerdo—. Cuando estemos a solas como ahora, deberíamos llamar a las cosas por su nombre: al pan, pan, y al «higo, higo».

Catalina se colocó la trenza gruesa sobre el hombro. La luz del sol le caía sobre los mechones sueltos, volviéndolos de un tono dorado. Tomando un paño húmedo de la otra María, María de Rojas,[7] se frotó la nuca.

—No debe avergonzarnos el hecho de que nos aseemos antes de continuar el viaje hasta la catedral. En realidad, tan solo estamos haciendo lo que todos los peregrinos han hecho desde que Santiago se convirtió en lugar de peregrinación.

María de Rojas se agachó más en el agua y su camisón se abombó a su alrededor como una flor al abrirse. Alzando el rostro hacia la luz verdosa, hizo girar el agua con una mano y después con la otra.

—Ya sea cosa del peregrinaje o no, me siento agradecida por la oportunidad de bañarme. —Soltó una risita—. Ni siquiera el aceite perfumado de jazmín que la reina le regaló a la princesa ocultaba ya la necesidad de que nos diéramos un buen baño.

---

6 N. de la Ed.: En sentido estricto «Lava colla» hace referencia al lavado de los genitales que los peregrinos del Camino de Santiago realizaban en el río antes de entrar en Santiago de Compostela.

7 N. de la Ed.: María de Rojas fue una de las damas de Catalina de Aragón. Iba a ser prometida a un noble inglés pero, ante la falta de dinero, acabó casándose con Íñigo, el hijo de doña Elvira, que de facto se entrometió en este y otros matrimonios de las damas de la reina.

María miró a la muchacha. Siendo otra pariente cercana de Catalina, no solo compartía con ella el color del cabello, sino que también tenía los ojos de un color azul claro similar, la piel pálida y un rostro ovalado perfecto.

Miró hacia abajo, a su propio reflejo, y se mordió el labio inferior. El rey inglés le había pedido a la reina Isabel que tan solo escogiese mujeres hermosas para servir a su hija en Inglaterra. No es que la reina lo hubiese hecho así solo porque él lo hubiese pedido, pero, en el séquito de Catalina, no había mujeres feas. Examinó su imagen en el agua danzarina. Pómulos altos, ojos grandes y oscuros, labios carnosos, un rostro ovalado como el de la otra María, pero con el pelo tan oscuro que resplandecía con reflejos azulados. «¿De verdad soy hermosa? Eso me dicen. ¡Tonta! La belleza del cuerpo desaparece con el paso del tiempo y pueden arrebatárosla en un suspiro. —Golpeó el agua con la mano y su reflejo desapareció—. La belleza no importa. Lo que importa es servir a Catalina con lealtad durante el resto de mi vida».

La princesa la miró divertida antes de acercarse vadeando hasta María de Rojas. Tomó la mano de su otra pariente.

—He estado pensando...

María se rio, lanzando agua en su dirección.

—Creedme, la princesa siempre está pensando.

La aludida se rio y las otras chicas la imitaron. Su amiga sonrió.

—Estoy pensando en el problema de tener a mi servicio a dos familiares con el mismo nombre. —Miró a María de Rojas—. A la reina, mi madre, siempre le han gustado los apodos. ¿Alguna vez os dio uno?

La muchacha se rio y se sonrojó un poco.

—Sí. Nuestra amada reina, vuestra madre, me llamaba «Bella».

Catalina sonrió.

—Va bien con vos. ¿Os importaría que os llamásemos Bella?

María de Rojas le devolvió la sonrisa, asintiendo.

—Si eso es lo que queréis, me complacerá que me llaméis así. Me recordará a la reina Isabel, vuestra querida madre y mi noble reina.

Mientras las observaba, María volvió a remover el agua, disfrutando el frescor del río mientras el calor del día aumentaba. La dulzura embriagadora de su propia juventud se le filtró a lo profundo del corazón y del alma. Estaba contenta. Contenta de estar con Catalina y las otras muchachas. La princesa también parecía contenta, habiendo olvidado todas las preocupaciones sobre su futura boda. También parecía desear entablar amistad con el resto de sus acompañantes. «¿Puedo lograr que hable abiertamente con las demás chicas para que la conozcan mejor?».

—Princesa —dijo—, ¿os hace feliz casaros con el príncipe Arturo?

Catalina se volvió hacia ella con los ojos muy abiertos por la sorpresa.

—¿Si me hace feliz? —Inhaló y dejó escapar un largo suspiro—. Estoy feliz de que mi matrimonio vaya a reforzar la posición de mis padres frente a los franceses y vaya a disminuir la posibilidad de que Castilla y Aragón entren en guerra.

—Pero ¿qué me decís del príncipe? ¿Estáis contenta de casaros con él?

La princesa pestañeó y ladeó la cabeza, mirándola de forma inquisitiva.

—Hoy me hacéis preguntas extrañas, querida prima.

A pesar del calor, María sintió frío cuando Francisca le lanzó una mirada de envidia. A menudo, las demás chicas se mostraban resentidas por lo unida que estaba con Catalina. Forzó una carcajada y trató de entablar una conversación que incluyese a las demás.

—Estaba soñando despierta con cómo sería estar casada con un inglés. —Volvió a reírse—. Los franceses dicen que tienen cola.

Todas las jóvenes se rieron y el momento de incomodidad desapareció.

—Y nosotros decimos que son los franceses los que la tienen —dijo Inés. Con la mirada baja, se movió de lado a lado en el agua.

Catalina soltó una risita.

—Desde luego, eso es más probable que en el caso de los ingleses. Todos los ingleses a los que he conocido han sido agradables. —Miró en torno a las muchachas—. Ninguna de vosotras debe sentir que tiene que encontrar un lord inglés con el que casarse. Podéis regresar a casa si Inglaterra no os gusta. —La princesa se quedó quieta, con el rostro serio. Después, se encogió de hombros—. En mi caso, no es una opción que tenga al alcance.

Preocupada de nuevo por la conversación, María la dirigió hacia un asunto más liviano.

—Me case con quien me case, quiero al menos una docena de hijos. —Se rio—. Mi abuela tuvo veinte que llegaron a ser adultos, pero se casó con catorce años. Yo ya tengo casi dos años más que ella y todavía no estoy casada.

—¿Veinte? Eso parece demasiado para cualquier mujer —dijo Bella—. ¿Podéis imaginar dar a luz a veinte niños?

—No quiero imaginarlo —comentó Francisca, encogiéndose de hombros—. No estoy muy segura de querer tener hijos.

Catalina se volvió hacia ella, con el rostro iluminado por el interés.

—¿Habéis planeado entrar en una orden religiosa, Francisca? —bromeó.

La joven se rio.

—Yo no. —Volvió a reírse—. Los hombres me gustan demasiado.

Bella se acercó un poco más a ellas, peinándose el cabello largo y mojado con los dedos.

—¿Alguna tiene miedo de...?

—¿Miedo de qué? —le preguntó la princesa.

—Miedo de lo que ocurre entre un hombre y una mujer. —Entrecerró los ojos y se estremeció visiblemente—. Madre me dijo...

Miró a Catalina y se mordió el labio inferior. Ella le tomó de la mano.

—¿Qué os dijo vuestra madre?

Bella se sonrojó e inclinó la cabeza.

—Que es como un cuchillo —susurró.

La princesa soltó a la muchacha y, por un instante, se cubrió la boca con una mano antes de empezar a reír.

—Mi madre me dijo algo diferente. —Se sumergió un poco más en el agua. María observó cómo hacia girar el agua que tenía a ambos lados formando lo que parecían espirales sin fin—. Me dijo que es una de las cosas más dulces del matrimonio. —Sonrió—. Mi hermano y su esposa también pensaban lo mismo. —Alzó la vista hacia María—. ¿Os acordáis?

—Sí, lo recuerdo —contestó. El corazón le sangró con otros recuerdos; recuerdos de envidia cada vez que Juan besaba a su esposa. Tragó saliva y se volvió hacia Bella—. Mi hermana me contó que la primera vez sí le resultó doloroso, pero que llegó a gustarle. Mucho. —Se rio y buscó los ojos de Catalina—. La Latina, nuestra maestra, nos dijo que no es algo que haya que temer, siempre que la mujer esté dispuesta y no sea forzada por el hombre. —Sonrió—. También me dijo que muchos hombres creen que una mujer solo puede concebir un hijo si disfruta del acto. —Se rio—. Ella me dijo que no era cierto, pero que, si los hombres creen que lo es, entonces es más probable que le den placer a sus esposas. No me quiso decir qué quería decir con eso; me dijo que, si quería saber más, tenía dos opciones: casarme o buscar libros que me lo explicasen.

Bella volvió a sonrojarse y agachó la cabeza.

—¿Estamos pecando por hablar de tales asuntos?

Catalina se encogió de hombros. Se echó hacia atrás sobre el agua para flotar, pestañeando ante la luz del sol.

—¿De qué otra manera íbamos a prepararnos para el matrimonio si no hablamos de ello? Tal como ha dicho María antes, cuando estemos solas como ahora, llamemos al «higo, higo». Ya tenemos bastantes cosas a las que enfrentarnos como para tener que andarnos con rodeos para decirnos la verdad, aunque solo sea para que el viaje que tenemos por delante nos resulte más fácil.

❀❀❀

Después de que los hombres se hubieran bañado en el río, toda la comitiva prosiguió hasta el monte do Gozo. Algunos de ellos se apartaron del grupo y se apresuraron para llegar a la cima. El primer hombre que la alcanzó gritó: «¡Qué alegría!».

María también quería correr, pero eso también le estaba prohibido. Se volvió hacia las demás muchachas. «¿También ellas le observan con pena?». Dejó escapar un largo suspiro. Había demasiadas libertades que a ellas les eran negadas y que se otorgaban a los varones sin discusión alguna. Sin embargo, para aquella parte del viaje, a las mujeres se les permitía actuar como peregrinas y caminar hasta la catedral. Por una vez, no se esperaba que permanecieran confinadas en las andas reales.

Llegó hasta lo más alto de la montaña y se unió a aquellos que ya estaban de rodillas, alzando la voz para cantar. La ciudad de Santiago y las espirales distantes de la catedral brillaban bajo la luz del sol. «La catedral de Santiago, el templo de las estrellas...». El edificio mantenía a salvo en su santidad los huesos del martirizado Santiago, el hombre al que, una vez, Cristo había llamado hermano e «hijo del trueno». Pasarían cinco días en Santiago de Compostela y, después, emprenderían el camino hacia los barcos que les aguardaban.

«Sí. Mis días en la tierra donde nací están llegando a su fin».

❀❀❀

María se alzó las faldas y se apresuró a subir el pequeño tramo de escaleras que conducía a la catedral. El pórtico de la Gloria se alzaba frente a ella como un saludo: centenares de figuras sagradas, todas ellas talladas en piedra y pintadas de forma realista; en el centro, la estatua del apostol Santiago tenía una mano levantada para bendecirles y recibirles en la catedral. La belleza del pórtico la dejó sin respiración e hizo que se detuviera, sobrecogida. Dirigiéndose hacia el lado opuesto al del apóstol, el arzobispo le señaló a Catalina una estatua que medía la mitad que ella.

—Es el Maestro Mateo —dijo en voz baja—, el cantero cuyo trabajo vemos a nuestro alrededor, mi princesa. —Sonrió—. Dicen que si deseáis recibir parte de la sabiduría del Maestro, debéis chocar la frente tres veces contra su cabeza. Yo mismo lo he hecho muchas veces, pero sigo sin ser más sabio, aunque confío en que el Señor me guíe.

Entonces, los instó a seguir adelante, conduciéndolos hacia el interior oscuro de la catedral. Frente a ellos, al final de un largo pasillo, un altar dorado resplandecía bajo la luz de innumerables velas. Subieron las escaleras que había tras el altar y el arzobispo los condujo hacia una estatua dorada de Santiago. Desde la parte de atrás, rodeó el busto con los brazos y se volvió hacia el resto de la comitiva.

—Antes de bajar a la cripta sagrada y visitar las reliquias, invitamos a todos los peregrinos a que abracen al santo de este modo.

Cuando al fin llegó su turno, María rodeó a Santiago con los brazos. Cerró los ojos, colocando la mano en una de las marcas que los peregrinos que habían estado allí antes que ella habían dejado en el pilar del santo. «Dios, mi Señor, llevadnos a salvo a Inglaterra —rezó—, concedednos allí la felicidad».

Siguiendo a los demás, bajó a la cripta. El espacio era tan diminuto que tan solo permitía que hubiera unas pocas personas a la vez. Se acercó hasta la tumba del apóstol. La urna plateada que había en el interior, reverenciada durante siglos, era lo bastante pequeña como para que un niño pudiera transportarla. Sin embargo, los restos humanos que contenía habían puesto en marcha la construcción de aquella gran catedral. La santidad de aquel lugar resultaba tangible.

En la cripta, el arzobispo y Catalina se arrodillaron el uno al lado del otro con las cabezas inclinadas mientras rezaban en silencio. Las voces de los monjes, que estaban cantando en la catedral, resonaban de una forma casi inquietante. Esperando su turno para entrar, María observó un rayo de luz que parpadeaba débilmente a su lado. Cerró los ojos, escuchando a los hombres cantar, grabando en su mente, su corazón y su memoria cada momento que había pasado en la catedral aquella mañana. Abrió los ojos y, tras ver de nuevo la luz parpadeante que había a su lado, se dio cuenta de que era su turno de entrar en la cripta. Se había sentido sobrecogida al entrar en la catedral y, en aquel momento, arrodillada ante los huesos del apóstol, se sintió sobrepasada. Inclinó la cabeza. «Dios mío, ayudadme a mantener la fe; ayudadme a ser fuerte y a no arrepentirme jamás del voto que hice de compartir el exilio de Catalina». Consciente de que los demás estaban esperando su turno, se puso en pie y siguió a la princesa hasta la nave de la catedral.

Francisca, que se sentó junto a Catalina, frunció el ceño pero se movió, acercándose más a Inés, para dejarle un hueco junto a ella. Ocupando su lugar, María le sonrió, agradecida. La joven le devolvió la sonrisa. Desde que habían pasado juntas un tiempo en el río, las muchachas le ofrecían momentos así y hacían que aumentaran sus esperanzas de que, algún día, todas llegaran a ser amigas.

María miró en torno a la magnífica catedral. Ocho hombres vestidos con túnicas rojas portaron el famoso incensario enorme al que llamaban «Botafumeiro». Los monjes lo ataron a unas cuerdas tan gruesas como los brazos de un hombre y se turnaron para colocar ascuas ardientes en el interior antes de cerrar la tapa. En torno al quemador, surgió y se arremolinó una densa nube de humo blanco y sus vapores embriagadores se volvieron casi abrumadores. Juntos, los ocho hombres pusieron en movimiento la polea de la cuerda, elevando el Botafumeiro hacia la cúpula principal. Con mucho esfuerzo y la coordinación de los que se han entrenado cuidadosamente, tiraron de las cuerdas hacia las alturas, balanceando el incensario de un lado a otro de la iglesia.

Llena de asombro, María apenas podía respirar, incapaz de apartar los ojos del vaivén del Botafumeiro, que transmitía una imagen de fuerza y poderío. Durante un instante, pareció que todo iba bien, pero, entonces, se dirigió hacia la alta ventana de la catedral y se soltó de las cuerdas. Un estruendo tremendo reverberó en el recinto, seguido del ruido de los cristales haciéndose añicos. El enorme incensario salió disparado del edificio.

Conmocionada, con el corazón en la garganta, María cayó de rodillas mientras oía cómo otros hacían lo mismo. Arrodillándose también, Catalina se volvió hacia ella. Con los ojos muy abiertos y asustados, susurró:

—No puede ser un presagio; no puede serlo.

María sacudió la cabeza, negándose a decir en voz alta lo que estaba pensando. Sintiendo ganas de vomitar, contempló los pocos fragmentos de cristal que quedaban en la vidriera de la ventana. Durante un momento, pareció reinar la locura. Los monjes se escabulleron, presos del pánico, mientras que los hombres que habían balanceado el Botafumeiro permanecieron muy juntos. Con los rostros pálidos, miraban hacia la alta bóveda.

Algunos monjes se apresuraron a recoger los fragmentos de vidriera rotos. Sujetando frente a ellos las túnicas sueltas de las sotanas como si fueran delantales con los que recoger cosas, se llevaron los cristales. A su alrededor, la gente bullía con una oleada de consternación. Al final, el arzobispo se hizo cargo de la situación y regreso al púlpito.

—Recemos —entonó.

Rezó durante tanto tiempo que María cambió el peso de una rodilla dolorida a la otra y, para cuando les dijo que podían irse en paz, tenía el cuerpo rígido.

Más tarde, cuando regresaron a su palacio, el arzobispo no les hizo ningún comentario sobre lo que había sucedido. Al parecer, deseaba fingir que nunca había ocurrido. No era el único. Durante el banquete de aquella noche, todos parecían taciturnos. Catalina, que estaba sentada con el arzobispo en el estrado, tenía la mirada perdida al frente, mientras daba vueltas a la comida en el plato pero sin comérsela.

María esperó hasta que estuvieron en la privacidad de la alcoba de la princesa para hablar con ella. Se desvistieron y se metieron en la cama mientras alcanzaba la mano de su amiga.

—Os lo ruego, no penséis más en el percance de hoy. No significa nada.

Catalina se volvió sobre sí misma, dándole la espalda.

—Silencio, deseo dormir —gruñó.

María yació despierta mucho tiempo antes de quedarse dormida. Y soñó.

Soñó que escalaba una montaña, colocando una mano detrás de la otra, mientras con los pies buscaba cualquier punto en el que pudiera apoyarse. Un cielo sin nubes la invitaba a continuar hasta una ciudad de oro que brillaba bajo el sol que había sobre su cabeza. Era Santiago de Compostela, que se alzaba sobre la cima de la montaña y que, aun así, resultaba más vívida en el sueño que cuando la había visto por primera vez apenas unos días antes. A pesar de la distancia a la que se encontraba, el brillo de la ciudad la cegaba y el corazón le dolía de anhelo por alcanzarla. Alguien sollozó. Las lágrimas se convirtieron en una avalancha de sangre y ella se cayó, haciendo que desapareciera la oportunidad de alcanzar la ciudad.

Al despertarse, María se frotó los ojos húmedos. A su lado, la princesa sollozaba sobre la almohada. Con la ciudad dorada perdiéndose cada vez más y más entre las brumas y los jirones de los sueños medio olvidados, tocó la mejilla húmeda de Catalina con un suspiro y la rodeó con los brazos. El cuerpo de la princesa se estremeció y sus lágrimas empaparon el camisón de María.

Catalina se apartó de ella y miró al techo.

—Otra pesadilla.

María salió de la cama y volvió a encender la vela. Después, regresó al jergón.

—¿Deseáis hablar de ello?

La princesa sacudió la cabeza con tanta fuerza que la cama crujió a modo de protesta.

—Solo ha sido un mal sueño, nada más.

María apoyó la cabeza cerca de la de Catalina.

—Yo también he tenido uno.

Se estremeció al recordar la tierra convirtiéndose en sangre coagulada en el sueño. La princesa le estrechó la mano.

—No es de extrañar; no después de lo que ha ocurrido hoy en la catedral. Pero hace años que tengo el mismo sueño. Un águila se me sienta sobre el pecho y me entierra el pico en el corazón una y otra vez. —La princesa la observó—. Cuando se marcha volando, me despierto llorando. ¿Qué puede significar?

María sacudió la cabeza, mirando también hacia el techo. La luz de las velas hacía brillar el oro de los intrincados ornamentos.

—Como habéis dicho, lo que ha ocurrido hoy en la catedral nos ha perturbado a ambas.

Catalina suspiró.

—Antes, cuando nos íbamos a dormir, os he hablado con dureza. Perdonadme, hermana mía. Desde que nos hemos marchado de la catedral, me he estado preguntando si las cuerdas rotas del Botafumeiro podían ser un aviso sobre mi matrimonio.

María se volvió hacia ella.

—¿Por qué pensáis eso?

La princesa tembló de forma visible.

—Desde que recibimos las noticias de la muerte del conde de Warwick, he creído que estoy maldita. No deseo hablar en contra de mis padres; sé que tuvieron esa exigencia porque querían hacer de Inglaterra un lugar más seguro para mí. Sin embargo, su muerte no estuvo bien.

—No podéis culparos, Catalina. Vos no queríais que muriera.

—Entiendo lo que decís, hermana mía, pero eso no cambia nada. Era un impedimento para mi matrimonio y murió por ello. La Latina me enseñó lo suficiente sobre Inglaterra y sus gentes como para saber que Warwick tuvo una mala vida. No era más que un niño de diez años cuando el rey lo encarceló en la Torre. La Latina me contó que le privaron de libros y educación. Imaginaos pasar catorce años de privaciones para que, al final, os ejecuten. Su historia me rompe el corazón. Además, os equivocáis. Soy el motivo y la causa de su muerte; la culpa es mía.

María estrechó más a su amiga, sintiendo cómo su propio miedo aumentaba. ¿Tenía razón? ¿Acaso era posible que lo que había ocurrido en la catedral fuese de verdad un aviso sobre su matrimonio? Apartando de la mente aquellas ideas por considerarlas absurdas, deseó que llegase el amanecer; pronto. La noche parecía llena de fantasmas y premoniciones.

Capítulo 2

Julio, 1501

Mi querida doña Latina:

Llevamos en La Coruña varias semanas, esperando que el tiempo favorezca nuestra partida.

❀ ❀ ❀

aría se apresuró hacia los botes que permanecían a la espera, consciente de que el cielo se estaba oscureciendo. Unos momentos antes, el sol había brillado sobre sus vestidos azotados por el viento, pero, en un instante, el resplandor había desaparecido, mitigado por la luz menguante. Incluso los colores propios de un pavo real que mostraban los jubones de los grandes del Reino se tornaron descoloridos.

Don Diego de Córdoba, conde de Cabra,[8] un sirviente leal de los padres de Catalina, así como un hombre que conocían de toda la vida, estaba de pie junto al arzobispo de Santiago. Ambos iban a viajar con ellas a Inglaterra para actuar *in loco parentis* para la princesa durante su

---

8   N. de la Ed.: Se trata de don Diego Fernández de Córdoba y Mendoza, III conde de Cabra (1460-1525). Fue designado embajador en Inglaterra para que formara parte de la comitiva que acompañó a la infanta Catalina hacia ese reino en 1501.

boda. El conde era alto, aunque estaba empezando a perder la agilidad y la delgadez propias de un soldado de toda la vida. Por su parte, el arzobispo era bajo y fornido, y su piel morena se veía más oscurecida todavía por las sayas negras. El rostro largo y maduro del uno y el redondeado y anciano del otro, mostraban un gesto serio muy similar. Los marineros ayudaban a los miembros del séquito a subir a los botes que les llevarían hasta los barcos. Cuando subieron a la sirvienta morisca a uno de ellos, la muchacha parecía estar dirigiéndose a su propia ejecución.

María volvió a escudriñar el cielo. Una enorme nube negra se desplazaba rápidamente por encima del sol, bordeando lo que parecía una cinta de tela fina y dorada. Las aves marinas volaban entre los rayos de sol menguantes que se colaban a través de las grietas diminutas que había entre las nubes. Poco a poco, dichas grietas fueron cerrándose, disminuyendo la luz. Batiendo las alas contra el viento, las aves terrestres parecieron tocadas por Midas y, después, se mezclaron con la creciente oscuridad, graznando una advertencia interminable.

Con la ropa pegándosele al cuerpo por culpa del vendaval cada vez más fuerte, María volvió a detenerse y se llevó una mano al estómago nervioso, contemplando el camino por el que habían llegado hasta allí. Tembló a pesar de la calidez del manto que llevaba puesto, sintiendo frío en el cuerpo, en el espíritu y en el corazón. Se obligó a dar un paso más hacia los botes, después otro, después otro y, al fin, otro más. Estaba decidida a no flaquear.

El viento se intensificó de nuevo y los oídos le zumbaron con su silbido eólico mientras la empujaba hacia atrás, agitando el fino velo de seda transparente que llevaba bien atado alrededor del cuello. Mientras se esforzaba por colocárselo bien, la salpicadura del mar hizo que le escocieran los ojos. Arrugó la nariz ante el olor del pescado podrido que había cerca y los desechos humanos, un hedor que se superponía al aroma fresco del mar.

Cuando al fin consiguió desenredar el velo, volvió a contemplar el océano gris e interminable. Durante años, había estado esperando aquel día, pero, en aquel momento, tuvo que sobreponerse a la realidad. En el interior, oyó la voz de su madre. «Querida mía, estoy aquí. Estoy aquí. Siempre».[9] Aquellas habían sido las palabras que le había

---

9   N. de la Ed.: La madre de María de Salinas fue Josefa González de Salas. No se sabe gran cosa sobre ella, salvo que su marido y ella estaban empleados en la Corte y que probablemente estaban emparentados con la familia real.

dicho el último día que habían pasado juntas. Eran palabras que ya no la consolaban, pero que le hablaban de todo lo que estaba sacrificando. Un océano de dolor la ahogó. «No quiero ir. No quiero marcharme de aquí. ¿Cómo puedo marcharme sabiendo que no volveré a ver a mi madre nunca más?».

Miró al frente, en dirección a Catalina, y el corazón se le partió en dos. «La quiero. No puedo abandonarla. No puedo hacer esto. Puedo construir una vida en Inglaterra siempre que esté con mi Catalina. Debo hacerlo. Lo prometí».

A poca distancia, doña Elvira caminaba con paso firme junto a su esposo, don Pedro Manuel. Con la cabeza agachada y el ceño fruncido como de costumbre, la mujer mayor también estaba luchando contra el fuerte viento. Se soltó las faldas para sujetarse el cubrecabezas y se tropezó con el vestido, que le arrastraba. Su marido le agarró el brazo, evitando que cayera al suelo.

Desde cerca les llegó una risa fuerte y entrecortada. Cerca de los botes amarrados al muelle, apiñados los unos contra los otros y observando la partida de la princesa y su séquito, había unos veinte aldeanos. Dos hombres mayores empujaron a un joven de rostro pálido a sus espaldas, ocultándolo de la vista. No deberían haber temido nada. Cerca, los marineros ayudaban a la comitiva a subir a los botes. El día les había presentado preocupaciones mayores que darle importancia a un plebeyo que se burlaba de sus superiores.

A cierta distancia de la costa, tres de los galeones del rey, que el fuerte temporal había convertido en juguetes que se mecían, estaban listos para aprovechar la marea matutina. En cuanto hubiesen subido a bordo, los barcos se harían a la mar. Respiró hondo e intentó calmar el corazón agitado, que le latía contra los oídos. En su interior, el dolor silbaba y se agitaba como las corrientes del mar espumoso.

María volvió a luchar con su velo, que se había visto atrapado de nuevo por el viento. La luz del sol se coló entre las nubes. Una luz resplandeciente con reflejos plateados bañó la flota de galeones y el mar en torno a ellos se convirtió en un estanque enorme, reluciente y desbordado. La luz parecía tener vida propia; se ondulaba y palpitaba, formando un flujo continuo entre el mar y el cielo, como si un ángel estuviera batiendo las alas entre el cielo y la tierra. En un momento todo era fiero y aterrador y, al siguiente, una imagen de la belleza.

Empujada por el viento, se colocó junto a Catalina, contemplando con ella el cielo y el mar en silencio. «¿Por qué debería hablar cuando conozco el corazón de alguien tan bien como el mío?».

El conde de Cabra se acercó a ellas e hizo una reverencia. Ayudó a Catalina a subirse al bote más cercano. Acomodando a la princesa, le colocó una manta gruesa sobre el regazo y las piernas, sonriendo para tranquilizarla. Se irguió como una flecha y, como buen comandante, alto y orgulloso, dio indicaciones al séquito.

—Deprisa, las mareas no esperan a nadie. ¡A los botes! —dijo levantando un estruendo, con un tono de voz propio para el campo de batalla.

Después de que uno de los marineros le ayudara a subir al mismo bote que Catalina, María se volvió. Ensombrecida por el Farum Brigantium, el antiguo faro, una playa blanca y pedregosa formaba una barrera entre el mar y la ciudad portuaria. Los rayos de sol iluminaron el estrecho trecho de playa antes de que la avalancha de oscuridad procedente de las pesadas nubes la cubriera.

❀ ❀ ❀

Dos días más tarde, Catalina estaba dando vueltas en la estrecha cama cerrada y farfullando, impidiendo que María durmiese.

—Traidores. Morid... Morid —repetía una y otra vez.

Extendió los brazos, haciendo que su amiga tuviera que hacer equilibrios al borde de la cama, apartándose de su camino.

«¿Debería despertarla?». María volvió a colocarse junto a ella, suspirando e intentando hacer caso omiso del olor a vómito y a orinales sin vaciar que permeaba el camarote. «Al perro que duerme, no lo despiertes», se recordó a sí misma. Lo que ocurría en la vida real le daba más motivos para tener miedo. Las otras mujeres que había en el camarote, que se habían despertado a causa de la tormenta, ya estaban rezando por sus vidas.

Los laterales del galeón gruñían y los maderos crujían como si estuvieran acompasados con el retumbar de los truenos de la tormenta. El navío se inclinó hacia un lado y, después, hacia el otro, como si fuera un caballo indómito soportando el peso de un jinete por primera vez. Fuera, un viento infernal aullaba reclamando sangre y sus gemidos resonaban en el camarote. Los destellos de los relámpagos surcaban las grietas que había en la madera como si fueran lenguas afiladas y plateadas.

Echó un vistazo a través del agujero que tenía más cerca. Rasgando la noche en dos, los rayos iluminaban el cielo nocturno y cada resplandor ofrecía imágenes breves de otros mundos. En un abrir y cerrar de ojos, aquellos mundos pasaban del dorado al azul y, finalmente, al morado, antes de desaparecer en la oscuridad. «¿Qué pasa si la tormenta resulta ser demasiado para nuestro barco?». Con el estómago revuelto, comprobó cómo se encontraba Catalina. El pulso lumínico procedente de la tormenta le reveló que la princesa seguía dormida, aparentemente ajena al balanceo y cabeceo del barco.

Otro estruendo ensordecedor provocado por los truenos agitó el camarote. Catalina jadeó y se incorporó de golpe, con los ojos muy abiertos por el miedo. María le estrechó la mano, manteniendo la voz calmada.

—Estáis bien. ¿Habéis tenido otro sueño?

Ella agachó la cabeza, avergonzada.

—Sí, otra pesadilla. —Catalina se apoyó en el cabecero de la cama, llevándose las rodillas al pecho. Miró al frente como si estuviera contemplando un mundo diferente—. El verdugo balanceaba la cabeza del muchacho como si fuese un juguete. Había sangre por todas partes. —Se llevó una mano a la garganta—. En el sueño, yo también estaba cubierta de sangre.

—Hermana mía, no ha sido más que una pesadilla —la consoló María.

Sin embargo, recordó todas las que habían estado acosando a su princesa desde que habían emprendido el viaje. Cuando el Botafumeiro se había soltado de las cuerdas en la catedral, les había parecido otro mal presagio, aunque había sido muy real. Se mordió el labio inferior. «¿Por qué la princesa no deja de tener esos sueños? ¿Soy una tonta por pensar que Warwick está avisándola desde la tumba?».

Catalina apartó las sábanas y las suaves pieles de animal.

—Tengo que levantarme. No me encuentro bien.

Sin esperar a que María la ayudase, se dio la vuelta, intentando ponerse en pie, y estuvo a punto de resbalar sobre los maderos viscosos y empapados de agua.

El barco cabeceó. El agua de la tormenta se coló entre las tablas. Las habían acomodado en el gran camarote del capitán, en el nivel superior del barco, que se suponía que era el lugar más seguro a bordo para Catalina. Ya no parecía seguro. Cerca de ellas, el agua se acumulaba como una marea en constante ascenso. La princesa se dejó caer de rodillas, santiguándose antes de agarrarse al marco de la cama.

—Dios mío, perdonad mis pecados —dijo. Después, susurró—: Por favor, Dios, no quiero morir.

La grieta en la madera que había al lado de María desvelaba los relámpagos que rasgaban el cielo en dos. En el camarote, las mujeres gritaban de miedo mientras Inés y Francisca, manteniendo un equilibrio precario sobre las rodillas como Catalina, rezaban en voz alta mientras el barco cabeceaba y se balanceaba en rápida sucesión. Otras se agarraban a lo que podían. A María, el corazón le latía con fuerza, como si quisiera escapársele del pecho.

El viento golpeaba el barco sin piedad. De pronto, el vendaval exhaló un grito, uno tan poderoso que hizo que se agarrara a la princesa y que todo lo que había a su alrededor se quedara en silencio. El navío se escoró de forma salvaje, haciendo que María y Catalina cayeran al suelo mojado. El agua se filtraba a través de cada una de las grietas del camarote superior.

Doña Elvira gritó.

—¡Madre de Dios, salvadnos! ¡Nos estamos hundiendo!

La embarcación se meció con violencia y todo se volvió negro. Dolorida por la caída, María se agarró con fuerza al poste más cercano.

En la oscuridad, un terror invisible la asaltó.

❊ ❊ ❊

Justo después de la primera luz del alba, María se encontraba junto a Catalina en la galería del gran camarote del barco, sintiéndose tan amoratada y maltrecha como el navío dañado. La noche interminable y horrible había dado paso a un amanecer nacarado y translúcido, y el vendaval se había disipado, convirtiéndose en frescas brisas marinas. Los despojos de unas nubes oscuras que se dispersaban en el cielo eran lo único que quedaba de la tormenta de la noche anterior.

Humillados, los galeones regresaron renqueando a puertos más tranquilos, en busca de seguridad. Con todos los barcos necesitados de muchas reparaciones, los hombres y mujeres que iban a bordo alabaron y dieron gracias a Dios por haber escapado de una muerte prematura.

Como el aire frío hacía que se sintiera más frágil, María se arrebujó con firmeza en su manto rojo mientras el viento tiraba de él, agitándolo contra el de Catalina. Agarró el intrincado borde del manto, que estaba bordado con lana negra, y el corazón le dio un vuelco al recordar a su madre cosiéndolo. Cerró los ojos un momento y se obligó a pensar en otras cosas.

Sobre ella, las gaviotas graznaban. Observó cómo volaban con los ojos llorosos por las fuertes sales marinas que arrastraba el aire. Tres días atrás, otra bandada de gaviotas se había abierto paso a través del viento hacia la orilla. «¿Son los mismos pájaros? Tal vez lo sean. Sin importar lo que ocurra, la vida sigue adelante».

Catalina cruzó los brazos sobre la barandilla y miró al cielo.

—Qué tormenta tan terrible. —Escudriñó el mar, que se mostraba atractivo y amable—. Un nuevo día, un nuevo comienzo. Me siento como el fénix surgiendo de las cenizas.

Volviendo a mirar los pájaros, María estrechó la mano de su amiga.

—Un fénix a punto de volar. Es un nuevo amanecer para ambas.

La princesa suspiró.

—Estamos tan lejos de Inglaterra...

Las olas chocaban contra los laterales del barco oscilante y su ritmo le recordó a los versos de un poema. Sin pensarlo, recitó en voz baja:

Mis pensamientos tiran de mi corazón
como una vela al viento tira de un barco un día de tormenta.
Estoy destinado a errar, según el libro de Dios,
y a vagar por toda la tierra.
Porque aquellos destinados al exilio
como Caín se mueven y como Jonás desertan.

—¿Habéis dicho algo? —le preguntó Catalina.

María se calló, mirando a su amiga.

—No es nada importante —replicó, bajando la mirada hacia el mar.

Sin embargo, aquellas palabras siguieron repiqueteándole en la mente.

Capítulo 3

Mi querida doña Latina:

Estamos esperando en tierra, en Laredo, a que los barcos estén reparados y listos una vez más para hacerse a la mar. Llevamos tres largas semanas esperando. Estoy leyendo uno de los libros que me regalasteis cuando nos despedimos, los escritos de Santa Hildegarda. Desde luego, Causas y remedios es un libro repleto de sabiduría y me hace tener la mente abierta, maestra. ¿Era esa vuestra intención al regalármelo? Os alegrará saber que sigo vuestro ejemplo: tomo notas y hago dibujos en mi diario para que me ayuden con el aprendizaje. Sin embargo, echo en falta a diario vuestro consejo y nuestras lecciones. Lejos de vos, me siento menos apta que nunca para convertirme en la sanadora en la que deseáis que devenga. No quiero fallaros ni a vos ni a mi princesa. No olvidaré la promesa que os hice; seguiré fortaleciendo los conocimientos que me ofrecisteis. Si hiciera lo contrario, tan solo mostraría mi falta de gratitud hacia vuestras buenas enseñanzas...

l otro lado de la ventana de Catalina, se oía la voz ronca del conde de Cabra. La princesa todavía seguía profundamente dormida, así que María se levantó del escritorio y miró hacia fuera, preocupada por que los hombres fueran a despertarla. El conde estaba junto a Stephen Brett, un capitán de barco inglés. Enviado por el rey Tudor, había llegado temprano el día anterior. Era un hombre bajito, de cabello oscuro y que tenía las piernas arqueadas propias de un marinero de toda la vida; hablaba con Cabra en un francés apresurado.

—Conde, si no partís pronto, mi rey tendrá que postponer la boda de su hijo. Eso le haría muy infeliz. Todo está preparado y a la espera de la llegada de la princesa.

—No estamos listos para partir —respondió el conde.

Con la mano, hizo un gesto en dirección al lugar donde los marineros y artesanos estaban trabajando en los barcos. Los hombres se pasaban todo el día martilleando y serrando, reparando los barcos dañados para otro viaje por el mar.

—Será mejor que estéis preparados pronto, mi señor —dijo el capitán—. Si pensáis que el tiempo es malo ahora mismo, puedo prometeros que, dentro de unas semanas, nos ofrecerá una travesía para olvidar. Quiero que nos marchemos en cuanto las reparaciones estén acabadas. De lo contrario, temo que mi primer oficial de cubierta pierda mi propio barco en el golfo de Vizcaya. Conozco las tormentas que allí se desatan demasiado bien. Mi rey me envía para guiaros hasta un puerto inglés seguro, y os prometo que lo haré, pero debemos marcharnos antes de que acabe la semana.

Los hombres siguieron adelante. María permaneció en la ventana, incapaz de apartar la mente de las palabras del capitán. «¿Una travesía para olvidar? Dios mío, ya hemos estado en una tormenta en el mar y no quiero enfrentarme a otra nunca más». Catalina seguía dormida, así que decidió lidiar con su nueva preocupación dejando la carta sin terminar durante un rato y yendo a buscar comida.

En la alcoba de fuera, Bella, Francisca e Inés estaban sentadas muy juntas, añadiendo más bordados al ajuar de la princesa. Cuando se acercó, las tres muchachas alzaron la cabeza y se miraron las unas a las otras.

—¿Venís a uniros a nosotras? —preguntó Inés.

Sorprendida por sus miradas frías, María se sentó cerca de ellas.

—Perdonadme, pero haría cualquier cosa para evitar la aguja o la rueca —contestó con una sonrisa.

—No solo la aguja o la rueca. Dejáis muy claro dónde preferís estar —replicó Francisca.

María miró fijamente a la joven.

—No sé qué queréis decir.

Bella se removió sobre el taburete con una angustia evidente.

—Llevamos aquí semanas —dijo—. Todo este tiempo, vos y la princesa habéis permanecido a solas en su alcoba. Creo que doña Elvira tiene razón: deseáis tener a la princesa para vos sola.

María miró alrededor, asegurándose de que doña Elvira no estuviese a la vista. Molesta, sacudió la cabeza.

—Prestáis demasiada atención a esa mujer. He estado con la princesa desde que éramos niñas. Si ella prefiere quedarse en su habitación para leer y escribir cartas a su familia en lugar de sentarse y perder el tiempo en charlas ociosas, yo no puedo hacer nada.

—¿Y tenéis que estar con ella todo el tiempo? —preguntó Francisca con una mirada dura y acusadora.

María se mordió la lengua para refrenar el deseo de contestarle con palabras más bruscas. Recordó la sonrisa de la muchacha en la catedral de Santiago de Compostela. «Podemos ser amigas. No; debemos ser amigas. Pronto, estaremos en un país extranjero y, entonces, solo nos tendremos las unas a las otras». Decidida a hacer caso omiso del comentario de Francisca, se encogió de hombros.

—Quiere que esté con ella y, además, estamos muy acostumbradas a la compañía de la otra. Yo también tengo cartas que escribir y libros que estudiar. Así, no pienso en el próximo viaje por mar, que me asusta tanto como a vosotras. Me atrevo a suponer que esta también es la razón por la que la princesa se mantiene ocupada escribiendo tantas cartas.

Inés dio un tirón a la larga trenza que le caía sobre un hombro antes de tocarla en el brazo.

—¿Y no podríais convencerla de que viniera a hablar también con nosotras? También estamos dejando atrás a nuestras familias y nuestro país. Seguramente, hubiéramos aprovechado mejor estas semanas intentando estrechar los lazos entre nosotras. Todas estamos aquí para servirla, no para ponernos celosas las unas de las otras porque pensemos que tiene favoritas. —Frunció el ceño mirando su labor—. Además, no sois la única que desea evitar la aguja. Si pudierais prestarme uno de vuestros libros para leer, estaría en deuda con vos.

María se frotó la cabeza dolorida. «¿Me he convertido en la defensora de mis compañeras?» Aquel no era un papel que recibiese de buen grado.

❀❀❀

Cuando regresó a la alcoba, Catalina estaba despierta y sentada en el escritorio. Alzó la cabeza, dejó a un lado la pluma y sonrió.

—Habéis estado fuera un buen rato.

—He estado hablando con nuestras acompañantes.

—Mmm...

La princesa tomó la pluma de nuevo, volviendo a centrar su atención en el pergamino que tenía frente a ella.

—Catalina, por favor, ¿podríais escucharme un momento?

Su amiga se volvió hacia ella.

—¿Qué ocurre?

—Creo que sería más inteligente que no estuviésemos solas tanto tiempo. Las demás también son vuestras acompañantes. No están contentas y no creo que se deba tan solo a este largo viaje.

Catalina frunció los labios.

—¿Sabéis qué es lo que les molesta?

—Están celosas —suspiró.

—¿Celosas?

Entre las cejas se le formó una arruga muy parecida a la de su madre. María volvió a suspirar.

—De mí; tienen celos de mí.

Catalina pareció sorprendida.

—Pero siempre hemos estado juntas.

María se encogió de hombros.

—Creo que sería inteligente recordar el consejo que os dio la reina sobre no tener favoritas y que eso fuera tan claro. Una vez que estemos en Inglaterra, vuestras damas serán vuestro círculo íntimo dentro de la corte.

—Pero para mí sois como una hermana —dijo la princesa—. Incluso madre mantenía cerca a aquellos en los que confiaba como, por ejemplo, vuestra madre.

—Sí, y como mi madre a vuestra madre, juro serviros hasta el día de nuestra muerte. Sin embargo, las demás chicas empiezan a preocuparme. También están asustadas por el viaje por mar y, como nosotras, están dejando atrás todo aquello que aman por Inglaterra. Os ruego, por mi bien, que comamos con ellas y pasemos más tiempo conociéndolas. Creo que si entabláis amistad con ellas, una amistad de verdad, no estarán tan celosas y no causarán problemas. No me gusta el modo sombrío en que me miran.

✳✳✳

Una vez más, volvieron a subir a bordo del barco que las llevaría a Inglaterra. Mientras los marineros preparaban el navío para levar anclas, María se unió a Catalina y las otras mujeres en cubierta. Con las velas blancas desplegadas sobre el cielo pálido, el navío se mecía suavemente con el viento. Sin embargo, el cielo azul se tornó gris demasiado rápido mientras que el viento pasó de parecer la invitación de una sirena a una bestia salvaje, hambrienta y enfadada que perseguía a su presa.

María luchó contra el mareo, tenía el estómago tan revuelto como la propia cubierta del barco. Se agarró a la barandilla, mirando primero hacia tierra y después hacia su princesa. Catalina se apartó de las mujeres que estaban de cháchara y entrelazó su brazo con el de ella.

—¿Qué creéis que es: temeridad o valentía?

Antes de que pudiera contestar, el viento le agitó el velo, que le golpeó el rostro y se le metió en la boca abierta. Estalló en carcajadas. Se rio de las nubes negras que ya se agolpaban en el horizonte y de un mar agitado e interminable. Se rio de lo pequeño que era su barco cuando lo comparaba con la inmensidad del mar. Tragó saliva, con la risa acercándose al llanto, y se encontró con los ojos preocupados de Catalina.

—Rezo para que lleguemos a salvo a Inglaterra. Rezo por todos nosotros —dijo en voz baja, con todas las fuerzas que pudo reunir.

A última hora del día siguiente, el cielo se había vuelto negro y parecía que la historia iba a repetirse. Los relámpagos rasgaban el cielo, los vientos feroces aullaban y el mar picado golpeaba el barco. Empujada una vez más a quedarse en el camarote y escuchar los gruñidos de la madera, María intentó taparse los oídos. Los truenos resonaban sobre sus cabezas y temía que el navío estuviese a punto de partirse en dos. Un mar endemoniado sacudía el barco como si el mismísimo Satán se hubiese entregado a un juego asesino.

Al ver los barcos por primera vez, pensó que parecían juguetes en mitad del océano. Habían resultado ser juguetes frágiles. El aullido del viento se detuvo un instante, arrastrando consigo los gritos de los marineros que se esforzaban para mantener el barco a flote y que todos sobrevivieran. El navío cabeceó entre unas olas que parecían montañas. Congelada, aterrorizada y terriblemente mareada en aquel camarote oscuro y empapado por el agua del mar, se sintió atrapada en un tiempo que se le hizo eterno y horrible.

Sin embargo, en aquella ocasión, el vendaval no les devolvió a casa. Por el contrario, aquellos vientos infernales les acercaron a Inglaterra, pero no a tierra. Durante días, las ráfagas contrarias y las tormentas invernales hicieron imposible que se acercaran a la costa y a la seguridad de un puerto. Estrechando la mano de Catalina, María se acurrucó con ella y las otras chicas.

—¿Creéis que vamos a morir? —preguntó Francisca, haciendo la misma pregunta que lograba que a María se le estremeciera el corazón.

No pudo contestarle. Ninguna de ellas podía. Al oír de nuevo el aullido del viento y los gruñidos de la madera del barco, estrechó también la mano de Francisca.

Al fin, llegó la hora en la que un mar calmado les permitió echar el ancla. En la popa, junto a Catalina, María observó a los hombres que remaban hacia ellos desde la costa cercana, atravesando las aguas agitadas, y que les llevarían hasta la orilla.

La princesa juntó las manos como si estuviera rezando. Volvió los ojos, asustados y ansiosos, hacia ella.

—Me dicen que estamos en Plymouth. Se suponía que debíamos echar ancla en Southampton, no aquí. La muerte nos ha rondado dos veces, María. Dos veces.

En la costa inglesa, la niebla se espesaba y formaba remolinos. Cielos grises, aguas grises, una costa gris cubierta de rocas grises... Un mundo gris que apenas les daba la bienvenida. Incluso el enorme castillo parecía gris, además de feo. Se cernía sobre ellas como retándolas a que se acercaran.

—¿Qué pasa si mi matrimonio no satisface a Dios? —preguntó la princesa.

—Silencio, no digáis tales cosas. —María la agarró del brazo, bajando la vista hacia el mar. Las olas formaban crestas y golpeaban el barco, que se mecía—. Gracias a Dios, pronto abandonaremos este barco para ir a tierra firme. —Se sacudió, poniéndose en movimiento y mirando en torno a ellas para asegurarse de que estaban solas—. Venid, hermana mía, regresemos al camarote y preparémonos para Inglaterra.

❖ ❖ ❖

El día estaba llegando a su fin cuando sus botes fueron arrastrados hasta la costa rocosa cerca de un embarcadero de piedra que conducía hacia el castillo. Los ingleses que les habían estado esperando bajaron a las mujeres de las embarcaciones. María tuvo que recuperar el aliento, con el corazón latiéndole con rapidez, cuando uno de los hombres, alto y sonriente, la tomó en brazos y la llevó a la seguridad del muelle como si no pesara nada.

Una vez en tierra firme, se tambaleó y se llevó una mano a la cabeza, que le daba vueltas. Desanclada de su cuerpo, le pareció verse a sí misma desde arriba. A su alrededor, la brisa marina arrastraba la podredumbre de cosas muertas. Se aferró al último rastro de fuerza de voluntad que le quedaba y se obligó a que las piernas le obedecieran, uniéndose al resto de sus acompañantes. Amontonados de forma protectora en torno a Catalina, todos parecían exhaustos. Algunos parecían enfermos. Don Alcaraz, el médico de la princesa, estaba tan pálido que parecía a punto de derrumbarse sobre el suelo.

Unas voces masculinas estaban cantando. Por la banda costera se acercaba cada vez más un grupo de hombres vestidos de forma ruda. María no podía entender una sola palabra, pero no había duda de que estaban cantando en señal de bienvenida. Hombres bien vestidos se dirigieron hacia ellos. Señalándoselos a Catalina, el conde se apartó del grupo y fue a su encuentro con grandes zancadas. Al final, regresó junto a ella.

—Princesa —dijo con una breve reverencia—, los hombres han venido para escoltaros hasta el castillo de Plymouth.

Siguieron a los ingleses y los cantores fueron tras ellos como una escolta desharrapada. Durante todo el camino, los hombres siguieron cantando y sus melodías pasaban de rápidas a lentas y rápidas una vez más. Para cuando llegaron al castillo, otros cantores se les habían unido: hombres, mujeres y niños.

Cuando las puertas del castillo se cerraron a sus espaldas, María sonrió al escuchar que seguían cantando. Don Alcaraz también sonrió.

—Los ingleses reciben a la princesa como si fuera la salvadora del mundo —dijo, lo bastante alto como para que le oyeran los demás.

Sin sentir todavía las piernas, contempló el interior oscuro del castillo. A pesar de los tapices que colgaban de las paredes, el lugar parecía preparado para soldados, apenas era un lugar adecuado para recibir a Catalina durante su primer día en Inglaterra o para alojarla. Aquella fealdad, nada atractiva, hizo que añorase los hermosos edificios que había dejado atrás, en su hogar.

Pisó las esterillas de cálamo que habían colocado sobre el suelo empedrado y que crujían bajo sus pies y siguió a Catalina hasta una habitación larga y espaciosa iluminada por velas. El olor de las hierbas aromáticas se esparcía en torno a ella, pero no lograba ocultar el olor a deshechos humanos y animales que había demasiado cerca, o el del otro hedor que hizo que se le revolviera el estómago, el de la grasa rancia que volvía asfixiante hasta el aire que respiraba.

Al entrar en la habitación, lo primero que vio fue un hogar de piedra tan alto y ancho como la altura de un hombre. El fuego que ardía en el interior devoraba unos troncos enormes y, a modo de bienvenida, resplandecía brillante y cálido. Al fondo de la estancia, habían colocado una mesa alargada repleta de comida y bebida. Catalina se desplomó sobre la silla de respaldo alto más cercana, junto a la colosal chimenea, y les hizo señas a sus acompañantes.

—Por favor, sentáos si así lo deseáis. Todos necesitamos descansar.

Sentándose en un banco con alivio evidente, don Alcaraz se inclinó hacia delante, señalando la puerta abierta.

—Princesa, se acerca un lord inglés.

Catalina volvió la cabeza. Cuando miró en la misma dirección, María vio a un hombre anciano atravesando la puerta. Vestido suntuosamente, caminaba poco a poco, tambaleante, y se ayudaba de un bastón para aliviar su cojera. Detrás de él iba una mujer hermosa con la cabeza cubierta por un tocado blanco. Parecía lo bastante joven como para ser la nieta del anciano. Les seguían varios hombres vestidos con libreas rojas. Cabra se colocó tras la silla de Catalina y se inclinó para hablarle al oído.

—Reconozco el emblema, alteza. Se trata de Thomas Howard, conde de Surrey.

La princesa suspiró, tirando con fastidio del fino velo de seda que le cubría el rostro.

—Parece que debo saludarle.

El conde se colocó delante de su silla e hizo una reverencia.

—Os traeré al conde.

Cabra se dirigió hacia la puerta con grandes zancadas y se inclinó ante el anciano conde. Habló con él y con la mujer joven en voz baja antes de llevarlos ante Catalina junto con uno de los hombres vestidos con librea. El anciano se inclinó sobre la mano tendida de la princesa y le dio la bienvenida en francés antes de hacer un gesto hacia la muchacha.

—Mi esposa, lady Alice.

María estuvo a punto de soltar un grito ahogado, sorprendida. «¿Esa chica tan joven es su esposa? Cielo santo, ¡si es un anciano!». Lady Alice hizo una reverencia.

—Es un placer conoceros, alteza.

—He enviado un mensaje al rey para avisarle de que habéis llegado sana y salva —dijo el conde. Le hizo un gesto al hombre de la librea, que se acercó portando una poma de olor de color rubí con incrustaciones doradas, colocada sobre un cojín de terciopelo rojo—. Alteza, os ruego que aceptéis esta pequeña muestra de mi estima. Me siento honrado de estar entre los primeros en daros la bienvenida a Inglaterra.

Catalina tomó la poma de olor y sonrió.

—Conde, acepto vuestro regalo con gran placer.

Con los ojos enormes y vidriosos sobre el rostro pálido, se dejó caer de nuevo en la silla. Al reconocer las señales de la creciente fatiga de su amiga, María se acercó a ella y, de paso, le hizo señas a don Alcaraz, que se dirigió al conde de Cabra y se inclinó ante él antes de hablarle al oído. Este se movió rápidamente e hizo una reverencia ante el conde inglés.

—Disculpadme, mi señor, pero ¿puedo pediros que alguien lleve a la princesa a sus aposentos y que le envíen comida y bebida? Nuestra princesa necesita descansar. El viaje hasta Inglaterra ha sido, cuando menos, difícil.

Catalina soltó una risa cansada, pero le tendió la mano al conde de Surrey.

—El buen conde de Cabra dice la verdad, mi señor. Ansío dormir en una cama que no amenace con tirarme al suelo. Mañana, desearía que nos escoltaseis hasta la iglesia más cercana para que mi gente y yo podamos dar gracias por haber llegado a salvo.

Surrey le tomó la mano y volvió a inclinarse ante ella.

—Con mucho gusto, alteza. Iré ahora mismo a ver al sacerdote para prepararlo.

Aquella noche, todos descansaron cómodamente en el castillo. Al día siguiente, temprano, limpios de nuevo y vestidos con elegancia, recorrieron con sus anfitriones ingleses la distancia corta pero empinada que había hasta la iglesia de San Andrés. Cada vez se les unían más ingleses y, para cuando llegaron, su número había crecido al menos hasta duplicarse. Justo antes de entrar a la iglesia de piedra, parte de la cual parecía recién construida, María se volvió para mirar hacia el puerto. Una nube densa y oscura se esparcía por el cielo como si fuera aceite derramado y el mal oscurecido parecía no tener fin. Mientras el aire le azotaba el vestido y el velo, y las olas rompían contra las rocas de la playa, recordó el día en el que había abandonado por primera vez las costas de su hogar para subirse a los barcos que habían estado aguardándoles. Con el corazón dolorido por todo lo que la separaba de su antigua vida, se dio la vuelta y siguió a Catalina.

❧❧❧

Tan solo dos días después, un grupo de nobles ingleses los escoltaron desde Plymouth hasta Exeter. Allí, más miembros de la corte inglesa les recibieron y su llegada aumentó el séquito en centenares. Le entregaron a Catalina un mensaje de bienvenida a Inglaterra de parte de su rey y príncipe. Montados a caballo, todo el séquito prosiguió el viaje, cabalgando por bosques repletos de ciervos y árboles, atravesando terrenos de cultivo donde los granjeros trabajaban el campo y deteniéndose en un lugar que había sido preparado con antelación para el grupo real.

Envuelta en la luz que se filtraba a través de otro bosque denso más, María se volvió hacia Catalina, que estaba detrás de ella.

—Esto es mucho más verde que nuestro hogar —dijo.

La princesa la miró antes de volver la vista de nuevo hacia el camino que había frente a ellas.

—¿Nuestro hogar, María? Debemos considerar que esto es nuestro hogar si queremos tener alguna oportunidad de ser felices en nuestro nuevo país.

Al día siguiente, el tiempo volvió a cambiar. El cielo gris se abrió y la lluvia comenzó a caer sin pausa. El aguacero convirtió el camino en un baño de lodo, ralentizando el progreso. Obligada por el mal tiempo a permanecer con sus damas más cercanas en una litera que habían llevado para su uso, Catalina sacó sus labores. Con las madejas de lana de colores en torno al cuello, pasó las largas e interminables horas de aquel día húmedo bordando. María deseó poder hacer lo mismo, pero sabía que sus habilidades no serían suficientes para sobreponerse al bamboleo constante de la litera o a la luz tenue. Intentó leer, pero se dio por vencida, sintiendo el estómago dolorido por estar vacío. Para ella, el único escape era el sueño.

Los días pasaron con madrugones y paradas breves. Cada noche, dormían en un lugar preparado para acomodar a Catalina y su séquito. Pasaron semanas antes de que llegaran al pueblo de Dogmersfield. Al estar más cerca de Londres, a la princesa y su grupo les prometieron una estancia más larga y descansar en Dogmersfield House, un palacio episcopal.

Tras salir de la litera detrás de Catalina, María se detuvo para examinar los alrededores. A poca distancia del palacio, unos estanques enormes brillaban y se ondulaban bajo el sol de la tarde. En el borde de uno de los estanques había un hombre joven y ágil con una red colocada en el extremo de un palo largo. Con una elegancia inesperada, zambulló el palo en el agua para sacarla después cargada de peces. Colgándose el instrumento al hombro, se dirigió a un camino que bordeaba el palacio.

En la distancia, la torre de una iglesia se alzaba entre los árboles. El sol de la tarde arrojaba una red dorada sobre el paisaje que se abría ante ella. Se giró hacia el palacio. Unos desconocidos se inclinaban y saludaban a Catalina, que permanecía apartada del resto de su grupo. Hambrienta y sedienta, se apresuró a alcanzar a la princesa.

❀❀❀

María se incorporó en la cama, sobresaltada al escuchar la voz alzada y angustiada de doña Elvira. Fuera de la alcoba de Catalina, la mujer estaba discutiendo con un hombre. Como la discusión se volvía cada vez más fuerte, la princesa se despertó de su siesta y se giró hacia un lado. Bostezó y se llevó un dedo a los labios, haciéndole un gesto para que permaneciese callada. Como si doña Elvira estuviese vigilando la puerta, María oyó que decía:

—La princesa está durmiendo, no recibe visitas de nadie.

La voz de otro hombre habló rápida y furiosa en un idioma que no era el suyo. Remarcada por un tono severo, una voz tranquila interrumpió con lo que parecía una orden. Otro hombre respondió molesto en latín y con un acento propio de su hogar.

—Doña, el rey es el amo en este lugar. Verá a la princesa, sin importar lo que digáis.

Las voces bulliciosas se alternaban, superponiéndose y sobreponiéndose unas a otras hasta formar una cacofonía de confusión en la que era imposible descifrar las palabras. A un golpe fuerte en la puerta le siguió la entrada de doña Elvira, nerviosa y descontenta.

—Alteza, rápido, os lo ruego. El rey y su hijo, el príncipe, desean veros. Ahora.

Catalina salió de la cama. María la imitó y tomó sus mantos de una silla cercana. Se cubrió el camisón rápidamente con el suyo y, después, ayudó a la princesa a ponerse el suyo, recogiendo los lados que colgaban y cubriéndole la camisola lo mejor que pudo. Masculló en voz baja un par de maldiciones mientras colocaba bien los pliegues del manto, colocándolo sobre la cabeza desnuda de Catalina como si fuera una capucha.

Con los ojos muy abiertos por el pánico, la princesa tiró de la prenda para que le cubriera el rostro desde la barbilla hasta la nariz.

—Venid. Vayamos a conocer a mi nuevo padre y a mi esposo —dijo, con la voz amortiguada por el manto.

María entró en la siguiente estancia, una habitación repleta de hombres. Uno de ellos se acercó a Catalina y se inclinó ante ella. Vestido con los ropajes castellanos, también hablaba su lengua.

—Alteza, soy el doctor Puebla, vuestro embajador. —Hizo un gesto en dirección a un hombre y a un muchacho—. Me honra presentaros al rey Enrique y al príncipe Arturo.

El rey y el príncipe se adelantaron y su parentesco resultó evidente por su estatura, la esbeltez de sus cuerpos, sus rostros largos, sus labios finos, sus bocas anchas y aquellos ojos encapotados. La luz que llegaba por detrás iluminaba la melena rubia del muchacho, que le llegaba hasta los hombros, se convertía en un resplandor plateado, mientras que la edad había hecho que los mechones canosos del hombre mayor que lo acompañaba clarearan y resultaran atenuados.

Catalina hizo una reverencia. María se inclinó incluso más y permaneció arrodillada en el suelo. Alzó los ojos hacia el príncipe. Siendo más alto que la princesa, su tez pálida rivalizaba con la de una doncella joven. No tenía mucha carne sobre el hueso, y bajo sus altos pómulos corrían unos surcos oscuros. Tenía los ojos azules, gentiles; los ojos de un soñador, un poeta, un cantor de canciones; eran los ojos de un muchacho delicado que sufría alguna enfermedad. Era un joven tan delgado que un fuerte viento podría haberlo arrastrado. Perturbada, María se mordió el labio inferior, acordándose del hermano de Catalina, el príncipe Juan. Si bien había sido un hombre en lugar de un muchacho como aquel príncipe, durante sus últimos meses de vida había parecido tan pálido y enfermo como el príncipe Arturo.

—Alzaos, muchacha. —El rey tomó a Catalina de la mano, ayudándola a que se pusiera en pie—. ¿Por qué os cubrís? Dejad que vea a la esposa que he conseguido para mi hijo.

Hablaba en francés sin esfuerzo. María se preguntó por qué no le hablaba a Catalina en latín, que era el idioma de la diplomacia, y también el que ella mejor conocía. Sin embargo, recordó las cartas que se habían intercambiado ambas familias reales. La reina Isabel, sin duda, habría informado al rey inglés de que su hija hablaba muy poco inglés, pero, tres años atrás, la esposa de este había pedido que enseñaran francés a la prometida de su hijo, ya que era la segunda lengua de muchos de los miembros de la corte inglesa.

Miró a doña Elvira. Arrodillada junto a ella, la mujer se removía con una angustia que no disimulaba. Con la piel grisácea y los ojos oscuros desorbitados, parecía muy alterada y a punto de echarse llorar. María contuvo una risita nerviosa. Jamás había esperado contemplar a aquella mujer en semejante estado.

—Excelencia, buen señor, os lo ruego, es una costumbre castellana que la princesa no le muestre el rostro a su esposo hasta después del casamiento —dijo la mujer mayor.

El rey entrecerró los ojos hasta que solo pudo ver a través de unas rendijas. Aquella mirada echaba chispas.

—No me importan en absoluto las costumbres castellanas; no cuando me afectan a mí o a los míos. —Su voz era suave y acostumbrada a la obediencia—. La princesa está en mis dominios. Reveládmela.

Doña Elvira palideció hasta alcanzar un color enfermizo, pero se movió como si fuera a acatar la orden. La mano alzada de Catalina la detuvo.

—Deteneos. Haré lo que pide el rey.

La princesa se apartó la capucha, pero sujetó el manto con cuidado, ocultando a la vista el camisón. Inclinando la cabeza, le ofreció al rey una reverencia breve y poco profunda.

—Mi señor rey, espero que os guste lo que véis. También mi señor príncipe —añadió, mirando tímidamente en dirección al joven.

Con los nervios a flor de piel, María se movió, cambiando el peso de una rodilla a otra. Catalina estaba de pie, sola para enfrentarse al rey, que era más alto que ella. Aun así, en sus labios se dibujaba una diminuta sonrisa burlona.

Enrique Tudor se frotó el lateral de la barbilla imberbe, haciendo que la pequeña verruga que tenía bajo el labio inferior se enrojeciera. Le devolvió a la princesa una sonrisa leve y tensa. Arturo, por el contrario, mostraba una sonrisa que le iluminaba todo el rostro. Guiñándole un ojo a su hijo, el monarca se volvió hacia el hombre que se había presentado como el embajador de la reina Isabel.

—Su belleza nos complace, así como su carácter agradable, doctor Puebla. Con su buena sangre real, nos dará buenos nietos.

Cada una de las veces que habló, el rey no se dirigió a Catalina directamente ni una sola vez. En su lugar, la miró de arriba abajo.

Todavía de rodillas, María se estremeció por dentro. Los recuerdos de su padre le asaltaron la mente. Cuando escogía las jóvenes yeguas que servirían a su semental, solía tener la misma mirada que había en los ojos del rey.

Recordó todas las veces que la reina Isabel le había dicho a la princesa que sería la consorte de Arturo, su reina. Casi desde la cuna, había sido educada para cumplir con ese papel. Su vida no estaba destinada solamente a servirle, encamarse con él y dar a luz a sus hijos, sino a ayudarle a gobernar su reino.

El rey Enrique hablaba rápidamente con el doctor Puebla y María tan solo entendió unas pocas palabras en inglés. «¿Acaso el rey no ve a Catalina? ¿Acaso no se da cuenta de que está demasiado pálida, que lleva el cabello, largo y rojizo, suelto, que va descalza y que tiene las manos tan cerradas sobre el manto que parece querer evitar así que le tiemblen? —Su princesa entrecerró los ojos e inclinó la cabeza—. Sí, Catalina sabe que el monarca tiene puesta su atención en otros asuntos».

Se volvió hacia el príncipe. El muchacho sonrió y asintió con la cabeza en dirección a Catalina para que se tranquilizara. Sin embargo, después apartó la vista de su futura esposa y se volvió hacia su progenitor, como si esperara y desease saber qué hacer a continuación. Estaba tan tenso como la propia princesa. María tragó saliva. «Son una chica y un muchacho que no tienen más opciones que cumplir con su deber».

✿✿✿

Una vez acabada la parte principal del banquete nocturno, llegó el momento de agasajar al rey y a su hijo. Sonriendo, Catalina se levantó del estrado real y se acercó para tomar la mano de María, conduciéndola al suelo. «Ton-toron-ton-ton», golpeaban los tamborileros mientras los gaiteros y aquellos que tocaban el laúd entremezclaban sus notas con el ritmo. Controló sus nervios y, junto con la princesa, dio palmas una, dos y tres veces. El cuerpo se le movía siguiendo la música de su tierra.

Sobre ellas, y demasiado cerca como para que resultase cómodo, el rey Enrique las observaba sin sonreír.

La música se intensificó. María se olvidó del rey y de todo aquello que no fuera el baile. Dio vueltas en torno a Catalina, manteniendo los ojos fijos en su amiga. Con el cuerpo alineado con el de la princesa, dibujó medio círculo hacia un lado y después hacia el contrario. Los tambores volvieron a redoblar. Giró sobre el talón, dibujando con los pies las cinco puntas de una estrella. Cada vez se movía más rápido y el sudor le perlaba la frente y le empapaba el vestido.

El baile liberaba su espíritu. Cerró los ojos un instante, durante una inhalación, un momento que le pareció una eternidad, y tocó las puertas del cielo antes de caer en picado hacia la tierra. La música se ralentizó. Dibujó un círculo en torno a Catalina y, después, la princesa hizo lo mismo con ella. Los instrumentos se quedaron en silencio, alcanzando la última nota sollozante. Golpeó los pies al unísono con los de su señora y dio cuatro palmadas. Con el baile terminado, recuperó el aliento y le sonrió a su amiga mientras la audiencia aplaudía.

La princesa volvió a tomarle la mano y ambas se volvieron hacia el rey. Su rostro alargado y estrecho no mostraba expresión alguna. Juntas, a la vez, se dejaron caer de rodillas ante él, agachando la cabeza.

María alzó los ojos hacia el estrado real. El rey se apartó de la mesa y abandonó la estancia. Catalina le susurró apresuradamente:

—¿No se ha sentido complacido? ¿Hemos...? ¿He hecho algo que no haya sido de su agrado?

Todavía de rodillas, María se movió, colocándose más cerca de su amiga. No sabía qué decir. La desesperación le aleteaba en el corazón, anidando en él su pesada carga. Parecía que para aquel rey invernal la princesa no era nada más que un símbolo o una posesión. No veía a Catalina, una chica de carne y hueso, que estaba muy lejos de su hogar. Se estremeció. No se atrevía a considerar qué significaba aquello para Catalina o para ella.

Capítulo 4

n la alcoba de la reina Isabel, María se removió sobre un taburete, moviendo de un lado a otro los pies; le palpitaban y los tenía congelados. El viento martilleaba el grueso cristal con la lluvia y el aire, como si alguien estuviera haciendo aquel ruido con los dedos, mientras el frío se deslizaba a través de las grietas de los marcos mal ajustados de las ventanas. La frialdad se abría paso a través de las gruesas capas de ropa que llevaba puesta. Las ráfagas de aire levantaban y agitaban los pesados tapices, que se hinchaban y se balanceaban, creando la ilusión de que tenían vida propia. El viento había aullado y gruñido durante días, con si fuera una voz que palpita como una queja continua que suena fuerte, suave y fuerte de nuevo a través de las estancias reales. Un aire helado, increíble y amargamente frío, soplaba su aliento por los pasillos y las galerías. Los muros, sólidos y gruesos, no servían de mucho para retener el calor en la habitación. La escarcha incluso bordeaba una decoración muy fina del bronce, grande y pulido, que había en la pared cercana. Se estremeció e intentó no pensar en el invierno, que todavía estaba a semanas de distancia.

El bronce reflejaba la cama enorme de la reina. Con unas cortinas gruesas y pesadas y cubierta de pieles, la cama parecía acogedora, resultaba tentadora. María se sentía triste, así que quiso volver a acurrucarse en la cama que había abandonado poco tiempo atrás, para enterrarse bajo las pieles que la cubrían y escapar del frío en sueños. Con las yemas de los dedos adormecidas y torpes, pasó otra página del libro, mirando a Catalina con anhelo. Deseó estar sentada más cerca del fuego gigante que ardía en la enorme chimenea.

Pero, entonces, estudió a la princesa con mayor atención. Situada en el borde de su taburete, Catalina no dejaba de cambiar de posición, retorciéndose de un lado a otro a causa del calor. La seda de su vestido brillaba con el resplandor naranja y rojo del fuego. «La han colocado demasiado cerca del fuego». Aunque también tenía otros motivos para sentirse incómoda. Sentadas en unas sillas de respaldo alto, mirándola desde arriba, una reina y la madre de un rey tenían los ojos fijos en la muchacha que había ido a desposarse con el heredero al trono de Inglaterra. María se mordió el labio inferior. «Aunque me esté congelando, estoy mucho mejor aquí. No me gustaría nada que me mirasen así».

Desde que había llegado a Londres, no era la primera vez que las dos mujeres mayores se reunían con Catalina. Dos días atrás, la condesa de Richmond había organizado un banquete en honor a la princesa. Durante aquella velada, la reina y el rey habían hablado con ella largo y tendido en francés.

Sentada con el resto de las damas de la princesa, bien lejos del estrado real, María les había observado hablar, más segura a medida que pasaba el tiempo de que la reina hablaba con Catalina por otros motivos más allá de la mera amistad. Todo el tiempo que habían pasado hablando, la reina había parecido estar evaluándola hasta el punto de que la joven había empezado a mostrar signos de ansiedad.

Aquel día, por primera vez, las tres mujeres estaban juntas sin estar rodeadas por la corte del rey. La reina inglesa sonrió mientras un rayo de sol repentino irrumpía entre las nubes de aquel día oscuro y asolado por tormentas. Con un rostro tan hermoso, la belleza de la reina podría haber sido la de un ángel en forma mortal.

—Catalina, hija, espero que seáis feliz en vuestro nuevo hogar —le dijo en francés. Hizo un gesto hacia la anciana que tenía a su lado—. Lady Margarita Beaufort[10] y yo deseamos ayudaros a que aprendáis las costumbres de Inglaterra lo más rápido posible.

Margarita Beaufort frunció los labios. Su rostro estrecho era una combinación de rasgos afilados: pómulos afilados sobre unas mejillas cóncavas, una nariz afilada que se estrechaba sobre unos labios finos y afilados y una barbilla afilada. Fulminó a Catalina con la mirada, tanto que esta

---

10 N. de la Ed.: Magarita Beaufort (1443-1509) fue la madre de Enrique VII Tudor y la abuela en Enrique VIII.

se estremeció. Los labios finos de la condesa, tan similares a los de su hijo, el rey, se torcieron en una sonrisa, arrugando la piel apagada y pálida que los rodeaba.

María agachó la cabeza, observando de manera furtiva a la mujer. «Margarita Beaufort tiene el aspecto de alguien que sonríe poco y juzga mucho».

—Vuestra boda complace a mi hijo, el rey, que deseaba está alianza desde hace muchos años —dijo la condesa.

Catalina esbozó su sonrisa más triunfal.

—Mi familia también deseaba esta unión. «*Non mihi, non tibi, sed nobis*».

La madre del rey frunció el ceño y se frotó los dedos largos y nudosos, que llevaba muy cargados de anillos de cobre. Miró a Catalina sin pestañear.

—¿Estáis instruida en latín?

—Sí... —La sonrisa de la princesa se apagó. Miró a la reina en busca de seguridad. Isabel de York[11] le sonrió como muestra de aprobación.

—Muy bien —dijo la reina.

La madre del rey se volvió hacia su nuera con gesto de enfado.

—Las mujeres no deben estudiar latín, Isabel. Eso va en contra de la palabra de Dios.

El rostro se le puso rígido con frío desdén. La reina sonrió a Catalina y, después, se volvió hacia la mujer que estaba a su lado.

—Querida madre, por la gracia de Dios, Catalina será un día reina de Inglaterra. El rey y yo sabíamos y aprobábamos que estudiase latín, aunque el doctor Puebla nos ha informado de que se trata de un latín más clásico que el que hablamos aquí. Clásico o no, me alegra que mi nueva hija conozca ese idioma. A menudo he lamentado mis propias carencias en dicha lengua. Si bien puedo entenderlo cuando lo hablan y puedo escribir unas cuantas frases sencillas, sigo siendo torpe al hablarlo. Creo, sencillamente, que se debe a que nunca aprendí a hablarlo y leerlo cuando era una niña. Querida madre, vos misma me habéis dicho que también lamentáis no poder hablar latín.

---

11 N. de la Ed.: Isabel de York (1466-1503). Fue la primogénita de Enrique IV de Inglaterra y la esposa de Enrique VII Tudor. De su matrimonio nacieron los príncipes Arturo y Enrique Tudor; este último se convertiría más tarde en Enrique VIII.

Lady Margarita miró fijamente a la reina con los labios formando una línea recta. La reina Isabel frunció el ceño y habló con premura a Catalina.

—Creo que mi nueva hija también es una excelente bordadora y sabe usar la rueca.

La princesa miró a la reina con gratitud.

—Sí, mi señora. Mi madre, la reina, enseñó a sus hijas a ser buenas esposas. Espero poder tejer y confeccionar muchas camisas de buena calidad para el príncipe Arturo.

El buen humor que titilaba en los ojos de la reina también se reflejaba en los de Catalina. La monarca se volvió hacia su suegra.

—Ya lo veis. Como os dije, ha recibido una buena educación.

—Una buena educación. —Soltando un fuerte resoplido, la madre del rey se enderezó en su asiento. Cuando volvió a mirar a Catalina, había fuego titilando en sus ojos oscuros—. Ya lo veremos.

La reina frunció el ceño, mirando primero a la madre del rey y después a Catalina, que se llevó la mano a su crucifijo en busca de seguridad.

—Estoy siendo descuidada con mis modales —dijo Isabel de York—. Os ruego que me disculpéis, pero todavía no os he preguntado si el palacio de Lambeth resulta de vuestro agrado.

María contempló con alivio el rostro preocupado de la mujer. «Por todos los santos, os ruego que la reina sea lo que parece: una buena mujer que quiere ayudar a Catalina».

—Me gusta mucho —dijo la princesa con una sonrisa débil—. Es un palacio bonito.

—Hija, os debe de parecer que os hemos trasladado de una morada a otra. Después de que descanséis aquí unos días, veremos vuestra entrada formal en nuestra bella ciudad de Londres y vuestra boda con mi hijo. Sé que es mucho para vos.

Catalina alzó la barbilla y se irguió.

—No me encontraréis deficiente. Soy la hija de Isabel de Castilla y sé cuál es mi deber.

—De eso estoy segura. Las cartas de vuestra noble madre ya me lo dejaron claro.

Miró a la mujer que estaba a su lado, captando su mirada. Entre ellas, se produjo un entendimiento sin necesidad de palabras y la reina asintió. María se dio cuenta de que estaba mirando hacia ella. Avergonzada, bajó la vista y fingió estar leyendo.

—María de Salinas. Si no me equivoco, es vuestra pariente, vuestra compañera de cama. —Ladeando la cabeza, María miró a Catalina, que asintió, confundida—. ¿Confiáis en ella? ¿Confiáis de verdad?

—Sí, excelencia, por mi vida.

María agachó la cabeza un instante, sintiendo el corazón henchido de orgullo. «Sí. Siempre seré fiel a Catalina».

La reina se volvió hacia su suegra.

—Es bastante inteligente que mi nueva hija tenga alguien de quien se fíe y en quien pueda confiar. Ya sabíamos que estaban muy unidas. Su madre me dijo que las habían criado juntas desde que eran poco más que infantes. —Se volvió hacia la princesa con el rostro serio—. Debéis comprender que lo que se diga en esta habitación no debe salir de aquí. —Catalina volvió a asentir—. Ni una sola palabra, hija mía. Si el rey supiera de esta conversación, tendríamos que responder ante él. Y en cuanto a mi hijo... Se sentiría muy dolido al saber que las preocupaciones de su madre y su abuela nos llevan a hablar de este asunto con vos. —La reina bajo la mirada al regazo y suspiró—. Mi hijo llegó al mundo antes de tiempo...

Contemplando el fuego, la mujer volvió a suspirar. Preguntándose hacia dónde iba aquella conversación, a María no le sorprendió ver que Catalina fruncía el ceño con desconcierto ante la reina y la madre del rey.

—¿Mi señora? ¿Excelencia?

La mujer se frotó el lateral del rostro pálido, curvando los dedos para apoyárselos sobre los pómulos. Frunció un poco el ceño.

—Perdonadme, es un asunto difícil de tratar. —Agachó la cabeza—. Tras el nacimiento prematuro de mi hijo, temimos por su vida a diario. Sus primeros años también fueron iguales. Temo la llegada de cada invierno. A lo largo de toda su vida, su gente ha ocultado lo a menudo que han tenido que cuidarle cuando estaba enfermo. El rey, su buen padre, hace oídos sordos al hecho de que la fuerza de su primogénito no es la que debería ser, y Arturo se esfuerza para cumplir con los deseos de su padre. Mi hijo tiene tos incluso ahora.

Isabel de York tomó una copa que tenía a su lado y se la llevó a los labios. Bebió, con los ojos fijos en Catalina, hasta que hizo que esta se removiera, inquieta. Con otro suspiro, volvió a dejar la copa sobre la mesa pequeña. No se dio cuenta de que el contenido se derramaba por la parte superior, formando un charco de vino rojo como un rubí a los pies de la copa.

—Hija mía, habéis visto a mi hijo. Decidme la verdad, ¿qué es lo que veis?

Catalina se sonrojó.

—Buena señora, yo... No sé qué queréis que os diga...

—Quiero que me digáis la verdad, hija mía. No temáis. Estáis hablando con la madre y la abuela de Arturo, dos mujeres que le tienen en alta estima. Hablamos solo por su propio bien.

La princesa se enderezó sobre el taburete. Volvió a sonrojarse y tragó saliva, hablando tan solo un poco más alto que un murmullo.

—Excelencia, el príncipe parece frágil; un muchacho frágil.

La reina contempló a la mujer que tenía al lado.

—Veis, querida madre, ya lo sabe. Tras apenas un par de encuentros breves. Obramos bien al hacer esto. Amo a todos mis hijos, pero Arturo es nuestra esperanza y la de Inglaterra. Seguirá construyendo bien sobre la obra del rey. Debemos hacer todo lo que podamos para mantener a Arturo a salvo. Mi nueva hija nos ayudará. Lo veo en sus ojos.

Catalina pasó la mirada de una mujer a la otra.

—Mi señora, no entiendo...

—Lo haréis. Pero, primero, prometedme que nunca hablaréis de esta conversación a nadie que no esté en esta habitación. Ni siquiera a vuestro confesor. Mi hijo sabe que planeaba hablar con vos y que estoy preocupada por él. —La reina Isabel se estiró para alcanzar la mano de la princesa—. Juradme que mantendréis silencio, hija mía.

Catalina parpadeó con rapidez, con los ojos asustados. Agarró su crucifijo.

—Lo juro por Dios todopoderoso, por mi vida, y por mi salvación eterna en el mundo que está por venir.

La reina se relajó visiblemente, dedicándole una breve sonrisa.

—Bien. Os creo. Aprendí pronto en la vida a diferenciar cuando alguien miente. Observar y escuchar a la gente nos revela muchas cosas, recordadlo. Permitiré que vuestra parienta se quede, pero, cuando abandonéis mi alcoba y regreséis a la vuestra, debéis hacer que ella os jure silencio también. Se queda porque sé que sois como hermanas y estáis muy unidas.

Removiéndose en su asiento, María volvió a palpitar de orgullo, aunque era un orgullo temperado por la inquietud.

Una vez más, la reina volvió a mirar a su suegra.

—Querida madre, sería mejor que os marchaseis ahora. Podéis negar saber aquello que no habéis escuchado. Es hora de contarle la verdad a la esposa de mi hijo.

La anciana asintió. Poniéndose el pie, se alisó el vestido negro y sin adornos.

—Sabemos poco de la muchacha, Bess. Tened cuidado —dijo.

La reina le dedicó una sonrisa extraña, una sonrisa que hablaba de muchos secretos compartidos.

—Debéis saber que siempre soy cuidadosa. Hay demasiadas cosas en juego como para que no sea así.

Margarita Beaufort frunció el ceño.

—La joven es una desconocida para nosotras...

—Querida madre, podéis confiar en mí. Soy vuestra humilde y reverente hija.

La condesa frunció los labios un instante.

—Desde luego —dijo, con una pequeña sonrisa.

María alzó la cabeza cuando la diminuta mujer abandonó la estancia. El orgullo que había sentido momentos antes se disolvió con la aprensión. Ya no estaba segura de si deseaba o no quedarse en la habitación de la reina, ni siquiera por el bien de Catalina.

Cuando la puerta se cerró tras su suegra, la reina cambió de postura sobre la silla.

—Sigue siendo muy piadosa y está llena de suspicacias. —Dejó escapar un profundo suspiro—. Os lo ruego, no os preocupéis por mi suegra. Cuando me casé con su hijo, no la entendía. Antes la odiaba, creía que era la responsable de muchos de mis pesares. Sin embargo, el paso del tiempo me ha ayudado a comprender que la culpa no era suya, sino de otros. También entiendo mejor el camino que ha recorrido. Desde el momento en el que nació hasta que fue una mujer adulta con la capacidad y la inteligencia de forjar su propio destino, los hombres la han usado en pos de sus propias ambiciones y sus deseos de poder. Tan solo tenía trece años cuando trajo al mundo a su único hijo, mi esposo. Eso la dañó en muchos aspectos, no solo el físico. Veo más allá de su fachada severa y la estimo. Protege a los de su sangre con su propia vida.

Unas lágrimas repentinas se precipitaron a los ojos de María. «Mi madre es exactamente igual. Cómo deseo ser como ella, una buena madre para mis hijos».

Catalina abrió los ojos de par en par.

—Excelencia, no os entiendo.

Isabel de York atrapó la mano diminuta de la princesa entre las suyas. En los dedos largos y finos, la reina de Inglaterra tan solo llevaba el anillo de casada.

—Lo sé, pero hay muchas cosas que debéis saber aunque solo sea para vuestra propia supervivencia en Inglaterra. Hija mía, la madre de mi esposo cree que la muerte vendrá pronto a por ella. Se esfuerza mucho por enmendar sus errores mientras todavía esté a tiempo, y por eso cuida de su alma en primer lugar. Ella y yo trabajamos juntas cuando se trata de mis hijos, sus nietos. Sería capaz de cruzar el mismísimo infierno por aquellos a quienes está más unida. Desde luego, ese es un camino que conoce bien, muy bien. Ambas lo conocemos.

El fuego ardía con furia. Las torres de madera flameaban y se derrumbaban, como si fueran visiones de ciudades en llamas bañadas en sangre. Durante un buen rato, los ojos de la reina reflejaron las ascuas del fuego. Antes de volver a hablar, tragó saliva. Su voz era suave, apenas poco más que un susurro.

—Es fácil odiar, pero he descubierto que el odio tan solo destruye aquello que no queremos ver destruido. —Miró a Catalina—. Y yo también rezo por el perdón de Dios. Incluso a día de hoy, tras renunciar a tantas cosas por la paz, la sangre sigue manchando mis manos. Catalina, el mal es un enemigo fuerte, cruel y despiadado y, a menudo, victorioso. Lo sé muy bien. También sé otra cosa: la corona de Inglaterra ha demostrado ser una maldición para los de mi sangre. Ese es el motivo por el que debo hablar con vos. —La reina se frotó las sienes con las palmas de las manos—. Mi querida hija, cuando os encaméis con mi hijo, quiero que me prometáis que no seréis para él una esposa en todos los sentidos. ¿Entendéis lo que quiero decir? —Con los ojos brillantes en medio de un rostro drenado de sangre, la reina se acercó a la princesa—. Todavía no. No hasta que cumpla dieciséis años. Roguemos a Dios que, para entonces, recupere toda su fuerza viril.

Catalina palideció, apartando la mano como si se la hubiera quemado.

—Pero, excelencia...

La reina inclinó la cabeza sobre las manos que tenía colocadas en posición de rezo. Cuando habló a continuación, la voz le tembló.

—Rezo por vuestro perdón, y por el de Dios también. Lo que os pido va en contra de todo lo que nos enseñan los sacerdotes, pero he pensado mucho en este asunto. Si es un pecado que una madre intente salvar a sus hijos de aquello que puede destruirlos, entonces el pecado es mío, no vuestro. Mi hijo tose. Me lo esconde, pero su abuela y yo estamos muy acostumbradas a los síntomas y sabemos cuándo no está bien. Cada día que pasa es más alto, pero hay algo más... Algo que también lo está debilitando. Los médicos están preocupados por él, y yo también. —Alzó la cabeza—. Hija mía, en este momento, un matrimonio consumado podría ser demasiado para él. Podría hacer que sus toses se volvieran mortíferas. Os ruego, por el bien de mi hijo... No; os ruego por la vida de mi hijo que hagáis esto. He hablado con Arturo en privado y le he dicho que no hay prisa, que no necesita cumplir con el papel de hombre hasta que se sienta preparado. Si le pedís que espere, que os deje seguir siendo doncella, mi dulce hijo no os forzará. Arturo ya os tiene mucha estima. Disponer de un poco más de tiempo para conoceros no le hará mal al matrimonio, tan solo lo fortalecerá. —La reina le tocó la mano a Catalina—. ¿Tengo vuestra promesa? ¿Solo cuando cumpla los dieciséis años?

María estuvo a punto de dejar caer el libro. «Santo Dios, ¿qué es lo que le está pidiendo? Tanto la reina Isabel como el rey Fernando se pondrían furiosos si lo supieran. Ha venido para consumar el matrimonio, no para fingir».

Por un instante, la princesa volvió la cabeza hacia el fuego.

—Juan, mi querido hermano, murió cuando tenía diecinueve años. —Volvió a mirar a la reina—. Muchos dijeron que fue porque se aferraba demasiado a su esposa. ¿Teméis que vuestro hijo sufra el mismo destino?

La mujer se inclinó hacia delante y le estrechó la mano.

—Sí. Repito: sí, sí y sí. Arturo es el mejor de mis hijos, el mejor de mis dos hijos varones vivos. Es más sabio de lo que le corresponde por edad. No es solo el amor de madre lo que me lo indica; sus tutores, así como su abuela, que habitualmente es dura y difícil de complacer, afirman que es así. Inglaterra no necesita otro rey que no le convenga. He visto demasiada sangre derramada por haber coronado al rey equivocado.

—Pero Arturo será rey...

Cambiando de posición, la reina extendió la mano derecha con la palma hacia arriba, como si estuviera haciendo un ofrecimiento.

—Si sobrevive. —Tragó saliva con fuerza—. Si mi hijo mayor muere, Enrique, su hermano pequeño, es el siguiente en la línea sucesoria. Enrique no sería un buen rey. Incluso ahora puedo ver que ha heredado las peores cualidades de mi padre, cualidades que trajeron la ruina a Inglaterra. He hablado de esto con el rey largo y tendido. —Volvió a frotarse las sienes—. Nuestro plan es hacer que Enrique ingrese en una orden religiosa.

Catalina miró a la reina, confundida.

—Excelencia, ¿a una orden religiosa? ¿Siendo el segundo hijo?

—Es nuestra mejor opción. Una vida dedicada a Dios fomentará que florezca todo lo bueno que hay en Enrique y acabará con aquellos aspectos de su carácter que tantas noches de insomnio me han provocado. Por favor, no me malinterpretéis. Mi Enrique tiene muchas cosas buenas. Tal vez le hayamos malcriado y él se deja malcriar con facilidad. Posee todos los dones de mi familia, pero también todos los defectos. Un día, creo que será Adonis renacido, y dudo que una orden religiosa consiga que permanezca casto. El corazón se me estremece al pensar en que alguna vez llegue a convertirse en rey. La corona destrozó a mi padre y a mi familia, y también destruiría a Enrique. Es lo que me dice el corazón. —Tomó la copa que tenía a su lado. Llevándosela a los labios, se los mojó sin apartar la vista de Catalina antes de volver a dejarla en la mesa. Se inclinó hacia delante—. Hija, la historia sangrienta de mi familia no es algo de lo que me sienta orgullosa ni algo que quiera ver que se repite. Vi a mi tío Ricardo,[12] un hombre bueno y honorable, un hombre al que quería, tomar la corona de mi hermano porque creía que era la única opción y la única forma de salvaguardar la vida de su hijo. Poco podía hacer para acabar con el mal que mi propio padre había liberado. Desde luego, el mal también le atrapó, situándolo entre la espada y la pared de tal modo que acabó atacando y temiendo por aquellos a los que amaba.

»Su final le redimió. Creo que, en Bosworth, decidió ser el chivo expiatorio de los pecados de su hermano cuando galopó con su caballo hacia

---

12 N. de la Ed.: Ricardo III (1452-1485). Fue rey de Inglaterra y señor de Irlanda. Casado con Ana Neville, falleció en la batalla de Bosworth en 1485. Tras esta derrota, quien ascendió al trono fue Enrique VII.

los hombres que rodeaban a mi marido. La muerte de mi tío limpió Inglaterra para que pudiera tener un nuevo comienzo. —La reina se enjugó las lágrimas—. Su muerte rompió mi joven corazón juvenil. En aquel momento, juré que no permitiría que su muerte y las de mis pobres hermanos fuesen en vano. Tantas muertes... Y siempre son los inocentes los que son sacrificados por las fechorías de otros.

»Incluso mi primo Eduardo, el conde de Warwick, fue otro sacrificio apenas dos años atrás. Que Dios me perdone, no pude hacer nada para evitar su muerte. Mi marido es un rey fuerte, pero la corona le pesa, lo cual le obliga a protegerla. Pero ejecutar a mi pobre primo Eduardo... El pobre, que nunca tuvo la oportunidad de vivir de verdad... —Apretó los labios—. Otro inocente muerto. Aún más sangre derramada sobre este altar al que llamamos trono.

»Pero tengo a Arturo. Él es mi esperanza y la esperanza de Inglaterra. Si él sobrevive, creo que veremos el final del baño de sangre de aquellos a los que amo. Pero, para eso, mi hijo debe estar vivo. —La reina volvió a tomar la mano de Catalina—. ¿Puedo contar con vos para esto? ¿Tengo vuestra promesa?

La princesa se cuadró de hombros.

—La muerte de mi hermano abrió un boquete en mi familia que nada podrá remediar jamás y destruyó todas las esperanzas de mis padres de que Castilla y Aragón fuesen dos reinos unidos. Tenéis mi promesa, majestad. Juro hacer todo lo que pueda.

Capítulo 5

ras despertarse con la cabeza pesada y poco descansada, María rodó hasta el borde de la cama de la princesa y miró con envidia a Catalina, que seguía dormida. Volvió a apoyarse en la almohada, escuchando cómo las gotas de lluvia golpeaban las tejas del tejado y las ventanas como si fueran piedras pequeñas. Aquel sonido se había colado en sus sueños. Con el sueño desvaneciéndose rápidamente, todavía temblaba por aquella advertencia de una amenaza.

Decidió levantarse, apartó las gruesas capas de cubiertas de piel y tuvo cuidado de no despertar a Catalina cuando corrió las cortinas de la cama. Se puso de pie sobre el suelo de madera sin cubrir y jadeó, olvidándose de sus buenas intenciones.

—¡Santa madre de Dios!

El aire helador la asaltó, clavándosele hasta los huesos sin piedad como si fuese un cuchillo.

Catalina se removió y suspiró, pero siguió durmiendo.

María agarró su manto del borde de la cama y se lo colocó rápidamente sobre los hombros, sujetándolo para cubrir el camisón fino. Con los pies danzando por culpa de la frialdad del suelo, fue rápidamente hasta el cuenco de agua que había sobre una mesa cerca del fuego para que se asearan por la mañana. Con cada paso que daba, los dedos de los pies le daban pinchazos y le palpitaban de forma dolorosa, como si estuvieran amenazando con desprenderse. Maldiciéndose a sí misma por no haberse puesto las zapatillas, pasó por alto cómo el aliento se le convertía en vaho. soltó el manto y sumergió en el cuenco los dedos, que atravesaron una fina capa de hielo. Apretó los dientes, a punto de aullar de desesperación. Rompiendo el hielo con el puño, volvió a apretar los dientes y tomó un poco de agua. El agua helada le golpeó las mejillas y le recorrió la garganta, se le coló por el cuello amplio del camisón y le corrió entre los pechos. Temblando de frío, agarró una de las toallas que había en un taburete cercano para secarse la cara e hizo una mueca al verse el pecho salpicado y la piel de gallina. «Hoy tendrá que bastar con tener la cara limpia. No podré soportar el agua fría otra vez».

Se dirigió a la chimenea. Sobre la espesa capa de cenizas del fuego de la noche anterior, tan solo quedaban unos pocos rescoldos rojos. Unas nubes de humo azul se retorcían y arremolinaban hacia ella conforme bajaban por la chimenea. En lugar de llamar a una sirvienta, avivó el fuego perezoso antes de alimentarlo con el carbón que habían colocado cerca para aquel propósito. Antes de despertar a Catalina, quería que la alcoba estuviese más caldeada y resultase más adecuada para la princesa. Se puso en cuclillas y se fijó en la gran ventana de la habitación. La noche anterior, Catalina había apartado las cortinas para contemplar la luna. «Debió de olvidarse de cerrarlas». Un mundo gris y distorsionado se agitaba al otro lado del cristal grueso. Recordó los amaneceres de su hogar, los días azules y sin nubes y los palacios iluminados por el sol a los que llamaba casa y en los que las habitaciones privadas se abrían a unos jardines que invitaban a dar paseos matutinos incluso en invierno. Enfadada, atizó las brasas hasta que estallaron en llamas. «Debo dejar de lamentarme. Tomé una decisión y debo vivir con eso».

Pensó en el día que se avecinaba. Pronto, desayunaría con Catalina. Llevaban haciéndolo juntas todas la vida, pero cada vez se sentía más preocupada. Cuando les cerraba la puerta a las demás damas, dejando que desayunaran juntas, clavaban en ella sus miradas envidiosas y celosas.

Suspiró. No había una solución fácil; no cuando la princesa seguía prefiriendo su compañía por encima de la de todas las demás. Lo único que podía hacer era cultivar las pequeñas muestras de amistad entre las otras chicas y ella, esperando que se convirtiera en una amistad de verdad. Se puso en pie y, mientras Catalina dormía, se apresuró a escoger la ropa que usarían aquel día para calentarla junto al fuego.

❋ ❋ ❋

María soltó una risita ante el gesto amargado de Catalina cuando se sentó a desayunar. Sobre la mesa había un plato que consistía en una masa gris amontonada en un cuenco. La princesa apartó el cuenco y tomó el pan blanco recién horneado y el queso duro. Los mordisqueó, tomó una copa y dio un trago de cerveza.

—No pueden esperar que beba esto —dijo, apartando también la copa.

María volvió a reírse. En uno de sus primeros días en Inglaterra, la princesa, al probar por primera vez aquel brebaje inglés, se había vuelto hacia ella, susurrando para que solo ella pudiera oírla: «Esta es la esponja de hiel y vinagre que le dieron a nuestro Señor».

Reprimiendo otra carcajada, bebió un trago de la copa rechazada.

—Yo me estoy acostumbrando. Es diferente de lo que solíamos beber en casa, pero no me importa.

La princesa empujó su cuenco hacia ella a modo de respuesta.

—Si os gusta la cerveza inglesa, entonces probad esto.

María tomó el cuenco, lo olisqueó y volvió a dejarlo.

—Ni siquiera por amor a vos me lo comería. Puede que sea ese plato inglés de sesos de oveja del que nos habló doña Elvira. —Echó un vistazo a la comida e identificó avena cocida,[13] col, puerros y otras verduras de color pálido—. A los ingleses les gustan las cosas grises. —Le dio un empujoncito al cuenco con el dedo—. Tal vez les recuerden al color de sus días.

—«Qué desarraigados estamos todos, incluso de los colores de nuestro hogar». Echó un vistazo a la puerta cerrada—. Lo más inteligente sería que desayunáramos con las demás —dijo lentamente, pensando de nuevo en la infelicidad que las otras chicas no ocultaban.

Dos golpes fuertes y enérgicos resonaron en la puerta antes de que doña Elvira entrase e hiciera una reverencia.

—Alteza, la reina Isabel reclama vuestra presencia. Os saluda y os desea una buena mañana. Os pide que volváis a su habitación tan pronto como hayáis desayunado. El mensajero me ha informado de que podéis llevar a una de vuestras damas con vos. —La mujer miró enfadada a María—. Humildemente os sugiero que sea yo quien os acompañe esta vez.

Catalina tomó otro pedazo de pan.

---

13 N. de la Ed.: Se trata de un desayuno típicamente inglés, gachas de avena, conocidas como *porridge*. Sin duda desconcertaría a la joven princesa castellana, con costumbres tan distintas a las de su nuevo hogar.

—Doña Elvira, más allá de conducirme hasta los aposentos de la reina, vuestro tiempo es demasiado valioso como para quedaros conmigo. Mis damas necesitan de vuestra guía y atención. También está el asunto de la carta que la reina, mi madre, os pidió. Estoy segura de que a doña María no le importará venir de nuevo.

La mujer masculló algo en voz baja, giró sobre sus talones y abandonó la habitación, cerrando la puerta tras de sí. A María no le hubiera sorprendido que hubiese dado un portazo. Desmenuzó un trozo de pan en su plato, pero no se lo comió. Turbada todavía por el comportamiento de doña Elvira, estrechó la mano de Catalina.

—Prima hermana, ¿recordáis la conversación que tuvimos en Laredo?

La princesa alzó la cabeza, frunciendo el ceño.

—¿Qué ocurre?

—Las mujeres siguen estando celosas.

—Pero paso más tiempo con ellas.

—Sí, pero recordad que Inglaterra también es un lugar extraño para ellas. Nos necesitamos las unas a las otras. Creedme, no me sentiré dolida si le pedís a una de las otras que os acompañe hoy.

Catalina masticó y se tragó parte del queso. Sonrió lentamente.

—Madre me dijo que tomara en cuenta vuestros consejos. Y, creedme, lo hago. Pero comprendo el mensaje de la reina. Quiere que os lleve a vos.

Captó la mirada de la princesa.

—¿Porque confiáis en mí?

—Sí, por eso.

❊ ❊ ❊

María iba a la zaga de Catalina con el corazón latiéndole con fuerza contra los oídos. Al entrar en la alcoba de la reina, deseó que la princesa no hubiera querido que fuera con ella. «Debería estar agradecida por este honor». Sin embargo, frotándose el estómago inquieto, se hubiera sentido más que feliz de abandonar dicho honor aquel día. Miró los hombros cuadrados de Catalina y sus manos cerradas en puños. «No soy la única que está nerviosa».

La reina Isabel estaba de pie junto a la chimenea, poco cambiada desde la mañana anterior. Ataviada con un vestido de terciopelo azul oscuro con unas mangas ajustadas de seda de un color entre rojizo y violáceo, recibió a Catalina, extendiendo los brazos hacia ella como respuesta a su reverencia. Cuando la reina abrazó a su amiga, María parpadeó. Sobre el vestido verde oscuro de la princesa, las mangas de la mujer parecían del color de la sangre. «¿Por qué pienso tales cosas? Las pesadillas y las premoniciones de Catalina con respecto a su matrimonio me están haciendo ver cosas donde no las hay».

Besó a Catalina, insistiendo en que se sentara en la silla que había utilizado la madre del rey el día anterior. La estancia carecía de la presencia inquietante de Margarita Beaufort, pero, junto a la silla de la reina, había otra mujer. Más joven que Isabel de York e igual de alta, estaba encorvada, como si se sintiera incómoda con su propia altura. Con un rostro más que bonito enmarcado por un tocado triangular de matrona, no poseía un ápice de la belleza hermosa y placentera de la reina, aunque tenía unos ojos caídos de un azul profundo que revelaban su parentesco.

María permaneció arrodillada justo en el umbral, esperando a saber qué hacer. La reina Isabel señaló un taburete que estaba colocado junto a la puerta.

—Adelante, parienta de mi nueva hija, sentaos. Recordad, la confianza es valiosa y, una vez que se pierde, es difícil de recuperar. Todo lo que oigáis en esta estancia debe quedarse aquí.

María se puso en pie. Asintió en respuesta a la mirada absolutamente férrea de la reina e hizo una reverencia antes de dirigirse a su asiento. Pasando cerca de la desconocida, inhaló su aroma a rosas, muy parecido al de la soberana, aunque, en el fondo había otra flor que no fue capaz de identificar. Con la cara alargada, los labios finos y una nariz y una barbilla demasiado largas, la mujer irradiaba un aire sombrío de verdadera humildad. De ella parecía emanar la belleza del alma.

María sacó del bolsillo de su falda un libro sobre hierbas medicinales, se sentó en el taburete y fingió leer mientras escuchaba y observaba.

—Catalina, os presento a mi dulce prima, Margarita.[14] Meg es la esposa de Richard Pole.[15] Conoceréis al buen sir Richard muy pronto. Es medio primo de mi esposo, así como el chambelán de mi hijo, y ha

---

14 N. de la Ed.: Margarita Pole (1473-1541), condesa de Salisbury por derecho propio y mártir de la Iglesia católica, ya que fue ejecutada por el hijo de su prima Isabel de York, Enrique VIII, por su ferviente defensa del catolicismo.

15 N. de la Ed.: Richard Pole (1462-1505). Era primo de Enrique VII y fue nombrado caballero de la Orden de la Jarretera.

estado trabajando sin descanso para asegurarse de que todos los preparativos para vuestra boda estén en orden.

La mujer esbozó una sonrisa bonita e hizo una reverencia.

—Os doy la bienvenida, princesa.

Catalina sonrió ampliamente, inclinando la cabeza a modo de saludo.

—Muchas gracias, lady Margarita.

Para alivio de María, conversaron en francés, un idioma que, a diferencia del inglés, entendía sin problemas. Con una carcajada, la reina le dio a su prima un tirón de la manga.

—Sentaos, Meg. —Hizo un gesto en dirección al mismo taburete en el que Catalina se había sentado el día anterior—. Me duele el cuello de tener que mirar hacia arriba para veros. —Entonces, le dirigió una sonrisa a la princesa—. Tal vez debería presentaros como «Katherine», ya que así es como os llamarán aquí.

Su amiga le devolvió la sonrisa.

—«Katherine» era el nombre de mi bisabuela, que era conocida como «Katherine of Lancaster» antes de convertirse en reina de Castilla.[16]

La reina apoyó la mano sobre la de la princesa.

—Y ahora se cierra el círculo. Os conocerán como «Katherine, reina de Inglaterra», una consorte noble y a la altura de mi queridísimo hijo.

El rostro de Catalina perdió color. «Santa madre de Dios, está mostrando su aprensión por el matrimonio que se aproxima». María se sintió aliviada cuando su amiga alzó la barbilla.

—Excelencia, me siento bendecida de tener dos madres, y ambas comparten el nombre «Elizabeth», porque eso es lo que significa «Isabel» en Castilla. Es extraño, pero no lo pensé hasta anoche.

La reina estrechó aún más la mano de la princesa.

—No es extraño, ni mucho menos, pues fue ayer mismo cuando descubrimos que podíamos amarnos. Le doy gracias a Dios por ello.

Catalina esbozó una sonrisa que tendió un puente de luz incluso hasta el rincón oscuro en el que estaba María.

—Sí, Dios es bueno.

Margarita juntó las manos, palma contra palma, como si estuviera rezando.

---

16 N. de la Ed.: Catalina de Lancaster (1373-1418). Era hija de Juan de Gante y Constanza de Castilla. Al desposarse con Enrique III de Castilla se convirtió en reina consorte.

—Dios es bueno —replicó, como si fuera un eco. Su voz meliflua y grave poseía toda la belleza que le faltaba en el rostro.

La reina Isabel se volvió hacia ella.

—Prima, vos y yo hemos recorrido caminos duros y dolorosos que nos han enseñado muchas cosas.

Lady Margarita miró a la reina con amor y ternura. Por primera vez, María se dio cuenta de las arrugas causadas por un gran sufrimiento que rodeaban aquellos ojos amables.

—La alegría y el pesar son las dos caras de la moneda a la que llamamos vida —dijo ella—. Forman parte de nuestro peregrinaje hacia Dios. La alegría y el pesar nos enseñan que amar lo es todo.

La reina no dejó de sujetar la mano de Catalina, pero alcanzó también la de su parienta.

—Mi Meg, mi más fiel y leal prima y amiga. —Isabel de York volvió a girarse hacia la princesa—. Deseo que toméis a mi parienta a vuestro servicio, hija. Será una buena amiga para vos, una amiga en la que podréis confiar, tal como hacéis con María. No solo os enseñará inglés, sino que actuará por mí. Os protegerá de los lobos.

Sonrojándose intensamente, lady Margarita alzó la cabeza, enderezando los hombros huesudos.

—Bess, no os fallaré. Se me da bien pasar desapercibida mientras monto guardia. —Miró a Catalina—. Princesa, os enseñaré el juego al que la reina y yo aprendimos a jugar desde una edad muy temprana, un juego de silencio y observación que nos ha servido bien. —Tragó saliva con fuerza—. Nos ha mantenido con vida y a salvo.

La reina tocó a Margarita en la rodilla.

—Al César lo que es del César, pero recordad que nuestras almas siempre le pertenecen a Dios.

«¿Al César lo que es del César? —María pensó en qué quería decir la soberana—. Llevamos máscaras de obediencia, pero nunca a cambio de nuestras almas. En primer lugar, debemos servir a Dios».

La reina, su prima y Catalina se quedaron en silencio, como si estuvieran rezando una oración juntas.

Inquieta, María apartó la vista del retablo que conformaban. Pasó una página del libro. «Las mujeres están obligadas a llevar máscaras. Estamos obligadas a llevarlas sencillamente para sobrevivir». Acariciándose la mejilla, se preguntó cuál era la suya. A menudo, su juventud la protegía, pero la dejaba sin máscara o le imponía una que era tan frágil como si la hubieran hilado con alas de mariposa. Un solo toque y se rompería, disolviéndose como si nunca hubiera existido. Se estremeció por un miedo repentino. No deseaba endurecer aquella máscara o llevarla como si fuera una segunda piel. Si lo hiciera, significaría que no quedaba nada de su inocencia.

❀ ❀ ❀

María siguió a su amiga de vuelta a sus aposentos. Al entrar en la habitación, reprimió su sorpresa al encontrar a doña Elvira alzándose de un taburete que había cerca de la puerta. La mujer le hizo una reverencia a Catalina.

—Princesa —dijo—, don Ayala está esperando para veros.

La joven frunció el ceño y le hizo un gesto a María en dirección a un escabel que había junto a la chimenea.

—Sentaos —le ordenó, antes de dirigirse hacia la silla de respaldo alto más cercana.

Una vez sentada, Catalina se frotó el lateral del rostro, pensativa.

—¿Don Ayala? Había oído ese nombre antes. —María también lo había oído, aunque no podía recordar cuándo ni dónde—. ¿Quién es, doña? —preguntó, tamborileando los dedos sobre el reposabrazos.

—Don Pedro de Ayala[17] es el embajador de vuestros padres en Escocia.

—¿Escocia? Esto no es Escocia.

—Firmó el mensaje que envió esta mañana como embajador en Escocia e Inglaterra. Creo que vive en Londres y que lleva años haciéndolo.

Apoyando el codo en el reposabrazos de su silla, Catalina se pasó la mano por el lateral del rostro.

—¿Cómo es eso posible? ¿Acaso no es el doctor Puebla el embajador de mis padres en Inglaterra? ¿Decís que está esperando para verme? Os lo ruego, traedlo ante mí.

Doña Elvira regresó enseguida con un hombre alto, esbelto y guapo. Ataviado con ricas vestiduras, tomó la mano que le tendía la princesa y se inclinó sobre ella.

---

17 N. de la Ed.: Pedro López de Ayala (fallecido en 1513) fue embajador de los Reyes Católicos en Escocia e Inglaterra, aunque pasó una década pleiteando con el embajador español residente en Londres. Apoyó en los últimos años la causa de Catalina de Aragón.

—Princesa —dijo en un castellano puro—, largo tiempo hemos esperado el día de vuestra llegada a Inglaterra.

Alzó la cabeza y el pelo largo y oscuro le rozó los hombros. Al igual que muchos ingleses, llevaba el pelo cortado al estilo francés.

María se removió sobre su asiento, intranquila. «Catalina ya ha bajado la guardia; ya se ha olvidado de lo que le dijo su madre: "Tened cuidado en quién depositáis vuestra confianza"».

La princesa señaló otro taburete.

—Os lo ruego, sentaos. ¿Queríais verme, don Ayala?

El hombre se sentó y se inclinó más hacia ella.

—Soy vuestro servidor, princesa, y deseaba presentarme ante vos. ¿El doctor Puebla no os habló de mí?

—No; no era consciente de que hubiera dos embajadores sirviendo en la corte inglesa.

—Ese hombre no os lo diría; me niega el derecho de semejante título y, aun así, he pasado los últimos cuatro años en la corte del rey Enrique.

Confusa, María escuchó atentamente. ¿Acaso no había dicho doña Elvira que aquel hombre era embajador de Escocia? No sabía mucho de Escocia, más allá de que era como Aragón para Castilla, un reino inferior para otro más poderoso. «Tal vez sea por eso por lo que don Ayala permanece en la corte inglesa y tiene envidia de Puebla». Una envidia que se confirmó por las siguientes palabras del hombre.

—El rey me aprecia mucho y cazamos juntos con mucha regularidad. Debo advertiros sobre el doctor Puebla. El hombre es un fanfarrón y un adulador. Si no es un espía de los ingleses, sirve al rey Enrique antes que a la reina, vuestra madre, y al rey, vuestro padre.

Catalina pestañeó.

—Si lo que decís es cierto, entonces, ¿por qué mis padres depositarían tanta confianza en él? Cuando dejé mi hogar, la reina, mi noble madre, me habló muy bien de él; me dijo que podía confiar en que me serviría bien.

—Perdonadme; no deseo contradecir a nuestra nobilísima reina, pero no le conoce como yo. Si lo hiciera, pronto le relevaría de su cargo, para el cual no es apto. Hay cosas que dudo en contaros, pero tan solo dejadme que os diga que no se merece vuestro respeto. Creedme, princesa: es un judío de lo más vil. Humildemente os imploro que tengáis cuidado con ese hombre y no confiéis en él.

A María, don Ayala le gustaba cada vez menos. Hablaba de forma encantadora y parecía de alta alcurnia, pero su instinto le gritaba que Catalina debía tener cuidado con aquel hombre y no con el viejo, poco atractivo y desaliñado doctor Puebla. El anciano parecía enfermo y agotado y, aun así, había hecho todo lo posible para que los primeros días de Catalina en la corte fuesen fáciles.

La princesa continuó hablando con Ayala en su lengua materna. Se inclinaba hacia delante y le hablaba como si le conociese desde hace años. María cerró la boca con un suspiro. Todos ellos añoraban su hogar, pero la añoranza de Catalina se hacía más profunda cada día conforme se acercaba la boda. María sabía que anhelaba el consuelo de lo familiar. «Tanto que olvida muchas de las advertencias de su madre. Creo que desea confiar en don Ayala porque le recuerda a su hogar, pero no debería hacerlo. ¿Debería decírselo?». Volvió a suspirar. Una vez que la princesa se decidía por algo, era difícil convencerla de lo contrario.

✻ ✻ ✻

Palacio de Lambeth, décimo día de noviembre

Mi querida doña Latina:

Ha llegado el día de la entrada ceremonial de la princesa en Londres.

María oyó que algo caía al suelo en la habitación contigua. Con un suspiro, dejó a un lado la carta y fue a supervisar a las tres sirvientas inglesas que estaban preparando la habitación para que Catalina se bañara. Una de las muchachas estaba encendiendo las velas y los altos candelabros, otra estaba corriendo las cortinas pesadas y la última chica estaba avivando el fuego.

María se sentó junto a la bañera, echó unos puñados de pétalos de rosa al agua humeante y vertió aceite de rosas. Se inclinó sobre el agua, que reflejó su rostro solemne y vacilante, salpicado por pétalos rojos y de un rosa oscuro. Rodeada por la luz procedente de un candelabro que había sobre su cabeza, se adelantó. Tenía los cordones del vestido todavía desatados y la camisola, aún más suelta, se le resbaló por el hombro desnudo.

Sobre él, el cabello largo y negro le caía en cascada hacia el agua. Su reflejo tembló como si se hubiera transformado en una de las dríadas acuáticas de las antiguas leyendas griegas. Con los pétalos de rosa cubiertos de agua perdiendo sus colores vibrantes, se dejó llevar por un sueño de ninfas adornadas con flores que se adentraban en el mar mientras el sol se ponía en el horizonte. «Si me caigo en el mundo acuático de las ninfas, ¿me sentiré tan extraña como me siento ahora? ¿Me resultaría su mundo tan raro como este?».

Se acordó de algo. Tenía doce años y estaba sentada junto a uno de los estanques que había en los patios de la Alhambra. Al igual que en aquel momento, había estado mirando su reflejo y soñando despierta cuando el rostro de la Latina se unió al suyo. «Evitad el error de Narciso. El amor propio destruye el alma», le había dicho su maestra. Despertando de su trance, María había protestado, señalando que no había estado admirando su reflejo, sino que tan solo había estado teniendo una ensoñación. La Latina había palidecido y los ojos se le habían abierto de par en par por el miedo. Cuando le había hablado de la superstición de que soñar despierto sobre el reflejo de uno mismo, de algún modo, tentaba a la muerte, el día luminoso le había permitido ser lo bastante valiente como para reírse.

La muerte.

La muerte era lo que la había llevado al jardín aquel día. El miedo a la muerte. Concretamente, el miedo a la muerte del príncipe Juan.

Aquel día, mientras esperaban a recibir noticias sobre Juan, una libélula solitaria se había precipitado sobre el estanque con sus alas nacaradas al vuelo resplandeciendo como el rocío. Había volado cerca de ella y de la Latina y su perfección le había hecho llorar. Su maestra la había tomado entre sus brazos, pero no le había ofrecido palabras de consuelo. Aquel día tan hermoso había sido portador de mucho dolor.

Días después, la muerte de Juan se había hecho realidad. Con el corazón roto, María se había enfurecido con Dios, incapaz de encontrarle ni pies ni cabeza a su pérdida, una pérdida que abría un socavón en la vida de todos ellos. Seguía sin entenderlo.

«Aquello que un día tenemos y amamos, otro día lo perdemos», cantó suavemente.

Se estremeció y volvió al presente. Había escrito aquellas palabras más tarde, en aquel mismo jardín.

Una de las sirvientas saltó del taburete al que se había subido para encender uno de los candelabros. María comenzó a ordenar la fila de aceites de baño que había sobre una mesita baja. Junto a los aceites, había un cofre pequeño de madera que estaba medio lleno de pétalos de rosa. Hasta que les llegaran más, aquellos eran los últimos que les quedaban procedentes de Castilla. El olor de aquella flor le trajo a la mente otro recuerdo de la Latina, de cuando ella y Catalina la observaban hacer agua de rosas en su alcoba. Casi todos los días de la infancia que había compartido con la princesa, la Latina había estado allí, guiándola. La añoranza que sentía por su hogar se volvió tan fuerte y aguda que la sintió como una puñalada que le dejó el corazón dolorido. Cerró el cofre y aseguró el cierre de oro.

Se volvió un poco, alejándose de la bañera, para darles las gracias a las sirvientas por su trabajo al preparar el baño para Catalina. La lengua se le trabó al formar aquellas palabras desconocidas en inglés. Volvió a intentarlo, aquella vez más despacio. Las muchachas intercambiaron unas miradas, les divertía ver cómo intentaba hablar su lengua.

Una de ellas le sonrió, mostrando que le faltaba uno de los dientes frontales. Las chicas le hicieron una reverencia en rápida sucesión.

—Nos alegra servir a la princesa —dijo una de ellas en francés, antes de acercarse hasta la enorme chimenea.

Tras avivar el fuego bajo, la joven colocó la gran olla de agua tibia sobre la llama. Dos doncellas acercaron al calor el armazón de madera sobre el que descansaba la ropa interior de Catalina para aquel día. Una de ellas se rio y señaló los calzones de la princesa, susurrando algo cerca del oído de la otra chica. Parecía que ninguna de las dos hubiese visto algo parecido en toda su vida. María hizo una mueca, recordando que le habían dicho que las mujeres inglesas no llevaban calzones y que tan solo cubrían sus partes más íntimas cuando tenían la menstruación. La primera muchacha tocó la carísima camisola de holandilla de la princesa, que estaba ribeteada con delicados encajes, y soltó un suspiro de envidia.

María suspiró también, aunque no de envidia. Era probable que los dedos de la muchacha todavía estuvieran sucios tras haber subido la bañera de madera. Los dedos sucios implicaban tener que sacar otra camisola limpia de los arcones de la ropa. A Catalina no le faltaban las prendas interiores costosas; la reina Isabel había enviado a su hija a su boda con al menos cincuenta. La mayor parte de la ropa interior de Catalina estaba confeccionada con holandilla o el mejor de los algodones. Entre ellas, la reina también había incluido en el ajuar de su hija cinco camisolas de seda. Pronto se pondría la primera de ellas con ocasión de su boda. Todas ellas eran un ejemplo diestro y hermoso de costura. Cada prenda era diferente de la anterior, ya fuese porque tenía bordados, encajes o incluso botones de oro.

Las sirvientas tomaron los cubos vacíos. Tras hacer unas reverencias rápidas, salieron de la habitación, balanceando los cubos de madera que les rozaban los vestidos. Mientras el ruido de sus pasos se suavizaba con la distancia, María escuchó sus voces al cantar. Tan solo entendió unas pocas palabras, pero en su interior resonaron la alegría y la juventud. A solas, terminó de preparar el baño para Catalina.

❀❀❀

Con el último lazo anudado, María se unió al resto de las mujeres para contemplar a su princesa.

Ante ellas había una muchacha encantadora, ataviada con el vestido que habían elegido para su entrada a la capital de Inglaterra. Llevaba un tocado que recordaba a los que llevaban los cardenales, asegurado bajo la barbilla con unos delicados cordones dorados. La melena espesa y rojiza, que resplandecía con reflejos dorados, le fluía libre sobre los hombros y le recorría la espalda. Con el rostro pálido y la boca un poco abierta, agarró su crucifijo y dejó escapar un suspiro profundo.

—Decidles que estoy lista.

María se fijó en los ojos asustados de la princesa. Su amiga no parecía estar lista, ni mucho menos.

«Al César lo que es del César», había dicho la reina Isabel días atrás. María tragó saliva. «Es mi amiga la que es entregada al César. La entregan sus padres y la vida. Nunca le han dado otra opción. ¿Otra opción? —María se retorció, pasándose las manos por el vestido—. ¿Qué opción? Catalina siempre ha pertenecido al César».

Capítulo 6

Fuera del palacio, María titubeó mientras seguía a Catalina. El aire la asaltó con su extrañeza y su desagradable aroma terroso. Por todas partes, las multitudes (nobles y humildes, ricos y pobres, hombres y mujeres, jóvenes y ancianos) se agolpaban unas contra otras en una oleada de colores cambiantes. Los ingleses recibían a su nueva princesa con alegría y sus voces competían con las fanfarrias de las trompetas, las gaitas y el tambor. No pudo evitar sonreír. «Toda Inglaterra ha venido a darle la bienvenida a Catalina».

El hermano pequeño de Arturo, Enrique, se acercó a la princesa. Recién llegado de su hogar en el palacio de Eltham, lo había visto por primera vez la noche anterior con sus padres, cuando el rey y la reina se lo presentaron a su amiga. Vestido con unas calzas color escarlata y un jubón blanco y rojo, el hijo más joven del rey ya era más alto que Catalina. Si bien su rostro era el de un muchacho imberbe, era casi de la misma altura que su hermano mayor, el príncipe de Gales. El cabello, que le resplandecía con destellos rojizos, le caía sobre los hombros, que ya tenía anchos. Bajo el flequillo recto, sus ojos, azules como los de su madre, brillaban de emoción. A pesar de su corta edad, le habían preparado bien para su papel como escolta de su cuñada. Le tomó la mano y la condujo hacia las monturas que les estaban esperando.

Una mujer inglesa cercana instó a María para que se pusiera en marcha. A una pequeña distancia, Catalina y Enrique ya estaban subidos a sus caballos. Mientras hablaba con la princesa, era fácil escuchar la voz aguda y fuerte del joven príncipe. María le estudió de nuevo antes de volverse hacia la inglesa que había a su lado.

—¿Cuántos años tiene el príncipe Enrique? —dijo en latín, antes de recordar que la reina había dicho que Catalina había aprendido un latín más clásico que el que hablaban en la corte inglesa. Dado que ella había estudiado la misma variante, soltó un suspiro de alivio cuando la mujer le contestó.

—¿Nuestro príncipe? Tiene diez años. Es un muchachito alto. Lo ha heredado de su abuelo, el rey Eduardo, el padre de la reina.

Lanzando rosas, azucenas y ramilletes de violetas al suelo, bajo sus pies, los londinenses se amontonaban a ambos lados del camino que conducía a Catalina y a su séquito al interior de la ciudad. En cada ventana disponible, con los postigos abiertos de par en par, había gente asomada. Desde sus ventanas altas, hombres y mujeres lanzaban sobre la procesión lo que parecían copos de nieve. María, con el rostro alzado, sintió la caricia gentil de los pétalos de rosa que caían.

Con gestos de jovialidad, guardias vestidos con librea mantenían despejado el camino que se abría ante la procesión y a la muchedumbre detrás de las barreras toscas y bien dispuestas. Cada vez que María pasaba delante de un guardia, recibía una sonrisa y un saludo alegre. A veces, renunciaba a su dignidad y les devolvía la sonrisa.

Las campanas repicaban una y otra vez. Se disparó un cañonazo. María se sacudió sobre su silla de montar cuando su caballo, asustado, se encabritó un poco. Se llevó una mano al corazón, que le latía con rapidez, antes de agarrar con fuerza las riendas entre las dos manos. Inclinándose para acercarse a la oreja del caballo, le habló en voz baja a la montura temblorosa. Ella también temblaba, y respiró hondo varias veces para calmar los nervios. El cañón disparaba sin cesar una y otra vez. Varios corceles se apartaron del grupo y hubo que persuadirlos para que volvieran a la procesión.

—No pasa nada —le dijo a su caballo—. Sigamos adelante.

Al darse cuenta de que le había hablado en su propia lengua a un caballo inglés, reprimió una carcajada cercana a las lágrimas cuando la montura volvió a avanzar. «Tal vez Dios haya dado a los animales la capacidad de entender todas las lenguas. —Se dio cuenta de que otros jinetes estaban teniendo problemas para que sus caballos les obedecieran—. O, tal vez, simplemente, me han enseñado muy bien desde pequeña».

María escudriñó el cielo. El día anterior había llovido desde por la mañana hasta bien entrada la noche. En aquel momento, tan solo unas pocas nubes blancas flotaban con el viento suave. Mirara donde mirase, había una nueva maravilla que contemplar. A cada lado del camino, ricos tapices cubrían altos edificios de madera unidos entre sí o tan cercanos que parecían unidos. Pasó ante castillos de madera, murallas, fuentes que manaban vino y relojes astronómicos mecánicos. En la procesión, cinco hombres cargados con pértigas largas, alzaban un falso dragón rojo como el de los Tudor que ahuyentaba a sus falsos enemigos con lazos rojos que emulaban falsas llamas. Pasó ante barcos y ante algo que imitaba a dos montañas, una verde por Inglaterra, y la otra de un marrón dorado como la tierra abrasada por el sol por España; ambas naciones unidas por una cadena de oro. Todo ello aclamaba la unión de dos casas reales y tres reinos. El rey Tudor había invertido mucho oro en asegurarse de que nadie pudiera decir que los ingleses no sabían cómo organizar una celebración.

Siempre un poco por delante de ella, Catalina se detenía un momento en cada una de las seis etapas de la procesión. Representando el reino de los humanos al principio, las seis fases proseguían hasta llegar al mismísimo paraíso. Al ver cómo los ingleses honraban a su princesa y amiga, María se sintió cada vez más orgullosa. Arrastrada por los gritos de alegría de la multitud, ya no le importaban los olores desconocidos y desagradables o la extrañeza de aquel país.

Mientras los actos del día rendían homenaje a un futuro glorioso, en el que el príncipe Arturo y su esposa reinarían como soberanos de Inglaterra, la gente que bordeaba el camino gritaba a Catalina rindiéndole tributo y mostrándole su felicidad. Al descubrir que cabalgaba al lado de la mujer inglesa que había conocido al comienzo de la procesión, María le dedicó una sonrisa. Ella se la devolvió.

—Sí, todos estamos felices de ver que este día ha llegado al fin. Amamos a nuestro príncipe. Será un nuevo rey Arturo; eso es lo que celebramos hoy, así como nuestra esperanza de que su reinado sea legendario.

Para cuando llegaron a la última parte del recorrido, María se sentía mareada por el cansancio, pero estuvo a punto de reírse al ver a un hombre vestido de Dios. La falsa barba blanca que llevaba parecía un vellón de oveja. Sentado en un trono dorado que estaba colocado sobre un estrado pintado con nubes blancas, el hombre parecía más pomposo que divino. Cuando Catalina se acercó a él, recitó un versículo bien ensayado.

Mirad: caminad bajo mis preceptos y obedecedlos bien.
Aquí os otorgo la misma bendición que otorgué
a mis bienamados hijos de Israel.
Bendito sea el fruto de vuestro vientre.

Catalina parecía concentrada en cada palabra, seria y orgullosa, con la espalda lo más recta posible. «No es necesario recordarle que siga un camino temeroso de Dios. Es la hija de su madre, será fiel a Dios hasta la muerte. —María tragó saliva—. El deber que le espera le pesa tanto en el espíritu como si el bebé tan deseado ya creciera en su vientre».

❀ ❀ ❀

Al día siguiente, en la catedral de San Pablo, el príncipe Enrique estaba allí de nuevo. María no pudo evitar comparar a los dos príncipes. Enrique resplandecía con buena salud y vitalidad, mientras que su hermano mayor, nervioso, poseía una belleza traslúcida que le preocupaba. Catalina había estado en lo cierto al llamarle «frágil». Se frotó los ojos y cerró la boca, reprimiendo un bostezo. «¿Frágil? Después de lo de ayer, yo también me siento frágil».

El joven príncipe sonrió, se quitó el sombrero haciendo una floritura exagerada y se inclinó ante Catalina. El sol de la mañana, atravesando las nubes de lluvia que se estaban amontonando, le coronó el pelo, tiñéndolo de un color rojizo y dorado, e hizo resplandecer las joyas y el oro que ribeteaban el velo de seda que cubría la mayor parte del rostro de la princesa. Una brisa agitó el velo mientras el príncipe Enrique alzaba la mano de Catalina para besársela. Caminando a la par, mantuvo sus manos unidas, esperando para poder conducirla por el largo pasillo de la catedral hasta su hermano.

María se pegó las manos cerradas en puños a los costados, manteniéndolas quietas. Se apresuró hasta donde estaban Inés, Bella, Francisca y las mujeres inglesas de alto rango que habían sido elegidas aquel día para ayudar a llevar la larga cola de Catalina. Tomando la cola de seda entre las manos, miró a Margarita Pole, que estaba junto a las demás inglesas, y, después, a Francisca, que estaba justo enfrente de ella al otro lado de la cola del vestido. La muchacha le dedicó una sonrisilla antes de volver la vista al frente, claramente esperando a la señal para que se pusieran en marcha. El gentío que había a las afueras de la catedral señalaba el vestido blanco de Catalina. María acarició uno de los laterales de su propia falda. «¿Acaso nunca han visto vestidos como este?». Con un armazón compuesto de aros finos como la de Catalina, la falda se le balanceaba sobre las caderas como una campana. Como si fuera un eco del vestido mucho más voluminoso de la princesa, su movimiento la reconfortaba. Con tantas cosas diferentes en su vida, aquel día iba vestida siguiendo la moda de su tierra natal.

Unas notas largas procedentes de unas trompetas reverberaron en la catedral y Catalina y el joven príncipe comenzaron el lento recorrido por el largo pasillo. Intentando acompasar sus pasos de forma exacta con los de Francisca, María podía oír cómo le latía el corazón. «¡Hay gente por todas partes!». El doctor Puebla, su embajador, les había contado la noche anterior que el rey había mandado construir plataformas específicamente para aquel día, ofreciendo a muchos de sus súbditos la oportunidad de presenciar la boda de su hijo. En aquel momento, hombres y mujeres se peleaban por conseguir un hueco. El olor fuerte del incienso no podía ocultar el olor de los cuerpos sudorosos. María respiró con más calma y dejó de mover las manos. «No seas tonta. No hay ojos que se fijen en ti; y, si los hay, no están interesados en ti ni te juzgan por tus carencias. Tan solo quieren ver a Catalina».

Desde detrás de la barandilla decorativa de madera de la alta galería que había en la parte frontal de la catedral, y muy por encima del resto de la congregación, el rey Enrique, la reina Isabel, sus dos hijas y la madre del monarca contemplaban los acontecimientos. Aquel día, Enrique Tudor de verdad parecía un rey. Sobre una camisola interior de manga larga color carmesí, llevaba un jubón de damasco blanco con las rosas doradas y carmesí de los Tudor bordadas y con el cuello ribeteado con armiño. Iba tocado con un sombrero negro con un rubí que brillaba ante el resplandor de la luz de las velas. María pestañeó, asombrada. «Debe de haber miles de velas en la catedral. Su luz rivaliza con los débiles rayos del sol invernal que hay fuera».

Al oír un fuerte llanto en las alturas, María alzó los ojos de nuevo hacia la galería, maldiciendo para sus adentros cuando dio un paso en falso. Junto al rey, su madre lloraba. El hombre se encogió de hombros, le sonrió a su esposa y estrechó la mano de su madre. El movimiento repentino hizo que la vaina negra y enjoyada que llevaba se balanceara de modo que su espada de acero atrapase la luz. Lady Margarita Beaufort se enjugó los ojos, sonrió al rey y le dijo algo. Cuando él se rio a modo de respuesta, María se sobresaltó, sorprendida. «Así que el rey es capaz de reírse». El hombre se inclinó más sobre la barandilla de la galería, entrecerrando los ojos que ya tenía medio cerrados para observar a su hijo y a la muchacha que había ido a casarse con él. Sonrió y los ojos se le cerraron todavía más, como si le costara ver. María se guardó para sí misma la sospecha de que el rey tenía problemas de visión para hablarle de ello más tarde a Catalina.

La reina iba ataviada con ropajes de unas tonalidades similares a las del rey. Tan alta como su esposo, Isabel de York llevaba en torno su esbelto cuello un fino collar de oro con las rosas de los Tudor así como largas hileras de perlas. Una corona de oro sencilla le rodeaba la frente blanca y el cabello rubio plateado le caía con libertad. «Así que es cierto: las reinas de Inglaterra sí dejan a la vista la melena en acontecimientos como este. Un rostro perfecto, una figura perfecta... ¿De verdad es posible que tenga treinta y cinco años? Desde esta distancia, aparenta tener mi edad».

Junto a la reina estaba su sobrino, Edward Stafford, el joven duque de Buckingham. Lucía un ribete de marta en el lujoso jubón que vestía, con muchos bordados, decorado con sus emblemas: unos antílopes dorados y cisnes en descenso. Un poco más atrás, listos para atender las ordenes de sus amos, había un grupo de sirvientes. Algunos vestían las libreas del duque y la mayor parte mostraba los tonos verdes y blancos propios del rey.

Con los rostros lívidos y serios, Catalina y su príncipe llegaron al altar. María, junto con las demás damas, dejó en el suelo la cola de seda antes de que todas se reunieran en un lateral del altar mientras la princesa y el príncipe se arrodillaban sobre la alfombra roja frente al arzobispo.

—El arzobispo de Canterbury, Henry Deane —le susurró lady Margarita al oído.

Asintió. El arzobispo de Santiago estaba a poca distancia del otro, esperando a que llegara su parte de la ceremonia. María volvió los ojos hacia la pareja arrodillada. No se miraban el uno al otro, sino que miraban al frente, con los ojos fijos en el crucifijo que presidía la catedral. «Alabado sea Dios; no tengo que casarme seis semanas antes de cumplir dieciséis años como Catalina. Alabado sea Dios; me han prometido que yo podré escoger a quien sea mi marido».

El arzobispo se volvió hacia la congregación. Su voz retumbó, resonando en la enorme catedral como si llegara desde el otro lado de la cima de una montaña.

—Arturo, príncipe de Gales, y Catalina, princesa de Aragón, vienen ahora a unirse en santo matrimonio. Si alguien conoce una causa justa por la que no deban casarse, que hable ahora, o que calle para siempre.

Miró en torno a la congregación, pestañeando un par de veces como si estuviera reuniendo las palabras para seguir hablando.

—¿Consentís ambos en proceder con esta ceremonia?

Ya de pie, Catalina y Arturo se miraron tímidamente. Al unísono, con las voces lo bastante fuertes como para que se oyeran lejos, contestaron:

—Consiento.

El arzobispo se volvió hacia su homólogo de Santiago, que estaba al lado de Catalina.

—¿Quién entrega a esta mujer para que contraiga matrimonio con este hombre?

El arzobispo de Santiago dio un paso al frente y colocó la mano de la princesa sobre la de Arturo.

—En nombre de nuestro noble y soberano señor, Fernando, rey de Aragón, lo hago yo.

Hizo una reverencia profunda ante la pareja real y, después, se unió a la congregación.

En respuesta al gesto de la cabeza del arzobispo de Canterbury, Arturo se volvió hacia Catalina de nuevo, hablando en latín.

—En el nombre de Dios, yo, Arturo, príncipe de Gales, os tomo a vos, Catalina, como esposa, para cuidaros y protegeros, desde este día en adelante, en lo bueno y en lo malo, en la riqueza y en la pobreza, en la salud y la enfermedad, hasta que la muerte nos separe, si la santa Iglesia así lo ordena, y ante ella os juro fidelidad.

Arturo apartó su mano de la de Catalina.

Dado que no había tenido ni tiempo ni apetito para comer nada por la mañana, María se tambaleó, mareada. El estómago vacío le rugió. Deseando que nadie lo hubiese oído o hubiese percibido el bochorno que sentía, cerró los ojos y respiró hondo, volviendo a colocar los pies con firmeza sobre el suelo. Cuando volvió a abrir los ojos, Catalina la estaba mirando directamente. Le dolió como una puñalada la falta de alegría de su amiga, y apretó las manos con fuerza, con el estómago revuelto por la sensación de impotencia.

La princesa alzó la barbilla y volvió a tomar la mano de Arturo.

—En el nombre de Dios, yo, Catalina, os tomo a vos, Arturo, como esposo, para cuidaros y protegeros, desde este día en adelante, en lo bueno y en lo malo, en la riqueza y en la pobreza, en la salud y en la enfermedad, para ser una esposa buena y fiel, en el lecho y en la mesa, si la santa Iglesia así lo ordena, y ante ella os juro fidelidad.

El arzobispo bendijo el anillo, rociándolo con agua bendita del altar. Se volvió hacia la pareja y le ofreció la joya a Arturo. El príncipe tomó la mano derecha de Catalina.

—Con este anillo yo os desposo, esta plata y este oro os entrego, y con mi cuerpo os venero. —Le colocó el anillo sobre el dedo pulgar—. En el nombre del Padre, del Hijo y del Espíritu Santo. —Fue pasando el anillo de un dedo a otro hasta colocárselo en el cuarto antes de decir—: Amén.

Arturo y Catalina volvieron a arrodillarse en frente del arzobispo, que proclamó sus bendiciones.

María se dio la vuelta, frotándose el estómago, lo tenía sensible. El corazón le latía aún más fuerte contra los oídos. Estaba hecho. Había costado más de doce años, pero, para bien o para mal, Catalina era la esposa de Arturo.

❊ ❊ ❊

A continuación, antes de que la pareja se encamara, se celebró un banquete de tres servicios en el palacio episcopal que había cerca de San Pablo. María se sintió aliviada al descubrir que estaba sentada junto a lady Margarita Pole. Con cada nuevo plato, la mujer le explicaba qué eran las desconcertantes comidas inglesas que les llevaban a la mesa. Sintió que se le abrían los ojos de par en par cuando los sirvientes colocaron cerca de ella unas representaciones enormes y blancas de barcos y castillos.

—Los llamamos «*subtleties*» —le dijo lady Margarita—. Se hacen con azúcar y clara de huevo. —Tomó un plato que estaba más cerca de ella—. Probad esto.

María tomó un trozo de carne con el tenedor y le dio un mordisco.

—Está muy tierno. ¿Es pollo? Me gusta el sabor a limón.

Margarita asintió y le tendió una porción de un pastel salado. La masa y el relleno de cerdo se le derritieron en la boca.

—Delicioso —murmuró.

—Lo llamamos «*royal flampayne*» —dijo lady Margarita con una sonrisa—. Es el plato favorito de mucha gente.

La mujer le señaló a diferentes personas de la corte. A uno de ellos, el obispo Fisher, María lo observó con mayor interés, pues recordaba haber oído mencionar su nombre. Estaba sentado junto a la madre del rey y era un hombre de rostro hundido al que acompañaba un aura de severidad que le recordó al confesor jerónimo de la reina Isabel, fray Hernando de Talavera. Recordando las muchas muestras de bondad que Talavera había tenido con ella cuando era una niña, reprimió la añoranza que sintió de su hogar mientras observaba cómo hablaba con la condesa de Richmond. «Parecen viejos amigos. Debo decírselo a Catalina. Puede que resulte importante en el futuro».

Cubiertas por manteles blancos, recorriendo ambos lados del salón, había dos mesas repletas de aves, ternera, todo tipo de carnes y repostería de todas las formas y tamaños. Sentados en dichas mesas, las damas y los caballeros ingleses comían como si ninguno de ellos hubiera oído hablar jamás del pecado de la gula. Sintió escalofríos ante los ruidos que hacían sus compañeros de mesa. Eructaban y se peían como si no les hubiesen enseñado modales o, sencillamente, no les importase la impresión que dieran a aquellos ajenos a su corte.

En el estrado elevado, junto a la familia real, Catalina, cuya mesa estaba separada pero cerca de la de Arturo, comía con poca gana, al igual que hacía su marido. Ambos jóvenes mostraban el mismo gesto carente de sonrisa. Pronto, llegaría la hora de la siguiente parte del acontecimiento.

María se mordió los labios, angustiada por su amiga. «¿Qué puedo hacer? El matrimonio de Catalina es el motivo de que hayamos venido a Inglaterra». Ella también estaba dándole vueltas a la comida que tenía en el plato de plata, pues el estómago revuelto hacía que le resultase imposible comer. Tenía la boca muy seca. Alcanzó el vino y la mano le tembló tanto que derramó el tinto sobre el mantel. Bajo la luz de las velas, parecía sangre. Se tragó el líquido. «La sangre de una virgen en su noche de bodas».

El borde de su plato resplandeció bajo la luz de una vela cercana. Todos los que estaban sentados a su mesa tenían platos de plata para la comida, mientras que los que estaban en el estrado real los tenían de oro. Cerca, en unos aparadores altos, se exhibían cálices de oro y de plata adornados con joyas, así como platos y cuencos con grabados. Sin duda, los orfebres ingleses habían estado ocupados en los últimos tiempos para que Enrique Tudor proclamase su riqueza ante todos.

María volvió a tragar otro sorbo de vino, volviendo la cabeza hacia el estrado real. Catalina parecía asustada. Con los ojos muy abiertos, miraba en torno a los ingleses que estaban celebrando su casamiento. «¿Qué significa todo esto para ella? —Llevándose la mano al rostro ardiente, agachó la cabeza mientras el corazón se le aceleraba por la ira—. Catalina es de carne y hueso, pero parece que sus padres, la reina Isabel y el rey Fernando, o bien lo han olvidado, o bien no les importa. No es más que una chica a la que han enviado lejos de casa; un cordero lanzado a los lobos». Un recuerdo de cuando tenía doce años se revolvió en su mente.

Descalza, había estado bailando con Catalina en la playa de Laredo. Un momento de inocencia que acabó cuando Isabel, la hermana mayor de la princesa, había pasado junto a ellas a toda velocidad. Sin preocuparse por la falda, la joven iba dando trompicones hacia las olas. «Solo quiero casarme una vez», había gritado. Su hermano Juan había corrido tras ella, evitando que se adentrara más en el agua. Arrodillados sobre la arena mojada, él la había estrechado entre los brazos mientras ella lloraba amargamente. «¿Hablas del sacrificio de nuestra madre, Juan? —había dicho Isabel, rechazando el consuelo que le ofrecía su hermano—. Amo a Alfonso; todavía lo amo. No quiero volver a casarme. Jamás. —Se apartó de Juan—. Hermano, yo soy el sacrificio de nuestra madre. —Miró con desesperación a sus hermanas, Catalina y María—. ¡Todas somos doncellas para el sacrificio! Somos los corderos que nuestros padres sacrifican en el altar del poder. A veces me pregunto si la profesión de amor de nuestros padres no es más que otra oveja que, como Judas, nos conduce a nuestro destino».

Incapaz de silenciar aquellos recuerdos, María los sintió como puñaladas en el corazón. «La reina Isabel y el rey Fernando no hacen más que sacrificar a Catalina en su propio beneficio. La sacrifican para tener a Inglaterra como aliada y para fortalecer los reinos de Castilla y Aragón contra los franceses. La sacrifican por la conquista, la sacrifican por la guerra. —María pestañeó—. Sí, con la realeza viene el deber, Pero ¿acaso eso hace que este bien sacrificar a tus hijos? La reina Isabel ya no parecía estar segura de eso cuando se despidió de Catalina, su hija más joven, pero ¿su padre? No me gusta el rey. Nunca me ha gustado. Él fue el que insistió en que su hija mayor volviera a casarse. También fue el que le dijo a la reina que no retrasara el viaje de Catalina a Inglaterra».

Sacudió la cabeza, tratando de despejarla, tratando de pensar de forma racional, aunque no lo consiguió. «Pronto, yo y las demás mujeres elegidas por Catalina llevaremos a nuestra princesa a sus aposentos. Lavaremos su cuerpo desnudo con reverencia y la ayudaremos a meterse en la cama. Allí, esperará a Arturo. Yo también formo parte del ritual. Soy una de las mujeres que preparará el cuerpo de la princesa para el altar. —Bebió vino tan rápido que se atragantó—¿Altar? Sí, el lecho marital es un altar; un altar que pronto estará manchado con la sangre de Catalina. La madre de Arturo le ha pedido que no sea así, pero él tiene quince años. Seguro que, como muchos muchachos de esa edad, querrá demostrar que es un hombre».

Con dolor de cabeza, María anhelaba escapar.

Alegres gracias a la bebida, la mayoría de los hombres de Arturo bailaban con mujeres de la corte. Como ella, esperaban a que acabase el banquete para preparar a su príncipe para que se encamara. Cuando se acercaban a su mesa, oía a algunos de ellos bromeando sobre las proezas del joven. Uno dijo en voz alta, en francés, que el príncipe pronto conocería el ardor de España y la mujer que estaba bailando con él se rio. María miró al príncipe y a la princesa. «Si yo puedo oírles, seguro que ellos también pueden».

Otra voz fuerte, pero más joven, atrajo su atención hacia la puerta. Durante su reciente baile con la princesa Margarita, su hermana mayor, el príncipe Enrique había sorprendido a María cuando se había desprendido de las prendas exteriores hasta que había acabado bailando tan solo en paños menores, haciendo que el rey y la reina se rieran de su hijo. El chico seguía en ropa interior, pero no parecía que eso divirtiera en absoluto al hombre que, vestido con la sotana de un sacerdote, estaba de pie junto al príncipe. Aquel hombre joven y corpulento inclinó la cabeza en señal de servitud, hablando en voz baja con el muchacho furioso, al que parecía estar suplicando. El obispo Fisher permanecía de pie, observando, con las manos ocultas en la sotana oscura, sin disimular demasiado su aversión.

La distancia le impedía escuchar la conversación, pero suponía que el príncipe no quería abandonar los festejos.

—Da mucha guerra —murmuró en francés lady Margarita.

María estudió a la dama. La mujer, de rostro dulce, ahora servía a Catalina todos los días y se aseguraba de que supiese lo máximo posible sobre la corte inglesa. «Yo también necesito saber esas cosas. Cuantas más cosas sepa, más podré serle de utilidad a Catalina». Señaló al duque de Buckingham.

—¿Acaso al rey no le importa que sus señores se vistan como la realeza?

Lady Margarita se rio.

—En esta tierra, un duque es de la realeza. He oído que mi querido primo se ha gastado 1500 libras en sus vestiduras, casi tanto como lo que cuestan las que lleva el rey. —Volvió a reírse—. Mi primo Edward es el tercer duque con ese título —dijo. Bebió de su copa poco a poco—. Tiene buen corazón con aquellos a los que ama. Tiene a la reina en alta estima, pero no se puede negar que puede ser un gallito vanidoso y engreído como sus antepasados. La reina me ha contado que cree que su sobrino deseaba molestar al rey rivalizando con él, o, lo que es más, mostrando su riqueza en la boda con todo lo que se ha gastado. No se da cuenta de que no molesta al rey Enrique, sino que a este le divierte ver cómo se gasta toda su herencia en semejantes nimiedades. Mientras derroche su riqueza en ropas principescas y en el enriquecimiento de sus haciendas, el rey puede estar tranquilo, sabiendo que no está pensando en traicionarlo.

María oyó una voz fuerte y joven que decía:

—No podéis ordenarme que me vaya.

Volvió la cabeza hacia la puerta. El obispo se acercó al príncipe Enrique y le dijo algo al oído, gesticulando en dirección al rey y la reina. El muchacho miró en aquella dirección también. Fuera lo que fuese que viese allí, agachó la cabeza sumiso, no sin antes lanzar una mirada llena de odio y ferocidad al hombre de Dios. El príncipe alzó la cabeza, le hizo un gesto a un sirviente y salió de la estancia. Fisher le lanzó una mirada compasiva al otro hombre antes de seguir al muchacho.

—El joven príncipe no se parece al príncipe Arturo —dijo María lentamente.

Incapaz de refrenarse, volvió a recordar al príncipe Juan. Desde que era un niño hasta que se había convertido en hombre, jamás había olvidado su dignidad o sus buenos modales. Sintió surgir el dolor, un dolor causado por la pérdida que nunca la abandonaba, y se volvió hacia lady Margarita en busca de una distracción y de ocultar su pesar.

—Muy diferente —insistió, con la esperanza de que Margarita le hablase más de la familia real o de cualquier cosa que evitase que pensase en el pasado o en su hogar.

—Lo es. Pero muestra obediencia a sus padres. —Los labios finos de la mujer dibujaron una pequeña sonrisa—. A su padre porque le quiere y, a la vez, le teme. A su madre, porque la adora. —En aquella ocasión, la sonrisa le iluminó el rostro—. A menudo he sido testigo del amor que siente por ella. Apenas unos meses atrás, estaba con la reina cuando visitó a sus hijos en el palacio de Eltham. —Suspiró—. El joven príncipe Edmundo estaba enfermo. Que Dios guarde su alma inocente, pues el pobre niño murió poco después. Recuerdo al príncipe Enrique entrando a toda prisa en la habitación, como si tuviera los pies alados, dejando muy atrás a su hermana Margarita. El día era perfecto y lucía un sol radiante, y la luz se filtraba en el palacio a través de las ventanas altas, envolviendo a mi prima en una neblina. Estrechando a Edmundo entre sus brazos, parecía una imagen de la Virgen María que hubiese cobrado vida.

»Al ver que el príncipe Enrique iba hacia allí, tendió a Edmundo a su niñera y le hizo señas a su otro hijo para que se acercara. El rostro del joven príncipe cuando se arrodilló para recibir su bendición competía con la luz del sol. Y todo por su madre. —Suspiró—. A un muchacho se le perdonan muchas cosas cuando se muestra capaz de albergar semejante amor.

María estudió a la joven pareja.

—¿Es el príncipe Arturo capaz de amar de ese modo?

Se llevó la mano a la mejilla, que había comenzado a arderle ya que no había pretendido hacer aquella pregunta en voz alta. Lady Margarita no pareció darse cuenta de su vergüenza y tampoco actuó como si fuese una pregunta peculiar.

—Vive separado de sus hermanos y le conozco menos de lo que me gustaría, pero a menudo me recuerda a... —Volvió los ojos angustiados hacia María—. A un tío fallecido al que amaba enormemente. Si el príncipe es de verdad como él, una vez que entregue su corazón, lo entregará para siempre. —Bajando la mirada, se detuvo un momento, con los dedos dibujando sobre el mantel blanco lo que parecía una rosa blanca salvaje—. *Loyaulté me lie* —murmuró en voz baja.

María sacudió la cabeza un poco. «¿*Loyaulté me lie*”? ¿Qué quiere decir con eso?». Sin embargo, lady Margarita se volvió hacia ella sin darle ninguna explicación.

—¿Lleváis mucho tiempo con la princesa? —le preguntó la mujer.

—Somos parientes cercanas. He sido su acompañante desde antes de cumplir mi quinta primavera... —María se dejó llevar por los recuerdos—. Mis padres servían a la reina. Les veíamos cada vez que la corte venía cerca de nuestro hogar. En su ausencia, era mi abuela la que nos cuidaba a mis hermanos y a mí —dijo, reviviendo un tiempo ya pasado—. Pero, en una ocasión, mis padres vinieron a casa sin previo aviso. —Sonrió—. Todavía recuerdo la lluvia y el viento, el ruido de los cascos de los caballos y a mi abuela, de pie en la puerta, riéndose de alivio. El viento era tan fuerte que arrancó la puerta de las manos de mi abuela.

Se quedó en silencio, recordando cómo la lluvia salpicaba el rostro y la ropa de la anciana y cómo el vestido negro de viuda que llevaba y el velo se le agitaban como alas de cuervos alzando el vuelo sin sentido y con pánico mientras una tempestad azotaba el alcázar.

Lady Margarita le tocó el brazo.

—¿Qué ocurrió entonces?

—La reina y su corte —contestó, sonriendo—. El tiempo condujo a la reina y a sus cuatro hijas a buscar refugio en nuestro hogar. Su séquito ocupó cada alcoba, cada salón, cada espacio disponible. Se quedaron tres días con mi familia.

Volvió a quedarse en silencio. Visualizó la riada de humanidad que les había brindado el diluvio de lluvia de aquella mañana. Por la tarde, la luz de las velas había vuelto luminoso un día oscuro. Con sus invitados libres de la ropa de viaje, la luz se había reflejado en vestidos dorados, en jubones de colores llamativos, en el oro y en las joyas. Los laúdes y las arpas habían conformado un trasfondo continuo al murmullo de las canciones, la cadencia de la cháchara de los adultos y los movimientos controlados de unos conocidos elegantes. Antes de la hora de la cena, su madre había convocado a toda la familia para recibir a la reina y rendirle homenaje. Escondiéndose bien detrás de su madre, María había observado a la reina y su familia.

A su lado, lady Margarita se rio, devolviéndola al presente.

—¿Fue entonces cuando conocisteis a la princesa?

—Sí —comenzó a decir, dándose cuenta de que estaba hablando en su idioma.

Los recuerdos la arrastraron años atrás, de vuelta a casa, a su primer hogar. La hija menor de la reina Isabel había estado frente a ella. Somnolienta, con los ojos casi cerrados, se había acurrucado bajo el brazo de su hermana mayor. Siendo una muchacha de quince años, Isabel casi le había parecido adulta. Isabel y Catalina vestían ricos ropajes confeccionados con el mismo brocado que el de su madre, al igual que las otras dos hijas de la reina. Con el instinto propio de los niños, María había sabido que la infanta más joven tenía su edad más o menos. Se habían tomado la medida la una a la otra y, poco a poco, al sonreír, en la mejilla de la joven princesa había aparecido un hoyuelo. Ella le había devuelto la sonrisa, asintiendo ante algo que había pasado entre ellas sin que se dijeran nada. En su interior, su universo había cambiado. Para cuando la reina y su corte se prepararon para marchar, ya se habían vuelto inseparables. Entonces, la reina le había pedido que sirviera como dama de compañía de su hija más pequeña y sus padres no habían podido decir que no.

María se bebió el vino de un trago, anhelando adormecer el dolor. La nostalgia que sentía por su hogar amenazaba con desbordarla. Lady Margarita apoyó brevemente una mano sobre la suya.

—Yo también estoy muy unida a mi reina, somos parientes. Haría cualquier cosa por ella.

María volvió a dirigir los ojos al estrado.

—Lo mismo me ocurre a mí con la princesa —murmuró.

«Sí, aunque eso suponga que me haya alejado de mi hogar para siempre».

La otra mujer suspiró.

—No es una vida fácil. —La observó mientras se le estrechaban los labios—. Y la vuestra será aún más difícil.

Perpleja, María buscó sus ojos amables.

—¿Por qué decís eso?

—Sois hermosa, querida. Doy gracias a Dios por no serlo. La mayoría de los hombres nunca se fijan en mí, excepto mi marido y mis hijos, que me valoran por otros motivos. Vos, querida, tendréis que ser cuidadosa. Los hombres os buscarán y tratarán de seduciros para que abandonéis la lealtad a vuestra princesa.

Enderezando los hombros, María sacudió la cabeza.

—Ningún hombre podría lograr eso.

Lady Margarita se rio un poco y alzó la copa.

—La que habla es una mujer que nunca se ha enamorado.

Capítulo 7

l final, la velada llegó a su fin y María se unió al resto de las mujeres que escoltaron a Catalina hasta la alcoba que habían preparado para el príncipe y ella. El vino se le había subido a la cabeza, así que hizo lo que se esperaba de ella, pero todo le pareció un sueño. O una pesadilla. Todavía no había decidido el qué.

Pasó el tiempo y las damas bañaron a Catalina y la ayudaron a meterse en la cama que habían calentado, subiéndole las pieles hasta la barbilla. Su rostro pálido estaba desprovisto de toda emoción y tenía los ojos muy abiertos y brillantes bajo la luz de las velas.

«¿Debería ofrecerle una copa de vino? Yo querría vino si estuviera encamada con un muchacho al que tan solo he visto y con el que tan solo he hablado en un par de ocasiones en toda mi vida». Sin embargo, la puerta de la alcoba se abrió, lo que acabó con cualquier posibilidad de hablar con Catalina. El príncipe Arturo, vestido con una camisa de dormir y una bata roja oscura sobre los hombros, entró en la habitación a hombros de sus hombres. El rey y dos de sus sacerdotes les seguían de cerca.

Sin más preámbulos, los hombres bajaron al príncipe al suelo. Uno de ellos le quitó la bata y Arturo se unió a su esposa, tumbándose a cierta distancia de ella. Los sacerdotes se adelantaron y uno de ellos bendijo el lecho, entonando en latín. Para calmar los nervios, María se concentró en traducir aquellas palabras: «Mientras yacen en esta cama, proteged a vuestros siervos de todas las apariciones imaginarias o reales de los demonios; protegedlos para que puedan pensar en vuestros preceptos mientras duermen y para que aquí, y en todas partes, estén seguros bajo vuestra protección».

Uno de los acompañantes de Arturo hizo lo que ella había querido hacer con Catalina y le tendió al príncipe una copa de vino. El muchacho apartó el almohadón, se apoyó en el cabecero de la cama y bebió con ganas. Un hombre joven observó al príncipe y, después, se volvió hacia el rey.

—Alteza, ¿tendría vuestro permiso para contar una historia subida de tono? María agachó la cabeza y se sintió avergonzada cuando el hombre se rio.

—¿Por qué no? —Le guiñó un ojo a su hijo—. Un poco de frivolidad en una noche de bodas nunca viene mal.

Todos los hombres ebrios se rieron, incluso los sacerdotes. Sin embargo, las damas de Catalina se reunieron, formando un grupo silencioso.

—¿Habéis oído la historia del herrero de Greil, alteza? —preguntó el joven.

El rey volvió a reírse.

—Muchas veces, y contada por vuestro padre y vuestro abuelo, Gruffydd. —Hizo un gesto con la mano—. Contad la historia, chico.

El muchacho sonrió al príncipe, que tenía el rostro pálido. Parecía querer tranquilizarlo.

—Dios le había bendecido con un pene magnífico que complacía a las mujeres como si fuera un regalo. Decían que tenía una forma muy bonita, que el tronco le medía dos palmos de largo y que era tan ancho como un puño. —Al captar la mirada poco sonriente del príncipe, se detuvo, y, por primera vez, también pareció fijarse en Catalina. El miedo le brilló en los ojos. Se serenó y se enderezó—. Creo que lo voy a dejar aquí. No es más que una historia tonta.

—Yo puedo hacerlo mejor —dijo otro joven.

El rey se rio, pero observó a su hijo, que estaba en silencio, y a su nuera.

—Estoy seguro de que podéis, Tom, pero me parece que hemos excedido el tiempo en el que somos bienvenidos. Es hora de que nos marchemos y dejemos que mi hijo disfrute de su primera noche de matrimonio.

El príncipe le devolvió la copa a su ayudante. Volvió a colocar el almohadón antes de tumbarse de nuevo junto a Catalina.

Aliviada por que el rey no hubiese permitido que continuaran las historias, María comenzó a seguir al resto de damas de la princesa. Miró por encima del hombro a Catalina. Totalmente quieta en aquella enorme cama, su amiga miraba al techo y agarraba la colcha con tanta fuerza que tenía los nudillos del mismo color que las sábanas blancas. Cerca de ella, su joven esposo estaba mirando en otra dirección.

Siendo la última en abandonar la antecámara, María esperó mientras el guardia cerraba la pesada puerta de roble. Todo a su alrededor parecía dar vueltas, y no solo por todo el vino que había tomado aquella noche. Su mundo había cambiado; había cambiado de tal manera que le estaba costando encontrar una sensación de solidez y parecía estar cayendo en la oscuridad sin nada a lo que agarrarse.

«Vine a Inglaterra porque no podía soportar estar separada de Catalina, pero nunca pensé en lo que esta noche significaría para mí. ¿Qué pasa si el matrimonio la cambia? ¿Qué pasa si ya no me necesita o ya no me quiere en su vida? He dejado atrás mi tierra natal, a mi madre y a mi amada maestra. ¿Qué pasará si también pierdo a Catalina? No podría soportarlo; no cuando estoy en Inglaterra, tan lejos de todo aquello que amo».

Inés le tomó el brazo, mirándola con compasión.

—Venid, ahora no podéis ayudarla; ninguna de nosotras puede.

Incapaz de hablar, se encontró con los ojos de la muchacha y permitió que la condujera por el pasillo. Dio un paso y después otro en dirección a la alcoba que compartían las damas, preguntándose cómo dormiría aquella noche y si Catalina dormiría siquiera.

✳ ✳ ✳

Cuando a la mañana siguiente, temprano, regresó al dormitorio de Catalina, Francisca ya había vestido a la princesa. En la antecámara, con el rostro contraído por la preocupación, la muchacha miró alrededor antes de susurrarle:

—Cuando he llegado, el príncipe Arturo no estaba aquí. Anoche no ocurrió nada. La sirvienta de la princesa está rehaciendo la cama.

Cargando con el secreto de la promesa que Catalina le había hecho a la reina, María se topó con los ojos preocupados de la muchacha.

—Iré a ver si nuestra princesa necesita algo. —Llamó una vez a la puerta del dormitorio—. Soy yo, María —dijo, volviendo a llamar.

La voz amortiguada de Catalina le respondió. Abrió la puerta y la cerró tras de sí. La princesa estaba sentada en una silla que había frente a la puerta, cerca de la chimenea y la cama deshecha. Siendo la viva imagen de la tristeza, le lanzó una mirada antes de mirar fijamente el fuego.

La sirvienta morisca alzó la cabeza ante la llegada de María y, después, continuó estirando las ropa de cama, con el color de su piel resaltando vivamente sobre aquella blancura. Las sábanas también contaban la misma historia que Francisca, pues no mostraban evidencia de sangre virginal. Se acercó a Catalina. Cuando la princesa la miró, dudó antes de hacer una reverencia. «Siempre debo recordar hacerle una reverencia. Incluso cuando estemos solas como ahora. Es la esposa del hijo de un rey y, algún día, será reina».

Mirando primero a la criada, Catalina se volvió hacia el fuego, curvando los dedos bajo el final del reposabrazos de madera de su silla. Se rio con una risa forzada sin ningún atisbo de humor antes de hablar de forma apresurada en latín.

—He mantenido la promesa que le hice a la reina, María. No fue difícil, no cuando mi marido se sintió más que feliz con sujetarme la mano y hablar conmigo. —Inhaló y exhaló profundamente y volvió a mirarla—. La reina tiene razón: su hijo está enfermo. Ha pasado toda la noche atormentado por la tos. Me temo que pasará mucho tiempo antes de que esté lo bastante fuerte como para consumar nuestro matrimonio.

Preocupada por su amiga, María se acercó a ella y le posó una mano en el hombro.

—No cumpliréis dieciséis años hasta dentro de un mes y el príncipe no los habrá cumplido hasta dentro de nueve. El tiempo lo arreglará.

Catalina se sentó más recta, alzando la barbilla.

—¿Eso creéis? Ay, Dios, María, incluso los sirvientes de baja alcurnia están más fuertes y sanos que él. Sus toses nos mantuvieron despiertos durante horas. —Se encogió de hombros—. Eso nos dio la oportunidad de hablar largo y tendido sobre las confabulaciones y la proposición de su madre. Tiene miedo de que su padre descubra lo que me ha pedido, lo que nos ha pedido a ambos, y se enfade. Le dije que podíamos guardarlo en secreto y que no hay necesidad de decirle a ninguno de sus hombres nada más que, de verdad, somos marido y mujer, pero... —Se mordió el labio inferior, mirando a María con los ojos muy abiertos—. Una mentira no es una buena manera de comenzar un matrimonio. Una mentira que no puedo confesarle a ningún sacerdote por el juramento que le hice a la reina...

❈❈❈

Las celebraciones de la boda continuaron durante semanas. Tras su paso por el palacio episcopal, estuvieron en Westminster, entretenidos con más desfiles y torneos, antes de que la familia real y su corte viajasen por el Támesis hasta el palacio de Richmond.

El príncipe Arturo tenía su propia barcaza. Acomodándose en ella para el viaje, María se sentó detrás de Catalina y su príncipe junto con el resto de sus acompañantes más cercanos. Temblaba mientras el viento de la tarde soplaba frío y cortante, recordándole que el invierno había llegado de verdad. Ciñéndose el manto se frotó y se calentó las manos bajo sus pliegues. Deseó poder desatarse el nuevo tocado inglés que llevaba puesto y poder lanzarlo hacia las profundidades del Támesis. Odiaba lo pesado que era y la forma que tenía. Era como una jaula que le dificultaba poder mirar a otro lugar que no fuese al frente.

El Támesis se movía a su lado de forma sinuosa, como un tapiz enorme de color interminable. El río, tranquilo y calmado, reflejaba el color del cielo azul y las nubes dispersas, así como las barcazas de la corte inglesa. Por unos instantes, pudo olvidarse del invierno y pensar que el otoño todavía reinaba en sus días. Desde la barcaza del rey y la reina, que iba un poco por delante de ellos, podía escuchar a los músicos tocando sus instrumentos y unas voces cantando una canción.

María se dio cuenta de que el príncipe señalaba aquella gran barca y le susurraba algo al oído a Catalina. Ella se rio y también le susurró algo. La alegría le caldeó el corazón. Por una vez, aquel viaje hizo que los príncipes tuvieran una relación más íntima. Desde el banquete de la boda y su primer encamamiento, los días pasaban y la princesa y su esposo apenas pasaban tiempo juntos. En el banquete de la noche anterior, incluso se sentaron en mesas separadas y apenas se miraron el uno al otro. El momento de alegría se desvaneció y María se removió, incómoda. «¿Acaso es una sorpresa? Catalina y el príncipe Arturo saben que todos los ojos observan cada uno de sus movimientos».

En aquel momento, relajado junto a sus acompañantes de mayor confianza, el príncipe sonreía, señalándole a su esposa algo que había al frente.

—El palacio de Richmond, mi señora esposa.

—Oh —dijo Catalina—, es hermoso.

María estiró el cuello para ver mejor. Un castillo blanco de tres pisos se cernía a una distancia cercana, con sus torres redondas y octogonales mirando hacia el río. Rodeado de hierba verde y de jardines, el castillo de piedra, enmarcado contra el cielo azul, parecía una de aquellas pequeñas esculturas que llamaban *«subtlety»* y que a los ingleses tanto les gustaba crear para sus festines.

—Lo terminaron hace poco. Lo construyeron para que sustituyera al palacio real de Shene —dijo Arturo—. Shene se incendió cuando yo tenía once años, mientras estaba en Ludlow. Mi madre me contó que el fuego era tal que parecía el mismísimo infierno. Madre, padre, mi hermano, mis hermanas e incluso mi abuela solo escaparon por la gracia de Dios. Cuando mi padre estaba escapando, se derrumbó una pared, lo que podría haberle costado la vida. Aquella noche, estuve a punto de perder a todos mis parientes más cercanos y convertirme demasiado pronto en rey de Inglaterra. —Jugueteó con el anillo que llevaba en el dedo antes de hablar de nuevo—. Mi madre lamentó mucho que desapareciera el hogar de su infancia.

Catalina le acarició la mano con la suya.

—Un fuego también estuvo a punto de cobrarse la vida de mi familia. Yo tenía ocho años entonces. Mi regia madre nos había llevado a todos sus hijos a contemplar la toma de Granada. De algún modo, un incendio comenzó en la tienda de campaña de mi madre. Tanto ella como mi hermana Juana tuvieron que salir corriendo para salvar la vida. Me alegro de que vos estuvierais lejos, a salvo, y no tuvierais que presenciar el incendio que destruyó el palacio.

María se removió, recordando la noche que Catalina había mencionado. Recordaba cómo los soldados la habían sacado de la tienda que compartía con la princesa y las otras infantas. Recordaba las llamas que habían consumido la tienda de la reina Isabel. Recordaba el miedo y cómo se había aferrado a Catalina con fuerza.

Arturo miró a la princesa y, después, al río.

—Desde que tengo memoria, siempre he vivido separado de mi familia porque soy el heredero de mi padre y debo tener mi propia casa. ¿Creéis que resulta más fácil saber que uno está a salvo cuando su familia se ve amenazada por la muerte? Ojalá hubiera estado con ellos.

Catalina le observó durante un buen rato y, después, le tomó la mano. Durante el resto del viaje, siguió estrechándosela.

CAPÍTULO 8

a barcaza del príncipe entró por la compuerta que había en un lateral del palacio. Tras salir de la embarcación, María siguió al príncipe y a Catalina mientras cruzaban el puente que había sobre un foso estrecho. Volvió la cabeza y sus oídos captaron el sonido de los pájaros que, en el jardín cercano, trinaban las melodías más dulces que hubiese escuchado en toda su vida. Una luz suave intensificaba el verde de la hierba bien cuidada que se extendía desde el palacio hasta la ribera. «Es una belleza diferente a la de mi hogar: exuberante y rica, con colores intensos y vibrantes». Se dirigió hacia el palacio con grandes zancadas. Las torres y los muros casi llegaban hasta el cielo sin nubes. Aparentemente sin fin, un vergel se extendía a la izquierda. Una galería de dos pisos formaba uno de los muros del palacio, bordeando el jardín y separando el edificio de una iglesia pequeña.

Catalina y Arturo entraron en el palacio para recibir la bienvenida del rey y la reina, que habían llegado antes. Dirigiéndose juntos hacia el gran salón, el rey, orgulloso, le mostró todo a su nuera. Unos ricos tapices cubrían las paredes de piedra. Sobre el gran suelo de piedra había alfombras. Platos de plata y de oro, así como copas de cristal y metales preciosos, llenaban aparadores mucho más altos que cualquier hombre.

Como muchos otros lugares que María había visitado en Inglaterra, el palacio también tenía un techo abierto de vigas jabalconadas, pero aquel parecía tener más ventanas de lo habitual para dejar pasar la luz. Unos fuegos acogedores ardían resplandecientes no solo en la enorme chimenea de ladrillo que había en el centro del gran salón, sino también en otras dos chimeneas grandes en cada lado del fondo de la estancia, caldeando la habitación para hacer frente al frío creciente de la tarde.

Catalina y Arturo se retiraron a solas a sus aposentos, que se encontraban muy cerca, en una de las alas del palacio. Despierta desde el amanecer, María decidió seguir el ejemplo de la joven pareja real y descansar un poco antes de los festejos de aquella noche, leyendo uno de sus libros en la alcoba junto al resto de las damas de compañía.

Aquella noche, durante una cena larga y que parecía no tener fin, María permaneció sentada entre Bella y Francisca, con Inés al lado de esta última. El bufón de Catalina entretuvo al rey, la reina y su corte con ejercicios acrobáticos antes de la llegada del segundo plato. Cuando se colgó con los dientes de una cuerda que iba de un lado al otro del salón, María ahogó un grito de incredulidad. Francisca se rio de ella y se acercó un poco más para hablarle al oído.

—Si no hubierais pasado todo el tiempo con nuestra princesa en Laredo, habrías visto al hombre practicar su arte en la playa. No le importaba que le observáramos para pasar el tiempo.

Las horas pasaron deprisa y el rey y la reina dieron comienzo al baile antes de regresar al estrado para contemplar cómo bailaban los demás miembros de su corte. Cansada tras un día largo y añorando su cama, María permaneció sentada, contenta de poder observar. Antes de dejar la corte de la reina Isabel, tan solo les habían enseñado un puñado de danzas inglesas, todas ellas mucho más dignas que aquellas propias de su hogar que tanto le gustaban. En aquel momento descubrió que los ingleses también disfrutaban bailando a un ritmo rápido y el reto de unos pasos complicados.

Tras haber bailado una vez con su marido, Catalina bailó con el duque de Buckingham. Arturo mantuvo los ojos fijos en su esposa con una sonrisa asomándole en el rostro. La luz de las velas le dibujaba surcos en el rostro pálido y le encendía los ojos de un azul profundo. La danza terminó y Catalina se rio de algo que le dijo el duque. Él inclinó la cabeza y ella le ofreció una breve reverencia antes de regresar a la mesa.

El príncipe se frotó los ojos y escondió un bostezo. Su palidez se había vuelto translucida. María se mordió los labios. «Está agotado». Uno de sus hombres debió de pensar lo mismo, porque se acercó a la mesa y le susurró al oído. Arturo le miró y asintió. Después, se levantó y fue hasta la mesa de Catalina para darle las buenas noches.

La princesa observó cómo se marchaba de los festejos sin disimular la preocupación en el rostro. El duque de Buckingham se acercó a la mesa de Catalina, hizo una reverencia y habló con ella unos minutos. La joven asintió y le dedicó una sonrisa forzada.

—Me pregunto qué le habrá dicho el duque —dijo Bella en voz baja.

—Siempre podéis preguntarle más tarde. Sospecho que la ha tranquilizado con respecto al príncipe. —María tragó saliva—. No hay palabra tranquilizadora que pueda cambiar lo que está a la vista de todos. Su salud no mejora.

Agachó la cabeza, apartando la imagen del hermano de la princesa y el dolor que sentía por su pérdida.

—¿Qué pasará si la salud del príncipe decae por completo? ¿Qué pasará entonces con nuestra princesa? ¿Y con nosotras?

—No lo sé.

—¿No creéis que, en tal caso, volveríamos a casa? —preguntó Francisca.

«Arturo no es Juan; no lo es».

—No lo sé —volvió a repetir, sintiéndose aliviada cuando Catalina se puso en pie y les hizo un gesto a sus damas para que la siguieran.

❊ ❊ ❊

Mi querida doña Latina:

Perdonadme por no escribiros en las últimas semanas. Estoy segura de que ya habéis recibido la noticia del casamiento de mi princesa con el príncipe Arturo. Los ingleses siguen celebrando la boda de su heredero al trono. El príncipe es muy querido, pero no es fuerte. Mi princesa duerme como siempre lo ha hecho desde la infancia, y yo sigo siendo su compañera de cama y resido con ella en sus estancias.

Sentada junto al fuego que rugía en la antecámara de Catalina, María cambió la pluma que tenía en el tintero y miró al otro lado de la ventana. El cristal grueso y distorsionado hacía que la nieve que caía pareciese como una nube de niebla. Llevaban una semana en Richmond, el tiempo suficiente para que el tiempo atmosférico hubiese cambiado a peor. El viento gritaba, levantando ráfagas blancas que azotaban los árboles del jardín y rompiendo la nube de nieve que había ante ella. Ráfagas de aire helado se colaban por las ventanas mal encajadas, revolviendo los papeles que había en la mesa cercana y haciendo que volviera a estremecerse. Una vela parpadeó, iluminando una pila de pergaminos sin usar y los libros que Catalina había tomado prestados de la biblioteca del rey para leer a lo largo de la última semana.

María se volvió cuando la puerta de la habitación se abrió con un fuerte crujido. La princesa llevaba puesto el manto de invierno.

—Venid, me niego a quedarme aquí un solo instante más hasta que alguien se acuerde de mí. Quiero recorrer el palacio.

Catalina le lanzó su manto y se pasó la capucha por la cabeza, sumiendo su rostro en las sombras. María se cubrió con la prenda y, tras colocarse también la capucha, miró el fuego que ardía con pesar.

—¿Es buena idea que abandonemos la alcoba?

Catalina se volvió. Sobresaltada, María se dio cuenta de que su amiga estaba más pálida que nunca.

—Mi señora madre nos permitía vagar a nuestro antojo siempre y cuando nos quedáramos en los confines de las estancias y los jardines reales. Me siento atrapada, tratada como un pájaro enjaulado. Doña Elvira está ocupada con otra carta en la que informa de todo a mi señora madre, así que volemos libres y busquemos más libros en la biblioteca del rey. Podemos usar la escalera que hay cerca de aquí y regresar a mi jaula antes de que las campanas anuncien la nueva hora.

María soltó una risita, cerrando los ojos y recitando:

Cuando estéis triste, endureced vuestro corazón
Incluso cuando la muerte llame a vuestra puerta.
La vela sigue teniendo luz antes de apagarse
Y, aunque herido, sigue rugiendo el león.

—Dejadme que adivine —dijo Catalina con una sonrisa—. ¿Otro poema de Samuel Ibn Nagrela?

María se encogió de hombros.

—Si mi madre es capaz de recitar la poesía de nuestro ilustre ancestro para cada momento del día, ¿por qué no podría hacer yo lo mismo?

La sonrisa de la princesa se amplió.

—No quiero que seáis de otro modo; hacéis que me acuerde de nuestro hogar. Pero necesito ejercicio, no poemas. Ejercicio tanto de cuerpo como de mente, tal como solía decirnos la Latina. Me acomodaría mejor en mi jaula si tuviera libros nuevos que leer. Venid.

María se rio un poco.

—Sí, habéis olfateado los libros, como un perro de caza. Pero, os lo ruego, solo un momento. No deseo que doña Elvira sepa que hemos salido volando del gallinero y mande a alguien a buscarnos. Tendría más motivos para gruñirme a mí porque teme gruñiros a vos.

Cerró la puerta de su alcoba todo lo silenciosamente que pudo y siguió a Catalina por la escalera de caracol de piedra, manteniendo sus pasos suaves y ligeros. Unas ráfagas frías y fuertes le tiraban del manto pesado y hacían que las luces de los altos candelabros se apagasen. Tembló, pensando con nostalgia en el fuego que habían dejado atrás, atiborrándose de pesados leños de madera como si estuviera hambriento. Se tropezó con el último escalón, que estaba desigual, y estuvo a punto de caerse en medio de un pasillo oscuro. Un olor horrible la golpeó como un muro sólido. Tuvo una arcada y se acercó más a su amiga.

—¡Por la espada de San Miguel! —Catalina le acercó una poma de olor a la nariz—. ¿Nos hemos adentrado en una letrina?

Deseando haber recordado llevar su propia poma, María recorrió con los ojos cada parte del suelo que había cerca de ellas. La luz era demasiado tenue como para ver en condiciones.

—Tal vez haya una cerca. ¿Qué otra cosa podría explicar esto?

El vil hedor procedía del lateral de la escalera. María dio unos cuantos pasos con cautela, pensando que tal vez viese la puerta de una letrina, y pisó un charco. Cuando el hedor la asaltó como nunca antes, dio un brinco hacia atrás, asqueada.

—¡Por todos los santos del cielo!

«¿Una letrina cerca? Jesús, ¡si estoy encima de ella!».

María se alzó las faldas por encima del suelo, caminando con mayor cautela, y se colocó junto a Catalina. Mientras recorría el pasillo con ella a toda prisa, le preguntó:

—¿Podéis imaginar lo que diría la reina, vuestra madre?

La princesa arrugó el rostro con un aborrecimiento inequívoco.

—Mi madre no espera que sus súbditos se comporten peor que animales, ensuciando el lugar en el que viven. Cuando yo sea reina, esto no pasará. No puedo creer que la reina Isabel tolere un comportamiento semejante.

María alzó una ceja. Catalina apenas hablaba de su futuro. «Mi querida prima será reina algún día». Se estremeció tanto de emoción como de miedo hasta que ya no era por ninguna de las dos cosas, aquello era terror en estado puro. «¿Por qué tengo tanto miedo? Nada ha cambiado. Mi vida siempre ha estado ligada a la de Catalina, que le da forma a mi propio destino. Y lo acepto».

Mientras se alejaban lo bastante de la escalera como para que el olor fuese soportable y se dirigían a un lugar donde hubiese mejor luz, María miró por encima del hombro.

—¿Tenemos que regresar por este camino?

Catalina frunció el ceño y se frotó la mejilla de arriba abajo con un nudillo.

—¿Recordáis cuál es el otro camino para regresar a mis aposentos? La cabeza me da vueltas.

Aquella pregunta la superó y alzó las palmas a modo de respuesta mientras pensaba.

—Creo que deberíamos regresar, incluso aunque sea haciendo ese horrible recorrido —dijo lentamente—. Ni vos ni yo deseamos tener que pedir indicaciones si nos perdemos.

—¡Catalina!

El príncipe Arturo se dirigió hacia ellas de forma apresurada, seguido por dos hombres: su amigo Gruffydd y otro acompañante. María se encontró con los ojos ansiosos de Catalina antes de encogerse de hombros.

—Mejor que sea el príncipe Arturo, vuestro esposo, que su padre, el rey —murmuró en voz baja antes de colocarse tras ella.

Hizo una profunda reverencia mientras el príncipe se acercaba y la princesa hizo lo mismo. Por primera vez, parecía inflexible, como su padre.

—Mi señora esposa, ¿qué hacéis aquí sola?

Catalina miró a María por encima del hombro.

—No estoy sola, alteza, mi querido esposo. Mi dama, doña María, está aquí.

—Eso no es lo que quería decir. —El príncipe hablaba como si estuviera molesto—. Dos mujeres jóvenes, andando por aquí sin protección. Dios mío, Catalina, no pensé que pudierais ser tan tonta. Gracias a Dios que os hemos encontrado antes de que os ocurriese algo.

Catalina le ofreció una sonrisa incierta.

—Pensé que era seguro, mi señor. No era consciente de que nos había puesto a doña María y a mí en peligro.

El rostro delgado y alargado del príncipe volvió a relajarse hasta convertirse de nuevo en el de un muchacho y la mirada se le ablandó. Dio un paso hacia ella, le tomó la mano y la estrechó entre las suyas.

—¿Por qué estáis aquí, mi señora?

La princesa agachó la cabeza.

—Deseo tomar prestados libros nuevos de la biblioteca del rey.

Él intercambió una mirada por encima del hombro con sus acompañantes antes de volver a hablar con ella.

—¿Más libros, Catalina mía? Pronto, toda la biblioteca de mi padre se encontrará en vuestros aposentos.

Ella sonrió como respuesta a lo evidente; que aquello divertía al muchacho.

—¿Acaso os importa, mi señor esposo?

El joven príncipe sacudió la cabeza.

—No, mi señora. Hace que tengamos mucho en común. —Le tendió el brazo—. ¿Vamos juntos?

Los ojos de la princesa se iluminaron con una sonrisa y los dientes le centellearon como perlas bajo la luz de una antorcha que había en lo alto del muro. María se alejó un poco para darles cierta privacidad. Se encontró caminando junto al acompañante desconocido de Arturo. Era un hombre guapo que caminaba con el porte de un soldado y el aura de un líder. Una pequeña cicatriz dentada le recorría la mejilla y un hoyuelo le hacía una hendidura en la barbilla cuadrada y fuerte. Cuando miró hacia ella con unos ojos azules y profundos, a María le dio un vuelco extraño el corazón. Él la saludó con una inclinación de cabeza. Con el rostro ardiendo, ella bajó los ojos.

—Señora, ¿puedo rogaros que me concedáis el honor de saber vuestro nombre?

Dirigiéndole otra mirada rápida, realizó una pequeña reverencia y maldijo para sus adentros cuando, sin querer, se tambaleó.

—Doña María de Salinas.

El corazón le latió con fuerza en los oídos. Volvió a respirar hondo. Durante dos años o más, recibiendo educación junto a Catalina, el francés le había resultado tan natural de hablar como el polen a una abeja. Con la mente en blanco, intentó hablar en latín o en castellano, pero la lengua ya no le obedecía.

El desconocido se acercó un poco más. Su aroma, que era una mezcla entre un cuerpo recién aseado con cuero gastado y el olor de los caballos, hacía que sintiera cosas peculiares en las entrañas. El corazón le latió más rápido y sintió unas emociones desconocidas que se removían en su interior como un diluvio que quisiera ahogarla. Como se habían quedado bastante atrasados con respecto al grupo, apretó el paso. Él le siguió el ritmo con facilidad gracias a que tenía las piernas largas.

—Doña María de Salinas... He oído al príncipe hablar de vos. Sois la compañera favorita de la princesa, ¿verdad?

Le miró. Las pestañas y las cejas oscuras contrastaban con el cabello rubio plateado. Aunque había estado toda su vida rodeada de hombres y mujeres rubios, nunca se había dado cuenta de que el cabello rubio pudiera parecerse tanto a unos hilos de plata relucientes. O, tal vez, nunca había tenido motivos para fijarse. Un rastro ligero de barba le acariciaba la barbilla. Se agarró el vestido, negándose el deseo de tocársela. Llevándose la mano al rostro caliente, miró al suelo sin ver nada.

—Sí, he sido su doncella desde la infancia, y también soy su prima.

Su propia voz le sonó rara y ronca y se dio cuenta de que ya no estaba caminando, sino que estaba quieta, a solas con el joven. Cuando él sonrió, le resultó imposible apartar la mirada. Tambaleándose, llevó una mano al rosario que le colgaba de la cintura y la otra al pecho. «¿Por qué me duele el corazón?». Con las piernas temblándole como si fueran gelatina sobre unos pies de plomo, se obligó a moverse de nuevo hacia delante.

Él le rozó la mano y, al hacerlo, la piel le quemó, haciendo que se detuviera de nuevo. Alcanzó su mano y se la estrechó. Tan rápido como se la había tomado, se la soltó, dejándola libre, no sin que, antes, un rayo golpease el corazón de María. La sangre se le tornó miel, una miel que se derramaba hasta sus partes íntimas. Se quedó sin palaras, sin aliento, indefensa ante los vientos del destino.

—Perdonadme; no tengo derecho a tocaros. Por todos los santos, no tengo ningún derecho. Por las llagas de Cristo, sois hermosa.

Ningún hombre le había dicho aquello jamás. Ni siquiera su amoroso padre. Con las rodillas todavía débiles, alzó los ojos hacia los de él. El tiempo se detuvo en silencio, como un momento de calma antes de que la tempestad cobrase fuerza y arrastrase todo lo que se interpusiera en su camino.

Al fin, volvió a ser capaz de hablar.

—Buen señor, os ruego que me digáis vuestro nombre.

El joven inclinó la cabeza.

—Soy un descuidado. Os ruego que me perdonéis, mi señora. Soy el barón William Willoughby de Eresby.[18] Es una baronía antigua de este reino, ostentada por mi familia durante siglos. Pero os pido que no lo tengáis en cuenta. Consideraría un gran honor que me llamaseis «Will». —Sonrió, mostrando unos dientes fuertes y blancos—. ¿Puedo volver a hablar con vos, mi señora? —Durante un instante, hizo una pausa—. Tan solo hablar.

Más adelante, Catalina y el príncipe atravesaron la puerta de la biblioteca. Sir Gruffydd les siguió y cerró la puerta tras de sí. «¿Qué diría Catalina? ¿Y doña Elvira? ¿Y mi madre? —Sus voces formaban un coro en su cabeza—: "María, ¿no habéis aprendido nada? Deberíais saber que no debéis hablar a solas con un desconocido. Tan solo os buscaréis problemas"». Aun así, su corazón le decía que no era un desconocido.

Confundida, sintiéndose arrastrada hacia un lado y el otro, se volvió hacia Will. Su sonrisa y sus ojos amables parecían abrazarla. Sin saberlo, había esperado toda su vida aquel momento, y lo había deseado. Un vacío en su interior anhelaba y reclamaba que lo complaciera. Lo exigía. «Sí. No es un desconocido». Volvió a hacerle una reverencia y sonrió.

—Sí, podéis hablar conmigo. Yo también me sentiría honrada si me llamaseis por mi nombre de pila.

Él le tomó la mano y se la beso con una ternura lánguida. Ella se dio la vuelta, pues no deseaba que viese lo mucho que la conmovía.

—Será mejor que vaya a atender a mi princesa —dijo de forma apresurada.

Apartando la mano, deseó alejarse de él corriendo, temiendo que fuera a dejarse llevar y caer en sus brazos. También estaba asustada por aquel nuevo mundo que se abría ante ella. Se debatía entre su vida como doncella, una doncella que no amaba a ningún hombre, y una nueva vida en la que ya no era una niña, sino una mujer que, para bien o para mal, había entregado su corazón.

---

18 N. de la Ed.: William Willoughby, décimo primer barón Willougbhy de Eresby (1482-1526). Fue un barón inglés, el mayor terrateniente de Lincolnshire. Recibió la baronía de su padre en 1499. Se casó en segundas nupcias con María de Salinas, que devendría así Mary Willoughby.

Sin aliento, se precipitó hacia la puerta de la biblioteca, mirándole una última vez antes de entrar en la estancia. Apoyándose en la puerta cerrada, sacudió la cabeza, rezando para que no la siguiera. Al menos, no hasta que hubiese recuperado el control sobre sí misma. «Estoy perdiendo la cabeza. Esto no puede estar pasando. Lo prometí; prometí que no la dejaría sola. Ahora, no; todavía, no.

Capítulo 9

Mi querida doña Latina:

El príncipe Arturo y mi princesa ya no viven vidas separadas. Cada mañana, el príncipe viene a buscar a su nueva esposa. Son dos jóvenes aprendiendo a gustarse el uno al otro.

ientras Catalina esperaba las visitas diarias de su esposo, María deseaba tener otra ocasión de hablar con el barón Willoughby. Will. Repitió su nombre una y otra vez como si fuera una plegaria, como si fuese a conjurar su presencia y salvarle del dolor de corazón que sentía. No comprendía aquella pasión que la tenía atrapada. Día y noche, sus pensamientos giraban en torno a aquel hombre apuesto con el que solo había hablado en una ocasión, aquel que le había dado un vuelco a su vida. No quería desearle, pero lo hacía; se trataba de un deseo que la arrastraba a las profundidades. Asustada por la fuerza de sus sentimientos, se sentía consumida por ellos, ahogada. Temía volver a encontrarse a solas con él de nuevo, pero también lo deseaba de todo corazón.

Cuando Will Willoughby acompañaba al príncipe, a menudo sentía cómo posaba los ojos en ella con una pregunta sin formular. Sin embargo, cuando alzaba la vista hacia él, él apartaba la mirada para contemplar otra cosa. El día de aquel primer encuentro, le había suplicado volver a hablar con ella pero, en aquel momento, la evitaba. Confusa y dolida, no dejaba de recordar su mano en llamas apoyada sobre la suya. Decidió buscarle, tenía que descubrir la razón por la que ya no quería hablar con ella.

El destino decidió ayudarla. El sexto día después de su encuentro, abrió la puerta de las estancias privadas del príncipe y entró en la antecámara. Catalina la había enviado allí para recuperar su laúd. Cerca de una chimenea sin encender, Will, ataviado solamente con la ropa interior de la parte de arriba sobre las calzas oscuras, dormitaba en una silla de respaldo alto. Con el pelo revuelto y el cuerpo relajado, ya no parecía un hombre, sino un joven; un joven vulnerable.

María miró por encima del hombro hacia la puerta abierta de las estancias privadas del príncipe. Catalina estaba cantando, acompañada por el laúd de su esposo. Equivocándose a la vez con un verso, se rieron y comenzaron la canción de nuevo. Ocupados el uno con el otro, no iban a darse cuenta de que tardaba en regresar. En realidad, puede que ambos estuvieran contentos con su ausencia.

Cerró la puerta con cuidado y cruzó hasta la chimenea con los tallos de lavanda crujiendo bajo sus pies mientras la falda de su vestido los rozaba. El roce de su falda y los latidos de su corazón eran los únicos sonidos del mundo. Deteniéndose cerca de la silla, se tragó el nudo que tenía en la garganta, se alisó los pliegues del vestido y comenzó a pisar con fuerza las esterillas de cálamo cubiertas de lavanda, rompiendo intencionalmente los tallos y oliendo el agradable perfume que emanaba de ellas. «Empiezo a entender por qué los ingleses usan cálamo para cubrir los suelos».

Cuando el ruido de los tallos al romperse no despertó a Will, aunó lo que le quedaba de un valor que desaparecía con rapidez, se aclaró la garganta y se inclinó hacia él, murmurando:

—¿Mi señor?

Will abrió los ojos, palideció y se incorporó de golpe. La miró sin disimular su consternación. Destrozada, se llevó las manos al rostro, que sentía caliente, y se apartó para dejarle más espacio.

—¡Mi señora! Perdonadme. ¿Acaso me llama el príncipe? Por el amor de Dios, dormirme a plena luz del día... Lo cierto es que últimamente he dormido poco.

María se pasó la lengua por los labios secos.

—Yo también.

Le miró, cambiando el peso de pie sobre el cálamo, preguntándose si él había comprendido lo que había querido decir. Se dijo a sí misma que el perfume embriagador de las esterillas explicaba el cosquilleo que sentía en el estómago. Una vez más, volvió a reunir valor.

—Os ruego que disculpéis mi atrevimiento, mi señor, pero me falta experiencia... —Respiró hondo—. El día que nos conocimos pensé que...

Él se acercó a ella y, durante un instante, le puso una mano en el brazo. Fue un roce muy breve, pero el calor le llegó a través de la manga hasta la piel.

—Os lo suplico, no digáis nada más. —Se le tensó la mandíbula—. Estoy casado.

Todo su mundo se partió en dos y amenazó con tragársela. Con la boca seca, sintiéndose enferma, buscó su mirada. Un momento sofocante tras otro, un muro de silencio se fue alzando entre ellos. María extendió la mano, en un intento de derrumbarlo.

—Casado. ¿Estáis casado? Pero, cuando nos conocimos...

Sus palabras sonaron tan chirriantes y agudas que aquella voz ya no parecía la suya. El dolor punzante que sentía en el corazón herido amenazaba con hacerla añicos. Contemplando el cálamo a través de las lágrimas, deseó que el suelo se abriera y se la tragara.

—Perdonadme. Fue un error hablar con vos aquel día. Me culpo a mí mismo, pero cuando os vi, fue como si os hubiera conocido de siempre y el destino hubiese querido que nos encontráramos. —Se le entrecortó la voz—. Olvidé que el destino rara vez es amable.

María alzó la vista. Los ojos profundos y azules del joven brillaban con lágrimas no derramadas. Quería estar furiosa, pero ¿cómo podía estarlo cuando él parecía tan desgraciado? Dirigió su ira hacia sí, furiosa al pensar que lo que quería era rodearle con los brazos, abrazarle y no soltarle. Quería besarle una y otra vez y decirle que no le importaba; que tan solo ellos importaban. Quería decirle que saber que correspondía sus sentimientos era suficiente. «Sí, el destino nos traiciona». Sin embargo, el cuerpo le temblaba y eso la traicionaba todavía más. Sintiéndose peor que nunca, quería golpearle. Quería abrazarle con fuerza. Quería que posara los labios sobre los suyos y las manos sobre su cuerpo. Lo quería, solo a él. Lo había conocido apenas una semana atrás, pero el corazón le decía que aquel hombre estaba destinado a ser suyo y ella suya.

Se llevó las manos al rostro, caliente, mientras sobre ella caía la vergüenza por tener semejantes sentimientos como si fuera una trampilla. Recogiéndose la falda, giró sobre sus talones y salió corriendo de la habitación hacia el pasillo. Él la llamó.

—Regresad. No os marchéis así. Dejad que os explique...

Incapaz de taparse los oídos, corrió más rápido, sin saber y sin preocuparse de dónde acabaría su camino. Jamás se había sentido tan sola y tan dolida como en aquella ocasión. Ni siquiera cuando, a los doce años, se le rompió el corazón por el príncipe Juan.

«Madre... Oh, madre, os necesito. Os necesito más que nunca. Quiero volver a casa». Las esterillas de cálamo recién colocadas en el pasillo hicieron que aquel aroma la siguiera mientras se escabullía de la humillación, constriñéndole el pecho todavía más. Sabía que, a partir de aquel día, el olor a lavanda ya no le gustaría.

❀ ❀ ❀

Siguieron unos días oscuros y tristes; días que no tenían fin. Al menos para ella. Tenía el corazón hecho añicos, era irreparable y parecía como si le sangrara. Había decidido mantenerse fuerte, pero esa era una batalla imposible de ganar. Ver a Catalina y Arturo todos los días no le ayudaba. Aunque seguían sin haber consumado el matrimonio, era evidente para todos que la princesa hacía buena pareja con su príncipe. Día tras día, su relación se estrechaba y su felicidad aumentaba, mientras que ella tenía dificultades para no hacer caso a Will cuando estaba presente. Era algo imposible, pues atendía al príncipe todos los días.

Gracias a Dios, llegó un nuevo paquete de libros de parte de la Latina, lo que le sirvió como excusa para quedarse en las estancias de Catalina mientras esta se entretenía con su marido y sus amigos.

Un día, sentada en el alfeizar de la ventana, estaba intentando leer uno de los libros que le habían llegado. Sin embargo, escuchando las risa de la princesa, el príncipe y sus acompañantes, que le llegaban desde fuera, le resultaba difícil concentrarse en las palabras, lo que hizo que tuviera que leer el mismo pasaje una y otra vez.

Se volvió y miró a Catalina y Arturo compitiendo el uno contra el otro al tiro con arco. La princesa sujetó el arco con habilidad, tiró de la cuerda y la flecha salió volando, para acabar clavada cerca del blanco. Will, sir Gruffydd, que era el mejor amigo de Arturo, y el joven duque de Buckingham aplaudieron junto al príncipe, que esperaba su turno, mientras Bella y Francisca observaban

—Al mejor de tres —le dijo el muchacho a su esposa.

Catalina tomó otra flecha de la aljaba y volvió a apuntar. En aquella ocasión, la flecha golpeó el borde de la diana. La tercera flecha aterrizó al otro lado del blanco. Will sonreía abiertamente, sumándose a las risas de los demás. María quería llorar. «No tiene el corazón roto como yo. Se ha olvidado de mí».

Algo le cayó en el regazo. Se volvió. Doña Elvira estaba frente a ella, frunciendo el ceño. María respiró hondo y aunó toda la fuerza de voluntad que pudo para no hablarle con malas formas. Bajó la vista hacia el regazo y tomó una manga rasgada. Alzó los ojos hacia la mujer.

—¿A ver por qué las demás damas están trabajando en arreglar los vestidos de la princesa mientras vos estáis por ahí sentada, perdiendo el tiempo sin hacer nada más que leer? Buscad aguja e hilo y cosed esta manga —le ordenó la mujer—. Demostradme que servís para algo, aparte de para ser la mascota mimada de la princesa.

Aturdida y sin palabras, María miró fijamente a doña Elvira mientras salía de la habitación. Ni el viaje a Inglaterra ni el tiempo que había pasado desde su llegada habían cambiado la aversión que, desde hacía tiempo, sentía aquella mujer hacia su persona. Más bien, al contrario. María sacudió la cabeza, preguntándose por qué era tan importante para doña Elvira acaparar la atención de la princesa.

❖ ❖ ❖

Hizo una reverencia profunda junto a la puerta. Cuando se adentró más en la alcoba de Catalina, volvió a hacer otra, sintiéndose un poco dolida al ver que la princesa no reparaba en ella. Sentada en una silla de respaldo alto cerca del fuego, la joven tenía los ojos fijos en su marido mientras se inclinaba hacia él. Arturo estaba sentado a los pies de su esposa, hablándole en voz baja.

Como panal de miel destilan vuestros labios, oh esposa.
Miel y leche hay debajo de vuestra lengua
y el olor de vuestros vestidos es como el olor del Líbano.

Arturo se estiró hacia Catalina y le tomó el rostro entre las manos. Se miraron durante un buen rato antes de unir sus labios en un beso inexperto. Se separaron y se rieron el uno del otro. El príncipe le acarició el rostro.

—Me alegro de que nos estemos tomando nuestro tiempo. Cuando llegue septiembre, todo será mucho más dulce gracias a la espera.

Permanecieron en su propio mundo, sin percatarse todavía de la presencia de María. Ella retrocedió y regresó a la antecámara de Catalina. Había visto suficientes jóvenes heridos de amor, especialmente cuando Juana e Isabel, las preciosas hermanas de la princesa, que residían en la corte de su madre, como para darse cuenta de que el príncipe era uno de ellos. El muchacho reservado e inseguro que había recibido a Catalina había cambiado por completo. Había sospechado que su aparente falta de interés hacia su esposa se debía a la timidez. Todo eso había cambiado. Conforme pasaban más tiempo en compañía del otro, cada vez estaban más enamorados.

Aplastó la envidia que sentía, una bestia horrible y absurda que destruía su paz mental. «Olvida a Will. No es para ti. Es un pecado amarle. Deja de ser una tonta. Tan solo crees que estás enamorada. ¿Cómo podrías amar a un hombre con el que solo has hablado dos veces?». Pero el corazón le decía algo diferente. Lo buscaba, anhelando verle, mientras otra parte de sí misma deseaba que estuviera ausente. «"Estoy casado"», escuchó en su cabeza. «"Estoy casado"». Sentía en el pecho el peso dentado del corazón, que como una roca afilada la desgarraba siempre que estaba despierta.

Con la puerta que había entre ambas habitaciones abierta, oyó cómo Catalina le leía a su esposo en francés, un idioma que tanto el príncipe como ella hablaban con fluidez.

—«Y entonces, tomó el escudo y la lanza y gritó en voz alta a sir Tristán, diciendo: "Caballero, defendeos". Así que se acercaron y sir Uwaine hizo pedazos la lanza contra el escudo de sir Tristán, y sir Tristán le golpeó más fuerte y con más furia, con tanto poderío que lo derribó de su montura a la tierra».

María decidió entrar en la alcoba de nuevo. Volvió a hacer una reverencia y se aclaró la garganta para llamar su atención.

—Mi princesa, mi príncipe, ha llegado un mensaje de la reina.

Tendiéndole el mensaje doblado al príncipe, dio un paso atrás y esperó. El joven leyó la carta, frunciendo un poco el ceño por la concentración.

—Debemos prepararnos para marchar a Windsor el viernes.

—¿A Windsor?

Cerrando el libro y colocándoselo sobre el regazo, Catalina se volvió hacia su esposo con una mirada interrogante. Él sonrió, tomándole la mano.

—Está cerca de aquí. Es una de las residencias favoritas de mi padre. También tengo otra noticia. Esta mañana, mi señor padre me ha aconsejado que me prepare para mi regreso al castillo de Ludlow, un lugar que amo como ningún otro. Mi dulce esposa, en Ludlow, gobierno mi propia corte.

Catalina se inclinó, mirándole al rostro. De pronto, su animación se desvaneció.

—¿Debemos separarnos tan pronto, mi señor?

Arturo se llevó la mano a los labios.

—No es ese mi deseo, y me alegra el corazón que vos también sintáis lo mismo. Dulce Catalina, le he preguntado a mi padre si vos podéis venir también.

La sonrisa de la princesa regresó.

—Eso también me agradaría. No, eso es lo que deseo.

Arturo le tomó la otra mano, besándole el interior de la muñeca. En su rostro, una pelusa gruesa se mezclaba con el inicio de una barba de verdad.

María tragó saliva, incapaz de borrar de su mente la imagen de Will el día que se habían conocido. La barba oscura en la línea de su mandíbula. La lucha contra el deseo de tocarlo. Un deseo encendido que, con cada nuevo día, ardía con más fuerza hasta convertirse en un fuego voraz que se esforzaba por contener. Tenía que contenerlo. Ni siquiera podía hablar con Catalina de su mal de amores. Will estaba casado y amarle era pecado.

Arturo volvió a hablar.

—Pensé… Esperaba que ese fuera vuestro deseo. Muchos aquí, tanto entre vuestra gente como entre la mía, creen que sois demasiado joven y nueva en Inglaterra como para venir conmigo a Ludlow. —Se rio—. Como si nuestras edades importaran algo. Soy nueve meses más joven que vos. Mi padre ha escrito a vuestros padres para pedirles su opinión al respecto. En cuanto reciba noticias suyas, tomará una decisión. —Suspiró—. Casados o no, seguimos estando bajo las órdenes de nuestros padres.

Catalina sonrió.

—Me alegro de que así sea. Por mi parte, no me siento preparada para dirigir mi propia vida sin guía.

Consciente de que se habían olvidado de ella, María cruzó hasta el asiento bajo la ventana en el que habían abandonado la cesta de costura de la princesa. Comenzó a recolocar las madejas de lana de modo que estuvieran ordenadas por colores. «Oh, Catalina, deberíais estar preparada para dirigir vuestra vida. Sé que todavía no habéis cumplido los dieciséis años, pero pronto lo haréis. Y estáis casada. Tal vez no sea un matrimonio consumado, pero sigue siendo un matrimonio. —Cambió con cuidado la carísima bobina de hilo morado—. Y, un día, seréis reina. Habéis sido entrenada para serlo».

Intranquila, se mordió el labio. En la seguridad de la corte de su madre, la princesa pocas veces había dudado de sus habilidades. Pero dejar a su madre y dejar Castilla la había cambiado y había hecho que se volviera más insegura. Aquello hacía que dependiera más de quienes eran mayores que ella. En Inglaterra, parecía una persona diferente. «Tal vez, todos lo seamos. —En su mente, volvió a imaginar las ninfas adornadas con flores que regresaban a su hogar, el mar—. Como ellas, somos criaturas extrañas, pero no podemos volver a casa. Vamos de un sitio desconocido al siguiente».

Se dio cuenta de que no sabía nada del castillo de Ludlow. Si ella no sabía nada, lo más probable era que Catalina tampoco. «Margarita Pole. Iré a buscarla y preguntaré en nombre de ambas». Apartó la vista de su tarea, aliviada al ver que la princesa alzaba la barbilla. Estuvo a punto de tirar la cesta de costura al suelo. «¿No te das cuenta de lo que eso significa para ti? Conoces muy bien esa mirada de determinación y terquedad». La mayor parte del tiempo, admiraba a la princesa por aquellas cualidades, pero también las temía. En el momento en el que la princesa fijaba un rumbo, era casi imposible convencerla para que tomara un camino diferente. En aquel momento, su mirada presagiaba otro largo viaje tras haber pasado un corto periodo de tiempo en la corte inglesa. «Debería considerarme afortunada. Debería desear que Will y yo estuviéramos distanciados». Había oído al príncipe decirle a Catalina que el joven había abandonado la corte para regresar a su hacienda y estar con su esposa durante la navidad. Se había marchado antes de que el tiempo empeorase y fuera invernal de verdad.

Las siguientes palabras de su princesa confirmaron que tenía razón al sentirse ansiosa ante la idea de que volvieran a desarraigarla.

—Mis padres desearán que me quede con vos —dijo.

Arturo le sonrió y ella le devolvió la sonrisa. Una corriente de aire repentina y gélida entró por la puerta abierta. Las velas se apagaron, sumiendo la alcoba en la penumbra. María tiritó con el corazón helado. Durante su breve matrimonio, el príncipe Juan y su esposa, la princesa Margarita de Austria, se habían mirado igual que se miraban ahora Arturo y Catalina, como si estuvieran en un mundo nuevo, un mundo en el que no hubiera nadie más que ellos. Pero para Juan y Margarita, la felicidad había acabado demasiado pronto. Parpadeó, rezando para que las sombras desaparecieran y los recuerdos se desvanecieran con ellas. Sin embargo, las sombras se quedaron y se volvieron más alargadas.

❀ ❀ ❀

Al fin, con las celebraciones de los esponsales terminadas, la corte se trasladó a Windsor. Los días se acercaban al momento del regreso del príncipe Arturo al castillo de Ludlow. María había descubierto gracias a Margarita Pole que el castillo estaba situado en las Marcas Galesas, una zona que separaba Inglaterra de Gales. Si Catalina le acompañaba, eso implicaba semanas de viaje. Otra vez.

Sin embargo, antes del día de la partida del príncipe, llegó la partida de otros. Durante un día gris y lúgubre, mientras estaba sentada en un taburete, entre las sombras de la antecámara de Catalina, el conde de Cabra y el arzobispo de Santiago se colocaron frente a la princesa, tras saludar, muy cerca el uno del otro. María se cubrió la boca, la diferencia de altura le provocaba risa. Una risa contenida que se convirtió en un suspiro. La princesa temía perder la guía de aquellos dos hombres en los que sus padres confiaban.

Con el rostro pálido enmarcado por un tocado de matrona, Catalina agarraba la parte superior de la silla de respaldo alto con tanta fuerza que los nudillos se le habían quedado blancos. Después, se movió desde detrás de la silla hasta estar más cerca de ambos hombres. Tras hacer una reverencia profunda, Cabra se adelantó con un paso amplio y comedido, y se arrodilló a sus pies. Le besó el dobladillo del vestido y volvió a ponerse en pie, contemplándola con ojos oscuros y amables.

—Nuestro barco zarpará temprano por la mañana, mi señora. Os suplico que nos bendigáis y que recéis por nosotros para que tengamos un viaje seguro.

Catalina se santiguó.

—Os bendigo de todo corazón, conde, y mis oraciones están con vos. —Entrelazando las manos, la princesa miró a un hombre y luego al otro—. Pero ¿es necesario que os marchéis tan pronto? Mi boda se celebró hace apenas unas semanas. ¿Puedo rogaros que os quedéis conmigo aunque solo sea un poco más?

El arzobispo inclinó la cabeza. La pesada cruz que llevaba se balanceó y el oro reflejó la luz de la antorcha del candelabro que colgaba de las alturas. El brillo que reflejó el metal destelló, titiló y giró formando una danza rápida de motas de oro brillantes sobre la pared de piedra gris.

—Su alteza, la reina, vuestra noble madre, ordena que regresemos a Castilla lo antes posible. Vuestros reales padres, nuestros amados reyes, han dado su aprobación a que acompañéis al príncipe, vuestro noble esposo, al castillo de Ludlow. También le han enviado al rey de Inglaterra el pago de vuestra dote. Hija mía, no queda nada por hacer. Pero cuánta alegría y consuelo podré ofrecerle a la reina cuando le diga lo bien que os tratan los ingleses...

—He terminado de escribir una carta para mi madre. En ella le digo lo mismo—. Le hizo un gesto a María. Poniéndose de pie, ella tomó de la mesa cercana la carta doblada. Se la tendió al arzobispo antes de regresar a su lugar—. Entregádsela cuando regreséis —dijo en voz baja.

—Por supuesto, alteza. Mi último consejo para vos es este: aprended el idioma de vuestro nuevo país. Y hacedlo con rapidez.

María cerró la boca para evitar un gruñido. «¿Con rapidez? ¿Cómo vamos a aprenderlo rápido cuando todos nos hablan en francés o en latín? Ya cuesta bastante aprender sus costumbres, como para aprender también su lengua...».

—También os sugiero humildemente que os deis a conocer al obispo Fisher[19] —continuó el arzobispo—. Es un sacerdote muy santo y piadoso y podéis confiar en su consejo.

Catalina asintió.

—Sí. He hablado con él. —Se arrodilló a los pies del hombre—. Bendecidme antes de partir, mi señor arzobispo.

Él apoyó la mano sobre su cabeza inclinada con una sonrisa compasiva suavizando las líneas marcadas de su rostro.

—«*Veni sancte spiritus, reple tuorum corda fidelium; et tui amoris in eis ignem accende*».

La voz del arzobispo reverberó en la habitación. Arrodillada, con el corazón apesadumbrado por la princesa, María agachó la cabeza. Buscando una distracción, tradujo para sus adentros las palabras del hombre:

---

19 N. de la Ed.: San Juan Fisher (1469-1535), John Fischer en inglés. Fue acusado de alta traición durante el reinado de Enrique VIII por su oposición a firmar el Acta de Supremacía según la cual, el rey era la cabeza de la Iglesia de Inglaterra. Tanto la iglesia Católica como la Anglicana lo veneran como santo.

«Venid, Espíritu Santo, llenad los corazones de vuestros fieles y prended en ellos el fuego de vuestro amor». Alzó los ojos. Catalina, con su silueta dibujada por la suave luz de las velas y el diáfano sol del invierno, permanecía arrodillada.

—Alzaos, hija mía —le pidió el arzobispo.

Tomándole la mano cubierta de anillos entre las suyas, la princesa se la llevó a los labios y la besó. Se puso en pie y se apartó de la luz como si deseara ocultar el rostro. María vio cómo se enjugaba las lágrimas.

—Que Dios esté con vosotros, os marcháis con mis bendiciones y mis oraciones. Que el señor os libre de todo mal. Adiós.

Ambos hombres hicieron una reverencia. Alejándose de ella, volvieron a inclinarse junto a la puerta y, cuando se marcharon, la cerraron.

María se recogió la falda y se apresuró para tomar a su amiga entre sus brazos. Catalina le apoyó el rostro en el hombro.

—Con cada nuevo día, llega otra ruptura. Me apartan de mi madre, de mi padre, de mi patria —susurró—. Y lloro. —Se rio con amargura—. Mi padre estaría enfadado conmigo, ¿verdad?

María le masajeó los hombros tensos.

—Estáis cansada. Santa María, todos lo estamos. Desde nuestra llegada, los ingleses apenas os han dejado a solas, por no hablar de que casi no os han dado tiempo para descansar. Gracias a Dios que vamos a marcharnos al castillo de Ludlow. El príncipe os dará el tiempo que necesitáis para recuperar vuestro espíritu.

Apartándose de ella, Catalina se rio con ganas.

—Ay, María, ¿os dais cuenta de lo largo que es el viaje hasta Ludlow?

—Sí. —Sonrió—. Pero ya estamos acostumbradas a eso. Una vez que estemos allí, os iréis a la cama y no saldréis de ella hasta que yo os diga lo contrario. Ya os lo he dicho, necesitáis descansar.

Catalina se sacudió, riendo de nuevo.

—¡Habláis como doña Elvira! ¿Acaso voy a tener a todo el mundo a mi alrededor diciéndome lo que debo hacer? Pronto, estaré obligada a recordarle a la gente de quién soy hija y que, algún día, seré reina de Inglaterra. —Hipó—. Ay, María, me asaltan los presentimientos. Ojalá mis padres no hubiesen pedido la muerte de Warwick. El corazón me dice que fue un error, y esas terribles pesadillas que tengo me dicen lo mismo. —Volvió los ojos abiertos de par en par, mirándola con desesperación—. ¡Os lo ruego, no me abandonéis nunca!

María volvió a rodearla con los brazos.

—Hermana mía, hace mucho tiempo prometí estar siempre con vos. Mi vida está con vos, debéis saberlo.

Estrechando el abrazo que le estaba dando, cerró los ojos y rezó: «Dios, dadme fuerza. Dios ayudadnos a ambas».

❀ ❀ ❀

Mi querida doña Latina:

Envío esta carta a casa con alguien que pronto regresará a la corte de la reina. Muchos se han marchado para volver a casa. La mayoría llevan con ellos regalos de parte del rey de Inglaterra. Cada vez que alguien se va, se me rompe el corazón un poco, viendo que nuestro número disminuye. Y se me rompe aún más al ver que, día tras día, la luz de los ojos de mi princesa se apaga y su ánimo decae. Me preocupa. El príncipe, su marido, también está preocupado...

Arturo llevaba con Catalina desde la misa de la mañana cuando alguien llamó a la puerta de la antecámara de la princesa. María abrió y se encontró con un joven paje que portaba un pergamino en la mano.

—De parte del rey —dijo—. Para que se le entregue a la princesa.

Le tendió el pergamino y se marchó con premura. María se quedó allí de pie durante un instante, girando la misiva doblada hacia un lado y después hacia el otro. «Esta es la primera vez que el rey Enrique le manda un mensaje privado. Espero que sean buenas noticias». Llevó el mensaje a su señora, que lo leyó rápidamente.

—El rey desea que vayamos a su biblioteca privada —dijo la joven.

Los ojos de Arturo brillaron con humor mientras le tendía una mano a su esposa.

—Venid. Cuando el rey, mi señor padre, ordena algo, debemos obedecer. —Catalina suspiró, mirando con nostalgia la puerta cerrada de su alcoba. Colocó las manos sobre las del príncipe y Arturo la ayudó a ponerse de pie—. Amor mío, os prometo que no lamentaréis obedecer a mi padre. Doña María puede venir también. Sé que no os gusta estar separada de ella.

Le tomó una mano y primero le besó una y luego la otra. El buen príncipe resplandeció cuando Catalina le sonrió.

«He aquí un joven atravesado por la flecha de Cupido. Debo estar feliz por Catalina». María intentó sonreír, pero el afecto cada vez más profundo del príncipe y la princesa le recordaba a su propio corazón roto. «¿Está mal que también desee ser feliz?».

Aquella pregunta la acompañó en cada paso del camino hasta las estancias del rey. Cuando llegaron ante la puerta cerrada, el príncipe se volvió hacia Catalina y le sonrió con alegría. Como si compartiera su estado de ánimo, ella le devolvió la sonrisa. María se forzó a sonreír, curiosa por lo que esperaba a su amiga en la alcoba real.

Un guardia les abrió la pesada puerta. Cuando se cerró detrás de ella, María dio un paso atrás, confusa. Los acompañantes del príncipe se quedaron en el pasillo. «El príncipe debe de haberlo preparado antes de venir».

En el centro de la amplia estancia, la reina Isabel estaba sentada en el suelo sobre un cojín. El pelo, que llevaba peinado con la raya al medio, le caía en dos trenzas largas y gruesas; una de ellas le colgaba sobre el regazo y la otra por la espalda. Parecía una doncella más que una reina o una mujer que hubiese sido madre seis veces. Acurrucada junto a ella estaba María, su hija rubia de cinco años,[20] que era una réplica en miniatura de ella. En el regazo de la reina había un cachorro, vigilado por un galgo inglés adulto que estaba sentado junto a ella.

Al final, María se acordó de hacer una profunda reverencia. Las esterillas de cálamo rociadas con lavanda crujieron con fuerza bajo sus pies y aquel aroma, otro recuerdo de su pérdida, la abrumó. Apartó la imagen de Will y esperó a las órdenes de Catalina o a que alguien le dijera qué hacer. Nadie habló con ella. Para ellos, incluso para la princesa, parecía invisible. Sintiéndose incómoda de rodillas, volvió la cabeza hacia un lado y otro, buscando un lugar al que apartarse. Se alejó de la familia real, acercándose a los paneles de madera oscurecidos por el fuego y las sombras cercanas. El corazón le latía con rapidez.

La reina Isabel inclinó la cabeza, observando al cachorro, sin preocuparse de que estuviera mordiéndole de los cordones de la manga y tirando

---

20 N. de la Ed.: María Tudor (1496-1533), hermana de Enrique VIII y que sería por matrimonio con Luis XII reina de Francia muy brevemente y, más tarde, duquesa de Suffolk como esposa de Charles Brandon.

de ellos. El galgo rodeó a la reina y olisqueó al perrito. Blanca, delicada y con las patas largas, la perra lamió la mano de la reina antes de lamer al cachorro. Sus ojos oscuros brillaban con el orgullo de una madre de verdad. Habiendo completado el trabajo, el animal dobló las patas de atrás, se giró y se rascó los cuartos traseros.

El rey Enrique tenía la mano de huesos finos apoyada en un tomo enorme y cerrado que había sobre el soporte que había frente a él. Con los ojos azules y rasgados contemplaba a su esposa y a su hija. Tenía unas arrugas causadas por la risa grabadas con profundidad en torno a los ojos y una sonrisa le tiraba de las comisuras de los labios. Miraba a su esposa con ternura y amor, sin rastro de frialdad. Alzó una mano. Tenía las yemas de los dedos manchadas de tinta, y con ellas atrapó un rayo de luz y el tiempo se detuvo. Para sus adentros, María visualizó a la Latina en un patio de la Alhambra iluminado por el sol, mientras les contaba una historia gesticulando, añadiendo así peso y emoción a lo que decía. Al igual que los dedos del rey aquella mañana, los de la mujer siempre mostraban las señales de las muchas horas que pasaba con la pluma. Frotándose los ojos húmedos, volvió a prestar atención a lo que sucedía frente a ella. Sacudió la cabeza, incapaz de creer lo que oía cuando el rey dijo:

—Señora, si ese cachorro ensucia las alfombras, corréis peligro de sufrir mi ira.

La reina alzó la mirada hacia su marido y sonrió.

—Me dais miedo, mi señor.

Le tendió la mano de dedos largos. La manga, que llevaba suelta, se le resbaló hasta el codo, revelando un brazo torneado del color del mármol blanco. Una vez más, la reina no llevaba joyería en los dedos más allá de una sencilla alianza de oro. Aquellas manos exquisitas no necesitaban ningún adorno.

—Mirad cómo tiemblo, Enrique.

Con una mirada cariñosa, el rey soltó una carcajada fuerte y desinhibida. Más desconcertada que nunca, María observó cómo cruzaba la estancia hasta su esposa. Se inclinó, tomó su mano y se la llevó a la mejilla antes de llevarse la palma a los labios y besársela. María sacudió la cabeza. «¿Estoy soñando? Debo de estar soñando. Este no puede ser el mismo rey al que temía apenas unas pocas semanas atrás cuando le vimos por primera vez».

Sujetándole todavía la mano, el rey acarició a su esposa en el hombro, delgado, mientras se inclinaba para escuchar con atención a su hija. Era un hombre transformado para bien.

El príncipe Arturo sonrió a sus padres. Tras soltar la mano de Catalina, se acercó hasta ellos con grandes zancadas y se arrodilló, aceptando sus bendiciones y un recibimiento ruidoso por parte del perro y su hermana pequeña. Hombro contra hombro, se colocó junto a su padre y le hizo un gesto a su esposa para que se acercara. Catalina se recogió las faldas y se encaminó dubitativa hacia él.

Riendo ante algún comentario de su padre, la princesa María miró a Catalina. Sus ojos azules brillantes resplandecieron con una decisión repentina. Se apartó de su madre de un brinco y fue corriendo hasta su cuñada, tomándola de la mano.

—Hermana, venid a ver mi cachorro. Mamá dice que es el mejor de la camada de *Dora*.

Al oír su nombre, *Dora* alzó las orejas y dejó de rascarse. De forma apresurada, volvió hasta la reina y apoyó el hocico en su regazo mientras con la lengua rosada volvía a lamer al cachorro. Isabel le frotó las orejas y le cantó suavemente. Al igual que su marido y sus hijos, la perra la miraba con adoración.

La princesa arrastró a Catalina hasta su madre, que hizo una profunda reverencia. Alzó la vista hacia la reina, y la posición hizo que perdiera el equilibrio y se desmoronara sobre las esterillas de cálamo nuevas. Sacudiendo la cabeza, desconcertada, Catalina se rio.

—Por favor, ¿me dais permiso para quedarme en el suelo con vos?

La reina sacudió la cabeza y la trenza que tenía sobre el hombro se unió a la otra.

—Tonterías, niña, no nos tengáis en cuenta ni a mí ni al rey, vuestro nuevo padre. Si deseáis estar sentada o de pie, por favor, hacedlo. Aquí seguimos unas reglas diferentes y recordamos que somos una familia. —Le tendió una mano a su nuera—. Me gustaría que os quedarais cerca de mí. —Sonrió descaradamente al príncipe Arturo y al rey—. Dejemos que nuestros esposos sean nuestros lacayos por un rato.

El rey alzó las cejas, exiguas, rascándose la coronilla, que le empezaba a clarear. Miró a su hijo.

—Tal vez lo más inteligente sea que no sigáis mi ejemplo como marido, hijo mío. A menudo, vuestra madre piensa que soy su lacayo. Incluso cuando le recuerdo que otros hombres golpean a sus esposas, se limita a reírse.

La reina echó la cabeza hacia atrás y se rio. El sonido resonó como si fuera el de unas campanas. Ladrando con entusiasmo, *Dora* saltó y correteó alrededor de su dueña. La reina volvió a reírse y agarró el collar enjoyado de la perra.

—Siéntate, *Dora*. Siéntate, chica. ¿No has oído al rey? Nuestro buen señor habla de golpes.

Dora volvió los ojos negros de pestañas largas hacia la reina y meneó el rabo, corto. Acomodando la grupa contra el muslo de su dueña, volvió a olfatear y a lamer al cachorro. La reina ladeó la cabeza, sonriendo a su marido antes de tenderle una mano a su hijo.

—Si Catalina ama a Arturo tanto como yo os amo a vos, nunca tendrá motivos para golpearla. Esposo, ¿acaso no podéis ver la magnífica esposa que tenemos aquí para nuestro hijo?

El rey miró a la muchacha sin emoción. Agachando la cabeza ante aquella mirada adusta, Catalina miró al suelo. El hombre volvió a mirar a la reina.

—Si vos lo decís, Bess...

Los ojos de Isabel pasaron de su esposo a Catalina y de nuevo al rey. Apretó los labios carnosos, sacudiendo la cabeza en dirección a Enrique.

—Querido mío, ¿acaso vais a alzar el muro de la sospecha ante una muchacha que ni siquiera tiene dieciséis años?

El rey clavó la mirada en la reina y sus labios se estrecharon hasta que formaron un tajo sin sonrisa. María tragó saliva con el corazón frío. El rostro del hombre parecía tan apagado como el primer día que lo había visto. Isabel volvió a sacudir la cabeza y suspiró. Acarició la cabeza de *Dora* que, en aquel momento, reposaba en su regazo junto al cachorro.

—¿Acaso mi esposo todavía no sabe que mi instinto es como el vuestro, *Dora*? Sabemos en quién podemos confiar. Nuestra hija Catalina es nuestra amiga.

El rey Enrique cruzó la estancia hasta el atril y se colocó detrás de él. Cambiando el peso de un pie a otro con inquietud, se mordió el labio superior antes de inclinar la cabeza ante Catalina.

—Perdonadme. No pretendo hacer que tengáis miedo. Me enorgullece llamaros hija, y me esforzaré por ser un buen padre para vos.

Asintiendo con aprobación, la reina sonrió. Volvió los ojos que brillaban de amor, un amor que abrazaba a su esposo, su hijo y su hija pequeña. Sonrió de nuevo, dirigiéndose a Catalina.

—Mi esposo tiene algo para vos.

El príncipe Arturo apoyó una mano en el hombro de su esposa.

—Catalina, en Inglaterra, mi señor padre tiene fama de sabio, así que le pedí que encontrase algo que os hiciera sentir menos nostálgica.

Alegre de nuevo, el rey parecía a la vez más joven y menos preocupado, un hombre más amable que ya no se ocultaba detrás de la barrera de austeridad que le servía como protección frente al mundo. Le hizo un gesto a Catalina para que se acercara.

—Venid. Mirad lo que tengo aquí.

La princesa dudó, mordiéndose el labio inferior. La reina se puso en pie, acunando con un brazo al cachorro dormido, y tomó a su nuera de la mano.

—No temáis. El rey y yo queremos que seáis feliz en vuestro nuevo hogar y con vuestra nueva familia. Ya vemos lo feliz que habéis hecho a nuestro hijo. Venid a ver lo que mi señor tiene para vos.

Catalina se colocó junto al rey y la reina tras el atril y bajó la vista hacia el enorme tomo que estaba abierto. Los soberanos intercambiaron una larga mirada y la reina sonrió, pasando la mano por el brazo de su esposo.

Sin prestar atención a nada que no fuese el libro, Catalina se acercó más al atril. Alzó la mano para tocarlo, pero se apartó con brusquedad en una especie de pánico. Nerviosa, miró al rey.

—Majestad, yo...

El rey se rio.

—Tranquila, hija mía, lo hemos traído aquí para vos. Por favor...

La muchacha le dedicó una sonrisa tímida e hizo una pequeña reverencia. Volvió la atención al libro, comenzando a pasar las gruesas páginas.

María se enderezó y estiró el cuello. En una de las páginas vio notas musicales. Su pesar aumentó ante otro recuerdo de su hogar y los años de lecciones compartidas con Catalina mientras aprendían a leer y a tocar música.

—¡Majestad! —Catalina alzó los ojos encendidos por la felicidad—. Nunca en toda mi vida había visto algo así. Música, mi señor rey, páginas y páginas de música.

Una sonrisa suavizó las duras líneas del delgado rostro del rey. Cuando se acercó a Catalina, parecía un hombre más amable.

—Este y otros dos libros acaban de llegar de Venecia. El *Harmonice Musices Odhecation*, cien buenas canciones en tres volúmenes. —Miró a su esposa—. La reina ya ha hecho que considere bien pagado el mucho oro que me costó al cantarme una docena de canciones o así. Amor mío, ¿qué me decís? ¿No podríais tocar el laúd para nosotros?

La reina se sonrojó un poco antes de volverse para darle el cachorro a su hija María. Se deslizó hasta el asiento de la ventana y tomó el laúd que reposaba allí. Sentándose, comenzó a rasgar un acorde. Miró a su esposo.

—Mi amor, ¿por qué no cantamos juntos aquella canción de anoche?

La princesa María soltó un gritito de alegría y se acercó bailando hasta su madre para sentarse a sus pies. Sus ojos azules eran una súplica para su padre.

—Oh, por favor, mi señor padre. Vos y madre apenas cantáis juntos.

El rey se mesó el cabello, ralo, y miró al príncipe Arturo de reojo.

—Creo que vuestra hermana tiene poca memoria o se ha olvidado de la canción que le cantamos ayer mismo. ¿Qué decís vos, hijo mío?

El príncipe se inclinó un poco ante él.

—Mi señor padre, sumo mi súplica a la de María. Nunca os hemos oído a vos y a madre cantar juntos lo suficiente.

La reina rasgó otro acorde y sus ojos risueños se encontraron con los del rey. Él asintió y se adelantó hasta el atril para pasar las páginas hasta la mitad del libro.

—Cuando estéis lista, querida.

Con la cabeza agachada hacia el laúd, la reina le arrancó las notas de una melodía e hizo una señal. Un tenor seguro se unió a una soprano celestial y, juntos, cantaron:

Fortuna desperate iniqua maledicta che
di tal dona electa la fama ay denegata.

María se estremeció, pensando en la letra de aquella canción popular. «¿Es el destino tan maligno como para ensuciar el nombre de las mujeres incluso cuando no lo merecemos? —Suspiró—. Parece que la vida está diseñada desde el principio para derrotarnos y mantenernos en la oscuridad».

Capítulo 10

aría acababa de apartar su cuenco de potaje a medio comer cuando, al día siguiente, temprano, el príncipe Arturo fue a visitar a su esposa. Su llegada inesperada provocó una oleada de pánico entre las damas de la princesa, que estaban desayunando. María y las demás se pusieron de pie para hacer una reverencia, abandonando los bancos que había a cada lado de la mesa de caballetes con tanta prisa que los asientos de madera chirriaron en señal de queja sobre el suelo de madera.

Sentada a solas en una mesa pequeña colocada sobre un estrado donde estaba comiendo, Catalina se puso en pie, sorprendida.

—Mi señor esposo. —Se tocó el cabello sin cubrir, sonrojándose—. Perdonadme, no os esperaba tan temprano.

Quitándose el sombrero de terciopelo adornado con flores con una floritura, Arturo sonrió e hizo una profunda reverencia.

—Supongo que puedo visitar a mi esposa si así lo deseo.

Catalina se apartó de la mesa, devolviéndole la reverencia antes de colocarse cerca del príncipe.

—Decidme, esposo mío, ¿acaso no me dijisteis anoche que hoy por la mañana iríais a Eltham para despediros del príncipe, vuestro hermano y de vuestra hermana, la princesa Margarita?

Colocándose el sombrero de nuevo sobre el pelo enmarañado, Arturo sonrió.

—Desde luego, ese era mi plan anoche, pero la reina desea vernos. ¿Habéis acabado, Catalina?

Ella miró su plato. Haciendo una mueca ante lo que quedaba del desayuno inglés, asintió. Bella se apresuró a llevarle su tocado favorito. Con cuidado, se lo colocó sobre la cabeza y le metió el cabello suelto bajo el velo largo. El príncipe le tendió una mano.

—Aprisa, querida mía.

Junto con las demás damas, María se apresuró a seguir a Catalina, preguntándose qué era tan importante como para que la reina quisiera ver a la princesa y a Arturo a una hora tan temprana del día. Los acompañantes del príncipe le esperaban fuera, en el pasillo. De forma ordenada y rápida, las mujeres se agruparon de dos en dos con los hombres, siguiendo a los príncipes hasta los aposentos de la reina. En la puerta, Arturo le lanzó una mirada que decía mucho a sir Richard Pole, su chambelán y uno de los de mayor edad de entre sus muchos acompañantes.

María vio que Catalina le hacía un gesto. Siguió a la princesa y al príncipe cuando entraron en las habitaciones de la reina. Una vez más, Isabel de York estaba con su hija pequeña, jugando en el suelo con el cachorro de la princesa María. Una mujer joven, vestida con las ropas oscuras de una orden religiosa, cosía en silencio bajo la luz de la ventana. María pestañeó. La noche anterior, durante la cena, había visto por primera vez a la hermana más joven de la reina, Brígida,[21] y había oído a otros hablar de ella. De cerca, María vio la belleza exquisita de la joven, una belleza que no concordaba con su hábito negro. «Tal vez eso explique los rumores infames que circulan. La gente no suele creer que una mujer hermosa pueda ser casta y les resulta aún más extraño que una princesa agraciada sea esposa de Cristo. El rey Fernando jamás se lo hubiera permitido a sus hijas». Recordó a la hermana de Catalina, Isabel, suplicándoles a sus padres que le permitiesen tomar los hábitos tras la muerte de su primer esposo. Pero como hija mayor de la reina Isabel, estaba demasiado cerca de la corona de Castilla y por su posición, era una princesa codiciada para el matrimonio, por lo que no le concedieron tal deseo.

Al ver a su hermano, la princesa María se levantó con un grito de «¡Arturo!» y corrió hacia él para darle un abrazo. La reina también se puso en pie con el cachorrito retorciéndose entre sus brazos. Les sonrió a modo de bienvenida y les señaló los asientos que había cerca de la chimenea.

---

21 N. de la Ed.: Brígida de York (1480-1517). Hermana de Isabel de York, fue la décima y última hija del rey Eduardo IV e Isabel de Woodville. Desde su nacimiento sus padres decidieron que su hija se dedicaría a la vida religiosa.

—Venid, Arturo. Venid, mi Catalina. Sentaos conmigo. —La mujer le tendió el cachorro a su hija María—. Hija, es hora de que llevéis a *Patch* con su madre. A estas alturas, lo echará de menos.

Los ojos de la princesa se llenaron de lágrimas.

—¿Por qué no puedo quedarme con vos y con mi hermano? Y no quiero llevarme al cachorro, quiero que *Patch* se quede conmigo.

Sin sonreír, la reina Isabel ladeó la cabeza y observó a su hija pequeña. Le tocó la mejilla, húmeda y sonrojada.

—¿Qué es este comportamiento, hija? ¿Lloráis porque deseo hablar con vuestro hermano a solas? ¿O lloráis por el cachorro? ¿Veis que vuestra nueva hermana, Catalina, llore por sus padres? Los ama a ambos y la separación es un gran pesar para ella, pero en el caso de que lo haga, no es en presencia de nadie. Aquellos que ostentan nuestra posición no lloran por naderías.

Con gesto avergonzado, la princesa agachó la cabeza.

—Perdonadme, madre.

María también la agachó. «A mí también me han separado de aquellos a los que amo: de la Latina, de mi madre... Y no puedo llorar, no cuando debo mantenerme fuerte por Catalina».

—Buena chica. —La reina besó a su hija en la mejilla—. Por supuesto que os perdono. —Isabel se volvió hacia su hermana, que les estaba observando—. Brígida, ¿os importaría salir también? —preguntó—. Deseo pasar este tiempo a solas con Arturo y Catalina antes de que se marchen a Ludlow. —Pasó un brazo en torno a su hija a modo de un medio abrazo—. La princesa María disfrutará hablando con el encargado de la perrera. —Se rio—. Sé que eso también os gustará a vos, hermana. Os prometí que podríais llevaros un cachorro al convento, ¿por qué no lo elegís hoy? —La reina se volvió hacia María con una sonrisa—. Ya sé que no debo atreverme a separaros de vuestra princesa. En el lateral del asiento de la ventana hay una cesta. Brígida y yo estamos haciendo unos pañitos nuevos para el altar de la capilla. Ambas os estaríamos muy agradecidas por vuestra ayuda.

Dado que coser era uno de sus pasatiempos que más detestaba, deseó que la hubieran despachado. Se dio cuenta de que Catalina la miraba con una sonrisilla, frunció los labios y se dirigió lentamente a la cesta. Sacó un pañito cuyos vivos estaban por rematar, encontró una aguja hilvanada y se sentó entre los cojines del asiento de la ventana. Luego se puso a coser el dobladillo lo mejor que pudo.

—Han llegado noticias de Eltham —dijo la reina—. Sé que queríais ir a visitar a vuestros hermanos, Arturo, pero debo pediros que cambiéis ese plan. De hecho, partiré mañana para ver a Enrique y a Meg. —Suspiró—. Vuestros hermanos han vuelto a discutir. Están encerrados en sus aposentos hasta que yo hable con ellos.

—¿Encerrados en sus aposentos? —Arturo alzó una ceja.

—No es la primera vez. Discuten en público, pero a puerta cerrada es aún peor. No hace mucho, nada más y nada menos que los sirvientes tuvieron que separarlos mientras se comportaban como si estuvieran en una pelea de sabuesos. Para gran pesar de sus tutores y sirvientes, Enrique y Meg se incitan el uno al otro. La última vez, les advertí que si volvían a pegarse, acabarían encerrados en sus aposentos. Por lo que sé, Enrique tiene un corte en el labio y Meg un esguince en la muñeca. Me avergüenzo de ambos. Por desgracia, eso significa que debo despedirme de vosotros antes de lo que deseaba. Debo marcharme y quedarme con vuestros hermanos hasta que esté segura de que se han dado cuenta del error en su forma de actuar. Ambos deben comprender que su sangre real también implica que tienen obligaciones y un deber. —La reina sonrió a su hijo mayor—. A vos nunca os he tenido que enseñar esa lección; la conocíais desde la cuna.

Arturo se inclinó hacia delante y tomó la mano de su madre.

—Quiero que estéis orgullosa de mí.

Ella le tomó el rostro entre las manos, con ojos emocionados.

—Ay, mi niño, estoy orgullosa de vos. Siempre lo he estado. —Le soltó y miró a Catalina—. Y ahora mi hijo está casado. Qué buenos reyes seréis algún día para Inglaterra. ¿Escribiréis cuando lleguéis a Ludlow? ¿Vos, hijo mío y vos, mi nueva hija? —añadió, estrechando la mano de la princesa.

—Por supuesto —contestó Arturo mientras, a su lado, Catalina sonreía.

María se pinchó el dedo y soltó un suave gemido de dolor y consternación. Su sangre manchó la seda blanca del pañito que estaba cosiendo. La reina, su hijo y su nuera permanecieron ajenos a aquel pequeño percance. Los tres hablaban y se reían juntos.

Dejando de lado el pañito, María se quedó sentada, observándoles. Durante todo el rato que estuvieron hablando con su madre, Arturo le sujetaba la mano a su esposa. La reina lanzó una mirada a sus manos unidas antes de hacerle una pregunta a la princesa. Habló con ellos como si quisiera recordar aquello para siempre. María ocultó una sonrisa. «La quieren de veras. No solo su esposo, sino también la reina». Aquel momento de felicidad se apagó como si unos dedos mojados hubieran tocado la mecha de una vela encendida. Will llevaba varias semanas fuera. Se había marchado con su esposa y nadie parecía saber cuándo regresaría. Se decía a sí misma que era mejor así, aunque aquello no le sirviera de mucho para calmar el dolor que sentía en el corazón.

❀❀❀

Diciembre llegó al fin con mucho frío. Mientras preparaban el viaje a las Marcas Galesas en el castillo de Baynard, María ayudó a Francisca a supervisar el empaquetado de las ropas de Catalina. Tras asegurarse de que tenían suficientes pieles para el viaje, miró por la ventana hacia el cielo gris y suspiró.

—No me gusta que viajemos en invierno.

Se dio cuenta de que había pasado del inglés a la comodidad de su lengua materna. «¿Acaso importa? En la corte, todo el mundo nos habla en francés o en latín. Empiezo a pensar que no necesito el inglés para nada».

Francisca se encogió de hombros, hablando también en castellano.

—No está nevando. Estoy segura de que no partiríamos si los ingleses creyeran que es peligroso.

—Tal vez lo den por sentado. ¿Les habéis escuchado? Siempre están hablando del tiempo.

Doblando más prendas y colocándolas dentro de los cofres abiertos, Francisca le sonrió.

—Sí, tenéis razón. He empezado a creer que, para los ingleses, el tiempo que hace tiene la misma importancia que la segunda venida de Cristo.

Sorprendida por el comentario de la joven, María la miró un instante y, después, estalló en carcajadas.

—No estoy segura de que nuestro confesor aprobase esa alegoría, amiga. —Suspiró—. Los ingleses esperan que el tiempo se torne más frío. —Volvió a reírse—. Nos hemos vuelto como ellos y toda nuestra conversación gira en torno al tiempo, pero estos días oscuros hacen que ansíe el sol de casa.

❀❀❀

La reina todavía se encontraba en Eltham con sus otros hijos. María se reunió con las doncellas de Catalina, contemplando cómo el rey y su madre bendecían a la princesa y a Arturo antes de que emprendieran el viaje. Con muchos guardias y acompañados por una gran comitiva de lores, damas y caballeros, tal como correspondía al heredero del trono y su esposa, emprendieron el camino hacia las Marcas Galesas. Durante el recorrido, pararon en varias tabernas para comer y dormir cuando caía la noche.

Viajar ya fuese a caballo o en una litera inglesa, le ofrecía a María otra oportunidad para contemplar los bosques famosos y grandiosos de su nuevo país. Los árboles crecían gruesos y muy cerca los unos de los otros, y sus ramas desnudas bloqueaban el débil sol invernal, lo que hacía que su avance fuese oscuro y lúgubre. A lo largo del camino, vio ruinas de las que la naturaleza se había adueñado y lugares donde los árboles jóvenes comenzaban a ensombrecer los restos de muros decrépitos. El príncipe Arturo se los señalaba y les hablaba de las batallas recientes que se habían luchado y ganado.

—En verano, me gustaría que fuésemos de peregrinaje a Saint David[22] en Pembroke. Está cerca del lugar en el que nació el rey, mi padre, y del lugar en el que se reunió con sus hombres antes de ir a Inglaterra para luchar contra el usurpador.[23] Mi señor padre sabía que los galeses no traicionarían a alguien que también era galés y descendiente de príncipes galeses. Podía confiarles la vida. —Arturo sonrió a sir Gruffydd por encima del hombro—. Yo comparto su visión. El abuelo de mi pariente Gruffydd no solo fortaleció la causa de mi señor padre, sino que fue el que derribó con su alabarda al usurpador, ese asesino de niños, en el campo de batalla.

Pensativa, María agachó la cabeza. «Todo el tiempo que llevamos en Inglaterra, pocos han nombrado al anterior rey. ¿Acaso temen que si lo llaman por su nombre, Ricardo, vuelva a la vida aunque solo sea como un recuerdo?».

---

22 N. de la Ed.: Esta pequeña localidad lleva el nombre del patrón de Gales, Saint David, que murió en el 589 y cuyos restos fueron enterrados en la catedral. El papa Calixto II dijo que peregrinar a ella valía lo que hacerlo dos veces a Roma y tres a Jerusalén, por lo que era un importante centro de peregrinaje en la época.

23 N. de la Ed.: El rey del que se habla es Ricardo III. Enrique VII Tudor lo derrotó en la batalla de Bosworth en 1485, con lo que se puso fin a la Guerra de las Rosas.

Llegó el día en el que María vio un castillo de piedra gris que dominaba la línea del horizonte azul invernal. Encaramado sobre las Marcas Galesas, le recordó al primer castillo inglés que habían visto en Plymouth meses atrás. Si bien era un castillo mucho más pequeño que aquel, también parecía crecer del paisaje, gris y feo. Arturo llevaba a su caballo al trote cerca de la yegua de Catalina.

—Ahí está, mi dulce dama, el castillo de Ludlow. ¿Qué os parece vuestro nuevo hogar?

Mientras se volvía hacia él, los ojos de Catalina hicieron más cálido aquel día de invierno.

—Parece muy seguro, mi señor. —Se rio un poco—. Aunque, tal vez, no demasiado atractivo.

María observó el mercado bullicioso que había fuera de los muros del castillo. «¿No demasiado atractivo? Sí, los ingleses pueden construir lugares de gran belleza, pero parece que la belleza viene en segundo lugar; lo primero es que aguante este clima y lo segundo es que sea apto para la guerra».

—Eso cambiará pronto —dijo Arturo—. En los últimos tiempos, ha quedado abandonado y tan solo unos cuantos hombres leales a mí se han quedado para asegurar su mantenimiento; para mi padre ha sido poco más que un digno perro guardián. Esta no es más que mi segunda estancia aquí y todavía hay muchas cosas que hacer, pero nuestra gente hará que sea un lugar apropiado para mi esposa.

❋ ❋ ❋

Mi querida doña Latina:

Celebramos las Navidades en el castillo de Ludlow. Llegamos justo a tiempo. El invierno que nos prometieron los ingleses ha llegado. Los días son demasiado húmedos y tristes como para salir fuera. Me siento atrapada por las piedras grises del castillo. A veces, pienso que Ludlow es un lugar de desolación. Añoro la calidez de las colinas y las llanuras de Castilla.

Día y noche, María oía el viento que silbaba y gemía como si fuera el grito de la muerte. Soplaba bajo los aleros y en torno al castillo, y las corrientes heladas se abrían paso a través las rendijas de las piedras que rodeaban las ventanas. En aquellos días oscuros, empezó a preguntarse si volvería a ver la luz del sol. Jamás había sido consciente de que existiera un frío semejante. Sin importar cuántas pieles se pusiera o arrojara sobre la cama de Catalina, le dolían los mismísimos huesos. El frío hacía que se sintiera agradecida de seguir siendo la compañera de cama de la princesa la mayoría de las noches. Sin embargo, tener al lado el calor del cuerpo de su amiga no suponía ninguna diferencia, ni tampoco que la enorme chimenea estuviera encendida toda la noche o que las múltiples ventanas estuvieran cubiertas con cortinas gruesas.

Las amargas noches frías hacían que tuviera el sueño inquieto. Algunas noches, había acabado de conciliar el sueño cuando las sirvientas las despertaban a la hora prima y tenía que obligarse a salir de la cama para acudir a otra misa matutina heladora. Vistiéndose con los pequeños resquicios de luz gris de otro día lúgubre y mortecino, María apenas sentía los dedos, los tenía entumecidos y torpes por culpa del frío.

La misa se celebraba en la capilla de Santa Magdalena, que quedaba a poca distancia de las estancias de Catalina en el ala norte. Dio gracias a Dios de que el muro de la nave se uniese al muro del castillo. Cada vez que salía al patio interior y se enfrentaba a los elementos, un viento fuerte y helado la empujaba hacia atrás y tenía que esforzarse para seguir adelante. El frío le traspasaba la ropa que había calentado al fuego, le ponía la piel de gallina y hacía que le llorasen los ojos.

Sin embargo, acceder a la capilla con facilidad significaba entrar en calor. Los sirvientes mantenían encendidos los braseros todo el día para calentar aquel lugar cerrado y un incienso embriagador se filtraba en el aire de la hermosa estancia redonda. Tallas de escenas bíblicas decoraban las paredes de la nave y la bóveda. También había pinturas de la pasión de Cristo y de María, su madre. El mero hecho de estar allí la animaba.

Una mañana, mientras se dirigían a la misa matinal, el príncipe Arturo se detuvo junto a Catalina, señalando con la mano el pequeño interior de la capilla.

—Observad la calidad, ¿no estáis de acuerdo en que hay pocas cosas comparables con esto?

Parada tras ellos, María vio cómo Catalina le sonreía a su esposo. La luz ambarina de las velas hacía que su amiga aparentase tener incluso menos de dieciséis años.

—Sir Gruffydd me ha dicho que el diseño de la capilla se inspiró en el Santo Sepulcro de Jerusalén, ¿no es así? —Miró en torno a la nave circular—. Me gusta mucho —dijo.

Arturo le tomó la mano.

—Sí. Fue construida por cruzados; por aquellos que habían regresado de la primera cruzada. —Agachó la cabeza—. Ojalá hubiera sido más mayor para haber podido unirme a la santa cruzada de vuestra noble madre y haber demostrado ser su valiente caballero.

Catalina volvió a sonreír, tocándole el rostro.

—Arturo, nadie es más valiente que vos. No tenéis nada que demostrar.

Todavía con las manos entrelazadas, los jóvenes caminaron juntos hacia el altar. Sujetándose la falda del nuevo vestido carmesí para apartársela de los pies, María se dio cuenta de que Arturo miraba en su dirección. Comenzó a hablar en latín. Se quedó quieta y apartó la vista. «¿Acaso no sabe que también hablo su idioma con fluidez? Debo pedirle a Catalina que se lo diga». Deseando darles más privacidad, se apartó de ellos, soltándose la falda que, al ser demasiado larga, se desparramó sobre el suelo a su alrededor.

—A veces... —dijo el príncipe, parándose junto a Catalina. Le había tomado la otra mano mientras seguía hablando en latín—. A veces desearía que mis padres me hubiesen puesto otro nombre que no fuese Arturo.

Catalina se volvió hacia él.

—¿Por qué?

Los ojos del príncipe parecían lo único que tenía un color vivo en su rostro, que estaba más pálido de lo habitual.

—Arturo es un nombre de leyenda, un nombre para los héroes, un nombre sobre el que los bardos escriben canciones. ¿Quién soy yo, Catalina? En realidad, no soy más que un joven sin experiencia, el heredero de mi padre. —Hizo una mueca—. Me guste o no. Mis padres esperan mucho de mí. ¿Qué ocurrirá si resulto ser indigno de ellos y del nombre que me otorgaron?

El joven apartó el rostro y tosió. Aquel no era el primer ataque de tos de la mañana. Catalina le observó sin ocultar su temor.

—Venid —dijo la princesa, conduciéndolo hasta el banco que había cerca del altar—. Mirad a vuestro alrededor. Arturo, desde los más nobles hasta los plebeyos, la gente os ama, y yo también. Amo a este Arturo; este Arturo es todo lo que deseo.

María se estremeció. «Deja de comparar al marido de Catalina con el príncipe Juan. Sí, Juan nunca fue fuerte, como Arturo. También soportaba la pesada carga de ser el heredero al trono. En su caso fue la doble carga de dos tronos. Sin embargo, Arturo está vivo y Juan está muerto». El miedo hizo que se le encogiera el corazón. Recordó a la Latina hablando de cómo la historia se repetía.

Empezó a hacer una lista mental de todo lo que tenía en su cofre de remedios que pudiera ayudar al príncipe: pétalos de rosa, miel, esencia de aceite de limón, romero, borraja, orégano y, tal vez, un diente de ajo y un bálsamo para la melancolía del príncipe. Si podía hacer algo al respecto, Arturo llegaría a viejo y sería el esposo de Catalina durante muchos, muchos años.

CAPÍTULO 11

na mañana, temprano, María estaba dando vueltas por el gran salón. Se había escapado de la alcoba de las damas de compañía en busca de un poco de soledad y alejada de los comentarios envidiosos de doña Elvira o del ruido de las otras mujeres. A menudo, la cercanía entre ellas hacía trizas su paz mental. Dio vueltas hasta llegar a la entrada de la gran cámara, tallada de forma elaborada, y al estrado real. Desde que habían llegado, el príncipe y Catalina habían pasado gran parte de sus días allí, interpretando su papel en todas las ceremonias y actos públicos. Varias veces a la semana, todos se reunían para desayunar en el gran salón y los príncipes comían en el estrado, lugar en el que Arturo también emitía sus juicios con una seguridad que no parecía propia de su edad.

Llegó a una de las altas ventanas que estaban que se abrían en los muros y se sentó en el alféizar de piedra que había junto a la reja. Una nebulosa de la suave luz del sol se filtró a través del grueso cristal y la envolvió con su velo frágil y plateado. En aquel edificio, había ventanas por todas partes. Ventanas con una tracería en forma de «Y» y con adornos trilobulados que daban al patio interior, así como ventanas más estrechas y de diseño más sencillo en la pared norte. A pesar de la luz que entraba en el salón, el sol de invierno no es que calentara gran cosa. El vacío de la estancia comenzó a hacer que se sintiera oprimida y casi lamentó haberse alejado de la compañía de las demás mujeres.

El viento gemía hasta convertirse en un grito prolongado y el marco mal encajado de la ventana dejaba pasar el olor de los animales de granja. Arrugó la nariz. El castillo de Ludlow era autosuficiente. En sus terrenos se criaban a cerdos, vacas, caballos y gallinas. «Mi hogar. Lo que quiero son los olores de mi hogar». Cerró los ojos, conjurando en la mente la imagen de muros bien cuidados y jardines a la sombra de naranjos, limoneros y granados repletos de frutos en los que el agua corría desde la boca de los leones de una fuente[24] hasta el estanque profundo de piedra que la esperaba y donde la dulce fragancia de las flores de azahar flotaba en la brisa primaveral.

Fuera, el ganado berreaba y otros animales respondían. Arrebujándose en el manto, se giró sobre el alfeizar y se abrazó las rodillas. Una vez más, volvió a mirar el salón vacío, preguntándose cómo era posible que Arturo amase aquel castillo cuando a ella le parecía casi odioso. Detestaba el hecho de que nunca hiciese calor allí, de que las alcobas fueran oscuras, de que el viento nocturno no le dejase dormir y de que el invierno, feroz como los animales, les mantuviera confinados tras los muros, encerrados.

En la esquina del alféizar de la ventana, enrollado, había un trozo de lazo de seda verde, lo que quedaba de las fiestas de Navidad, que acababan de pasar. Lo tomó y lo expuso a la luz antes de enrollárselo en el dedo. «Todavía puedo ser feliz. La Nochebuena era para mí felicidad». Pero la pasada Nochebuena había sido de una felicidad agridulce. Se había sentado con Francisca e Inés para escuchar una balada en latín cantada por un coro de niños de la iglesia de San Lorenzo. Los últimos versos se repetían en su mente:

Salve, madre de nuestro Señor,
que devolvisteis la paz
a los ángeles y los hombres
cuando disteis a luz a Cristo.
Rogadle a vuestro hijo
que nos muestre su favor
y perdone nuestros pecados,
que nos brinde su ayuda,
que bendiga nuestra vida
tras este exilio.

---

24 N. de la Ed.: Es la fuente de los Leones, en la Alhambra de Granada.

«Tras este exilio»... En aquel momento, aquellas palabras le habían caído como una puñalada, y ahora, seguía sintiendo lo mismo. No solo se encontraba lejos del hogar que amaba, sino que también estaba lejos del hombre que su corazón deseaba. Bajó la vista hacia su mano y se dio cuenta de que había apretado demasiado el lazo en torno a los dedos; tanto, que le dolía. «Estoy mintiendo. Tan solo finjo ser feliz».

Durante los doce días de celebración de la Navidad, en aquel mismo salón, había habido banquetes y habían bailado noche tras noche. Había bebido demasiado y bailado hasta la extenuación en busca del olvido. Tan solo la mirada preocupada y demasiado vigilante de Catalina había evitado que olvidase que era María de Salinas, que estaba emparentada con la propia princesa, esposa del heredero al trono de Inglaterra. De no haber sido por ella, habría prestado atención a las dulces palabras de algunos y quizá hubiera aceptado salir del salón para estar a solas con ellos. Agachó la cabeza, avergonzada. «Tener el corazón roto no es excusa para que me olvide de mantener la virtud».

❋❋❋

Más tarde, aquella misma mañana, acompañó a Catalina y a su esposo a las almenas. Caminando a cierta distancia de ellos, se quedó quieta un instante, observando el recorrido de un copo de nieve al caer. Revoloteaba cerca de ella, así que sacó la mano de debajo del manto para atraparlo. El copo aterrizó sobre su manga, que llevaba pegada a la piel, y comenzó a derretirse. El agua fría se le filtró hasta la piel e hizo que se estremeciera y se ajustara más el manto. Alzó la vista hacia las nubes, pestañeando por el brillo de la propia nieve. Aquella luz parecía más brillante que la de su hogar. «Deléitate en ella. Disfruta de las diferencias de Inglaterra. Este es tu hogar. Este es tu hogar».

Intentó aferrarse a aquellas palabras, pero no sirvió de nada. Destrozada y desdichada, tan solo anhelaba volver a Castilla. Otra ráfaga de copos de nieve cayó, descendiendo a la deriva. Decidida a que su estado de ánimo cambiara, sacó la lengua para atrapar uno, acercándose más sin querer a Catalina y el príncipe. La princesa se rio.

—Tened cuidado. Arturo me ha advertido de que se os podría congelar la lengua. No es raro por estos lares que tal cosa suceda.

María puso los ojos en blanco y le sacó la lengua a modo de respuesta. La risa del joven se unió a la de su esposa.

—¿Es eso otra costumbre castellana? —preguntó, acercándose más Catalina.

A la princesa se le tiñeron las mejillas de un rosa más intenso, un rosa que el frío no explicaba. Ella le sonrió y se dirigió a las almenas, arrastrando el largo manto por la nieve. Mientras caían sobre el manto negro, los copos iban dibujando lunares sobre las pieles de que estaba hecho. Señaló hacia el este.

—Si no recuerdo mal, Londres está en algún sitio en aquella dirección.

Arturo se acercó y se colocó a su lado. Apoyó el codo en la piedra gris de las almenas, colocando la mejilla sobre la palma de la mano. María volvió a fijarse de nuevo en sus dedos finos y largos, que eran tan bonitos como los de su madre. Eran los dedos de alguien que tocaba el laúd, los dedos de un joven que siempre tocaba a Catalina con delicadeza. Apagó aquel arrebato de envidia.

—Sí. —Él le tomó la mano—. Londres es el corazón de Inglaterra. Algún día, gobernaré desde allí con vos a mi lado como mi reina. Pero, si Dios quiere, eso no ocurrirá hasta dentro de muchos, muchos años.

—Sí; si Dios quiere —dijo la princesa.

María se volvió un poco y miró las colinas cubiertas de bruma que había en la distancia. Un paisaje blanco se extendía ante ella. La luz matutina disminuyó y se volvió lúgubre. La niebla se acercaba al castillo.

—Decidme, ¿es cierto que vuestra madre posee el reino superior? —preguntó el príncipe.

Catalina se volvió hacia él, mirándolo desconcertada.

—¿Qué queréis decir, mi príncipe?

—¿Os habéis olvidado de llamarme Arturo?

Ella le sonrió.

—Arturo. ¿Qué deseáis saber, Arturo?

—Mi padre me contó que vuestra madre gobierna el reino más poderoso. ¿Acaso al rey Fernando no le importa que la reina Isabel sea más poderosa que él?

Catalina apartó la mirada de él y se apoyó en las almenas.

—A veces, sí —replicó lentamente—, pero mi madre nunca olvida que es su esposa. Mi madre... —Con los ojos brillantes, se mordió el labio inferior antes de hablar—. Mi madre nos ha enseñado a nosotras, sus hijas, el arte de gobernar, pero en primer lugar y por encima de todo, nos ha educado para que ayudemos a nuestros esposos. Haré todo lo posible para ser una buena esposa para vos y, algún día, una consorte digna que os ayude como rey en lo que deseéis. —Se sonrojó un poco—. Si Dios quiere, rezo para daros muchos hijos sanos.

Arturo se sonrojó. Antes de que él recordara su presencia, María se apoyó en las almenas y observó el paisaje invernal, fingiendo estar centrada únicamente en eso. El príncipe tosió. «Cielo santo, suena como si estuviera más enfermo que nunca». El viento arrastró hasta ella las suaves palabras del joven y las de Catalina.

—Estoy recuperando las fuerzas. ¿Acaso no es hora de que el nuestro sea un matrimonio de verdad?

La princesa le tomó la mano.

—Primero, quiero que estéis bien. Bien de verdad, sin esas toses vuestras que tanto me preocupan. —Le sonrió—. Le prometí a vuestra madre que esperaríamos hasta septiembre. Entonces, estaréis aún más fuerte. Somos jóvenes. Si Dios quiere, pasaremos muchos años juntos.

Arturo se llevó la mano a los labios.

—Sí. Si Dios quiere.

Llegaría solo si el cruel amor no me acompañase;
aun queriendo, me sería imposible ahuyentarlo,
antes me vería yo separado de mi cuerpo.

Sonrió a Catalina antes de abrazarla y besarle la frente, las mejillas y los labios. El beso se volvió largo y profundo; ya no era el beso de un muchacho, sino el de un hombre.

María se tocó los labios, imaginándose a Will. «¿Qué habrá sentido al ser besada con semejante pasión?». Se llevó las manos a las mejillas, que le ardían, luchando contra una oleada de emociones provocadas por el tirón y el dolor repentino que sintió entre los muslos. «Deja de ser una tonta». Soltando en voz baja una maldición que había aprendido de su madre, pisoteó la imagen de Will como si fuera un fuego que amenazara con descontrolarse. Volvió los ojos nublados por las lágrimas hacia el camino que conducía a Londres y, después, de nuevo hacia la pareja de enamorados, contando con los dedos los meses que quedaban hasta que el príncipe cumpliese dieciséis años. «El juramento que le hizo a la reina es lo único que impide que se convierta en la verdadera esposa del príncipe. Y es algo que la princesa ya no quiere mantener».

✿ ✿ ✿

Aquella noche, Catalina y Arturo volvieron a compartir la cama. Respondiendo a la llamada de su amiga a la mañana siguiente, María se preguntó si aquel sería el día en el que todo cambiaría al fin. Tras atravesar la antecámara en que se encontraban las demás damas de compañía, ocupadas con sus cosas, cruzó la puerta abierta del dormitorio de la princesa e hizo una reverencia. Arturo ya se había marchado.

Catalina estaba de pie junto al fuego mientras una sirvienta la ayudaba para que acabara de vestirse. Volviéndose un poco, sonrió. Era una sonrisa que le decía muchas cosas: que estaba resignada, que lo aceptaba y que se sentía arrepentida. No le hizo falta mirar las sábanas blancas, apenas arrugadas, para saber que la noche que la princesa y su esposo habían pasado había sido de castidad. Una vez que el último lazo de su vestido estuvo atado, la princesa le hizo una seña a la sirvienta.

—Gracias. Podéis dejarme. Deseo hablar con doña María a solas.

La sirvienta hizo una reverencia y salió de la alcoba. María se le acercó. Finalmente, la princesa se encogió de hombros y se sentó en una silla de talla muy elaborada que estaba junto a ella, al tiempo que le señalaba un taburete que había al lado.

—Os lo ruego, hermana, sentaos. —Agachó la cabeza, suspirando—. La tos no deja en paz a Arturo por la noche. No lo bastante como para consumar nuestro matrimonio. —Se sonrojó—. Hay algo más que le causa dolor y le detiene tanto como la tos cuando intenta comportarse como un hombre. No quiere confiar en mí y decirme cuál es el problema. Pero las toses nocturnas... ¿Se os ocurre algo que pudiéramos probar? La tos le deja extenuado.

María sacudió la cabeza.

—En mi deseo de ayudar al príncipe, he revisado mis libros, pero todo lo que puedo sugerir son los remedios habituales. Sé mucho menos que los médicos del príncipe.

—No estoy de acuerdo. La Latina os enseñó bien estos últimos ocho años. —Catalina volvió a suspirar—. No importa. El invierno acabará pronto. En cuanto volvamos a tener cielos azules y días más cálidos, la salud de mi esposo mejorará.

—¿Dónde está el príncipe?

—Deseaba desayunar con sus hombres y encargarse de la correspondencia del rey. Pretende regresar a mi alcoba más tarde con su arpa, el regalo que recibió el Día de Año Nuevo de parte de sir Gruffydd. Quiere enseñarme más canciones inglesas. ¿Por qué no dejáis de lado vuestros libros y os unís a nosotros? Las demás damas estarán allí. Nos ayudará a aprender inglés y podríais cantar para nosotros. Todas estas semanas he echado de menos oíros cantar.

María tragó saliva y se volvió para mirar por la ventana sin ver nada. «Estas últimas semanas, tan solo he cantado canciones tristes. Si las comparto, lo único que haré será perturbar la felicidad mi princesa. —Volvió a tragar saliva, confundida de nuevo por la fuerza de sus sentimientos y su incapacidad de controlarlos—. ¿Debería hablarle de Will? Pero ¿de qué serviría? No hay nada que contar. Tengo que olvidarme de él, dejar de ser una tonta. No puedo estar enamorada; no de un hombre que está casado».

❈ ❈ ❈

María se apresuró a asistir a Catalina y a su príncipe después de la comida. Cuando entró en la alcoba, todavía quedaba un poco de luz de un día de invierno que había sido más cálido de lo habitual y el resplandor del crepúsculo se posaba sobre los que ya estaban allí. Lady Margarita Pole, Inés, Bella, Francisca, sir Gruffydd y algunos de los acompañantes más cercanos al príncipe se habían reunido en grupos para hablar, cerca de la pareja real. Apartó el rostro de los hombres. «No pienses en Will. No pienses en que está en casa con su esposa. No puedes amarle. No puedes amarle. Dios mío, ayudadme. Tengo que apagar mi deseo y hacer que mi corazón deje de anhelar verlo».

Con la cabeza palpitándole, pasó junto a Inés, que hablaba animadamente con el doctor Linacre.[25]

---

25 N. de la Ed.: Thomas Linacre (1460-1520). Humanista y médico inglés, muy valorado en su época.

—Prefiero leer a Tito Livio[26] que a Tácito[27] —le decía la muchacha al respetado erudito—. Me gustan más las leyendas que recrearme en la fealdad y la brutalidad de la historia. Aunque ojalá pudiera leer en griego como hacéis vos.

María siguió hasta Catalina e hizo una reverencia ante su amiga y el príncipe.

—Mirad qué regalo me ha hecho mi esposo —le dijo Catalina tras darle la bienvenida con una sonrisa, señalando un libro grueso y cerrado que estaba colocado sobre el atril que había junto a la ventana.

El príncipe Arturo rio.

—Es un regalo tardío. Quería entregároslo en Año Nuevo, pero no ha llegado hasta hoy. No se me ocurrió pensar que debería recorrer un largo camino desde Venecia. —Se encogió de hombros—. En Londres no pudieron encontrar un ejemplar que fuera digno de mi esposa.

—*De institutione musica*[28] —dijo María, leyendo el título. Sonrió a Catalina—. Desde luego, es un tesoro, mi princesa.

Su amiga sonrió de nuevo.

—Al leerlo el príncipe y yo hemos empezado a hablar de que las propias estrellas estrellas hacen música. La idea de que la música está en todas partes es bonita, ¿no creéis? Tal vez no seamos conscientes de que la oímos, pero sigue estando ahí.

—Sí, es una idea bonita —contestó.

Catalina se volvió hacia su esposo y pareció olvidarse de ella. Quería alegrarse por ella y por el hecho de que estuviera felizmente casada. Pero no conseguía más que acordarse de Will y de que él ya estaba felizmente casado con otra.

Se apartó de Catalina y su príncipe, mirando el libro por encima del hombro. Le pareció captar el olor de las rosas de verano y el perfume de agua de rosas de su maestra.

Se adentró en el recuerdo de un día en el que la luz del sol brillaba resplandeciente sobre un patio de baldosas y el agua borboteaba su canción

---

26 N. de la Ed.: Tito Livio (59 a. C.- 17 d. C.). Historiador romano. Escribió la historia de Roma en ciento cuarenta y dos libros.

27 N. de la Ed.: Publio Cornelio Tácito (55-120 d. C.). Político e historiador romano. Autor de diversas otras, entre las que destacan *Historias* y *Anales*.

28 N. de la Ed.: Obra de Boecio (480-525 d. C. aprox.), en la que clasifica la música en tres tipos: *mundana*, *humana* e *instrumentalis*. Este tratado fue de referencia durante la Edad Media.

continua mientras se vertía desde las fuentes al estanque. La piedra, que parecía encaje, se reflejaba sobre el agua. Había ocurrido dos días antes de que se despidiera de la Alhambra para siempre y la Latina se había sentado a su lado para impartirle su última lección. La mujer tenía en las manos su propio ejemplar de *De institutione musica*. Como si no hubiera deseado perder un solo momento y hubiese querido asegurarse de que aquella mañana se les quedaba grabada a ambas en la mente, la Latina había pasado las páginas y había empezado a leer: «(...) la música está unida de forma tan natural a nosotros que no podríamos librarnos de ella ni aunque así lo deseáramos». La mujer le había estrechado la mano.

—Los antiguos creían que la música y la medicina deberían estar unidas. Yo también lo creo. La música nutre el alma con la misma certeza que la poesía. He tratado muchas enfermedades en mi vida. Creo que la primera batalla está ganada si la mente está sana y, desde luego, la música es medicina para el alma. La música forma parte de nosotros de tal manera que no podemos hacer caso omiso de ella cuando se trata a aquellos que están a nuestro cuidado. —Al darse cuenta de que la Latina había elegido el arte de sanar para su última lección, María había alzado la vista hacia su maestra con pánico. La mujer le había apretado la mano—. El miedo nos hace humanos, María. Preferiría que fueseis temerosa antes que arrogante. Dejad la arrogancia para los médicos de la princesa. Sin embargo, si estos le recomiendan un tratamiento que no consideráis correcto, entonces estaréis ahí para aseguraros de que ella lo sepa, así como para decirle qué otras cosas podrían ayudarla.

—No merezco esta confianza —había dicho ella.

La mujer le había sonreído y le había pasado un brazo por los hombros.

—Mi niña, lo único que podemos hacer es hacerlo lo mejor que podamos y estar dispuestas a aprender. Yo creo en vos y sé que tomaréis la frase «no hagáis daño» como vuestro credo. Vuestras dudas significarán que surcáis las tormentas con las velas plegadas por cautela, algo mucho más inteligente que no hacerlo. Creo que las mujeres tienen mejor instinto que los hombres cuando se trata de los asuntos del cuerpo. Quiero que marchéis a Inglaterra con lo que os he enseñado estos últimos años, pero también quiero que lo cuestionéis.

Echando de menos a su maestra, cerró los ojos, enfrentándose a la tristeza; una tristeza que tenía muchas causas. Alguien la tomó del brazo. Miró hacia un lado y se encontró con el rostro preocupado de Inés.

—¿Qué os inquieta? —le susurró la joven al oído.

María intentó sonreír.

—No es nada.

Inés alzó las cejas.

—No os creo. Lleváis varias semanas taciturna. —Dirigió la mirada hacia los príncipes—. Si la princesa no estuviera tan enamorada de su esposo, se daría cuenta de que algo no va bien. Es algo más que mera nostalgia por nuestro hogar. Sonreís con la misma debilidad que este invierno inglés y coméis tan poco que temo que pronto os vayáis a desvanecer.

Se encontró con los ojos preocupados de la joven y se encogió de hombros.

—Culpad a la enfermedad verde. —Miró hacia Catalina. Arturo le sujetaba la mano con la palma hacia arriba y se la acariciaba lentamente como si quisiera memorizar cada uno de los huesos que tenía desde los dedos hasta la muñeca—. Ver a los príncipes me ha dado envidia. A mí también me gustaría que me amaran así.

Antes de que Inés tuviera la oportunidad de responder, sir Gruffydd se sentó en una taburete junto a un harpa enorme.

—Con vuestro permiso, mi príncipe, ¿podría tocar para la princesa una canción galesa compuesta por el famoso Dafydd ap Gwilym?[29]

El príncipe sonrió a su amigo.

—Me gustaría mucho, Gruffydd. ¿Podríais tocar para nosotros la canción de la alondra?

Arturo atrapó la mano de Catalina entre las suyas y se sentó a su lado. Gruffydd cerró los ojos y punteó las cuerdas del instrumento, cantando con profunda voz de tenor:

¡Centinela de la luz de la mañana!
¡Vividora de la primavera!
Cuán dulce, noble y salvaje es vuestro vuelo.
Vuestro viaje no tiene límites,
lejos de vuestros hermanos del bosque, sola,
una corista ermitaña ante el trono de Dios.

---

29 N. de la Ed.: Dafyyd ap Gwilym (c. 1315/1320 – c. 1350/1370). Poeta galés, uno de los más reconocidos en Europa durante la Edad Media. Cultivó temas como el amor y, muy especialmente, la naturaleza y la admiración que sentía hacia ella.

¡Oh! Subiréis a los cielos por mí,
a la altura estrellada de aquella muralla.
¿Haréis una pausa en la melodía
entre la oscuridad y la luz,
y, con el primer amanecer del cielo sobre vuestra cresta,
buscaréis, amor mío, el rayo de luna del oeste?

A María volvió a rompérsele el corazón. «¿"Amor mío"? Ningún hombre me ha llamado así jamás y, aun así, tengo el corazón hecho añicos por la flecha de Cupido. —Se apartó de la preocupación que Inés no ocultaba—. Debo desprenderme de estos pensamientos. Tan solo debo pensar en mi princesa y en cómo servirla. Ese es mi destino, mi único camino».

❀ ❀ ❀

Una semana más tarde, María dejó de recorrer la nave de la capilla y miró por la ventana. La primavera había llegado al fin y la nieve se estaba derritiendo, haciendo que el mundo se tiñera de verde. La luz procedente de la ventana pareció envolverla. Aceleró el paso y alcanzó a Catalina y al príncipe Arturo. Ajustando los ojos al interior iluminado por las velas, olisqueó el aroma del incienso mezclado con el vino agrio del altar cercano y reprimió un estornudo.

Poco después del amanecer, había ido hasta la capilla para pasar un tiempo a solas y para pedirle a Dios que la perdonara por amar a Will. Le resultó imposible rezar o estar a solas, sobre todo porque dos monjes estaban limpiando el altar con vino agrio, otros barrían el suelo, colocaban el cáliz y el cirio pascual, y un coro practicaba las canciones para el servicio de Jueves Santo. En aquel momento, el coro cantaba a pleno pulmón para el príncipe y su esposa.

Sentados en un lateral de la capilla decorada con flores, quince jóvenes, con los pies apoyados en escabeles, esperaban para que el príncipe les lavase los pies. Supervisados por el capellán de Arturo, unos sirvientes con cuencos y toallas lavaban el pie derecho de cada chico.

Catalina se arrodilló en el reclinatorio real. María se arrodilló tras ella, junto a Margarita Pole. La noche anterior, la mujer les había explicado aquella costumbre inglesa según la cual, en Jueves Santo, alguien de sangre real lavaba los pies del mismo número de personas pobres que años tenía.

Arturo se santiguó y sonrió a su esposa. Se dirigió a su capellán con pasos amplios, tomó la toalla alargada que le tendió y se la colocó en torno al cuello antes de la siguiente parte del ritual. Frente al primer joven, colocaron un cojín y el príncipe se dejó caer de rodillas y le tomó el pie con la mano izquierda. Un sirviente se le acercó con un cuenco; Arturo lavó y seco el pie y, después, dibujó la señal de la cruz sobre él y lo beso. Hizo lo mismo quince veces antes de acercarse a la mesa en la que había dispuestos platos con pan y pescado salado. Tomando uno, comenzó a distribuir la comida entre los muchachos. Uno tras otro, los sirvientes le llevaban al príncipe un nuevo plato hasta que todos los chicos hubieron recibido comida. El príncipe hizo lo mismo con vino, ropas y, finalmente, una bolsa de cuero con monedas.

Arturo regresó al reclinatorio real y se arrodilló junto a su esposa. Inclinando la cabeza en señal de oración, le tomó la mano y se la estrechó.

María no podía apartar la vista de su rostro, un rostro tan blanco como la nieve.

❀ ❀ ❀

Mi querida doña Latina:

Incluyo un mensaje para que se lo enviéis a mi madre.

María miró a Catalina, que daba vueltas en la cama con fiebre, pero, aun así, seguía durmiendo. Se apartó del escritorio y se enjugó las lágrimas. Deseó que existiese una manera directa de escribirle a su madre, que vivía muy lejos de la corte, en la hacienda familiar. La mejor manera de hacer que le llegaran las cartas era enviárselas a través de la Latina.

Pestañeó, atrapada en el recuerdo de la última vez que había ido de visita a su hogar. Se había arrodillado ante su madre para que le diera sus bendiciones, consciente de la aprehensión que veía en sus ojos, así como de la seriedad que se reflejaba en su rostro.

—Recorréis un camino que os aleja de mis cuidados, no comprendéis cuánto —le había dicho.

—Madre, amo a la infanta. Por favor, os lo ruego, no me pidáis que la abandone. Me moriría —había respondido ella.

Se había negado a apartar los ojos de los de su madre mientras rogaba: «Dios mío, permitid que lo comprenda». Finalmente, la mirada de su madre se suavizó.

—Sois joven, hija mía —había dicho, ayudándola a que se pusiera en pie—, pero el amor es un arma de doble filo. Una vez que tenemos ese arma, no somos capaces de soltarla. —La mujer había vuelto el rostro y había suspirado—. Si de verdad deseáis hacer esto, partid y que Dios os bendiga.

María se frotó los ojos llorosos. Ojalá su madre supiera escribir; pero no, nunca aprendió aquella habilidad. Tan solo sabía leer. La carta circunspecta que le había enviado a la Latina para que se la entregara a su madre no era la misiva que deseaba enviarle, pues decía poco de lo que ansiaba decir. No quería que su madre pidiera a su sacerdote que le escribiera una respuesta compasiva, pues sería un mensaje que le llegaría con la voz del sacerdote y no la de su progenitora.

Exhausta, comenzó a escribir de nuevo. Aquella carta sería diferente. Con la Latina podía desahogarse.

¿Por qué deseabais que fuese una sanadora? ¿De qué sirve aprender si significa que no puedes hacer nada que de verdad sirva? Tanto Catalina como Arturo han caído enfermos. Estoy asustada, doña Latina. Catalina está cerca de la muerte, y recibimos las mismas noticias de su esposo...

La princesa gimió y, en sueños, masculló: «Arturo». María dejó para otro momento la carta y regresó al lado de su amiga.

❋ ❋ ❋

Catalina se aferraba a la vida. No le importaba poner en riesgo su propia vida, no quería abandonar a su princesa más allá de un par de minutos. Las demás muchachas le rogaban que dejara que la reemplazasen para que pudiera descansar pero, cuando se trataba de Catalina, solo confiaba en Bella. Durante aquellas semanas en Ludlow, María Rojas, que se había quedado con el nombre de Bella desde aquel día tan lejano en el que todas las damas se habían bañado juntas en Lavacolla, se había convertido en alguien en quien la princesa confiaba. María no podía dormir, no dejaba de estar pendiente de su amiga, observaba cómo le subía y bajaba el pecho y escuchaba cada uno de sus jadeos cuando intentaba respirar. Aterrorizada, más agotada con cada día que pasaba, temía que la enferma dejase de respirar si salía de su habitación. Tal como estaban las cosas, parecía que la princesa estaba en el umbral que separa este mundo del más allá. Le refrescó la frente, le mojó los labios y rezó.

Al cuarto día, el segundo del mes de abril, Catalina respiró hondo y abrió los ojos.

—María —dijo, moviendo la mano para estrecharle la suya sin fuerzas.

La joven dama no necesitó que don Alcaraz, el médico de la princesa, la tranquilizara. «Tiene la mano fría, gracias a Dios. El peligro ha pasado. Catalina ha regresado con nosotros». La princesa movió la cabeza y le sonrió, débil. Se lamió los labios e intentó hablar. Tragó saliva y volvió a intentarlo de nuevo.

—¿Arturo? —graznó.

María le estrechó la mano.

—Los dos caísteis enfermos, ¿os acordáis?

—¿Ya se ha recuperado?

María miró al otro lado de la cama. Don Alcaraz se encogió de hombros, un gesto que indicaba que no conocía la respuesta. Ayudó a Catalina a incorporarse y le acercó a los labios una copa de vino mezclado con agua.

—Bebed, os lo ruego. Nos darán noticias de vuestro esposo cuando sepan algo. Descansad, amiga mía. Dentro de un rato, pediré que desde la cocina os envíen caldo.

Era medio día cuando les trajeron pan empapado en caldo de pollo. Catalina, que ya estaba totalmente despierta, estaba preocupada por Arturo. En un intento de disipar sus miedos, María la ayudó a recostarse sobre los almohadones y justo cuando se disponía a darle de comer lady Margarita entró en la habitación haciendo una reverencia profunda. Alzó la cabeza. Tenía los ojos encapotados, clavados sobre un rostro descarnado, que ya no era joven y que se veía surcado por nuevas arrugas de dolor. El médico se unió a ella en la puerta. Haciendo una reverencia, le hizo una pregunta en voz baja. Lady Margarita sacudió la cabeza y miró a la princesa con desesperación. Catalina la miró fijamente y el silencio se alargó como una sombra nocturna. Fuera, unos pájaros en pleno cortejo rompieron a cantar.

—¡No, no, no! —gritó Catalina.

Aquel movimiento repentino hizo que el cuenco de sopa que había junto a la cama se volcara. El contenido se derramó y se esparció por el suelo de madera.

—Mi señora —dijo lady Margarita, acercándose a la cama—. Lo lamento mucho.

—Ay Dios. Dios mío. Arturo no puede estar muerto.

Intentó incorporarse, pero volvió a derrumbarse sobre las almohadas.

—Su alma nos dejó hace menos de una hora, princesa.

—No puede morir —repitió Catalina—. Arturo no puede morir.

María se inclinó hacia ella, pero la princesa le apartó la mano y miró en torno a la habitación. Después, miró furiosa a lady Margarita.

—Vos... Vos me habéis traído la noticia. Oh, Dios. No puedo soportarlo. Marchaos. ¡Marchaos! Os ordeno que os marchéis. —Palideciendo, la mujer miró a la princesa y después a María. Con una fuerza sorprendente, Catalina se sentó erguida, señalando a la mujer—. ¿Por qué seguís aquí? ¿Por qué seguís aquí, atormentándome? He dicho que os marchéis. Y no regreséis.

Estalló en lágrimas y volvió a derrumbarse sobre la cama. María miró compasiva a la mujer mientras salía de la habitación y luego se acercó de nuevo a la princesa. Intentó consolarla, pero el dolor la destrozó y ambas acabaron llorando.

❀ ❀ ❀

Cuando Catalina sufrió una recaída, María volvió a vigilarla día y noche. Sin embargo, se trataba de un empeoramiento diferente al causado por la fiebre. A pesar de que tuviese el corazón roto, su cuerpo joven quería vivir. Acurrucada, echa un ovillo, se negó durante días a enfrentarse a la realidad de la muerte de Arturo. Durante las largas horas de silencio, María volvió a la extensa carta que estaba escribiendo a su maestra.

He fallado. Le he fallado a mi princesa, a mi Catalina. Su marido ha muerto. Sí, el príncipe ha muerto. Habíamos celebrado Pascua y la resurrección de Cristo y ahora, las flores de primavera que habían puesto para adornar la capilla, están siendo retiradas. Vivimos días oscuros, querida maestra; hemos olvidado que es primavera y no nos faltan razones.

La primavera trajo consigo la muerte. La primera noticia que tuve de que la enfermedad había venido a por nosotros fue cuando sir Richard Pole les habló los príncipes de las muertes repentinas que estaban afectando a los soldados ingleses. Tal como me dijisteis, hablé con el doctor Linacre, que es el tutor del príncipe, así como uno de sus médicos, para saber más. Estuvo dispuesto a satisfacer mi interés y a contestar a mis preguntas. Todos los hombres eran jóvenes y fuertes y, aun así, murieron apenas unos días después de caer enfermos. Pronto, otros enfermaron y, entre ellos, Catalina y su esposo.

Traté de ayudar a los médicos del príncipe, pero me rechazaron. No soy más que una chica de dieciséis años; para ellos, que haya aprendido de una mujer famosa en mi país por sus conocimientos médicos no significa nada. Le dije eso a Linacre, que fue el primero en hablarme de esta terrible enfermedad. Me dijo que confiase en ellos y que no me preocupase por los cuidados del príncipe. Gracias a Dios, el médico de Catalina sabe que estudié con vos. Don Alcaraz tuvo a bien permitirme que le ayudase a cuidar de la princesa. Los médicos del príncipe querían sangrarla para que se librara de la fiebre. Nos dijeron que no hacerlo sería una sentencia de muerte. Maldijeron a don Alcaraz y lo llamaron necio cuando se negó a sangrarla más de una vez. Le dijeron que así la princesa moriría.

Creo que los médicos del príncipe desangraron a un muchacho cuyo agarre a la vida era demasiado frágil como para usar semejante tratamiento.

El fuerte viento que temí cuando vi al príncipe Arturo por primera vez ha soplado y lo ha apartado de Catalina. Su cuerpo frío, embalsamado y cubierto por el sudario, yace en una capilla ardiente en la sala de recepciones de Ludlow. Pronto lo llevarán a la abadía de San Wulfston para enterrarlo.

Poco a poco, Catalina recupera el terreno perdido. Incluso aunque el protocolo real inglés lo permitiera, la salud de la princesa no le da más opción que dejar que Arturo recorra su último viaje a solas. No ha tenido ni la fuerza ni el ánimo para abandonar su alcoba.

Tan solo puedo pensar en mi fracaso. Tendría que haber obligado a los médicos ingleses a que me escucharan. Me habéis

enseñado muchas cosas y conozco de memoria todos los trata-
mientos para la fiebre que deberían probarse antes de escoger
sangrar a alguien que ya está cerca de la muerte.

Le he fallado a Catalina. Os escucho en mi interior. Vos me
diríais que ha sido mala suerte, que ha sido culpa del destino
y no mía. Pero vos no oís a Catalina llorar. No puedo consolarla.
Amaba a Arturo; lo amaba. Ahora, es una viuda triste de dieci-
séis años y la alianza entre Castilla e Inglaterra se ha hecho trizas.

❉ ❉ ❉

María empezó a respirar tranquila los últimos días de abril. El color regresó a las mejillas de Catalina, que empezó a comerse la comida que le llevaban. Sin embargo, seguía pasando los días en su alcoba, ya fuese en la cama, dormida, o muy despierta, en silencio, con los ojos secos, echa un ovillo en el asiento de la ventana lleno de cojines y envuelta en su manto. Días tras día, noche tras noche, María permanecía a su lado. Recordando de nuevo los largos días de pesar que habían seguido a la muerte del príncipe Juan, rezaba para que su presencia le ofreciese a la princesa algún consuelo.

El último día de abril, poco después de haber desayunado, Catalina regresó a la cama para volver a dormir. María tomó su copia de *Causas y remedios* de santa Hildegarda y se sentó cerca de la ventana. Desde el día en el que había sabido que la princesa estaba en el sendero de la recuperación y fuera de peligro, había estudiado todos los libros de medicina que su maestra le había dado. «Si tuviera más conocimientos, me habrían escuchado. Si supiera más cosas, podría haber hecho algo más para ayudar al príncipe; podría haberle salvado». Aquellas palabras le retumbaban en la cabeza de tal modo que esta le palpitaba y le dolía.

Cerca, un cuervo graznó. María se encogió ante el recuerdo de la muerte y se volvió, mirando por la ventana al cielo despejado. Bajó la vista al jardín. La primavera extendía su invitación al deleite: una hierba verde y exuberante y un jardín que bordeaba los muros del castillo como un estallido de color gracias a sus incontables flores. «¿Deleite? —María se encogió y se enjugó los ojos húmedos—. En estos tiempos tan horribles, en este lugar tan terrible, ¿cómo me atrevo a pensar en el deleite?».

El movimiento de algo azul oscuro en los terrenos del castillo captó su atención. Acercándose más a la ventana, reconoció a la mujer que se paseaba por el huerto con la determinación que le permitían unas piernas largas y, después, miró a su amiga, que seguía durmiendo. Dejó el libro y, con cuidado de no hacer ruido, se dirigió a la puerta, olvidándose de su manto con las prisas por llegar al jardín. Desde la muerte del príncipe, no había visto a lady Margarita para poder hablar con ella. Necesitaba hacerlo; tenía que hablar con ella sobre Catalina.

Cuando llegó, lady Margarita seguía allí. Arrodillada, quitaba las malas hierbas que crecían demasiado cerca de las plantas. Mirando primero a la mujer, María se dejó caer a su lado y empezó a hacer lo mismo. Durante un instante, se sintió agitada al recordar todas las veces que había ayudado a su maestra a quitar las malas hierbas del huerto en su antiguo hogar. Lo había hecho en tantos huertos distintos, que parecían converger en uno solo y que, como aquel día, habían estado bañados por la luz de la primavera. Enterró los dedos en la tierra fértil, tanteando las raíces de una mala hierba que se obstinaba en no salir.

La anciana la observó.

—*Notre princesse doit se sentir mieux que tu l'aies quittée.*[30]

Enunciada en francés, se trataba de una afirmación, no de una pregunta. María extrajo otra hierba antes de contestar en el mismo idioma.

—*Votre compagnie nous a manqué, madame.*[31]

Lady Margarita la miró fijamente.

—¿Mi compañía? La princesa me dijo que no quería verme; me ordenó que saliera de la habitación y que no regresara.

María volvió a suspirar. Contempló el rostro pálido y amable de la mujer.

—Estaba enferma y acababa de enterarse de lo que le había ocurrido al príncipe.

—Eso no explica muy bien por qué me miró y me habló como si me odiase.

—No os odia, Meg. ¿Puedo llamaros Meg?

La mujer se frotó el lateral de la cara, con lo que aquel rostro blanco se manchó de tierra. Se encogió de hombros, bajando la vista hacia sus manos manchadas.

---

30 N. de la Ed.: «Nuestra princesa debe de encontrarse mejor para que os hayáis marchado de su lado».

31 N. de la Ed.: «Hemos extrañado vuestra compañía, mi señora».

—Hoy me habéis encontrado de rodillas, más preocupada por la obediencia que les debo a estas plantas que por mi propio rango. —Alzó la cabeza y se rio de forma extraña—. Y, ¿qué rango es ese? Tenga o no sangre real, no soy más que la esposa de un caballero. Me gustaría ser vuestra amiga. Si ese es también vuestro deseo, os lo ruego, llamadme Meg y yo os llamaré María.

María le sonrió a modo de respuesta.

—Meg, mi princesa os estima. Tan solo os habló del modo en que lo hizo a causa de la enfermedad. —Tragó saliva, observando a la mujer durante unos instantes—. Cree que está maldita.

Margaret Pole alzó la cabeza y levantó las finas cejas de aquel rostro delgado y pálido.

—¿Maldita? ¿Qué queréis decir?

María metió los dedos bajo el ajustado tocado triangular que llevaba puesto y que siempre le parecía demasiado ajustado. Ojalá no tuviera que llevarlo nunca más. «Si al menos se lo pudiera arrancar de la cabeza y tirarlo sobre ese montón de malas hierbas...». Respiró hondo.

—Se siente maldita a causa de vuestro hermano.

Meg abrió los ojos de par en par. Abrió y cerró la boca antes de hablar.

—¿Por Eduardo? ¿Maldita a causa de Eduardo?

María tiró de otra mala hierba. La raíz, profunda y obstinada, amenazó con hacer que perdiera el equilibrio. Al fin, consiguió arrancarla y volvió a mirar a la otra mujer.

—Debéis de saber por qué.

La mujer apartó la mirada mientras le temblaban los labios. Durante un rato, se frotó la mejilla con los dedos, antes de bajar la mano para juntarla con la que tenía sobre el regazo.

—No la culpo por la muerte de Eduardo. A ella, no.

Habló en una voz tan baja que tuvo que moverse para oírla mejor.

El tiempo se detuvo. Volvió a tragar saliva, mirando a su alrededor. Cerca de ella, nueva vida surgía de la tierra en busca de la luz. Ojalá la primavera la consolara, pero, por el momento, no hacía más que profundizar aquel dolor. «¿Por qué tenía que morir Arturo? ¿Por qué dejó Dios que muriera?». El príncipe era una promesa de futuro, bondadoso, joven... ¿Para qué? Tampoco había entendido la muerte del príncipe Juan cuando ella solo tenía doce años. No tenía sentido. Ahora era unos años mayor, pero la muerte de Arturo hacía que estuviera aún más enfadada con Dios.

Al confesarle aquello a su confesor, el hombre la había reprendido y le había dicho que pidiera perdón al Señor. Que el sacerdote no entendiera su situación hizo que echara todavía más de menos a la Latina. Ella siempre la había escuchado sin juzgarla y sabía cuáles eran las palabras adecuadas para aliviar sus penas. Suspiró y volvió a mirar a Meg.

—Puede que vos no la culpéis, pero ella se culpa a sí misma. Desde que nos llegó la terrible noticia de su muerte, ha tenido pesadillas al respecto. Entonces, durante nuestro viaje a Inglaterra, ocurrieron ciertas cosas... No creía que Dios hubiese bendecido su matrimonio. La muerte de Arturo le demuestra que tenía razón.

—La muerte de Arturo no demuestra nada. Que Dios lo tenga en su gloria, mi joven pariente nunca fue fuerte. Nada de todo esto es culpa suya —insistió Meg—. La sangre de la muerte de mi hermano no está en sus manos, sino en las de otros.

María se encogió de hombros.

—Vos y yo lo sabemos, pero eso no hará que ella cambie de opinión. No os confundáis. Habíais visto a Catalina tranquila y rara vez descontrolada, pero, en estos días crueles, habéis conocido a la Catalina con la que yo me encuentro a veces. Hemos dormido juntas desde que éramos niñas. Empecé a hacerlo a causa de sus pesadillas. Procede de una familia inquieta. No me malinterpretéis, es la hija de su madre. Pero, aun así, la procesión va por dentro. Veros cuando se le informó de la muerte del príncipe Arturo tan solo sirvió para recordarle lo que se había hecho para cimentar esta alianza. No puede olvidar ni puede perdonarse a sí misma por la muerte de vuestro hermano.

Meg dejó de arrancar hierbajos.

—¿Me escucharía si le dijera que no se culpara?

—Tal vez, pero no ahora. Todavía está demasiado sensible, demasiado sumida en la tristeza. Su médico cree que está lo bastante bien como para regresar a Londres, aunque sea progresando poco a poco. Una vez que estemos allí, le hablaré de la conversación que hemos tenido hoy y le pediré que hable con vos.

❋❋❋

María regresó a la alcoba de Catalina y la encontró sentada en el borde de la cama. Se apresuró a ir a su lado y le puso una mano en el brazo.

—¿Queréis sentaros junto a la ventana? —le preguntó.

La princesa alzó unos ojos enormes.

—Debo ver a Arturo. Doña Elvira ha venido y me ha dicho que mañana lo sacarán del castillo y lo llevarán a su tumba en Worcester.

María se sentó y le estrechó la mano.

—Querida mía, lo único que veréis será un féretro cerrado.

—No me importa. Llevadme con él, os lo ruego.

Durante un instante, María se mordió el labio inferior.

—No estoy segura de que sea buena idea. El camino desde aquí hasta la alcoba donde tienen el cuerpo del príncipe no es fácil. Puede que las escaleras del castillo sean demasiado para vos ahora que estáis débil.

—Os lo ruego, María, llevadme. Podemos ir despacio. Puede que nunca vuelva a tener la oportunidad de llorar junto al cuerpo de mi esposo.

El gesto de Catalina no admitía más discusiones. La ayudó a levantarse, a vestirse con un vestido de día que abrigaba y, después, a ponerse el manto con capucha. Arrebujándose en su propio manto, la ayudó mientras se dirigían poco a poco al salón de recepciones del príncipe. Cruzaron la puerta abierta. En cada esquina de una mesa larga, ardía brillante un cirio. La luz parpadeaba sobre la enorme cruz de oro que había sobre la mesa y danzaba sobre la tela dorada que la cubría. El ataúd con el cuerpo embalsamado del príncipe yacía bajo la mesa.

Los guardias que rodeaban la estancia permanecían erguidos e inmóviles con los rostros ensombrecidos. Al verlos, Catalina agachó la cabeza bajo la capucha de su manto. Apartándose de ella, se adentró más en la estancia y se arrodilló frente a la mesa.

María cruzó la habitación para arrodillarse junto a ella. Le pareció que había pasado mucho rato antes de que la princesa alzase la cabeza.

—Doña Elvira dice que Arturo pidió que su corazón permaneciese en Ludlow. ¿Creéis que puede ser su último mensaje para mí? —le preguntó en voz baja.

Le estrechó la mano.

—Le hicisteis feliz. Querría que lo supierais.

Suspirando, la princesa tocó el féretro y dejó la mano allí.

—No es el único que dejará su corazón en Ludlow. —Se derrumbó sobre María—. Oh, Arturo. Levantaos, mi Arturo, mi amor. Sin vos, siempre será invierno y la lluvia de mis lágrimas jamás se detendrá. Se ha acabado el tiempo para que cantemos juntos, y nunca más volverán a oírnos en este mundo. —Apoyó la frente en el ataúd—. Oh, Arturo, ¿cómo voy a enfrentarme a un futuro sin vos? Había tantas esperanzas puestas en vos y en mí... Y ahora no queda nada. Nada. Que Dios me ayude. Ayudadme. Ojalá yo hubiese muerto también.

María se frotó los ojos llorosos. «Querido Dios, tened misericordia de nosotras. Dejad que volvamos a casa. Que volvamos al lugar al que pertenecemos».

Capítulo 12

ónde estoy?». Confundida y desorientada, María se despertó en un mundo sin luz. Extendió una mano, creyendo que seguía en la litera cerrada que habían enviado para llevar a Catalina de vuelta a la corte de Enrique Tudor y que era negra por dentro y por fuera: terciopelo negro, paños negros, lazos negros, Catalina vestida con el negro del luto. Todas ellas iban vestidas con el color propio del luto. El largo viaje hasta Londres se hizo en silencio. Durante todo el trayecto de regreso a la corte, las damas de Catalina temieron decir la palabra equivocada y hacer que la princesa volviera a llorar.

María sacudió la cabeza. Los recuerdos borrosos de haber llegado antes de que cayera la noche regresaron a ella. «Estoy en la cama. De vuelta en la corte. Pero ¿dónde está Catalina?». Intentó darse la vuelta. El cuerpo, pesado y dolorido por el cansancio, le recordó las muchas horas que habían pasado viajando por caminos terribles.

Cerca, unas voces murmuraban mientras alguien, tal vez Catalina, lloraba. Separó las cortinas de la cama y echó un vistazo. La princesa estaba arrodillada junto a Isabel de York, que estaba sentada, y tenía la cabeza apoyada en el regazo de la mujer. La princesa estaba llorando. Lloraba como si las lágrimas se negaran a detenerse. Descorazonada, María soltó las cortinas y regresó a la oscuridad de la cama. Todavía podía ver a la reina y a su amiga a través de una apertura.

—Calmaos, mi niña —dijo la reina, acariciándole el pelo suelto. Su cabello rojizo y dorado resplandecía como un fuego ardiente sobre el vestido negro de Isabel.

María se enjugó sus propias lágrimas. Ya conocía un momento como ese, en el que otra reina había hecho exactamente lo mismo con otra viuda joven que tenía el corazón roto. Todavía era una niña cuando la hermana mayor de Catalina, Isabel, había regresado a la corte de su madre tras enviudar. La princesa Isabel tenía el cabello del mismo color que su hermana menor; un cabello que había sido la envidia de muchas mujeres. Pero no aquel día, pues se había cortado la larga melena con una daga. Nunca olvidaría el dolor de la princesa Isabel ni tampoco las costras de las heridas a medio curar que tenía en la cabeza.

Del mismo modo, jamás olvidaría las semanas de tristeza de Catalina o su propio dolor en aquel preciso momento. Retirándose todavía más al interior de la cama, alzó las rodillas y se las llevó al pecho sin poder apartar los ojos de su amiga y de la reina de Inglaterra.

Catalina se limpió la cara con el dorso de la mano.

—Mantuve la promesa que os hice, pero, aun así, Arturo ha muerto.

Isabel de York se irguió más sobre la silla de respaldo alto, dirigiendo la mirada a un crucifijo que había en el oratorio cercano. Estremeciéndose, cerró los ojos un momento antes de hablar.

—Me equivoqué al pediros eso. Estaba en manos de Dios y debería haberlo dejado así. Ansío vuestro perdón, del mismo modo que ruego por el de Dios. Mi niño está muerto; nada cambiará eso. —Se frotó el rostro—. Me culpo a mí misma. Debo hacer todo lo que pueda para reparar el daño que dicha promesa ha causado.

Catalina se sobresaltó visiblemente, con los ojos brillantes de ira.

—¿Cómo podéis vos o nadie reparar esto? Arturo está muerto. —Tragó saliva con fuerza—. Está muerto. Nada reparará esta pérdida, ni ahora, ni nunca.

La reina pestañeó. El dolor, puro y tangible, le había dejado marcas y había hecho que envejeciera hasta el punto de mostrar una fragilidad desgarradora. María se abrazó las rodillas con más fuerza. La reina parecía una mujer atormentada.

Catalina parecía pensar lo mismo. Se incorporó un momento, mordiéndose el labio inferior y, después, se inclinó hacia delante, rodeando a la reina con los brazos.

—Os ruego que me perdonéis, mi señora. Vos trajisteis a Arturo al mundo y lo amabais mucho. Ambas le hemos perdido; lo sé. —Se apartó con el rostro mojado por las lágrimas—. Ojalá hubiésemos tenido más tiempo.

Isabel le tocó el rostro.

—Miradme, mi niña. —La princesa alzó los ojos—. Decidme la verdad, ¿preferiríais no haber conocido a mi hijo?

Catalina apoyó el rostro sobre la mano de la mujer.

—No; eso nunca. Arturo me regaló una estación de felicidad y... —Respiró hondo—. Y me dio mucha ternura y amor en los pocos meses que pasamos juntos.

—Tuvisteis una estación y yo casi tuve dieciséis años. Arturo sabía muy bien cómo amar; ese era su don. —La reina le besó la frente a la princesa antes de bajar las manos al regazo, entrelazándolas—. Sostenía todos nuestros corazones con tanto cariño como alguien sostendría a un bebé. En él, nunca hubo malicia. Doy gracias a Dios de que vinierais a nosotros y le entregarais vuestro corazón y de que él os lo entregara a vos. Todos vieron que era así. Que eso os proporcione consuelo, tal como me lo proporciona a mí. —Señaló la silla que había a su lado—. Sentaos, hija mía.

Catalina se sentó. María siguió su mirada hasta el crucifijo cercano, que era una figura de marfil de un Cristo casi desnudo, hundido en el momento de su muerte, cuyo rostro ya no sufría sino que parecía dormido, en paz.

—Al menos, me consuela saber que nada podrá volver a hacerle daño —dijo poco a poco.

Isabel también volvió los ojos hacia la figura de Cristo.

—Mi dulce niño sufría con demasiada facilidad. Padecer demasiadas enfermedades a lo largo de su joven vida le hizo sensible al dolor de otros. Lo único que quería era erradicar ese dolor. —Pestañeó y se frotó los ojos llorosos—. Me digo a mí misma que Dios sabía lo que hacía cuando reclamó a mi hijo antes de que tuviera que armarse contra todo lo que tendría que enfrentar como rey, tal como ha tenido que hacer mi marido una y otra vez a lo largo de su reinado. No es fácil ser un rey fuerte.

Catalina se sonrojó, con los ojos ardiendo de furia.

—Arturo habría sido un rey fuerte. Habría sido un gran rey, el más grande y el mejor que se hubiera sentado nunca en el trono de Inglaterra.

—Mi niña, yo también lo creía, pero nunca sabremos si teníamos razón. Tal vez, la situación del mundo hubiera sido demasiado dura para que la soportara y siguiera siendo el Arturo al que amábamos. —Suspiró—. Su reinado podría haberle visto acabar como mi tío Ricardo. No quiero volver a ver nunca más semejante camino sangriento.

Sonrojándose, Catalina ladeó la cabeza. La sombra de un pensamiento parpadeó en su rostro.

—Alteza... Sé quién es ese rey Ricardo. ¿Cómo podéis comprarlo con Arturo? ¿Acaso...? ¿Acaso no asesinó a vuestros dos hermanos?

La reina se colocó las manos, palma contra palma, cerca de la boca, como si estuviera rezando. En el fuego, un leño se partió con un fuerte estallido, lanzando chispas, algunas de las cuales cayeron cerca de las dos mujeres, que permanecían en silencio. Sin embargo, ellas no parecieron darse cuenta; tenían los ojos fijos la una en la otra.

Al final, Isabel de York suspiró y sus ojos contemplaron la habitación con la mirada perdida. Se frotó la frente.

—No hablaré contra mi esposo, el hombre que es el padre de mis hijos... Que Dios nos asista; cuánto han envilecido estos tiempos el nombre de mi tío, que no era más que un hombre bueno que sucumbió a la maldad que yace a la espera de todos los reyes. Mi tío no asesinó a Eduardo y a Ricardo.

Catalina pestañeó.

—Entonces, ¿quién lo hizo?

La reina sacudió la cabeza.

—De eso no puedo hablar con vos. No puedo, ya que no son más que elucubraciones mías, aunque creo que lo que supongo se acerca a la verdad. Todo lo que puedo deciros es que mi tío Ricardo, aunque murió culpándose a sí mismo, no ordenó que mis hermanos sufrieran una muerte prematura. Nunca lo quiso. Le destrozaba saber que les había fallado como rey y como tío. —Isabel se arrellanó en la silla—. Ay, hija mía. Lo que Dios nos ofrece en esta vida es un duro peregrinaje, especialmente para aquellos que ostentan posiciones de poder. En días tan oscuros como los que vivimos le grito a Dios que nos pide demasiado, que la tristeza que me brinda la vida hará que caiga en la oscuridad de la desesperación y que deje de existir, perdida para siempre. Pero, entonces, oigo a una alondra o a un mirlo cantar, o veo un arcoíris surcando el horizonte. En ese momento, mi corazón encuentra el consuelo de nuestro Señor.

Catalina le besó la mano una vez más

—Estad segura, mi reina, de que, en este mundo, solo dos mujeres de todas las que conozco ya son dignas del cielo: mi madre y vos, una mujer a la que me siento orgullosa de llamar madre.

Isabel de York agachó la cabeza y se limpió el rostro con las mangas de su camisola, que sobresalía aquí y allá a través de los cordones de su vestido.

—Que Dios os bendiga, hija mía. Catalina, debemos hablar de vuestro futuro...

En silencio, la princesa se enderezó antes de volverse hacia el fuego. La reina juntó las manos sobre el regazo.

—Entiendo que el futuro, sin Arturo, es una cruz que cargaremos mientras nos quede aliento. Aun así, estamos aquí y, nos guste o no, debemos enfrentarnos a él. Debemos seguir viviendo, Catalina. En cuanto a mí... —Se removió, inquieta—. Debo prepararme para dar a luz a un nuevo bebé.

La princesa volvió la cara, que se había tornado de un blanco enfermizo, hacia ella.

—Mi señora, ¿qué queréis decir? ¿Un bebé?

Isabel se acomodó, soltando una risa sombría.

—Por favor, no hay necesidad de que os escandalicéis tanto. No soy una vieja bruja y sigo siendo esposa. Aprenderéis, hija mía, que los hombres y las mujeres se ofrecen el consuelo que pueden. En estos días tan duros, el rey y yo hemos necesitado mucho consuelo. —Miró el fuego antes de volver a centrar su atención en Catalina—. El rey me ama mucho y deseaba evitarme más partos, pero ahora solo nos queda un hijo. Las cartas de Meg me contaban lo bastante como para saber que habéis mantenido la promesa que me hicisteis. Por lo tanto, debo cumplir con mi deber como reina de Inglaterra. También debo recordaros el vuestro, hija mía... Cuando sea mayor de edad, quiero que os caséis con mi Enrique.

Catalina sacudió la cabeza un poco mientras los labios le temblaban.

—¿Casarme... con vuestro hijo? ¿El muchacho que decís que nunca debería ser rey? Mi señora, no lo entiendo.

Isabel tomó las manos de la princesa entre las suyas y se acercó más a ella.

—Hija mía, no tenéis elección. Escuchad... —Respiró hondo—. Perdonadme. Sé que esto os parecerá doloroso, pero una esposa virgen no es una esposa de verdad. Podéis casaros con el hermano de Arturo con la conciencia tranquila.

Catalina apartó las manos. Agarrando su crucifijo, miró a la reina y le habló de forma apresurada.

—¿Cómo podéis decir eso? Era la esposa de Arturo; le entregué mi corazón, si bien no mi cuerpo, al completo. Y no le entregué mi cuerpo tan solo porque temía lo mismo que vos. —Se levantó de un salto. La ira hacía que se le sonrojaran las mejillas y le brillaran los ojos—. Las seis noches que yacimos en los brazos del otro... —Se tocó los labios y cerró los ojos—. Las conté; todas y cada una de ellas. Jamás olvidaré la sensación de sus labios sobre los míos o cómo sentí el cuerpo en llamas cuando me rozó con sus manos amables. Nos besamos una y otra vez. Aquello nunca parecía tener fin, ni yo lo deseaba. —Volvió a mirar a la reina—. Nadie sabrá nunca lo que me costó no rogarle que siguiera, no rogarle que apartara la sábana que manteníamos entre nuestros cuerpos. Pero siempre... Siempre... Yo... Me daba cuenta de lo débil que estaba. Cuando me besaba, no le costaba nada quedarse sin aliento. Temía hacer que empeorase y él siempre se sentía aliviado cuando le decía que debíamos parar, pues apenas tenía energía para continuar. Que Dios me asista, ojalá no lo hubiera hecho. Me enferma saber que estáis esperando un hijo. —Agachó la cabeza, hablando a través de las lágrimas—. Debería ser yo la que sintiera un bebé removiéndose en mi interior, no vos. Mi dulce Arturo está muerto mientras yo sigo viva y maldita. Acabé con la única oportunidad de dar a luz a su hijo, nuestro hijo...

Palideciendo, la reina tragó saliva.

—Que Dios me ayude, y a vos también. Todo lo que deseaba era salvaguardar su vida. Tenéis derecho a estar enfadada. Nada de lo que yo pueda decir servirá para que las cosas vuelvan a ser como eran. Lo único que puedo hacer es intentarlo, tal como he hecho en el pasado, y plantar las semillas correctas para el futuro. —Se llevó una mano al vientre—. Le ruego a Dios que este niño sea una de esas semillas.

Catalina la miró al vientre plano con una frialdad que sorprendió a María.

—¿Creéis que podéis reemplazar a Arturo?

La mujer hizo una mueca de dolor.

—No soy tan tonta. Nunca se puede reemplazar a aquellos que la muerte te arrebata. Pero debo pensar en Enrique. Él es el hijo al que debo ayudar ahora. Rezo para que las decisiones que tome por él sean más sabias que las que tomé por mi primogénito.

Catalina miró a la reina y resolló.

—Este bebé... Si dais a luz a un hijo, jamás podrá ser rey mientras tenga un hermano mayor vivo.

—Por supuesto, hija. Sin embargo, también sé que cuanto más rodee a Enrique de bondad, mayor es la esperanza de apaciguar nuestros miedos. Desde que era pequeño, he visto pruebas suficientes de bondad en él. Creo que quiere ser bueno. Es solo que, a menudo, fracasa. —Isabel suspiró, frotándose el lateral del rostro, allí donde el tocado le apretaba demasiado la mejilla y le dejaba una marca roja—. Cuando fracasa, no solo se hace daño a sí mismo, sino también a los demás. Su hermana Margarita se casará pronto con el rey de Escocia y todos la reconocen ya como reina de Escocia. —Sacudió la cabeza—. Sabe muy bien que ser príncipe le da muchos más derechos que a un niño corriente, pero el día que tuvo que darle preferencia a su hermana... ¡Que Dios tenga misericordia de nosotros! ¡Menudo temperamento! No quiero faltar al respeto a los muertos, pero tiene un temperamento malvado, justo como el de mi madre, que Dios la tenga en su gloria. Mi hijo no es más que un niño, pero es alto y fuerte. Si tan solo le vierais un instante, se os perdonaría por pensar que ya es un hombre joven. Me temo que no pasará mucho más tiempo sin conocer a una mujer.

Catalina miró a la reina con los ojos muy abiertos.

—¿Por qué yo? ¿Por qué me queréis para vuestro hijo?

Isabel respiró hondo, mordiéndose el labio inferior. Alzó la barbilla. Sus ojos azules resplandecían como zafiros engastados en armiño.

—Porque teméis a Dios, Catalina. Con la ayuda de Dios y con la vuestra, espero ver que todos mis miedos sobre Enrique se desvanecen.

La princesa se frotó los ojos.

—Mi señora, no quiero pensar en otro matrimonio. Es demasiado pronto. —Volvió a mirar a la otra mujer—. Mi hermana Isabel dijo lo mismo cuando perdió a su primer esposo. ¿Sabéis que murió de parto cuando se casó por segunda vez?

La reina posó la mano sobre su vientre. Frunciendo los labios, ladeó la cabeza, como si estuviera buscando las siguientes palabras con mucho cuidado.

—Querida mía, somos mujeres. Ese riesgo ensombrece nuestras vidas desde el momento en el que nos convertimos en esposas. Pero traer al mundo una nueva vida... Creedme, es un riesgo que asumo de buena gana por el amor que le profeso a mi esposo, así como por el amor que le profeso a Inglaterra.

Catalina respiró con rapidez, llevándose las manos a la cara.

—Mi hermana no lo quería; lo hizo porque era su deber.

La reina asintió.

—Es un deber de la realeza; un deber que, un día, vos también cumpliréis. El embajador español ha venido a vernos, Catalina. Vuestros padres consienten a que os caséis con Enrique cuando llegue el momento.

La princesa respiró profundamente.

—Mis padres lo quieren... ¿Han dicho eso?

Isabel asintió, estrechándole la mano.

—Hija mía, nunca os mentiría. Vuestros padres no desean romper los lazos entre nuestras casas. Sugieren que vuestra boda con mi hijo se celebre cuando Enrique cumpla catorce años y sea mayor de edad.

Catalina se inclinó más hacia la reina.

—Pero ¿por qué no puedo irme a casa y regresar con mi madre? Perdonadme, pero eso es lo que deseo.

La mujer la miró con ojos compasivos.

—Sois una princesa, hija mía.

Como si no pudiera soportar seguir mirando a la reina, Catalina agachó la cabeza. Las lágrimas le salpicaron el camisón.

—Sí. Cumplo con mi deber.

María se tragó el nudo que tenía en la garganta, un nudo que le parecía el mismísimo corazón.

«Cumplo con mi deber».

Aquellas le palpitaron en las entrañas y desgarraron a María en forma de sollozos reprimidos. «Tenía la esperanza de volver a casa. No puedo marcharme si Catalina se queda. —Suspiró—. Yo también conozco mi deber y lo cumplo. Como Catalina, mantengo mis promesas. —Visualizó a Will en su interior—. Dios mío, ayudadme».

❋ ❋ ❋

María se escabulló a la capilla. Los primeros días tras su regreso habían desaparecido en una bruma de noches durmiendo mal y horas de aflicción desde la mañana hasta la noche. Deprimida y desesperada por encontrar días mejores, deseaba tener tiempo a solas, tiempo para pensar. Sin embargo, la soledad le fue negada. Margarita Pole ya se encontraba en la capilla, rezando. Arrodillándose junto a ella, María inclinó la cabeza. «Dios mío —rezó—, por favor, ayudad a mi amiga. Ayudadla para que encuentre el camino de vuelta de esta noche oscura. Ayudadme para que sea fuerte. Ayudadme a expulsar a Will de mi corazón para que pueda servir a Catalina sin distracción».

Los largos meses sin ver a Will no le habían ayudado a olvidarlo. Desde la muerte del príncipe Arturo, pensaba en él más que menos. Will estaba vivo. Ella estaba viva. «¿Qué pasará si nunca llego a encontrar a otro hombre que me haga sentir como él? Oh, dejad de ser tan tonta. Podéis contar las veces que habéis hablado con él con los dedos de una mano. Dejad de pensar que lo amáis». Vació su mente, escuchando al coro de la capilla mientras practicaba sus cánticos. La música hizo que se animara y se puso en pie, alisándose los pliegues del vestido.

Como si hubiera estado esperando a que María se moviera, Meg se levantó y la saludó. Salieron juntas de la capilla hablando de nimiedades, pero cuando se dispuso a regresar a la alcoba de su princesa, la otra mujer la tomó del brazo y le habló.

—¿Es este un buen momento para que vaya con vos y hable con la princesa? No puedo olvidar lo que me contasteis en Ludlow. Me pesa mucho en la conciencia.

María la miró. Aquella mujer tenía al menos diez años más que ella y que la princesa. También había sobrevivido a tiempos horribles de dolor y pérdida. «Si yo no encuentro las palabras para consolar a Catalina, tal vez ella sí lo haga».

—Venid, pues —dijo—. Estoy segura de que mi princesa hablará con vos.

De piernas rápidas y paso ligero, a María le resultó difícil caminar a su lado. Se dio cuenta de que, para seguirle el ritmo, casi tenía que saltar o dar un brinco cada tres pasos. Entraron en la antecámara donde el resto de las damas de Catalina estaban cosiendo o leyendo. Haciendo caso omiso de la mirada furiosa de doña Elvira, María llamó a la puerta de la alcoba para indicarle a la princesa que había regresado. Al escuchar la voz de la joven que le respondía, abrió la puerta y entró con Meg detrás de ella. Catalina todavía estaba sentada frente al fuego, contemplando las llamas. Menos de una hora antes, había estado en el mismo lugar y en la misma posición. Pero, al menos, alzó la cabeza al verla llegar y les sonrió. Ambas hicieron una reverencia y la princesa le tendió una mano a Meg.

—Me alegro de veros. Quiero pediros perdón. Os hablé con dureza cuando... Cuando mi esposo murió. Si pudiera, retiraría esas palabras.

La mujer volvió a hacer una reverencia y, después, la tomó de la mano.

—No hay nada que perdonar.

—Eso no es cierto. No merecíais que os despachara de esa manera; no cuando sois una mujer que, desde que llegué a Londres, no habéis hecho más que ofrecerme amistad y lealtad. —Señaló unas sillas que había cerca—. Por favor, sentaos. Las dos. —Sonrió un poco—. María me ha contado que ahora os llama Meg. ¿Podría yo gozar también del mismo honor?

—Por supuesto, alteza.

Catalina se inclinó hacia Meg y comenzó a hablar.

—En la privacidad de mi alcoba, ¿no podríais llamarme...? —Miró primero a María y después a Meg. Parecía abatida y confusa. Sacudió la cabeza—. Supongo que en inglés debería ser «Kate». Todavía me resulta extraño.

Meg se sentó en un taburete y sonrió.

—Me sentiría incluso más honrada si me permitierais llamaros Catalina. Es el nombre que os dio vuestra madre y el nombre que habéis usado durante la mayor parte de vuestra vida.

—Eso me gustaría —dijo la princesa, sonriendo un poco—. Perdonadme. Creo que nunca os he preguntado por vuestros hijos, ni siquiera cuando descubrí que erais madre en... En Ludlow. No es excusa, pero, desde que llegué a Inglaterra, he tenido que aprender muchas cosas, cosa que ha hecho que me olvidase bastante de mis modales.

—Os lo ruego, no os preocupéis. En vuestra situación, me habría pasado lo mismo. Tengo cuatro hijos: Henry tiene nueve años, Arthur siete, Reginald tres y Geoffrey solo uno.

—¿Cuatro hijos? Desde luego, Dios ha bendecido vuestro matrimonio... Además, un hijo que ya tiene nueve años. Debíais de tener mi edad cuando fuisteis madre por primera vez.

—Sí. Tenía dieciséis años. —La mujer la miró a los ojos—. Me casé a la misma edad que vos y mi marido era once años mayor que yo. Tenemos un buen matrimonio, un muy buen matrimonio, pero, si alguna vez Dios me bendice con una hija, querría que se casara con alguien que tuviera una edad más cercana a la suya. —Tocó la mano de la princesa—. Lo pienso porque vi cómo el amor floreció entre el príncipe Arturo y vos. Pase lo que pase en vuestra vida, siempre recordaréis la dulzura del amor juvenil.

—Sí. —Sin decir nada más, Catalina se volvió hacia el fuego y tendió las manos hacia el calor que emanaba antes de volver a apoyarlas en el regazo. Miró a María—. Os lo ruego, hermana, traedme mi chal. Tengo frío.

Le colocó la prenda sobre los hombros, metiéndosela por dentro en los costados. Con la mano, rozó la de la princesa. Volvió a tocársela. No parecía que tuviera frío, más bien le sudaba, como si tuviera fiebre. Deseaba muchas cosas, pero, sobre todo, quería que volviera a estar bien. Ninguno de los tratamientos que ella o los médicos le ofrecían parecían marcar la diferencia.

—Disculpadme si mis palabras han vuelto a abrir la herida —dijo Meg.

La princesa se encogió de hombros.

—La herida no se ha cerrado. A veces, me pregunto si se cerrará algún día.

—Tenéis razón. Las heridas profundas causadas por el dolor nunca se cierran. Lo que sucede es que aprendemos a vivir con ellas, a ocultarnos del mundo cuando vuelven a abrirse y a llorar. Yo tenía tres años cuando mi madre murió de parto y cinco cuando mi padre murió en la Torre. A mi hermano, como ya sabéis, lo ejecutaron hace dos años. Eduardo tenía veinticuatro años. Nunca los he olvidado, del mismo modo que nunca he olvidado a los bebés que he traído al mundo para enterrarlos muy poco tiempo después. Pero mi fe me salva de la desesperación.

—Sí, me aferro a la fe como si fuera una balsa. La oración me da consuelo y... Y encuentro cierto alivio en mis recuerdos. —Miró a Meg—. ¿No os parece que el sufrimiento nos hace más conscientes de la presencia de Dios?

La mujer apartó la mirada un momento.

—Es así para algunos. Ha sido así para mí y para vos. Pero para otros... He visto a muchas personas rotas por el sufrimiento. Nunca lo desearía. Temo que llegará un día en el que yo también me romperé.

Catalina volvió a mirar al fuego.

—No puedo mentir. La muerte de Arturo me ha roto. —Se volvió hacia Meg—. Su muerte me recuerda a la muerte de otros: mi hermano, mi hermana Isabel, que era como una segunda madre para mí, y su hijo Miguel. También pienso en vuestro hermano, aquel al que ejecutaron por causa de mi matrimonio con Arturo. Pienso en su muerte todos los días...

Meg se inclinó un poco más hacia Catalina y le tomó la mano.

—Miradme —le dijo.

La princesa se volvió con la mirada de un perro apaleado. María contuvo la respiración durante un instante. «Dios, querido Dios, permitid que Meg encuentre las palabras adecuadas para ayudar a Catalina». La mujer sacudió la cabeza.

—Querida mía, la muerte de Eduardo no recae sobre vuestros hombros.

Catalina se frotó las sienes con los labios temblorosos.

—¿Cómo podéis decir eso? Mis padres se negaron a enviarme a Inglaterra hasta que vuestro hermano hubiera muerto.

—Oí los rumores acerca de esa demanda de vuestros regios padres. Creedme, la reina, mi prima, tiene más influencia sobre su marido de lo que la mayoría supone. Si Eduardo no hubiese intentado escapar, hoy en día estaría vivo. La propia Isabel me lo dijo y ella no me mentiría. En cuanto a la demanda de vuestros padres... —Meg se encogió de hombros—. Si no recuerdo mal, vos no teníais ni tres años cuando os comprometieron con nuestro noble príncipe, que Dios lo tenga en su gloria. El tiempo jugaba a favor de vuestros padres para que presionaran al rey Enrique respecto de la muerte de mi hermano. Sin embargo, al final, necesitaban esta alianza tanto como él. Catalina, os habrían enviado a Inglaterra incluso aunque Eduardo hubiese seguido con vida. —Dejó escapar un suspiro—. El rey Enrique no esperaba más que a tener una razón para ajusticiarlo. Cuando Eduardo intentó escapar, firmó su propia sentencia de muerte. No, Catalina, la sangre de mi hermano no mancha vuestras manos. Las del rey, sí, y Enrique Tudor lo sabe.

Capítulo 13

l día siguiente, el calor del mes de junio invitó a María a salir al jardín. La luz de la mañana temprana expandía su camino ante ella, como si deseara conducirla a algún sitio. Adónde, no lo sabía, y ni siquiera le importaba; se contentaba con seguir el rastro de luz que la alejaba del palacio. Miró en torno al jardín, bien cuidado, feliz por una vez. Tras hablar con Meg, Catalina parecía haber cambiado a mejor; tanto que, al fin, había abandonado la oscuridad y la reclusión de su alcoba para sentarse con las demás damas de compañía.

El palacio de Richmond no poseía la belleza arrebatadora que compartían muchas de las residencias reales de Castilla o Aragón. Aun así, tenía su propia belleza que, además, era nueva. Enrique VII había invertido mucho oro en preparar el palacio para señalar el triunfo del matrimonio de su hijo. Como el propio príncipe, aquel triunfo ya no era más que polvo. Apartó aquellos pensamientos, no quería que la infelicidad se adueñara de su ánimo.

Dobló una esquina, planeando ir al huerto, pero se detuvo. Will estaba a poca distancia, mirando hacia ella. «Así que, ¿aquí es donde me conducía la luz? ¿Por qué no me sorprende?». Volvió a tragar saliva y se obligó a moverse hacia delante. Cuando estuvo más cerca de él, hizo una reverencia.

—Mi señor.

Él dio un paso hacia ella y sonrió.

—La última vez que nos vimos, nos dimos permiso para llamarnos por nuestro nombre de pila.

Qué lejos parecía aquel momento. María le miró con el corazón dolorido, consciente de que el tiempo que habían pasado separados no había cambiado lo que sentía por él, sino que había hecho que ese sentimiento fuera más profundo. Mareada, buscó un lugar donde sentarse. Cerca, había un banco, así que se apresuró a ir hasta allí antes de que las piernas le fallaran. «No seáis tonta, está casado».

Will se acercó. El cabello rubio le brillaba bajo la luz, y la miró de un modo que hizo que se sintiera agradecida de haber encontrado aquel asiento.

—¿Puedo sentarme a vuestro lado? —le preguntó.

Ella asintió, incapaz de decir una sola palabra. Él se sentó demasiado cerca como para que se sintiera cómoda y soltó un suspiro.

—La vida nos juega malas pasadas —dijo Will—. Pensaba que las historias de amor no eran más que eso. Jamás creí en las flechas de Eros. Entonces, vos llegasteis a mi vida. Me casé con quince años con la chica que mi padre había escogido, una muchacha que me gustaba. Pensé que aquello se parecía bastante al amor y me contenté. Pero ¿ahora? Ahora, cuando cierro los ojos por la noche, lo único que veo es a vos; lo único que deseo es a vos. Ya no deseo a mi esposa porque no es vos. Sí, me contentaba, pero ahora ya no.

Ella bajó la vista a su regazo. Poco a poco, entre ellos se hizo el silencio, uniéndolos en el mutuo mal de amores. María suspiró.

—¿Y ahora qué vamos a hacer?

Will le tomó la mano y se la soltó como si quemara.

—Quiero tomaros entre mis brazos, pero no me atrevo... No puedo confiar en mí mismo.

Ella le miró a los ojos angustiados.

—¿Qué vamos a hacer?

Él encogió los hombros y agachó la cabeza.

—No lo sé.

María tampoco lo sabía. Lo único que sabía era que el silencio había vuelto a posarse entre ellos, un silencio horrible que hablaba de una situación imposible de solucionar. Al final, Will se removió.

—Si no fuerais de alta cuna, os suplicaría que fueseis mi amante. Pero no hay honor o verdad en ello. No deseo ensuciar el amor que os profeso. Me casaría con vos si pudiera, pero no puede ser. Cuando me enteré de que la princesa de Gales había regresado, el corazón me dio un vuelco de alegría. Quería volver a veros, volver a escuchar vuestra voz y hablar con vos. Al principio, pensé que lo mejor era que os evitara, pero no dejaba de pensar en el príncipe Arturo. La vida es corta, María. Cuando os he visto caminando hacia mí, me he dado cuenta de que no volver a veros nunca más sería como una especie de muerte. Si no podemos casarnos ni ser amantes, ¿creéis que podremos conformarnos con ser amigos? Es muy poco, lo sé, pero es mejor que nada.

María se arriesgó a tomarle la mano un momento. Le sonrió, pero le ocultó las lágrimas.

—Ser amigos es más que nada. En realidad, eso es todo lo que yo os ofrezco también. Prometí permanecer junto a mi princesa mientras me necesite.

Sin embargo, se dio cuenta de que la promesa que le había hecho a Catalina se desmoronaría ante las palabras de él o ante sus caricias. En aquel momento, lo único que deseaba era sentir sus labios sobre los suyos, abandonarse a ese torrente de deseo que la arrastraba lejos de la costa y que llenaba cada parte de su ser con el dolor del anhelo. «¿Honor?». Tembló. Cuando se trataba de él, no tenía honor.

❀ ❀ ❀

A la mañana siguiente, temprano, María se encontró con Will en el jardín mientras Catalina se reunía con su embajador. El día anterior, Will le había dicho que, al final de la semana, volvería a casa durante un mes, así que habían acordado verse en el jardín todos los días después de la hora prima, haciendo buen uso del breve tiempo juntos del que disponían.

María lo encontró sentado en un banco con un laúd a su lado. Se sentó junto al instrumento y lo rozó.

—¿Vais a tocarlo? —le preguntó con una sonrisa.

—Antes de regresar a mi hacienda la Navidad pasada, os escuché cantar en la alcoba de la princesa. Desde entonces, he soñado con tocar el laúd para vos y con que cantáramos juntos. Os lo ruego, concededme el deseo de que nos enseñemos canciones el uno al otro; canciones de vuestro país y canciones del mío. —Tomando el laúd, se puso en pie y le tendió una mano—. ¿Deberíamos buscar un lugar más aislado que este, en el que estemos seguros de tener una mayor privacidad?

María se rio y le permitió que la ayudara a levantarse del banco.

—Así que, ¿también cantáis?

—También canto.

Ella lo observó un instante.

—Os ruego que cantéis canciones de vuestra tierra en inglés; necesito aprender la lengua rápidamente.

Will sonrió y le estrechó la mano antes de soltársela.

—Jamás cantaría las canciones de mi país en cualquier otro idioma.

Pasearon durante un rato, alejándose del palacio y adentrándose en las profundidades del jardín. Al fin, se sentaron juntos sobre la hierba espesa y bajo la sombra de un viejo roble. Will tocó el laúd mientras cantaban canciones que ambos conocían. Se rieron juntos, uniendo sus voces en perfecta armonía. A veces, con el corazón listo para explotar de felicidad, María se quedaba callada y escuchaba su voz, afinada para alcanzar cada nota con emoción y alma. Demasiado pronto, oyó el repicar distante de las campanas de la iglesia. Asustada, se puso de rodillas, volviéndose hacia el palacio.

—Debo irme —dijo.

—Esperad un poco. —Will le apoyó una mano en el brazo—. Quiero contaros más sobre mi vida antes de que volvamos a vernos... Si es que deseáis que nos veamos de nuevo.

María se puso en cuclillas e intentó sonreírle.

—Ojalá no tuviera ese deseo o no lo anhelase. —Se tragó la sensación de pánico—. ¿Creéis que somos lo bastante fuertes como para ser solo amigos?

Will la miró a los ojos y dejó el laúd. Le estrechó la mano brevemente.

—Sí. Será duro, pero es lo que debemos hacer si deseamos volver a vernos. Por nosotros, y por aquellos a los que amamos. María, sí quiero a mi esposa. No como a vos, amada mía, pero conozco a Mary de toda la vida. Somos primos, así como vecinos. Siempre supe que, un día, sería mi esposa. Nos casamos el día que cumplí los dieciséis años, hace cuatro años. Creí que podía contentarme, pero entonces os conocí a vos y descubrí que soy un hombre egoísta. Os quiero en mi vida; os necesito en mi vida. No deseo renunciar a vos, pero tampoco quiero hacerle daño a Mary. Tal vez mi corazón sea infiel, pero no mi cuerpo. No si puedo evitarlo. Entre nosotros, la amistad debe de ser suficiente.

❋❋❋

Aquella noche, María le habló a Catalina de Will. La princesa permaneció en silencio durante un buen rato. Al final, suspiró.

—Debería prohibiros que volvierais a verle, pero no puedo hacerlo, no cuando os veo cómo os brilla el corazón en los ojos. —Se inclinó hacia ella y le tomó la mano—. Debéis prometerme una cosa.

Avergonzada, apenas era capaz de mirarla a los ojos.

—¿De qué se trata?

—Sin importar lo que ocurra, debéis seguir siendo solo amigos. Si alguna vez sospecha que os habéis entregado fuera del matrimonio, doña Elvira escribirá a mi madre y os enviarán a casa, deshonrada. No podría soportarlo.

Estrechando la mano de la princesa con más fuerza, se acercó más a ella.

—No os deshonraré, ni a vos ni a mi familia. De todos modos, no podría casarme ni aunque estuviera soltero. Me necesitáis con vos.

Agachó la cabeza, consciente una vez más de que la promesa que le había hecho a Catalina mucho tiempo atrás volvía a estar en peligro. Lo único que le impedía caer en un abismo de deseo sin límites era el miedo a perder la buena opinión de Will, de Catalina y de su familia. Ya no se reconocía a sí misma ni sabía de qué era capaz.

Apartándose de la princesa, que no escondía su preocupación, se mordió el labio inferior. «Catalina es mi Estrella Polar. —Cerró los ojos un instante—. Siempre ha sido mi Estrella Polar». Sin embargo, en su mente, a quien no dejaba de ver era a Will.

❋❋❋

La lluvia caía por la chimenea. Las chispas crepitaban, estallando como diminutas estrellas fugaces. María se apartó del fuego, pero no a tiempo para evitar que algunas de esas chispas le chamuscaran la falda. De la chimenea surgía un humo acre procedente del carbón ardiente. Tosiendo, con las manos frías de nuevo, estudió el grupo de puntos negros diminutos que había en su vestido. Sacudió la cabeza, cansada. La proximidad del fuego imitaba la rima y la métrica de sus días en Inglaterra: en un momento tenía demasiado calor y, al siguiente, el frío la apuñalaba.

Catalina, envuelta en pieles, estaba recostada en el asiento de piedra de la ventana de la habitación, medio vuelta para mirar por la ventana de vidrio grueso y verdoso. La luz proyectaba sobre su rostro un color amarillento, pero no lograba arrebatarle a su figura esbelta el manto de sombras. La princesa posó la mano sobre una hoja de cristal en forma de diamante, con aquellos cortos dedos extendidos como si formasen una estrella. La mano se le resbaló hacia abajo y dejó escapar un suspiro.

—He aquí que el destino nos arrolla como la fuerza de un vendaval atrapa a un barco solitario en el mar. —Parecía hablar solo para sí, pero, entonces, se volvió hacia María—. Hoy es el primer día de septiembre; Arturo cumpliría dieciséis años. El día en el que se acababa mi juramento... Hoy habría sido la verdadera esposa del príncipe.

Dejando el libro en un taburete cercano, María se unió a ella bajo la ventana, sentándose enfrente. Contempló el jardín empapado de agua, distorsionado por el grueso cristal convexo. La voz del viento se lamentaba con fuerza y ferocidad, doblando los árboles a lo largo de su viaje sin fin. Se estremeció al sentir las ráfagas heladas de aire que se colaban por las grietas de los marcos de madera de las ventanas y la piedra desnuda. Flexionó los dedos fríos y rígidos y se frotó las manos.

—Cabría pensar que es el primer día del invierno más que del otoño.

Una sonrisa amable se dibujó en los labios de Catalina. El pesar y los días de enfermedad le habían dejado surcos en las mejillas y unas sombras oscuras bajo los ojos. Parecía tener más de dieciséis años. «Sí, el sufrimiento le ha hecho esto». Aun así, todavía podía reírse, tal como hizo en aquel momento.

—María, os quejáis demasiado del clima inglés. —La inquietud hizo que frunciera la frente y le nubló los ojos—. No querréis volver a casa, ¿verdad?

María le tomó la mano cerrada, que tenía apoyada sobre las pieles negras. Se la estrechó y sacudió la cabeza.

—Mi hogar está con vos. Siempre.

A Catalina le temblaron los labios agrietados. Le apretó la mano.

—No tenéis que recorrer este camino conmigo. Podéis volver a casa, si es lo que deseáis.

María la miró a los ojos. Su amiga decía la verdad. Volvió a mirar el jardín. La lluvia torrencial no mostraba indicios de ceder y atravesaba la tierra como una miríada de dagas plateadas, atacando el jardín hasta someterlo y dejarlo empapado. Habló lentamente.

—Mi hermana, hace mucho, mucho tiempo, que nuestra sangre nos une.

«¿Dónde estábamos entonces? No consigo recordarlo». Pero sí recordaba a la princesa de niña, con la mano derecha levantada, agarrando una aguja entre dos dedos, y una postura que recordaba a la de su noble madre. Llamada «princesa de Gales» desde su más tierna infancia y siendo hija de reyes por partida doble, desde la infancia había portado el manto de la realeza con cada centímetro de su ser.

—Juremos estar juntas hasta la muerte —le había dicho.

—Si Dios quiere, lo juro.

Sin pensarlo, la María más joven había repetido las palabras que a menudo había oído decir a sus padres. Jamás sospechó dónde la llevarían aquellas palabras. Aquella mañana lejana, tan solo había sentido curiosidad acerca de por qué Catalina tenía una aguja y desconcierto ante la mirada seria de la princesa, que se le había clavado hasta que no había sido capaz de concentrarse en su costura y sus puntadas habían dejado de asemejarse a una rosa para convertirse en un amasijo de hilos. Había dejado a un lado el bastidor de bordar y había mirado a Catalina a los ojos.

—¿Qué ocurre?

—Hagamos un juramento —había dicho la muchacha—. Juremos ser amigas y hermanas, hermanas de verdad, para siempre. Conozco una manera de hacerlo. Nos vamos a pinchar los dedos, el dedo que tiene la vena que va directa al corazón, y vamos a unirlos.

La luz reflejada de la vela parpadeó sobre el panel de cristal con forma de diamante y se coló en sus recuerdos. Le sonrió a su reflejo distorsionado y se frotó el dedo, que le palpitaba como si lo hubiera atravesado una aguja una vez más. Volvió la vista hacia Catalina.

—¿Cómo podría abandonaros? Sois mi hermana, mi otra mitad. Separada de vos, voy a la deriva y estoy perdida. Nunca os abandonaré; no mientras me quede vida. —La princesa agachó la cabeza. María sacudió la mano de su amiga para llamar su atención—. Quiero estar aquí cuando os convirtáis en reina de Inglaterra.

—Pero no seré la reina de Arturo. —Alzó la barbilla y se encogió de hombros—. Si es que los vientos del destino me llevan algún día a ese puerto.

María se frotó las sienes. Un pensamiento se le vino a la cabeza.

—El príncipe Arturo querría que ayudaseis a su hermano —dijo en voz baja.

Los ojos de Catalina se posaron sobre ella.

—Sí, tenéis razón. Arturo desearía que lo hiciera; querría que fuese reina de Inglaterra, incluso aunque eso signifique casarme con su hermano.

Capítulo 14

on el corazón apesadumbrado, María regresó de la capilla a las estancias reales. En algún lugar cercano, había un niño llorando. Dobló la esquina hacia el pasillo que conducía a la alcoba de Catalina y el sonido del dolor superó el crujido de las esterillas de cálamo que yacían bajo sus pies. Fuera de la alcoba de su padre, el príncipe Enrique estaba llorando mientras su guardia se esforzaba por no mirarlo. Con el rostro y las manos contra la pared, el muchacho ocultaba las lágrimas, pero no podía esconder la forma en que el cuerpo se le sacudía o silenciar sus sollozos.

Luchando contra sus propias lágrimas, María siguió caminando con cansancio hacia la alcoba de Catalina, envolviéndose mejor con el manto confeccionado por su madre y deseando que la prenda fuesen los brazos de su progenitora. Añorando a la mujer, siguió andando, pero cada paso parecía conducirla hacia las profundidades de una desesperación inexpugnable. Dobló otra esquina que la condujo a la larga galería y se vio confrontada por más dolor. En un banco de madera, ciego a todo lo demás, había un hombre sentado con las manos juntas sobre el regazo. Con los ojos rojos, mostraba un rostro lívido y desesperado. Apoyando los hombros en la pared cercana, un hombre joven de cabello oscuro se frotaba los ojos húmedos con el rostro consumido por la pena. María recordaba haberle visto una vez en Richmond, poco después de que Catalina se casara con el príncipe Arturo. «Sí, Tomas Moro. Ese es su nombre».

Las noticias se habían propagado por la corte como el fuego: la reina Isabel había muerto. La buena reina estaba muerta. La reina más virtuosa y gentil de Inglaterra estaba muerta. Odiaba aquella palabra y todo lo que implicaba. Hacía algo más que odiarla.

La reina había muerto en las primeras horas de la mañana del día 11 de febrero, el mismo día que conmemoraba su nacimiento treinta y siete años atrás, nueve días después de haber dado a luz a una niña en el Día de la Candelaria. Habían bautizado a la nueva hija del rey como Catalina. La reina había querido honrar así a su nuera y mostrar su amor por la princesa ante la corte.

María entró en la alcoba de su amiga y pasó junto a las otras damas, que se encontraban sumidas en el dolor. Temiendo estallar en lágrimas si hablaba con ellas, se dirigió con premura al dormitorio de la princesa y llamó.

—He vuelto —dijo.

Cuando oyó la respuesta de Catalina pidiéndole que entrara, abrió la puerta, entró en la habitación y cerró tras de sí. Cerró los ojos un instante con la cabeza palpitándole.

Dándole la espalda, Catalina estaba sentada en la mesa con un pergamino a medio escribir sobre su escritorio portátil.

—¿Alguna noticia sobre mi pequeña tocaya? —preguntó, dándose la vuelta.

Los ojos azules y brillantes de Catalina parecían enormes en medio de su rostro pálido.

María reprimió las lágrimas y se adentró aún más en la habitación.

—He hablado con la comadrona de la reina. Alice está fuera de sí. —Llegó hasta la mesa y se aferró al borde, consciente del calor que emanaba del fuego que ardía en la chimenea que había a su espalda—. La niña es débil. Parece probable que la princesita siga el camino de su madre.

Su amiga hizo una mueca y se santiguó.

—Roguemos a Dios que eso no ocurra. Deseaba tanto este bebé... —Las lágrimas se le resbalaron por las mejillas—. He perdido a otro ser querido y a la única persona en Inglaterra con verdadero poder para ayudarme.

Agachó la cabeza y comenzó a llorar. Sus sollozos competían con la tormenta que azotaba las ventanas de la alcoba.

Sintiéndose demasiado triste como para poder ofrecerle consuelo alguno, María se frotó los ojos llorosos y se dejó caer al suelo, agachando la cabeza sobre las rodillas. Catalina se derrumbó a su lado y le estrechó la mano. El viento soplaba por la chimenea y arrastraba el humo hacia la habitación. A pesar de las velas encendidas y el fuego, la estancia parecía más oscura y fría. Apoyó la cabeza sobre el hombro de la princesa y se quedó sentada con ella en silencio.

La comadrona resultó tener razón. La princesita no tardó en dejar este mundo, siguiendo el camino de su madre. En medio del invierno frío y despiadado, María se reunió con Catalina y las demás damas para presenciar la pompa del funeral de la reina. En el féretro de la abadía, depositaron al bebé en los brazos de su madre antes de enterrarlas a ambas.

Mientras recorría el pasillo hasta las puertas de la abadía, María se apretó más el manto sobre el cuerpo. A su alrededor, la corte lloraba la pérdida de su reina. Cerró los ojos un instante, escuchando los cánticos de los monjes. Con el corazón formándole un nudo en la garganta, tan solo quería llorar y llorar. Fuera se apiñaba una multitud con el rostro surcado por la pena. Sin hacer caso del frío que hacía, se detuvo. El dolor emanaba de cientos de personas como un maremoto golpeando las rocas. Ese dolor le partía el corazón en pedazos. «Querido Dios, me pedís demasiado. El pesar de Catalina me exige demasiado. Querido Dios, tan solo tengo dieciséis años. Os lo ruego, necesito a Will. Ruego que desafíe al invierno y al terrible tiempo que hace y regrese a mí. Le necesito; le necesito ahora».

❀ ❀ ❀

Mayo de 1503, Richmond

Mi querida doña Latina:

Perdonad mi tardanza al contestar a vuestra carta más reciente. ¿Qué puedo decir, más allá de que seguimos sumidos en unos días tristes?

El dolor del rey Enrique le ha cambiado, y no a mejor. La muerte de su esposa ha dejado atrás solo la silueta de lo que era un hombre, un hombre que ahora se aparta de todo. Los únicos con la capacidad de hacer que vuelva a ser el hombre amable al que una vez conocí, cuando acabábamos de llegar a la corte, son sus hijos y su madre. Desde que murió la reina, aquí en la corte vivimos sumidos en una noche oscura sin la promesa de un amanecer.

Intento elevar el ánimo de mi princesa animándola para que se interese por las noticias que nos trajo el doctor Puebla sobre el inminente matrimonio de la princesa Margarita con el rey de los escoceses. La hija mayor del rey Enrique se marchó a Escocia a finales de junio, llevándose consigo mucha ropa nueva, vestidos y joyas dignas de su nueva posición. Los preparativos de su boda me recordaron a cuando la reina Isabel hizo lo mismo con su hija. Qué lejos parece ahora ese momento.

Nuestra princesa y su séquito permanecemos en Richmond, pero Puebla nos mantiene bien informados del viaje de Margarita. Nos ha contado que la joven princesa pasó una semana con su padre y su abuela en Colyweston antes de que la bendijeran y la entregaran al cuidado de dos señores ingleses: el conde de Surrey y el conde de Northumberland. Ellos la escoltarán hasta Escocia, donde el rey de los escoceses espera para recibir a su joven prometida.

Tras unos golpes fuertes en la puerta, esta se abrió de par en par. La princesa María entró en la alcoba de Catalina conduciendo a dos galgos ingleses atados con correas. Tras dejar la pluma, María se puso de pie e hizo una reverencia. Catalina, que también estaba en su escritorio, le dedicó una sonrisa de bienvenida a su cuñada.

A través de la puerta abierta, vio a doña Elvira, agitada. Parecía a punto de gritar. Cerró la puerta mientras reprimía un ataque de risa. Doña Elvira no sabía qué hacer con una princesa tan joven que, en ausencia de su padre, había adquirido la costumbre de visitar a su cuñada sin previo aviso y sin formalidades. El rey había marchado para acompañar a su hija Margarita en parte del viaje hacia Escocia. Si no hubiera sido por el rango de la niña o por el hecho de que su padre la adoraba, doña Elvira le habría negado la entrada.

—Me prometisteis que hoy vendríais a pasear conmigo, con *Patch* y con *Dora*. ¿Os habéis olvidado? He estado esperando y esperando a que vinierais.

Frotándose el lateral del rostro, Catalina bajó la vista hacia su carta a medio escribir.

—Perdonadme, querida. No me había dado cuenta de la hora, eso es todo. —Volvió a mirar la carta—. Siempre me ocurre cuando empiezo a escribir.

La princesa María se acercó a Catalina, desenredó las correas de los dos perros e hizo que se sentaran.

—¿Es una carta importante? ¿Queréis escoger otro momento para pasear conmigo?

—Es importante. —Catalina se puso de pie y se apartó de la mesa—. Sin embargo, puede esperar a más tarde.

—No deseo apartaros de asuntos importantes. Madre... Madre siempre me decía que debemos atender los asuntos importantes antes de entretenernos con actividades más placenteras.

Catalina miró a María a los ojos brevemente. Durante meses, cualquier mención de su madre había hecho que la niña rompiese a llorar. Catalina había pasado muchas horas consolando a la princesa, ya que era una de las pocas que lograba hacerlo.

—La vida de la reina, vuestra madre, se guiaba por el deber y el bienestar de Inglaterra. —Catalina se inclinó y acarició tanto a *Patch* como a *Dora*. Esta, que tenía los ojos tristes, había vuelto a ganar el peso que había perdido durante los meses en los que había añorado a la reina. Tras la muerte de Isabel, pasaron semanas pensando que la perra también moriría—. Siempre recuerdo su ejemplo.

La princesa María tragó saliva.

—Yo también.

Tras regresar a su escritorio, Catalina volvió a contemplar la carta.

—Terminaré de escribirla después de nuestro paseo. Pasar un tiempo al aire libre me vendrá bien y me ayudará a determinar lo que debo escribir. —Sonrió a la joven princesa—. Escribo en nombre de una de mis damas. ¿Sabíais que Bella le ha entregado su corazón al joven heredero del conde de Derby? Estoy encantada con el emparejamiento, y el conde también. Y con razón. Es la única hija viva de sus padres y, algún día, heredará una gran fortuna. Escribo a sus padres para pedirles permiso para que se case. La tengo en alta estima. Si consienten, entonces, su matrimonio con un señor inglés implicará que Bella se quedará en Inglaterra conmigo.

Durante el último año más o menos, Bella había compartido con María la posición de compañera de cama de la princesa. No era algo que le molestase, no mientras Catalina siguiese llamándola «hermana». También se sentía agradecida de disponer de más noches a solas desde que había empezado a ver a Will. A veces, Catalina le hacía daño cuando le decía de forma brusca que debería mantenerse alejada de él cuando estuviese en la corte. Tampoco ayudaba el hecho de que ella también supiera que debería ser así, pero él era la única persona en su vida que no le pedía más de lo que ella ofrecía y que le daba el apoyo que ansiaba.

La princesa María miró alrededor, distraída, extendiendo la mano para que *Dora* se la lamiera.

—¿Habéis oído que mi señor padre regresará pronto?

Catalina tomó su manto y alzó la mirada, sorprendida.

—No, no sabía nada. ¿Cuándo debemos prepararnos para recibir de nuevo en Richmond a vuestro padre, el rey?

—He oído que dentro de unos tres días.

Colocándose el manto sobre los hombros, Catalina sonrió a la niña.

—Por vuestro bien, me alegro de que regrese pronto. —Miró a los perros—. ¿Debo volver a llevar la correa de *Patch*?

La princesa le tendió la correa del perro.

—Sí, *Dora* todavía se niega a caminar con nadie que no sea yo. —Frunciendo el ceño, miró a Catalina—. ¿Acaso no deseáis el regreso de mi padre?

Tomando a la niña de la mano, Catalina no contestó y comenzó a dirigirse hacia la puerta mientras *Patch* y *Dora* las seguían de cerca.

—Vamos, *Patch* —dijo, dando un tirón de la correa—. Es hora de salir al jardín. —Sonrió a María—. Si queréis, continuad con vuestra carta o vuestro libro.

Tras decidir que su carta también podía esperar a más tarde, María se sentó en un taburete y abrió su libro. La pregunta sin contestar que había hecho la joven princesa colgaba del aire de la alcoba vacía. Contempló sin ver las palabras que había en la página, recordando lo que le había dicho su princesa el día anterior: «Me dijo que sería un buen padre para mí. Entonces, ¿por qué me trata con indiferencia? No sé si pretende que me case con su hijo y, si no es así, ¿por qué debo quedarme en Inglaterra?». Tragó saliva. «Y si Catalina regresase a casa, yo también me iría. Nunca más volvería a ver a Will. ¿Podría soportarlo? Dios mío, ¿cómo podría soportarlo?».

❋ ❋ ❋

Mi querida doña Latina:

Hoy, acompaño a mi princesa desde Durham House hasta la residencia en Londres del arzobispo de Salisbury para formalizar su compromiso con el príncipe Enrique. Además, el joven príncipe también celebra su decimosegundo cumpleaños este día.

Ahora que vuelve a ser una novia prometida, la princesa ya no viste el color del luto.

❊ ❊ ❊

María entró en la alcoba de Catalina sujetando su vihuela, pensando como en una ensoñación en el jardín que acababa de abandonar. Se tocó los labios, sintiendo todavía el beso casto de Will. «¿Beso casto? No del todo. No, no del todo». Cada mañana, cuando él estaba en la corte, pasaban una hora juntos, tocando música. Aquel era un tiempo que siempre deseaba que llegara. Tocar juntos sus instrumentos y practicar canciones nuevas les ofrecía una intimidad que, de otro modo, faltaría en su romance frustrado.

En las profundidades de la antecámara, junto a la ventana, Bella y Francisca estaban sentadas juntas, cosiendo y hablando en voz baja. Se preguntó si Bella estaba hablando de nuevo de sus esperanzas matrimoniales. Pensar en la buena suerte de la joven, intentando aplacar la envidia que sentía, la distrajo un momento. Las dos mujeres no le prestaron atención hasta que no estuvo de pie junto a ellas. Sorprendidas, ambas alzaron los ojos, que brillaban con lo que parecía culpa. Apoyando la vihuela contra la pared, María ladeó la cabeza, contemplándolas.

—¿De qué estáis parloteando vosotras dos?

Bella miró a Francisca a los ojos. Se encogió de hombros y volvió a mirar a María.

—De la dispensa de los esponsales de la princesa Catalina con el joven príncipe. ¿Es cierto que se dice que el matrimonio entre la princesa y el príncipe Arturo se consumó cuando nosotras sabemos que no fue así?

Sorprendida, miró a una muchacha y, después, a la otra. Tomó la vihuela y se sentó entre ellas.

—¿Dónde habéis oído eso?

—Me lo ha dicho un sirviente del doctor Puebla —replicó Francisca.

María suspiró, pensando, una vez más, que Francisca le daba demasiada libertad a su lengua. Como todas ellas, disponía de días largos y vacíos que rellenar con algún tipo de ocupación. Francisca se entretenía hablando con los sirvientes o con cualquier persona nueva que fuese a ver a Catalina; en general, con cualquiera que estuviese dispuesto a hablar con ella.

—La princesa Catalina me habló de cómo estaba redactado. —Se encogió de hombros—. Protege a la princesa. Sus regios padres deseaban asegurarse de que nunca hubiese ninguna duda sobre la legitimidad del nuevo matrimonio de su hija y, por lo tanto, de la legitimidad de sus hijos. La redacción del documento salvaguarda el futuro. El rey y la reina no dudan de la virginidad de la princesa, no después de que doña Elvira les haya contado lo que hizo.

Durante meses, la cuestión de la virginidad de la princesa había sido una espina clavada para el doctor Puebla y sus negociaciones para concertar un nuevo matrimonio real. Un flujo constante de cartas repletas de preguntas procedentes de los padres de la princesa habían servido para que el séquito de Catalina se dividiera al respecto. El obispo Geraldini, que era su confesor y tutor, había escrito a uno de sus amigos, insinuando que la relación entre la princesa y Arturo había sido más estrecha de lo que otros decían. La carta había sido interceptada por uno de los espías (Dios sabe quién) de la reina Isabel y del rey Fernando. Los soberanos se habían mostrado furiosos con él. Catalina también. Al saber de la traición de su confesor, había llorado.

—Le dije que amaba a Arturo —le había dicho a María—. Le hablé de mi deseo y de cómo, si Arturo hubiese sido más fuerte, le hubiese entregado mi cuerpo gustosa. Le pregunté si estaba pecando al recordar siempre la muerte de mi hermano y mantener la promesa que le había hecho a la reina. Esperar hasta que Arturo estuviese más fuerte parecía lo más acertado. Esperaba y rezaba para que, llegado septiembre, ya no estuviese enfermo. Lo único que quería era que estuviese bien y que dejara de sufrir. Ya veo que mi confesor pensó que mentía sobre las noches que pasaba con Arturo. Debe de pensar que mi amor confeso por él significa que ya no soy virgen.

Catalina se había sentido aliviada cuando sus padres habían despachado al hombre de su séquito y lo habían convocado de vuelta a Castilla. Ya no confiaba en él y no deseaba volver a verle nunca más.

Francisca soltó una risita.

—Como bien señaló doña Elvira, la princesa está exactamente tal como cuando dejó a su madre en Castilla. Ninguna de nosotras, ni siquiera su sirvienta y tocaya, vio nunca rastro de sangre en sus sábanas durante aquellas pocas noches en las que compartió la cama con el príncipe. El muchacho era un chico débil que ya había sido reclamado por la muerte.

María suspiró y estrechó más su instrumento, deseando que hubiese podido ser de otro modo. En su mente, no había dudas de que Catalina podría haber sido feliz en su matrimonio con Arturo.

—Podemos estar agradecidas de que los rumores sobre el rey Enrique quedaron en nada —murmuró.

Bella se estremeció visiblemente.

—Qué rumores tan malvados. Imaginaos al rey queriendo desposar a su nuera. Nuestra princesa lloró durante horas cuando Francisca le contó lo que le había contado el sirviente del doctor Puebla.

—Debía de haber algo de verdad en ellos —dijo Francisca—. Fue poco después cuando la reina Isabel le escribió a la princesa Catalina para decirle que se preparara para regresar a casa.

Bella dejó escapar un suspiro profundo.

—Se puso muy contenta al recibir aquella carta, pero tan solo una semana después, la reina volvió a escribirle para decirle que se quedaría en Inglaterra para casarse con el príncipe Enrique cuando cumpliera catorce años.

María se recostó hacia atrás, recordando el día en el que había llegado aquella carta.

—Es mi deber obedecer a mis padres —había dicho Catalina, repitiendo la lección que había aprendido desde la más tierna infancia.

El dolor evidente y la decepción de su amiga le habían llegado al corazón. María se había apresurado a acercarse a ella, la había abrazado y le había susurrado palabras de consuelo. Además de escucharla, era lo único que había podido hacer.

Catalina se había apoyado en ella con el cuerpo temblando.

—Mi matrimonio con el príncipe Enrique supone una alianza importante y reforzará la posición de mis padres contra los franceses. —Había soltado un suspiro tembloroso—. Oh, María, quiero irme a casa.

Había abrazado a su amiga durante un buen rato, preguntándose si estaba traicionándola por ya no desear lo mismo. Si volvía a casa, no volvería a ver a Will.

Apartó esos pensamientos y tomó la vihuela. Rasgueando las cuerdas, se descubrió a sí misma cantando una canción de su tierra, una canción sobre el deber y su coste.

> *Tirabuzones, mis tirabuzones,*
> *el rey ha mandado a buscarlos.*
> *Madre, ¿qué debo hacer?*
> *Hija, dádselos al rey.*
> *Rizos, mis rizos,*
> *el rey ha mandado a buscarlos.*
> *Madre, ¿qué debo hacer?*
> *Hija, dádselos al rey.*

❀ ❀ ❀

El banco tallado y otros regalos llegaron a la vez que el mensajero procedente de Castilla. El banco, un regalo enviado por los padres de Catalina con motivo de sus esponsales con el príncipe Enrique, ya había sido desempaquetado y dejado en su alcoba para que ella lo examinase. Estaba decorado en la parte superior con grandes conchas de vieiras y figuras que representaban a Catalina y a su madre, custodiadas por un guardia con barba a cada lado. Estaba tallado de un modo muy elaborado, siguiendo el estilo morisco. Era un recuerdo de otro lugar y otro tiempo.

El mensajero del rey Fernando había seguido una ruta diferente a la que se había escogido para los regalos. Pálido por el cansancio y la emoción, se arrodilló ante Catalina y, aparentemente incapaz de hablar, le tendió una carta. La princesa la tomó, la leyó durante un instante y soltó un grito terrible. Lanzando la carta al suelo, sacó la daga del bolsillo de su vestido y le hizo un tajo al banco.

María se adelantó con premura y abrazó con fuerza a la princesa.

—¿Qué ocurre? —le preguntó. La daga se le cayó de las manos y golpeó el suelo con un golpe fuerte. Luego la princesa se dejó caer de rodillas, llorando—. ¿Catalina? Contádmelo, por favor.

La muchacha se apoyó contra ella, como si ya no poseyera la fuerza suficiente para ponerse en pie.

—Mi madre ha muerto; está muerta.

Capítulo 15

Diciembre de 1504

Doña Latina, mi querida maestra:

Os agradezco vuestra carta reciente. Cuando se la entregué a la princesa, tal como me pedisteis, se sintió consolada al saber que su madre os había tenido a su lado los días antes de su muerte.

Os escribo para pediros consejo sobre las fiebres que padece mi princesa. Se ha visto asaltada por ellas desde la muerte del príncipe, su esposo. Empeoró cuando llegaron las noticias sobre la muerte de la reina. Durante muchas noches, he oído cómo le castañean los dientes mientras da vueltas en la cama. Os imagino diciéndome que es de esperar y que sus fiebres son consecuencia de estos tiempos de tristeza. Sin embargo, os escribo con la esperanza de que podáis recomendarme algo que pueda darle.

Sin duda, conocéis el nuevo tratado para el matrimonio de Catalina con el hermano del príncipe Arturo, el príncipe Enrique. El nuevo acuerdo no la favorece. Sí, la dispensa del Papa la protege y la cuestión de la consumación de su matrimonio con Arturo es de poca importancia. Sin embargo, este tratado no le concede ningún ingreso.

El rey Enrique trata a mi princesa de forma vergonzosa. Desde la muerte de su madre, se le ha dado poco dinero para mantener su casa. En cuanto a la ropa nueva, lleva meses teniendo que arreglárselas con lo que tiene. Su propia existencia está a merced del rey.

No es de extrañar que se ponga enferma.

❀ ❀ ❀

 e vuelta en el palacio de Richmond tras una estancia en Durham House, María estaba recorriendo el camino que conducía al huerto. Se apoyó la cesta de mimbre vacía sobre la sangradura del brazo y se encaminó directamente a los tallos altos y florecientes de valeriana. Tras dejar la cesta en el suelo junto a ella, tocó el encaje delicado que formaban los pétalos blancos. Se arrodilló y tiró de los tallos que estaban más cerca de la tierra para extraer las raíces. Con la daga, las separó de la planta antes de colocarlas en la cesta junto con algunos de los tallos cortados. Miró en torno al jardín. «¿Qué más necesito?». Dado que sus reservas de valeriana se habían acabado debido a los problemas que Catalina tenía para conciliar el sueño, pensó en el resto de hierbas medicinales que necesitaba reponer. El corazón se le agitó con alegría mientras la mañana se extendía ante ella con la promesa de hacer algo útil en lugar de pasar el día sumida en el habitual tedio y aburrimiento que era común últimamente.

El jardín estaba en calma, bañado por la luz del amanecer. Dejó la daga sobre la hierba y se apoyó las manos en el regazo, escuchando el canto de los pájaros y el aliento del aire. Había tanto silencio que podía escuchar cómo el viento agitaba las hojas de los árboles cercanos. Una alondra entonaba su canción primaveral. En la distancia, unos perros ladraban y el ganado mugía llamándose entre sí.

Unos pasos ligeros y rápidos que se acercaban resonaron en el jardín. Molesta por que perturbaran aquel momento de paz, se dio la vuelta. El príncipe Enrique estaba recorriendo el mismo camino que ella había tomado un momento antes. El paso decidido y la mirada fija en ella dejaban claro hacia dónde se dirigía. El muchacho sonrió. María se levantó de un salto e hizo una reverencia.

—Alteza...

Aunque todavía no había cumplido los catorce años, era más alto que ella. Tenía la cara bien afeitada y la piel, rosa y brillante, algo sonrojada por el ejercicio. A pesar de su estatura y de que tenía los hombros anchos, su rostro era más bonito que apuesto. Bajó la vista hacia la cesta que había entre ellos y volvió a mirarla.

—He oído que la princesa Catalina os llama «María».

Su voz era aguda, pero tan agradable al oído como la de un cantante joven.

—Sí, alteza. Soy María de Salinas, somos parientes.

«Por todos los santos del cielo. Hace tres años que vivo en Inglaterra y esta es la primera vez que se dirige a mí». El muchacho se inclinó hacia delante, tomó uno de los tallos de valeriana y se lo llevó a la nariz. El rostro se le contrajo por la sorpresa.

—¿Qué hacéis con esto? Huele... mal.

Ella sonrió.

—Tan solo cuando estáis demasiado cerca. En la distancia, creo que las flores de valeriana tienen un aroma dulce, como el de las cerezas. Sin embargo, las flores no me sirven de mucho. Lo que estoy buscando hoy son las hojas y las raíces.

—Pero ¿para qué?

María lo miró, sorprendida.

—Seguro que no os interesa la fitoterapia, mi príncipe.

El joven sonrió.

—¿Por qué no? —La contempló durante un instante—. Mi prima, lady Margarita, le dijo a mi madre que estáis instruida en tales asuntos. ¿Me enseñaríais?

María pestañeó, más sorprendida que nunca.

—¿Enseñaros, mi señor príncipe? No me atrevería a enseñar a alguien de vuestra posición.

El joven frunció el ceño, arrojando el tallo de valeriana otra vez a la cesta.

—Si deseo que me enseñéis, así será. Demasiadas personas presumen de saber lo que es mejor para mí. Puedo hacer lo que quiera. —Miró en torno al jardín con inquietud antes de volver la vista hacia María—. ¿Cómo se encuentra la princesa? Me entristecí mucho por ella al saber de la muerte de su madre.

María suspiró.

—Todos lloramos por ella y por nosotros mismos. La reina Isabel era muy querida. —Señaló la cesta—. La valeriana es para Catalina. Desde que recibimos la noticia, no ha dormido bien. —Se arriesgó a hablarle al príncipe con franqueza—. Nos asombra el silencio de vuestro padre. Las únicas noticias que ha recibido en los últimos días proceden de nuestro embajador. Le dijo que el rey vuelve a quejarse por la dote sin pagar. La princesa tiene tan poco dinero que ni siquiera puede pagar a sus sirvientes.

El príncipe sacudió la cabeza y apretó con fuerza la boca, pequeña. Tomó aire y entrecerró los ojos.

—¿Habláis contra mi padre, el rey?

María se maldijo a sí misma.

—Perdonadme, no pretendía ofenderos, alteza.

El príncipe volvió el rostro, alzando la barbilla.

—Debo marcharme. —Volvió a mirarla y le ofreció una pequeña sonrisa—. ¿Volveréis a estar en el jardín mañana? Decía la verdad cuando os dije que quiero aprender a utilizar las hierbas; es algo que me interesa.

—Si de verdad es lo que deseáis, alteza, puedo volver mañana. ¿A qué hora querríais que estuviera aquí?

Una vez más, el príncipe miró en torno al jardín, inquieto.

—Poco después del amanecer está bien. En ese momento, mi padre, el rey, está ocupado. Creo que no se dará cuenta si me retraso en regresar de la capilla.

María contempló al joven. «Qué extraño. No va con él ningún sirviente ni ningún acompañante». Como no quería volver a enfadarle, dejó a un lado sus preguntas.

—Intentaré estar aquí, mi príncipe, pero mi deber está en primer lugar con la princesa Catalina. Puede que ella me necesite.

Dio un paso atrás ante la furia que apareció en los ojos del muchacho.

—Os equivocáis —dijo—. Vuestro deber está primero con mi padre y después conmigo. Si os ordeno que estéis aquí por la mañana, estaréis aquí tanto si la princesa os necesita, como si no.

Acallada por su mirada gélida, María se llevó una mano a la boca. Nunca había pensado que se pareciera a su padre, pero, en aquel momento, sí lo hacía. Hizo una reverencia y deseó que se marchara. La paz del jardín había desaparecido y, con ella, la suya propia.

—Como digáis, alteza.

—Entonces, mañana a esta hora espero encontraros aquí.

—Como digáis, alteza —repitió, contenta y más que meramente aliviada al ver que el príncipe giraba sobre sus talones y se apresuraba a recorrer el camino del jardín en dirección al palacio de Richmond.

Antes de que lo perdiera de vista, el muchacho se pasó la capucha del manto por la cabeza, como si deseara ocultarse.

Poco después, mientras desayunaban juntas, le habló a Catalina sobre aquel encuentro extraño. Haciendo migas el pan que tenía en el plato, la princesa frunció el ceño y apartó a un lado la comida que apenas había tocado.

—Ese muchacho pronto será mi esposo y, sin embargo, sé poco de él. Puedo contar con los dedos de una mano las veces que hemos hablado. ¿Os importaría que os acompañara mañana?

Sin pensarlo, María resopló. Catalina alzó las cejas.

—¿Qué significa eso?

Torció la boca hacia un lado y, después, hacia el otro, pensando en qué debería decir. Se decidió por la verdad.

—Tal vez sea mejor que solo hayáis hablado con él unas cuantas veces. No me gusta este príncipe.

❊ ❊ ❊

Enrique no ocultó su sorpresa cuando encontró a Catalina con ella a la mañana siguiente. Parecía tan sorprendido que María se preguntó si el joven se despediría de ellas y continuaría su camino. La princesa debió de percatarse también de su inquietud. Tomó una ramita de romero y se la tendió al imponente príncipe.

—Para recordar a aquellos que hemos amado y perdido, alteza. —Le sonrió—. Os ruego que me disculpéis por hablar en francés, pero mi inglés es muy malo. Mi dama me ha contado que deseáis aprender sobre las plantas medicinales y sus usos. Yo también quiero aprender sobre tales asuntos; espero que no os importe que me una esta mañana. Tal vez, si María puede instruirnos en fitoterapia, vos podáis enseñarnos inglés. —Volvió los ojos hacia la entrada del jardín que había cerca. Como el cielo se estaba llenando de nubes, las sombras se hacían más profundas y se esparcían desde los muros del jardín cerrado—. Me haríais un gran favor. Pasan semanas sin que tenga la oportunidad de practicar la lengua de mi nuevo país. —Se sonrojó—. Me gustaría aprender el idioma del hombre con el que me han prometido.

El joven también se sonrojó.

—Pronto seré un hombre.

—Sí, lo sé —replicó ella en voz baja.

María hizo una mueca ante la mirada que la princesa le lanzó al muchacho. Parecía exigir e implorar que la viera, pero todo ello con un aire de desesperanza. Con diecinueve años, Catalina había aprendido duras lecciones. Una de las más duras había sido descubrir que cualquier poder que tuviera podía desaparecer ante los caprichos de dos reyes. La muerte de su madre no solo le había traído sufrimiento, sino el conocimiento de que ahora el rey Tudor la valoraba menos. Le dejaba poco dinero y su padre incluso menos. No era más que un peón en un juego de poder entre dos reyes; un juego que, demasiado a menudo, resultaba cruel. Sin embargo, en aquel momento, el príncipe que había frente a ella, también tenía poco poder para cambiar la situación.

❖ ❖ ❖

Casi todos los días después de aquello, los tres se reunieron una o dos horas en el jardín donde se encontraban las plantas medicinales y María identificó muchas de ellas y le explicó sus usos al príncipe Enrique. También le contó algunos de los mitos y leyendas que había aprendido de Beatriz Galindo.

—Alteza, ¿conocéis la historia del flautista de Hamelín? —le preguntó un día.

El príncipe se volvió hacia ella con curiosidad.

—¿Hamelín? ¿Dónde está eso?

—Es un pueblo de algún lugar del Sacro Imperio Romano, alteza —dijo Catalina, sonriéndole a ella—. Continuad, María. Vos contáis la historia mejor que yo.

María sonrió y se sentó en la hierba.

—Hace trescientos años, el pueblo de Hamelín se vio sobrepasado por una plaga de ratas. Estaban por todas partes e incluso entraban en las casas por las noches y se comían a los niños que estaban en sus cunas. Los aldeanos lo intentaron todo para deshacerse de la plaga y se habían quedado sin ideas cuando al pueblo llegó un desconocido. Era un flautista. Les dijo que, por una bolsa de oro, podía hacer que desaparecieran las ratas. Y así lo hizo. Tocando la flauta, condujo a las ratas hasta el río y estas se ahogaron. —Sonrió al príncipe, que le estaba escuchando—. Sin embargo, no fue la música de su flauta, sino la valeriana que llevaba en los bolsillos y que se filtraba a través de su ropa lo que ayudó a Hamelín a deshacerse de las ratas. A las ratas les gusta el olor de la valeriana y lo siguen a todas partes.

—¿Es cierta esta historia? —preguntó el príncipe. Ella se encogió de hombros.

—No lo sé, pero sí es cierto que a las ratas les gusta el olor de dicha planta.

—Os olvidáis del final de la historia —dijo Catalina.

Enrique la miró y después volvió la vista hacia María.

—¿Cómo fue?

—Los aldeanos se negaron a pagar al flautista y él se vengó de ellos. Tocó su flauta de una manera tan hermosa que todos los niños del pueblo le siguieron. Los aldeanos no volvieron a ver ni al flautista ni a los niños.

El príncipe se rio.

—Creo que es una historia cierta. El castigo que el flautista les impuso a los aldeanos fue justo y apropiado.

María tragó saliva. «¿De verdad cree que está bien que una aldea pierda a todos sus niños solo por una bolsa de oro?».

El joven estaba hablando de nuevo con Catalina. Parecía inocente y encantador. Sin embargo, lograba que a María se le pusiera la piel de gallina.

Con cada día que pasaba, los encuentros con el príncipe la dejaban más desconcertada. No estaba confundida solo con respecto al príncipe. Catalina jamás le reveló al muchacho que, gracias al hecho de que habían compartido a la misma maestra, sabía más cosas sobre las plantas medicinales de lo que se esperaba de una princesa. Por el contrario, se contentaba permitiendo que ella mostrase sus conocimientos y fuese la que contestara a las preguntas del príncipe. Aun así, con el paso de los días, resultó evidente que el joven disfrutaba de la compañía de la princesa. Pronto, las preguntas pasaron del aprendizaje de las plantas a cuestiones sobre la vida de Catalina en la corte de su madre o a que él le contase lo que había hecho el día anterior. Ocultando que aquello le divertía, María contemplaba cómo Catalina le permitía dominar la conversación. Cuando la pareja de prometidos comenzaba a hablar de libros y de lo que el príncipe estaba estudiando con sus tutores o se enseñaban el uno al otro sus lenguas maternas, ella se lo tomaba como un permiso para olvidarse de las lecciones matutinas del príncipe y volvía a añadir hierbas a su cesta para reponer sus provisiones.

Mirando en torno al jardín, buscando más para añadir, se detuvo, repasando mentalmente los nombres de las plantas. Se le ocurrió que los nombres tenían poder. Las plantas con nombre dominaban a todas las demás del jardín. Un nombre te otorgaba algo más que dominio y poder, te otorgaba significado y el derecho a existir, el derecho a ser amado. Sonrió al imaginarse a Will. Conocía su nombre, y él el suyo. Aquello los unía para siempre.

Unos días antes de que el príncipe cumpliese catorce años, se reunieron como siempre. Una vez más, María se sintió feliz al ver que el muchacho extendía su manto sobre la hierba para que él y Catalina pudieran sentarse juntos para hablar sobre libros mientras, cerca de ellos, ella quitaba las malas hierbas del jardín.

Unas ramitas crujieron. María alzó la vista. La condesa de Richmond y el duque de Buckingham se acercaban a ellos aprisa, acompañados por un sirviente vestido con la librea del príncipe. Como les trasladaban de un lado a otro (al palacio de Richmond, Durham House, Westminster, Windsor y al palacio de Fulham), Catalina y su séquito raramente veían a la diminuta condesa. Era evidente que el príncipe Enrique no esperaba verla. Se puso en pie de un salto, ayudando a Catalina a levantarse. Confundida, María se puso en pie pero, después, se dejó caer de rodillas de nuevo. «¿Qué pensará la madre del rey al encontrarse a su nieto sumido en una conversación con Catalina?».

Cuando Margarita Beaufort y el duque estuvieron a menos de un tiro de piedra de distancia, Catalina hizo una reverencia y Enrique se inclinó ante ellos. El sirviente del príncipe se dejó caer de rodillas junto a María, lanzándole una mirada de aprehensión.

—Abuela, os deseo buenos días —dijo el príncipe—. Y a vos también, primo Edward.

—Buenos días tengáis vos también, Enrique. —Ladeó la cabeza y alzó la vista hacia su alto nieto. Frunció los labios y miró en dirección al sirviente del príncipe—. Vuestro hombre tenía tanta prisa que casi me hace caer al suelo. —Miró al duque, que estaba a su lado—. Por suerte, Edward estaba conmigo y ha agarrado a vuestro sirviente. Conseguimos sonsacarle el motivo por el que tenía tanta prisa y por el que le preocupaba tan poco lo que se interpusiera en su camino para llegar hasta vos. —Sacudió la cabeza—. Será mejor que os marchéis, Enrique. Vuestro padre ha ido a la capilla a buscaros.

Lívido, el príncipe miró a su abuela a los ojos. Se inclinó ante ella, después ante Catalina y recogió su manto del suelo. Chasqueó los dedos en dirección a su sirviente para que se pusiera de pie y ambos se marcharon con prisa por el camino del jardín.

Lady Margarita Beaufort les observó durante un rato y, después, se volvió hacia Catalina.

—He de decir que veros con mi nieto ha sido hermoso y me ha dado paz, Catalina. Me temo que esta no es la primera vez, ¿no es así?

La princesa se sonrojó y bajó la vista. Entonces, se irguió hasta ser más alta que la madre del rey. María reprimió una carcajada. Catalina era tan menuda que era difícil de creer que hubiese alguien aún más pequeño.

—No creo que haya nada malo en hablar con el príncipe al que se me ha prometido en matrimonio.

Lady Margarita intercambió una mirada con el duque. Él se encogió de hombros y miró a la princesa con compasión. La condesa suspiró.

—Creedme, no creo que haya nada malo en que vos y Enrique habléis. Siempre es una bendición cuando se forma una amistad entre aquellos que un día serán esposos. —La mujer contempló a Catalina—. Según el tratado, vuestro casamiento con mi nieto tendrá lugar pronto. Pero no me gusta que Enrique le mienta a su padre. No tengo más remedio que hablarle sobre estos encuentros.

La princesa dio un tirón a su vestido raído.

—No comprendo por qué no puedo ver al príncipe. No hacemos nada malo al hablar entre nosotros.

—Estoy segura de que no. Os conozco lo bastante bien como para saber que, desde luego, erais muy digna de Arturo y estoy a favor de vuestro casamiento con Enrique, a quién también quiero. Pero, a este respecto, también debemos recordar los deseos de nuestro rey, mi hijo. Él es quien mejor sabe lo que debería hacerse con respecto a vos y al príncipe. Hablaré con él y veré si puedo convencerle de que deberíamos alentar estos encuentros, aunque nunca más a sus espaldas. —Lady Margarita inclinó la cabeza ante la princesa—. Que tengáis un buen día, princesa.

Sin mediar otra palabra, volvió sobre sus talones y recorrió el camino en dirección al palacio real. Mirando a Catalina, el duque se quedó allí de pie un instante, como si deseara hablar. Volvió los ojos en dirección a la condesa antes de volver a mirar a la princesa.

—Debo seguirla, pero ha sido un placer veros después de tantas semanas. Hablaré con lady Margarita y le suplicaré que reconsidere la idea de hablar con el rey.

Hizo una reverencia profunda y se apresuró a seguir a la condesa.

Aquella misma noche, Catalina recibió un mensaje del rey. En él ordenaba que la princesa y su séquito partiesen temprano al día siguiente al palacio de Fulham, una de las residencias del obispo de Ely.

De camino al palacio, en la litera, María sostuvo a la princesa de la mano.

—El rey no quiere que vea a Enrique —dijo la princesa una vez más con desconcierto.

Desconcertada también, María se aferró a un clavo ardiendo.

—Puede que haya otro motivo.

Aquellas palabras le sonaron vacías, así que temió añadir nada más.

—Supongo que debería agradecer que me envíe a una residencia en la que me prometen tener control absoluto sobre mi séquito. Al menos, espero que ese sea el caso.

El pequeño palacio del obispo era muy acogedor y, a su llegada, recibieron a Catalina de forma regia. Sin embargo, al final de la semana, Puebla llegó con malas noticias.

—El príncipe ya tiene catorce años —le dijo a Catalina— y es mayor de edad para casarse con vos, alteza. Pero el rey no habla conmigo sobre este asunto. Por el contrario, el príncipe se ha quejado de tener que casarse con la viuda de su hermano, y lo ha hecho de forma legal, frente a testigos.

Catalina pareció a punto de llorar.

—Pero le agrado —balbuceó.

Puebla se encogió de hombros.

—Eso importa poco, alteza. El rey le ordenó que lo hiciera y el príncipe obedeció. Es así de sencillo. Con vuestro permiso, he de marcharme, majestad.

—Sí, marchaos —murmuró ella, apartando el rostro de él.

María esperó a que la puerta estuviera cerrada antes de acercarse a Catalina.

—¿Qué vais a hacer? —le preguntó, apoyándole una mano en el brazo.

—¿Qué voy a hacer? No puedo hacer nada. No soy nadie.

María se tragó la sensación de impotencia.

—Eso no es cierto, Catalina. No os deis por vencida. Vendrán días mejores.

—¿Días mejores? Ojalá pudiera creerlo —contestó la princesa en voz baja.

—Vendrán —dijo ella.

Sin embargo, agachó la cabeza, pues no quería que Catalina se diera cuenta de que dudaba.

Capítulo 16

La calidez del día volvió a atraer a María a la privacidad del jardín cerrado del palacio de Fulham, donde crecían las plantas medicinales. Era un día que la seducía para que olvidara las preocupaciones del momento. Sin embargo, cuando se arrodilló para encargarse de las plantas, lo hizo acompañada del sonido de su falda al rasgarse, pues estaba muy vieja. Otra vez. Pasó un dedo por el roto que había vuelto a abrirse y la tela raída se rasgó todavía más. Irritada, pensó en todo el tiempo que había pasado remendándola. Ahora tenía que remendarse su propia ropa; no tenía otra opción. Estando como estaba orgullosa de su sangre real, aunque fuese sangre real en el lado equivocado, llevaba una vida mucho más modesta de la que antes acostumbraba. «Mi ropa se está convirtiendo en harapos y me queda grande porque he perdido mucho peso. —Suspiró—. Ninguno de nosotros ha dispuesto de ropa nueva desde hace años. Ni siquiera Catalina, que es princesa legítima, hija de dos monarcas. —El estómago le rugió. Una vez más, había tomado un desayuno escaso y no le había gustado demasiado la comida que les habían ofrecido—. La comida no es adecuada para la princesa, y mucho menos para su séquito».

Una vez más, se puso a quitar malas hierbas. Sin embargo, aquello no hacía que se sintiera mejor. Añoraba más que nunca otros tiempos y otro lugar. «Ojalá Catalina y yo volviéramos a ser niñas. Ojalá estuviésemos en los jardines de nuestro hogar. Anhelo las mañanas iluminadas por el sol en las que podía sentir el calor del día que llegaba. Ojalá Catalina estuviese aquí en el jardín conmigo mientras nuestra profesora nos habla sobre las plantas y las mejores maneras de recolectarlas». Catalina llevaba meses pasando el día rezando o escribiendo más cartas de súplica a su padre.

Su melancolía cada vez más profunda con respecto a sus circunstancias a menudo hacía que se retrajera emocional y físicamente de aquellos que la rodeaban. María se puso de cuclillas y lanzó malas hierbas al montón que había a su lado. «Ojalá hablase conmigo tal como solía hacerlo. A mí también me deja de lado».

Unas voces alzadas y de enfado procedentes de algún lugar cercano se colaron en sus pensamientos. Alzó la cabeza. «¿Esa es Bella gritando?». Las discusiones entre las damas de compañía no eran extrañas, no cuando todas ellas estaban pasaban horas juntas en los aposentos de Catalina. Sin embargo, Bella pocas veces discutía con las demás o gritaba. Perpleja, sacudió la cabeza. «¿Pocas veces? Bella no grita nunca».

Un crucifijo dorado osciló en el extremo de las cuentas de un rosario y brilló al reflejar la luz del sol. Bella se recogió las faldas, apartándoselas de los pies, y recorrió el camino del jardín casi corriendo. María se enderezó y la saludó con la mano. A pesar de que se dirigía hacia ella, no hizo caso de su saludo. La llamó.

—Buenos días, amiga.

La muchacha se detuvo, miró por encima del hombro y se acercó a ella como si caminase en sueños. De cerca, se le veían los ojos rojos y resplandecientes por las lágrimas.

—¿Qué ocurre? —le preguntó María, temiendo la respuesta. Cada día parecía traerles más malas noticias.

La muchacha sacó una carta del bolsillo interior de su vestido y se la tendió. María se limpió las manos sucias en el delantal, tomó la carta y estudió el contenido.

—Oh —dijo. Tragó saliva y el corazón se le llenó de compasión—. Lo siento.

Bella se dejó caer de rodillas. Con las manos en el regazo, miró en torno al jardín.

—No lo entiendo. No es como si el hombre al que amo fuese un don nadie sin dinero. Es el primogénito de un gran señor. —Sacudió la cabeza y se frotó los ojos húmedos—. Ahora, mi padre se niega a pagar la dote para que pueda casarme con él. No lo entiendo.

María volvió a leer la carta.

—Vuestro padre escribe que desea que os caséis con un grande de Castilla. Dice que él y vuestra madre desean que estéis en casa y que forméis vuestra propia familia en vuestra tierra.

—En otras palabras: mis padres dictan mi vida y me casan con un hombre al que no amo —dijo apresuradamente—. Todo esto es culpa de doña Elvira y no lo niega. Acabo de enseñarle la carta y se ha reído. Odio a esa mujer. Nuestros sirvientes ingleses la llaman «perra» a sus espaldas, pero eso es injusto para los canes. Os lo ruego, María, tened cuidado con ella. La princesa confía en ella, pero yo no creo que la mujer lo merezca. Me ha dicho que fue ella la que escribió a mis padres con respecto a mi señor inglés y les propuso que, en su lugar, me casase con Antonio, su hijo. Y, ahora, ¡mirad lo que ha ocurrido! Mis padres rechazan ambas proposiciones y me ordenan que vuelva a casa.

Suspirando para sus adentros, María le tomó la mano. «Hace años que me falta muy poco para odiar a esa mujer, pero no sabía que otros pensasen lo mismo. ¿Tiene razón Bella al decir que doña Elvira no se merece la confianza de Catalina?».

—¿Le habéis hablado a nuestra princesa de la carta?

La muchacha sacudió la cabeza de nuevo.

—Temo contárselo. Estaba feliz pensando que había encontrado el amor en un señor inglés y él en mí, y que viviría el resto de mis días aquí, en Inglaterra. Yo también deseaba que fuese así. Jamás pensé que mis padres prohibirían el matrimonio. —Pestañeó para quitarse las lágrimas—. De algún modo, debo encontrar la fuerza para darle estas horribles noticias a dos personas a las que amo. —Miró a María a los ojos—. ¿Cómo le diríais al hombre al que amáis y que también os ama que no podéis casaros con él? Ojalá estuviera muerta. Preferiría estar muerta que romperle el corazón. Estaría mejor muerta que casada con un hombre al que ni conozco ni amo. Y en cuanto a mi princesa... Estas noticias le causaran un gran pesar.

María la abrazó. La muchacha se derrumbó y rompió a llorar. Incapaz de darle a la joven consuelo alguno, visualizó a Will y, después, a Catalina y a Arturo abrazados mientras la nieve caía a la deriva sobre las almenas del castillo de Ludlow. «¿Por qué ninguna de nosotras tiene suerte en el amor?». El destino parecía conspirar contra ellas y negarles la felicidad.

❋ ❋ ❋

María se sentó en un taburete junto a la chimenea y miró fijamente las llamas perezosas. A pesar del frío de la tarde, siempre faltaba dinero para mantener la estancia de Catalina caliente durante el día. Con el ánimo tan frío como el cuerpo, escuchó cómo Bella le hablaba a la princesa de la carta de sus padres.

Su amiga atravesó la habitación para sentarse en la silla más cercana y alzó la barbilla.

—No hay otro remedio: debéis obedecer a vuestros padres.

Bella se dejó caer de rodillas y le tomó la mano.

—Si no fuera por esta carta, jamás os abandonaría. —Agachó la cabeza y la apoyó sobre la mano de la princesa—. Si tuviera el coraje, rompería el sexto mandamiento por vos y por John. Desearía ser lo bastante valiente para hacerlo.

Catalina le acarició la cabeza rubia.

—No os pediría eso, amiga. No podría soportar que vuestra familia os repudiara por mi culpa. Vuestro padre escribe que ya ha concertado vuestro matrimonio, así que no tenéis más opción que volver a casa.

Bella permaneció en silencio a los pies de la princesa. Abatida, María se volvió hacia la chimenea.

«Sí, el destino conspira contra nosotras... ¿O son las personas? Personas como doña Elvira. —María se sobresaltó y, después, se calmó—. ¿De verdad la mujer no es de fiar? A menudo, la encuentro sumida en conversación con don Ayala pero, cuando me ven, dejan de hablar. ¿Podrían estar compartiendo secretos? Pero ¿qué secretos? —Lo pensó mucho—. Doña Elvira es una castellana orgullosa, como yo. Procede de una de las familias más nobles, como yo. Desde la muerte de la reina Isabel, ha hablado maravillas del marido de la reina Juana, Felipe el Hermoso. Sí, cada vez que Catalina da voz a su desconcierto y sufrimiento por la falta de ayuda de su padre, doña Elvira le recomienda que le escriba al rey Felipe, su cuñado. No tiene mucho sentido. ¿O sí? —Ordenó los hechos en su mente. La mujer nunca había hablado muy bien de Felipe de Flandes antes de que muriera la reina Isabel de Castilla. Sin embargo, su entusiasmo por Isabel nunca había incluido al rey Fernando, salvo como esposo de la soberana—. No hay muchas dudas de que doña Elvira favorece al esposo de la nueva reina de Castilla antes que al rey Fernando. Sí, Felipe es ahora conocido como rey de Castilla. Creo que Bella tiene razón: no se puede confiar en doña Elvira».

❋❋❋

Días más tarde, María abrió una carta que le llegaba desde su casa y leyó el contenido. Dejó caer el papel como si le quemara los dedos y se llevó las manos a la cara. «¡Ay! ¿Qué voy a hacer?».

—¿Qué ocurre? —Dejando de lado sus labores, Catalina se acercó con premura a la mesa—. ¿Qué os dice la Latina?

María se lamió los labios.

—La carta no es de la Latina. Es de mi madre, escrita por su sacerdote. —Agachó la cabeza—. Bella no es la única a la que le piden que regrese a casa. Mi familia también me ha concertado un matrimonio.

Deseando que las palabras fueran otras, volvió a leer la carta. Más derrotada que nunca, la empujó hacia Catalina, que la tomó y la leyó en voz alta.

Hija, tenéis casi veinte años. A menos que deseéis uniros a una orden religiosa, cosa que sé que no deseáis, no podéis permanecer en Inglaterra como mujer soltera. Hace mucho tiempo que llegó la hora de que os caséis. No deseo para mi hija una vida antinatural. Temo que vuestro destino sea acabar soltera. Un amigo de vuestro hermano ha consentido en casarse con vos. Es flamenco, pero tiene sangre castellana a través de su noble abuela que estaba, como nosotros, emparentada con la familia real. Ha heredado tierras que no están lejos de las nuestras y, todos los años, pasa la primavera y el verano supervisando sus propiedades, y así fue como vuestro hermano se hizo amigo suyo. Es una lástima que su familia pida una dote mayor de la que podemos pagar, pero seguro que todos los años que habéis pasado al servicio de la princesa compensarán esa falta...

Catalina le puso una mano en el hombro tras dejar la misiva en la mesa. El silencio, cargado de muchas cosas no dichas, se hizo pesado en el interior de la habitación. Finalmente, la princesa suspiró.

—Primero Bella y, ahora, vos. Amiga mía, ¿deseáis este casamiento?

Respiró hondo y con los ojos recorrió la habitación de Catalina. «Estoy harta de los muros, de vivir esta vida a medias. Cada nuevo día mi vida se vuelve más restringida, más enjaulada, más falta de esperanza. —Volvió la mirada hacia su amiga—. A ella le ocurre lo mismo. Para ella es peor. También podrían encarcelarla en la Torre». Tragó saliva.

—No lo sé. Tan solo sé que no deseo abandonaros.

—Pero deseáis tener esposo e hijos. Siempre lo habéis deseado. Recuerdo que, cuando teníais doce años, dijisteis que queríais tener muchos.

Las palabras de Catalina la empaparon como si fuesen agua fría. Le pareció como si Will estuviese en la habitación. Sin pretenderlo, dejó escapar un grito y se puso la mano sobre la boca, mirando a su amiga con consternación. Balbuceó:

—Perdonadme. Jamás esperé recibir esta carta.

—No hay necesidad de pedir disculpas. Si alguien debe pedir perdón, debería ser yo. Vuestra madre tiene razón. Esta vida es antinatural. Puede que yo esté obligada a vivirla, pero eso no significa que vos tengáis que hacerlo también. —Suspiró—. Esposa o monja, esas son las dos opciones para aquellas de nuestra posición. A menudo pienso en tomar los hábitos. María, la vida de monja no es para vos. Veo cómo miráis a lord Willoughby. No podéis ocultar vuestra pasión por él; a mí, no.

María se frotó los ojos llorosos. La última vez que había visto a Will había sido tres semanas antes. Le había pedido permiso al rey para regresar a sus propiedades ya que, por culpa de ella, necesitaba calmarse. Se estremeció al recordar la última vez que habían estado juntos. Habían estado cerca, demasiado cerca, de convertirse en amantes por completo. Will se había enfadado mucho consigo mismo por su debilidad, mientras que ella había deseado que se hubiese mostrado aún más débil.

Así que se había marchado y había vuelto con su esposa. Le juró que ya no la tocaba y que había dejado de compartir su lecho cuando se había enamorado de ella. En realidad, no le culparía si se encamase con su esposa. «¿Una vida antinatural? Solo porque la mía lo sea, no significa que deba envidiar que tenga la oportunidad de conseguir algún tipo de consumación». Miró la carta. Tal vez fuese mejor casarse con un hombre al que no amaba que anhelar de por vida a un hombre que estaba fuera de su alcance. «Will, ay Will, nuestro amor... Nuestro amor no tiene futuro; nunca lo ha tenido. Si continúo así, pronto me enviarán a casa habiendo caído en desgracia. No puedo deshonrar a mi familia. Antes preferiría morir que dar a luz a un hijo bastardo».

Se volvió hacia Catalina.

—Tenéis razón: quiero tener hijos. —Miró en torno a la habitación, desesperada y desesperándose—. Puede que esta sea mi única oportunidad de tenerlos. Pero no deseo abandonaros.

La princesa se sentó en la silla junto a ella y le tomó la mano.

—Y yo deseo que tengáis la vida que deberíais tener, la vida que siempre habéis deseado. Tenéis la oportunidad de lograrlo. ¿Yo? Ya no deseo nada. —Se frotó el lateral del rostro—. Escribiré a mi padre y le pediré mi dote.

María cerró la boca para no recordarle todas las cartas de súplica que le había escrito en los últimos dos años. El rey Fernando rara vez acudía en su ayuda. Ponía excusas y hacía caso omiso o trataba sus sentidas peticiones como si no fueran dignas de su atención. A pesar de todo, ella seguía queriéndole, creyendo que deseaba ayudarla. Sencillamente, no podía o no quería.

❀❀❀

En el palacio de Fulham, María estaba de pie frente a la ventana de la alcoba de Catalina desde la que se veía el patio pequeño y circular. Junto a ella, la princesa se despedía de Bella con la mano. María tragó saliva con el corazón apesadumbrado y alzó la mano también. Ya montada en su caballo, Bella les devolvió el gesto. Tres miembros del séquito de Catalina iban a acompañarla hasta el barco. Uno de ellos, la sirvienta morisca de la princesa, regresaba con la joven a Castilla. Dado que la casa de la princesa estaba teniendo problemas para encontrar el dinero suficiente para alimentar las bocas que la conformaban, le resultó fácil concederle a la muchacha, que añoraba su hogar, el permiso para marcharse con Bella. La princesa le agarró la mano mientras observaba cómo la joven y su comitiva cruzaban la entrada del patio. Cuando la puerta se cerró tras ellos, su amiga se volvió un poco hacia ella.

—¿Creéis que es cierto? —le preguntó—. ¿Creéis que doña Elvira acabó de forma deliberada con las posibilidades de Bella de ser feliz?

María se encogió de hombros.

—No soy la persona más adecuada para responder. A doña Elvira nunca le he gustado, y ella a mí tampoco.

—Lo sé, pero mi madre siempre confió en ella. Seguro que no sirve a sus propios intereses, tal como cree Bella. Seguro que no debemos dudar de su lealtad hacia mí, ¿verdad?

María escuchó cómo Catalina intentaba convencerse a sí misma de que podía confiar en una mujer que había formado parte de su vida desde la infancia. «¿Qué puedo decir más allá de que creo que Bella dice la verdad?».

Los últimos argumentos de la princesa se apagaron y miró por la ventana sin ver.

—Vos no me traicionaríais nunca, ¿verdad?

Sorprendida, María se volvió hacia ella.

—¿Yo? ¿Traicionaros? ¡Nunca!

Catalina le tomó la mano.

—Perdonadme, debería saber que no debo haceros esa pregunta. Pero es en los momentos difíciles como este en los que descubrimos quién se merece nuestra confianza.

María estrechó con más fuerza la mano de la princesa antes de soltársela.

—Apartaos de la ventana. Vayamos a reunirnos con las demás mujeres. También lamentan tener que despedirse de Bella. Hace un buen día; deberíamos ir todas juntas a pasear por los jardines para levantar el ánimo.

❀ ❀ ❀

Palacio de Richmond, 1505

Mi querida doña Latina:

Espero que me permitáis pediros un gran favor. ¿Podríais ir a ver a mi madre y rogarle que no sufra por mí? Ella esperaba que el rey proveyera lo que faltaba para mi dote. Sin embargo, él no se ha pronunciado sobre dicha petición. En realidad, me siento aliviada. En mis momentos de debilidad, creía que quería regresar a casa, que quería los hijos que me proporcionaría el matrimonio. Sin embargo, no puedo abandonar a mi princesa.

¿Cómo podría dejarla cuando tanto el rey inglés como su propio padre la tienen abandonada? Ninguno de ellos le dan dinero suficiente. El hecho de que esté en esta situación la hace vulnerable. La gente se da cuenta de que no está en una posición favorable. En una ocasión, el rey Enrique la invitó a unirse a una de sus cacerías. Antes, disfrutaba de esas excursiones y de la oportunidad de poder hablar con el rey, así como con don Ayala y el duque de Buckingham, pues disfruta de la compañía

de ambos. Hace meses que no la invitan a cazar con el rey, que tampoco pregunta por ella y que parece indiferente a su salud que, a menudo, la mantiene en cama. Catalina está perdiendo la esperanza de casarse con el príncipe o de volver a encontrar la felicidad nunca más.

María se mordió el labio inferior, preguntándose si había hablado demasiado y pensando en todas las cosas que no podía decir en la carta. El intento de su madre por encontrarle un marido le había parecido como una cuerda tendida a alguien que se estuviese ahogando. Sí, deseaba volver a casa; siempre desearía volver. Pero ¿cómo podría marcharse si eso implicaba abandonar a Catalina ante lo que parecía un invierno interminable? De hacerlo, solo se convertiría en una traidora.

Recibir la carta de su madre también le había parecido una manera de escapar de su propia situación. Temía sucumbir al pecado; temía el deseo que sentía por un hombre casado y que amenazaba con controlarla; temía lo mucho que lo amaba en cuerpo y alma, hasta el punto de que no le parecía un pecado en absoluto.

❈ ❈ ❈

María atravesó la puerta de la biblioteca, ojeando los libros que estaban en los estantes que se extendían por la pared de la estrecha habitación. Cuando oyó a Inés hablar, estuvo a punto de que se le cayera el libro que estaba devolviendo. En lo más recóndito de la estancia, Inés mantenía una conversación con William Blount, barón de Mountjoy.[32] La muchacha se sonrojó y la saludó con un gesto.

—¿Conocéis a doña María de Salinas?

Mountjoy inclinó la cabeza ante ella.

—Os he visto antes y conozco vuestro nombre, pero nunca había tenido el placer de hablar con vos.

—Lord Mountjoy me estaba prestando este libro —le dijo Inés a María, tendiéndole un manuscrito grueso con una cubierta decorativa.

---

32 N. de la Ed.: William Blount, 4º barón de Mountjoy (c. 1478-1534). Fue un gran humanista y mecenas de la educación. Era uno de los nobles más influyentes de la corte en su tiempo, y también uno de los más ricos. A diferencia de otros, nunca cayó en desgracia ni perdió el favor real.

María leyó el título en voz alta.

—*Historias* de Heródoto.[33]

Inés estrechó el libro contra su pecho.

—¿Cómo puedo daros las gracias, mi señor? No creí que fuese posible que lo encontraseis. —Volvió a sonrojarse—. ¿Estáis seguro de que deseáis prestármelo? Es un libro valioso.

—Por supuesto que lo deseo. Y en cuanto a encontrarlo... Cualquier cosa es posible cuando se posee la riqueza necesaria para allanar el camino.

María extendió el brazo hacia el tomo y lo tocó. Apartó la mano y flexionó los dedos. Recordaba haber sujetado el libro cuando era una niña, lo mucho que pesaba y a la Latina leyéndoselo.

—Sí, es valioso. Recuerdo que mi maestra me dijo lo mismo cuando le pedí tomar prestado el tomo de *Historias* de Heródoto que había en la biblioteca de la reina Isabel —dijo en voz baja.

—Cuando Inés me habló del ejemplar que había en la biblioteca real de Castilla, tuve que solventar el asunto de que faltara en mi propia biblioteca. También debería estar en la biblioteca del rey Enrique. Sé que dejo este libro en buenas manos. Así, tendré un motivo para volver a hablar con vos, mi señora, si así lo deseáis. He conocido a pocas mujeres en mi vida que hayan estudiado Filosofía.

El rostro de Inés se iluminó con una sonrisa.

—¿Ni siquiera vuestra esposa, mi señor?

—Mi esposa no lee. Cuando insistí en que nuestra hija fuese instruida en la lectura y la escritura, desaprobó mucho tal idea.

—No sabía que tuvierais una hija, mi señor.

—Gertrude tan solo tiene cuatro años.[34] Por desgracia, mi hijo murió poco después de su segundo cumpleaños.

—Lamento saber de vuestra pérdida. Ya es bastante duro perder a un bebé recién nacido, pero con dos años... —Inés suspiró y le tocó el brazo a María—. ¿Os acordáis del sobrinito de la princesa?

---

33 N. de la Ed.: Se trata de la obra de Heródoto en el que se relatan las Guerras Médicas de los griegos frente a sus enemigos asiáticos, persas sobre todo. Fue escrita en torno al año 430 a. C.

34 N. de la Ed.: Gertrude Blount, posteriormente Gertrude Courtenay, marquesa de Exeter por matrimonio (c. 1499-1558). Fue dama de Catalina de Aragón y más tarde madrina de la hija de Ana Bolena, la princesa Isabel (lo aceptó para evitarse problemas con el rey). Más tarde, tanto ella como su marido, Henry Courtenay, acabarían encerrados en la Torre de Londres, si bien él fue ajusticiado y ella no. Más tarde fue dama de la reina María I.

—¿Cómo podría nadie olvidar a un niño al que todos amábamos?

—Sí y, además, era un niño tan hermoso... Un día, estaba vivo, muy muy vivo, se reía y jugaba y, al día siguiente, estaba muerto.

Mountjoy agachó la cabeza un instante.

—A mi hijito le pasó lo mismo. —Suspiró—. La filosofía me sirvió de consuelo durante el duelo, y todavía me sirve. Para mi pobre esposa está siendo más difícil. Si le hablo de filosofía, se enfada. Incluso las Sagradas Escrituras le sirven de poco.

María se dio cuenta de la aflicción en el rostro de Inés y decidió hablar.

—Es una madre que ha perdido a su hijo. No se me ocurre un sufrimiento mayor.

—Y, aun así, es un sufrimiento que muchos comparten. —Mountjoy frunció el ceño—. ¿Os importa si hablamos de otros asuntos? —Jugueteó con la daga que llevaba enfundada en la cintura—. Cuando conocí a doña Inés, me asombró con sus conocimientos sobre Platón.[35]

La muchacha se rio con suavidad.

—Hacéis que parezca que he leído todas sus obras. Tan solo me he quedado con las mejores partes. María conoce sus escritos tan bien como yo.

—¿Tenéis algún pasaje favorito de sus obras, mis señoras?

María se encogió de hombros.

—Creo... Creo que a todas nosotras nos gustan sus ideas sobre las mujeres...

Mountjoy levantó una ceja.

—¿«Todas nosotras»?

Cuando Inés volvió a sonrojarse y pareció demasiado aturullada como para contestarle, María volvió a hablar.

—La princesa habla con nosotras sobre Platón y otros filósofos. En Castilla, recibió una buena educación al respecto. De Platón, le gusta esta cita: «Podemos perdonar fácilmente a un niño que teme a la oscuridad. La verdadera tragedia de la vida es cuando los hombres temen la luz».

—Sí, a mí también me gusta esa. Entonces, ¿la princesa lee filosofía?

---

35 N. de la Ed.: Platón (c. 427-347 a. C.). Filósofo griego. Seguidor de Sócrates y maestro de Aristóteles, fundó la Academia.

—Le encantan los filósofos clásicos. —Inés se puso colorada y habló de forma apresurada—. Justo el otro día, la oí hablar de su deseo de leer más libros de filosofía. Ya ha leído todos los que posee el rey.

—Sería un placer para mí solucionar ese problema particular. ¿Creéis que me haría el gran honor de aceptar que le regalase libros?

Inés miró a María con los ojos muy abiertos. «Parece una cervatilla lista para salir corriendo en cualquier momento. Madre de Dios, también está enamorada de un hombre al que no puede tener».

—Puedo preguntarle —le contestó María al hombre—. No tiene dinero para comprar libros nuevos, pero no veo por qué habría de rechazar semejante cortesía de vuestra parte.

Mountjoy les hizo una reverencia a ambas.

—Es hora de que me marche. —Volvió a inclinarse ante Inés—. Os ruego que os quedéis el libro tanto tiempo como deseéis. Pero sí espero volver a veros y que continuemos nuestra conversación de antes.

Cuando el hombre se hubo marchado, María contempló a la muchacha.

—¿Conversación de antes?

Inés volvió a sonrojarse pero, entonces, enderezó los hombros.

—Vos no podéis decir nada... He dejado de contar las veces que os he visto escapándoos para ver a vuestro lord inglés.

María suspiró.

—Tenéis razón. No puedo juzgaros, pero desearía que mi amiga no sintiese el mismo dolor que he sufrido yo desde que le entregué mi corazón a un hombre casado. Dado que no puedo avergonzar a nuestra princesa o a mi familia, ni siquiera puedo ser su amante. Lo único que puedo hacer es pasar unas cuantas horas en su compañía, horas que se convierten en una tortura porque le deseo demasiado.

Inés se apretó el libro contra el pecho y se sentó en el banco que había bajo la alta ventana.

—Me pasa lo mismo. Yo también he entregado mi corazón. —Se recostó contra la pared, ocultando el rostro entre las sombras—. Ay, María, ¿qué voy a hacer?

Se sentó junto a ella y le tomó la mano. No tenía nada que decir, pues no había una solución fácil para ninguna de ellas. «No parece un pecado, ni mucho menos».

❋ ❋ ❋

Mi querida doña Latina:

¿Sabéis de alguien a quien el rey Fernando preste atención? No puedo deciros lo desesperados que estamos todos. Mi princesa tiene problemas para pagar sus deudas porque no recibe dinero ni de su padre ni del rey Enrique. Mientras os escribo en la alcoba de Catalina, oigo a doña Elvira y a don Pedro de Ayala en la sala privada de la princesa. El embajador insistió en tener esta audiencia y doña Elvira insistió en que le escuchara. A la mujer no le ha complacido que Catalina me haya permitido quedarme cuando ha hecho que el resto de sus damas de compañía se marcharan. Pretenden persuadirla para que venda vasijas de plata, brocados y un collar que es una cadena de oro. La princesa está descontenta con semejante idea. Dichas piezas forman parte de la dote destinada a su segundo matrimonio.

Cuando oyó que doña Elvira y don Pedro de Ayala se marchaban, dejó a un lado la carta sin terminar y se reunió con Catalina en la sala privada. Su amiga caminaba de un lado para otro, frotándose las manos.

—No sé qué hacer —le dijo a María—. Debo escribir a mi padre de nuevo. Seguro que si supiera cómo están las cosas en realidad...

María dudaba que supusiera alguna diferencia para el monarca. Le ofreció el único consejo que se le ocurría.

—¿Por qué no habláis con el doctor Puebla?

—¿Qué ayuda me ha ofrecido? Es un tonto incapaz. Me decepciona una y otra vez. Gracias a él vivimos en Richmond en lugar de en el palacio de Fulham. Sé que me quejaba de vivir allí, pero al menos estaba lejos del rey. Aquí, todo el mundo me espía.

María contempló la puerta cerrada, dándole vueltas en la cabeza a todo lo que sabía sobre Puebla. «Sí, el hombre ha decepcionado a Catalina una y otra vez, pero al menos intenta ayudar. No creo que sea un tonto, sino, más bien, un hombre que a menudo se enfrenta a una dura batalla para ganarse al rey Enrique».

Sin embargo, la princesa no se equivocaba con respecto a los espías. Si abandonaba aquella habitación, la seguían todos los ojos. La mayor parte del tiempo, aquello podía explicarse gracias al aburrimiento, pues no tenían nada más que hacer que vigilarse los unos a los otros. Sin embargo, en su posición, que la espiaran era natural. Suspiró. ¿Cómo podía saber si la gente tenía buenas intenciones con su princesa o si buscaban causarle daño? Era imposible.

—¿Cómo podéis estar tan segura de que es culpa suya? Fue el rey quien os trajo aquí, no el doctor Puebla —murmuró.

—¿A quién más puedo culpar? Me dice que el rey le escucha y, aun así, no logra usar tal ventaja para cumplir su deber conmigo. No tengo dinero para pagar a mis sirvientes o mis deudas. Mirad cómo sufrimos aquí. Pasamos frío y no tengo dinero para mantener mi propia casa. Somos pobres. Casi no puedo soportarlo.

—Todos los que formamos parte de vuestra casa compartimos vuestras tribulaciones, y nos sentimos honrados de hacerlo.

—«Tribulaciones»... Sí, describís bien nuestras vidas. Estamos atribulados, y más de lo que pensáis. ¿Sabíais que doña Elvira pronto se marchará a Flandes?

María se sobresaltó.

—¿Por qué?

—No desea dejarme, pero se trata de sus ojos. Ha perdido la vista en uno de ellos. Su hermano, el embajador de mi padre en Flandes, conoce a un médico flamenco que curó a la infanta Isabel del mismo problema. Con mi permiso, doña Elvira le escribió, rogándole que viniera a Inglaterra, pero él se negó. No puedo decirle que no y entorpecer su viaje. —Catalina se removió en el asiento, enfadada—. En cuanto a Puebla... Le pedí que le pidiese ayuda en mi nombre al rey Enrique. Todo lo que deseaba era que el rey encontrase a alguna anciana inglesa que ocupase el puesto de doña Elvira mientras ella esté en Flandes. O, si no podía lograrlo, que me permitiese regresar a la corte mientras doña Elvira esté ausente para estar, que Dios me asista, bajo la mirada del rey. Al menos en la corte tenemos alguna oportunidad de aliviar nuestro aburrimiento. Sin embargo, cuando le pedí esto al doctor, se me informó de que mis sirvientes ingleses serían despachados y que ya no seré la señora de mi propio hogar. Debo escribir a mi padre. Seguro que esta noticia le perturbará. Soy su hija, la forma en que me tratan es un insulto hacia él. Debe enviarme a alguien en quien confíe para que trate con el rey, alguien en quien yo pueda confiar también.

Con el rostro resplandeciente por el brillo de la fiebre, Catalina hablaba de forma apresurada y errática. Tosió y tosió, derrumbándose sobre la silla más cercana. María se acercó a ella.

—¿Puedo prepararos algo que os alivie la tos?

Catalina alzó el rostro. Bajo los ojos, mostraba unas ojeras azules y profundas.

—Me haríais un favor de verdad. Prefiero vuestros remedios que aquellos que me da mi médico. A veces me pregunto si desea envenenarme.

Riéndose, apoyó una mano en el hombro de Catalina. Bajo aquella mano, no parecía haber carne, tan solo hueso.

—Iré a la cocina a ver si tienen pollo fresco o mollejas de pollo. Creo que lo mejor que os puedo preparar es un caldo de pollo. Mantendrá a raya ese resfriado vuestro.

María agarró su chal. Colocándoselo sobre los hombros, cruzó la antecámara de forma apresurada y se fue en dirección a la lejana cocina. Hasta ella llegó el sonido de unas voces masculinas de enfado que hablaban. Dichas voces procedían de una sala cuya puerta se había quedado abierta. Se acercó con pasos suaves hasta ella y, mientras se inclinaba hacia la pared encalada, sacudió la cabeza. «Santo Dios, yo también soy una espía».

—¿Os atrevéis a hablarme así, escoria de mala muerte? ¿Vos, que jamás deberíais haber recibido la confianza de nuestra noble reina, que Dios la tenga en su gloria, o su regio esposo? Miraos. Ni siquiera os vestís tal como se esperaría de un embajador real. No es de extrañar que la princesa me haga caso a mí y no a vos.

—¿Acaso puedo hacer algo si no tengo la fortuna que tenéis vos, don Pedro? Estoy endeudado a causa de mi lealtad hacia nuestro rey. No tengo dinero para vestirme como vos; no tengo dinero para pagar sirvientes. Pero, tal vez, sea lo mejor. No me gustaría tener sirvientes como los vuestros, que se pelean y cometen asesinatos en las mismísimas calles de Londres. Incluso vuestro sacerdote espera sentado en la prisión de Newgate con las manos manchadas de sangre. ¿Creéis que no soy digno de respeto? Si el rey supiera la verdad sobre vos, cambiarían las tornas. He sido paciente con vos, pero ya no lo seré más. No seguiré permitiendo que deshagáis todo lo que hago por el rey y por su hija, la princesa. No soy un tonto, estáis a sueldo del rey Felipe.

María pestañeó ante el desprecio del doctor Puebla, que goteaba como sangre coagulada con cada palabra que decía.

—Me niego a permanecer en la misma habitación que vos ni un solo momento más —gruñó don Pedro de Ayala.

Haciendo caso a la advertencia de esas palabras, María se levantó las faldas y corrió hasta la esquina más cercana de aquel pasillo. Rezó para llegar allí y desaparecer de la vista antes de que los embajadores tuvieran la ocasión de verla.

❀ ❀ ❀

Unos días más tarde, Catalina estuvo de acuerdo en otorgar al doctor Puebla una audiencia. María se levantó del taburete y se acercó para arrodillarse junto a ella, deseando ofrecerle a su amiga el único apoyo que podía. «¿Me equivoqué al no decirle lo que el doctor Puebla dijo sobre don Pedro de Ayala? Mi princesa está enferma; necesito estar segura antes de molestarla sin motivo».

El doctor Puebla parecía aterrorizado cuando entró en la estancia y habló de forma apresurada antes de que Catalina tuviera la oportunidad de levantarse de la silla y saludarle.

—Princesa... ¿De verdad le mandasteis al rey Enrique esa carta?

Catalina le miró con la sorpresa evidente reflejada en el rostro.

—¿Mi carta? ¿Qué problema hay? Tan solo transmití el deseo de mi cuñado de reunirse con el rey Enrique en Calais.

El anciano sacudió la cabeza, como si estuviera consternado.

—Princesa, ¿no os dais cuenta de lo que habéis hecho?

—¿Qué he hecho? Lo único que he hecho ha sido abrir la puerta para que dos reyes consigan una alianza mejor.

—Una alianza mejor... Mi princesa, ¿no os dais cuenta de lo que eso significaría para el rey, vuestro padre? Una alianza mejor entre el rey Enrique y el rey Felipe significaría que la posición de vuestro padre se debilitaría.

Catalina palideció y volvió a sentarse en la silla.

—No lo entiendo. Doña Elvira me dijo que don Juan, su hermano, creía que sería bueno que el rey Enrique y mi cuñado se reunieran.

—Bueno para ellos, princesa, especialmente para el rey Felipe. Vuestro cuñado desea que vuestro padre deje de ser regente de Castilla. Como esposo de vuestra hermana, desea tener el control de la regencia. Puede que don Juan sea el embajador de vuestro padre, pero tanto él como su hermana son castellanos. Preferirían que el rey Felipe fuese el regente de su esposa que vuestro noble padre, el rey de Aragón. —Puebla contempló a Catalina con compasión—. Debéis saber, princesa, que he descubierto que doña Elvira lleva mucho tiempo espiando para su hermano. Su deseo de ir a Flandes no es solo por sus ojos, sino porque sabía que pronto la descubrirían.

Catalina se desplomó sobre la silla. Frunciendo los labios, miró al embajador.

—¿Qué debo hacer? ¿Cómo arreglo esto?

Puebla le señaló el escritorio.

—Debéis escribir al rey Enrique. Debéis pedirle que no tenga en cuenta vuestra primera carta. Decidle que debe valorar al rey, vuestro padre, más que al rey Felipe. Y, después, debéis despachar a doña Elvira y su esposo de vuestro séquito y no permitir que regresen nunca más.

✼ ✼ ✼

Arrodillada, María se movió hacia las profundidades de las sombras. Olvidada junto a la puerta, observó al rey Enrique, enfrente del cual, de rodillas, se encontraba Catalina. El hombre había cambiado desde la última visita que le había hecho a la princesa. Había perdido peso y la ropa le colgaba como si lo hiciera de meros huesos. Los ojos le brillaban de forma antinatural y tenía el rostro amarillento y demacrado por la enfermedad. María se estremeció. Los ojos del rey también resplandecían por la rabia. Catalina también tenía los ojos brillantes y estaba pálida. Temblando de nuevo, sintió el miedo de la princesa como si fuera el suyo propio. ¿Cómo podía no tener miedo? La carta que había enviado Catalina había dado como resultado que el rey llegara furioso aquel mismo día.

—Señora, os lo ordeno, escribid a vuestro padre. Si he de tener en tanta estima a vuestro regio padre, debe ser fiel a sus promesas —dijo con frialdad y lentitud.

Catalina se sonrojó y después volvió a palidecer.

—Le he escrito.

María se removió, agarrándose la falda con los dedos. «¿Acaso el rey no tiene piedad? Le ha escrito a su padre innumerables cartas. Se agota escribiéndolas».

—Volved a escribirle —dijo él—. Debe pagarme la dote que prometió.

—Señor, ¿qué hay de las joyas y la vajilla que traje al casarme con vuestro hijo?

—¿Las joyas y la vajilla que usáis? ¿Creéis que debo tomarlo como vuestra dote? Si tomara eso, no haría más que robaros vuestras pertenencias.

—Pero, señor, con respeto, fuisteis vos quien me dijo que usara esas cosas. Era una forastera en vuestros dominios. No sabía que si usaba las joyas y la vajilla, la propiedad pasaba a mi esposo, y que entonces quedaban sin valor para vos y haciendo que ya no fuesen la dote que mi padre pretendía.

El rey alzó una ceja rala.

—¿Estáis afirmando que me propuse engañaros de forma deliberada?

—No, señor, pero...

Enrique VII alzó una mano para detenerla y que no se explicase.

—Poseo muchas joyas y vajillas. ¿Qué necesidad tendría de usar las vuestras? Os pagaría una suma irrisoria por ellas, puesto que no tienen valor para mí. Vuestro padre me prometió dinero y dinero tendré. Así que, señora, escribidle.

La princesa agachó la cabeza. Tosió y se aclaró la garganta.

—Sí, le escribiré.

El rey pasó junto a ella hecho una furia, sin tan siquiera mirar en su dirección. Poniéndose en pie, María se acercó corriendo a la princesa y la ayudó a levantarse.

—¿Qué vais a hacer? —le preguntó.

—Lo que he dicho. Escribiré y le suplicaré a mi padre que le envíe al rey mi dote.

Al darse cuenta de que su amiga estaba temblando, le pasó un brazo por los hombros.

—Pero, Catalina, lleváis años suplicándole.

—¿Qué otra cosa puedo hacer?

María no tenía respuesta.

Capítulo 17

Enero de 1506, palacio de Fulham

Mi querida doña Latina:

Los años pasan demasiado rápido. Me encontraríais muy distinta de la chica de quince años a la que conocíais. Mi princesa es una mujer que ha vivido veinte primaveras y, pronto, yo también tendré esa edad.

Desearía poder deciros que vivimos tiempos más felices. Tal vez mi princesa, y aquellos que, como yo, nos hemos quedado con ella por amor y lealtad, podríamos habernos contentado si le hubieran permitido gobernar su propia casa. En la corte, hacen que se sienta no deseada, olvidada y que vale poco. Aunque, por fin, el rey inglés le ha enviado ropa nueva tal como corresponde a su rango. Sin embargo, ha sido con un propósito. Le han dicho que se prepare para recibir a la reina Juana y a su esposo, el rey Felipe. Su barco, de camino a España, ha tenido que resguardarse en los puertos ingleses a causa de las tempestades.

aría volvió a dejar la pluma en el tintero, perdida en sus recuerdos. Nueve años. Nueve años habían pasado desde la vez que había bailado descalza con Catalina en la playa. Nueve años desde que se habían despedido de Juana, horas antes de que la hermana mayor de Catalina embarcase en la nave que la llevaría desde su tierra natal hasta un marido al que no conocía. Pestañeó, recordando a Juana llorar en brazos de su madre. Se había sentido muy impotente, y su alegría matutina se había visto empañada al contemplar el sufrimiento de su prima.

Juan, el hermano de Catalina, así como sus hermanas Isabel y María, también estaban allí. Aquel había sido el último día en el que los cinco hermanos habían estado juntos en esta vida mortal. Jamás olvidaría la forma en que Isabel había llorado en brazos de su hermano dado que el matrimonio de Juana le había recordado que ella también tendría que marcharse pronto para ocupar otro lecho marital por razones de estado. Tan solo dos años después, tanto Juan como Isabel yacían en sus tumbas.

Tras la muerte de Isabel al dar a luz, su hermana María se había casado con el viudo y se había convertido en reina de Portugal. Para entonces, ya había sido madre muchas veces. ¿Y Juana? Juana había sido coronada reina de Castilla.

Nueve años. Nueve largos años. Al fin, ella y Catalina volverían a ver a Juana.

❋ ❋ ❋

Catalina hizo una reverencia y saludó a su cuñado, Felipe el Hermoso. Arrodillada cerca, María observó a aquel hombre alto, esbelto y de pelo oscuro que estaba de pie junto al rey Enrique. Tenía la piel cetrina y un gesto hosco, y era muy diferente de su hermana pequeña, Margarita. Era ella la que merecía el apodo de «la Hermosa» en lugar de su hermano. Durante su matrimonio con el hermano de Catalina, Margarita había brillado con luz propia, tanto por fuera como por dentro.

—¿Dónde está mi hermana? ¿Dónde está la reina de Castilla? —preguntó la princesa.

María también se había preguntado por la ausencia de Juana, y se inclinó hacia delante para escuchar la respuesta del rey.

—Mi barco encontró un puerto seguro en Dorset. Mi esposa se ha quedado allí hasta que la convoque —dijo.

Se despidió con la cabeza y, después, volvió a hablar con el rey Enrique, que también hizo un gesto de despedida.

Sin que ninguno de los dos hombres le hicieran caso, Catalina se volvió, apartándose de ellos con el rostro sonrojado y abatido. Defraudada también por la ausencia de Juana, María cerró las manos en puños al costado. La princesa llevaba años anhelando y rezando para ver a alguien de su familia. «Pero no a alguien como Felipe que la trata con desdén».

María llamó la atención de su amiga hacia la solitaria princesa María que, en aquel momento, era una niña de diez años y ya prometía sobrepasar la belleza de su madre. Estaba de pie a cierta distancia y también parecía desanimada. Catalina le hizo una reverencia a los reyes y se dirigió a la joven princesa. María se levantó para seguirla de cerca, alcanzando a su amiga cuando saludó a la otra María.

—Me alegro de veros aquí, hermana —le dijo con una sonrisa.

La muchacha también sonrió.

—Padre quiere que le ayude a entretener al rey de Castilla. ¿Habíais visto antes al marido de vuestra hermana?

Catalina miró a los hombres.

—Nunca —murmuró—. Este ha sido nuestro primer encuentro.

María agachó la cabeza, resistiendo la necesidad de reírse. «Sospecho que desea que sea la última».

La princesita juntó las manos ante ella y cambió el peso de pie.

—Esperaba que supierais qué es lo que le gusta. No importa. Tocaré el laúd. Al menos, eso complacerá a mi señor padre.

—Nos complacerá a todos. —Catalina frunció el ceño y miró en torno a la habitación—. ¿No está aquí vuestro hermano?

—Está enfermo —dijo, encogiéndose de hombros—. Pero no creí que estuviese tan enfermo como para no venir con nosotros. Se pasó la primera semana divirtiendo al rey Felipe, mostrándole la fuerza de sus brazos en un torneo de justas que celebró nuestro regio padre para la visita real. Enrique impresionó al rey, pero con un coste. Nuestro señor padre dijo que estaba actuando como un tonto al llevar armas destinadas a hombres adultos y no a aquellos que todavía eran jóvenes. Y más en un día cálido. Le ordenó que se quedara en Richmond, descansando. A Enrique no le alegró que le dejáramos con la única compañía de sus tutores. Le agradó el rey Felipe y el sentimiento es mutuo. Me dijo que debería estar aquí con el rey de Castilla. También quiere conocer a la reina. —Miró a su padre—. Por supuesto, no se lo ha dicho a nuestro padre. —Se rio—. Además de mi abuela, yo soy la única que se atreve a decirle lo que piensa al rey. Los demás danzan a su alrededor, evitándole como cobardes. Así pues, hermana, ¿qué planeáis hacer para entretener a vuestro cuñado?

Catalina se señaló a sí misma y después a María.

—Habláis de danzar... ¿Veis cómo vamos vestidas?

La princesita frunció el ceño un poco.

—Lo recuerdo —dijo lentamente, sonriendo—. Llevabais un vestido como este la primera vez que os vi. ¿Acaso no es la moda de vuestro país?

Catalina agachó la cabeza y se alisó la falda con cuidado.

—Guardé estos vestidos tras la boda con Arturo, vuestro querido hermano. Cuando dejé Castilla, era la moda. Aunque espero que, cuando vea a mi hermana, me diga que, ahora, lo que está de moda es algo totalmente diferente. Pero, volviendo a vuestra pregunta: tenéis razón, vestimos la ropa de nuestro país de nacimiento. María y yo planeamos bailar esta noche.

La joven princesa abrió mucho los ojos junto con una sonrisa.

—¿Bailaréis conmigo también? Han pasado meses desde la última vez que bailamos juntas.

—Si así lo deseáis, hermana. —La sonrisa de Catalina desapareció—. Pero no puedo prometeros mostrar una gran habilidad. Paso muy poco tiempo bailando.

Sin pensarlo, María se acercó más a la princesa y, después, recordó que no estaban solas. Dando un paso atrás de nuevo, se preguntó si sería conveniente que su amiga bailase aquella noche. Las épocas que había pasado enferma la habían dejado con poca energía. Aquel día, mientras practicaban, no había pasado mucho tiempo antes de que se hubiera quedado sin aliento.

María vio a un hombre que recordaba bien de la corte de la reina Isabel. Se acercó a Catalina, le hizo una reverencia y le susurró al oído.

—Mirad hacia la puerta; es el pintor de vuestra madre.

Llena de alegría, su amiga le tomó la mano.

—Venid conmigo. —Miró a la joven princesa inglesa—. Perdonadme, pero hay alguien con quien debo hablar —añadió.

Catalina se abrió paso entre los grupos de cortesanos hasta que llegó al hombre delgado y mayor que estaba apoyado en la pared. Tenía los ojos cerrados y se sobresaltó cuando la sombra de la princesa se posó sobre él. Tras mirarla fijamente durante un instante, una amplia sonrisa le apareció en el rostro y le hizo una reverencia.

—Mi princesa —dijo en castellano—, ha pasado mucho tiempo.

Ella le devolvió la sonrisa.

—Es un placer inesperado volver a veros, maestro Sittow[36] —replicó, utilizando el mismo idioma. Después, señaló a María—. ¿Recordáis a mi compañera, doña María de Salinas?

El maestro Sittow inclinó la cabeza ante ella.

—Mi señora, fuisteis una niña hermosa y, hoy en día, sois una mujer hermosa. Hace tiempo, hice un boceto en papel de vos. Ahora, deseo capturar vuestra imagen en una pintura.

Consciente de que las mejillas se le estaban encendiendo, María agachó la cabeza y le dio las gracias en un murmullo. Miró a Catalina, sonrojándose de nuevo ante la risa que iluminaba el rostro de su amiga.

—María cree que su belleza es algo que debe negar. Tan solo desea recibir admiración por su mente. Pero ¿qué hay de mí, maestro Sittow? ¿No tenéis halagos para mí?

Sittow hizo una reverencia profunda.

—Mi princesa, los halagos que tengo para vos no pueden expresarse con palabras. Os lo ruego, dejad que os pinte, dejad que inmortalice la belleza de vuestra juventud.

María reprimió una carcajada. Las mejillas sonrosadas de Catalina se volvieron del mismo color rojo y rosado de una rosa que había visto aquella mañana en el jardín.

—Maestro Sittow, yo... Yo...

Su amiga tragó saliva, mirando fijamente a María con desconcierto. Sittow dio un paso adelante y se inclinó hacia ella, como si quisiera hablarle de forma confidencial.

—Señora, pensad en cuánto le agradaría semejante pintura a vuestro padre.

Catalina miró a María, interrogándola. Ella se encogió de hombros.

—¿Por qué no, princesa? Parece que vamos a seguir aquí durante una buena temporada; sería buena idea mandar un retrato a casa, para el rey.

Cerró la boca, temiendo decir en voz alta lo que pensaba. «Para recordarle que tiene una hija». Catalina asintió.

—Entonces, por el rey, mi padre. ¿Os mando llamar por la mañana, maestro?

---

36 N. de la Ed.: Michel Sittow (1468/9-1525/6). Fue un pintor flamenco que pasó casi toda su vida artística como pintor de cámara de los Reyes Católicos y de los Habsburgo. En la corte castellana se le conocía como Melchior Alemán.

—Sea pues por la mañana. —Se frotó las manos e hizo una reverencia—. Espero con impaciencia poder empezar.

❊ ❊ ❊

María bailó con Catalina. «Olvidaos de los reyes. Olvidaos de todos los que os están observando en esta habitación. Tan solo bailad». Dio palmadas y giró en torno a la princesa, uniendo su espíritu con su cuerpo, borrando de su mente al fin a los presentes en la sala. Sus movimientos se acompasaban a la perfección con el ritmo de la música. Cerró los ojos un momento, arrastrada por la nostalgia al recordar una luz del sol tan brillante que tornaba de un blanco cegador las piedras que pavimentaban los caminos de los patios. Mientras se derramaba sobre los estanques de piedra de las fuentes, el agua brillaba como los diamantes. El baile terminó y ella detuvo el triste flujo de recuerdos. Retomando el control de nuevo, tomó aire, haciendo una reverencia junto a Catalina. La joven María Tudor se unió a su cuñada, así que María les hizo una reverencia y se separó de ellas para colocarse junto a Francisca e Inés mientras ambas princesas bailaban juntas una danza lenta y tranquila. Intercambió una mirada con las otras dos damas de compañía, consciente de que compartían su alivio ante el hecho de que Catalina, que no se encontraba bien, pudiese llevar a cabo dos danzas sin ningún percance.

Una vez terminada la demostración de sus habilidades, Catalina tomó la mano de la otra princesa, mirando en torno a la habitación. Después, la condujo al otro lado de la amplia estancia. Margarita Pole, de luto por la muerte de su esposo, estaba de pie, un poco apartada del resto de cortesanos, pero sonrió cuando las dos jóvenes se le acercaron e hizo una reverencia antes de empezar a hablar con ellas.

—Nuestra princesa parece feliz —dijo Francisca en castellano.

—Estará más feliz cuando vea a su hermana —contestó María.

Los hombres y las mujeres de la corte se agruparon para la siguiente danza.

—Aun así, esta noche está contenta —insistió Inés.

—Sí, y desearía que vosotras dos también disfrutaseis de cierta alegría. La danza está a punto de comenzar. Id y uníos, yo atenderé a la princesa.

María se apresuró a acercarse hasta donde estaba Catalina con Margarita y la joven María Tudor. Su amiga le sonrió al verla llegar y siguió hablando con Meg.

—Amiga mía, dejadme que os diga en persona lo que os escribí hace dos años. Me apenó la noticia de la muerte de vuestro esposo. Sir Richard era un buen hombre, el príncipe Arturo confiaba en él y lo apreciaba.

Meg agachó la cabeza.

—Lo echo de menos más de lo que puedo expresar con palabras; aunque tengo la bendición de tener hijos que me lo recuerdan todos los días.

Cuando lady Margarita se quedó callada, María miró a Catalina a los ojos, que parecían perplejos, y se encogió de hombros. La princesa puso una mano sobre el brazo de la otra mujer.

—¿Ocurre algo? —le preguntó—. No esperaba tener el placer de veros en la corte.

—Necesitaba hablar con la madre del rey. Es una pariente cercana de mi esposo. —Meg suspiró—. Desde la muerte de Richard, me he visto obligada a vivir en la abadía de Syon con mis hijos. Esta semana, he llevado a mi tercer hijo a la cartuja de Sheen. Es difícil explicarle a un niño de siete años por qué creo que es lo mejor. Reginald es el más dotado de mis tres hijos mayores y quiero que reciba la educación que merece. —Volvió a suspirar—. Mi niño creyó que quería deshacerme de él. Estoy desesperada. Si el rey no escucha a su madre, no sé qué haré.

Catalina miró en dirección al soberano.

—El rey no es el mismo hombre que conocimos cuando Arturo y la reina Isabel vivían. —Sin ocultar su preocupación, miró a la joven princesa inglesa, que estaba a su lado—. Perdonadme, no debería hablar así del rey, vuestro padre.

La pequeña María encogió los delgados hombros.

—Tan solo decís la verdad. Desde que mi madre nos dejó, ha sido como si mi padre viviese sumido en la noche.

Catalina la tomó de la mano.

—Ama a los hijos que le quedan. Hermana, vos le ilumináis.

La niña volvió a encogerse de hombros.

—Pero mi señor padre siempre regresa a la oscuridad. Y, cada vez que lo hace, es más difícil traerlo de nuevo a la luz.

Meg también miró en dirección al rey.

—La reina, vuestra madre, sabía cómo hacerlo. Él la amaba mucho; todos la amábamos. —Se volvió hacia la joven María—. No desearía que asumieseis la carga de ayudar a vuestro padre en sus días negros. Ella desearía que no tuvieseis preocupaciones mientras pudierais. Sois muy joven. La corte ya es un lugar triste sin que nuestra dulce princesa pierda la alegría.

—Me niego a perder la alegría; se lo prometí a mi madre antes de que muriera.

Catalina rodeó a su joven cuñada con un brazo, aunque la niña de diez años ya era más alta que ella.

—Contadle la noticia a Meg, María.

Margarita se encorvó, agachando la cabeza a la altura de la princesa. María Tudor era alta para su edad, pero Meg era tan alta como la mayoría de los hombres de la corte,

—¿De qué noticia se trata, alteza?

La muchacha se sonrojó.

—El rey, mi padre, y el rey Felipe hablan de prometerme con el príncipe Carlos.

Catalina sonrió.

—Mi sobrino.

La niña arrugó el rostro.

—Es cuatro años más pequeño que yo.

Librando a la joven de sus brazos, Catalina sacudió la cabeza.

—Y vuestro hermano tiene más de cinco años menos que yo. Creedme, para aquellos con nuestra posición, la edad no significa nada. Además, sois la hija favorita de vuestro padre. No es probable que os envíe fuera de Inglaterra hasta que no llegue el momento de que consuméis el matrimonio. Para cuando os marchéis para casaros con mi sobrino, seréis toda una mujer. Sé que seréis una digna ayudante para un joven que, algún día, gobernará el reino más grande que nadie haya visto en siglos.

María palideció.

—No sabía que gobernaría un gran reino...

Catalina le estrechó la mano para tranquilizarla.

—¿Por qué deberíais? Tan solo tenéis diez años. Habrá tiempo de sobra para pensar en esos asuntos cuando seáis mayor. —Miró a su alrededor antes de enderezar los hombros—. Debo hablar con mi cuñado. —Se encaminó hacia donde los dos reyes estaban hablando y María la siguió unos pasos por detrás. Catalina hizo una reverencia y sonrió radiante a Felipe—. Hermano, ¿bailaríais conmigo?

El rey le ofreció una leve inclinación de cabeza.

—Estoy bastante bien como estoy. —Le dedicó lo que parecía una sonrisa de disculpa al rey Enrique—. Es como su hermana. Mi esposa siempre se deja llevar e interrumpe cuando no se la requiere.

María se estremeció al ver que Catalina perdía el ánimo. Decidió que no le gustaba el rey Felipe. La princesa alzó la barbilla y se mantuvo firme.

—Pero, para mí, sería una gran alegría bailar con vos. Ha pasado mucho tiempo desde que bailé con un hermano.

—Es una alegría que debo negaros. Soy un marino, no un bailarín. Tal como vuestra hermana ha descubierto, si quiero bailar, lo haré, pero solo cuando así lo desee. —Movió la mano en señal de despedida—. Dejadnos. Deseo hablar a solas con el rey Enrique.

Rechazada, Catalina les dejó para sentarse junto a la princesa María. El dosel ceremonial de ambas casas reales colgaba tras ellas, alzándose y agitándose un poco de vez en cuando, cada vez que una ráfaga de aire se colaba por una puerta abierta. Deseando apoyar a su amiga, María se arrodilló junto a ella. Catalina la miró.

—Ni siquiera he podido preguntarle por Margarita, y mucho menos por mi propia hermana —dijo.

Se cubrió la cara un momento, ocultando su angustia. María le tocó la mano con compasión.

«Margarita era tan diferente de su hermano como la noche del día. Sin importar cuáles fuesen sus posiciones, ella se dirigía a la gente con inteligencia y gracia. Su hermano fanfarronea con arrogancia y tiene mal carácter».

—Probablemente haya olvidado que su hermana era la esposa de vuestro hermano.

Observó a Felipe, que se reía con la cabeza cerca del rey Enrique. Se llevó la copa a los labios y el vino tinto se le escurrió por la barbilla y le llenó de manchas el jubón de raso blanco que vestía. Más que nunca, María deseó que la velada terminase y que se marcharan. Con los ojos posados sobre Felipe, se preguntó por la ausencia continua de Juana. «Juana es la reina de Castilla. Su marido es rey solo porque está casado con ella. Debería estar aquí. Felipe el Hermoso dice que está esperando a que él la convoque. ¿Que la convoque? ¿La reina de Castilla espera a que su marido la convoque? Cada vez estoy más convencida de que sería mejor que Felipe el Hermoso se llamara Felipe el Infame».

✳✳✳

Mi querida doña Latina:

Llevamos siete largos días en Windsor. El marido de la reina Juana y el rey Enrique pasan los días cazando o reunidos con los consejeros del rey inglés. Cada día que pasa, no hacen caso de mi princesa.

Sentada en un charco de luz, María estaba escribiendo la carta sobre una mesa cercana al lugar donde el maestro Sittow estaba pintando su cuadro. Gracias a su hábil boceto, el retrato de Catalina cobró vida y recuperó la belleza que la enfermedad le había arrebatado. Con muchísimo cuidado, el artista pintó el ribete dorado del tocado que le enmarcaba el rostro. Colocado hacia atrás sobre su cabeza, mostraba el cabello rojizo y dorado con la raya en el medio.

Sentada en una silla de respaldo alto, Catalina se removía con inquietud, alisándose la falda del vestido marrón, cuyo cuello estaba adornado con las conchas de Santiago de Compostela. Un rayo de sol resplandeció sobre el collar de rosas Tudor entrelazadas que lucía. María suspiró. A Arturo lo habían enterrado con uno similar. La reina Isabel de York se lo había regalado a Catalina antes de que se marcharan a Ludlow.

«Arturo, la reina Isabel... Ambos muertos hace tiempo».

Ojalá la princesa hubiese escogido un collar diferente. Ojalá hubiese escogido un vestido diferente, algo menos sombrío. A pesar de la leve sonrisa que se apreciaba en la pintura, parecía justo lo que era: una viuda afligida, a la que le surgía por detrás de la cabeza lo que parecía un halo.

Aun así, el maestro Sittow estaba retratando a la Catalina que María conocía tan bien. Había capturado su gesto nostálgico, con la vista baja como si deseara mantener sus pensamientos en privado. Se preguntó qué pensaría el rey Fernando del retrato. ¿Le recordaría que tenía una hija que necesitaba ayuda? Era una hija de la que se olvidaba cuando le convenía. Si al menos la reina Isabel no hubiese muerto... Ella no habría permitido que los ingleses tratasen a su hija como lo hacían.

❀❀❀

Will volvía a estar en la corte. María se unió a él para la misa de la mañana y, después, se escabulló con él. Charlaron y pasearon por los jardines, hablando de libros, de música y de asuntos que concernían a la princesa.

—Mañana, ¿queréis que busquemos un lugar para cantar juntos? —le dijo él—. Podéis practicar vuestro inglés si así lo deseáis.

María suspiró para sus adentros. «Mantiene la distancia conmigo. Cómo desearía que no fuese así».

Empezó a llover. Al principio, fueron solo unas cuantas gotas y, después, un breve chaparrón.

—Daos prisa, antes de que empiece de nuevo —dijo Will—. La biblioteca está cerca. Vayamos allí.

En la biblioteca, había un hombre sacando un libro de la estantería. A Will se le iluminaron los ojos. Sonrió e inclinó la cabeza a modo de saludo y, después, le hizo un gesto a María.

—¿Conocéis a mi amigo Edmund Dudley?[37] Edmund, esta es lady María de Salinas. Sirve a la princesa Catalina.

Haciendo una reverencia rápida, María alzó la vista hacia aquel hombre bien parecido y de pelo oscuro, dedicándole una sonrisa.

—Os he visto acudir a las dependencias del rey en muchas ocasiones. Me alegro de saber quién sois.

Dudley soltó una pequeña carcajada.

—¿Os alegráis de conocerme, mi señora? No soy más que un siervo leal a la corona y no merezco vuestra atención. —Le sonrió a Will—. Con razón, Will tampoco debería prestarme atención en lugar de llamarme «amigo».

—Por el amor de Dios, Ed, estáis casado con una pariente cercana. Vuestros hijos son de mi sangre, ¿por qué no deberíais ser mi amigo? Y, ¿qué hacéis aquí hoy, tan temprano?

—Asuntos del rey.

Dudley frunció el ceño y apretó con fuerza los labios, que no sonreían. Will le contempló y después le apoyó una mano en el hombro.

—¿Los mismos asuntos, amigo mío?

---

37 N. de la Ed.: Edmund Dudley (c. 1462-1510). Administrador y agente financiero de Enrique VII. Debido a su impopularidad, fue acusado de traición, llevado a prisión y, finalmente, ejecutado.

—Los mismos. —Contempló el libro grueso que tenía entre manos cuando habían llegado—. Nunca pensé que lamentaría haber estudiado leyes. Está bien que me llaméis amigo, Will, pero muchos no lo hacen. —Suspiró—. Debo regresar a mi trabajo. ¿Por qué no venís a cenar conmigo y Elizabeth esta noche?

—Será un honor.

Will observó a Dudley alejarse con grandes zancadas y, después, se volvió hacia María de nuevo.

—No parece muy contento —dijo ella.

—No. El rey Enrique le encarga trabajos que él preferiría no hacer.

Will la rozó. Incapaz de evitarlo, María alargó la mano y estrechó la de él antes de apartarse como si hubiera tocado fuego. Desde que había regresado a la corte, apenas se tocaban el uno al otro. En sus memorias estaba grabado lo cerca que habían estado de caer en la tentación y convertirse en amantes.

—Quiero que sigamos siendo amigos —le había dicho él—, y eso significa no hacer que sea más difícil de lo que ya es. Soy un hombre, María, estar cerca de vos es tentación suficiente. Ya peco bastante de pensamiento, os ruego que me ayudéis a conservar todo el honor que pueda.

María apartó el rostro sin atreverse a mirarle, consciente de que su propio honor podría y se caería a pedazos si él la tocaba. Lo que quería de él no era amistad, pero era todo lo que tenía.

❋❋❋

Una vez que se hubo marchado el mensajero, María se sentó junto a su amiga.

—Lamento mucho que no llegaseis a ver a Juana —dijo.

Catalina agachó la cabeza.

—No lo entiendo. Llevamos aquí más de una semana, un tiempo más que suficiente para que mi hermana hubiese venido a Windsor. Ahora me dicen que me prepare para partir.

María le tomó la mano.

—Yo también deseaba verla. —Le apretó la mano—. Es mi prima, así como mi reina, pero sé que, para vos, esto es más duro. ¿Debo contárselo a las demás y pedir a los sirvientes que empiecen a preparar el equipaje?

En la puerta resonó un golpe, seguido por la voz amortiguada de Francisca.

—Mi señora, ha llegado otro mensaje del rey Enrique.

María abrió la puerta y le llevó el pergamino a Catalina, que se puso en pie de un salto.

—¡Está aquí! ¡Está con el rey!

Cuando llegaron, el rey Enrique estaba abrazando a Juana a modo de bienvenida. Librándola de sus brazos, la miró como si estuviese contemplando una aparición.

María se arrodilló junto a la puerta. Ella tampoco podía apartar los ojos de la hermana mayor de Catalina. Con veinticinco años, Juana había cambiado mucho, ya no era la chica de dieciséis que recordaba. Delgada y pálida, era más hermosa de lo que había sido con dieciséis, pero aquella era una belleza frágil. El rey Enrique volvió a tomarle la mano y se la besó con ternura. María hizo una mueca cuando la joven apartó la mano y miró a su esposo atemorizada. El rey Felipe gruñó.

—No hay necesidad de que hagáis eso, hermano Enrique. Le estáis dando a mi esposa una bienvenida demasiado cariñosa.

Juana se apartó del rey inglés y agachó la cabeza. El rey Enrique señaló a Catalina.

—Hay una persona ansiosa por veros.

Juana se volvió hacia Catalina, mirándola con desconcierto, pero después se volvió hacia su esposo.

—¿Deseáis pasar tiempo a solas con vuestra hermana? —le preguntó él.

Con el rostro pálido y austero, ella asintió.

«¿Por qué le tiene miedo? Es la reina de Castilla y es hija de la reina Isabel, no debería temer a nadie». Catalina, que estaba de pie como si hubiera echado raíces en el suelo, también parecía estupefacta ante lo que estaba ocurriendo en aquella habitación.

—Id —dijo el rey Felipe—, pero esperad que os llame pronto.

Mirando hacia atrás a su marido, Juana se acercó a Catalina. La princesa sonrió a su hermana, hizo una reverencia y, después, la abrazó con fuerza. Soltándola al fin, siguió estrechándole la mano.

—Venid. Venid conmigo a mi alcoba.

Una vez allí, Juana miró en torno a la habitación. Visiblemente relajada, sonrió a su hermana. Como si acabara de ver a María, los ojos se le abrieron de par en par.

—Prima, veo que poco ha cambiado. Todavía sois la sombra de mi hermana.

Feliz de ver al fin a la Juana que recordaba, cerró la puerta y se dejó caer de rodillas.

—Mi reina, han pasado demasiados años —dijo María.

—Demasiados años, sí; así es. —Hizo un gesto con la mano—. Os ruego que os levantéis, María. Sois mi prima. Además, pocos me honran de este modo.

Catalina condujo a su hermana hacia las cuatro sillas que había junto a la chimenea.

—María, por favor, sentaos con nosotras.

Tomando asiento en la silla que estaba más cerca del fuego, Juana extendió las manos hacia el calor.

—Este clima inglés... ¿Cómo lo soportáis, hermana?

Catalina sonrió en dirección a María.

—Nuestra prima también se queja constantemente de lo mismo. —Se volvió hacia su hermana, entrecerrando los ojos—. En realidad, a mí tampoco me gusta mucho. Creo que no ha pasado ningún invierno sin que enfermara. Sin embargo, el invierno se ha terminado; pronto, los días volverán a ser agradables. Juana, no puedo expresar lo mucho que significa para mí veros. Pensé que nunca más volvería a ver a nadie de mi familia.

Juana se recostó sobre la silla, observando a su hermana.

—Y yo me alegro de veros, chiquitina.

Catalina se sobresaltó y los ojos se le llenaron de lágrimas.

—La última persona que me llamó de ese modo fue nuestra madre. —Tragó saliva—. Cómo la echo de menos...

Juana apartó la mirada de su hermana y suspiró.

—Yo también la echo de menos, mucho más de lo que puedo expresar. Es cierto que teníamos muchos desencuentros, pero cuando ella murió, mi vida fue a peor.

Catalina se inclinó para tomar la mano de la otra joven.

—La mía también. Pero, hermana, vos sois la reina de Castilla; seguro que eso os otorga cierto poder sobre vuestro destino.

Juana se encorvó, jugueteando con los anillos que llevaba en la mano derecha. Los rubíes de los anillos atraparon la luz del fuego y reflejaron sobre su cabeza agachada una danza de color rojo.

—No tengo más destino que aquel que mi esposo me permite. —Frunció los labios un momento—. Él es mi dueño, tanto de mi cuerpo como de mi alma.

—Juana, no entiendo lo que queréis decir. Nadie puede ser el dueño de vuestra alma, ni siquiera vuestro esposo. Vuestra alma pertenece a Dios.

La reina volvió la vista hacia Catalina.

—¿Es cierto que todavía sois virgen?

La princesa se sonrojó.

—Durante nuestro matrimonio, mi esposo, mi dulce Arturo, no se encontraba bien y estaba demasiado enfermo como para consumarlo.

Juana agachó la cabeza, jugando de nuevo con sus anillos.

—Eso explica vuestra pregunta. Una virgen no puede entender las formas en que un hombre puede poseerte. —Volvió a apoyarse en el respaldo—. Muchas veces he deseado regresar a mi estado virginal.

—Pero, en tal caso, no tendríais hijos.

—Sí, eso es cierto. Tengo hijos. Cuatro. No sé si eso me ofrece algún consuelo.

—Juana, ¿qué ocurre? Lo que decís no tiene sentido.

La reina la miró.

—Eso es lo que dice mi esposo: que no le encuentra sentido a lo que digo. Me dice que permanezca callada, que no le gusta escuchar mi voz.

María se tragó la sorpresa que sintió ante el torrente de dolor que revelaban las palabras de su hermana. «Por todos los santos, ¿qué le ha hecho? Tiene el alma quebrada».

Catalina se puso en pie de un salto y se arrodilló junto a su hermana, atrapándole las manos, inquietas, entre las suyas.

—Ay, hermana, mi querida hermana, ¿qué os ha pasado?

Recostándose sobre la silla, Juana volvió los ojos al fuego con la mirada perdida.

—No os lo puedo contar, chiquitina. No deseo hablaros de ello. Ni a vos ni a nadie. —Se volvió hacia Catalina—. Pero deseo advertiros para que tengáis cuidado con en quién confiáis. ¿Sabíais que vuestra antigua dueña, doña Elvira, llevaba tiempo trabajando para mi esposo?

Catalina tragó saliva de forma visible.

—¿Doña Elvira? —dijo en voz baja. Miró a María y resultó evidente que no quería que Juana supiera que ya lo había sabido.

—Sí. Puede que, en teoría, su hermano sea el embajador de nuestro padre, pero es castellano hasta la médula. No es leal a nuestro padre y doña Elvira tampoco. Tan solo pidió permiso para dejar vuestro servicio y venir a Flandes porque había demasiadas personas que estaban empezando a sospechar de ella. Con razón, temía la venganza de nuestro regio padre. Por suerte para ella, tiene un hermano astuto que le insinuó a nuestro padre que ciertos documentos saldrían a la luz si algo llegase a pasarle a su hermana.

—¿De qué documentos se trata?

—¿Quién sabe? Tan solo sé que doña Elvira sirvió a nuestra madre muchos años antes de venir a Inglaterra. Sospecho que la mujer conoce muchos secretos relacionados con nuestro padre. —Ladeó la cabeza hacia su hermana—. Eso es el pasado, y me importa poco. ¿Sabéis...? ¿Podéis decirme de qué han estado hablando mi esposo y el rey inglés estos últimos días, desde que se conocieron?

Catalina sacudió la cabeza.

—No lo sé.

Volviendo a dar vueltas a uno de los anillos que tenía en la mano, Juana frunció el ceño.

—Don Ayala me es leal. Hablaré con él.

María se removió intranquila en su asiento, atrayendo hacia sí la mirada de ambas hermanas. Catalina la observó.

—¿Sabéis algo, María?

Ella se encogió de hombros.

—Un amigo de confianza me contó algo ayer. —Rememorando la conversación con Will, miró primero a Juana y luego a Catalina—. El rey ha firmado un tratado con el rey Felipe.

Las hermanas se miraron la una a la otra y, después, volvieron a mirar a María.

—¿Os habló vuestro amigo del contenido de dicho tratado? —le preguntó Catalina.

María se miró fijamente las manos un instante.

—Perdonadme por haber guardado silencio, pero deseaba esperar un mejor momento para hablaros de esto, pues ya estabais angustiada por no haber visto a la reina Juana.

—¿No queríais preocuparme? María, deberíais saber que tenéis que contármelo todo.

María miró a Juana, temerosa de su reacción.

—Es un tratado secreto. El rey Enrique ha accedido a apoyar al esposo de Juana contra vuestro padre. Mi amigo me dijo que el rey Fernando ha estado abordando a los grandes de Castilla. Perdonadme, mi reina, pero parece que vuestro padre ha estado diciendo que vos y vuestro esposo no sois aptos para gobernar.

Frotándose el lateral del rostro, Juana se dio la vuelta.

—Nuestro padre... ¿Nuestro padre quiere traicionarme?

Catalina sacudió la cabeza.

—No sabemos si es cierto. Tal vez... Tal vez no es de vos de quien duda nuestro noble padre, sino de vuestro esposo.

Juana apretó los labios y observó a su hermana.

—No habéis cambiado. Incluso de niña, defendíais a nuestro regio padre. —Alzó la barbilla—. Yo, por el contrario, dejé de confiar en él hace años. Chiquitina, haced caso de alguien que sabe de lo que habla: un día, os romperá el corazón del mismo modo que me lo rompió a mí una y otra vez.

«Romperle el corazón a Catalina... Por todos los santos del cielo, ¿por qué, sin ninguna duda, sigue manteniendo la fe en su padre? Desde la infancia, ambas conocían sus traiciones y sus muchas mentiras, pero Catalina siempre le excusaba. Era como si todo su mundo dependiese de que creyera en él. —Miró a su amiga, preguntándose si se daba cuenta de que aquel tratado también la afectaba a ella—. Si Felipe el Hermoso y Enrique VII se unen contra el rey Fernando, eso disminuirá el poder de su padre y, como princesa de Aragón, disminuirá su propio valor como esposa para el príncipe Enrique».

María se guardó parte de la información para cuando pudiera hablar con su amiga a solas, consciente de lo mucho que aquello la disgustaría. Por el apoyo de Enrique VII, el esposo de Juana estaba dispuesto a pagar en carne. Iba a devolverle al rey Tudor a un hombre que estaba bajo la protección de su padre: Edmund de la Pole, conde de Suffolk.[38] Will le había contado que el rey Felipe tan solo había accedido a hacerlo después de que Enrique le prometiera que aquello no le costaría la vida al conde. Sin embargo, lo que sí haría sería encerrarlo en la Torre de Londres de por vida, era lo más probable. Otra «rosa blanca» que rendía cuentas y era apartada del tablero de ajedrez, y un temor menos para

---

38 N. de la Ed.: Edmund de la Pole, conde de Suffolk (c. 1471-1513). Aunque los de la Pole habían jurado lealtad a los Tudor, lo cierto fue que, más tarde, reclamaron el trono para sí por los derechos de la casa de York. Edmund murió ejecutado en la Torre de Londres.

Enrique VII. María temía que si se lo contaba, Catalina volvería a tener pesadillas, las mismas que había tenido durante años por la muerte de Warwick. Tal como estaban las cosas, su princesa ya tenía pesadillas más que suficientes.

CAPÍTULO 18

n el banquete de aquella noche para dar la bienvenida a la reina de Castilla a la corte inglesa, María se sentó en la mesa que había justo bajo el estrado real, contando las veces que el rey Enrique se volvía hacia la reina Juana, que estaba a su lado. A menudo, le hablaba largo y tendido, interrumpiendo una y otra vez la conversación que ella estaba teniendo con Catalina. No pasó mucho tiempo antes de que la princesa perdiese la sonrisa y mostrase su gesto inescrutable. Para entonces, estaba tamborileando los dedos sobre la mesa; estaba enojada, María lo sabía.

Cuando el rey volvió a hablarle a la reina, María recordó las veces que le había visto hablando con su esposa. El hombre se había quedado con la mirada apagada tras la muerte de su esposa, Isabel de York, pero, aquella noche, algo estaba cambiando. Se inclinaba hacia Juana como si anhelase escuchar cada palabra que decía. Le hablaba al oído y ella lo miraba con los ojos muy abiertos y reía. María pestañeó. «Por san Miguel... El rey Enrique ha vuelto a encontrar su corazón. Se ha enamorado... de la hermana de Catalina».[39]

---

39 N. de la Ed.: Se sabe que Enrique VII pidió la mano de Juana I de Castilla tras enviudar esta años más tarde, cosa que no gustó nada a Fernando de Aragón, que para salvar diplomáticamente el asunto presentó al hijo de Juana, Carlos, como heredero de la Corona de Castilla, y proponiendo su compromiso con la que sería única hija viva de Catalina de Aragón, María. Como consorte, Juana tenía un gran valor, a pesar de las dudas que más tarde surgirían en torno a su estado mental: era noble, una mujer fuerte y que tenía partos fáciles. Todos sus hijos nacían sanos y llegaron a la edad adulta. Acabó confinada por su propio padre de por vida en el castillo de Tordesillas.

El rey Felipe se dio la vuelta hacia Juana y dejó de hablar con el hombre que estaba a su lado. Derramándole por encima el vino tinto, le pasó la mano por el cuello del vestido. Juana se sobresaltó y se dio la vuelta, mirándole en silencio. Un gesto de dolor le tensó el rostro hasta tornarlo pálido y sin expresión. Felipe se rio, apartó la mano y miró fijamente al rey Enrique. Sorprendido, el rey inglés miró a Juana con compasión antes de volverse.

Catalina también pareció sorprendida. Agachó la vista y llevó la mano hacia Juana por detrás de la mesa. Su hermana la miró y, entonces, también bajó la vista. Asombrada por el comportamiento del rey Felipe, supuso que la princesa estaba estrechándole la mano a su hermana sin que nadie las viera. El resto de la noche, Felipe el Hermoso o bien no hizo caso a su esposa, o bien la menospreció o bien se burló de ella. Bebió y bebió hasta estar borracho mientras que la reina de Castilla apenas comió nada de lo que le habían servido en el plato. «Pobre Juana, parece demasiado asustada para hablar, incluso con su hermana».

❀ ❀ ❀

María jadeó, despertándose de un sueño horrible. Catalina se removía a su lado, inquieta. Con el corazón latiéndole rápido y martilleándole contra los oídos, se dio la vuelta hacia un costado, haciéndose un ovillo. Temiendo volver a dormirse, respiró hondo varias veces. Mientras recordaba el sueño, la cera goteaba de la vela que había cerca de la cama. Se estremeció ante las imágenes que tenía en la mente. El rey Felipe había lanzado sangre sobre Juana y había apartado a Catalina de un empujón. Ella había acudido en su ayuda, pero el rey la había agarrado de la garganta y había empezado a apretar. Ella no había podido respirar...

Todavía temblando, cerró los ojos. «Querido Dios, dejad que duerma sin pesadillas».

❀ ❀ ❀

Se reunió con Will tras la misa de la mañana. Pensando en que estaba más callado de lo habitual mientras caminaban el uno al lado del otro por los jardines, María se frotó los ojos y bostezó.

—¿También habéis dormido mal esta noche? —le preguntó.

—Bastante bien —contestó él—. Pero mi sirviente me ha contado algo esta mañana.

—¿Sí?

Volvió a bostezar e intentó aclararse la mente, que le parecía tan nublada como la bruma de la mañana que había ante sus ojos.

—Tiene que ver con vuestra princesa.

Se volvió hacia él, despierta al fin.

—Entonces, será mejor que me lo contéis.

—Anoche, el rey Felipe fue violento con su esposa.

—¿Qué? ¿Estáis seguro?

—Mi sirviente está seguro, y yo le creo. Por la noche, pasó frente a las estancias de la reina. Oyó que se rompían muebles, el ruido de golpes y a la reina suplicándole a su esposo. —Will se sonrojó—. Cree que el rey tomó a la reina como si fuera una bestia. Ella estaba llorando y le pedía que se detuviera.

—Por amor de Dios, ¿cómo voy a contárselo a la princesa?

—¿Debéis contárselo?

—Tengo que hacerlo, es algo que tiene que saber.

Tras dejar a Will, María llegó a la alcoba de la princesa al mismo tiempo que un mensaje de Juana. Catalina lo leyó y, después, le tendió la carta, que era breve.

Chiquitina:

Mi señor esposo me ordena que regrese sin demora a nuestros barcos y que le espere allí.

Adiós

—¿Por qué se ha marchado tan pronto? —preguntó Catalina.

Se dejó caer sobre la silla con los ojos brillantes a causa de las lágrimas. María se mordió los labios y decidió ofrecerle a su amiga una versión más suave de lo que Will le había contado.

—Anoche tuvo una discusión con el rey, su esposo.

Enojada, Catalina se volvió hacia ella.

—Felipe no es digno de ella. No le muestra ni un ápice del respeto que le debe como reina de Castilla. Sé que es su esposo, pero no entiendo que permita que le dé órdenes. —Se frotó los ojos llorosos—. Tan solo disfruté de una hora en su compañía. Es cruel tanto para ella como para mí.

María le estrechó la mano. «El rey Felipe es cruel. Pero ¿debería contarle cuán cruel es? —Se fijó en el rostro demasiado pálido e inquieto de la princesa—. Todavía no. Todavía no. No, todavía no».

❊ ❊ ❊

Octubre de 1506, palacio de Fulham

Mi querida doña Latina:

Nos han llegado las noticias de la muerte del rey Felipe.[40] *¿Es cierto lo que dicen de la reina? ¿Se niega a entregar su cuerpo para que lo entierren?*

Con pocos deseos de pensar o escribir sobre la muerte, aunque se tratase de la de un hombre vil como Felipe el Hermoso, María dejó la pluma y miró por la ventana. A través de las ondulaciones del cristal grueso, pudo ver una luz dorada que bañaba el jardín como si estuviese despidiendo el día. El otoño había llegado. Las hojas caían de los árboles, esparciendo sobre el suelo una alfombra gruesa. Le alegraba que estuvieran allí en lugar de en Richmond. Le gustaban la paz, los jardines y la privacidad de la que nunca habían disfrutado en el otro palacio. Tomó la pluma y escribió otra frase.

¿Creéis que es cierto lo que dicen sobre el rey?

Miró fijamente lo que había escrito, mordiéndose el labio inferior. «¿Puedo escribir eso? Incluso si es para la Latina, ¿puedo escribir una pregunta semejante?». Tomó un cuchillo y desechó aquellas palabras mientras pensaba en la lucha de poder desatada entre el padre de Catalina y Enrique Tudor. La partida de Juana y Felipe había supuesto que el rey inglés volviera a tratar mal a Catalina. El tratado entre Enrique y Felipe le había

---

40 N. de la Ed.: Felipe de Habsburgo fue un hombre ambicioso que, efectivamente, quería hacerse con el poder que correspondía a su esposa, Juana I. No obstante, su muerte prematura en 1506 frustró sus planes.

llevado a afirmar en público que el compromiso entre la princesa y su hijo era inválido. La relación entre Aragón e Inglaterra se había terminado hasta que el rey Fernando pagase lo que debía de la dote de Catalina.

A ninguno de los reyes parecía importarle que el hueso por el que se estaban peleando fuese una mujer joven que cada vez estaba más desesperada y enferma. El monarca inglés le había dado a Fernando de Aragón seis meses para pagar la dote de la princesa. Cuando hubo pasado la fecha límite, la había extendido otros tres meses. Sin embargo, después de que su padre se hubiese negado a ceder, Catalina se había convertido en el blanco de la ira del rey.

El rey Enrique ha reducido la miseria que pagaba para mantener la casa de mi princesa. Ella se ha vuelto a endeudar para asegurarse de que todos tengamos qué comer. Gracias a Dios, el rey Fernando le envió algún dinero, aunque se trata de una suma que ni siquiera se acerca a ser suficiente. Catalina ha empeñado casi todo lo que posee que se pueda empeñar.

Me parece que los días me resultan más duros a mí que a ella. Su fe siempre ha sido más fuerte que la mía, y estos tiempos difíciles han logrado que sea más fuerte todavía. Además del consuelo de la oración, mi princesa también se sintió reconfortada cuando su padre le ofreció en muestra de su cariño y respeto nombrarla su embajadora en la corte inglesa, lo que también le ha proporcionado algunos ingresos. Durante un tiempo, el príncipe Enrique también le resultó de consuelo. El joven escapaba del escrutinio de su padre para pasar un rato con ella. Tocaba sus canciones y mi princesa compartía con él los libros que había leído. Al escuchar los halagos de la princesa, el muchacho se pavoneó como un gallo. Resultaba evidente que el príncipe disfrutaba de su aprobación y que la buscaba cada vez más.

Pero incluso ese pequeño consuelo le fue arrebatado. Cuando el rey Enrique descubrió el motivo que se escondía tras las excursiones diarias de su hijo, ordenó de inmediato que la princesa dejara la corte y regresase al palacio de Fullham. Se cubrió las espaldas alegando que lo hacía preocupado por la salud de Catalina. La orden del rey no sirvió más que para hacer que mi princesa enfermase todavía más.

Además, está angustiada por su hermana Juana, que le envió una extraña carta...

María volvió a dejar la pluma, pensando en lo que había pasado aquella mañana, tras leer Catalina la carta.

—Juana cree que nuestro señor padre hizo que envenenaran a su esposo. —La princesa se inclinó y lanzó la carta al fuego—. Los rumores que oímos son ciertos: mi hermana ha perdido la cabeza a causa del dolor.[41] Nuestro padre no es un asesino.

«¿Asesino? ¿El rey Fernando no es un asesino? La Latina lo llamó asesino...». María, con la cabeza palpitándole, bajó la vista y pensó en ella misma de niña, de pie frente a la habitación de la Latina. Dentro, la mujer había estado rezando y llorando. Aquella mañana, la hermana de Catalina, Isabel, había muerto dando a luz. La mujer había estado con ella durante el alumbramiento. Y ella, incapaz de consolar a Catalina por la muerte de su hermana, había acudido a su maestra en busca del consuelo de la persona adulta a la que más quería en la corte. Lo que no se había esperado era encontrarse con una mujer que lloraba.

—Dios querido —había divagado la Latina entre lágrimas—, el rey Fernando es malvado. Malvado os digo. Tiene las manos manchadas con la sangre de Isabel. La ha matado, del mismo modo que estoy segura de que mató a su primer marido.[42] ¿Cómo podía vivir ella al enterarse del asesinato de su esposo? Perdonadme, Dios, pero maldigo al rey. Lo maldigo por lo que nos ha hecho a mí y a otros.

Aquella mañana, al recibir la carta, no le había hablado a Catalina de aquel recuerdo. A pesar de todo lo que le había hecho soportar, la princesa deseaba creer en su regio padre. No quería pensar mal de él, incluso aunque, con cada nuevo día, le resultase más difícil. Cuando Juana se había marchado de Inglaterra, había culpado a Felipe de sus nuevos problemas, no a su padre.

«Si Catalina llegase alguna vez a ver al rey tal como lo hacen otros, eso podría destrozarla tal como les ocurrió a Juana y a su hermana Isabel. La quiero demasiado como para poner en riesgo su cordura».

---

41 N. de la Ed.: Juana I de Castilla pasó a la historia como «Juana la Loca».

42 N. de la Ed.: Es poco probable que Fernando el Católico atentara contra la vida de su yerno. Según Ángeles Irisarri, autora de *Isabel, la reina*, «Fernando no era César Borgia ni el cardenal Richelieu ni el marqués de Sade, era un rey de su época, que sabía ser magnánimo y severo cuando procedía y, según la mentalidad actual hasta cruel con sus enemigos». Lo que sí es cierto es que Isabel de Aragón fue obligada a casarse de nuevo por sus padres, y que murió de parto al dar a luz a Miguel de Paz, un infante que no superó la infancia.

Superando al fin la impotencia, María siguió escribiendo la carta para la Latina.

Hoy la princesa ha recibido la noticia de que pronto regresaremos a Durham House. El rey la trata como un peón al que puede mover a voluntad. Pero, al menos, Durham House es un lugar que a todos nos gusta...

Volvió a alzar los ojos hacia el día otoñal. La puerta que daba al jardín de las plantas medicinales estaba abierta. El camino que había enfrente estaba bañado de luz, como si la estuviera invitando a salir y disfrutar de las últimas horas del día. «Sí, me gusta Durham House, pero no tanto como este lugar. El palacio de Fullham es mi favorito. —Suspiró de nuevo—. Las maquinaciones del rey Fernando y del rey inglés nos convierten a todos en peones. No tenemos mucho poder para ganar este juego. Ni siquiera mi princesa».

❈ ❈ ❈

El viento furioso de la primavera doblaba los robles jóvenes, rompiendo las ramas, aplastando las flores, esparciendo y arremolinando las hojas y los pétalos a su paso. Su voz resonaba como un torrente de agua desbordando sus propias orillas. María agarró con más fuerza la cesta de plantas medicinales mientras luchaba contra el poderoso viento para regresar adentro. Sujetando el contenido de la cesta, contempló las amenazantes nubes negras de la tarde. Un rayo atravesó el cielo y, después, otro. Apretó el paso. Un goterón de agua la golpeó como si fuese una piedrecilla y se expandió para empaparle el vestido antes de que empezara a llover. Que el tiempo empeorase parecía presagiar cómo sería aquel día, o quizá no fuese más que la continuación de un tiempo horrible y lleno de dificultades como el que estaban viviendo.

Al entrar, pestañeó, acostumbrándose al cambio de luz de la larga galería. Si bien fuera estaba oscureciendo, dentro estaba aún más oscuro, pues no tenían dinero para velas. Las pocas que podían comprar se utilizaban para las habitaciones de la princesa y sus damas. Encaminándose de nuevo hacia aquellas habitaciones, se corrigió a sí misma. No solo eran las habitaciones de las damas. Había algunos hombres que formaban parte de la casa de la princesa y otro se les había unido en Durham House tres semanas atrás: fray Diego Fernández, un franciscano que se había convertido en el confesor de Catalina.

María lo vio caminando directamente hacia ella. Se detuvo y, después, continuó. El destello de un rayo iluminó la galería, delineando la figura esbelta y encapuchada del hombre. Antes de que volviera a pestañear, el hábito marrón de los franciscanos pareció convertirse en una tela dorada. Aunque estaba más cerca, todavía no parecía darse cuenta de su presencia, pero eso no le sorprendió. Desde su llegada, a la única persona a la que atendía y cuya atención buscaba era a Catalina. En el poco tiempo que llevaba con ellos, ya había hecho notar su presencia, una presencia vigilante que a menudo se imponía a las mujeres. «Tanto si queremos, como si no». Pasaron el uno al lado del otro. Cuando él miró en su dirección, María agachó la mirada. Ni siquiera la saludó, sino que siguió su camino. Para ser un hombre de Dios que había jurado ser célibe, era guapo: tenía el pelo claro, los ojos azules, pómulos altos, la piel bien afeitada y unos labios carnosos y bien formados. «Sí, demasiado guapo para quienes sean de mente estrecha y lengua suelta». A diferencia de otros franciscanos, este se bañaba y vestía ropa limpia sin ninguna duda. Aquel día, cuando pasó a su lado, pudo captar el aroma del agua de rosas que había empleado en su aseo.

«¿Es injusto que no confíe en él? ¿Me equivoco al preocuparme por su presencia?». Dado que procedía de Castilla y tenía la recomendación de Bella, Catalina le había dado la bienvenida sin poner en duda su carácter. Sencillamente, se sentía aliviada por haber conseguido un confesor de una orden a la que veneraba. Tras apenas tres semanas, también lo respetaba y lo veneraba a él. «Desearía que Catalina fuese más cauta con respecto a aquellos en quienes deposita su confianza. Bella reconoció que lo conocía poco, pero que otros tenían buena opinión de él. Sí, es un hombre de Dios, pero la princesa no debería bajar la guardia tan pronto. Para nosotros, es un desconocido. —Suspiró—. Si le hablo de que me preocupa, puede que Catalina se enfade, y tampoco tengo un buen motivo. Quizá, sencillamente, haya juzgado mal al hombre».

Contenta de no estar con las demás mujeres, llevó la cesta a la habitación que el médico había establecido como destilería y que compartía con ella de buen grado siempre y cuando estuviera dispuesta a preparar alguno de sus brebajes. El confinamiento diario en las alcobas que les habían prestado a veces le recordaba al viaje en andas en su tierra natal. Aquello también la había convertido en presa del aburrimiento. En la mesa que había cerca de la única ventana de la estancia, cortó menta y la mezcló con una medida de vinagre antes de verterla en un frasco para que fermentase.

Al menos, disponía de aquel tiempo a solas. El papel no reconocido que desempeñaba cuidando del bienestar y la salud de la princesa le ofrecía la excusa perfecta para escaparse al jardín de las hierbas medicinales siempre que el tiempo se lo permitía o para seguir aprendiendo con la lectura. Jamás se aburría en el jardín o en la destilería. El tiempo que pasaba en ambos lugares le permitía pensar, leer y aprender.

La risa de una chica atravesó el lamento del viento e hizo que María abandonase sus cavilaciones. Dejando el cuchillo junto a la tabla de cortar, se dirigió hacia la puerta abierta y miró hacia el pasillo. Francisca estaba sumida en una conversación con Grimaldi,[43] un hombre de mediana edad. Era uno de los muchos acreedores de la princesa y su banco tenía poder sobre el rey Fernando debido a las muchas deudas que el monarca tenía. Dicho banco también prestaba a Catalina.

Grimaldi le pasó la mano a Francisca bajo la barbilla y le alzó el rostro. Sorprendida de que la muchacha no se apartara de él, María retrocedió un poco, esperando que no la viesen. Grimaldi atrapó a la joven entre sus brazos y la besó. Una vez más, ella no hizo ningún esfuerzo por resistirse a sus avances; más bien, le devolvió el beso como si no fuese la primera vez, sino una de otras muchas. Francisca volvió a reírse cuando, con una de las manos, él empezó a desatarle el corpiño y, con la otra, le tiró de la falda. Sin embargo, en aquella ocasión, se apartó de él. Dijo algo y le lanzó un beso antes de regresar hacia las dependencias de Catalina.

María volvió a la menta que tenía en la tabla de cortar y tomó el cuchillo. Tragó saliva, mirando la planta sin cortar, tentada de beberse uno de los brebajes para calmar la inquietud que se le removía en el estómago. «¿Debería contárselo a la princesa? —Empezó a cortar de nuevo—. Entre los problemas que le han causado su padre y el rey inglés ya tiene bastantes preocupaciones; no voy a molestarla ahora porque una de sus damas tenga un romance imprudente. Seguro que se trata de una tontería, algo poco importante como para molestarla».

Francisca ya no era una niña; con veintiún años, ya había más que entrado en la edad adulta. Debería ser más lista. Pero, al igual que las demás,

---

43 N. de la Ed.: Francesco Grimaldi, banquero y mercader genovés, trabajó entre los reinos de Granada e Inglaterra. Acudió a Londres en 1508 como factor y socio de su primo Agustín Italián para llevar con Fuensalida lo que faltaba de la dote de la infanta Catalina. Acabó por asentarse en Granada, donde adquirió un gran patrimonio, y se casó con una de las damas de Catalina de Aragón, Francisca de Cáceres.

pocos eran los hombres a los que veía y solo de manera irregular. Dejó el cuchillo, mirando los frascos que había en las estanterías. Aquellos tarros representaban las muchas horas que pasaba a solas. «Dios sabe que todas nosotras somos mujeres a las que les han negado un esposo e hijos. ¿Está mal que coquetee con un hombre? ¿Acaso no he hecho yo lo mismo y, además, con un hombre casado? No puedo ser yo quien tire la primera piedra. —Volvió a tomar el cuchillo—. Pero ¿con Grimaldi? Un hombre que no solo es mucho mayor que ella, décadas, sino que no tiene sangre noble. Un prestamista. Alguien que ya tiene mucho poder sobre nuestra princesa. Hablaré con Francisca y la avisaré para que tenga cuidado».

✿✿✿

Una vez terminadas las oraciones matinales en la capilla, María se separó del resto de mujeres que regresaban con Catalina a sus dependencias y tomó el camino que conducía al jardín de plantas medicinales. Al llegar allí, vio a Francisca cruzando el portón trasero, que había a cierta distancia, dirigiéndose a los aposentos de la princesa. «Es raro. Está sola. Y esta mañana no estaba en la capilla». Apartó a la muchacha de su mente y, durante la siguiente hora, estuvo recolectando plantas. Después, trabajó con ellas en la destilería. Tras terminar con sus tareas matutinas, fue a cambiarse de ropa antes de unirse a las demás mujeres. Contempló la antecámara y reprimió un suspiro. La silla de Catalina volvía a estar vacía. Cerca, en el asiento de la ventana, Francisca estaba arreglando una manga con la cabeza agachada. La luz se filtraba por la ventana, bañando su esbelta figura y delineándola con una bruma.

Cerró la puerta, tomó el libro que había empezado a leer el día anterior y se sentó junto a la dama.

—¿Dónde está todo el mundo?

La otra muchacha hizo una mueca.

—¿Dónde creéis?

María suspiró.

—¿Con fray Diego? Tal vez nosotras también deberíamos buscar tiempo para escucharle leer la Sagrada Biblia.

—¿La Sagrada Biblia? —Tomó aire con fuerza por la nariz—. Si fray Diego tan solo se preocupase por la Biblia...

María la miró. Con los ojos fijos en su tarea, la joven cosía con rapidez y furia, arreglando un descosido de la manga. «Ella también desconfía de fray Diego, pero ¿por qué motivo? Tal vez, en el caso de ambas, no haya otro que la envidia, ya que Catalina pasa la mayor parte del tiempo con él. Sin embargo, creo que Francisca está enfadada por otras razones».

—¿Qué os preocupa? —le preguntó, acercándose más a ella.

Francisca detuvo la mano y alzó la vista, frunciendo el ceño.

—¿Quién dice que estoy preocupada?

—Amiga, lo estáis. Puedo verlo en vuestras palabras y en todo lo que hacéis hoy. —Frunció los labios—. Os he visto esta mañana, en el jardín; estabais cruzando el portón. —La miró a los ojos—. ¿Dónde habéis ido?

Ella se sonrojó y agachó la cabeza.

—No es asunto vuestro, María, y no deseo hablar de ello.

María decidió tomar el control de la situación.

—¿Vuestra excursión matutina tenía algo que ver con Grimaldi?

Soltando la manga sobre el regazo, Francisca la miró fijamente y, después, rompió a llorar. Tan pronto como empezó a llorar, dejó de hacerlo y se frotó los ojos.

—¿Qué sabéis vos, María?

—Lo suficiente. Ayer os vi con él y, después, hoy os veo atravesando el portón como si regresaseis de algún sitio. Sé que Grimaldi vive cerca porque nuestro embajador se aloja con él. —Soltó un largo suspiro—. Nada de todo esto me parece inteligente.

—¿Inteligente? Inteligente sería que la princesa despachara al idiota del sacerdote. Antes de que llegara, Catalina escuchaba a don Gutierre Gómez de Fuensalida,[44] tal como debería hacer con su embajador. Pero, ahora, solo escucha al cura. ¿Sabéis que ha dispuesto la venta de más bienes de la princesa?

María se recostó sobre los cojines, apretándose el libro contra el pecho.

—¿Cuándo lo habéis descubierto?

—Escuché a la princesa discutir con don Cuero. Pobre hombre. Ya es bastante malo que haya tenido que vivir con los ingleses humillándole siempre que pueden y diciendo que es un «humilde ujier» cuando es el tesorero; pero, ahora, la princesa le dice que es un traidor porque se niega a entregar una valiosa vajilla para venderla. En dos semanas, fray Diego ha

---

44 N. de la Ed.: Gutierre Gómez de Fuensalida (c. 1450-c. 1535). Fue un militar, diplomático y político castellano. Trabajó al servicio de los Reyes Católicos como embajador ante el Sacro Imperio Romano Germánico, Flandes e Inglaterra. También estuvo al lado de los monarcas en las conquistas de Málaga y Granada.

dispuesto la venta de los bienes suficientes como para conseguir doscientos ducados. Don Cuero me dijo que la mayor parte se gastará en libros y en pagar el sueldo del confesor de la princesa.

María se frotó un lado de la cara. Ya lo sabía, pero no había pensado que el resto de la casa también lo supiera. «Tendría que haberlo sabido. Vivimos demasiado juntos como para ocultar algo así».

—No creo que importe —dijo lentamente—. La princesa necesita conseguir dinero de alguna parte. Preferiría ver que vende los bienes de su dote que ver como sigue acudiendo a los acreedores. Pero habéis cambiado de asunto, Francisca. Francesco Grimaldi y vos... No creo que sea inteligente.

La joven se sonrojó.

—Desea casarse conmigo.

María la contempló, sorprendida.

—¿Cuántos años tiene? ¿Cincuenta? Y no es un noble...

—¿Y qué? Es rico y listo. Además, me adora. —Francisca se volvió hacia ella—. No le he dicho que sí. Decidme la verdad: ¿no creéis que va siendo hora de que la princesa se dé cuenta de que nunca se casará con el príncipe? El rey Enrique quiere un premio mejor para su hijo. ¿No podéis pedirle que escriba al rey Fernando y le diga que es hora de que todos volvamos a casa?

María sacudió la cabeza.

—No estoy en posición de pedirle tales cosas.

—¿Por qué no? Habéis estado con ella desde que erais niñas y nadie está tan unido a ella como vos. Seguro que queréis casaros y tener hijos.

—Sí, quiero casarme y tener hijos —dijo en voz baja, pensando en Will en todo momento. Aquellos momentos, breves y poco frecuentes, que pasaba en su compañía le ofrecían la única alegría de su vida. Se volvió hacia Francisca—. Hace tiempo le prometí a nuestra princesa que me mantendría a su lado. Es asunto suyo decidir cuándo escribirle a su padre. Es asunto suyo decidir si algún día regresaré a Castilla. Y no creo que tengáis razón con respecto a sus esponsales con el príncipe. Me ha dicho que no puede deshacerse, no a menos que deseen humillar a la casa real de Aragón. Ella preferiría morir antes que ver que ocurre algo así. El deber es el faro que la guía. Mi princesa es el mío. ¿Qué hay de vos, Francisca? ¿Cuál es vuestro faro?

La muchacha apartó el rostro y miró por la ventana sin decir nada.

Capítulo 19

A solas en la galería del palacio de Richmond, María estaba rasgando las cuerdas de su vihuela, tarareando una canción. Will había vuelto a su hogar durante un mes y le echaba mucho de menos. Trataba de no pensar en su esposa.

Cambió de postura, adentrándose más en las sombras del asiento de la ventana y, una vez más, intentó capturar la música y la letra que le palpitaban en la cabeza. Tocó mientras pensaba, intentando encontrar las notas correctas. En su mente, una canción lenta y llena de alma había nacido, crecido y batido las alas, y necesitaba encontrar una melodía que casara con ella. Quería que aquella canción estuviese completa y libre, que dejase de ser el fantasma de una posibilidad para ser algo de verdad. Quería que la canción volase. Cantó en voz baja, saboreando las palabras una tras otra mientras se fundían con las notas.

> *Ay, corazón roto,*
> *calmaos y en silencio quedad.*
> *Es inútil que deseéis*
> *aquello que no podéis tomar.*

Suspiró. «Sí, aquello que no puedo tomar...».

Oyó unos pasos ligeros y sin prisa. Alzó los ojos. El príncipe Enrique se acercó a ella. Había elegido aquel lugar con cuidado y había esperado que la distancia y la separación de las estancias reales le ofreciesen la privacidad que ansiaba, un tiempo a solas con su vihuela y una oportunidad de componer aquella canción que pedía nacer. «Ahora, tengo que dejar mi instrumento para hacer una reverencia ante este joven mimado y arrogante, alguien por quien me esfuerzo cada día para que me agrade». Le dedicó una sonrisa falsa y se preparó para fingir una vez más.

El príncipe le hizo un gesto con la mano.

—Sentaos, seguid tocando. —Se sentó cerca de ella y la miró—. Os oí en la biblioteca. Tenéis una voz bonita. —Sonrió—. Yo también canto bien. Incluso el rey, mi padre, dice que es así. —Volvió a contemplarla con sus ojos azules—. ¿Qué canción era esa? No creo haberla escuchado antes.

María se frotó un lateral del rostro y se apartó un poco de él.

—Es una canción que estaba componiendo, alteza.

Él pareció sorprendido.

—¿La letra y la música?

—Sí, alteza.

El príncipe sacudió la cabeza.

—He conocido a pocas mujeres que supieran escribir canciones. —Pareció afligido—. Mi madre era una de ellas. Mi hermana María es como ella y también compone música. Más allá de eso... —Se volvió hacia ella—. La princesa Catalina, ¿compone y toca música?

—La princesa no compone, pero sabe tocar el arpa y, a veces, practica canciones nuevas usando su clavicordio. Sin embargo, prefiere mostrar su amor por la música escuchándola y bailando.

El joven sonrió.

—Bien. Cualquier esposa mía debería amar la música y saber bailar. No me gustaría que no fuese así. —Se inclinó hacia ella y le quitó la vihuela. Después, rozó las cuerdas con dedos torpes. Volvió a hacerlo pero, en aquella ocasión, para sorpresa de María, tocó un acorde con seguridad—. ¿Este instrumento es castellano? —preguntó.

—Sí, alteza.

María volvió a cambiar de postura, reprimiendo su fastidio y las ganas de arrebatarle la vihuela. Pocas veces permitía que otros la tocaran. Se la había regalado el príncipe Juan tiempo atrás y, como tal, era demasiado valiosa como para arriesgarse a dejársela a desconocidos o a aquellos en los que no había aprendido a confiar. Además, era su vihuela y el príncipe la había tomado sin ni siquiera preguntar si podía hacerlo.

Sin ser consciente de su impaciencia por verlo marchar, el príncipe rasgueó una melodía corta. Cuando los dedos se le trabaron con las notas, resopló y le devolvió el instrumento.

—Prefiero el laúd; su sonido es mejor.

—Si eso creéis, alteza...

Él frunció el ceño.

—¿No estáis de acuerdo?

María se encogió de hombros.

—Todos los músicos tienen sus preferencias. En mi caso, he tocado la vihuela desde la infancia.

Sonrió. Arrastrada por la fuerte corriente de los recuerdos, vio una alcoba iluminada por el sol y al príncipe Juan, rubio, de ojos amables, con la sonrisa iluminándole el rostro mientras murmuraba palabras de ánimo. Había sido muy paciente con ella. Incluso a los cinco años, había sido consciente del honor que suponía recibir de él su primera clase para tocar la vihuela. Le había regalado el instrumento que poseía para su duodécimo cumpleaños, poco antes de su muerte.

Miró al príncipe que estaba a su lado. Enrique era muy diferente. Mientras él era un gallito osado que se pavoneaba, Juan había sido un ruiseñor enjaulado. A pesar de la jaula, mientras vivió, Juan, conmoviendo a todos los corazones, había cantado una canción bondadosa y propia de un alma noble. Suspiró para sus adentros. Su muerte, así como la de Arturo, parecía un gran error, una broma de Dios que todavía no tenía sentido.

—Tocadme vuestra canción de nuevo —le ordenó el príncipe.

María apartó los recuerdos de un príncipe y prestó atención al otro. Alzó la barbilla.

—Perdonadme, pero no la he terminado todavía. —Tragó saliva—. No está lista para los oídos de su alteza.

Él entrecerró los ojos, pequeños.

—Sonaba bastante bien cuando os oí desde la biblioteca.

Se apartó de él. Quería decirle: «Estúpido, ¿acaso no sabéis que no podéis esperar que vais a recibir cualquier cosa que pidáis? No deseo compartir esta canción con vos, pues la escribo para aquel al que amo. Compartirla con vos tan solo serviría para mancillar mi regalo y ya no desearía entregarlo». Le miró a los ojos, pensando con rapidez.

—Preferiría escuchar una canción vuestra, alteza, que cualquiera de mis indignos intentos de ser cantante. Sería un honor para mí escucharos cantar.

—¿Lo sería? —Se animó y, al parecer, olvidó su anterior enojo—. Entonces, iré a buscar mi laúd.

María contempló cómo se apresuraba a recorrer el pasillo hasta que ya no pudo verle. Suspiró, rasgando unas notas en su vihuela, cantando suavemente en voz baja.

Ay, corazón roto,
calmaos y en silencio quedad.
Es inútil que deseéis
aquello que no podéis tomar.

Apartó los dedos de las cuerdas, absorta. Se le ocurrió que el príncipe Enrique nunca estaría callado o quieto. ¿Y con respecto a ser consciente de lo inútil de desear lo que nunca podría tener? Era más probable que pensase que todo lo que deseaba era suyo y podía tenerlo, incluso si eso implicaba destruir todo lo que estuviese en su camino. «¿Me equivoco al pensar así? No es más que un muchacho. Los años podrían enseñarle a ser más sabio, a descubrir la humildad. Puede que aún aprenda lo que significa el amor y que no puedes tomarlo o poseerlo». Sin embargo, lo dudaba. A pesar de lo apuesto que era, había algo podrido en él. Le recordaba a una manzana hermosa: roja y de aspecto apetitoso, pero podrida por dentro. Todavía lograba que se le erizase la piel. Deseaba y rezaba para que su difunta madre tuviese razón y que, una vez que se hubiese casado con Catalina, el buen Enrique tuviese una oportunidad mejor de superar lo malo. Suspiró. Sus dudas permanecían ahí.

Un golpe fuerte y un grito cercano la despertaron de sus cavilaciones. Dejando de lado la vihuela, se encaminó aprisa hacia el lugar de donde provenía el ruido. Dejó escapar un grito. Un muro de la galería se había hundido. Junto a los escombros, el príncipe estaba sentado en el suelo, frotándose la coronilla. Se acercó a él corriendo y se arrodilló a su lado.

—¿Estáis bien, mi príncipe?

Con el rostro lívido, vio que tenía una roncha roja en la frente y de una herida pequeña cerca de un ojo que le sangraba.

—Dios mío —dijo—, ha faltado poco. Un paso más y hubiera quedado bajo el muro. Me ha derribado una de las vigas.

—Alteza, sabéis que tengo ciertos conocimientos médicos. —Sacó el pañuelo blanco, doblado y sin usar que llevaba en el vestido y se lo mostró—. Con vuestro permiso, ¿podría limpiaros la herida y examinaros?

El príncipe Enrique sonrió.

—Adelante, mi señora.

María le limpió la sangre y, después, le examinó los ojos. Tenía las pupilas normales, no había señales de que tuviera ninguna herida seria en la cabeza. Solo tenía un rasguño, un arañazo como mucho. Tras ella, resonaron unos pasos pesados que corrían. Se volvió y vio a dos de los guardias del rey, a John Skelton,[45] el tutor del príncipe, y a Wolsey,[46] uno de los capellanes del rey, acercándose a ellos con rapidez.

El príncipe Enrique sonrió lentamente y tomó entre los dedos un largo mechón de pelo que se le había escapado del tocado.

—Cabello que resplandece con los reflejos azules de las alas de un cuervo y ojos negros como los de una cierva para atrapar a un hombre con una sola mirada. Sois Helena renacida y nadie en la corte de mi padre se puede comparar con vos. —Se rio—. Empezaba a pensar que no os agradaba.

Le sonrió, halagada y admirando a la vez su valentía. Quizá se equivocaba; tal vez había algo más en aquel príncipe que les diese esperanzas de un mañana mejor.

Los otros hombres les alcanzaron. Wolsey y Skelton ayudaron al príncipe a levantarse y uno de los guardias la ayudó a ella. Apoyándose entre los dos hombres, el príncipe comenzó a caminar con ellos para regresar por el camino por el que habían llegado. Se detuvo y la miró.

—Mañana, volved al lugar en el que os he encontrado hoy. Mañana me tocaréis vuestra canción.

Sin una palabra más, se volvió y se encaminó a las estancias de su padre. Tras ver cómo se marchaba, se quedó allí de pie un buen rato, contemplando las ruinas de la galería, que le parecían las ruinas de toda esperanza.

❀❀❀

Las noches frías significaban que volvía a ser la compañera de cama de Catalina. Aquella noche, en el lecho de la princesa, recordó la exigencia del

45 N. de la Ed.: John Skelton (c. 1463-1529). Poeta inglés, tutor del futuro rey Enrique VIII.

46 N. de la Ed.: Thomas Wolsey (c. 1473-1530). Obispo y hombre de estado, se convirtió en limosnero del rey Enrique VIII cuando este asumió la corona. Llegó a tener tanto poder que muchos lo conocían como «el otro rey». Al no conseguir del papa la anulación del matrimonio del rey con Catalina de Aragón, cayó en desgracia. Se retiró a York pero fue reclamado en Londres, acusado de traición (acusación típica cuando se perdía el favor del rey). Murió de camino por causas naturales.

príncipe. Dio vueltas en la cama hasta que la ira comenzó a hervirle dentro y amenazó con desbordarse. Al final, despertó a Catalina.

—¿Qué os pasa? ¿No os encontráis bien? —le preguntó su amiga, adormilada, girándose hasta ponerse de espaldas.

—No estoy enferma.

—Entonces, ¿qué os ocurre?

María suspiró.

—Perdonad que no os lo haya contado, pero, esta mañana, el príncipe Enrique me descubrió cuando estaba componiendo una canción para Will y quiere que la interprete mañana para él.

Catalina se volvió para mirarla a la cara.

—¿Sí? ¿Por qué?

María resopló.

—El joven príncipe quiere demostrar que es él quien manda. —Ahuecó su almohada y se tumbó, contemplando el techo—. No tiene derecho a pedirme una cosa así. No estoy escribiendo esa canción para él.

—Os he dicho que no deberíais escribir canciones para un hombre casado. Es pecado, María.

—Lo sé, y se lo confesé al sacerdote de nuestra casa. Sabéis que Will y yo hemos jurado ser solo amigos.

—Aun así, le escribís canciones.

—Le amo; no puedo evitar amarle. Pero, esta noche, mi preocupación no es Will. No quiero obedecer la orden del príncipe y reunirme con él mañana.

Catalina permaneció en silencio un buen rato.

—Si os lo ordena, María, debéis obedecer. ¿Y si voy con vos? ¿Os serviría de ayuda?

—Pero mañana viene el embajador. Es una reunión demasiado importante como para que la canceléis por un príncipe caprichoso.

—Lo había olvidado. Tenéis razón, debo reunirme con el embajador. Y vos debéis reuniros con el príncipe. No creo que sea un caprichoso, lo que pasa es que es joven. Le gusta la música, y a vos también. Si pasáis más tiempo compartiendo ese interés con él, tal vez descubráis que tenéis cosas en común y lleguéis a apreciarle. Detesto pensar que mi hermana tenga tan mala opinión del hombre que, si Dios quiere, algún día será mi esposo.

«¿Esposo? Por todos los santos, el chico es un pícaro arrogante y altivo».

Catalina se removió como si estuviera incómoda.

—¿María?

—¿Sí?

—Me preocupa que nunca se os haya ocurrido llevar a alguien con vos en vuestras excursiones diarias. Os ponéis en peligro sin necesidad.

María se encogió de hombros.

—Tengo veinte años y soy una mujer adulta. Hay guardias por todas partes y en cada puerta. En uno de los laterales hay un río y, en el otro, altos muros de piedra. Nunca salgo de noche. Aquí estoy tan segura como si estuviese encarcelada. A veces, pienso que lo estamos, que el rey pretende que estemos encarceladas. —Se apartó un poco de Catalina—. Nuestra maestra nunca tuvo a nadie que la siguiera a cada paso que daba, ¿por qué debería tenerlo yo?

Escuchando a medias cómo Catalina enumeraba todos los motivos por los que no debería andar sola por ahí, se acordó de algo, una cosa que había decidido olvidar.

Las monjas la habían enviado a recoger unas cuantas hierbas de los jardines reales y allí había visto a su maestra, que iba despeinada y caminaba como si lo hiciera en sueños. Sobre ella se había derramado una luz verde que oscurecía las marcas feas y rojas que llevaba en el cuello.

Con el paso de los años, volvió a oír en su cabeza su voz de niña diciendo:

—Le ha ocurrido algo, maestra.

No había sabido de qué se trataba, tan solo que la Latina había querido ocultar algo. Su comportamiento y sus palabras la habían desconcertado y, por primera vez en su vida, le había contestado con cajas destempladas.

—Seguid adelante, María. Seguid y disfrutad de estos días que pronto llegarán a su fin, cuando la infancia os ofrece la libertad que se nos niega a aquellos que ya no somos niños.

Volvió a visualizar el rostro de la Latina; había llorado y lo tenía húmedo. Al pensar ahora en aquello, lo que entonces no entendió le pareció claro ahora; todas las piezas encajaban. Se estremeció, recordando otros momentos en los que la Latina se había adentrado en las sombras con el rostro pálido por el miedo. En aquellos momentos, se había sacudido, enderezando los hombros y volviendo a dar un paso al frente, apartando los ojos todo el tiempo del rey Fernando, como si se negase a mirarlo y desease borrarlo de su vida. El odio de su maestra hacia aquel soberano no había hecho más que profundizar la desconfianza innata que ella misma sentía hacia él.

—María, ¿me estáis escuchando?

—Sí.

Se dio la vuelta hacia un costado, tiró de la colcha de la cama y se hizo un ovillo para entrar en calor. Reprimió las lágrimas. Si lo que sospechaba del rey era cierto, había un secreto más que tenía que ocultarle a Catalina.

—Por favor, ¿llevaréis con vos un acompañante a partir de ahora?

María sonrió un poco.

—¿No me lo ordenáis?

Catalina suspiró.

—No quiero ordenároslo. Sois mi hermana, ¿no?

María le tomó la mano.

—Sí, soy vuestra hermana. Os prometo que llevaré acompañante si creo que hay riesgo de estar en peligro. Pero os ruego que estéis tranquila. Aquí estamos muy bien vigiladas y sé cómo cuidar de mí misma.

❀ ❀ ❀

«Sé cómo cuidar de mí misma». Al día siguiente, a la misma hora y en el mismo lugar, dejó la vihuela en el asiento de la ventana y comenzó a caminar de un lado a otro, recordando las preocupaciones de Catalina con un creciente enojo por no tener más opción que obedecer al príncipe.

Dado que sus pasos eran el único sonido que se oía en la galería, empezó a darse cuenta del paso del tiempo y se preguntó si su suerte había cambiado a mejor. Puede que el príncipe no acudiese. Regresó hasta el asiento de la ventana y tomó la vihuela. Encaramada en el borde del asiento, se preparó para salir volando en cuanto volviesen a tañer las campanas llamando a la oración. Acunó la vihuela y rasgó las cuerdas, pensativa. Parpadeó ante un estallido repentino de luz procedente de la ventana que la atrapó en su calidez. Se volvió hacia ella, recordando una canción. Se acomodó en el asiento y volvió a tocar las cuerdas del instrumento, pero, en aquella ocasión, buscando recordar la melodía. Al fin, se acordó. Cerrando los ojos, unió su voz a las notas de la vihuela.

Ocupad vuestro lugar junto a la ventana.
Por favor, venid y tomad mi amor.
Mis ojos están muy cansados,
De buscaros exhausta estoy.

Unas manos aplaudieron una y otra vez. Sorprendida, abrió los ojos. El príncipe le sonrió.

—No tenéis que estar exhausta: aquí estoy.

María tragó saliva. «Menudo arrogante. Primero, me ordenáis que os toque la canción que he escrito para aquel al que amo. Ahora, creéis que esta canción que canto porque le echo de menos es para vos. Os tenéis en demasiada estima». El hábito tras haber pasado muchos años al servicio de la realeza refrenó su ira, recordándole que se había olvidado de ponerse en pie y hacer una reverencia. Tras hacerlo rápidamente, dijo:

—Estoy aquí, tal como me ordenasteis, príncipe Enrique.

—Y yo llego tarde. El rey, mi padre, necesitaba hablar conmigo esta mañana con respecto a lo que ocurrió ayer. Ha encarcelado a los hombres que construyeron la galería. Está furioso; el trabajo que hicieron, mal hecho, casi me mata. Me alegra que me hayáis esperado. —Se sentó en el asiento de la ventana y señaló el hueco que había a su lado—. Por favor, sentaos y tocadme la canción de ayer.

Colocándose de nuevo en el borde de la ventana, le miró.

—La canción todavía está inacabada, alteza. ¿No podría interpretar algo diferente?

Él entrecerró los ojos, aparentemente molesto.

—Empiezo a pensar que no queréis tocar esa canción para mí.

María agachó la cabeza, esperando que él no viese lo cierto que era aquello.

—Alteza, es una canción inacabada. Puede que nunca la termine. No os honro al tocar una canción que todavía no es una canción de verdad. —Le contempló durante un buen rato—. Conozco canciones mejores.

El príncipe hizo un mohín.

—En tal caso, cantadme una —dijo.

Molesta por recibir otra orden, sacudió la cabeza e intentó obligarse a escoger una canción, pero todas las que se le ocurrían eran canciones de amor. No le apetecía nada cantar canciones de amor para aquel joven. Al final, recordó una que le pareció segura. Tocó el primer acorde y cantó.

La bella Yolanz, en una habitación tranquila,
la tela de seda se extendía sobre las rodillas,
con un hilo de oro y otro de seda cosía
y su cruel madre la reprendía.
—Bella Yolanz, yo os reprendo.
—¿Por qué, madre, os lo ruego?
¿Es por como hilo, coso o tejo?
¿O porque me paso el día durmiendo?

El príncipe se rio y extendió una mano para tocarle la mejilla. Ella se apartó de él, dejando la vihuela en el suelo. Cuando se incorporó, el joven la atrapó y la atrajo hacia sí, para luego besarla de manera torpe.

María se apartó. Furiosa, agarró la vihuela como si fuera un escudo y se puso de pie. Pasándose la mano por los labios y deseando escupirle, le miró fijamente. La rabia que llevaba hirviendo en su interior desde la noche anterior se desbordó.

—¿Os atrevéis a besarme?

Ya no le importaba que fuese un príncipe. Era un muchacho que se había excedido. Recostándose en el asiento de la ventana, él se rio.

—Me gustáis. Os lo dije ayer: sois la mujer más hermosa de la corte de mi padre. Además, tenéis mucho carácter. —Se inclinó hacia ella, pero ella se apartó de él. Entonces, el príncipe se sonrojó y se puso de pie, mirándola desde arriba—. Deberíais sentiros honrada.

María pensó con rapidez.

—Majestad, sois un joven muy apuesto y dotado y os ruego que me perdonéis por mi sorpresa inicial y mis palabras de enfado. Sí, me honráis con vuestras atenciones, pero debéis comprender que la relación tan estrecha que tengo con la princesa Catalina, vuestra prometida, no me permite ni siquiera pensar en coquetear con vos. Jamás. —Le miró a los ojos—. Además, yo también tengo sangre real y no seré el juguete de ningún hombre. Alteza, tengo veinte años mientras que vos tenéis quince. Pedidme que toque un instrumento para vos, que escriba canciones para vos, que os instruya sobre las plantas curativas o la medicina, pero no puede ocurrir nada más entre nosotros. La princesa es de mi sangre, así como mi amiga más querida, y vos estáis prometido para casaros con ella.

Él apartó la mirada con el rostro sonrojado por la vergüenza. Enderezó los hombros y volvió a mirarla a los ojos.

—Como he dicho, me gusta vuestro carácter. Tal vez me equivoqué al besaros, pero mis hombres me sugirieron que aprendiese algo sobre las mujeres antes de que me case con la princesa. Tengo quince años, así que va siendo hora de que actúe como un hombre en todos los sentidos. Vos sois hermosa y me gustáis, y pensaba que yo os gustaba.

María le miró fijamente, incapaz de creer lo que estaba oyendo. «¿El chico me ha escogido como amante?».

—Me gustáis —mintió—, pero solo como alguien que desea ofrecerme su amistad. Soy una mujer casta de noble cuna, alteza. Preferiría morir antes que deshonrar a mi familia. Soy leal a la princesa Catalina, y ella confía en mí. Buscáis en el lugar equivocado, majestad.

El príncipe se encogió de hombros.

—Tenéis razón; olvidaba vuestra relación con la princesa. —Hizo un gesto con la mano—. Entonces, marchaos. Buscaré a otra mujer que conozca y aprecie el honor que le otorgo al mostrarle mi interés.

María hizo una reverencia y lo miró.

—Por favor, ¿comprendéis por qué debo rechazaros?

Él se levantó del asiento de la ventana, torció los labios y la miró de arriba abajo.

—Sí. Espero que mi gente sea leal y me alegro de que mi futura esposa tenga a alguien como vos entre sus damas. Mi padre me dice que la lealtad siempre debe ser recompensada. Sin duda, mostraréis vuestra lealtad de otras maneras. —Señaló la vihuela—. En el futuro, me gustaría que toquemos juntos y seguir aprendiendo medicina de vos.

María volvió a hacer otra reverencia y se enderezó.

—Eso es algo que me complacerá mucho hacer, alteza. Os deseo buenos días.

Mientras recorría el largo pasillo, consciente de que no le había pedido permiso para marcharse, sintió los ojos del joven clavándosele en la espalda. Todos sus instintos le gritaban que se apresurara, así que tuvo que hacer uso de todo su autocontrol para mantener un paso normal. Agradecía que ya no pudiera verle el rostro. Sintiendo náuseas y consciente de que el corazón le latía con rapidez, no necesitaba un espejo para saber que tendría la cara demacrada y pálida. Quería huir de él. «Es un muchacho. Un muchacho. —Agarró la vihuela con más fuerza, apretándola contra ella—. Un muchacho que, un día, será rey. ¿Cómo voy a evitarlo? Tengo que hacerlo. No quiero que me vuelva a poner las manos encima. —Se estremeció, asqueada—. Dios, mi Señor, ayudadme».

Esa misma tarde, pareció que Dios había escuchado su plegaria. El rey informó a Catalina de que volverían a trasladarla de Richmond. Dos días después, habían regresado al palacio de Fulham.

CAPÍTULO 20

aría estaba sentada en el taburete cerca del fuego. Frotándose el estómago dolorido, miró fijamente a los ojos a Catalina. Por segunda vez desde el amanecer, la princesa estaba de rodillas, rezando en el oratorio donde tenía su altar privado. Con el pelo suelto, Catalina daba tirones al cuello áspero del hábito marrón que se había acostumbrado a llevar las últimas semanas, dejando a la vista la piel roja e irritada. El escapulario monacal que formaba parte del hábito de la tercera orden de los franciscanos no servía demasiado para ocultar que cada vez estaba más delgada.

María rememoró sus últimos años en Castilla. El sufrimiento había seguido a más sufrimiento. Fue en aquel entonces cuando Catalina había aprendido a buscar consuelo en el rezo. Suspiró. «Ojalá pudiera decir lo mismo. Todo lo que aprendí en aquel entonces fue a dudar y a esforzarme para encontrar la fe. Me parece que es un esfuerzo que se mantendrá toda la vida, pero es algo que creo que es más sano que estar obsesionado con la oración como Catalina. Desde que fray Diego se convirtió en su confesor, ha estado todavía más obsesionada».

Cuatro, cinco, seis, siete o más veces al día, la princesa se arrodillaba ante el hombre y rezaba. Era su influencia la que había hecho que la princesa vistiese el hábito religioso. Era su influencia la que la llevaba a más días de ayuno. María lanzó un pequeño tronco al fuego; ojalá pudiera hacer lo mismo con la influencia del príncipe. «¿Acaso es de extrañar que Catalina esté cansada y tenga tendencia a enfermar? —Lanzó otro tronco al fuego inquieto—. Además, no creo que el médico de la princesa mejore la situación». El hombre insistía en que una sangría mensual mejoraría su salud. Sin embargo, desde que había comenzado aquella práctica tan dura, el sangrado menstrual de la princesa se había vuelto irregular y escaso.

Aquella noche, en la cama, cuando Catalina se dio la vuelta, la miró a la espalda fijamente. La camisola fina se le había deslizado por el brazo y había dejado a la vista un hombro delgado y desnudo. Incluso podía distinguir la columna vertebral de la joven. Cuando tiró de la manta para cubrirle el hombro, le tocó con los dedos la piel desnuda. Los apartó de golpe. Había momentos, como aquel, en los que dormir cerca de Catalina le despertaba unos sentimientos que la dejaban confusa y perturbada. Cerró los ojos. Ojalá tuviera allí a Will, sus labios, sus manos en su cuerpo. Lo quería allí, en la cama junto a ella, y no a su mejor amiga. Cerró los ojos, reprimiendo aquellos pensamientos pecaminosos. Los abrió, preocupada por el mucho peso que la princesa había perdido en las últimas semanas.

—¿Por qué tenéis que ayunar todos los días? Estoy segura de que ayunar los viernes es suficiente para cualquiera —gruñó.

Catalina se dio la vuelta sobre la cama, mirando a María.

—Ya estoy bastante enferma. Es más fácil pasar sin comida que sufrir las consecuencias de una que sea mala. Siempre nos dan pescado, incluso cuando tengo náuseas y soy incapaz de comerlo. Aunque me estuviera muriendo, seguirían dándome pescado. Para eso, prefiero ayunar.

—Tenéis razón. La comida que nos traen no le gusta a nadie pero, si no comemos, moriremos de hambre. Incluso el rey Enrique está preocupado por lo poco que coméis. ¿Por qué otro motivo le pediría al Papa que le conceda al príncipe Enrique el derecho a ordenaros que no ayunéis tan a menudo? ¿Puedo cocinar yo para vos? Podría preparaos una sopa para que se os asentara el estómago.

Catalina le estrechó la mano.

—No os preocupéis por mí. Durmamos.

La princesa volvió a darse la vuelta, mirando hacia el otro lado. María se tumbó de espaldas sobre la cama y contempló el dosel oscuro. «¿Que no me preocupe? No puedo evitarlo. Me asusta lo desesperada que está. Todos los días habla de la muerte. Ojalá el sacerdote no tuviese semejante control sobre ella». Apretó los labios. Era fácil entender el porqué. Todos ellos vivían presos una vida que era antinatural. Catalina más que nadie, a causa de su rango. Cualquier mujer joven que pasara aquellos largos días, meses y años de soledad forzosa estaría expuesta a las palabras de un hombre encantador y demasiado apuesto. Sabía que ella era inocente de cualquier pecado, pero no estaba demasiado segura de que se pudiera decir lo mismo del sacerdote. «Sí... Ese hombre tiene demasiado poder sobre la princesa y eso le gusta».

Incapaz de dormir, María se removió, intranquila, pensando en lo que había ocurrido apenas hacía una semana. El rey Enrique había mandado a su hija María con un mensaje convocando a Catalina para que acudiese a Richmond. La princesa se había encontrado mal durante toda la noche, pero la inesperada convocatoria le había restaurado el ánimo. A veces, creía que el rey se había olvidado de ella. Había ido a misa con la princesa María y cuando estaba desayunando con la muchacha había llegado fray Diego. Sentada en la ventana, María había apartado la vista del libro que estaba leyendo mientras el hombre hacía una reverencia frente a las dos princesas.

—Creo que ya conocéis a mi confesor —le había dicho Catalina a su joven cuñada.

María había asentido, contemplando a aquel hombre apuesto sin ocultar su interés.

—Alteza, ¿es cierto que planeáis ir a Richmond? —le había preguntado fray Diego de forma directa en latín.

—Sí, una vez que haya terminado el desayuno, buen padre. El rey desea verme.

—No podéis ir —le había demandado el sacerdote.

La princesa María se había vuelto hacia Catalina mirándola con los ojos muy abiertos. Catalina se había sonrojado.

—¿No puedo ir? ¿Qué queréis decir, padre?

—He sido informado de que anoche no os encontrabais bien.

María había sentido cómo se le abrían los ojos ante aquellas palabras. «¿Quién se lo ha dicho? Estoy segura de que no le he contado a nadie que ha vomitado durante la noche. Ha debido de ser la sirvienta que se llevó el barreño».

El sacerdote se acercó a la princesa hasta colocarse por encima de ella. Sorprendida, María estuvo a punto de que se le cayera el libro. «Por todos los santos. Puede que Catalina le deba obediencia como confesor, pero sigo pensando que el hombre se sobrepasa en sus funciones».

—Parecéis enferma incluso ahora. Demasiado enferma como para ir a Richmond —había dicho el sacerdote.

—Pero estoy mucho mejor. —Había señalado su plato vacío—. Hoy incluso he comido. Creedme, estoy bien.

—Yo digo lo contrario y, como vuestro confesor, os ordeno que no vayáis.

Sonrojándose de nuevo, Catalina miró a la princesa María.

—Pero, padre, no deseo quedarme aquí sola.

—No estaréis sola. Yo estaré aquí, y vuestras damas también. Si hoy seguís bien, podréis ir a Richmond mañana.

El hombre había vuelto a hacer una reverencia y había salido de la habitación. La princesa María había pestañeado y, mientras él desaparecía, le había susurrado a Catalina al oído. Ella había sacudido la cabeza.

—Creedme, hermana, es leal y sus consejos son sabios. Es el mejor sacerdote que haya tenido jamás una mujer en mi posición. —Había suspirado—. Hoy me quedaré aquí. Mañana aún será pronto para ir a Richmond.

Muy despierta todavía, María se dio la vuelta en la cama, recordando lo furioso que se había mostrado el rey Enrique al ver a su hija regresar sin Catalina. La había acusado de tener una relación pecaminosa con el sacerdote y don Gutierre Gómez de Fuensalida se había puesto de parte del rey. Odiaba al confesor de la princesa y la influencia que tenía sobre ella, así que no había mostrado compasión en aquella situación.

—Absuelvo al rey de cualquier culpa y no me extraña su ira —le había dicho.

❊ ❊ ❊

Enero de 1509, Richmond

Mi querida doña Latina:

Nuestras vidas han mejorado desde que el rey Fernando nombró a su hija como embajadora en la corte inglesa. Que le haya otorgado dicha posición le ha servido para que disponga de algo de dinero para pagar a sus sirvientes y mantener su casa. No importa mucho que haya sido, si ha sido así, porque su padre, el rey, se ha cansado de las muchas cartas que le ha escrito su hija quejándose de lo mal que la tratan aquellos que se suponía que debían servirle tanto al rey Fernando como a ella.

Al principio, depositaba toda la culpa sobre los hombros del doctor Puebla. En su enojo, incluso llegó a no tener en cuenta lo mal de salud que estaba el pobre hombre. Para cuando murió, se dio cuenta de que tenía motivos para sentirse avergonzada y llena de remordimiento. Sobre todo, llena de remordimiento. Al menos, el hombre murió sabiendo que la princesa tenía mucha mejor opinión de él, ya que le mandó una carta pidiéndole perdón por todos sus errores y juicios pasados. En verdad, la designación de Fuensalida hace unos meses le abrió los ojos acerca de lo que había hecho ante el doctor Puebla. El comportamiento de Fuensalida no sirvió para otra cosa más que Inglaterra y Aragón estuvieran a punto de entrar en guerra. El rey Enrique lo odia de tal modo que ha dado orden a sus guardias de que le nieguen la entrada a sus aposentos.

Mi princesa dice que Puebla, al menos, comprendía a los ingleses y sabía cómo tratar con ellos. Él no la habría involucrado en ciertos asuntos, a diferencia de Fuensalida.

Pero ya basta de hablar de reyes y de cortes. Inés va a casarse, estamos esperando su boda. Por fin tendremos un acontecimiento feliz en años.

De pie cerca de Francisca, María se agarró el manto, deseando que el servicio de la boda hubiese terminado. Ni siquiera les habían proporcionado un brasero en la iglesia para que les diera algo de calor. «Recordad vuestra buena suerte. Los ingleses de baja cuna se casan en el porche de la iglesia sin importar qué tiempo haga y, a diferencia de hoy, lejos del altar».

—Yo, William, os tomo a vos, Inés de Venegas, como esposa, para cuidaros y protegeros, de hoy en adelante, en lo bueno y en lo malo, en la riqueza y en la pobreza...

María miró a William Blount, lord Mountjoy. Le parecía que había pasado mucho tiempo desde que había consolado a Inés en la biblioteca por amar a un hombre casado. Era apuesto, más alto que la mayoría de los hombres y tan solo seis años mayor que Inés. Era un buen partido para su amiga. La muerte de su esposa al dar a luz era algo que nadie había querido pero ¿acaso estaba mal que años compartiendo intereses con Inés se hubiesen convertido en algo más? ¿Acaso estaba mal que Inés se casase con el hombre al que amaba? ¿Acaso estaba mal que ella pensase en Will durante aquel día de boda y que pensase en...? Tragó saliva. «Dios mío, ¿en qué estoy pensando? Perdonadme, perdonadme, perdonadme...».

Cuando Mountjoy le puso la alianza de oro en el dedo, vio que Catalina sonreía. Ojalá aquella sonrisa significara que se había olvidado de los problemas con respecto a la dote. Había sido un asunto espinoso cuando el ahora novio le había pedido permiso para casarse con Inés. En realidad, Catalina tenía muy poco que darle. Mountjoy le había dicho que era lo de menos, ya que era un hombre rico al que no le importaba casarse por amor. Incluso había pagado el banquete de bodas.

María se frotó las manos bajo el manto, intentando calentárselas. A pesar del frío invernal, la princesa siguió sonriendo y, durante toda la ceremonia, parecía una persona distinta. Sin duda, los acontecimientos de aquel día le levantaron el ánimo. «Alabado sea Dios, Catalina necesita algo de alegría en su vida desesperadamente».

En el banquete, María se sintió aliviada de estar sentada junto a Francisca en una mesa justo debajo del estrado de la comitiva nupcial. Como invitada de honor, Catalina estaba sentada al lado de Inés y Mountjoy, junto con el sacerdote que les había casado y, a su lado, Fuensalida, otro de los embajadores de su padre.

—Así que una de nosotras ha encontrado esposo, y uno rico además —le dijo Francisca en voz baja, al oído.

—Sea rico o no, se trata de un matrimonio por amor y tan solo podemos alegrarnos por Inés.

Francisca se encogió de hombros y tomó un muslo de pollo.

—Me alegro por ella. Lo que pasa es que yo quiero lo mismo para mí. Cada día más. —Masticó un pedazo de carne del pollo. Limpiándose la grasa de la carne que le corría por los labios, murmuró—: Espero alcanzarla antes de que sea demasiado tarde. —Miró a María—. Al menos, gracias a la generosidad del marido rico de nuestra amiga, hoy comeremos como corresponde a nuestro estatus. —Habló de forma apresurada, como si quisiera impedir cualquier pregunta. Volvió la cabeza hacia el estrado—. ¿Es que nuestra princesa no hace caso a Fuensalida? Me parece que el hombre está intentando llamar su atención.

Dejando algo de pescado y pan en el plato, María decidió dejar a Francisca con sus secretos. Su princesa ya le daba bastantes asuntos de los que preocuparse. Alzó la mirada hacia el estrado y observó unos instantes.

Catalina hablaba con Inés, con su nuevo esposo y con el sacerdote mientras Fuensalida mantenía los ojos fijos en ella; cada segundo que pasaba se le veía más descontento. Al final, el hombre se bebió de un trago lo que tenía en la copa y se inclinó hacia la princesa, lo que obligó al sacerdote a echarse hacia atrás para dejarle espacio.

—He hecho lo que me pedisteis, majestad —dijo en castellano—. He escrito al rey. Mi carta ha salido, así como la que vos me entregasteis para enviársela a vuestro regio padre.

María soltó un jadeo. Agachó el rostro, que se le estaba sonrojando, esperando que nadie lo hubiese oído. «El hombre se está dejando llevar». Alcanzó su copa y dio un trago de vino.

—¿No podría esperar a otro momento para hablar de esto? Es un día feliz —le dijo en voz baja a Francisca, usando su propia lengua.

—¿De qué carta está hablando? —le preguntó su amiga, usando la misma lengua.

—Tan solo se trata de otra carta para el rey Fernando —dijo lentamente antes de dar un sorbo al vino.

Sin embargo, se trataba de algo más que otra simple carta. Catalina le decía a su padre que ya era suficiente. Su único deseo era poner fin a aquellos años dolorosos. Tal como había hecho su hermana Isabel cuando había perdido a su primer marido, en la carta le había rogado que le permitiese regresar a casa. Le rogaba que le permitiese entrar en un convento y tomar los hábitos.

«¿Supondrá esa carta alguna diferencia para el rey Fernando? ¿Le importará al menos?».

Catalina, con el rostro desprovisto de toda emoción, se volvió hacia el embajador.

—¿Cuánto creéis que tardará el rey, mi padre, en enviar su respuesta? —preguntó, hablando también en su lengua natal.

El hombre se encogió de hombros.

—Debéis ser paciente, alteza.

Catalina alzó la mano, con los dedos apretados con fuerza en un puño.

—Soy paciente. Llevo años siendo paciente. Ese tiempo ha llegado a su fin. Me queda poco dinero y nada de valor que empeñar. Debo volver a casa.

—Creedme, le he suplicado a vuestro padre que envíe un barco para llevaros a Aragón.

Catalina alzó la barbilla.

—Hablaremos más de este asunto en otro momento, embajador. —Miró al sacerdote que estaba a su lado—. Perdonadnos, padre —dijo en latín—. Mi embajador necesitaba hacerme una pregunta. Y bien, ¿qué estaba diciendo?

—Nuestra princesa le escribe muchas cartas al rey, su padre —dijo Francisca con un suspiro.

—Sí. —María suspiró también.

«Y la mayoría de ellas no sirven de nada. ¿Acaso esta sirva? Pero ¿qué pasará si Catalina vuelve a casa de verdad? —Partió un pedazo de la pequeña hogaza de pan que tenía frente a ella y empezó a comérsela—. Si regreso a Castilla, dejaré mi corazón en Inglaterra».

Volvió su atención hacia la pareja de recién casados, que solo tenían ojos el uno para el otro. «Will, oh Will. No quiero dejaros, pero no tenemos futuro. ¿Qué hay para nosotros más allá de la vergüenza y la desesperación? ¿Qué posibilidades hay de que nosotros disfrutemos de un día como este?». Sacudió la cabeza. Amaba y deseaba a un solo hombre; si no podía tenerlo, tendría que contentarse con permanecer al servicio de aquella a la que había amado desde la infancia.

«¿Incluso en un convento?». Bebió de un trago lo que le quedaba de vino y bajó la vista, mirando fijamente la copa vacía, que no le ofreció respuesta alguna.

✳✳✳

Dos semanas después. Llegó una nueva carta del padre de Catalina. El rey había desoído las súplicas de su hija para volver a casa, así como las de su embajador. De nuevo, Catalina volvió a comer poco y se puso más enferma.

La princesa no era la única de su grupo que sufría de mala salud. María estudiaba a Francisca con creciente ansiedad. Día tras día, la chica se ponía cada vez más pálida. Una mañana, mientras estaba sentada con el resto de las mujeres, desayunando, se apartó de la mesa y pidió permiso para regresar a las estancias que compartían las damas de compañía. María habló brevemente con la princesa y siguió a la muchacha. Francisca se apresuró a recorrer el pasillo, dirigiéndose a la letrina. Cuando llegó hasta la puerta cerrada, María esperó a que saliera y se apoyó en la pared, escuchando cómo tenía arcadas y vomitaba. «Dios mío, que no sea eso. Eso, no». Pero aquella sospecha se hacía cada vez mayor; algo que se había negado a creer, se convirtió en certeza según pasaban los minutos y se hizo imposible de negar hasta el punto de que ella también sintió ganas de vomitar.

Al fin, la puerta se abrió y Francisca salió, tan blanca como un fantasma. Abrió mucho los ojos.

—¿Por qué estáis aquí? —le preguntó con voz asustada y ronca.

—Estoy preocupada por vos. —Miro alrededor antes de tomar la mano de Francisca—. Venid... Venid conmigo a la destilería. Además de mí misma, la única persona que la usa es el médico y sé que hoy está visitando a un amigo. Os prometo que podemos hablar allí sin que nos molesten.

Francisca la miró a los ojos y asintió. Caminaron sin prisa la una al lado de la otra, como si al no apresurar la temida conversación que se avecinaba pudiesen evitarla para siempre. Con las manos metidas hasta el fondo de los bolsillos de su vestido, María desechaba pensamiento tras pensamiento, cada uno más duro que el anterior. Para cuando llegaron a la destilería, se dio cuenta de que una impotencia creciente había hecho presa en ella.

Tras indicarle el camino, abrió la puerta de la destilería para Francisca y dejó que entrase la primera. La habitación estaba a oscuras, así que mantuvo la puerta abierta hasta que hubo apartado la tela gruesa que cubría un ventanuco. La luz del sol se posó sobre la mesa larga y los taburetes que había en la habitación. Tras cerrar la puerta, contempló a la otra mujer. Sentada en uno de los cuatro taburetes de la mesa, con los codos apoyados en ella, se acunaba la cabeza entre las manos. María se sentó en el taburete que había a su lado y le tocó una mano.

—¿Vais a tener un hijo? —murmuró.

Francisca alzó la cabeza con los ojos muy abiertos a causa del pánico.

—Tan solo he tenido una falta. ¿Seguro que no es posible que haya otra causa?

Pensativa, María se sentó más recta, dándose cuenta de que había dejado una marca en la madera suave de la mesa con la uña. Contempló a su amiga.

—¿Tenéis los pechos blandos?

Francisca asintió y se frotó los ojos.

—Sí, pero no puedo estar embarazada. ¿Cómo es posible cuando solo ocurrió una vez?

—«*Si non caste tamen caute*» —dijo sin pensar.

Francisca frunció el ceño.

—¿Estáis diciendo que debería haber tomado precauciones? ¿Cuáles? ¿Conocéis alguna que funcione de verdad, más allá de la abstinencia? Tengo veintitrés años, ¿cuánto tiempo puede esperarse de nosotras que vivamos esta vida de castidad obligada? Entre nosotras, la única que tiene suerte es Inés. Puede que se haya casado con un viudo, pero, al menos, el barón Mountjoy es joven y ella le ama. También es rico y de alta cuna. El casamiento con él también le asegura un lugar en la corte con nuestra princesa. Puede que Catalina hable de entrar en un convento, pero yo preferiría morir a ser monja.

—Perdonadme —dijo María, clavando la uña con más profundidad en la madera—. He hablado sin pensarlo.

«Sí, si no podéis ser casta, al menos tomad precauciones». Se estremeció y pensó en lo cerca que había estado una vez de entregar su virginidad. «Había sentido la manos de Will sobre mí y yo le había puesto las mías en el trasero para sentir su pene erecto entre los muslos. Se frotó una y otra vez contra mis partes femeninas protegidas hasta que convulsionó al quedarse vacío. No es de extrañar que no se atreviera a acercarse a mí en semanas». Miró a Francisca.

—Podría ser yo la que estuviera en vuestra situación. —Sonrió sin amargura—. Yo tampoco deseo ser monja. No conservo mi virginidad porque tema vuestro destino, de verdad, sino porque el hombre al que amo es demasiado honorable como para verme caída en desgracia. —Se encogió de hombros—. No soy tan valiente como vos.

Francisca agachó la cabeza y su silueta dibujó una sombra gris sobre la mesa.

—No soy valiente; estoy aterrorizada. Ayudadme, María.

María se lamió los labios. «Francisca solo ha tenido una falta del periodo; puede que no vaya a tener un hijo. ¿Y si está embarazada? Un bebé no tiene alma al menos durante cuarenta días o hasta que empieza a moverse». Se levantó del taburete y miró en el estante en el que guardaba todos sus libros de medicina. Sacó uno de la balda y buscó en él hasta que encontró la página adecuada.

—Leed —dijo, señalándole un pasaje a Francisca.

—«Tomad raíces del sauce rojo con el que se atan las tinajas grandes de vino y eliminad la corteza. Tras haberlas convertido en polvo, mezcladlas con vino o con agua y cocinadlas. Por la mañana, cuando esté tibia, tomad la poción. Moled rubia roja y malvavisco y mezcladlos con harina de cebada y clara de huevo. Con ello, haced unas obleas pequeñas. Para provocar la menstruación también son recomendables los vapores de estas mismas plantas».

—Mmm... No creo que en esta lista haya nada que sea probable que os haga daño, pero dejadme unos cuantos días para que busque además otras opciones. Debéis comprender que es posible que no funcione. Puede que nada funcione. —Estrechó la mano de la joven—. No puedo prometeros nada, más allá de que me niego a ofreceros algo que tenga posibilidades de causaros un mal mayor.

—¿Un mal mayor? —Francisca se volvió hacia ella—. Para las mujeres como nosotras, ¿podéis pensar en un mal mayor que traer a un bastardo al mundo? Mi familia me daría por muerta.

Le apretó la mano con más fuerza.

—Antes de que intentemos hacer cualquier cosa, ¿no podríais hablar con vuestro amante? Tal vez, si lo supiera, os ofrecería casaros. Sería una salida para vos.

Francisca se sentó un momento, mirando al frente.

—Iré a verle hoy. —Suspiró—. Dice que me ama y que me es fiel. Ahora es el momento de descubrir si dice la verdad.

❊❊❊

Poco después, aquella misma tarde, Francisca se arrodilló sobre la hierba frente a Catalina, con las manos unidas como si estuviera suplicando.

—Os prohíbo que volváis a verle de nuevo —le ordenó la princesa—. No puedo creerme vuestra falta de lealtad. Vos... Vos que habéis estado conmigo desde que nos marchamos de Castilla.

De pie, a un tiro de piedra de las dos mujeres, María, con el corazón rebosando de lástima por la joven dama, maldijo de nuevo el mal momento que había llevado a Catalina a salir al jardín a buscarla justo cuando esta regresaba sola a los terrenos de palacio.

Tras haberse sorprendido al principio de que una de sus damas hubiese desechado la cautela y hubiese abandonado los terrenos sin carabina, la princesa se sorprendió aún más cuando Francisca le dijo que regresaba de casa de su embajador. Cuando le preguntó por qué, la muchacha palideció, miró con desesperación a María y, después, otra vez a la princesa.

—Mi señora —dijo la muchacha—, he hablado con don Gutierre por el gran amor que os profeso. Quiere que fray Diego os anime a quedaros en Inglaterra. Se equivoca al hacerlo; no queda aquí nada para vos. Le pedí al embajador que escribiese al rey Fernando y le rogase que despachase al sacerdote.

Catalina miró fijamente a Francisca y María tragó saliva. «El embajador no confía en Francisca o le habría contado que la princesa no hizo caso del consejo de fray Diego y le escribió a su padre rogándole que dejara que volviera a casa. Francisca ha pensado en cubrir su vergüenza contándole a nuestra princesa lo que cree que es una traición perdonable».

—¿Le habéis dicho eso al embajador? —preguntó Catalina.

—Alteza, debéis escucharme. Don Gutierre no se equivoca al decir que fray Diego es un sacerdote irritante. Os persuade para que declaréis que cualquier cosa es pecado mortal, por muy inocente que sea, solo para demostrar el poder que tiene sobre vos. Su influencia ha hecho que las malas lenguas hablen.

Catalina se removió, enfadada, y alzó una mano.

—¡Silencio! No escucharé una sola palabra más contra un hombre que ha cumplido fielmente con sus deberes como confesor y canciller. Podríais aprender de él lo que significa ser fiel y leal.

—Mi señora...

—No digáis nada más. No quiero ver vuestra cara ni ahora, ni mañana, ni pasado mañana. Permaneced en vuestra alcoba hasta que vuelva a convocaros.

Francisca sollozó, se puso en pie, se tropezó, caminó y volvió a tropezarse mientras se dirigía hacia las estancias de las mujeres. María observó cómo se marchaba y se acercó con premura a la princesa.

—Ha obrado mal, pero ha dicho la verdad cuando afirmó que os ama. Os ruego que la perdonéis.

A Catalina le brillaron los ojos de furia. María dio un paso atrás.

—Es mejor saber que me ha traicionado. Le ha pedido a mi embajador que usara su influencia para despedir a mi confesor. No la perdonaré jamás. —Agitó una mano—. Quedaos aquí, en el jardín. Hoy, vuestras plantas medicinales serán mejor compañía que yo. Hablaré con vos más tarde.

Giró sobre sus talones y se dirigió con paso rápido hacia sus aposentos. María esperó a que desapareciera en el interior y, después, se apresuró a seguir a Francisca a la alcoba de las damas. Encontró a su amiga sentada al escritorio. Cerró la puerta y se quedó de pie con la espalda apoyada en ella.

La dama dejó de escribir y miró por encima del hombro. El baúl de su ropa ya no estaba a los pies de la cama, sino cerrado con cerrojo a su lado. Volvió a su tarea y escribió otra línea antes de firmar, escribiendo su nombre con una floritura. Depositando la pluma junto a la carta, miró fijamente la tinta negra que le manchaba los dedos. Se los limpió con un paño, esparció arena de secado sobre el pergamino, sacudió el sobrante y, después, lo recogió.

—Os la leeré —dijo, mirando a María—: «Mi señora, me marcho para casarme con Grimaldi. Esto es lo que no soportaba contaros en el jardín. Os ruego que recordéis mi lealtad hacia vos durante los últimos siete años y sabed que siempre os amaré. Francisca». —Dejó el pergamino y alzó los ojos llorosos—. ¿Creéis que debería escribir algo más?

Apoyando una mano en el hombro de su amiga, María se lamió los labios, suponiendo que la muchacha no deseaba recibir una respuesta.

—Podría hablar con la princesa y contarle toda la historia...

—¿De qué serviría? Ya la habéis oído. A sus ojos, ya soy una traidora. —Sacudió la cabeza un poco—. No deseo que también piense que soy una puta. Os lo ruego, prometedme que no le contaréis mi desgracia.

María le estrechó el hombro con más fuerza.

—Pero... —Tragó saliva—. Puede que la verdad la ayude a comprender...

Francisca se separó de ella y se colocó de pie junto a la ventana.

—No quiero que lo sepa. Ya es bastante duro que vos sepáis la verdad... Hoy solo ha hecho que todo llegue a un punto crítico. Francesco me prometió casarse conmigo en cuanto le dije que temía estar embarazada. Está buscando un sacerdote para que nos case hoy mismo. Os lo ruego, prometedme que no le hablaréis de mis problemas. De poco me serviría que mis padres llegaran a enterarse de que Francesco ha sido mi amante antes de hacerme su esposa. Les afligirá saber que me he casado por debajo de mis expectativas, pero, con el tiempo, me perdonarán.

María cruzó la habitación hacia ella y le tomó la mano.

—Si esto es lo que deseáis de verdad, os prometo que no diré nada.

«¿No diré nada? ¿No le diré nada a Catalina?». Un dolor repentino la arrastró a través de los largos años hasta el día en el que la infancia había terminado para ella y la princesa.

De la mano de sus nubes, el invierno escribió una carta
sobre el jardín, en violeta y azul.

—Juramos contárnoslo todo. ¡Todo! —le había dicho a Catalina.

Con ocho años, había entendido pocas cosas de las que había presenciado aquel día terrible, un día que había comenzado siendo muy alegre y feliz; muy inocente. Una familia judía en su carromato destartalado. Una joven con el rostro de una virgen dando a luz a su primer hijo. El príncipe Juan, pálido y perturbado, enfadándose por las preguntas que Catalina le hacía sobre por qué no podían ayudarles. La princesa había acudido a su madre en busca de respuestas y había regresado horas después sin querer hablar. Al final, le había contado que la reina creía que estaba bien expulsar a los judíos de Castilla, que los judíos habían crucificado a un bebé y querían la muerte de todos los cristianos.

«Sí, la infancia terminó aquel día».

Confundida, tragó saliva, consciente de que su vida se separaba de la de Catalina de un modo inesperado. Francisca señaló su baúl.

—¿Me encontraréis sirvientes que lleven mis cosas a casa del embajador?

María asintió y comenzó a dirigirse de vuelta a la puerta.

—Esperad —dijo su amiga. Se dio la vuelta. La muchacha le estaba tendiendo el pergamino doblado—. ¿Podéis aseguraos de que la recibe?

Tomando el pergamino, María se lo guardó en el bolsillo. Volvió a mirar a Francisca con el ánimo apesadumbrado por una nueva despedida.

—Tenéis mi palabra. Recibirá vuestra carta, pero no le diré nada sobre todo lo demás. Como decís, no servirá de nada ni cambiará nada si se entera.

María volvió a tragar saliva con las palabras que había pronunciado en la infancia resonando en su cabeza: «Juramos contárnoslo todo. ¡Todo!».

Cuántas veces había roto aquel juramento a lo largo de los años... Con ganas de llorar, abrazó a Francisca y le dio un beso en la mejilla.

—Mandaré llamar a los sirvientes. Adiós, amiga mía. Rezaré por vos.

Soltó a la joven, sabiendo que se despedía de ella para siempre. «Francisca ha hecho su elección y Catalina es la mía».

❀ ❀ ❀

Regresó a los aposentos de Catalina. Cuando entró en la sala privada, su mirada se posó en el asiento vacío de la ventana. Durante años, cuando entraba en aquella estancia, había encontrado a Bella, Francisca e Inés allí sentadas, muy cerca una de otra, conversando. Nunca más volvería a ver a sus tres amigas allí. Alzó la vista hacia el dormitorio de Catalina, preguntándose si debería molestarla. Supuso que la sala estaba vacía porque la princesa les había pedido que se marchasen, pero también sospechaba que, para aquel momento, ya querría verla. Llamó a la puerta del dormitorio.

—¿Puedo entrar?

Tras escuchar un suave «sí», abrió la puerta y entró. Catalina estaba sentada en su silla favorita, junto a la ventana desde la que se veía el jardín. La luz del sol la bañó por un instante e iluminó su cabello pero, entonces, la luz se atenuó. La lluvia golpeó la ventana y el día se volvió oscuro. La princesa extendió una mano.

—Perdonadme. Estaba enfadada con Francisca, no con vos.

Tomándole la mano, María se arrodilló a su lado.

—Lo sé. —Inspiró y expiró profundamente, sacando la carta del bolsillo—. Me ha pedido que os diera esto.

La princesa la tomó y la leyó. La tiró al suelo.

—¿Sabéis lo que dice?

—Os ama, hermana mía.

—¿Que me ama? No solo me traicionó, sino que se casa sin mi permiso y, además, con mi prestamista. Vio una oportunidad de salir de estos días oscuros y se agarró a ella. Y dice que me ama. Si me amara, no habría hecho nada de todo esto. —Incapaz de contarle la verdadera razón que se ocultaba tras el matrimonio de Francisca, agachó la cabeza—. Vos no lo haríais.

Sorprendida, María alzó la vista. «¿Está haciéndome una pregunta o dándome una orden? ¿Cómo puede preguntar algo así después de todos los años que llevamos juntas?». Cambiando el peso de rodilla, murmuró:

—Soy fiel a vos. Siempre. —Le puso una mano en la rodilla y se acercó más a ella—. Parecéis cansada, hermana.

—Ya sabéis que me cuesta dormir por las noches. —Catalina se volvió en la silla hacia ella—. ¿Creéis que los muertos se quedan con nosotros? De noche, mientras yazco despierta, a veces escucho el laúd de Arturo. Me calma y me adormece. Entonces, sueño con él. Caminamos juntos por un paraje iluminado por el sol.

María bajó la vista al jardín. «No ha olvidado a Arturo. Pero ¿por qué habría de olvidarlo? Lo amaba; nunca olvidamos a los muertos a los que amamos». Cuando la lluvia y el viento se calmaron por un momento, un haz de luz atravesó las nubes oscuras e iluminó un claro entre los árboles. En algún lugar, un pájaro trinó y, pronto, se le unió el trino de otros. Tomando aquello como una promesa de que llegarían tiempos mejores, se animó.

—Sí, creo que tenéis derecho a ello. Yo también siento el consuelo de los muertos. Pero no están muertos, ¿verdad? —Alzó la vista hacia Catalina—. Se han apartado de nosotros y nuestro mundo gris y han entrado en una mañana nueva y sin fin. Tal vez el amor que sienten por aquellos que dejan atrás les atrae de vuelta al umbral entre los vivos y los muertos y allí mantienen la puerta abierta para nosotros, para que veamos el brillo de los días primaverales que también nos esperan.

Acercándose más a ella, Catalina miró por la ventana.

—¿Como una vela en la ventana para ayudarnos a encontrar el camino de vuelta a casa?

María agarró a su amiga de la mano con más fuerza.

—Sí, como una vela.

PARTE 2

Hija:

¿Todavía tengo que rogaros que me perdonéis?

Sois muy parecida a mí y sé que, para las mujeres, el perdón es difícil. Las mujeres no olvidan. Yo no puedo olvidar; no quiero olvidar.

Siento la presencia de mi reina a mi alrededor. Cuento esta historia por ella. También por mí, pero especialmente por vos.

Hay muchas más cosas que tengo que escribir. Debo seguir escribiendo mi historia hasta el final.

Capítulo 1

ostezando tras pasar la noche prácticamente en vela, María salió de la capilla del palacio de Richmond. Catalina había estado dando vueltas en la cama durante horas antes de rogarle que le diese una pócima para dormir. Cuando la princesa se hubo quedado profundamente dormida, había preparado otra taza de aquella misma infusión para ella y se la había bebido. Sin embargo, su mente no le había permitido descansar y había temido despertar a su amiga de lo agitada que estaba. Había dado por perdida cualquier esperanza de conciliar el sueño al escuchar los cánticos de los pájaros al amanecer y, después, se había vestido. Tras haber dejado a Catalina al cuidado de las otras mujeres, se había dirigido a la misa de la mañana.

Mientras el estómago le recordaba que lo tenía vacío, se encaminó hacia el palacio y, ante el asalto repentino de la luz brillante del sol naciente, los ojos le lagrimearon. Alzó la cabeza, protegiéndose los ojos y arriesgándose a echar un vistazo al cielo. Azul y despejado, no había nada que sugiriese algo que no fuese un día propio de los años en los que la primavera llega pronto. La mañana luminosa no pronosticaba una muerte o la muerte de un rey. Sin embargo, otras cosas sí lo hacían: el aumento de actividad en el ala real del palacio y la ausencia del príncipe en las estancias de su padre. A lo largo del día anterior, había permanecido encerrado con los consejeros de su padre. Todo el día anterior, el tiempo había parecido quedar a la espera, y ellas también habían esperado. Catalina había pasado el día rezando en su altar privado. No le había dicho por qué rezaba, pero podía imaginarlo.

Mientras continuaba su camino, reflexionó sobre la carta que Catalina le había enviado a su padre al comienzo del año, después de que el rey Enrique se recuperase de su primer contacto con la muerte. Al colocarle un chal sobre los hombros a su amiga, no había podido evitar leer parte de dicha carta. Para sus adentros, volvió a visualizar aquellas palabras una vez más:

¿Me preguntáis qué es lo que impide que me case con el príncipe? El rey Enrique lo impide. Tendría que estar muerto para que pudiera casarme con su hijo.

María se detuvo con el corazón acelerado. Poco después de que Catalina hubiese enviado aquella carta, el rey Enrique había enfermado de nuevo. Todo el mundo sabía que el hecho de que pasara de estar enfermo a muerto era cuestión de tiempo.

Se volvió a llevar la mano al rostro con el corazón todavía latiéndole con rapidez. Parecía que tenía la cabeza a punto de estallarle. «¿Podría ser el rey Fernando responsable de la muerte del rey Tudor? Dicen que envenenó al rey Felipe en la distancia, ¿por qué no al rey inglés también? —El mundo empezó a darle vueltas—. Ay Dios, ¿qué pasa si es el responsable? —Tragó saliva— ¿Y si lo es? Si ha acelerado la muerte del rey Enrique, ¿no significaría que, por primera vez, ha actuado como un padre que se preocupa por lo que le ocurra a su hija? —Volvió a tragar saliva—. Sé qué plantas medicinales usar. Si viviéramos lo bastante cerca del rey, ¿podría haberlo hecho yo por Catalina?».

Se tambaleó y se santiguó. Oyó la voz de la Latina como si estuviera de pie a su lado: «No causéis daño, hija mía, no causéis daño». «Jesús, he pensado en asesinar. Perdonadme. Jamás lo hubiera hecho. Perdonadme por desear tanto la muerte del rey como para rezar por ella. Y por haberla deseado. Pero jamás le habría asesinado. —Un vacío interminable se abrió a sus pies—. ¿Qué tipo de mujer soy? —Miró por encima del hombro hacia la capilla—. ¿Cómo puedo ir a misa si estoy pensando en tales cosas? Dios mío, perdonadme. Libradme del mal».

Con la cabeza palpitándole, comenzó a caminar de nuevo. El viento se detuvo y su voz fue sustituida por la del agua corriendo y el rumor de unas voces masculinas. Se volvió hacia la fuente de agua cercana. Will estaba al otro lado, sumido en una conversación con su amigo, Edmund Dudley.

Se remangó la falda y se dirigió hacia ellos con rapidez. Will la vio primero y el rostro serio se le llenó de alegría. Se inclinó ante ella a modo de saludo y, después, señaló al hombre que había a su lado.

—¿Os acordáis de mi amigo, María?

Ella hizo una reverencia.

—Me alegro de volver a veros, mi señor.

Dudley también se inclinó ante ella.

—Mi señora, vos y Will sois los primeros en saludarme hoy de forma amistosa. —Soltó una carcajada particularmente tensa—. Ver a las ratas correr en la dirección contraria cuando me acerco me recuerda lo que me ha costado mi lealtad al rey. —Ladeó la cabeza hacia Will—. Debo marcharme. Mi esposa se preocupará si no regreso pronto.

Volvió a hacer una reverencia y se apresuró a recorrer el camino que conducía al río. Tras ver cómo se marchaba, María se volvió hacia Will.

—¿De qué hablaba? Se ha escabullido como si fuera un perro apaleado.

—Está asustado, y tiene motivos para estarlo. —Hizo una pausa, visiblemente preocupado—. Mi amor, Edmund me ha contado lo que muchos ya sospechábamos. El rey murió hace un día.

María se tambaleó y extendió un brazo para mantener el equilibrio. Will le tomó la mano y se la atrapó con la otra.

—¿Estáis seguro? —Sin esperar a su respuesta, habló de forma apresurada—. Debo despertar a mi princesa y contárselo.

Se soltó de Will y se encaminó hacia los aposentos reales. Will la agarró del brazo.

—Esperad.

—¿Qué ocurre? —Desconcertada, se frotó las sienes doloridas con las manos. Se preguntó si estaba soñando—. ¿Por qué no han proclamado la muerte del rey?

—Los consejeros del antiguo rey desean asegurarse que el cambio de un reinado al siguiente se lleve a cabo sin problemas. El rey Enrique, séptimo de su nombre, no creía que fuese a morir siendo tan joven. Edmund me ha contado que el antiguo rey no educó a su hijo para ser rey, que fue negligente en ese aspecto. Así que tenemos a un joven que todavía no ha cumplido los dieciocho que acaba de heredar la corona de su padre.

María recordó a ese mismo joven besándola a la fuerza. Se estremeció y miró hacia el camino que Dudley había tomado momentos antes. Ya no había ni rastro de él. Se volvió hacia Will.

—¿Por qué tiene miedo vuestro amigo?

—Porque servía al antiguo rey. Pobre Edmund. Durante años, el rey hizo uso de sus conocimientos sobre las leyes para llenar sus cofres. En la corte, muchos lo odian. Yo no juzgo a ningún hombre, y menos a quien ha sido leal a su rey, ese es su único crimen. Esta mañana le han llegado rumores de que van a echarlo a los lobos. También ha oído... algo más que un rumor con respecto a la princesa Catalina.

Se acercó un poco más a él.

—Contádmelo.

—Nuestro joven rey está decidido a casarse con ella.

María sacudió la cabeza. Durante dos años o más, su padre había dejado claro que ya no estaba interesado en emparejar a su hijo con Catalina, y su hijo había parecido tener más deseos de seguir los designios de su padre que de casarse con la princesa.

—¿Por qué? —preguntó, más para sí misma que para Will.

—No estoy seguro del motivo, pero Edmund me ha contado que el nuevo rey les ha dicho a sus consejeros que su padre le hizo prometer que se casaría con la princesa. Quiere tenerla a su lado como esposa y reina durante su coronación.

Tragando saliva, se agarró del jubón como si estuviera ahogándose.

—¿Estáis seguro de eso?

—Mi amor, si hay un hombre de cuya palabra nunca dudaría, ese es Edmund Dudley. Creedme, la princesa Catalina pronto será reina de Inglaterra.

María se quitó del corazón y del alma el peso de siete años oscuros vividos sin esperanza. Le rodeó con los brazos y rompió a llorar. Enjugándose los ojos, alzó el rostro y le besó. Después, se apartó de él.

—Debo marcharme sin más demora. Debo contárselo a mi princesa. Necesita conocer la buena nueva.

Will le sonrió.

—Es una buena nueva. —Mientras se le serenaba el rostro, le tomó la mano—. Me da esperanza de que llegará un día en el que nosotros también tengamos un final feliz.

María sacudió la cabeza.

—¿Cómo? No deseáis la muerte de vuestra esposa. —Se mordió el labio inferior, recordando los pensamientos pecaminosos que había tenido al salir de la capilla—. Ni yo tampoco. —Le alcanzó la mano y se la tomó durante un instante—. Lo que tenemos debe bastarnos.

❋ ❋ ❋

La proclamación de la muerte del rey Enrique llegó al día siguiente, y, con ella, la noticia del arresto de Edmund Dudley.

—¿Cómo puede nuestro nuevo rey hacer algo así? —le preguntó Will—. Edmund tan solo ha cumplido la voluntad de su soberano y, además, siéndole leal y perjudicándose a sí mismo. El servicio que prestaba le turbaba la conciencia e hizo que muchos lo maldijeran, pero ¿qué podía hacer más que obedecer las órdenes del rey? Ahora lo acusan de traición.

María, que caminaba a su lado por los jardines, lo tomó del brazo.

—Estoy segura de que tendrá un juicio justo. Seguro que el rey no ejecutará a un hombre por haber servido a su padre.

Will se detuvo junto a ella, haciendo que se detuviera también. María extendió las manos para tomarle la cara entre ellas.

—¿Qué ocurre, amor mío?

Él la miró con ojos atormentados.

—Si decís eso, es que no conocéis bien a los Tudor.

Dejando caer las manos sobre sus hombros, María miró a su alrededor, asegurándose de que seguían estando solos.

—Conozco a los Tudor lo suficiente como para saber que engañan y que les gusta mucho su oro, como a muchos de los que están en posiciones de poder. Sin embargo, estoy segura de que no matarían a un servidor leal, especialmente a un hombre que no es una amenaza para ellos.

Will tomó aire y soltó un profundo suspiro.

—¿Alguna vez habéis oído lo que ocurrió tras la batalla de Bosworth?

—¿Bosworth? ¿La batalla en la que Enrique Tudor le arrebató la corona a Ricardo III? ¿O debería llamarlo «el usurpador», tal como hacen muchos en la corte? ¿Qué importancia tiene eso? Seguro que no tiene nada que ver con Edmund Dudley.

—Sí, no tiene nada que ver. Excepto por esto: tras hacerse con la corona matando al rey de Inglaterra, Enrique Tudor hizo que todos aquellos que habían luchado por Ricardo, que había sido conocido como rey de

Inglaterra, fuesen considerados traidores. Estaba más que dispuesto a ver morir a muchos por motivo de su lealtad. Ahora, Edmund está acusado de traición. Mi prima Elizabeth, su pobre esposa, está desesperada. Me ha contado que no conoce los cargos, solo que se lo han llevado a la Torre junto con Richard Empson, el otro hombre con el que trabajaba en nombre de su rey; un rey que sabía que actuaba mal. ¿Por qué si no, en los días cercanos a su muerte, le habría pedido a Edmund que revisase sus libros para que pudiera compensar a aquellos a los que había perjudicado? Mi amigo no se merece esto.

—Shhhh. —María le rodeó con los brazos, intentando consolarlo—. Es un rey nuevo; todavía no sabemos qué tipo de rey será. — «¿Qué tipo de rey será?». María reprimió todos sus miedos—. Si Dios quiere, estas detenciones serán solo un espectáculo. Os lo ruego, no nos preocupemos hasta que sepamos algo más.

Nadie esperaba que el joven rey le propusiera matrimonio a Catalina hasta después del funeral de su padre y el transcurso de un tiempo de luto respetable. Pero así como, en el pasado, las semanas, meses y años de espera habían estado llenos de desesperación y la pérdida de toda esperanza, aquella vez fue diferente. Las condiciones en sus aposentos mejoraron. Se pagaron las deudas. De repente, un flujo repentino de nuevos sirvientes empezaron a tratar a la princesa con respeto y fidelidad. En los días previos al funeral de su padre, el que pronto sería coronado rey pasó horas con ella, pidiéndole consejo para asegurarse de que toda la planificación del funeral fuese como debía ser. Cada mañana, llegaba un mensaje del joven rey preguntando por la salud y la felicidad de Catalina o pidiendo que otra noble de la corte se uniese a su casa. La princesa en persona solicitó la presencia de una en particular. Para gran alegría de María, Margarita Pole regresó a la corte. Dos de las mujeres que había pedido el rey eran las hermanas de Edward Stafford, duque de Buckingham. Pronto, el hecho de que fueran aceptadas trajo consigo una solicitud del duque para tener una audiencia privada con Catalina. Cuando fue a hablar con ella en su sala de recepciones, María se quedó con la princesa. Cuando le dieron permiso para leer, se sentó cerca de la ventana, recordando al duque durante la boda de Catalina con Arturo. En aquel entonces, había sido joven y esbelto. Ahora, era un hombre alto en los primeros años de la treintena que estaba empezando a engordar rápidamente. Recordó cómo, de joven, había sido arrogante, consciente de que eso había aumentado con el paso de los años. Aun así, con su orgullo, también había encanto y una generosidad de ánimo que mostraba a la gente que le agradaba. «Y Catalina le agrada».

Sentados cerca el uno del otro en sillas de respaldo alto, la princesa y el duque no tardaron en sumirse en una conversación fácil entre ellos. Durante todos aquellos años en la corte, se habían reunido de forma infrecuente y, en aquel entonces, Catalina se había cuidado mucho de hablar con hombres de edad similar a la suya para evitar que eso desatase las malas lenguas. Ahora, al parecer, aquellos encuentros breves habían sembrado las semillas de la amistad.

El duque estaba hablando del cariño que sentía por su familia más cercana y del deseo de asegurarse de que sus hermanas se colocaran en puestos de confianza conformes a su rango dentro de la casa de la futura reina. Tras escuchar a medias cómo la princesa le tranquilizaba, María ocultó una sonrisa cuando el duque se relajó y empezó a hablar de las mejoras que estaba haciendo en sus propiedades en el campo. «De joven, le gustaba presumir de su riqueza y hace lo mismo ahora que es un hombre más maduro».

Mientras Catalina y el duque estaban sumidos en la conversación, llegó un mensajero portando un regalo y una carta de parte del rey. María apretó los labios. «Son el tercer regalo y la tercera carta del día. Al rey también le gusta presumir de su riqueza».

Tomando ambas cosas del mensajero y enviando su agradecimiento para el rey, Catalina depositó la carta y el regalo junto a su escritorio y volvió a centrar su atención en el duque. Sonrojándose, le sonrió.

—Pronto, enviaré un mensaje de agradecimiento al rey —dijo.

Edward Stafford se rio un poco.

—Bueno, el propósito de mi primo, el rey, es evidente, y me alegro de que así sea. No podría desear una esposa mejor o más regia que vos. —Se inclinó más hacia ella—. Yo intenté seros de ayuda, mi señora. En muchas ocasiones hablé con la condesa y le rogué que hiciera entrar en razón a su hijo. Hace años fue mi tutora y tengo muy buena opinión de ella. Sin embargo, me dijo que no podía interceder en vuestro favor. Dijo que se trataba de una cuestión política. Puedo aseguraros que la mayoría de la corte estaba avergonzada por el trato que os dispensaba el difunto rey. Rezo para que este nuevo Tudor os trate siempre como merecéis.

Catalina se recostó hacia atrás y frunció el ceño.

—«Merecer» —dijo lentamente, como si estuviera sopesando la palabra para encontrarle el valor—. Mi señor duque, si hay algo que me han enseñado los años, es saber que, en esta vida, no ganamos nada esperando lo que merecemos. —Miró al fuego moribundo—. O, tal vez, en realidad, sí merecía estos últimos años.

Agachando la cabeza, María se enjugó un brote repentino de lágrimas. «¿Cómo puede pensar eso? Nadie merece siete años de abandono». A través de los ojos llenos de lágrimas, vio que el duque miraba a la princesa perplejo.

—¿Qué queréis decir, alteza?

Catalina se encogió de hombros.

—Durante años, la muerte de Warwick ha sido un gran peso para mí. Muchos me han dicho que la culpa no es mía, pero han pasado muchas cosas que me han hecho dudar de esas palabras tranquilizadoras. A veces, me pregunto si mi vida está maldita por la injusta muerte de Warwick.

Sentado en la silla tan recto como una vara, el duque la miró fijamente.

—Mi señora, no podéis hablar en serio.

Catalina lo miró a los ojos.

—Nunca he hablado tan en serio. —Soltó una carcajada sin rastro de alegría—. Si el rey se casa conmigo de verdad, rezo para que eso signifique que la maldición ha acabado.

Con las lágrimas cayendo sobre las páginas abiertas de su libro, María se volvió hacia la ventana. «Todavía cree que está maldita. Dios, mostradle que no es cierto».

❅ ❅ ❅

Los primeros días de junio arrastraron con ellos vientos cálidos que se llevaron de la mente de María recuerdos de otro tiempo y lugar; recuerdos que se desplomaban y derrumbaban como las hojas otoñales antes de la llegada del invierno. Alzó la cabeza. «El exilio en Inglaterra no es el invierno. Anímate: ya no es invierno, sino verano; el verano de tu vida».

Con los primeros días de junio también llegó la solicitud de Enrique Tudor para tener una audiencia privada con la princesa. María escuchó a su amiga consentir como si esperase una conversación sobre asuntos triviales. «Sí, la relación de Catalina con el antiguo rey le ha enseñado bien a fingir y ocultar sus verdaderos sentimientos en público. Es solo por su propio bien».

Al cabo de una hora, como si él mismo fuese un viento que se arremolinase y soplase a ráfagas, se anunció al joven rey, que pidió hablar con la princesa en su oratorio privado. Estuvieron a solas casi una hora antes de que salieran tomados de la mano, sonrojados y felices. El rey Enrique sonrió a las damas de compañía y miró a Catalina:

—¿Os importa que se lo cuente?

Catalina se sonrojó y le sonrió antes de agachar la cabeza. María también sonrió, sintiendo que la alegría le alumbraba el corazón. No podía recordar la última vez que la había visto sonreír de aquel modo. Había empezado a temer que nunca jamás volvería a verla feliz, verdaderamente feliz.

—Pronto, vuestra señora será también mi señora, así como la señora de esta tierra. Sí, vuestra señora ha aceptado ser mi esposa. —Alzó la mano de ella y se la besó—. Cuando sea coronado rey de Inglaterra, vos seréis coronada como mi reina. Ahora, os dejo para que comencéis con los preparativos.

El joven rey partió de la habitación tal como había llegado: lleno de energía y juventud. María sacudió la cabeza. «Hasta hace pocos meses, Catalina había abandonado toda esperanza de que llegara este día. Qué rápido cambia la vida de un momento a otro...».

En las profundidades de la estancia, sentada junto a la ventana, su amiga contemplaba la mañana veraniega. María se acercó a ella y le tocó el hombro.

—¿Estáis bien? —le preguntó.

La princesa la miró.

—Iremos a Greenwich pronto por la mañana. El arzobispo de Canterbury nos casará en el convento. Dado que el príncipe... —Catalina sacudió la cabeza—. Me he expresado mal. Dado que el rey está de luto, solo unos pocos presenciarán la ceremonia. A vos, por supuesto, os quiero... Os necesito conmigo. —Se agarró de los reposabrazos tallados—. No sé si me lo creo todavía. Después de todos estos años, voy a casarme con Enrique. Warham, el arzobispo de Canterbury, ha expresado su preocupación por mi anterior matrimonio con Arturo, pero no puede enfrentarse a la dispensa papal para esta boda. —Suspiró—. En el último año, no he pensado en el matrimonio, más allá de convertirme en novia de Cristo. Ahora, en lo único que pienso es en Arturo, en lo jóvenes que éramos cuando nos casamos, en que no éramos sino un muchacho y una muchacha, en los años que han pasado desde entonces... Tantos años... Soy mayor, hermana mía.

María le sonrió.

—Con veintitrés años no sois mayor. ¿Nunca os he contado que la Latina creía que las mujeres no deberían casarse hasta cumplir los veinticinco años, cuando hubiesen vivido lo suficiente como para convertirse en esposas y madres sabias?

—No muchos estarían de acuerdo con nuestra sabia maestra. Sin embargo, yo, así como todos nosotros, he vivido más que suficiente desde la muerte de Arturo; lo bastante como para hacer que me sienta mayor.

«Habla de Arturo. Ha pasado mucho tiempo desde la última vez que habló de él». María suspiró. Al parecer, el matrimonio inminente con su hermano le había vuelto abrir la cicatriz. Le apoyó una mano en el brazo.

—¿No estáis feliz? ¿No deseáis casaros con el rey? —le preguntó en voz baja. Apartó la mirada. No se atrevía a recordarle que su matrimonio con Arturo no se había consumado—. Podéis casaros con él con la conciencia tranquila —dijo, mirándola de nuevo.

Los ojos de la princesa se llenaron de lágrimas. Se cubrió la cara con las manos y dejó escapar un sollozo que se convirtió en una risa cercana a la locura. Bajó las manos y las unió con fuerza sobre el regazo. Alzó la mirada.

—¿Feliz? ¿Qué es eso? Tendríais que saber que no debéis preguntarme qué es lo que deseo. ¿Acaso ha importado alguna vez? No puedo recordar un solo momento en el que Inglaterra no fuese dueña de mi vida.

La mañana tras la boda de Catalina, María estaba paseando a solas por el jardín. Su amiga y el rey todavía estaban en la cama. Cuando había entrado en la antecámara para comenzar su jornada de servicio, los sonidos que procedían del dormitorio habían sido inconfundibles. Al fin, Catalina era una esposa de verdad. Feliz de escuchar también las risas de la joven, se había escabullido, reprendiéndose a sí misma por la tristeza que se estaba apoderando de su ánimo. «Debería alabar a Dios. Catalina tiene la oportunidad de vivir una vida plena. Debería alegrarme por ella incluso aunque yo tenga pocas expectativas de experimentar lo mismo algún día».

Tras ella, oyó unos pasos apresurados. Miró por encima del hombro. Buckingham, ataviado con la ropa de montar, avanzaba hacia ella. Cuando estuvo cerca, María hizo una reverencia.

—Mi señor duque... —murmuró.

Con una mano regordeta, le hizo un gesto para que se levantara y le tembló la papada.

—¿Es cierto? —ladró, con las mejillas rojas por la furia.

Ella dio un paso atrás, sorprendida por su enfado.

—Mi señor duque, no sé de qué me estáis hablando.

—No os andéis con rodeos conmigo, mujer. ¿Es cierto que el rey se casó ayer con la princesa Catalina?

María le contempló, mordiéndose el labio inferior un instante, pensativa. Era evidente que, si el duque quería interrogarla, la noticia del matrimonio ya se había dado a conocer en la corte. Se encogió de hombros.

—Es cierto, mi señor.

—¿Por qué no se me invitó a presenciar la boda? —El duque pareció hincharse ante sus ojos—. Mi primo sabía que estaba alojado en mi propiedad londinense.

Ella bajó la mirada sin estar muy segura de cómo tratar con aquel duque enfadado. Una vez más, se encogió de hombros.

—Mi señor duque, el rey todavía está de luto. Tan solo le pidió a unos pocos que presenciaran la ceremonia. El embajador español fue el único de sangre noble que estuvo también en la ceremonia, y fue porque la princesa... Quiero decir, la reina Catalina, lo pidió. —Hizo una pausa, rompiendo el contacto visual con él. Aquella era la primera vez que había llamado «reina» a Catalina. En el jardín tranquilo, el título pareció resonar como si lo hubiera anunciado una trompeta. Volvió su atención de nuevo al duque y le hizo una profunda reverencia—. Duque, a mí no me corresponde hablar; yo solamente obedezco. Disculpadme, debo pediros vuestro permiso para proseguir mi camino.

El hombre le hizo un gesto con la mano.

—Entonces, marchaos. Le diré lo que pienso al joven rey Enrique cuando le vea la próxima vez.

Mientras se alejaba de él, María se preguntó si no sería más inteligente que se mordiera la lengua. El duque era un hombre orgulloso, pero el rey también lo era. Incluso más.

Capítulo 2

Mi querida doña Latina:

Los días felices han llegado para nosotros. Al fin, mi princesa está casada con el joven Enrique Tudor, el nuevo rey de Inglaterra. Todos los días me cuesta creerlo: mi princesa se ha convertido en reina. Ha cambiado mucho. Incluso su confesor señala que está feliz y dice que es la criatura más hermosa del mundo. Mañana, Catalina de Aragón será coronada. Vestirá el manto para el que su regia madre, la reina Isabel, la preparó desde la infancia.

omo una de las cuatro mujeres seleccionadas para la tarea de transportar la cola de seda del vestido de la coronación de Catalina, María caminaba un paso por detrás de su amiga mientras contemplaba el cielo. Aquel cielo azul propio de un día de mediados de verano en Inglaterra pareció unirse a su ánimo alegre, ofreciendo la promesa de un futuro brillante.

María volvió la vista hacia Catalina, cuya larga melena flotaba suelta, brillante y resplandecía dorada bajo la luz del sol. Aquella mañana, cuando la había ayudado a vestirse, la joven había parecido transformada. De pequeña estatura, ahora su presencia era imponente; ya no era una niña y había dejado de esconder sus miedos en el ya distante día de su primera boda. Ahora era una mujer lista para afrontar su destino. María estuvo a punto de tropezar de nuevo. «Nuestra noche más oscura se ha acabado y hoy comienza un nuevo amanecer. Al fin, Catalina está en el lugar que le corresponde. Alabado sea Dios». Sintió como si un cubo de agua fría la bañase, disipando su alegría. Se balanceó un poco, resistiendo la tentación de tocarse la boca al recordar los labios del joven Enrique sobre los suyos. «¿Por qué estoy pensando en eso? Olvidadlo. En aquel entonces, no era más que un niño, y ahora es un hombre. Un hombre casado con mi amiga. Un hombre que es rey».

Sonriendo a los londinenses que se arremolinaban cerca, Catalina salió del palacio y se colocó bajo un baldaquino que portaban los barones de los Cinco Puertos, situado detrás del que se alzaba sobre el rey sin coronar y con la cabeza desnuda. Llevaba el pelo como cuando era niño: al estilo francés, aunque con un corte más largo que le llegaba hasta los hombros y con un flequillo recto sobre la frente. Todavía no había cumplido los dieciocho años, pues quedaban cuatro días para su cumpleaños. Aquel día, Catalina parecía tan joven como él.

Siguiendo los sagrados y centenarios rituales ingleses para la coronación, caminaron descalzos sobre la tela a rayas que se extendía ante ellos hasta donde alcanzaba la vista. Bajo los baldaquinos separados, la pareja real pasó frente a la multitud que los aclamaba. Al mirar por encima del hombro, vio a gente saltando las barreras. Se lanzaban al suelo para cortar un trozo de tela antes de seguir al rey y a la reina mientras se dirigían hacia la abadía. «Meg Pole me dijo que esto podría pasar: que la gente querría tener un recuerdo del día». Al entrar en Westminster, los reyes todavía sin coronar se dirigieron hacia el arzobispo y se arrodillaron a sus pies.

María se apartó un instante, situándose junto al resto de las damas. Una fanfarria de trompetas señaló el comienzo de la ceremonia de coronación. «Qué diferente a su boda». Aquel día había sido discreto, con pocos testigos. La única similitud con el día presente era ver a Catalina de nuevo con un vestido blanco, aunque, en aquella ocasión, no se debía a la virginidad con la que acudía al lecho marital, sino al blanco propio de la reina sin coronar de Inglaterra. Mientras contemplaba el altar, incluso tenía blanco su hermoso rostro. «Tiene un aspecto muy solemne. Es el aspecto de una reina».

Meg Pole le dio un codazo. Juntas, regresaron al lado de Catalina para ocuparse de su parte en los rituales de coronación. María miró a la reina a los ojos un instante y, después, ayudó a Meg a que le soltara los lazos de la parte superior del vestido para dejar a la vista parte del pecho antes de apartarse. El arzobispo acabó de ungir el pecho al rey y luego a Catalina con el mismo aceite, que parecía espeso. Mientras se deslizaba lentamente por la piel de la reina, podía olerlo incluso a un cuerpo de distancia. Era amaderado, aunque potente, y rozaba una acritud desagradable. A continuación, el arzobispo coronó al rey y, después, tomó la corona más pequeña de su cojín para coronar a la reina. Atravesada por el orgullo, María cerró los ojos para evitar unas lágrimas que no quería derramar.

—¡Sí! ¡Sí! —resonó en la abadía y, desde fuera, respondió un rugido.

María abrió los ojos. El arzobispo estaba de pie junto al rey Enrique, sonriendo mientras la gente proclamaba la aceptación de su nuevo rey. Cerca del altar, lady Margarita Beaufort, la abuela del rey, tenía la cabeza agachada y lloraba. María recordó que había hecho lo mismo en la primera boda de Catalina, hace mucho tiempo: sin embargo, en aquella ocasión, habiendo perdido a su amado hijo, lloró y se enjugó los ojos antes de volver a mirar a su nieto con un orgullo que no disimulaba. Con una figura atractiva y de gracia sorprendente, el joven rey sobrepasaba a todo el mundo. A pesar de su juventud, brillaba con confianza. Si bien aquello no sorprendió a María, sí lo hizo su aura de liderazgo. «Tal vez tan solo proceda de la corona que luce».

Apartados en su realeza, con las manos entrelazadas, los nuevos reyes aceptaron la pleitesía de su pueblo. El brillo de las joyas de su ropa y sus coronas conjuraba un aura resplandeciente en torno a ellos, como si el rey y su esposa brillasen como estrellas en el firmamento.

María observó cómo los orgullosos señores ingleses se arrodillaban, uno a uno, ante su amiga. Colocando las manos entre las de Catalina, le juraron lealtad a ella tal como habían hecho con el rey. Una vez que el último hubo jurado lealtad, la reina dio un paso al frente y habló.

—Mi buena gente, id ahora a Westminster Hall. Un banquete nos espera para celebrar juntos este día auspicioso.

Una vez más, el rey y la reina caminaron bajo los baldaquinos aunque, en aquella ocasión, lo hicieron ya coronados.

✸✸✸

El suelo de losas pulidas reflejaba las innumerables antorchas que colgaban de los altos muros. A lo largo del salón había mesas de madera con caballetes cubiertas de manteles blancos y decoradas con guirnaldas de hierbas. Junto a los muros había apoyadas mesas auxiliares repletas de comida lista para ser servida a los centenares de personas que asistían al banquete. María, a la que condujeron hasta su sitio cerca del estrado real, se sentó junto a Margarita Pole. Se obligó a dejar de mirar en torno a la estancia en busca de Will.

—Esta noche, guardad las distancias con él —le había dicho Catalina aquella mañana—. Si el rey llegase a descubrir que estáis enamorados, puede que piense lo peor y no os permita mantener vuestra posición en mi casa. Él no os conoce como yo, y vos no os deshonraríais.

Se había sentido agradecida de que le hubiese hablado mientras escribía una carta, pues le había dado tiempo para prepararse. Una vez más, intentó olvidarse de Will y le devolvió a Meg la sonrisa de bienvenida.

—¿Recordáis que nos sentamos juntas durante la primera boda de la reina Catalina? —le preguntó Meg.

—Sí, lo recuerdo. —María miró hacia el estrado. La reina y su esposo tenían la cabeza muy cerca el uno del otro mientras hablaban y, tras ellos, los símbolos de sus casas reales temblaban y se agitaban con las corrientes de aire. La reina y el rey solo tenían ojos el uno para el otro. En más de una ocasión, Enrique le sostuvo la cara a su amiga y la besó a la vista de todos mientras ella le devolvía el beso—. El príncipe Arturo y mi princesa, como fueron un día, apenas podían mirarse el uno al otro.

—Eso cambió pronto —contestó Meg, mientras sus ojos volvían también al estrado—. Ver cómo se enamoraban el uno del otro es algo que no he olvidado. —El rey volvió a besar a Catalina y le pasó un brazo por los hombros—. ¿Creéis que ha olvidado a Arturo? —murmuró Meg.

—No; nunca olvidará a Arturo. Lleva su recuerdo en el corazón —contestó María lentamente—. Pero se merece ser feliz después de todos los años de incertidumbre y desesperación. Está lista para ser la reina de Inglaterra.

—Ya es la reina de Inglaterra. Al fin. —Margarita miró en torno a la habitación—. Parece que todo el reino está aquí esta noche.

María también se volvió y, al otro lado de la habitación, vio a Inés y a su esposo, Mountjoy, que ahora servía como chambelán de la reina, hablando con un anciano y con Tomás Moro.[47] Preguntándose cuándo sería un buen momento para ir a hablar con Inés, miró a Meg.

—La reina me dijo que su esposo deseaba superar el banquete de coronación de su padre y el del usurpador, Ricardo de York. Dicen que en su banquete se dio de comer a más de trescientas personas.

La mujer agachó la cabeza.

—Yo estaba allí aquella noche y la recuerdo bien. Mi tío Ricardo bajó del estrado para hablar conmigo, entonces yo tenía diez años. Me besó con afecto cuando llegó el momento de que regresase a mis aposentos. —Suspiró—. Él creía que hacía lo correcto al tomar la corona, pero le resultó una carga pesada. Al final, no le granjeó más que dolor y muerte.

Un trompetista hizo sonar una fanfarria, anunciando que estaban a punto de servir la comida del banquete. Al oírla, le rugió el estómago, pero entonces se olvidó por completo del hambre y se cubrió la boca con una mano. Un jinete entró al trote con un caballo a través de la puerta abierta, seguido por otro que montaba un caballo cubierto con telas doradas.

María se volvió hacia Margarita Pole, alzando una ceja a modo de pregunta. La mujer le susurró:

—El duque de Buckingham.

Vestido de forma gloriosa como un príncipe del reino, apenas se parecía al hombre furioso con el que María había hablado hacía más de una semana, la mañana después de la boda de Catalina. Tras el duque y su acompañante iba un grupo de sirvientes cargando unas enormes bandejas de comida. Las delicias que colocaron frente a ellos representaban mensajes y extraños objetos, muchos de ellos decorados con pan de oro o coloreados con el amarillo del azafrán. Al ver que otros se los estaban comiendo, tomó uno y lo estudió más de cerca.

—¿Qué son? —preguntó.

Meg le echó un vistazo.

—¿No lo veis?

---

47 N. de la Ed.: Tomás Moro, en inglés Thomas More (1478-1535). Fue un político y humanista inglés cuya familia pertenecía a la pequeña nobleza. Estudió leyes en la Universidad de Oxford y debido a su valía intelectual, el rey Enrique VIII lo promovió a cargos cada vez de mayor relevancia. Sin embargo, tras el divorcio del rey y la ruptura con la iglesia Católica, que no aceptó, fue encarcelado en 1534 y decapitado al año siguiente. Ese mismo año, la iglesia Católica lo canonizó.

María volvió a contemplarlos y reconoció el portón arqueado y enrejado que era habitual en muchos de los castillos más antiguos que había visto en Inglaterra.

—Oh, sé lo que es, pero es una elección rara para hacer que nos la comamos.

—No es tan raro. —Meg alcanzó una de esas mismas delicias y la mordisqueó—. Es el rastrillo de Beaufort, del *château* de Beaufort en Francia. Hace tiempo, fue una de las fortalezas de Juan de Gante,[48] tercer hijo de Eduardo III y tatarabuelo de la reina. Forma parte de la heráldica de la condesa, la abuela del rey.

María comenzó a comer mientras le hacía más preguntas a Margarita en un esfuerzo por saber qué eran el resto de manjares que había en la mesa. Unos sirvientes llevaron directamente hasta el estrado real dos de aquellos platos: unos cubos de cordero con abundante salsa y una marsopa entera a la brasa. «¿Marsopa?». No podía recordar la última vez que Catalina había tomado su comida preferida. María alzó la vista hacia el rey Enrique. En aquel momento, él y la reina habían entrelazado los brazos y estaban bebiendo de la copa del otro.

A lo largo de todos los años que habían pasado desde que se habían conocido, él había hecho que se sintiera confusa. A veces, se preguntaba por qué le disgustaba tanto pero, entonces, tal como había ocurrido aquel día durante la coronación, recordaba cómo le había besado a la fuerza cuando tenía quince años. Siempre volvía a aquello: la última gota que había colmado la copa de su repugnancia. No era capaz de perdonarle aquellas acciones, que habían hecho que se viera obligada a ocultarle una cosa más a Catalina. Día tras día, se esforzaba por no decirle a su amiga cómo se sentía con respecto al rey, pero, entonces, él la sorprendía de nuevo haciendo algo amable y considerado. Sin duda, debía de haber sido él quien había ordenado a los cocineros que preparasen los platos favoritos de Catalina. «Tal vez, algún día cambie la opinión que tengo de él. Tal vez».

María se tragó el vino y dejó de pensar en el rey. Volvió a ver a Inés y a su esposo al otro lado del salón. Tras excusarse con Margarita, cruzó la estancia

---

48 N. de la Ed.: Juan de Gante, duque de Lancaster y rey consorte de Castilla por su matrimonio con Constanza de Castilla (1340-1399). Fue padre de Catalina de Lancaster, abuela de la reina Isabel I de Castilla, madre de Catalina de Aragón. También era antepasado de la abuela del rey, que provenía de la rama de los Beaufort (los hijos de Juan de Gante habidos con su última esposa, Catalina de Roet-Swynford, que antes fue su amante).

hasta ellos. Inés le sonrió con alegría al ver que se acercaba y se movió sobre el banco para hacerle un hueco en la mesa. Cuando se sentó junto a ella, Mountjoy interrumpió su conversación con Moro y el anciano y le lanzó una sonrisa.

—Doña María, nos honráis con vuestra compañía.

María de Salinas sonrió.

—Ambos servimos a la reina y os veo todos los días, mi señor, pero parece que, desde vuestra boda, habéis mantenido a vuestra esposa lejos de la corte.

Él se rio.

—Creo que mi esposa desea familiarizarse con todos los libros de mi biblioteca antes de volver al servicio de la reina.

Inés soltó una risita. Agarró del brazo a María de forma juguetona y se acercó más a ella, como si deseara hacerle una confidencia. Volvió a reírse.

—Mi querido esposo cree que son los libros lo que me mantiene alejada de la corte.

Tomás Moro sonrió desde el otro lado de la mesa.

—Envidio a vuestro esposo. Cuando acababa de casarme con mi esposa, ella protestaba, afirmando que prefería no leer.

El anciano lo contempló divertido.

—Me contasteis que necesitabais hablar con su padre para hacer de ella una esposa dócil.

Moro se rio.

—Yo no creo en eso de que hay que golpear a una esposa; prefiero persuadirla utilizando otros métodos. Jane tan solo tenía dieciséis años cuando nos casamos y había sido criada en el campo. Confieso que, durante el primer año de nuestro matrimonio, tuvo muchas cosas a las que acostumbrarse, incluyendo un marido que ama los libros y el aprendizaje y que deseaba que se dijera lo mismo de su esposa. No solo lee los libros que le presto, sino que ha llegado a agradecer lo que le he enseñado.

El hombre lo dijo con amabilidad, poniendo ojos cariñosos y con mucho encanto. María podía imaginar que una mujer llegase a disfrutar de sus lecciones, incluso aunque fuera la propia esposa. Miró alrededor de la mesa, a la que se sentaban hombres en su mayoría. Las únicas mujeres jóvenes que había entre ellos eran Inés y ella misma.

—¿No ha venido la señora Moro? —le preguntó al hombre.

—Para gran pesar de Jane, todavía no ha recibido la bendición de la Iglesia tras el nacimiento de nuestro nuevo hijo. Ahora tenemos un niño, además de tres hijas.

—Os doy la enhorabuena —murmuró María, volviendo la vista hacia Inés—. ¿Tiene razón vuestro marido? ¿Son sus libros los que nos privan de vuestra compañía?

Inés se rio.

—No solo los libros. Mi esposo se olvida de que tiene una hija pequeña a la que debo conquistar para que confíe en mí y le agrade, así como una hacienda muy grande con la que necesito familiarizarme para asegurarme de que funciona de forma correcta. Una vez que esas dos cosas estén bajo control, regresaré. La reina ya me ha escrito para pedirme que sea pronto.

María le devolvió la sonrisa a su amiga.

—Me alegro de que así sea. Os he echado de menos.

Pestañeó al darse cuenta de que había hablado en castellano.

—Yo también os he echado de menos —replicó Inés en la misma lengua, pero, entonces, sonrió a su esposo y habló en inglés—. Aunque, para ser sinceros, echo más en falta a mi esposo. Espero el momento de volver a la corte para que no estemos separados tan a menudo. Pero, hablando de compañía... ¿Conocéis al maestro Erasmo? Es un buen amigo tanto de Tomás como de William, y es huésped de mi esposo en Londres mientras escribe un nuevo libro. Recordaréis el libro *Collectanea Adagiorum* del maestro Erasmo. Todas nosotras disfrutábamos leyéndolo con la princesa... Perdonadme, con la reina. Fue un invierno en Durham House. Maestro Erasmo, disfrutaréis hablando con doña María de Salinas, que es una erudita por derecho propio.

María se rio.

—¿Erudita? En comparación con un hombre que escribe semejantes obras, no soy una erudita.

Erasmo miró en su dirección y le sonrió amablemente.

—Si lady Mountjoy os describe en tales términos, debéis de merecerlo.

—Doña María estudia las artes de la curación. Durante los años que esperamos a que llegasen tiempos más felices para nuestra reina, María pasaba los días leyendo libros de medicina u ocupada en la destilería. La gente solicitaba sus remedios, los preferían a los del médico de la casa.

María volvió a reírse.

—Tan solo porque yo siempre conseguía más miel de las cocinas para mis pociones. Un miembro del servicio se encariñó conmigo.

Mountjoy alzó la copa en su dirección.

—Puedo suponer que era un hombre y, probablemente, alquien que seguirá suspirando por una mujer que estaba tan fuera de su alcance como la misma luna.

Inés miró a su esposo con los ojos muy abiertos.

—¿Debería tener celos de mi amiga?

Con la mirada divertida posada en su esposa, Mountjoy volvió a alzar su copa.

—¿Por qué desearía tener la luna, cuando tengo el sol? Soy el más afortunado de los hombres.

Agachando la cabeza, Inés se sonrojó. Se rio un poco y se volvió hacia María.

—Debéis de ver por qué estoy impaciente por volver a unirme a la casa de la reina. Cada día sin mi esposo parece un día invernal.

Estrechó la mano de su amiga y se esforzó por sonreír. «Alegraos por Inés y por Catalina. Estad contenta aunque no podáis compartir la misma felicidad que ellas».

***

A la mañana siguiente, el rey participó en un torneo para celebrar su coronación. Cansada por la larga noche anterior, María ocultó un bostezo mientras permanecía de pie junto al resto de ayudantes de la reina en la tribuna. Le sorprendía que Catalina no pareciese cansada en absoluto. Preparada para ver al rey compitiendo, la reina sonrió a modo de bienvenida cuando su esposo se acercó hasta ella con grandes zancadas. Cuando le pidió una prenda, su sonrisa se ensanchó aún más. Con la armadura todavía sin poner, el rey iba vestido con una túnica de terciopelo que por un lado era verde bordada con granadas ribeteadas de oro y, por el otro, era blanca decorada con rosas Tudor también bordeadas de oro. Catalina le tendió su pañuelo y, mientras él lo entrelazaba con una de las correas que llevaba en el hombro, ella se inclinó y le tocó la mejilla, bien afeitada. María se estremeció al recordar cómo había tocado a Will con los dedos; ojalá pudiera hacer lo mismo que su amiga, pero sin que fuese pecado y sin sentir culpa.

El rey se sonrojó como una doncella ruborizada antes de depositar una mano sobre la de la reina. Permaneció allí, contemplando a su esposa, como si estuviera anclada al suelo. El viento tomó fuerza y el penacho de damasco dorado del casco que llevaba bajo el brazo empezó a agitarse primero hacia un lado y después hacia el otro.

El suelo empezó a temblar cuando se acercaron los caballos montados. Ocho caballeros cubiertos por completo con armaduras cabalgaban en formación. Bajo la armadura, se podían ver los jubones de seda verde decorados con ramas de zarzas doradas bordadas con hilo de oro de los caballeros. Los ornamentos de sus monturas eran iguales. Unos cuernos resonaron. Unos hombres vestidos de los pies a la cabeza con el verde y blanco de los Tudor entraron corriendo, portando unas vallas blancas y verdes. Con una velocidad sorprendente montaron sobre la hierba una zona que asemejaba un bosque con una manada pequeña de ciervos, árboles, arbustos y helechos artificiales.

Aterrorizados, los ciervos se apiñaron dentro del cercado temporal. Los animales alzaron la cabeza y ladearon las orejas y, con ojos enormes, miraron a izquierda y derecha, buscando una forma de escapar. A pesar del miedo, se movían con elegancia y belleza. Como señal, un cuerno hizo sonar una nota larga. Los hombres se precipitaron hacia delante, abrieron las puertas y los animales salieron corriendo en libertad. Los galgos soltaron su extraño aullido y se lanzaron hacia los ciervos como si fueran uno solo mientras los encargados de las perreras tenían problemas para sujetar las correas. Resonó otra larga nota de la trompeta y los galgos liberados salieron tras los ciervos.

Asqueada, María apartó la mirada. Los gritos horribles de los animales moribundos no parecían tener fin. Los ingleses, tanto hombres como mujeres, vitoreaban una y otra vez. Al fin, los caballeros llevaron los cadáveres sangrientos hasta la reina, colocándolos sobre la hierba que había frente a la tribuna real. Cuando oyó cómo les daba las gracias, María se estremeció, recordando las corridas de toros de su infancia. Siempre las había odiado. Al pensar en la belleza de los ciervos un momento atrás y en que ahora yacían muertos ante su amiga, odió lo que había ocurrido aquel día todavía más. El agradecimiento de Catalina a los caballeros también ocultaba su odio hacia semejante deporte. María supo que, aquella noche, ambas tendrían sueños oscuros y perturbadores.

Aquella extraña y violenta actuación continuó. Se convirtió todavía más en una pesadilla cuando Will compitió en una pelea con espadas que atravesó con profundidad el corazón de María. Un golpe torpe de la espada dcl oponente rozó la mejilla de Will e hizo que la sangre le corriera por el cuello como una marea carmesí. Ella se derrumbó sobre un asiento y se agarró al mismo con fuerza. «No corráis hacia él, no gritéis». Mareada y sintiéndose enferma, observó cómo el médico le trataba la herida y cómo, después, regresaba y ganaba la pelea. Mientras él recibía las felicitaciones de los otros competidores, María se escabulló de las miradas públicas y vomitó. Pasó un tiempo antes de que pudiera parar de temblar y regresar a la tribuna.

Después de que el rey entregara los trofeos, Will permaneció sobre la hierba pisoteada ante la tribuna real para comenzar los siguientes actos. Sujetaba frente a él su trofeo, una lanza de oro. Catalina se inclinó hacia delante para saludarle y su marido volvió a unirse a ella.

María miró fijamente la lanza, recordando que Will volvería a competir otra vez. Tembló de miedo, un miedo que se había guardado para sí. Ni siquiera podía hablar de ello con Will, que no le daría importancia al peligro que corría su persona a pesar de las horribles heridas que ya estaban sufriendo los demás. Las trompetas volvieron a tocar unas notas largas seguidas por otras más cortas. Will alzó el brazo e hizo una reverencia profunda ante la reina y el rey antes de volver a erguirse.

—Nobles reyes. —Volvió a hacer una reverencia—. Sirvo a la diosa Diana con mis buenos caballeros. Llevamos cazando desde el amanecer, pero nos han llegado noticias de que los caballeros de Atenea están listos para mostrar sus hazañas con las armas. Deseamos luchar por el amor de aquella a la que servimos. Si perdemos, todo lo que pedimos son los ciervos muertos y los galgos que los mataron, pero, si ganamos, deseamos las espadas de nuestros oponentes.

La reina sonrió a su esposo.

—Mi señor esposo, ¿qué respuesta debería dar?

El rey le devolvió la sonrisa, pero después se puso serio.

—Dulce señora esposa, hay resentimiento entre estos dos grupos de caballeros. Conceder esta petición podría acarrear una situación peor. Os lo ruego, no aceptéis estas condiciones. En su lugar, permitid que los caballeros luchen en este torneo, pero con un número limitado de golpes.

—Mi rey y esposo, haré lo que me habéis aconsejado. —Se volvió hacia Will—. Buen señor, salid del campo con vuestros hombres, pero preparaos para enfrentaros en una justa con aquellos que sirven a Atenea. Os recompensaremos con lo que os merecéis. —Sonriendo, miró a su esposo—. ¿Y vos, mi señor? ¿Participaréis hoy en la justa?

El rey se llevó su prenda a los labios y la besó.

—Lo haré. Casado con vos no puedo sino salir triunfal.

Le tomó la mano y se inclinó hacia ella para besársela.

Un mensajero interrumpió aquel momento alegre y le tendió al rey un pergamino doblado. El rey Enrique lo leyó y palideció. Cuando volvió a mirar a su esposa, parecía un muchacho.

—Debo marcharme. Mi abuela ha caído enferma. La carta dice que está a punto de morir. —Miró alrededor. María también escudriñó los campos que la rodeaban. Hasta donde la vista le alcanzaba, cientos de personas se regocijaban con la fiesta y el costoso torneo—. Tendremos que acabar con el festejo si mi abuela fallece —murmuró mientras su momento de vulnerabilidad se convertía en enojo. Besó la mano de Catalina—. Querida mía, quedaos aquí y disfrutad del día. Espero regresar pronto.

El rey se alejó con grandes zancadas junto con sus hombres de mayor confianza. Dos horas más tarde, les llegó la noticia de que Margarita Beaufort había muerto.

—Otra vez pasamos de la alegría a la pena —murmuró Catalina más tarde, esperando el regreso del rey junto a la ventana.

—No significa nada —le contestó María. Sin embargo, ella también se hacía preguntas. En las últimas semanas, el nuevo rey y su abuela habían discutido de forma diaria. La condesa había dejado claro que no aprobaba muchas de sus decisiones, especialmente la de arrestar a Dudley y Empson. «¿Acaso estas discusiones han acelerado su fallecimiento?»—. Ya sabéis cuánto sufría por la muerte de su hijo. Creo que no hizo sino esperar a ver a su nieto coronado antes de permitir que la muerte se la llevara. Era una mujer mayor, ya había llegado su hora de partir.

Catalina se volvió y la observó en silencio.

✳ ✳ ✳

Escrito el día 20 de septiembre de 1509

Mi querida doña Latina:

Espero que comprendáis el largo retraso desde mi última carta.

La coronación de mi princesa... Perdonadme, ahora debo escribir de ella como «reina». A la coronación siguió otro entierro real: el de lady Margarita Beaufort. Entonces, recibí la carta en la que me informabais de la muerte de mi madre. No encuentro las palabras para expresaros mi dolor. En su última carta, me rogaba que regresara. Decía que no le importaba si no tenía esposo, que solo quería que estuviera de nuevo con mi familia. Me dijo que temía por mí.

Agosto y el principio de septiembre han transcurrido para mí en una bruma. La reina intentó consolarme y el resto de mis amigas también. No sirvió de mucho. Al menos, pude llorar a solas en mi alcoba en Richmond. Ahora que la reina está casada, como muestra de su favor, me han sido concedidos mis propios aposentos.

Se obligó a sí misma a escribir sobre otros asuntos:

Con cada nuevo día, la reina está más contenta con su esposo. Está bien que compartan el amor por el aprendizaje y los libros. Con la reina, el rey parece todo corazón y amabilidad, y desea pasar con ella cada momento del día y de la noche. Le hace regalos de forma constante: desde baratijas hasta carísimos palafrenes. La semana pasada, incluso le regaló un mono tras descubrir lo mucho que le gustaban de niña dichos animales. Cada mañana, cuando el tiempo lo permite, la reina lo acompaña a cazar. Él disfruta de cazar con halcones tanto como ella. ¿Recordáis la vez que el rey Fernando se llevó a más de cien halconeros con él? ¿Recordáis el día en que todos fuimos a cazar con el príncipe Juan?

María dejó la pluma mientras, en su interior, visualizaba al príncipe Juan, con su halcón encapuchado en la muñeca, esperando a que Catalina subiese al caballo. Cómo había sonreído al ver que María iba tras ellos...

—Le pido a mi hermana que cabalgue conmigo y, una vez más, se trae a su sombra —había bromeado él.

La luz ambarina del otoño se colaba a través de la ventana sin cortinas. Un pájaro trinó y, después, otro. Volvió a mirar la carta. Había demasiadas cosas que no se atrevía a escribir.

«No puedo contarle a la Latina cómo Catalina sigue ciega ante los defectos de su esposo».

Durante mucho tiempo, María había pensado en él como un muchacho y, ahora, como un hombre que ponía sus propios deseos por encima de los de otros. Recordaba su temperamento cuando tenía diez años y su arrogancia cuando era joven y supuso que ella se sentiría honrada de convertirse en su amante. «Ser rey no le ha cambiado demasiado. Quiere que todo salga como él desea». Lo que más le preocupaba era presenciar sus actos de alegría y buena voluntad a la vez que otros más oscuros. Le había oído hablar de forma cruel a los miembros de mayor edad de la corte y de manera rencorosa al obispo Fisher, que lloraba la pérdida de Margarita Beaufort. El obispo adoraba a la condesa y deseaba asegurarse de que todo se hacía tal como su amiga hubiera deseado. Sin embargo, al hablar con el rey, este le había dicho con dureza que no era asunto suyo. También corrían rumores de que ya le había sido infiel a Catalina.

Miró el reloj de la alcoba, se pasó el manto por los hombros y se dirigió a los jardines. Aquella mañana, Will le había mandado un mensaje informándole de su esperado regreso a la corte desde su hacienda y pidiéndole que se reunieran en el jardín de las plantas medicinales.

María le encontró de pie junto al denso arbusto de romero. Al verla, extendió los brazos para que ella se acurrucara entre ellos.

—Amor mío —dijo, estrechándola entre los brazos—, perdonadme por no haber estado aquí cuando llegó la noticia de la muerte de vuestra madre.

Apoyándole la cara en el pecho, María suspiró. Llevaba semanas deseando estar entre sus brazos. Todo el dolor que había ocultado se liberó y las lágrimas empezaron a fluir. Reprimió un largo suspiro, se frotó los ojos y alzó la vista hacia él.

—No sabía que mi madre estuviese enferma. Recuerdo la última vez que la vi. En aquel entonces, no era mayor. En mi mente, nunca lo será.

—¿No creéis que esa es una buena manera de recordarla, corazón mío?

Se apartó de él para partir una ramita de romero. Observándolo, le dio vueltas entre los dedos.

—Hace poco, Tomás Moro le contó a la reina que él permitía que el romero creciese de forma salvaje en su jardín. Dijo que era sagrado para la memoria. Yo lo miro y pienso en mi madre en su ataúd, yaciendo sobre un lecho de romero sin que yo esté allí para llorarla. No estaba allí cuando murió y tampoco estaba allí cuando la enterraron. —Sacudió la cabeza—. Desearía...

Will le tomó la mano.

—¿Qué deseáis?

Ella alzó los ojos hacia el cielo nuboso. El tiempo se estaba enfriando y ella se estremeció.

—Demasiadas cosas que no puedo tener y que nunca tendré. ¿Qué sentido tiene desearlas cuando ya soy bastante rica? Tengo vuestro amor y el de mi reina. —Intentó sonreír—. Y, a pesar del dolor que siento por mi madre, debo estar contenta. ¿Sabéis que la reina está embarazada?

—Tendría que haberlo adivinado. De algún modo, me pareció que estaba diferente.

—Está feliz con su matrimonio e incluso más feliz con su futuro hijo. He intentado no llorar demasiado por la muerte de mi madre; no puedo cargarla con mi dolor.

Will volvió a atraparla entre los brazos.

—Entonces, depositad la carga en mí. Si necesitáis llorar, llorad.

Sin otra palabra, apoyó el rostro en su jubón y volvió a llorar.

❋ ❋ ❋

Pronto, el embarazo de la reina se hizo público. Una tarde, María se apresuraba a regresar a los aposentos reales. Como si la hubiera estado esperando, don Luis Carroz,[49] el nuevo embajador español, salió de una puerta y la saludó. No era la primera vez que aquel hombre tan molesto la acechaba en la corte. Tentada de ignorarle, se detuvo y miró hacia atrás, en la dirección por la que había venido. Sin embargo, esperó demasiado y él se acercó a ella. Hizo una reverencia y le saludó en

---

49 N. de la Ed.: Luis Carroz de Vilarragut, de origen valenciano, sirvió como embajador en Inglaterra entre 1518 y 1500.

castellano. «Al menos, encontrarme con él me da la oportunidad de hablar mi propia lengua».

Don Carroz extendió los brazos, primero a un lado y luego al otro, como si intentase mantenerse a flote o desease golpear algo.

—Llevo semanas esperando y todavía no he visto a la reina. Me siento insultado —espetó sin mostrar la cortesía de saludarla por su nombre.

—Lamento oírlo, don Carroz. —Bajó la vista para que él no viese que no lo lamentaba en absoluto—. Estoy segura de que mi reina no pretende insultar vuestra respetada posición.

—Entonces, ¿por qué se me niega una audiencia privada con ella? Tan solo he tenido una conversación con la reina Catalina, y eso fue poco después de mi llegada a Inglaterra. Ahora, se espera que me comunique con ella a través de vos o sus otras damas. Y no hablemos del inútil de su confesor... Ese hombre no me ofrece más que palabras suaves y excusas.

María pensó su respuesta con cuidado. Aquel hombre era tan arrogante que no se había dado cuenta de lo mucho que había enojado a Catalina durante su primer encuentro al insistirle en que volviera a tomar a Francisca de Cáceres como una de sus damas.

—Es cierto que estuvo a mi servicio antes de casarse —le había dicho la reina—, pero demostró no ser digna de ninguna posición en la corte. Es una mujer peligrosa y un peligro para mí.

Carroz se había negado a escuchar, insistiendo de nuevo en que volviese a emplear a Francisca. La tercera vez que se lo había discutido, Catalina le había dicho que se marchara y esperase a que lo convocara. Él no había dejado de hablar con aquellos de más alto rango en la casa de la reina, esperando convencer a alguien de que le ayudase con su petición. Claramente, se sentía frustrado por el muro de férrea lealtad que rodeaba a la reina. Quería tener a alguien cercano a ella que creyese que le iba a ser leal a él y no se fijaba en nada más.

María cambió el peso de pie, inquieta. No había visto a Francisca desde que se había marchado para casarse con el acreedor. La echaba de menos, pero no podía volver a verla, no cuando su lealtad estaba en primer lugar con Catalina. «Francisca debe de estar desesperada por reclamar su lugar como una de las damas de la reina. Tan desesperada que debe de haber aceptado ser la espía del embajador. Si yo sospecho que es así, Catalina también lo habrá hecho. Y el hombre aún se pregunta por qué la reina se niega a verlo».

—Don Carroz, la reina está embarazada —dijo en voz baja—. Los médicos le aconsejan que descanse todo lo posible. Llevamos semanas diciéndoos esto. No entiendo por qué lo veis como un insulto. Estoy segura de que la salud de la reina debe de ser nuestra prioridad.

—Por supuesto, por supuesto, pero soy el embajador del rey Fernando. Me niego a quedarme sentado sin hacer nada mientras la reina presta oídos a malos consejeros.

María sabía quién era el consejero que más desagradaba al embajador. En repetidas ocasiones, fray Diego le decía a la reina: «Olvidaos de España y ganaos el amor de Inglaterra». Sin embargo, era un consejo con el que María estaba de acuerdo y así se lo hacía saber. Odiaba la lealtad y el cariño que su amiga le profesaba a su padre. Durante siete largos años, había abandonado a su hija a los lobos. «Está bien que se aparte así de su padre. De una vez por todas, mi hermana debe darse cuenta de a qué manada pertenece y cazar con ella».

—Buen señor, no hacéis sino causarle gran daño a la reina al no darle ningún crédito a su sabiduría. Desde que vino a Inglaterra, mi señora ha aprendido mucho y de un modo muy duro. Ya no es una niña a la que le tienen que decir qué hacer, sino una mujer que actúa con cuidado y precaución.

—¿Cómo he de saber que lo que me decís es verdad si me insulta al negarse a verme?

—Y yo os vuelvo a decir que no se pretende tal insulto. Debéis de saber las muchas horas que pasa en la corte con su esposo y atendiendo a sus deberes como reina. Las pocas horas que dispone a solas deben dedicarse al descanso, por el bien de su salud y la del hijo que lleva en el vientre. —Hizo una reverencia—. Os deseo buenas tardes.

Se dio la vuelta, haciendo oídos sordos a sus peticiones de que se quedara, consciente de que había acabado la conversación en inglés.

«No importa qué ocurra. Del lado que esté Catalina es del que estaré también yo».

Capítulo 3

Richmond, octubre de 1509

Mi querida doña Latina:

Mi reina está feliz y a mí me cuesta no mostrar mi propia infelicidad. Estoy rodeada de mujeres contentas. La reina no es la única que espera dar a luz a su primer bebé. Inés me ha contado que está embarazada y Maud Parr, también. Es una muchacha de dieciséis años, recién casada y recién nombrada como parte de la casa de la reina. Ya se le está hinchando el vientre. Apenas puedo mirarla.

aría volvió a leer la carta e hizo una mueca al ver lo que había escrito. No podía contarle a la Latina que estaba enamorada de un hombre al que jamás podría tener, alguien a quien amaba demasiado como para aceptar a cualquier otro en su lugar. No podía escribirle y contarle su lucha diaria por soportar sin amargura la vida estéril que llevaba. Tomó el cuchillo, rasgó las últimas palabras y se apartó de la mesa. «La carta puede esperar hasta que esté menos melancólica».

Will tampoco estaba feliz, pero no solo por la situación desesperada en la que se encontraban. Pasaba los días en la corte yendo de una persona a otra con la esperanza de encontrar la forma de salvar a su amigo Dudley que, en aquel momento, estaba en la Torre acusado de traición. Se decía que el reo había escrito a sus amigos y les había ordenado que tomasen las armas si les enviaba la noticia de la muerte del antiguo rey.

—Maldita mentira —le dijo Will durante una tarde en que hacía buen tiempo, mientras paseaban por el jardín amurallado de plantas medicinales de Richmond. Dado que no había nadie más a la vista, María se atrevió a tomarle de la mano mientras caminaban el uno al lado del otro—. Solo hay un motivo para que lo hayan encarcelado. Sirvió demasiado bien a su rey Tudor y, ahora, debe sufrir por ello. Por Dios, fue el rey el que robó las riquezas de sus súbditos, no mi amigo. No es culpa suya que también consiguiera una fortuna durante los años que sirvió al rey. —Alzó la voz, fuerte y apasionada—. No hizo más que cumplir las miserables órdenes del difunto rey, un hombre que mantenía a raya a sus súbditos a fuerza de hacer que se endeudaran.

María le agarró el brazo, haciendo que se detuviera con miedo.

—Tened cuidado con lo que decís.

Will palideció. Sus ojos recorrieron el jardín y una pequeña sonrisa asomó a sus labios.

—Estamos solos.

—Gracias a Dios es así. Estoy segura de que no querréis acabar también encarcelado. —Will parecía perdido en sus pensamientos, con la mirada fija en una mata de lavanda cercana. Una vez más, ella volvió a tomarlo del brazo—. ¿Qué ocurre?

Su acompañante siguió sin mirarla.

—Me he unido a otros amigos de Edmund —dijo poco a poco—. Estamos planeando ayudarle a escapar de la Torre.

María lo miró fijamente con el corazón latiéndole con rapidez por el miedo e incapaz de creer lo que estaba escuchando.

—¿Escapar? ¿De la Torre? Eso es imposible.

Al fin, él la miró. Su desesperación resultaba inconfundible.

—No puedo permitir que Edmund se reúna con la muerte sin intentar salvarle. Es el esposo de mi prima, además de un buen hombre.

«Por todos los santos. Puede que sea un buen hombre, pero ¿convertirse en un traidor por él? Estas semanas de preocupación y noches de insomnio han hecho que Will pierda la razón lo suficiente como para escuchar a esos amigos».

Mientras su miedo se convertía en terror puro, lo rodeó con los brazos, esperando hacer que entrara en razón.

—Lo sé, y sé que lo amáis —dijo—, pero no sería un amigo de verdad si esperase que arriesgaseis vuestra propia vida.

—No sería su amigo de verdad si no hiciera nada.

La brisa hacía que se le levantaran los mechones de cabello rubio, lo que dejaba al descubierto una oreja del hombre y la cicatriz plateada que le recorría el cuello de la herida que había recibido durante el torneo de celebración de la coronación de los reyes. «Qué cerca estuve de perderos aquel día». Aterrada una vez más, intentó volver a aunar toda su valentía solo para que se disipara como el humo. Apoyó el rostro sobre el pecho de él y escuchó los latidos de su corazón mientras recuperaba el control sobre sí misma. Años atrás, se había sentido atraída por Will por razones que no podía explicar o poner en palabras. En aquel entonces, había pensado que era amor, pero los años que habían pasado desde entonces le habían mostrado lo contrario. Con casi dieciséis años, la fuerte tempestad de la atracción la había atrapado y la mantuvo apresada en su puño, pero los muchos años transcurridos habían hecho que el deseo acabara por convertirse en amor verdadero y cariño. También era un buen hombre, un hombre valiente, un hombre que llevaba su honor por delante como escudo de la verdad. «No quiero vivir sin Will. Nunca».

María se mordió la lengua para no decir todo lo que quería decir, consciente de sus argumentos, algunos de ellos, estaban vacíos. Si decía: «¿Y qué hay de nosotros?», abría las puertas a argumentos que sonaban mezquinos y egoístas. Si le rogaba que no ayudase a su amigo a escapar de la Torre, ¿acaso no estaba pidiéndole que se traicionara a sí mismo, que fuese un hombre diferente del que era?

Extendió una mano y le tocó la cicatriz. Movió los dedos un poco, y se los posó sobre la vena azul en la que podía sentir los latidos de su corazón. Tan solo la buena suerte había evitado que, aquel día, la espada se le clavase muy hondo o en aquel lugar; si lo hubiese hecho, le hubiese costado la vida. Tragó saliva porque, una vez más, volvía a poner su vida en peligro. Pero ¿acaso no era aquella una buena causa? «Will haría muchas cosas por sus amigos. ¿Acaso no es esa una de las razones por las que le quiero tanto?».

Él colocó una mano sobre la suya y se inclinó para besarla con ternura.

—Debo hacerlo. Me niego a permitir que el miedo me impida hacer lo que es correcto —dijo, agachando la cabeza para apoyarla sobre la de ella.

Las sombras del jardín se alargaron y les alcanzaron. María se estremeció y apoyó la cara en su jubón, escuchando de nuevo su corazón antes de alargar la mano para volver a tocarle el cuello. La cicatriz haría que el hacha del verdugo diese en la diana con facilidad.

❉ ❉ ❉

Unos días después, Will le envió una nota.

Mi amor:

El Parlamento no confirma la condena de Edmund. Existe la es-
peranza de que lo perdonen y lo veamos libre. Cariño, os lo ruego,
hablad con la reina. El rey le hace caso. Debe comprender que el
hecho de que lo hayan encarcelado es una burla a la justicia.
Escrito por aquel que deja su corazón a vuestro cuidado.

María dobló la nota y la guardó en las profundidades del bolsillo lateral de su
vestido. Alzó la vista hacia su amiga, que estaba durmiendo. Ahora que estaba
en su quinto mes de embarazo, Catalina ya no resplandecía de juventud y salud, sino que, agobiada por el bebé que estaba por nacer, cada día parecía más
hinchada y enferma. Sus muchos deberes como reina la mantenían ocupada
y la agotaban. Durante las últimas semanas, había redactado unas reglas para
hacer que el funcionamiento de los palacios reales fuese más estricto y se las
había entregado al rey para que las aprobara. Como ella, Enrique también
amaba la belleza y no deseaba que estuviese oculta bajo la suciedad. A Catalina
le había resultado fácil persuadir a su esposo de la necesidad de establecer nor-
mas para los miembros de la corte. Especialmente, cuando estaba vaciando
el tesoro para redecorar los palacios. Habían sustituido las alfombras viejas
por otras nuevas, habían encalado las paredes otra vez y habían encargado al
extranjero más tapices y muebles. La mejora en las residencias reales se hacía,
después de todo, para mayor gloria de la persona del rey. Cada día, de la mañana a la noche, Enrique se cambiaba de ropa, una ropa muy cara. Durante el
banquete de la noche, le pareció que se había vestido con ropas nuevas y que se
había adornado con más joyas. Catalina también tenía vestidos nuevos, pero
las adiciones a su armario eran necesarias debido a su rango y no llegaban ni
de lejos a los excesos que su esposo cometía en lo relativo a su guardarropa.

El derroche se amplió incluso hasta las fiestas que se celebraban por las
noches, de manera que empezó a preguntarse por qué la reina guardaba silencio con respecto a las extravagancias de su marido. Parecía feliz solo con
estar sentada junto a su esposo mientras él atendía a la corte. «Tal vez por
eso guarde silencio. El nuevo papel que desempeña la hace feliz y no quiere
arriesgar esa felicidad haciendo que su esposo se enfade». Como su embarazo
estaba ya muy avanzado, pero contemplaba cómo su joven esposo bailaba con

las mujeres de la corte. Él parecía no darse cuenta de que su esposa lucía una palidez enfermiza, y ella se negaba a abandonar su lugar en el estrado hasta que su marido daba por terminadas las festividades de la noche.

Escuchando cómo Catalina se removía y murmuraba en sueños, pensó con exasperación en la nota de Will y se preguntó qué debía hacer. «Cariño, os lo ruego, hablad con la reina. El rey le hace caso». Will había tomado la causa de Dudley como si fuera una cruzada y se había elegido a sí mismo como el caballero andante defensor de su amigo. Que estuviese implicado en un plan estúpido para rescatarlo demostraba que ya ni pensaba con claridad o de forma racional. Ahora, deseaba que ella hablase con la reina.

María se levantó de la mesa y se acercó con pasos ligeros hasta la cama de Catalina. Le cubrió el cuerpo con una manta de lana. No, no podía pedirle tal cosa; sin embargo, quizá ella misma sí pudiera hablar con el rey.

Desde aquella vez en la que la había besado sin ella quererlo en Richmond, se había asegurado de no quedarse nunca a solas con él. En aquellos momentos, él casi ni la miraba. «Para un joven de quince años, tres años es toda una vida. Está casado y pronto será padre. Sin duda, se habrá olvidado de aquel día».

Volvió a mirar a la reina. Cada día, el rey acudía a pasar tiempo en privado con su esposa. «Si espero junto a la puerta, puedo pedirle una audiencia privada antes de dejarlos a solas».

Por suerte, Catalina no se había despertado cuando llegó el rey. María le hizo una reverencia junto a la puerta y cuando, en lugar de pasar a la otra habitación, permaneció frente a él, Enrique hizo una mueca.

—¿Deseáis hablar conmigo? —le preguntó.

«Olvida el miedo. Esto lo haces por Will». Volvió a hacer una reverencia.

—Mi señor, ¿podría disponer de vuestro tiempo para hablar con vos? No en este momento, por supuesto, sino cuando y donde vos elijáis. Creedme, es importante.

El joven rey miró a su esposa dormida.

—Decís que es importante... —La contempló un instante mientras en sus ojos se reflejaba cierto cariño—. Reuníos conmigo pronto por la mañana, cuando regrese de cazar. Os buscaré en el jardín de plantas medicinales, tal como hice ya hace tiempo.

María le dio las gracias con otra reverencia y salió de la habitación.

«Lo haces por Will».

✻✻✻

La reprobación habitual del resto de las damas de compañía la siguió cuando se separó de ellas tras la hora prima. Todavía eran pocas las nobles inglesas que la conocían bien y ninguna de ellas había vivido siete años terribles de desesperación en los que todo parecía oscuro y no se avistaba esperanza alguna. Durante aquellos años, las mañanas en el jardín de plantas medicinales habían sido su principal consuelo y, ahora que Catalina era reina, había seguido con aquella costumbre. Pasar un rato entre las plantas era algo que le hacía demasiada falta como para que se preocupase por lo que las demás pensaran de que se fuera al jardín a solas.

Caminando hasta el lugar en el que el rey le había dicho que se reuniría con ella, inhaló el aroma fresco y dulce de la hierba recién cortada. La lluvia matutina había cesado poco antes y unas motas de luz deslumbrantes danzaban entre la hierba y las hojas que mecía el aire. Todo resplandecía bajo la luz de la mañana. Los pájaros trinaban en los árboles y el viento, cada vez más fuerte, entonaba su canción a través de las ramas temblorosas, dejándole un rastro de la sal del río en el aliento. Se sentó en el banco de piedra y esperó. «¿Qué le digo? ¿Cómo convenzo al rey de que tenga piedad de Dudley? El rey... Es extraño pensar en este muchacho de dieciocho años como en un rey». Cerró los ojos y volvió a visualizarlo como el niño de diez años que había mirado a Catalina asombrado el día de su primera boda. ¿Quizá ya entonces habría deseado a la esposa de su hermano, incluso siendo todavía un niño? Hacía años que Arturo había muerto y les había dejado, pero aquel niño, que luego se había convertido en un hombre, había reclamado a aquella princesa para sí.

Unos pasos ligeros hicieron crujir el camino de tierra. Abrió los ojos y vio al rey dirigiéndose hacia ella. Estaba solo y todavía vestía la ropa de cazar. Había caído un chaparrón aquella mañana, así que la pluma del sombrero que lucía estaba suelta y doblada. Una vez más, admiró su elegancia. Para ser un hombre alto, se movía como alguien que esta cómodo en su propia piel y con el paso ligero propio del bailarín que era. Cuando estuvo solo unos pasos de distancia, se puso en pie y se arrodilló en el suelo, esperando a que llegase hasta ella.

—Pedisteis hablar conmigo en privado. —Se sentó en el banco y estiró las piernas hacia delante—. Juro por Dios que hoy he cabalgado mucho. —Arrugó el rostro y se rio—. Hoy he hecho enfadar a Brandon, algo que me resulta difícil lograr. Me ha dicho que me arriesgaba a romperme el cuello y también el de mi montura. Le dije que no estaba de acuerdo. Tengo el cuello a salvo y los caballos que envió el rey de Aragón son corceles nacidos para ir al galope. Son caballos de batalla. —Le hizo un gesto con la mano—. Poneos en pie, mujer. Os conozco desde hace tanto tiempo que las ceremonias pueden esperar a momentos más públicos. ¿Qué queríais decirme? ¿Es algo sobre mi reina? ¿Deseáis unir vuestra voz a la del médico para hablarme de vuestra preocupación por su salud y de cómo este embarazo no le está resultando fácil?

María se puso en pie y se sacudió las hojas del vestido.

—Es cierto, excelencia. Los médicos hacen bien al hablaros de la reina. Debería irse a dormir pronto y recibir las atenciones apropiadas. Sin embargo, ese no es el motivo por el que os he pedido este encuentro. —Decidió no andarse por las ramas—. Majestad, os pedí hablar con vos para suplicaros clemencia para Edmund Dudley. Fue leal a vuestro padre, mi señor, y os es leal a vos.

El rey entrecerró sus ojillos azules. Se puso en pie, envolviéndola con su sombra.

—¿Me habéis pedido que me reúna con vos para hablarme de Dudley?

—Sí, mi señor.

—¿Qué es para vos?

—Tan solo lo conozco un poco, excelencia, pero es buen amigo de un amigo mío.

—¿Y quién es dicho amigo? —Hizo un gesto con la mano y una mueca—. No, no es necesario que me lo digáis. A menudo os veo conversando con lord Willoughby. Está empezando a convertirse en una molestia. Estoy tentado de enviarlo a la Torre para ver si así entra en razón, el muy idiota. —Se dio un tirón del lóbulo de la oreja—. Quizá debería hacerlo ya que ha conseguido que una mujer me hable por su causa. El destino de Dudley no es asunto suyo ni vuestro. —Volvió a posar los ojos sobre ella y, después, miró en torno al jardín, pensativo—. Si fue lo bastante tonto como para pediros que hicierais esto, quizá fue también lo bastante tonto como para involucrarse en lo otro... —Ladeó la cabeza y la contempló—. Ayer, me hablaron de una conspiración que no ha llegado a nada. Ofrecieron oro a algunos de los guardias de la Torre si ayudaban a Dudley a escapar. Lord Willoughby cuenta con una fortuna lo suficientemente importante como para que pueda permitirse sobornar a un ejército de guardias si quisiera. Decidme, ¿sabéis algo al respecto?

La pregunta la dejó sorprendida y tuvo que esforzarse para encontrar las palabras. Con el corazón latiéndole con rapidez, María habló de forma apresurada:

—¿Por qué debería saberlo?

—¿Y por qué parece que hayáis visto un fantasma? —dijo él con lentitud—. Sabéis de lo que estoy hablando.

Era como si el corazón la estuviera asfixiando. Tragó saliva. Lo último que había esperado era que el rey conociera o fuera a mencionar aquel estúpido plan de Will.

—Creedme, mi señor, lord Willoughby os es leal.

—No me estáis contestando. Quizá conviniera poner a lord Willoughby bajo arresto y hacer que otros le hagan estas preguntas.

Mareada, cerró los ojos un momento, respirando hondo y soltando un suspiro.

—Si hacéis eso, mi señor, no podréis evitar arrestarme a mí también. Como os he dicho, lord Willoughby es mi amigo y a menudo conversamos a la vista de todos. Si lo arrestáis a él, tendréis que arrestarme a mí también. No quiero ni pensar lo que tal cosa significaría para la reina.

Durante un instante, antes de volverse hacia ella furioso, le pareció un niño inseguro.

—¿Osáis amenazarme y, además, con mi esposa?

María se llevó las manos al rostro, que le ardía. Con cada instante que pasaba, aquella conversación la iba hundiendo más y más en un pozo negro. Sacudió la cabeza.

—No os amenazo con la reina. Tan solo digo la verdad. —Le flaquearon las piernas y, antes de derrumbarse, cayó de rodillas. Levantando la vista hacia el rey, levantó las manos en gesto de súplica—. Os lo ruego, mi señor, no arrestéis al barón. Ha sido un buen amigo desde que le conocí, en los tiempos en que servía a vuestro hermano, el príncipe Arturo, que Dios tenga en su gloria. Haré lo que queráis, pero no lo arrestéis.

Él la miró durante un buen rato y luego se inclinó para acariciarle el rostro.

—¿Cualquier cosa?

Mientras se le helaba la sangre, lo miró a los ojos. Por un instante, fue incapaz de hablar, abrumada por la lujuria que él no ocultaba.

—No podéis referiros a... —farfulló.

El hombre tomó entre los dedos un mechón de cabello y se puso a darle vueltas, mirándolo.

—¿Por qué no? Desde que tenía catorce años, he soñado con vos y con teneros desnuda en mi cama. Sois hermosa, María. Ya lo erais cuando yo no era más que un muchacho y, ahora, sois incluso más hermosa. Soy rey, así que deberíais sentiros honrada de que os ofrezca una forma placentera de mantener a vuestro amigo a salvo.

María se esforzó por reprimir su miedo; tenía que pensar con cuidado qué diría a continuación.

—Me honra que penséis que soy hermosa, pero no podéis pedirme que me acueste con vos. He nacido en alta cuna y soy pariente de vuestra esposa. —Agachó la cabeza—. Además, soy virgen y así debo permanecer hasta el matrimonio. —Alzó la vista hacia él con desesperación—. Lo que me pedís sería traicionar a vuestra esposa. Pensad en lo que ocurriría si nos encamaramos y de ello resultara un bebé. Hay muchas cosas que vuestra esposa, la reina, puede perdonar, pero eso, no.

El rey frunció los labios y al hacerlo, aquella boca pequeña y carnosa se asemejó a un capullo de rosa. Una boca que un día le pareciera tan inocente, hoy le repugnaba.

—Es mi reina y mirará hacia otro lado. —Agachó la cabeza y pareció inseguro—. No deseo hacer daño a mi querida esposa. Para mí, significa más de lo que puedo expresar. —Se encogió de hombros—. Mientras esté embarazada, tengo prohibido compartir su lecho. Necesito una mujer, una que sepa tener la boca cerrada y que sea consciente del lugar que le corresponde. Pensé que, tal vez, vos fuerais la adecuada, pero lo cierto es que no estoy buscando a una virgen para llevármela a la cama. Mi padre, el rey, siempre me decía que las vírgenes de alta cuna han de ser esposas, no amantes. —Volvió la vista hacia ella—. Aun así, tenemos que llegar a un acuerdo. Vos no deseáis que arreste a lord Willoughby y yo, algún día, quiero satisfacer mi deseo de acostarme con la mujer más bella de la corte. Así que eso es lo que vais a prometerme. Una vez que estéis casada, responderéis a mi llamada y vendréis a mí. Si me lo prometéis, yo os prometo pasar por alto el ridículo comportamiento que Willoughby ha mostrado durante las últimas semanas. Estaría bien que hicierais que entrara en razón. El destino de Dudley no es algo que le corresponda decidir a él, sino a mí.

Con la cabeza dándole vueltas, María no dejaba de temblar. «Will, oh, Will. En qué sórdido asunto me habéis metido».

—¿Me estáis pidiendo que me acueste con vos cuando me haya casado? Tenía ganas de vomitar.

—Eso es lo que os pido. Y no estoy siendo avaricioso. También reconozco vuestra relación cercana y duradera con mi querida esposa y no deseo perturbarla; no si no es necesario. Tan solo os pido una noche y vuestra deuda conmigo estará saldada. A mi esposa puedo ocultarle fácilmente una noche con vos.

—¿Juráis que no arrestaréis a lord Willoughby?

El rey sonrió como si fuera un niño travieso.

—Ha perdido la cabeza y debería arrestarle, pero me parece que este juego me gusta más. Ahora, cada vez que os vea, os imaginaré en mi cama. Los años que pasaron hasta mi matrimonio me enseñaron la verdad que esconden las palabras de Aristóteles: «La paciencia es amarga, pero su fruto es dulce». Estoy dispuesto a esperar para teneros. Desde luego, una noche con vos será dulce.

—Mi señor, mientras la reina me necesite, no tengo planes de casarme.

—Sí, mi esposa, la reina, me ha hablado de vuestro deseo de permanecer a su lado. Le servís bien, no solo como su principal confidente, sino con vuestras artes curativas, que tiene mucho más en cuenta que los consejos que le ofrecen mis médicos. Pero os casaréis. Algún día, alguien pedirá la mano de una mujer bella y de sangre noble como sois vos. Esperaré la mejor ocasión, no quiero que mi esposa lo descubra; cuando lo logre, será dulce, desde luego. Entonces, ¿tengo vuestra palabra?

Mientras se le nublaba la vista, agachó la cabeza en muestra de sumisión. «Si me quedo callada, ojalá crea que tiene mi palabra». Levantó la cabeza y se vio atacada por la sonrisa del rey.

—Qué buen encuentro el de hoy. Y, además, con un final feliz. No volveremos a hablar de esto hasta que os hayáis casado. Hasta entonces, haremos feliz a mi esposa siendo amigos. Os deseo buenos días, María.

La joven dama volvió a agachar la cabeza. «¿Amigos? ¿Tan tonto es cómo para pensar que, después de este día, podemos ser amigos siquiera? Si no puedo casarme con Will, nunca me casaré. La edad pronto me librará de esta maldita cara que el rey piensa que es tan hermosa. Will está a salvo, eso es lo único que me importa. Will está a salvo. —Alzó la cabeza y se quedó helada por el miedo—. Pero ¿qué pasará si, en algún momento, el rey sospecha que amo a Will y que él me ama a mí, que no soy tan inocente como le he hecho creer? En tal caso, ¿podría utilizar a Will para reclamar la deuda? Le conozco; nos estará vigilando, y muy de cerca. —El corazón le latió más rápido—. Oh, Dios, ¿qué pasa si el rey tiene algo más para usar contra mí? ¿Cuáles serían las consecuencias para Will y para mí? Debo cortar por lo sano con Will. Debo hacerlo».

Capítulo 4

legó un nuevo amanecer y su luz se derramó sobre María mientras paseaba arriba y abajo por jardín. No era el mismo jardín que el del día anterior. Este jardín tenía un lugar especial en su corazón, pues pasaba muchas mañanas en él con Will, matando el tiempo mientras tocaban sus instrumentos y unían sus voces para cantar.

Sacudió la cabeza mientras el pulso le latía con fuerza contra los oídos. «Puede que no venga». Sin embargo, el sirviente que había enviado a ver a Will la noche anterior había regresado y le había dicho que estaría allí. No se le ocurría ni una sola vez en la que él no hubiese acudido a ella.

Aquel día, el canto matutino de los pájaros no la reconfortó. El encuentro con el rey el día anterior la había arrastrado a un mundo oscuro, en el que se había visto despojada de cualquier ilusión por la vida. Se dejó caer de rodillas junto a un arbusto de albahaca y empezó a arrancar los hierbajos con violencia, lanzándolos a una pila que había junto a ella. Cuando Will le apoyó la mano en el hombro, estuvo a punto de morirse del susto.

—¿Qué ocurre, María? —Ella se enjugó las lágrimas con la manga y se sentó sobre la hierba. Will se agachó a su lado mirándola, desconcertado—. ¿Mi amor?

Cerró los ojos. «Dios Santo, ayudadme. Ayudadme». Apartando el rostro de él, centró la mirada en las dedaleras de un tono rosáceo y morado que crecían amontonadas en un rincón del jardín. Veteadas por la luz, las flores en forma de campana se mecían con la brisa. No parecían mortales, sino hermosas y tentadoras, invitaban a que las tocaras. Si no hubiesen tratado la hidropesía, las habría arrancado todas y las habría añadido al montón de las malas hierbas. «Sí, a menudo la belleza esconde también fealdad. —Le lanzó una mirada a Will—. Como mi amor por él, que me convierte en una pecadora, pues me consume de deseo, hasta el punto de que odio ser virgen y desearía pecar».

—No puedo seguir así —dijo.

Will frunció el ceño.

—¿Seguir con qué?

—Nosotros. No puedo ser vuestra amiga y ya está; me está destrozando.

Él la miró fijamente. Los huesos del rostro empezaron a marcársele.

—¿Queréis acabar con lo que tenemos?

María entrelazó los dedos con la hierba que la rodeaba a cada lado y siguió firme.

—¿Qué tenemos, Will? No podemos casarnos y no puedo ser vuestra amante. Decidimos que sería así hace años. Soy quien soy, y vos sois un hombre que desea seguir siendo honorable. A la reina nunca le ha gustado que siguiéramos viéndonos. Y, ¿para qué? ¿Para que sigamos manteniendo encendido un fuego ardiente que, con razón, deberíamos haber apagado hace años?

Él se acercó a ella y le posó una mano sobre la suya.

—No podéis estar hablando en serio. Vos y solo vos tenéis mi corazón. En cuanto al fuego… No tuvimos otra opción. ¿Quién puede elegir dónde deposita su amor?

Apartando la mano de debajo de la suya, María juntó ambas manos sobre el regazo y cerró los ojos, incapaz de contemplar un segundo más su rostro pálido y agonizante. «Debo ser fuerte. Hay demasiado en juego como para que el rey sepa que amo a Will con el alma y el corazón. Tan solo usaría esa información para destruir al hombre al que amo y, al hacerlo, me destruiría a mí». Cuando volvió a abrir los ojos, se miró las manos. La tierra del jardín se le había metido bajo las uñas cortas y los pliegues de la piel. Se estrechó las manos hasta que le dolieron y los nudillos se le pusieron blancos como un hueso. «Acabad con esto, idiota, no lo alarguéis». Reunió todo el coraje que pudo y alzó la vista hacia él.

—También amáis a vuestra esposa.

—Sí, nunca os he mentido con respecto a eso. Sin embargo, no es como el amor que albergo por vos.

—Eso no importa, Will. El amor que me ofrecéis es de ella por derecho. Está mal que evitéis su lecho porque deseáis serme fiel. Debemos enfrentarnos a la realidad de la situación entre nosotros. Vos necesitáis un heredero, algo que yo no puedo daros. Ya no puedo soportar más la idea de que os estoy robando vuestra descendencia y de que existe una mujer que se merece algo mejor de nuestra parte.

—No lo entiendo. Apenas hace unos días, no decíais estas cosas. Todo estaba como siempre. —Abrió mucho los ojos—. ¿Es por Edmund? ¿Estáis enfadada conmigo porque os envié aquella nota? Tan solo os pedí que hablarais con la reina porque tenemos esperanzas de que liberen a Edmund y a Empson. ¿Quién mejor que la reina para interceder ante el rey por la vida de dos hombres inocentes?

Sus sospechas se acercaban demasiado a la verdad. Volvió a juntar las manos, agachó la cabeza y habló en voz baja.

—Esto no tiene nada que ver con Dudley, solo con nosotros dos. Es solo que nunca antes lo había mencionado. Guardaba silencio porque no podía dejaros marchar. Sois mi primer amor verdadero; siempre seréis mi primer amor verdadero. —Tragó saliva y se atrevió a mirarle—. Sin embargo, debo deciros la verdad. El muro que mantenemos entre nosotros... Dios mío, Will, resulta demasiado duro. O bien lo derribamos y dejamos que reine el caos, o acabamos con esto. Ya no soy una muchacha de dieciséis años, sino una mujer adulta. Hace tiempo que lo soy. Cada vez que estamos juntos, me debilito. Incluso ahora, os miro y quiero sentir vuestros labios sobre los míos y vuestras manos sobre mí. Os quiero en mi cama, pero no para jugar con cautela y cuidado a los juegos amorosos con los que nos arriesgamos hace años. ¿Hace cuántos años no nos atrevemos a besarnos de verdad o a yacer juntos en una cama para pasar otro momento de deseos incumplidos? No puedo seguir así. Si me amáis y de verdad deseáis que no se me humille en la corte, me dejaréis marchar. Os lo ruego, Will, dejadme marchar.

Él le tocó la mejilla y ella se inclinó hacia él. Después, se puso rígida y apartó la vista. «No. Esto tiene que acabar».

—¿De verdad es eso lo que queréis? ¿Para siempre?

María no podía mirarle.

—Podemos hablar en público, allí donde otros puedan oírnos. Pero ya no podemos estar a solas. Debéis volver a vuestro hogar y actuar como un esposo de verdad con vuestra esposa.

—No puedo creer que me estéis diciendo eso. Me rompéis el corazón.

María se puso de pie, incapaz de reprimir las lágrimas. Le resultó muy difícil no volver a mirarle.

—A mí también se me rompe el corazón, pero, durante siete años, nos hemos estado mintiendo, creyendo que lo que hacíamos estaba bien. Nos equivocábamos. Lo hacíamos por nosotros, sin preocuparnos por aquellos a los que heríamos. Ha llegado la hora de que abramos los ojos y reparemos el daño que hemos causado. Vos, a vuestra esposa, y yo, al servicio de mi reina. Si me amáis, debéis dejarme marchar.

Recogiéndose las faldas, giró sobre los talones y huyó de él, intentando taparse los oídos mientras la llamaba. La voz del hombre acabó por quebrarse en un grito terrible que sonó como lo hacen las campanas cuando tocan a muerto.

Capítulo 5

«Ha llegado la hora de que abramos los ojos y reparemos el daño que hemos causado. Vos, a vuestra esposa, y yo, al servicio de mi reina». Aquellas palabras parecieron seguirla a todas partes. Resultó que había sido más fácil pronunciarlas que vivirlas cuando se le estaba rompiendo el corazón y parecía que su vida había terminado. Perdió el gusto por la comida y le costó sobrellevar el día a día, sumida en la bruma que trae consigo la depresión. Durante una semana, rechazó los mensajes de Will y, después, volvió a llorar cuando le dijeron que había regresado a sus tierras.

Pronto, Catalina se dio cuenta del cambio que se había producido en ella, aunque se sintió aliviada cuando le contó el motivo.

—Es lo mejor. Encontrad a otro hombre al que amar, alguien que no esté ya casado.

No podía decirle que nunca se casaría, jamás; ni siquiera con Will. Si lo hacía, el rey la convocaría a su lecho. Y eso le provocaba pesadillas; unas pesadillas que hacían que irse a dormir de diese miedo. Ni siquiera la bolsita de romero que colocaba debajo de la almohada la ayudaba gran cosa Se decía a sí misma que el hecho de que Will hubiera vuelto a casa con su esposa y que no hubiera regresado era una buena noticia. No deseaba poner a prueba su decisión al verle todos los días.

El otoño llegó a su fin y el invierno cayó sobre ellos con la brutalidad de un lobo hambriento. Los días oscuros y amargamente fríos eran un eco de su bajo estado de ánimo y cada nuevo día suponía una lucha para aceptar la ausencia de aquel a quien amaba. A pesar de las chimeneas encendidas y de los braseros de carbón que había en todas las habitaciones del palacio de Richmond, nunca entraba en calor. Lo único que quería hacer era aovillarse en la cama y quedarse allí para siempre. No podía dejar de pensar en Will, y pensar en él volvía a romperle el corazón. Pensar en cómo la había llamado con el corazón quebrándosele en la voz le destrozaba.

Sin embargo, Catalina la necesitaba. No estaba llevando bien el embarazo de su primer hijo y todavía faltaban meses para su confinamiento. Negándose a que su mala salud interfiriera con sus deberes como reina, días tras día buscaba mayores mejoras en la corte y formas de apoyar a estudiosos y hombres piadosos. Era mecenas de eruditos, poetas y músicos. Se mantenía informada de todas las decisiones importantes que se habían puesto en marcha durante el nuevo reinado, incluyendo lo referente a Edmund Dudley y Empson.

Una noche, poco después del encuentro de María con Will, durante la cena, Catalina había hablado con el rey.

—¿Acaso estaría mal ser clemente? Me han dicho que tan solo sirvieron a vuestro padre tal como él deseaba que lo hiciesen.

Cerca de allí, María se había retirado hacia las sombras. «Si hubiera esperado, podría haber evitado hablar con el rey y no habría tenido que renunciar a Will».

Por primera vez en su matrimonio, el rey había alzado la voz y le había hablado enojado.

—Esto no es asunto vuestro. Es una decisión mía y solo mía.

Había abandonado las estancias de la reina hecho una furia y no había regresado en todo un día. Por aquel entonces, María ya la había convencido de que debía pensar en el bebé que estaba por nacer y no volver a mencionar a Dudley y a Empson.

Enrique y Catalina celebraron su primera Navidad juntos, disfrutando con la corte del entretenimiento de tres obras de teatro y un concierto. El Día de Año Nuevo, el rey deleitó a su esposa regalándole un misal que había pertenecido a su madre y, aún más, por el mensaje que había escrito en él.

«Soy vuestro para siempre. Enrique R.».

Tomando el librito de sus manos para colocarlo en el escritorio, Catalina sonrió.

—Y yo soy vuestra, Enrique —dijo—. Hasta el último aliento, juro ser vuestra esposa amante y fiel. Sí, hasta el último aliento.

Al ver cómo el rey iba a abrazar a su esposa, María reprimió su tristeza. Durante años, había recibido un regalo de Will por Navidad. «Tal vez su ausencia continua de la corte sea mi regalo. No estoy preparada para verlo de nuevo». Sacudió la cabeza, deshaciéndose de los pensamientos sobre el hombre al que amaba para regresar al presente. Se preguntó sobre las palabras de Catalina. «¿Deseaba recordarle al rey sus infidelidades?». Si era así, él no parecía haberse dado cuenta.

❋ ❋ ❋

Tras las vísperas, María permaneció un poco más en la capilla para rezar a solas antes de regresar a los aposentos de Catalina. Rezaba para pedirle ayuda a Dios y para pedir perdón. No podía dejar de pensar en Will, ni de amarlo. No podía evitar que la desesperación ensombreciera sus días. La luz del día disminuía con cada respiración, así que los sirvientes encendían los altos candelabros que se encontraban a lo largo de la galería que conducía a las estancias de la reina. Al fin, llegó ante la puerta de Catalina, pero el joven guardia, que estaba pálido y alarmado, le negó el paso.

—El rey está con la reina —le dijo, negándose a mirarla.

La voz fuerte del rey resonó a través de la gruesa madera.

—¡Mordeos la lengua! —gritó.

Otra voz, muy parecida a la del rey, gritó también.

—Os lo repito: mis hermanas no son para gente como los Compton o los Tudor.

En la alcoba interior, oyó un portazo y, después, la puerta de la entrada se abrió de golpe. Por ella salió el duque de Buckingham con el semblante rojo de ira. Miró a María con rostro circunspecto y sin decir palabra, se abrió paso por el pasillo pisando fuerte, dirigiéndose hacia los establos. Cuando el guardia abandonó su pose y volvió la cabeza para ver cómo se marchaba el duque, aprovechó la oportunidad para colarse en la antecámara de Catalina, cerrando la puerta a su espalda.

La puerta del dormitorio de la reina estaba cerrada. Temiendo por su amiga, fue de puntillas hasta el asiento de la ventana que había cerca de la puerta y se escondió tras las cortinas mientras escuchaba al rey rugir.

—Señora, no permitiré que vuestra gente me espíe o tener una esposa entrometida que se inmiscuye en asuntos que no le incumben.

—¿Que no me incumben? ¿Lleváis a Anne Hastings[50] a vuestro lecho y me decís que no me incumbe?

El rey y Catalina estaban hablando en castellano. Nunca les había oído hablarse así, de manera brusca y furiosos.

—¿Y qué pasa con eso?

—¿Que qué pasa con eso, esposo mío? Todavía no ha pasado un año desde que nos casamos. Llevo a vuestro hijo en mi vientre, ¿debo cargar también con vuestra infidelidad?

—Sed razonable, Catalina. Estáis embarazada y vuestro lecho me está prohibido. Anne está casada y no es una amenaza para vos.

—¿Que no es una amenaza para mí? ¿Tomáis una amante y decís que no es una amenaza para mí? Esposo, una amante siempre es una amenaza para una esposa.

—¡Jesús! Jamás lo habríais sabido si no hubiese sido por la hermana de Buckingham y esa lengua suelta que tiene. Tendría que haber guardado silencio. Ahora, Anne Hastings se ha marchado a no sé dónde gracias a que Buckingham le ha ordenado a su esposo que la mande lejos de la corte y vos estáis enojada conmigo sin un buen motivo.

—¿Sin un buen motivo, Enrique?

—Anne no era más que un devaneo. No tengo amante, esposa.

—¿Un devaneo? Se me rompe el corazón con este supuesto devaneo. Además, ¿por qué no debería Elizabeth contárnoslo a mí o al duque, su hermano? Me es leal y es leal a su hermano. ¿No podéis entender por qué? Anne ha perdido su buena reputación.

—Le dais demasiada importancia. Buckingham, mi primo, también. Dios bendito, ¿habéis oído lo que ha dicho al despedirse? ¿Que sus hermanas son demasiado buenas para los Tudor? Se olvida de cuál es su posición. Si os digo la verdad, me están entrando ganas de encerrar a mi primo en la Torre.

El silencio reinó varios segundos, hasta que la voz tensa de Catalina lo rompió.

—No debéis hacer eso.

—¿«No debéis»? Sois mi esposa y os amo, pero «no debéis» son palabras que jamás debéis usar conmigo.

---

50 N. de la Ed.: Anne Hastings, condesa de Shrewsbury (c. 1471-1520). Fue una de las damas de la reina Catalina.

—Esposo, si mandaseis a Buckingham[51] a la Torre por este asunto, toda la corte se enteraría, si es que no lo sabían ya, de que os habéis encamado con Anne y habéis usado a William Compton[52] para ocultar vuestro devaneo. —Catalina hablaba despacio, como si pronunciar cada palabra le causase un dolor profundo—. Creo que preferiríais que todo siguiese así, aunque solo sea por guardar las apariencias.

Una vez más, reinó el silencio. En las últimas semanas, el rey acudía a menudo a las estancias de Compton. A la reina le había dicho que jugaban a las cartas, pero, al parecer, el rey lo usaba para jugar a otros juegos. «Pero ¿jugar con Anne, la hermana de Buckingham? Enrique es tonto si cree que Elizabeth, la otra hermana de Buckingham, no iba a contárselo a su hermano».

—Me rompéis el corazón, Enrique. No esperaba que me fueseis infiel tan poco tiempo después de nuestro matrimonio.

—Os vuelvo a repetir que os alteráis sin motivo. En este caso, los que han obrado mal son aquellos que os lo han contado y se han entrometido en cosas que hubiera sido mejor dejar estar. Os ordeno que despachéis de la corte a Elizabeth Radcliffe[53] y al metementodo de vuestro sacerdote. Tendrían que haberse mordido la lengua. Este asunto solo me incumbía a mí y a nadie más.

—Esposo, siempre será asunto mío cuando os encaméis con otra mujer. Hicieron bien al venir a contármelo.

María se estremeció al recordar los rumores que había guardado en silencio. «¿Hice mal? Pero ¿y si la hubiera preocupado sin motivo? No deberíamos irritarla mientras está esperando un hijo».

—No estoy de acuerdo —dijo el rey—. Quiero que desaparezcan de la corte. Quiero que se marchen durante una buena temporada.

—No podéis hablar en serio cuando me pedís que los mande lejos.

---

51 N. de la Ed.: Al final, Buckingham fue acusado de traición y ejecutado.

52 N. de la Ed.: Sir William Compton (c. 1482-1528). Fue uno de los cortesanos más influyentes durante el reinado de Enrique VIII. Cuando Enrique no era más que un niño, su padre, el rey, lo nombró paje del joven. Más adelante, fue nombrado *groom of the stool* (literalmente, la persona que se dedicaba a limpiar al rey tras defecar). Asimismo, se ocupaba de conseguir mujeres para este, entre ellas, la propia Anne Hastings.

53 N. de la Ed.: Efectivamente, el rey ordenó a Catalina que se deshiciera de esta molesta dama de compañía que había contado al duque de Buckingham que él estaba coqueteando con su joven hermana, Anne, que acabó a su vez despachada de la corte, en un convento.

—Lo digo en serio. Y estoy siendo misericordioso. No sabéis lo cerca que he estado de ordenar que los arrestaran. Pero, tal como vos me habéis recordado, quiero que este asunto se olvide. Aunque, si veo a estos espías vuestros merodeando por la corte, no lo olvidaré. Esposa, ¿debo encargarme yo de su marcha, o lo haréis vos?

Otro silencio.

—Me encargaré de ello, mi rey.

Un silencio más largo se posó sobre ellos hasta que el rey volvió a hablar.

—No tenéis buen aspecto.

La risa de Catalina tenía un tono de amargura.

—¿Y os sorprende, mi señor? ¿Acaso no tengo motivos para encontrarme mal?

—Vuestra noble madre pasaba por alto los devaneos de vuestro padre, esposa, y vos pasaréis por alto los míos. Marchaos a la cama. Por la mañana, veréis todo esto bajo una luz diferente Os besaré ahora y os desearé buenas noches.

La puerta se quejó al abrirse y el suelo crujió y tembló un poco mientras, con paso rápido y furioso, el rey se dirigía hacia la otra puerta. Cuando oyó que se abría y se cerraba, María esperó unos instantes para asegurarse de que no iba a regresar y después se apresuró hacia el dormitorio de Catalina.

La reina yacía en su lecho, contemplando la nada. Tras subirse a la cama, junto a ella, María la tomó de la mano.

—Catalina...

Su amiga se volvió hacia ella. Tenía la cara llena de manchas, se la veía enferma.

—Vos nunca me mentiríais, ¿verdad?

Incapaz de hablar, María sacudió la cabeza, negándose a pensar en todas las mentirijillas que le había contado a lo largo de los años. Todas las mentiras que le había dicho y todas las que se habían dado por omisión. Y todo porque la amaba y no quería que cargara con el peso de verdades que o bien eran innecesarias o bien pesaban demasiado. «¿Hago bien al ocultarle tantas cosas? Una y otra vez he roto mi promesa de no ocultarle nada. Me duele la cabeza solo de pensarlo». Catalina se enjugó los ojos húmedos.

—¿Sabíais que mi esposo me había sido infiel?

María respiró hondo. «Dios mío, ¿qué le digo?». Le acarició la mano, haciendo una mueca por lo húmeda que la tenía. Aquello había ocurrido en el peor momento. Al mirar a su amiga a los ojos, el sufrimiento que vio en ellos hizo que se encogiera.

—No significa nada.

Volvió a estremecerse al saber que no había consuelo en sus palabras.

Su amiga cerró los ojos, moviendo la cabeza de un lado a otro sobre la almohada.

—No sé cómo sobrellevarlo. Si es que puedo hacerlo...

—Lo haréis. Las mujeres siempre tienen que soportar tales cosas. Especialmente las esposas de los reyes. Vuestro padre también tenía otras mujeres y estimaba... No, amaba a vuestra madre. Estáis embarazada, lleváis en vuestro seno al hijo del rey. Hermana, pensad con la cabeza, no con el corazón. Lo único que hace el rey es calmar su lujuria en otra parte por consideración hacia vos.

Catalina parecía más pálida que nunca.

—El día de nuestra boda juramos unirnos solo el uno con el otro.

Nuevas lágrimas empezaron a deslizársele por la mejilla. María tragó saliva y la agarró con más fuerza. «¿De verdad esperaba que un hombre como el rey le fuese fiel? ¿Acaso no sabe cómo es? —Volvió a tragar saliva. Le dolía la cabeza—. Catalina necesita mi consuelo, no que le diga lo que pienso de verdad con respecto al rey».

—Calmaos —dijo instintivamente—. El rey todavía os ama, está unido a vos en ese sentido. Esa mujer no significa nada para él y tampoco debería significar nada para vos.

—¿Nada? ¿No significa nada? Utilizáis esa palabra demasiado, María.

Catalina se dio la vuelta y sollozó sobre la almohada. Sintiéndose triste por ella, se estiró para ponerle la mano sobre el hombro.

—Calmaos, hermana, pensad en vuestro bebé, por favor.

La reina se volvió. Tenía los ojos llenos de lágrimas. Ya no parecía joven.

—No puedo; no cuando se me rompe el corazón. Cada vez que pienso en mi Enrique con otra mujer... Me dijo que me amaba. Yo creí que me amaba. ¿Cómo va a amarme si me desgarra con su infidelidad? Estoy sangrando por dentro, María, sangrando. —Le tendió los dedos—. ¿Veis mis lágrimas? Son sangre; sangre de mi corazón.

Deseando llorar también, María la rodeó con los brazos. Su corazón le recordó su propia pérdida. Se imaginó a Will en brazos de su esposa. «No puedo pensar que me es infiel. Durante siete años, fuimos nosotros los que estuvimos al borde del pecado. ¿Cómo sé que su esposa no lloraba tal como lo está haciendo ahora Catalina? La pena que debo soportar es mi penitencia por todos esos años de pecado».

Entre ellas, el bebé se movió, intranquilo. Catalina comenzó a llorar de nuevo.

—Calmaos, hermana —susurró. Acunando con cuidado a la reina en sus brazos, le cantó suave y lentamente, en su idioma:

«Cantemos todos juntos:
¡Salve María!
Cuando la Virgen estaba sola,
se le apareció un ángel
llamado Gabriel,
enviado del cielo.
Radiante, le dijo
(escuchadme, queridos míos):
Vais a concebir, María.
Daréis a luz a un hijo...

Capítulo 6

uando regresó a su lugar junto al rey, Catalina parecía más envejecida y enferma. Ocultaba su dolor y su ira, pero no podía ocultar sus sentimientos con respecto a Anne Hastings.

—No quiero volver a ver a esa mujer —le había dicho a María antes de decirle lo mismo a su esposo.

El rey parecía desconcertado al ver a su esposa haciendo gala de ser tan obstinada e inflexible. Era una faceta de ella que no conocía pero, dado que iba a darle un hijo, lo pasaría por alto. A Anne Hastings se le dijo que debía mantenerse alejada de la corte durante una temporada.

El sufrimiento de Catalina por culpa de la infidelidad del rey hizo más profunda la vergüenza que sentía por los años en los que había deseado que Will hiciese lo mismo. Pero, mientras lidiaba con la vergüenza, su pesar por la separación no hizo más que aumentar hasta que llegó el día en el que dejó de lado los pensamientos sobre su propio sufrimiento para escribir una carta.

Mi querida doña Latina:

Anoche, el último día de enero, nació una princesita, aunque lo hizo antes de tiempo.

Hacía tanto frío en la habitación que podía sentir los rastros de las lágrimas congelándosele en la piel. Se levantó del asiento y se sentó en un taburete más cercano al fuego, extendiendo las manos para calentárselas. Una vez más, el invierno inglés había hecho que se le inflamaran, se le pusieran rojas y se le agrietaran. Había tardado años en verlo como un inconveniente de los fríos días de Inglaterra, un inconveniente insoportable. Los libros de medicina le aseguraban que aquello no le causaría un daño para siempre, que era algo pasajero. Bañarlos en una mezcla templada de huevos batidos, vino e hinojo reducía el dolor físico, pero no el dolor que le causaba la vida. Los dedos doloridos eran un recordatorio de que su sufrimiento no era nada en comparación con el que otros habían de soportar. Regresó al escritorio y volvió a meter la pluma en la tinta.

Era demasiado pequeña como para que pudiera sobrevivir. Ni siquiera llegó a respirar.

Aquí es costumbre prohibir a las mujeres solteras que estén presentes en la alcoba del alumbramiento. Mi pobre reina hizo caso omiso de la desaprobación de sus damas de compañía y la comadrona, insistiendo en que me quedase con ella.

Durante todo el parto, se aferró a mi mano y me habló en castellano, culpándose a sí misma por el nacimiento prematuro. Me dijo que tendría que haberme escuchado y haber descansado más durante estas últimas semanas en lugar de preocuparse por los entretenimientos navideños de la corte. Sin embargo, tenía el corazón destrozado y mantenerse ocupada le dejó poco tiempo para lamentarse. Estoy segura de que habéis oído rumores sobre el rey de los que no me atrevo a escribir.

Dado que el nacimiento no se esperaba hasta dentro de unos meses, los aposentos de la reina no estaban listos para su confinamiento. Cuando empezó a sentir los dolores del parto, todos supimos que ningún bebé que nazca a los seis meses tiene posibilidades de sobrevivir.

Os escribo esta carta presa de una gran confusión. ¿Alguna vez habéis oído hablar de alguna mujer que diera a luz a un gemelo mientras el otro seguía vivo en el vientre?

El médico real ha convencido a la reina de que sigue embarazada. Yo no sé qué creer. Mi reina está muy hinchada, para nada cambiada de cómo estaba cuando comenzó el parto, así que podría ser. Alice, la comadrona de la reina me dice que puede ocurrir lo que dice el médico, pero que no se oye latido alguno. Cree que el doctor se equivoca al decirle a la reina que hay otro bebé. Cree que ha sufrido una enfermedad provocada por el parto y que eso es lo que ha hecho que la niña naciese antes. Cree que el parto prematuro le ha salvado la vida...

❀❀❀

Durante semanas, María permaneció junto a Catalina en su alcoba, consolándola y atendiendo sus necesidades. El viento invernal aullaba día y noche, golpeando el palacio con una fuerza obstinada. Una noche, cuando la reina deseó dormir sola y ella durmió en la habitación contigua, el chirrido de su voz la asaltó mientras dormía, forzando su entrada. Soñó que el rey la agarraba y se negaba a soltarla; soñó que Will y él luchaban a muerte y que la espada a dos manos del rey, aquella que usaba para las justas, se imponía rápidamente a la más pequeña de Will; soñó que amenazaba a todos aquellos a los que amaba. Se despertó gritando, lista para luchar en cualquier momento y agradecida de no tener que contarle a Catalina por qué lloraba.

Para cuando hubieron transcurrido cuatro semanas, María había abandonado cualquier esperanza de que la reina siguiera estando embarazada. Sin embargo, Catalina no estaba preparada para despedirse de sus esperanzas. Esperaba y rezaba para que el médico estuviese en lo cierto y siguiera llevando en su seno un bebé tras haber dado a luz a su hija muerta. El rey no creía lo mismo. Al finalizar las cuatro semanas, dejó claro que creía a Alice Massy, una comadrona que había atendido a su madre en siete alumbramientos. Regresó al lecho de su esposa. Sus necesidades, tanto por ser rey como por ser hombre, eran primordiales y se imponían a la desaprobación de aquellos que seguían creyendo que Catalina estaba embarazada.

Durante los últimos días de abril, la reina se enfrentó finalmente a la verdad. No había existido ningún gemelo no nato y, en aquel momento, mostraba todos los síntomas de un embarazo temprano.

—Soy una tonta. —La reina estaba sentada a la mesa, contemplando la pila bautismal de plata que le había enviado Margarita de Austria—. Durante semanas, me permití creer que seguía en cinta cuando no era así. Lo tenía todo preparado para celebrar su nacimiento. ¿Qué hago con todos los regalos que hemos recibido? ¿Debería enviar de vuelta la pila bautismal con mi agradecimiento? ¿Y qué hay de los metros de holandilla? ¿Los devuelvo también?

—Alegraos de volver a estar embarazada. —María se dio cuenta de que estaba hablando en castellano y cambió al inglés—. No podéis permanecer en esta sala oscura para siempre.

Alice Massy se acercó a ellas e hizo una reverencia.

—Mi reina; no se os puede culpar por creer al médico del rey. Era un error fácil de cometer cuando queremos creer lo que queda a la vista de nuestros ojos, pero no tenemos en cuenta otras causas. El médico se equivocó, eso es todo. Devolved los regalos y empezad de nuevo. Estáis en la veintena, en la flor de la vida. No hay motivos para no esperar que todo salga bien en esta ocasión.

Así que, Catalina regresó a la corte para sentarse al lado de su esposo y volvió a reírse y a sonreír. Aquella noche, María contempló cómo le escribía a su padre para contarle las noticias. Con cada línea que escribía en el pergamino, la reina le parecía más derrotada y miserable.

Cruzó la habitación hasta donde estaba su amiga, le apoyó una mano en el hombro y miró la carta. Algunas frases le llamaron la atención: «Por favor, no os enfadéis conmigo. Recé a Dios. Fue obra de Dios». Sin embargo, no le contaba a su padre lo mucho que le había costado enfrentarse al hecho de que su embarazo no era un embarazo, sino que escribía de tal manera que daba la impresión de que acababa de perder al bebé. Suavemente, le apretó el hombro. «¿Qué problema hay?». Pero la carta la dejó preocupada. «Catalina odia las falsedades, pero le escribe una carta a su padre con semejante falsedad. ¿Es que quiere creerse que acaba de sufrir el aborto? —Una vez más, se mordió la lengua—. ¿Qué problema hay? Que se mienta a sí misma o que le mienta a su padre; lo que de verdad importa es que ya no se recluye en su habitación ni se niega a abandonarla».

Sin embargo, a lo largo de los días siguientes, se sintió más inquieta por el comportamiento de la reina. Pasaba buena parte del tiempo despierta rezando, pero también parecía una mujer que pasase por la vida como si fuera sonámbula. Volvió a hablar de cargar con la culpa de la muerte de Warwick y, en esos momentos, sus ojos parecían no tener vida. Un día, después de que sus doncellas la preparasen para otro de los banquetes nocturnos del rey, se quedó mirando fijamente el espejo. Se removió ante el brillo de las joyas. Su vestido de tela dorada parecía resplandecer bajo la luz de las velas. María le colocó la corona de reina sobre la frente tersa y le cepilló el cabello una vez más hasta que estuvo brillante.

—No estoy destinada a ser feliz —murmuró Catalina.

María miró al resto de las mujeres, aliviada porque ninguna de ellas estuviera lo bastante cerca como para haberla oído. Ojalá hubieran estado solas para poder hablar con ella. «Pero ¿qué puedo decir? ¿Es la felicidad duradera una realidad para alguna de nosotras?». Mientras caminaba detrás de la reina hacia el salón del banquete, pensó en su propia situación. Will había regresado a la corte. Verle en compañía del rey día tras día la torturaba y atormentaba.

Después de que su amiga hubiese regresado a la cama aquella noche, María se sentó con Meg Pole, que también acababa de regresar a la corte para asistir a la reina. Sin pretenderlo, le espetó:

—¿Por qué la felicidad ha de ser tan esquiva?

Meg la contempló con curiosidad.

—Habláis de forma extraña —le dijo.

—Perdonadme. Sois mayor que yo y ya habéis vivido y soportado muchas cosas. Ahora, habéis recuperado la herencia que os corresponde por derecho. ¿Eso os hace feliz?

La mujer apartó la mirada y compuso un gesto irónico.

—¿Deseáis que os diga la verdad?

—Somos amigas; podéis decirme la verdad.

Meg dio un tirón al cuello de su camisa, enderezándolo para que se viera el diseño negro de las flores de pensamiento.

—Hacía tiempo que se me debía mi herencia. Me complace poder ayudar mejor a mis hijos para que ocupen la posición que les corresponde en la corte, pero en cuanto a la felicidad... Eso es algo diferente. Debemos valorarla cuando la tenemos, pues es el hilo de oro que ilumina el muy a menudo oscuro tapiz de nuestras vidas. He vivido demasiado tiempo sin riquezas como para pensar en algún momento que otorgan la felicidad. Mi cambio de posición me ha dado poder sobre mi propia vida, pero el poder no significa felicidad. Sin embargo, me alegrará ver que el hecho de que mi posición haya cambiado sirva para que la reina deje de culparse por la muerte de mi hermano.

—¿También os ha hablado de eso? —le preguntó con un suspiro.

—Sí; se ha tomado muy mal el haber perdido a su primera hija. Es su sufrimiento lo que ha provocado todo esto una vez más. En cuanto tenga en brazos a un hijo vivo, se olvidará de todo. —Meg la miró—. Deduzco que vos tampoco sois feliz.

María agachó la cabeza y se miró las manos entrelazadas. Suspiró.

—Recuerdo que la primera vez que hablamos, me dijisteis, no sin razón, que nunca había estado enamorada. Hace mucho tiempo que eso cambió.

La mujer la contempló detenidamente.

—Y seguís sin estar casada. —Se reclinó hacia atrás mientras abría mucho los ojos—. Me arriesgo a decir que no podéis casaros con ese hombre. ¿De quién se trata, amiga mía?

—William Willoughby. —Alzó la mirada hacia su interlocutora—. Will Willoughby —dijo de nuevo. Parecía que había pasado una eternidad desde la última vez que había pronunciado su nombre en voz alta.

—Ahh... el muy apuesto y muy casado barón. ¿Lo sabe la reina?

—Sí, pero no puedo seguir hablándole de tal cosa. Se sintió muy complacida cuando puse fin a la relación. Will ha regresado a la corte y verle todos los días reabre la herida, una herida que supura ante el más mínimo roce.

—Os compadezco, pero habéis tomado la decisión correcta al no continuar vuestra relación con el barón. Estáis demasiado cerca de la reina como para olvidaros de vuestra honra.

—¿Mi honra, Meg? —María se mordió el labio inferior y miró a la mujer a los ojos—. Cuando le veo, poco me importa mi honra.

Su amiga sacudió la cabeza.

—No diríais lo mismo si os encontrarais con un hijo bastardo. Está bien que os hayáis liberado de él. Encontrad a alguien digno de vos, alguien que os guste y que esté libre para casarse con vos.

Se estremeció ante lo que parecía el eco de las palabras de Catalina. Qué fácil parecía. «Como si pudiera librarme de Will en algún momento... Ningún otro hombre podrá compararse con él, jamás. Le quiero a él y solo a él. ¿Que encuentre a otra persona? Imposible. —Tembló—. Además, el rey también hace que me sea imposible. Siempre y cuando siga siendo virgen, seguiré estando a salvo de él».

Tan solo los años de disciplina, los años largos y difíciles de aprender a ocultar sus sentimientos, la habían ayudado a superar aquellos primeros días infelices en que lo veía en la corte y apenas podía hablar con él. Sin embargo, las noches en las que el rey acudía a la cama de la reina, cuyo embarazo todavía no había sido anunciado a la corte, y ella dormía con las demás nobles que atendían a la reina, no podía evitar enfrentarse a las lágrimas. Su soledad autoimpuesta era como una extensión del océano que se expandía sin piedad y sin fin. Para ella, no había tierra a la vista. No podía haber tierra a la vista mientras la vida, así como el deseo de un rey, la separasen de Will.

* * *

El nuevo tití de Catalina gritó y se desprendió de los brazos de María cuando, una mañana, el rey entró de forma precipitada en los aposentos de la reina con quince de sus hombres más cercanos, todos vestidos con túnicas cortas, manguitos y capuchas verdes y portando arcos, flechas y espadas. Tras ellos, iban los músicos. Mientras estos se agrupaban y ocupaban un espacio vacío de la estancia, María engatusó al asustado animal para que volviera a sus brazos y se arrodilló junto con las otras mujeres. Al principio, Catalina pareció sorprendida, pero se recuperó antes de reírse cuando su marido la abrazó para besarla.

La reina dio la orden de que sus doncellas se pusieran de pie y María se apartó rápidamente a la parte más alejada de la alcoba, meciendo al tití. El corazón del pobre animal parecía a punto de atravesarle la piel.

—¡Que comience la música! —ordenó el rey con un grito.

Siguió sujetando la mano de la reina y la condujo hasta una zona despejada en el centro de la habitación para empezar a bailar. Entraron unos sirvientes portando platos de comida y, antes de que acabara el primer baile, la habitación había pasado de estar en silencio con todas las mujeres cosiendo a verse llena de alegría, fiesta y juventud.

Cuando el tití se calmó por fin, contempló a la pareja real. «¿Ha hecho esto el rey porque se da cuenta de que su esposa tiene baja la moral?». Cuando la abrazó y la besó de nuevo delante de todos los presentes, la reina resplandeció de felicidad. Él también resplandecía y le acarició el vientre plano.

—La reina está embarazada y, esta vez, será un niño —anunció para que lo oyeran todos en la estancia.

La luz volvió a menguar en los ojos de Catalina antes de que volviera a lanzarle una sonrisa radiante a su esposo. Él la besó de nuevo e hizo una reverencia ante ella.

—Es hora de que me marche, amor mío. Wolsey desea verme esta tarde por algún asunto. Quedaos aquí, Catalina. Mis músicos pueden quedarse también y tocar para vos mientras descansáis. Hablaremos de nuevo esta noche en el banquete.

❀❀❀

Finalmente, Dudley y Empson encontraron la muerte en Tower Hill a mediados de agosto. María estuvo a punto de quebrarse al ver a Will destrozado por la pena. Quería consolarlo, pero no podía. Tenía que mantenerse alejada de él por el bien de ambos. Un día, lo pilló mirándola sin ocultar su dolor, su desesperación y su confusión ante el hecho de que lo evitase incluso en una habitación abarrotada de miembros de la corte.

Su rostro la persiguió aquella noche y le impidió dormir. Cuando la luz del alba irrumpió en su habitación, se dejó llevar y empezó a llorar sin parar. «Oh, Will, si me mostrase débil, el muro se tambalearía. Os suplicaría que me tomaseis como amante. Pero ya no es tan sencillo. Nunca lo ha sido. Además, temo al rey. Si supiera que soy vuestra amante, exigiría el mismo privilegio. Todo lo que sé sobre él me indica que sería así. ¿Y qué haríais vos, amor mío? También os conozco bien. Probablemente, os enfadaríais con el rey, tal como hizo una vez Buckingham por su hermana. Pero vos no sois Buckingham. El rey duda en matar a su primo, pero no dudaría en mataros a vos. Nos protejo a ambos al conservar el respeto del rey; su respeto por mi alta cuna y su respeto por mi virginidad».

❀❀❀

«Palacio de Richmond, diciembre de 1510.

Mi querida doña Latina:

Otro invierno más ha llegado. La reina se ha retirado a sus aposentos, a la espera de otro bebé. A diferencia de la primera vez, en la que el parto prematuro nos sorprendió sin tenerlo todo preparado, ahora todo está listo y a la espera del nacimiento de un príncipe.

Había muchas velas iluminando estancia del parto, que estaba tan caldeada como era posible en aquella noche invernal.

En la enorme chimenea resplandecía un fuego bien abastecido y los braseros de carbón ardían con intensidad durante aquella noche, pues las sirvientas los atendían en cuanto era necesario.

Catalina se había puesto de parto aquella mañana del último día de 1510. Con el pelo suelto, estaba dando a luz sobre un jergón ricamente cubierto que empequeñecía su figura diminuta.

Una vez más, María le sostuvo la mano, hablándole en su lengua materna en los momentos en los que tenía un dolor mayor. Después, empezó a cantar y la animó a que cantase también para sobrellevar el dolor. En los momentos de calma entre los dolores del parto, la distraía hablándole sobre las historias que aparecían representadas en los tapices que colgaban de las paredes de la estancia. La mayoría eran de la Biblia, aunque algunos de los tapices contaban otras historias. Se echó hacia atrás, contemplando el que colgaba detrás de su amiga. La luz de las velas hacía brillar los hilos y los colores llamativos propios del verano. Al oír la risa forzada de Catalina, apartó la vista.

—He dejado de contar las veces que habéis mirado eso —murmuró la reina.

María se encogió de hombros y estrechó la mano de su amiga con más fuerza.

—Confieso que me inquieta. —Volvió a mirar la imagen de un hombre y una mujer sentados el uno al lado del otro en un jardín bañado por el sol. No se tocaban, pero estaban atrapados en una mirada eterna de alegre anhelo—. Conozco bien la historia. Promete un final feliz, pero la imagen es una mentira.

—Os habéis vuelto demasiado cínica, hermana. El amor de Tristán e Isolda no era una mentira. No creo que el amor lo sea nunca. —Catalina se retorció y echó la cabeza hacia atrás—. Dios mío, Dios mío... —gimió.

Alice se acercó a la cama y depositó el ceñidor de Nuestra Señora en las manos expectantes de María. Era el ceñidor que habían enviado desde la abadía de Westminster para el parto de la reina y María lo colocó cuidadosamente en torno al vientre hinchado de su amiga.

—Mi reina —dijo la comadrona—. Creo que no vais a tener que esperar mucho más antes de tener en brazos a vuestro bebé.

Resultó que Alice había estado en lo cierto. El último día de diciembre llegó a su fin y la primera hora de enero trajo consigo el llanto de un bebé que nació vivo.

—Aquí tenemos a nuestro príncipe —dijo Alice, triunfal.

El llanto vigoroso del niño resonó en la habitación, haciendo que algunas de las doncellas se rieran de alivio. Una de las mujeres salió de la habitación a toda prisa para llevar la buena nueva a aquellos que estaban esperando fuera. Catalina se recostó sobre los almohadones y extendió las manos para que le entregasen a su hijo. La matrona colocó al precioso bebé a su lado y después, se encargó de los últimos asuntos del parto. El niño se retorció, haciendo muecas con la carita roja y moviendo los brazos delgados por encima de la manta. María le tocó la mejilla y al tacto le pareció que tenía la piel de seda.

El niño estaba bien.

Con las lágrimas surcándole el rostro, Catalina extendió un dedo hacia su hijo y el niño se lo agarró con el puño cerrado. Ella se rio.

—Mi hijo es fuerte, gracias a Dios —alzó la vista—. ¿Lo sabe ya el rey?

Como respuesta, la puerta se abrió de golpe y Enrique entró corriendo para arrodillarse junto a su esposa y el bebé. Miró a su hijo como si estuviera asombrado y le tocó el rostro. Sonrió.

—Mirad el tono de su cabello, querida mía, mi amor. Tiene el mismo color que nosotros, aunque tal vez el suyo sea un pelirrojo más oscuro..

La comadrona soltó una carcajada.

—Majestad, vuestro hijo, el príncipe, acaba de nacer. En cuanto lo bañemos, lo envolvamos y le sequemos el pelo, creo que descubriréis que vuestro primer instinto es correcto. Tiene el mismo color que vos, majestad, y que la buena reina.

Catalina tomó la mano de su esposo.

—Os he dado a vuestro príncipe; tenemos un hijo sano.

El rey sonrió. Parecía un joven que acabase de ganar un premio.

—Lo habéis hecho. Ya os amaba antes de hoy, pero, ahora, mi amor no tiene límites. —Se inclinó y le dio un beso en los labios—. Dejaré que el niño y vos descanséis. Deseo ir a la capilla para dar gracias a Dios porque vuestro parto haya llegado a buen fin y por la llegada de nuestro hijo.

Cuando la puerta se cerró tras el rey, María relajó las manos apretadas. Odiaba estar demasiado cerca de él. «No, al que odio es a él mismo».

Alzó los ojos hacia la única ventana de la habitación que estaba sin cubrir. Fuera, se veía el resplandor de las antorchas encendiéndose una tras otra. Tañeron las campanas de la iglesia, a las que se unieron más campanas. Pronto, pareció que un mar de voces clamaba de alegría. Se volvió hacia Catalina, que tenía los ojos fijos en su hijo. «Olvidaos del rey. Sonreíd por Catalina. Sonreíd por el niño».

Recibiendo el nombre en honor a su padre, el pequeño Enrique fue bautizado cinco días después. Su tía abuela, lady Anne Howard, representó a la madrina del niño, Margarita de Austria, mientras que Richard Foxe, obispo de Winchester, representó al otro padrino real del bebé, Luis XII de Francia. Como regalo de bautizo, el rey de Francia había enviado un salero y una copa de oro. Durante días y días, desde Land's End hasta John o' Groats, las hogueras anunciaron el nacimiento del príncipe.

Catalina permaneció en Richmond con su bebé hasta que se celebró la misa de parida[54] y pudo volver a la vida pública. Durante cuarenta días, María vio crecer el amor de su amiga por su hijito mientras el niño florecía, pasando de ser solo un bebé recién nacido a ser un niño que al ver a su madre sonreía. Para entonces, el rey había hecho un peregrinaje al santuario de Walsingham para dar gracias y rogarle a la Virgen que protegiera a su hijo. Después, había regresado a Westminster y había comenzado a hacer planes para la gran celebración del nacimiento del príncipe Enrique. Catalina, que ya había recibido el permiso de la Iglesia y se había recuperado del parto, acunó al bebé por última vez y se lo entregó a Bessie, la nodriza.

La reina había pasado horas con su hijo cada día, disfrutando de él, asombrada ante aquel milagro que había nacido de su cuerpo. Durante todo el largo viaje por el río para regresar a Westminster, María se preguntó cómo conseguía su amiga reprimir las lágrimas. Se deshizo de aquel pensamiento. «Catalina tiene razón. El niño está bien y en buenas manos. Al igual que su propia madre, siempre será reina primero y madre, después».

---

54 N. de la Ed.: En la Inglaterra católica de la época, tras la cuarentena de la mujer que había dado a luz, se celebraba una misa para dar gracias por la salud de la madre. En ese momento, la mujer podía volver a la vida pública y también volver a hacer vida conyugal. Se ha traducido por «misa de parida» que era una costumbre similar aunque no idéntica en España.

El rey la había convocado de vuelta a Westminster. Había llegado el momento de que se mostrara ante el pueblo, ocupase el lugar que le correspondía junto a su esposo y regresase a su lecho.

❈ ❈ ❈

Diez días después, María estaba en Westminster Hall con otras cinco mujeres. Se alisó el vestido de satén verde y dorado. Lo habían llevado desde el guardarropa real que había en el castillo de Baynard tras haberlo usado en otras ocasiones. Una de las costureras de la corte se había pasado la tarde asegurándose de que el vestido le quedara perfectamente.

Le alegraba que aquella prenda fuese prestada, pues jamás se sentía cómoda vistiendo con los colores de los Tudor. Tan solo se los ponía para complacer a Catalina, que le había pedido que participase en las celebraciones de la noche.

Al otro lado del salón, cinco hombres, vestidos también de verde y dorado, se arremolinaban en torno al altísimo rey. Vestido de púrpura, en la parte superior del jubón le habían bordado con hilo dorado lo siguiente: «Sir Corazón Leal». «¿Sir Corazón Leal?». María quiso reírse por lo absurdo que resultaba algo así. El rey no era leal. Le era infiel a su esposa y no le importaba coaccionar a su mejor amiga para que la traicionara. «Tengo muchas razones para dudar que tenga corazón, y mucho menos uno que sea leal».

El salón había sido transformado en una glorieta cubierta de vegetación por todas partes. El tapiz que dividía la estancia se abrió y Catalina entró seguida por algunas de sus damas de compañía. El pelo suelto le caía por la espalda y la luz de las antorchas hacía que le brillase con un color dorado intenso. Su cabello parecía más resplandeciente y hermoso que la corona enjoyada que llevaba sobre la frente.

El rey fue a recibirla, besándola en los labios con gusto. Desde su llegada a la corte, Enrique había visitado su lecho todas las noches. Habían vuelto a ser los jóvenes amantes que habían sido en los primeros tiempos de su matrimonio.

María suspiró para sus adentros. Todavía no se había resignado al dolor que sentía por la pérdida de Will. «Sois una tonta; nunca ha sido vuestro como para poder decir que lo habéis perdido». Sin embargo, no podía creer aquello; no podía dejar de extrañar lo que habían compartido. Evitaba tocar la vihuela porque le recordaba a los tiempos en los que habían tocado juntos. Cuando la tocaba, sentía ganas de llorar por su soledad. Will era su amor, su único amor; su ausencia en su vida le arruinaba los días. Sin embargo, debía permanecer lejos de él para mantenerlo a salvo.

El rey condujo a su esposa de la mano hasta su lugar en el estrado y se sentó en el trono, a su lado. Una trompeta hizo sonar una larga nota.

—¡Apartaos, apartaos! —exclamó el chambelán del rey.

Dos caballos enormes, más grandes de lo que María hubiese visto en toda su vida, arrastraron hasta el salón un enorme carruaje de desfile de dos metros de alto y casi tanto de ancho. Ambos caballos iban ataviados con adornos muy elaborados. Uno iba disfrazado de león y, el otro, de antílope. Menos mal que eran dos bestias fuertes, pues no solo cada caballo portaba a una dama de noble cuna como jinete, sino que, dentro del carruaje, conté a siete hombres. Y no solo hombres. Un bosque de terciopelo verde se alzaba en torno a un castillo de oro en miniatura sobre el que había un hombre sentado, confeccionando guirnaldas de rosas en un jardín que florecía con todos los colores de la primavera. Tres guardabosques, ataviados del mismo verde que el bosque y sujetando lanzas, caminaban a cada lado del carruaje.

La corte gritó y aplaudió en señal de aprobación mientras el carruaje de desfile se abría paso lentamente hasta Catalina y se detenía frente a ella. Los guardabosques hicieron sonar sus cuernos y el carruaje se abrió. Del interior salieron cuatro hombres clamando su desafío para las justas del día siguiente.

Siguieron diez días de celebraciones. Diez días de festejos y desfiles en los que María recordó que, con veinticinco años, todavía era joven y podía encontrar algo de alegría en la vida.

Pero, entonces, llegaron las noticias desde Richmond.

Menos de una hora después, los reyes viajaron hasta el palacio en su barcaza. Su hijito yacía en la cuna, envuelto con sus ropas de bebé. El hermoso niño parecía dormido. Bessie, su nodriza, estaba arrodillada junto a la cuna.

—Sus majestades —dijo entre lágrimas—, lo he encontrado así. Anoche estaba bien y sano, pero, esta mañana, no se ha despertado. No se ha despertado…

Al otro lado de la cuna, Catalina cayó de rodillas. Se apoyó en la cuna de su hijo y lloró. El rey se arrodilló a su lado y, llorando también, la atrapó entre sus brazos.

—Es la voluntad de Dios —dijo.

María se enjugó las lágrimas. «¿La voluntad de Dios? No puedo pensar en la muerte de un niño como la voluntad de Dios. En eso no hay consuelo, tan solo la crueldad de Dios, y no quiero creer en un Dios cruel. Necesito creer que hay algún tipo de plan, aunque sea un plan que escape a mi entendimiento. Un plan creado por un Dios amoroso. Un plan en el que no hay más muerte ni más corazones rotos, y en el que el amor se eleva hasta el cielo para toda la eternidad. Tengo que creer en eso o, por el contrario, volverme loca».

❋❋❋

Tras el funeral del niño, María se sentó junto a Catalina en el asiento de una ventana en Greenwich, contemplando el Támesis. El mismo Támesis que, más de una semana antes, había transportado el pequeño ataúd del bebé. El río reflejaba el día gris y el ánimo sombrío de toda la corte.

—¿Recuerdas la última vez que vimos a mi hijo? —le preguntó Catalina en voz baja.

María le estrechó la mano.

La reina no la miró. Mientras miraba por la ventana, parecía perdida en el mundo de sus propios recuerdos. Al fin, alzó la cabeza con los labios temblorosos.

—Cuando lo tomé entre mis brazos para darle un beso de despedida, me sonrió. Más aún; mi pequeño Enrique se rio.

—Lo recuerdo.

María le pasó un brazo por los hombros.

—Era perfecto. Un niño perfecto y hermoso.

—Sí.

—Y sano. Estaba sano... Mi hijo estaba sano.

—Catalina, por favor, no os atormentéis.

—No puedo entenderlo. Una niña muerta y, ahora, mi pequeño Enrique. Sois una sanadora. ¿No podéis ayudarme a entender por qué mis dos bebés están muertos?

María se volvió hacia la ventana. Tanto el cielo como el río estaban grises. Se estremeció. Tenía el estómago tan revuelto como el río que transcurría bajo sus pies.

—Lo único que sé es lo que, al igual que a vos, me dijo nuestra maestra —dijo lentamente—. Hay muchas cosas que desconocemos. Mientras vivimos, lo hacemos lo mejor que podemos y seguimos adelante.

Catalina no parecía estar escuchándola.

—Tal vez tomé decisiones equivocadas a la hora de escoger a las personas que tenían que cuidar de mi hijo.

—Tomasteis las decisiones adecuadas, hermana, pero no tiene sentido que os culpéis, ni a vos, ni a otros. Recordad al hijo de Isabel, vuestro sobrinito. Durante casi tres años recibió cuidados y amor. Mucho amor. No le faltó nada y, sin embargo, no pudimos hacer nada, nada en absoluto, cuando la fiebre llegó y se lo llevó. Vuestro Enrique era todavía más pequeño. La Latina me dijo que, cuanto más pequeño es el niño, más posibilidades hay de que la enfermedad lo atrape de tal modo que no haya esperanza de salvarlo. Os lo ruego, consoláos ante la idea de que, cada día de su corta vida, vuestro hijito conoció el amor y el cariño de muchos.

Catalina la miró.

—Me digo eso a mí misma. Me digo que tener los recuerdos de mi hijito riéndose es mejor que no tener ningún hijo al que recordar. Me digo a mí misma que está con Dios y que, algún día, volveré a tenerlo entre mis brazos. Nada de eso me consuela.

—Hermana, vuestro hijo ha muerto. —María la estrechó con más fuerza—. Estáis de luto. Lo único que os ayudará será el tiempo. El paso del tiempo os ayudará a vivir con la pena.

—Habláis de tiempo... —Catalina se volvió hacia ella y la miró fijamente—. Creía que el tiempo me libraría de la carga de saber que un hombre inocente murió a causa de mi matrimonio con Arturo. Las pesadillas han regresado. —Cayó de rodillas, arrastrándola con ella—. Recemos. Debo rezar por el perdón de Dios. Debo rogar para que Warwick me perdone.

Mientras volvía a abrazarla, María sintió ganas de llorar.

—Oh, ya lo ha hecho. Debéis dejar de culparos. Nada de esto es culpa vuestra. Warwick descansa en paz. Debéis creer que es así.

Catalina se mecía sin parar mientras las lágrimas le corrían por el rostro. María tembló. «Dios, ayudadme. No sé qué decir o qué hacer. ¿Cómo puedo ayudarla? No hay nada que pueda hacer...».

—No creo que Warwick descanse en paz. ¿Cómo puedo creer que no estoy maldita cuando se me mueren los hijos? —Se aferró a María, enloquecida—. Rezad conmigo. Por favor, rezad conmigo. Por favor, rezad por mí.

María tragó saliva y le tomó la mano.

—Sea lo que sea que me pidáis, lo haré.

Intentó rezar y no maldecir a Dios.

❀❀❀

«Palacio de Richmond, 5 de abril de 1511

Mi querida doña Latina:

No tengo nada que escribiros que no sea sobre sufrimiento. No solo por mi pobre reina, sino, también, por otros miembros de la corte. Al funeral del principito pronto le siguió el funeral del bebé de una de las damas de compañía de la reina. Maud Parr es una joven de poco más de diecisiete años y tiene el corazón roto tras haber perdido a su primer hijo. Lo único bueno, si es que podemos decir que estas cosas son buenas, es que obligó a mi reina a dejar de lado su propio dolor para consolarla. Entonces, llegó otro sufrimiento mucho más cercano a casa. Inés, embarazada de su primer hijo, enfermó. Tuvo fiebre durante días y se vio afectada por la enfermedad pulmonar. Hice lo que pude, pero nada sirvió de ayuda. Perdió al bebé y murió al día siguiente. Su marido, loco de dolor, ha regresado a sus tierras para enterrar a otra esposa.

María dejó a un lado la carta a medio terminar y se frotó la piel para enjugarse las lágrimas, que le quemaban. Se dio la vuelta sobre el taburete y miró a Catalina. Su amiga estaba cosiendo bajo la luz de la ventana, tan pálida y tensa como el hilo color crema que estaba utilizando en la camisa del rey. Había llorado por Inés durante días. Ambas lo habían hecho. Por las noches, habían llorado la una en brazos de la otra hasta que se habían quedado dormidas por el agotamiento.

Al lado de la reina, su confesor seguía hablándole de la voluntad de Dios.

—Es hora de que dejéis de lado vuestro dolor —le dijo. No había consuelo en sus palabras. Catalina atravesó la tela con la aguja sin responder. El sacerdote se acercó más a ella—. Debéis confiar en Dios, mi reina.

María se estremeció. Sintiendo frío, tendió las manos hacia el calor del fuego. «¿Confiar en Dios? Lo dice como si fuese fácil. Pero ¿acaso alguna vez es fácil mantener la fe?».

Catalina le miró a los ojos y suspiró.

—Lo hago, pero soy una mujer débil. No podéis decirme que no tengo motivos para cuestionar los propósitos de Dios.

—Conocéis cuál es su propósito.

Catalina gruñó y dejó la labor en la mesa pequeña que tenía al lado.

—¿El perfeccionamiento de mi alma? Buen padre, si, de verdad, todas las dificultades de mi vida sirven para ese propósito, entonces me parece que comprendo por qué tanta gente le da la espalda a Dios. —Se acomodó de nuevo en la silla y apartó la vista de él—. No soy más que una mujer; una mujer débil. ¿Cuánto dolor más se supone que he de soportar?

El fraile sonrió un poco y miró a María.

—Mi reina, os hablo como vuestro confesor cuando os digo que os hacéis eco de las dudas de doña María. —En aquel momento, María lo apreciaba y respetaba lo suficiente como para encogerse de hombros. Incluso consiguió dedicarle una sonrisa burlona—. Debéis recordar que el sufrimiento forma parte de una vida mortal —insistió el clérigo.

—Buen padre, no creo que Dios me culpase por albergar las mismas dudas, especialmente en momentos de pesar. Me gustaría disfrutar de algo de felicidad en la vida. También me gustaría que mis amigos hallasen la felicidad. Me gustaría que mis amigos no murieran. No puedo evitar pensar que mi vida está maldita.

—Mi querida reina, ya os he dicho antes lo que pienso sobre esa supuesta maldición vuestra. Como vuestro confesor, os ordené que lo apartarais de vuestra mente de una vez por todas.

María se removió, inquieta, uniendo las manos en el regazo. «Una vez más, habla como si fuese fácil. Desearía que una orden pudiera tranquilizar a Catalina. Pero no es así de fácil. Especialmente cuando cree que es responsable de la muerte de un inocente».

—No estáis maldita. Dios no maldice a su gente. La muerte es el otro lado de la vida. Ninguno de nosotros puede escapar de ella. Lo que importa es lo que hacemos en vida y aprender a volver nuestra vista hacia Dios. Mirad más allá de vos misma, mi reina, mirad más allá de vuestro dolor. Pensad en ello como un regalo o como el perfeccionamiento de vuestra alma. Creedme cuando os digo que Dios os ama enormemente al enviaros semejantes pruebas.

—Si no conociera y confiara realmente en el amor de Dios, os haría más preguntas sobre por qué les pone a aquellos a los que ama unas pruebas tan duras. —Catalina suspiró—. Sé que debo pensar en el más allá y darme cuenta de que dichas pruebas me están preparando para encontrarme con Dios. Pero, hoy, eso no me consuela ante la pérdida de una amiga, no hace que resulte más fácil haberla perdido.

—Doña Inés no desearía que os afligierais tanto, sobre todo cuando ella ya está con Dios. —La reina no contestó, sino que volvió a retomar la costura. El sacerdote frunció el ceño y volvió a acercarse a ella—. Tal vez si pensaseis en algo que pudierais hacer en su recuerdo... Algo que pudiera ser su legado... Algo que os ayudara a encontrar paz.

Catalina lo observó.

—Hubiera preferido que hubiese vivido y hubiese tenido una familia como legado. —Permaneció sentada en silencio un momento y, después, se volvió hacia María—. ¿Qué legado creéis que habría deseado nuestra amiga?

María soltó un suspiro prolongado.

—Como vos, creo que Inés hubiera deseado el legado de una familia. Lo único que se me ocurre es que nuestra amiga era una amante del aprendizaje y los libros.

—El aprendizaje y los libros... —Catalina frunció el ceño y jugueteó con sus anillos un instante—. Ya sé lo que haré. Haré lo que pueda para ayudar a que las universidades de Inglaterra sean todavía mejores. Lo haré por Inés. Ya que no ha podido dejar hijos en este mundo, construiré para ella otro tipo de legado que vivirá para siempre.

María miró a su amiga a los ojos y asintió. Intentó sonreír. Nada sustituiría jamás a Inés, pero Catalina tampoco permitiría que fuese olvidada.

❋❋❋

Llegó el verano, un verano en el que la pena recayó con fuerza sobre muchos miembros de la corte. Una mañana, mientras recorría la larga galería con Meg Pole, se cruzaron con Tomás Moro, que iba de luto. María alzó una ceja y miró a la otra mujer, interrogativa.

—Perdió a su esposa durante el parto hace tres semanas. Tan solo tenía veintitrés años y el bebé murió con ella. —María dio unos cuantos pasos más y se detuvo. Su amiga se detuvo a su lado—. ¿Qué ocurre?

—Odio este año. Cada vez que siento que la nube oscura que hay sobre mi ánimo se levanta un poco, recibo las noticias de otra muerte.

Meg suspiró y se volvió para mirar a Moro.

—Pronto va a casarse con otra mujer.

María la miró fijamente.

—Su esposa murió hace tres semanas y decís que va a casarse de nuevo. ¿Tan pronto?

Meg alzó las cejas, claramente desconcertada por el arrebato de su interlocutora.

—Querida mía, tiene cuatro hijos pequeños. Nosotros, los ingleses, somos prácticos con respecto a esos asuntos. No lo culpo por volver a casarse tan pronto y por encontrar a una mujer que cuide de su hogar y de sus hijos. No me sorprendería que Mountjoy empezase a buscar una nueva esposa pronto. Necesita a alguien en quien pueda confiar para cuidar de su hija pequeña y de su finca.

—No creo que Mountjoy vaya a casarse hasta dentro de un tiempo. Desde que regresó a la corte, se mantiene ocupado como chambelán de la reina para lidiar con su dolor. Me ha hablado sobre no volver a casarse nunca más.

Miró hacia atrás por encima del hombro. Moro estaba hablando con Wolsey, canónigo de Windsor y uno de los ministros del rey, cerca de unas de las ventanas altas y anchas que iluminaban la galería. Sonriendo, con el rostro animado y lleno de encanto, Wolsey alzó una mano de dedos rechonchos y las gemas de sus anillos reflejaron la luz de la ventana. Una danza de rojo, verde y azul centelleó en la ventana más cercana a él. Al lado del grandioso y corpulento Wolsey, Tomás Moro ofrecía una apariencia sencilla y sombría. La luz del sol cayó sobre el rostro del hombre y eso le recordó haberlo visto el día de la muerte de la reina Isabel de York. Entonces, como en aquel momento, el dolor le había devorado la mirada. Aunque siempre había sido un hombre esbelto, su delgadez resaltaba frente al hombre más regordete que estaba junto a él. Estaba muy demacrado. Tenía el rostro hundido y los huesos se le marcaban bajo la piel. Parecía enfermo o consumido por el dolor. La compasión le inundó el corazón. Ya no le importaba que se fuese a casar tan pronto tras la muerte de su esposa. «Todos hacemos lo que sea para sobrevivir».

—¿Estáis segura de que sabéis dónde encontrar a la reina? —le preguntó Meg mientras cruzaba la entrada de la galería y salía hacia la luz del sol, en el jardín.

—La reina estará donde la dejé. —María bajó la vista hacia el chal doblado que llevaba en las manos. Había regresado a los aposentos de Catalina para recogerlo—. Estaba hablando con los jardineros flamencos sobre los nuevos árboles frutales que han plantado en el huerto.

—A mí también me gustaría hablar con ellos. Mi jardinero principal me dice que la última vez que tuvimos un cerezo o un ciruelo que dieran frutos fue poco después de que yo naciera. Quemaron el huerto por completo cuando mi padre se rebeló contra su hermano, el rey Eduardo.

Adentrándose en las profundidades del jardín en dirección al huerto, paseó junto a Meg en un silencio agradable. Al fin, en la distancia, vio a Catalina hablando con tres hombres, dos jóvenes y un anciano. Los dos jóvenes se apartaron, tomaron del suelo unas palas y unos árboles jóvenes cuyas raíces estaban protegidas por arpilleras. Para cuando llegaron hasta la reina, los muchachos habían desaparecido en el huerto. Catalina se volvió hacia ellas y alzó una mano a modo de saludo.

—Buenos días, amigas mías. —Señaló al anciano—. ¿Os acordáis del doctor Linacre? Estaba en Ludlow con nosotras.

María miró a Meg.

—Lo recuerdo.

—Yo también —añadió Meg—. Erais uno de los tutores del príncipe Arturo. El buen príncipe me dijo una vez que nadie era capaz de leer la *Eneida* como vos.

—También erais uno de los médicos del príncipe.

María tragó saliva. Había intentado hablar con él en Ludlow cuando el príncipe se estaba muriendo. El hombre inclinó la cabeza ante ella.

—Perdonadme, lady María. Fui brusco con vos la última vez que nos vimos y os hablé con dureza por el miedo y el dolor que me embargaban. Sabíamos que teníamos pocas posibilidades de salvar al príncipe, pues el muchacho llevaba meses sufriendo. —Miró a la reina—. La reina Catalina me dice que tiene una mejor opinión de vos que de la mayoría de los médicos. Dado que tengo el honor de ser uno de los médicos del rey, envidio tal elogio.

María se llevó una mano al rostro ardiente y miró a Catalina, que le devolvió la sonrisa.

—La reina me elogia demasiado. No me lo merezco. ¿Os había visto en la corte anteriormente?

—El doctor Linacre sirve como rector en Kent —dijo Catalina—. Solo viene a Londres cuando el rey se lo ordena. Tenéis que haberle visto antes, María. Ha sido uno de los médicos del rey desde su coronación. Y no solo eso, sino que también lo es de Wolsey y del arzobispo Warham. Me pidió que nos reuniéramos hoy porque desea fundar una facultad de medicina. Cree que, al hacerlo, los médicos de todo el país tendrían un nivel mejor.

Volviéndose, estudió al hombre con más atención. Tenía al menos cincuenta años, si no más. Sin embargo, no tenía la mirada de un hombre anciano; la suya era una mirada decidida, previsora, la mirada de un visionario.

—No es poca cosa lo que deseáis hacer —murmuró.

—No, no lo es. —Inclinó la cabeza ante Catalina y miró en torno al huerto—. Sin embargo, la reina me anima a plantar esta semilla. No espero verla crecer este año o el próximo. Antes, hay muchas cosas que debo hacer y muchas personas con las que debo hablar. Pero la reina me ha prometido que hablará con el rey cuando los primeros brotes de esto que vamos a plantar nazcan. Como los de este huerto, espero verlos florecer y convertirse en un árbol que dará buenos frutos para el futuro de Inglaterra. —Volvió a hacer una reverencia—. Debo pediros permiso para partir, majestad, antes de que las mareas me retengan otro día más en Richmond.

—Por supuesto, maestro Linacre. Tal como se dice: el tiempo y las mareas no esperan a nadie. Os deseo un buen día.

Mientras observaba cómo el hombre se dirigía hacia el Támesis, María pensó en los demás hombres a los que Catalina animaba a cumplir sus sueños y deseos. Nunca se había sentido más orgullosa de ella.

Apartada del dolor por la pérdida de su hijo para consolar a Maud Parr por su propia pérdida, Catalina se había comprometido con el servicio a sus súbditos, y no solo al de aquellos que vivían en la corte. Muchos hombres ricos se enriquecían todavía más obligando a sus arrendatarios a dar paso a las ovejas. Estos, al verse privados de su único hogar, se veían arrojados a los caminos y recorrían los pueblos cercanos a los palacios reales. La mayoría se dirigían a Londres con la esperanza de encontrar trabajo y un lugar donde vivir. Catalina enseñó a algunas de aquellas mujeres que lo habían perdido todo a confeccionar encajes, lo que les ofrecía una oportunidad para ganarse la vida. Se desplazaba a los pueblos para dar limosna a los necesitados. Mountjoy también miraba más allá de su propio dolor y, en su papel de chambelán, la ayudaba incluso aumentando sus ingresos con su propia fortuna para ayudar a los pobres y desolados. María miró a Catalina, que estaba sumida en una conversación con Meg Pole y los jardineros.

«Sí, los ingleses aman a su reina, y con razón».

Capítulo 7

Septiembre de 1513, Richmond

Mi querida doña Latina:

Sin duda, habéis oído hablar de la reciente victoria de los ingleses contra los escoceses...

aría contemplaba el fuego cercano, agradecida por el calor que le proporcionaba, mientras pensaba, daba forma y tanteaba mentalmente las palabras que quería escribir. Más bien, que tenía la necesidad de escribir. A su lado, en su propio escritorio, Catalina también estaba escribiendo.

Volviendo la vista hacia la misiva que apenas había empezado, María reprimió un sollozo de frustración. La tinta de la pluma se había acumulado y había manchado el pergamino como si lo hubiera marcado con un dedo pulgar enorme. Dejando de lado la pluma, roció el pergamino con polvo secante y lo sacudió hasta que estuvo seco. Después, rascó la superficie hasta que la mancha dejó de ser visible. Tiró de las pieles y se las ajustó más en torno al cuerpo; estaba helada. Flexionó los dedos inflamados, en los que sentía calambres, miró la carta de Catalina y leyó una frase.

(...) y al fin veréis la gran victoria que nuestro Señor ha enviado a vuestros súbditos en vuestra ausencia...

Catalina mojó la pluma en la tinta y siguió escribiendo mientras se removía, incómoda. Tenía el vientre enorme, pues estaba embarazada de nuevo, y aquellas últimas semanas habían supuesto para ella un gran agotamiento.

Incapaz de apartar los ojos de ella, María apoyó un codo en la mesa y la mejilla en la palma de la mano. Tuvo que hacer uso de toda su fuerza de voluntad para mantener la boca cerrada. «Debería estar descansando en lugar de escribiendo al rey».

Mientras el reloj de mesa dorado que había cerca marcaba los minutos, la pluma de la reina se deslizaba por el pergamino. Cuando la tinta empezó a secarse, la punta empezó a rasgar la superficie. Catalina volvió a mojar la pluma en la tinta y empezó a escribir de nuevo.

Enfurecida por muchas cosas que escapaban de su control, María se removió en su asiento. «El rey no debería haberse marchado y haber dejado que se enfrentara a estas semanas ella sola». Sin embargo, lo había hecho. En junio, había partido de Inglaterra para luchar contra los franceses y había designado a su esposa como regente.

—Vuestro regio esposo tan solo desea interpretar el papel del rey guerrero y superar a Enrique V —le había dicho en privado la noche anterior a su partida—. Si es que puede. Pero ¿por qué debería ocuparse de algo así cuando eso implica dejaros con la pesada carga de gobernar su reino? No os encontráis bien.

Recordaba la respuesta molesta que su amiga le había dado.

—La reina, mi madre, gobernó un gran reino desde los primeros días de su matrimonio. Me dio a luz a mí, la quinta de cinco hijos vivos, durante la guerra contra los moros. Solo la buena suerte evitó que naciera en el campo de batalla. ¿Acaso debería mi esposo esperar menos de la hija de Isabel I de Castilla? En cualquier caso, Inglaterra está en paz, no en guerra.

En aquel momento, a María le había costado callarse. Hubiera sido cruel recordarle que ya había perdido dos hijos. Catalina ya era consciente de la importancia de su embarazo. No le daría la razón en que el deseo de vanagloriarse del rey tuviese más importancia que la necesidad de que su esposa estuviese tranquila durante los meses de embarazo. «¿Tranquila? Ni siquiera tuvo en cuenta lo que sentía cuando decidió ejecutar a Edmund de la Pole». Estuvo siete años encerrado en la Torre. El hecho de que su hermano se uniera a los franceses le sirvió al rey como excusa para ejecutarlo. Le había dicho a Catalina que aquello era necesario por la seguridad del reino y no había entendido por qué lloraba y pasaba más tiempo rezando. «¿Por la seguridad del reino? ¿Acaso está tan ciego como para no darse cuenta de que esa muerte le recuerda a la de Warwick? Catalina sigue cargando con esa culpa día tras día».

Así pues, el rey se había marchado a Francia para toparse solo con una frustración tras otra en Europa. En ese tiempo, el rey escocés había reunido a sus guerreros y había atravesado la frontera de Inglaterra. Catalina, tanto a caballo como en litera, había viajado desde Londres hasta Buckingham, portando los estandartes que ella y sus damas de compañía habían comenzado a confeccionar en el palacio de Richmond. Habían trabajado durante horas para tenerlos listos y la reina se había negado a descansar hasta que hubieron terminado. Aquellos días, incluso se había negado a encontrar tiempo para entretener al cautivo duque de Longueille, que el rey había enviado a Inglaterra tras una de sus pequeñas conquistas en la batalla. Acomodado en las estancias reales de la Torre, el duque era más un invitado del rey que un prisionero. Una vez terminados los estandartes, la reina se había unido a lord Howard y los ejércitos ingleses en Buckingham antes de enviarlos a luchar contra el rey de Escocia.

Las largas distancias que había recorrido habían preocupado a sus damas. Alice, la comadrona real, no solo se había mostrado consternada, sino que estaba intranquila.

—Seguro que, si hablaseis con ella, entraría en razón y no iría a reunirse con lord Howard. No debería poner en riesgo al bebé como está haciendo.

Sin embargo, María conocía a su amiga demasiado bien. La habían nombrado regente de Inglaterra y no defraudaría en el cumplimiento de esa tarea. Hacerlo sería como fallarle a su madre, a su marido y al país que llevaba en el corazón. Inglaterra la necesitaba como reina y no podía comportarse como una embarazada enfermiza. Así que a María no le quedó más opción que convencerla para que descansara más, ya que otra cosa no aceptaría, y que evitara tanto el ayuno como las sangrías innecesarias. De manera casi diaria, había preparado tónicos fortalecedores para protegerla de las enfermedades y se había asegurado de que se los bebiera.

Extendió las manos hacia el calor del fuego. «El rey de los escoceses se merecía la muerte y mucho más por haber puesto en peligro la salud de la reina de este modo». También había puesto en peligro a su propia esposa embarazada. Margarita Tudor le había suplicado de rodillas que no fuese a invadir Inglaterra, pero él había hecho caso omiso de sus súplicas. También buscaba la gloria en el campo de batalla, como su tío, el rey Enrique.

Catalina dejó de escribir, soltó la pluma y espolvoreó polvo secante sobre la tinta húmeda antes de tomar el pergamino para leerlo. Durante un momento, la habitación se quedó en silencio; no se oía más que el crepitar del fuego, el zumbido del reloj y el lamento de un viento más propio del invierno que del otoño. «Rezo para que este viento no suponga otro invierno que habré de maldecir. Demasiados inviernos ingleses heladores; demasiados».

Catalina habló al fin.

—Le diré a mi señor esposo que había pensado en enviarle el cuerpo del rey de Escocia, pero que el corazón de nuestros hombres no lo soportaría. En lugar de eso, le enviaré su capa, tal como le prometí en mi última carta.

Sin saber qué decir, María se preguntó si la aparente frialdad de su amiga al querer enviar el cadáver del rey a su esposo era una muestra de lo que sentía de verdad por haberse visto obligada a proteger Inglaterra mientras en su vientre crecía un nuevo bebé. Catalina tenía el cuerpo débil y frágil tras haber pasado semanas de ansiedad y haber viajado durante días. «Sí, está orgullosa de su victoria sobre los escoceses, pero estará todavía más orgullosa de tener a su príncipe entre los brazos».

❀❀❀

María se detuvo detrás de Catalina cuando esta se paró frente a uno de los ventanales de la galería, contemplando el día soleado.

—La mañana es demasiado buena como para regresar a mi alcoba. Vayamos todos caminando hasta la abadía.

María se acercó a ella y le hizo una reverencia.

—¿Os encontráis lo bastante bien, mi reina? El paseo es de casi una hora.

Catalina volvió el rostro hacia ella y la miró divertida.

—¿Una hora? ¿Deseáis que caminemos al ritmo de los caracoles? Un paseo rápido por el río me sentará bien. Debéis saber que uno de mis paseos favoritos es el que hay hasta la abadía de Syon. Enviaré por delante la barcaza para que nos permita cruzar hasta la abadía.

Aquel también era uno de los paseos que más le gustaban a ella. Incluso en las mañanas grises y frías, el baile de la luz sobre el río, la imagen de los ciervos pastando, tan acostumbrados a los seres humanos que ni siquiera alzaban la cabeza a su paso, y los pájaros revoloteando sobre el río antes de zambullirse en el agua para conseguir un pez que brillaba bajo la luz del sol siempre hacían que su estado de ánimo mejorase.

Para cuando alcanzaron la barcaza de la reina, ya hacía rato que había pasado una hora. Sí, habían caminado a paso ligero siempre que habían podido, pero Catalina también se había detenido a hablar con las personas con las que se habían encontrado por el camino. Tras años de recorrer aquel camino o de haberlos visitado en sus pueblos, la reina conocía a muchos de los aldeanos por sus nombres. Les había llevado regalos al haber recibido noticias de que alguno se casaba o de que nacía algún bebé, o bien había acudido a darles consuelo cuando perdían a alguno de sus seres queridos.

Deteniéndose una vez más para que la reina hablase con los aldeanos, María se frotó las manos para quitarse el frío y pasó el peso de un pie a otro. No importaba donde estuvieran; el pueblo llano la amaba, y no solo porque siempre regresaba de sus paseos con el monedero vacío, sino porque les hablaba con amor, de manera compasiva, preocupada por saber si todo les iba bien. Algunas de las mujeres eran lo bastante atrevidas como para preguntarle lo mismo a ella.

—Rezo por vos, señora —le dijo una de ellas, que cargaba con su propio hijo sobre las caderas—. Rezo por vuestra buena salud y para que, con el tiempo, algún día recorráis este camino con nuestro príncipe o con una bella princesa. A nosotros no nos importa si es niño o niña, pues nuestra buena reina será su madre. Amaremos a vuestros hijos del mismo modo que os amamos a vos.

Un pájaro prorrumpió en canto. María sonrió y se enjugó las lágrimas. La melodía del animal parecía hacerse eco del estallido de felicidad que le alegraba el corazón. «Doce años de exilio, cuatro de ellos como reina... Solo le ha costado cuatro años ganarse el amor de Inglaterra. Cómo me alegro de presenciarlo. Alivia el dolor de mi propio exilio y de mi separación del hombre al que amo».

❋ ❋ ❋

Mi querida doña Latina:

Los días se vuelven más fríos y oscuros. Pronto, el invierno caerá sobre nosotros. Y con el regreso de los días fríos, llega el regreso del rey. El invierno y la guerra no son buenos compañeros, así que se ha firmado un tratado. La reina me ha contado que su esposo planea regresar a las batallas de Francia el próximo año. Ahora, la corte se prepara para recibir al rey de vuelta a Inglaterra...

En la alcoba de la reina, mientras el día llegaba a su fin, María se volvió sobre el taburete. Había oído trompetas en la distancia. Se puso en pie de un salto. Un hilo de notas alegres, largas y cortas, se colaba suavemente a través de la puerta y cada vez se hacía más fuerte. Catalina se levantó de la silla y se colocó frente a la ventana. Bloqueando la luz, se alisó el vestido. Su rostro era bastante difícil de ver ante aquella luz algo brumosa pero, a contraluz, su cabello suelto se volvió de un rojo intenso. Ladeó un poco la cabeza y se rio, acariciándose el vientre hinchado.

—Mi hijo le da la bienvenida a su padre. —Catalina se apartó de la ventana—. Vayamos a la antecámara para reunirnos con mis damas de compañía. Esperaré allí al rey, mi esposo.

María abrió la puerta para ella y esperó a que se hubiera adentrado en la habitación contigua para seguirla. Las otras mujeres recorrían la habitación a toda prisa, recogiendo sus labores, sus libros y sus instrumentos musicales. A pesar del zumbido de aquellas mujeres emocionadas, oyó las pisadas de muchos pies acercándose antes de que una voz gritase:

—¡Abrid paso al rey! ¡Abrid paso a su majestad!

La voz juvenil del rey exclamó:

—Catalina. ¿Dónde está mi Catalina? —Las puertas se abrieron con estrépito y el rey, todavía vestido con la ropa de montar, entró seguido por todos sus caballeros. Todas las damas de la reina se arrodillaron. Con el pelo despeinado y la cara recién afeitada, el rey parecía un muchacho. En la mano derecha llevaba unas llaves enormes y con los ojos escudriñaba la habitación—¡Ahí estáis! ¡Mi reina! ¡Mi amor! ¡Mi Catalina!

Enrique se apresuró a acercarse a ella y se arrodilló a sus pies, ofreciéndole las llaves. Catalina las tomó mientras él le posaba las manos sobre el vientre. Con los ojos brillantes de emoción, alzó la vista hacia ella y sonrió.

—Os entrego las llaves de mis victorias, las llaves de las ciudades que he conquistado en Francia. Y vos, mi amor, me daréis a mi hijo.

María se removió sobre las rodillas. Se centró en las esterillas de cálamo que había en el suelo, intentando refrenar su furia. «Suena como si le exigiese un hijo. ¿Cómo se atreve a exigirle nada tras los últimos meses? Su esposa ha salvado el reino para él».

❋ ❋ ❋

Sobre la cama, Catalina volvió a gritar una vez más y se desplomó en brazos de María. Usando su cuerpo para que su amiga se apoyara, María miró a Alice y a Meg Pole. Alice se inclinó entre las piernas de la reina y extrajo a un niño diminuto, alzando los ojos llenos de pesar. Del cuerpo de la madre brotaba sangre sin parar.

—Nuestra reina se ha desmayado, mi señora —dijo la comadrona—. ¿Podríais masajearle el vientre para que salga la placenta, por favor? Eso cerrará el vientre y detendrá el sangrado.

Tras colocar a Catalina con cuidado sobre los almohadones con ayuda de Meg, María comenzó a masajear el vientre flácido de la reina. Para su alivio, la placenta salió enseguida, pero la sangre no se detuvo. Rezando, le masajeó con más fuerza. Intentó controlar el pánico y la desesperación cuando se dio cuenta de que el vientre no se le tensaba.

—Catalina, oh, hermana mía —le susurró en castellano con lágrimas surcándole las mejillas—, no os rindáis.

Había sido otro alumbramiento largo y duro que había resultado aún más difícil al saber que el niño llegaba varios meses antes. Catalina había estado de parto durante horas sabiendo que estaba dando a luz una promesa de muerte y no de vida.

Acunando al bebé con cariño, Alice miró a Meg Pole y al resto de mujeres que estaban presentes en la alcoba del parto.

—Está vivo, pero no sobrevivirá. —Bajó la vista hacia el niño—. Este bebé es diminuto, demasiado pequeño como para que alberguemos cualquier esperanza. Le bautizaré y lo mantendremos calentito, pero es lo único que podemos hacer. La pobre cosita ni siquiera ha intentado llorar.

—Roció al niño con agua bendita y lo bautizó rápidamente antes de entregarle el bebé envuelto a una de las damas de compañía—. Lleváoslo. —Sus ojos aprehensivos volvieron a centrarse en Catalina—. No quiero que esté aquí cuando ella despierte. Y os ruego que nadie le cuente que ha dado a luz a un niño vivo. ¿De qué serviría? El niño nos dejará pronto. Podremos contárselo más adelante, cuando esté más fuerte.

Libre del bebé, Alice regresó a la cama y le apoyó una mano en el hombro.

—Dejad que me encargue de esto yo, mi señora —le dijo—. Parecéis exhausta tras el día y la noche tan largas que todas hemos vivido.

Alice tomó el relevo, masajeando a la reina en el vientre con una determinación sombría. Ya la había visto así en otras ocasiones. Aquella mujer no dejaría que la reina muriese si podía hacer algo al respecto. Meg regresó a la cama con toallas limpias. Juntas, cambiaron las toallas llenas de sangre sin preocuparse por su propia vestimenta. En silencio, llevaron las prendas ensangrentadas hasta la cesta que había junto a la puerta y regresaron junto a la cama.

Luchando contra la falta de sueño, María se tambaleó y, por un momento, la figura de Alice se le volvió borrosa antes de ver cómo la comadrona se apartaba de Catalina con una sonrisa victoriosa.

—La hemorragia se está deteniendo, gracias a Dios —dijo la mujer. Sin embargo, después las miró, intranquila—. La reina ha perdido mucha sangre. Todavía no está fuera de peligro. Debemos rezar por ella.

Sintiéndose impotente, aferrándose los brazos, María miró a su amiga fijamente. «Está tan pálida... Bien podría estar muerta». Una vez más, se preguntó para qué estudiaba las artes curativas. En cuestiones de vida o muerte, parecía tan ignorante como todos los demás, sin ningún tipo de poder para salvarle la vida a la reina. Lo único que podía hacer era lo que Alice había dicho: rezar.

Demasiado cansada para protestar, permitió que Meg la tomase del brazo y la condujera a una de las sillas cercanas, que estaban junto al fuego que ardía con fuerza en el hogar.

—Sentaos antes de que os desmayéis también —le ordenó la mujer.

Sentada en el borde del asiento, María se inclinó hacia delante, sujetándose la cabeza entre las manos, ahogándose en el cansancio. Sintió cómo Meg le posaba una mano gentil sobre la cabeza, que todavía le daba vueltas. María contempló a su amiga, que estaba sentada en la otra silla, y la miró a los ojos; los tenía cansados.

—Culpo al rey —le dijo en voz baja. Su resentimiento supuraba con cada palabra—. La tensión de los últimos meses ha hecho que perdiera al niño. La tensión de mantener Inglaterra a salvo, así como la tensión desde que él regresó. ¿Cuántos banquetes había que organizar para celebrar sus insignificantes victorias? ¿Y por qué debía culparla a ella por las traiciones de su padre en Francia? ¿Cómo ha podido hacer eso?

Tras un fuerte chasquido, María se volvió hacia el fuego. En la chimenea, un tronco pequeño se partió y se deshizo entre las llamas. En su interior pudo escuchar al rey gritándole a Catalina sin importar que la habitación estuviese repleta de sus damas de compañía. «Mi señora, vuestro padre me ha traicionado». Como si ella hubiese sido la culpable, el rey le había enumerado todas las traiciones de su padre. No se había dado cuenta de lo pálida que estaba, del aspecto tan enfermizo que mostraba o de cómo había buscado una silla en la que sentarse, como si hubiera estado ciega.

Meg suspiró a su lado.

—Sed razonable, amiga mía. El rey estaba en su derecho de sentirse traicionado por el rey Fernando. Por desgracia, las esposas, sin importar cuál sea su rango, son siempre el receptáculo de la ira de sus esposos. En realidad, nuestra reina debería haber escuchado a Alice. Su majestad, el rey, la habría perdonado si le hubiera transmitido sus disculpas y se hubiese quedado a descansar en sus aposentos en lugar de participar en las fiestas nocturnas. Especialmente, si el resultado hubiese sido un príncipe fuerte con posibilidades de sobrevivir. Nuestra pobre reina es una buena mujer, no hay ninguna mejor, pero, a veces, es testaruda, y eso la conduce a la perdición.

María recordó las palabras de la reina Juana años atrás: «Incluso de niña defendíais a nuestro regio padre. Yo, por el contrario, dejé de confiar en él hace años. Chiquitina, hacedle caso a alguien que sabe de lo que habla: algún día, os romperá el corazón». Qué ciertas habían resultado ser aquellas palabras. El parto de Catalina había comenzado horas después de que el rey la azotase con la lengua por las traiciones de su padre.

Saboreando su propia amargura, María agarró el reposabrazos de la silla. «Odio a dos reyes. Sí, Catalina es testaruda, pero son los hombres a los que ama los que la conducen a la perdición». Miró a Meg.

—En esta ocasión, su terquedad era fruto del miedo. —Dejó escapar un suspiro—. ¿Sabíais que el rey tomó una amante nueva en Francia?

—Sí, lo he oído. ¿Y qué?

—Catalina también se enteró. Teme que si abandona a su marido con sus propios entretenimientos, él encuentre a otra.

Meg, que se quedó quieta, entrecerró los ojos un momento.

—Que se cansara asistiendo a las fiestas nocturnas no cambia nada. Mi regio primo siempre ansiará tener sus juguetes. —Se encogió de hombros—. Es un rey y hace lo que muchos reyes hacen. Tan solo desearía haber venido antes. Habría hablado con ella y habría intentado convencerla de que pensara primero en el bebé. En cuanto le dé un hijo, las mujeres del rey importarán bien poco.

—A ella le importan. Le ama, y desea que él la ame también. Cada vez que descubre que hay una mujer nueva, se le vuelve a romper el corazón.

Meg miró en dirección a la cama. Catalina se removió y Alice se acercó para tomarle la mano. Volviéndose hacia María, Meg se enjugó los ojos llorosos con la manga.

—¿Acaso no se le romperá el corazón cuando descubra lo que le ha pasado a este bebé?

María fijó los ojos en la cama. Se sentía convertida en piedra tanto por el miedo como por el cansancio y el peso de su falta de poder. «Me arrancaría el corazón si eso fuese a ayudar a Catalina. —Se frotó los ojos cansados—. A veces siento como si lo hubiera hecho, pero no ha servido de nada».

❈❈❈

Durante dos días, Catalina permaneció en cama, luchando por su vida y aferrándose a ella con tal debilidad que, en cualquier momento, el hilo podría haberse roto. Durante dos días, Alice y María trabajaron juntas para salvarla, probando todos los remedios fortalecedores que conocían: caldo de pollo, gachas o el vino especiado caliente que preparaba Alice y al que llamaba *caudle*.[55] María también rebuscó en sus libros cualquier otra cosa que pudieran probar, pero, al final,

---

55 N. de la Ed.: El *caudle* era una receta de vino caliente que los ingleses tomaron de los franceses del norte y que ya se conocía en tiempos de Roma: se componía de vino, miel y especias. Desde la Edad Media hasta la época Victoriana, se suministraba a los enfermos y a las recién paridas como reforzante.

se encontró con que lo que había extraído de los libros no tenía comparación con las habilidades de Alice como comadrona experimentada. En cuanto al hijo de la reina... Nadie pensaba en él como un niño vivo; tan solo estaban a la espera de que muriera. El rey ni siquiera le dio un nombre a su hijo.

La única bendición, por oscura que fuese, era que Catalina estaba demasiado débil y enferma como para saber que su hijo había nacido vivo. Estaba tan débil que ni siquiera fue necesario vendarle los pechos para evitar que se llenaran de leche.

Con el corazón dolorido, recordó las otras dos veces anteriores en que le había hecho lo mismo. Catalina, como reina que era, no amantaba a ninguno de sus hijos tras el parto. La única oportunidad que habría tenido de hacerlo habría sido con el niñito que había vivido dos meses. «¿Habría aliviado su dolor al perderlo haber recordado cómo lo amamantaba y cómo lo abrazaba, con el cuerpecito pegado a la piel y al corazón? —María suspiró—. ¿Seré yo lo bastante fuerte como para amamantar a mis propios hijos, si es que algún día recibo la bendición de quedarme embarazada, sabiendo cuántos bebés vienen al mundo solo para morir?». Se frotó los ojos húmedos, a punto de derrumbarse por completo.

Se quedó mirando a su amiga dormida y se le ocurrió que el amor es un acto de valor. Vivir es un acto de valor.

—No me abandonéis —susurró a su amiga a oído—. No me dejéis sola. Mi vida está con vos, siempre ha estado con vos.

Había perdido a Will. La idea de perder también a Catalina amenazaba con destrozarla como un barco que choca contra las rocas. Recordó a todos aquellos que la vida ya le había arrebatado a otros: el príncipe Juan, su padre y su madre. Sacudió la cabeza mientras escuchaba en su interior la voz de la Latina: «Vivir de verdad es amar. Amar incluso cuando con el amor llega el dolor de la pérdida». Su maestra estaba de luto cuando le había dicho aquellas palabras. Había perdido a su marido en la misma batalla en que ella perdió a su padre. Sacudió la cabeza un poco. «Pero yo jamás desearía no amar. Amar a alguien hace que esa persona se convierta en parte de tu ser para todo la vida, para toda la eternidad».

La tarde del segundo día, Catalina abrió los ojos y, débilmente, tomó la mano de María.

—Otro bebé muerto —susurró—. Tres bebés muertos.

Apretándole la mano con más fuerza, apartó la vista. El niño, que había vivido más tiempo del que había predicho Alice, había muerto apenas hacía un rato. Todavía no podía decírselo. Temía el día venidero en el que no le quedara más remedio que contárselo.

❁ ❁ ❁

Al fin llegó la primavera. Durante días, el invierno se había negado a soltarse. No solo había hecho mucho frío, sino que no había dejado de llover, así que todos se habían visto obligados a recluirse en el interior del palacio de Richmond. Cuando, al llegar un nuevo día, los cielos por fin se despejaron, María desayunó, agarró su manto y se apresuró a salir antes de que nadie tuviera la oportunidad de reclamarla a ella o a su tiempo a solas. Llevaba varios días rodeada de mujeres que discutían después de pasar tanto tiempo encerradas en las alcobas.

María anhelaba la paz del jardín y el ser capaz de pensar sin las interrupciones constantes de la vida de la corte. El servicio a la reina conllevaba un sacrificio considerable, eran muchas horas, tanto de día como de noche. La mayor parte del tiempo, se sentía agradecida por tener los días ocupados, pues la ayudaban a superar aquellos momentos en los que veía a Will pero no podía hablar con él a solas. Sin embargo, aquel día lamentaba que fuese así, pues todas las exigencias sobre su tiempo la agobiaban.

Mientras recorría el jardín privado, alzó la cabeza y se dio cuenta de que había tomado el camino que conducía a la iglesia del convento. Se detuvo y miró fijamente la pequeña edificación, que estaba a una corta distancia. «No quiero ir allí. Esta mañana ya he rezado suficiente». Decidió tomar el camino que conducía al huerto. Mientras se acercaba a aquel lugar, bien cuidado, oyó pasos suaves y risas y se detuvo.

La princesa María, la hermana del rey, corría entre los árboles, sujetándose las faldas para levantarlas y no tropezar. Llevaba el pelo suelto, que iba flotando tras ella como una nube dorada. Sonriente, la muchacha no dejaba de mirar por encima del hombro. Detrás de ella, no muy lejos, corría Charles Brandon, el nuevo duque de Suffolk y amigo cercano del rey, que tenía los ojos puestos en ella. Tenía las piernas largas y libres, así que pronto alcanzó a la muchacha. La atrapó entre sus brazos y la arrastró tras un albaricoquero muy frondoso. La risa de la princesa resonó como una campana, y todo se quedó en silencio.

Consciente de que el corazón le latía acelerado, María permaneció quieta y pensativa. No hacía mucho que la joven había celebrado su decimoctavo cumpleaños. La promesa infantil de su belleza ya era una realidad. En la corte la llamaban «la rosa de Inglaterra». «María no debería quedarse a solas con Brandon en el jardín. ¿Y Brandon? Tiene doce años más que ella o más. ¿En qué está pensando el muy bribón? ¿O es que no está pensando en absoluto?». Le gustaban las mujeres y a las mujeres les gustaba él. Una vez tras otra, se enzarzaba en otro coqueteo y, a veces, en algo más que eso. María había oído un rumor muy extendido que afirmaba que se había casado con una mujer y, después, se había casado con otra cuando todavía estaba casado con la primera. «Pero ¿tener un escarceo con una princesa que está soltera y a la que, desde la infancia, se ha propuesto como regia esposa para emperadores y reyes? El nuevo duque no puede estar en su sano juicio». Justo en aquel momento, el rey Enrique estaba negociando los esponsales de María con el rey de Francia.

Mirando en torno al jardín, se estremeció. Años atrás, el rey se había dirigido hacia ella en aquel mismo lugar. Aquel día había acabado con sus pequeños momentos de felicidad. «La belleza de una mujer puede ser una maldición, pues vuelve tontos a muchos hombres». Volvió a centrar su atención en el árbol, preocupada por el silencio continuado. Brandon, como uno de los amigos más íntimos del rey, debería ser más sensato. «María es joven; él, no tanto. Voy a cantar para que sepan que no están solos y, después, hablaré con Catalina sobre su joven cuñada». Se aclaró la garganta, escogió la primera canción que se le ocurrió y empezó a cantar:

Debo cantar de lo que preferiría no hacerlo.
Estoy muy enfadada con aquel de quien soy amiga,
pues le quiero más que a nada.

Vaciló en la última palabra, imaginándose el rostro de Will. Tragó saliva. «Le quiero más que a nada. Lo amaré hasta que me muera». A punto de llorar, buscó otra canción que cantar. La única que se le ocurrió fue una que le había oído cantar el día anterior a Will Skelton, que servía como bufón del rey.

Con un arrullo, como un niño,
dormís demasiado, ¡os han seducido!
«Mi amor, mi vida, mi margarita»,
dijo él. «Dejadme yacer en vuestro regazo».
«Quedaos quieto, mi amante,
quedaos quieto y dormid la siesta».
Le pesaba la cabeza, tal era su suerte.
Somnoliento, soñando, ahogado en sueños.
De su amor no se guardó.
Con un arrullo, como un niño.

María llegó al límite del huerto y salió del camino, pisando hojas secas de forma deliberada para hacer más ruido y así anunciar su llegada. Se detuvo cuando alcanzó la sombra del albaricoquero. Se oyó un murmullo de seda y luego el crujido de la tela. La princesa salió de detrás del árbol, alisándose el vestido. No se veía a Brandon por ninguna parte.

—Buenos días, princesa —le dijo—. ¿Habéis salido a disfrutar de la preciosa mañana como yo?

La muchacha se sonrojó y agachó la cabeza. Acercándose a ella, la miró echando chispas y le susurró de forma apresurada:

—Lo habéis visto, ¿verdad?

María la miró a los ojos culpables e iracundos. Tenía los labios rojos y un poco hinchados y se había vuelto a atar el corpiño de cualquier manera. Esperando tranquilizarla, le apoyó una mano en el hombro.

—Hablemos de esto dentro.

Caminó en silencio detrás de la chica. «Así que seré yo la que hable con la princesa María». Se tocó los mechones de pelo que se le habían escapado de una de las redecillas que solía llevar la mayoría de las mañanas. «Soy diez años mayor que ella. Es probable que piense que soy una señora mayor. Tal vez, en realidad, lo sea». Recordó el gesto de culpabilidad de la princesa y se tocó los labios. «Cuatro años. Han pasado cuatro años o más desde que Will me besó por última vez». A veces, lamentaba su incapacidad de entregarle el corazón o el cuerpo a cualquier otro hombre. El amor que sentía por él la había dejado congelada en la frustración de su virginidad.

Tomando el pasadizo secreto que solo conocían la familia real y sus asistentes más cercanos, la princesa siguió caminando hasta sus aposentos.

En Richmond, había bastantes guardias tanto en el interior como en el exterior, lo que implicaba que su puerta podía permanecer sin vigilancia. La abrió y se volvió hacia María.

—Será mejor que entréis. Estaremos solas. Les dije a mis sirvientes que deseaba que, esta mañana, no me molestaran y me dejaran a solas.

Aunque la ira había desaparecido de su rostro pálido, la aparente culpabilidad de la muchacha seguía ahí.

María cerró la puerta tras ellas y la princesa se dirigió hacia las ventanas y abrió las pesadas cortinas. La luz de la mañana se derramó hacia el interior, iluminando la figura esbelta y el cabello de la muchacha. Se dio la vuelta con el pelo rojizo y dorado flotando en torno a su cara como si fuera un fuego vivo. Se apartó las faldas de los pies resbaladizos y se acercó a toda prisa hasta la silla más cercana. Con un gesto de la mano, le señaló la silla que estaba enfrente.

—Venid, sentaos y hablemos con sinceridad.

Al sentarse, María se alisó el vestido y juntó las manos sobre el regazo. Contempló a la otra María, agradecida de haberla conocido el tiempo suficiente como para poder hablar con libertad.

—¿Me pedís la verdad, princesa? Creo que, si quien os hubiese visto hoy en el jardín no hubiese sido yo, sino cualquier otra persona, nos habríamos encontrado con un escándalo imposible de guardar en silencio. Princesa, ¿acaso no sabéis que estáis arriesgando vuestra buena reputación? Justo hoy, el rey, vuestro hermano, ha recibido a los embajadores franceses. Tiene la esperanza de veros convertida en reina de Francia.

La cara de la muchacha se tensó hasta parecer la de un pájaro.

—Yo no lo deseo. —Tragó saliva de forma visible y la tomó de la mano—. Amo a Charles. —Soltándole, se puso en pie. Las lágrimas le recorrían el rostro—. Siempre lo he amado.

María suspiró.

—Mi princesa, sentaos, os lo ruego, o yo también tendré que ponerme en pie.

Sentándose en el borde de la silla, la joven parecía lista para salir corriendo en cualquier momento.

—No deseo casarme con el rey francés. Es viejo. La piel se me eriza al pensar en él, y mucho más al pensar en que me toque. ¿Podéis culparme por organizar los encuentros con Charles por las mañanas? He paseado por los huertos de Richmond desde que era una niña, así que pensaba que, allí, estaríamos a salvo. Nunca he visto a nadie allí al amanecer. Al menos, no hasta esta mañana.

María le tocó la rodilla, sacudiendo la cabeza.

—Princesa, no podéis ni debéis asumir eso. Si no os han visto todavía, dad gracias por vuestra buena suerte. Si hay algo que he aprendido en los años de servicio a la reina es que es casi imposible guardar un secreto en la corte. Además, hay otro asunto: si de verdad amáis a Brandon, ¿habéis pensado en lo que le ocurriría si le descubrieran besándoos? Princesa, puede que sea el mejor amigo de vuestro hermano, pero si el rey se enterase en algún momento de que está jugando a juegos amorosos con vos, sería hombre muerto.

La joven la miró fijamente, con los ojos brillantes por las lágrimas sin derramar.

—¿De verdad?

María se inclinó hacia ella y le estrechó la mano.

—De verdad.

La muchacha se mordió el labio inferior y agachó la cabeza un instante antes de mirarla.

—He sido una tonta, ¿no es así?

María le soltó la mano. Por un instante, Will pareció estar frente a ella y todo el dolor y la pena la asaltaron de nuevo. Alzó la barbilla, pero ya no podía ver a la princesa con claridad. Las lágrimas hacían que aquello resultase imposible.

—El amor nos vuelve tontos a todos —dijo.

Capítulo 8

eses más tarde, María estaba sentada en el asiento de la ventana de la alcoba de Catalina, arrebujándose todavía más con las pieles. Con cada nuevo día, conforme se acercaba el invierno, el viento se volvía más frío. No solo sentía frío en el cuerpo, sino también en el corazón. Una vez más, la historia se repetía y una mujer joven lloraba mientras otra mayor que ella la consolaba. Cerca de donde estaba sentada, la princesa María se había arrodillado junto a Catalina y había apoyado la cabeza en su regazo. Le temblaban los hombros y agarraba y soltaba el vestido de la reina una y otra vez.

—Esto no puede seguir así —dijo Catalina—. Sois princesa de Inglaterra. Vuestro matrimonio es por el bien del país.

La muchacha alzó el rostro enrojecido y manchado. Se limpió la nariz con la manga.

—Jamás quisisteis que me casara con un francés; queríais que me casara con vuestro sobrino. Al menos, el príncipe Carlos es joven y no el anciano al que me ha vendido mi hermano.

Catalina suspiró.

—Si mi sobrino hubiera tenido dieciséis años en lugar de catorce, tal vez ya seríais su esposa. Por desgracia, han anulado el acuerdo matrimonial y Wolsey se ha salido con la suya. Creedme, si no hubiese sido para conseguir la paz entre Francia e Inglaterra, hubiera alzado más la voz en contra de este matrimonio frente a vuestro hermano.

—Como ya he dicho, me han vendido.

María hizo un mohín, recordando la primera boda de Catalina. «En aquel entonces, pensaba que la reina Isabel y el rey Fernando habían sacrificado a su hija en el altar del matrimonio. Sigo pensando lo mismo. Gracias a Dios que al menos tengo cierto poder de elección sobre mi vida».

Catalina le tocó el rostro a su cuñada.

—Mi dulce hermana, sois hija de la corona. Abandoné a mis padres con quince años. Al menos, vuestro hermano no ha buscado veros partir de Inglaterra hasta que no habéis sido una mujer adulta.

La princesa le apoyó la cabeza en la rodilla.

—No me siento como una mujer adulta.

La reina le acarició el cabello.

—Lo sé. Y también sé que os encamináis hacia un hombre que no es el que vos elegiríais.

Catalina alzó la cabeza y permaneció en silencio durante un buen rato. María se incorporó y pestañeó. Le pareció ver la sombra del príncipe Arturo, alto y ágil, como una voluta arrastrada por el tiempo. Cuando pestañeó de nuevo, tan solo vio a su amiga. Hacía tiempo que Arturo se había marchado, pero el recuerdo de su amor y su ternura todavía perduraba.

—Tal vez nos equivocamos al permitiros que os quedaseis con nosotros hasta que alcanzaseis los dieciocho años —dijo Catalina con voz suave—. Si nos hubierais dejado a los quince, tal vez no os habríais atado a Brandon.

La princesa se levantó a medias, mirando fijamente a la reina. Después, se volvió y le lanzó una mirada furiosa y acusatoria a María.

—¿Os lo ha contado María?

Pareció como si Enrique VII volviese a hablar, aunque aquellas palabras frías pero llenas de enfado surgieron de la boca de su hija. Catalina miró a María y alzó una ceja.

—¿Vos también lo sabíais, amiga mía?

María se encogió de hombros.

—Lo sabía, pero la princesa me prometió que no volvería a ver a Brandon en privado. Creí que el asunto estaba zanjado y no pensé que fuese necesario preocuparos; no cuando habéis estado tan enferma —añadió, lanzando una mirada al vientre hinchado de Catalina.

—Otra persona creyó necesario preocuparme. —María maldijo a aquella persona cuando la reina frunció los labios y se removió, como si estuviera incómoda. Ella, por nada del mundo la habría molestado, pero había demasiadas personas en la corte que encontraban placer en hablar de más—. La princesa no cumplió con su promesa —añadió la reina, volviéndose hacia su cuñada—. ¿No es así, María?

La muchacha se sonrojó.

—Tan solo he visto a Charles para hablarle de mi contrato matrimonial. Me reuní con él para despedirme.

—Creo que hicisteis algo más que despediros de él. Creo que hubo ataques de llanto y abrazos que habrían hecho que Cupido apartase la mirada avergonzado ante vuestra falta de decoro. Gracias a Dios, la persona que presenció tal despedida es alguien en quien podemos confiar para guardar silencio. Oh, hermana, cuando estéis en Francia, no podremos protegeros. Deberéis comportaros con gran precaución y ser prudente en todo momento. En Francia existe una larga y dolorosa tradición de deshacerse de las reinas a las que ya no quieren.

—¿Acaso importaría? De todos modos, mi vida ha llegado a su fin.

Catalina sacudió la mano de la muchacha.

—No, no es así. Miradme, María. —La joven alzó los ojos llenos de lágrimas hacia ella—. Os casáis con un anciano. No creo que tengáis que esperar demasiado antes de convertiros en viuda.

La princesa frunció los labios un instante.

—¿Viuda? ¿Decís la verdad?

La reina se recostó en la silla y sonrió con suavidad.

—¿Acaso os he mentido alguna vez, María? Creedme, tengo contacto con personas que conocen tales asuntos. Una de ellas me dijo que los médicos del rey francés le han desaconsejado este matrimonio. Me han dicho que el rey de Francia se está muriendo.

La princesa se sentó sobre los talones, mirando al infinito antes de hablar lentamente y en voz baja.

—Entonces, aunque cumpla con las órdenes de mi hermano, todavía puedo lograr lo que mi corazón desea.

Catalina frunció el ceño.

—¿Os referís a Brandon? No es probable que el rey esté de acuerdo en emparejar a su hermana con un hombre que no es más que un súbdito de la corona. Puede que Brandon sea el mejor amigo de mi esposo, pero no está a la altura de vuestra sangre real. Os recomiendo que os quitéis esa idea de la cabeza, María.

—Pero, hermana, aun así, puedo casarme con Charles. Me casaré con el rey de Francia, pero, antes de partir, acudiré a mi hermano y lloraré sin parar hasta que me prometa que podré escoger a mi próximo esposo.

Catalina volvió a acomodarse.

—A mi esposo no le gusta que las mujeres de su familia lloren. Además, os ama. Si lloráis, os dará su palabra. —Se acarició el rostro, pensativa—. Pero debéis daros cuenta de que conseguir que la mantenga es algo totalmente diferente.

«¿Mantener su palabra? —María se mordió el labio inferior—. ¿Y qué hay de las palabras que le han dado a él, o de las palabras a medias? Dios mío, ¿por qué me he acordado de eso? Quitáoslo de la cabeza. Pasó hace mucho tiempo. Por lo que he oído, le gustan las mujeres jóvenes, tan jóvenes como su hermana, y yo ya no lo soy».

❀ ❀ ❀

Aquella misma tarde, María le escribió a la Latina mientras Catalina, que estaba sentada, leía con aire sombrío un mensaje de Margarita de Austria escrito en clave.

—Escuchad —dijo Catalina—. La princesa María no es la única que no está contenta con sus próximas nupcias. Margot me escribe que nuestro sobrino Carlos también está angustiado y enfadado. —Alzó la vista del pergamino—. No es de extrañar. Mi sobrino ha considerado a María su prometida desde que era un niño de nueve años y se refería a ella como su esposa, del mismo modo que nosotros la llamábamos «princesa de Castilla». Carlos culpa a sus consejeros de la ruptura del compromiso. Año tras año, fue su consejo el que evitó que María viajase hasta su corte. —Mientras leía la carta de nuevo, se rio con amargura—. Margarita escribe que Carlos pagó oro para que le llevasen un halcón sin entrenar a la reunión de su consejo. Se quedó allí sentado, desplumándolo frente a sus consejeros y, cuando le preguntaron qué estaba haciendo, les dijo: «Como el pájaro es joven, no se le tiene muy en cuenta, y como es joven, no chilla cuando le arranco las plumas. Eso es lo que habéis hecho conmigo. Soy joven, me habéis desplumado a vuestro antojo y sé cómo debo quejarme. Tened en mente que, en el futuro, os desplumaré». —La luz del día desapareció de la estancia. Catalina se frotó la cabeza y dejó la carta sobre la mesa—. Margarita también expresa su infelicidad. Dice que romper los esponsales es una penitencia demasiado grande por la ofensa de que ellos hayan retrasado el matrimonio una vez más. Yo también soy infeliz, pero ¿qué podemos hacer? Al final, la decisión debe proceder del rey.

❀ ❀ ❀

Pasó otra semana. Fue una semana de lluvia en la que parecía que incluso el propio cielo lloraba el matrimonio de la princesa María con el rey francés. La corte se reunió en Greenwich para la ceremonia. María se detuvo en lo alto de las escaleras de caracol, recuperando el aliento tras haber subido hasta el enorme salón de recepciones. «Verdaderamente, me estoy haciendo mayor». Se soltó el vestido y se sacudió las faldas mientras contemplaba cómo el rey, la reina y la princesa María atravesaban las puertas abiertas. Los hombres, ricamente vestidos, se arremolinaban en la estancia, el oro centelleaba y brillaba, y las sedas resplandecían cada vez que uno de aquellos hombres cambiaba de posición.

Al entrar en el salón, miró a su alrededor. Cerca, el duque de Buckingham hablaba sin sonreír con el duque francés. Edward Stafford detestaba a los franceses y pocas veces se molestaba en ocultarlo, pero, a pesar de su mirada fría, aquel día parecía bastante civilizado. Sus ropajes de tela dorada competían con el jubón dorado y la blusa de satén color ceniza del rey y parecían fundirse con el tapiz de Arrás dorado que cubría la pared que había tras él. La elaborada cadena de oro que le colgaba baja del cuello era claramente mucho más pesada que la que llevaban la mayoría de los nobles. Sin embargo, el collar del rey era todavía más pesado y sus ropajes, al igual que los de la reina, estaban bordados con muchas joyas. De pie junto a los embajadores franceses, estaba el duque de Longueille, que también llevaba un collar de oro que le había regalado recientemente el rey. Los eslabones de oro destacaban sobre el satén a cuadros púrpura que le envolvía el torso. El resto de sus vestimentas eran de tela dorada. «Tal vez tendría que haber tenido más cuidado con la elección de mi vestido». Se había asegurado de que todo se hacía a la perfección con respecto al vestido de la reina, pero se había olvidado del suyo propio. Acarició la falda de seda roja. «No importa; este es uno de mis mejores vestidos».

Catalina miró al duque francés y su rostro, infeliz y rígido, casi pareció feo. Aquel hombre había hecho las veces de intermediario en aquel matrimonio, negociando la paz entre Francia e Inglaterra. La paz no era algo que ella deseara, ya que cortaba los lazos entre Inglaterra y Castilla. Aquel día, nada dejaba más claro ese asunto que la ausencia del embajador español.

La princesa María llegó junto al duque de Longueille, que representaba a Luis de Francia. La muchacha ocultaba bien sus verdaderos pensamientos con respecto a aquel emparejamiento. Ataviada con un vestido de satén púrpura, unas enaguas del mismo satén ceniciento que los ropajes de su hermano y su cuñada, y con un tocado de tela dorada como el de la reina, la princesa María resplandecía con belleza y juventud, atrayendo todas las miradas hacia ella. El arzobispo de Canterbury dio un sermón en latín, señalándoles a todos que se habían reunido aquel día para presenciar el casamiento de la princesa María con el rey francés. A continuación, uno de los embajadores franceses habló en nombre de su rey, aceptando el casamiento. Entonces, el duque de Longueille tomó la mano de la muchacha y le colocó un anillo en el dedo.

María tragó saliva. Recordó a la joven corriendo frente a Brandon, la alegría que había iluminado su rostro cuando este la había atrapado entre sus brazos y lo despreocupada que había sonado su risa procedente de detrás de un árbol. Apenas unas semanas antes, la princesa había llorado sobre las rodillas de Catalina. «Me han vendido», había dicho. «Así que ya está hecho, María Tudor será coronada reina de Francia».

Horas más tarde, sintiéndose llena tras haber comido demasiado, María se apartó de la mesa y dio un sorbo a su vino aguado, contemplando a los hombres y mujeres que bailaban cerca. En el estrado real, el rey y la reina también contemplaban a los bailarines. Por el contrario, la princesa María, que amaba bailar, estaba sentada con la mirada gacha y dándole vueltas a la comida en el plato.

María volvió la vista hacia los bailarines mientras daba golpecitos con el pie al ritmo de la música. Desde que había terminado su relación con Will, casi nunca bailaba. Llevaba meses sin verle en la corte. Había oído que permanecía en su finca a causa de su esposa. «Tal vez esté embarazada al fin». Esperaba que fuese así por el bien de Will, pues quería que tuviese descendencia, a pesar de que los hijos no fueran suyos.

La música ya no hacía que moviera los pies, así que dio un trago de su copa, contenta de que la dejaran tranquila, contenta de observar a los demás disfrutando mientras ella esperaba para acompañar a la reina de vuelta a sus aposentos. Estuvo a punto de atragantarse con la bebida cuando vio que Charles Brandon, el duque de Suffolk, se acercaba a ella. Llegó hasta la mesa, le sonrió de forma encantadora y le tendió una mano.

—Lady María, venid, bailad conmigo.

María miró al duque a aquellos ojos de color azul oscuro. Miró en torno a la estancia y, después, volvió a mirarlo a él, sorprendida y confundida por sus atenciones. Él volvió a sonreírle.

—Me niego a permitir que me digáis que no. Una mujer hermosa, una de las más hermosas que haya adornado la corte del rey, debería bailar al menos una vez en una noche como esta.

Entrecerrando los ojos, preguntándose cuáles eran los motivos para sus atenciones, María se encogió de hombros, se levantó de la mesa y se acercó a él. Tomándole de la mano, caminó a su lado hasta la pista de baile y se unieron a los demás bailarines.

Cuando, al bailar, entrelazaron las manos y giraron lentamente el uno en torno al otro, María le preguntó:

—Mi señor duque, ¿me equivoco al pensar que bailáis conmigo con algún propósito?

Charles Brandon lanzó una mirada al estrado real y, después, volvió a mirarla. Se acercó más a ella y le susurró al oído.

—Aquella mañana, en los jardines, nos visteis. Sin embargo, habéis guardado silencio. ¿Puedo preguntaros por qué?

La música cambió de ritmo y se separaron el uno del otro. Sujetó la mano que le tendía el duque y dibujaron un medio círculo hacia un lado y después hacia el contrario. Una vez más, se acercaron el uno al otro. Ella se volvió hacia él y le habló:

—No vi ningún motivo para no guardar silencio. Amo a la princesa. Se dio cuenta de que tan solo le estaba diciendo la verdad cuando le dije que reunirse con vos pondría en peligro vuestra vida y destrozaría su buena reputación.

Manteniendo la mano unida a la de él, se separaron mientras dibujaban otro medio círculo al ritmo de la música y volvieron a acercarse. Saliendo del círculo más pequeño de la danza, él agachó la cabeza y el cabello negro como el carbón que llevaba cortado a la altura de los hombros rozó el rostro de María. El hombre acababa de cumplir treinta años. Ya tenía la barba negra y espesa moteada por algunas canas, pero los signos de la edad no concordaban con su piel clara y perfecta y sus ojos brillantes, que pertenecían a un hombre joven en la flor de la vida. Sin embargo, siempre había sido uno de los hombres más apuestos de la corte y los toques grisáceos no hacían más que aumentar su atractivo.

—Creedme, yo le dije lo mismo, pero se negó a escucharme. Jamás pretendí que la princesa se enamorara de mí o que yo me enamorara de ella, pero acabó ganándome por cansancio. Ha costado tres años y, ahora, mi corazón le pertenece a la criatura más hermosa que jamás haya adornado esta corte o, es más, en mi opinión, el mundo entero. Ahora, mi dulce dama está casada con otro.

El ritmo de la música aumentó hasta llegar a su conclusión. María le hizo una reverencia al duque y él inclinó la cabeza ante ella. La tomó de la mano y la acompañó de vuelta a su mesa. Mientras regresaba a su asiento, cuando él se volvió para dirigirse a su propia mesa, ella le tocó el brazo. Él la miró como preguntándose algo.

—¿Acaso esperabais otra cosa, mi señor duque? —le preguntó en voz baja.

Él se encogió de hombros.

—Claro que no.

El hombre contempló el estrado real. Como si hubiera sentido su mirada fija en ella, la princesa María miró en su dirección. Con el rostro pálido y calmado, tomó su copa y bebió. Cuando el duque de Longueille, que estaba sentado a su lado, le habló, ella alzó la cabeza, sonrió de forma resplandeciente y le otorgó toda su atención.

María reconoció aquella sonrisa, pues la había visto desde que había conocido a la princesa cuando solo era una niña de cinco años. El duque de Longueille no se daría cuenta de que era una sonrisa falsa. Los ojos agonizantes de Charles Brandon le indicaban que él, al igual que ella, sabía que la sonrisa de la joven no denotaba nada aquel día. La princesa no era más que una actriz de una pantomima que interpretaba su papel.

Con los hombros caídos, Suffolk se acercó a María.

—Si sirve de ayuda, os ruego que le digáis a la princesa que mi corazón es suyo para siempre.

Se inclinó ante ella y regresó a su mesa dando grandes zancadas.

María volvió a mirar a la princesa Tudor. El duque de Longueille no parecía reconocer su alegría frágil. Claramente, lo había cautivado. Tal vez el corazón de la joven se estuviese rompiendo, pero nadie lo sospecharía salvo aquellos que la conocían íntimamente. Mantenía la cabeza bien alta, tal como hacía Catalina, que estaba sentada cerca de ella. La princesa se enfrentaba a su futuro con valentía y nobleza.

María pasó los ojos al rostro pálido de la reina y la observó con mayor atención. La postura rígida y la forma en que se agarraba las manos indicaban que estaba preocupada. A su lado, el asiento del rey estaba vacío. María buscó a su alrededor. Al fondo de la estancia, donde la luz de las velas empezaba a debilitarse, lo vio hablando con Bessie Blount. Era una muchacha hermosa de dieciséis años y nueva en la corte. Enrique la tomó del brazo y la llevó hacia el pasillo oscuro. Pronto, se perdieron de vista.

«La muchacha tiene siete años menos que el rey y doce menos que Catalina. Esta noche, la reina parece lo bastante mayor como para ser su madre».

Un movimiento repentino en el otro extremo del salón captó su atención. En las sombras, fray Diego hablaba seriamente con una mujer joven y hermosa que parecía angustiada. Cuando ella le tiró de la manga y le acercó el rostro, él miró preocupado en dirección a la reina. Le dijo algo a la mujer y, juntos, abandonaron el salón. Varios segundos después, el embajador español les siguió.

María le dio un trago al vino, incapaz de calmar los nervios. «La reina está muy acostumbrada a las infidelidades del rey, pero ¿y si fray Diego también tiene una amante?». Tragó otro sorbo de vino, temiendo lo que eso podría significar para su amiga.

CAPÍTULO 9

Escrito el primer día de febrero de 1515 en Richmond.

Mi querida doña Latina:

Sin duda, habrá llegado a vuestros oídos el escándalo de María Tudor. Fue hace solo cinco meses cuando la coronaron reina de Francia. Dicen que el rey Luis la adoraba y que no le negó nada en los pocos meses que duró su matrimonio. Dicen que María lo llevó bailando hasta la tumba.

El rey Enrique deseaba que su hermana volviese a contraer matrimonio con la realeza una vez que hubiese acabado el luto. Sin embargo, después de que Suffolk le prometiera que recordaría que, en primer lugar, servía a Inglaterra, el rey envió al duque para que la trajera de vuelta a casa. Puede que Suffolk hubiera hecho la promesa de forma sincera, pero el rey se olvidó de su hermana, a la que no le costó demasiado persuadir al duque para que se casara con ella.

Regresaron a casa y se encontraron con que el rey estaba enojado; enfadado ya por otros motivos; un rey furioso con la vida y demasiado dispuesto a desquitarse con su esposa.

entada lo más cerca posible del fuego, que ardía perezoso, dejó la pluma. «¿Debería contarle a la Latina cómo trató el rey a fray Diego? El sacerdote ya va de camino a Castilla. Se enterará de las nuevas antes de que le llegue mi carta».

Dado que ya no veía bien las palabras que había en el pergamino, acercó la silla a la chimenea y se encogió de un susto cuando un fuerte chasquido procedente del fuego interrumpió el silencio. Para calmarse, encendió las velas de la habitación, reconfortada por el olor a cera de abeja, que le recordaba a su niñez y a tiempos con menos preocupaciones.

Se frotó el vientre. Cada momento que pasaba aumentaba el dolor que parecía estar haciéndole un agujero en las entrañas. Inspiró y espiró lentamente y se acomodó, posando los ojos en la puerta del oratorio. El dormitorio estaba muy tranquilo; demasiado tranquilo. Al principio, había oído sonidos procedentes del oratorio de Catalina (palabras de oración, movimientos agitados y llantos), pero, en aquel momento, se daba cuenta de que todo estaba en silencio. La reina le había dicho que no quería que la molestaran, pero ya habían pasado más de dos horas. Desde que la luz de la tarde había comenzado a menguar, le había costado contenerse para no desobedecer sus órdenes. El silencio la asustaba. Se acordaba de las hermanas de Catalina, Juana e Isabel, así como de su abuela. Todas ellas destrozadas por la vida hasta que se habían vuelto locas.

Como si la hubiera obligado a salir, al fin la reina surgió del oratorio envejecida, frágil y derrotada. El vientre ya se le estaba empezando a hinchar con un nuevo embarazo. Otro más. Catalina había perdido otro hijo poco después de la boda de María Tudor con el rey francés. A diferencia del anterior, que había nacido demasiado pronto, aquel bebé, que debería haber sobrevivido, había llegado al mundo sin respirar. Otro hijo del invierno que había nacido muerto. Lo habían amortajado y se lo habían llevado antes de que su pobre madre lo pudiera ver. Pocos en la corte creían que Catalina fuese capaz de dar a luz a un hijo vivo. Sin embargo, el rey había regresado a su lecho tan pronto como la Iglesia le había dado permiso. No había tardado demasiado en tener esperanza de darle al rey el hijo que tanto deseaba.

Su amiga volvió a sentarse lentamente en una silla. «Decidle algo. Sonreídle. Hacedle saber que no está sola. Consoladla». Sin embargo, le costaba encontrar las palabras adecuadas.

La reina se inclinó hacia delante, sujetándose la frente con la mano.

—Decidme, ¿creéis que es cierto?

María se encogió de hombros, sintiéndose casi agradecida ante aquella pregunta que volvió a soltarle la lengua.

—¿Y qué pasa? No sería el primer sacerdote que quebranta sus votos. —Tomó la mano libre de la reina—. Os tomáis esto muy a pecho, hermana.

Catalina la miró fijamente.

—¿Que me lo tomo muy a pecho? Ha sido mi confesor durante siete años. Nunca pensé que traicionaría a su Dios y, mucho menos, a mí.

Inquieta ante el hecho de que se tomase como algo personal las malas acciones del clérigo, le estrechó la mano todavía más fuerte.

—Debemos tener piedad. Puede que haya tomado una amante, pero eso no significa que os sea menos leal. Hermana mía, mientras estaba aquí sentada, esperándoos, he tenido tiempo de pensar. Hace tiempo, malinterpreté a vuestro confesor, pero eso se acabó. Fray Diego os ha ofrecido su lealtad durante siete años. Cuando se trata de vos, creo que sacrificaría muchas cosas. Ahora, el rey le ordena que regrese a casa. Hay algo que no me huele bien.

Catalina alzó la cabeza.

—Hablad con claridad.

María juntó las puntas de los dedos, dándose golpecitos suaves.

—No es más que una sospecha —dijo lentamente—, pero no puedo evitar preguntarme si la perdición de fray Diego se debe a que otros hayan colocado la tentación adecuada en su camino. Me parece extraño que un hombre que ha conseguido mantenerse fiel a sus votos durante dos años en una casa donde casi todas somos mujeres, algunas de ellas jóvenes que a menudo sufren de palidez,[56] pues no están casadas, cambie ahora sin que no haya algo más detrás. Creo que el embajador de vuestro padre tiene algo que ver con todo esto.

—¿El embajador de mi padre?

María asintió.

—Ese hombre odia a fray Diego. Hace tiempo que está resentido por todas las veces que tan solo pudo veros después de haber hablado con él. El embajador ha dispuesto de varios años para espiar a vuestro confesor. Creo que, al fin, averiguó qué era lo que podría hacer que fray Diego rompiese sus votos. —Suspiró y juntó las manos en el regazo—. Ninguno de nosotros es infalible, Catalina. Pecamos porque somos humanos.

---

56 N. de la Ed.: En el original, «*green sickness*». Se trataba de un tipo de anemia hipocondríaca que provoca la falta de pigmentación de los glóbulos rojos, lo que hace que, quienes la padecen, tengan la tez muy pálida. La causa la falta de hierro, pero hasta el siglo XVII se creía que la padecían las doncellas vírgenes o las mujeres presas de la histeria.

Agachando la cabeza, pensó en todas las ocasiones en las que no le había sido leal a la reina. No por voluntad propia, sino porque la vida le había obligado.

Su amiga se frotó la mejilla.

—Puede que tengáis razón con respecto al arrogante embajador de mi padre. Así que, rezaré a Dios para que me ayude a perdonar a fray Diego por el pesar que me ha causado con este escándalo y también para que perdone a un hombre al que detesto. —Respiró hondo—. No soy una santa. Perdonar la traición parece ser la batalla propia de mi vida.

—¿Quién desea que seáis una santa? ¡Yo no! Pero, si mi suposición es cierta, entonces, el embajador os ha traicionado, mi reina. Esa es una traición que no estoy dispuesta a perdonar.

Catalina sonrió, cansada.

—Os he dicho esto muchas veces antes, pero dejadme que lo repita: me alegro de que hayáis permanecido a mi lado a lo largo de los años. —Soltó un suspiro. Durante un buen rato, permaneció sentada, en silencio, antes de dedicarle otra sonrisa débil—. Aunque también me haría mucho más feliz veros casada.

«Oh, ¿por qué habla ahora de ese asunto?». María se giró hacia el fuego. Con la vista borrosa por las lágrimas, las llamas y las brasas rojas que se desmoronaban parecieron convertirse en imágenes de Will. Muchas noches él entraba en sus sueños, unos sueños en los que se amaban con la pasión que tanto se habían esforzado por resistir durante años. Aquellas eran noches en las que se despertaba sola, con el cuerpo encendido, frustrada por el deseo insatisfecho y odiando aquella virginidad prolongada y desesperante. Dando vueltas en la cama vacía, incapaz de dormir, pasaba horas pensando en todas las oportunidades perdidas que ahora lamentaba. Pensaba en las veces en las que el corazón le había dicho que podía atravesar su determinación de seguir siendo un hombre honorable que no quería degradar a la mujer a la que amaba al convertirla en su amante. Como si él la hubiera podido degradar de ese modo. Desde que se había separado de él, los años de soledad tan solo le habían hecho desear haberle obligado a dejar de lado el honor. María sacudió la cabeza. «Siempre temí perder su respeto. O, lo que es peor, que hubiese empezado a odiarme porque yo era el motivo por el que ya no podía respetarse a sí mismo».

Ahora, con veintinueve años, aquel miedo parecía una tontería. Encamarse con Will hubiera sido un pecado ínfimo. ¿O acaso ahora veía las cosas de un modo diferente? Había vivido media vida como una niña y, como mujer adulta, seguía viviendo una vida similar. Pero los años habían traído consigo una lucha continua contra la amargura y la envidia. Le pesaban hasta el punto de parecer el mayor de los pecados.

—Antes de que nos marchásemos de Castilla, me prometisteis que tendría elección con respecto a mi esposo. —María se miró las manos entrelazadas. Quería tener hijos, pero el gran obstáculo para ello era que deseaba los hijos de Will. La idea de casarse con otro hombre la dejaba fría. Se encogió de hombros y miró a Catalina—. No hay ningún hombre con el que desee casarme.

Catalina sacudió la cabeza.

—Eso no es cierto, hermana. Sí hay un hombre: todavía amáis al barón.

María agachó la cabeza.

—No puedo evitar seguir amando a Will. —Intentó sonreír—. Desde que María regresó de Francia como la esposa de Charles Brandon, he pensado mucho en los matrimonios concertados en los que no se piensa si él y ella son adecuados el uno para el otro. María es una de las pocas mujeres que conozco que se haya casado con alguien a quien ya le hubiese entregado el corazón. A ella no le importa que ambos vayan a estar en deuda con el rey durante mucho tiempo por haberse atrevido a casarse sin su permiso. Sencillamente, es feliz. Si no puedo conseguir ese tipo de felicidad, entonces prefiero no casarme.

Catalina apartó la mirada.

—La felicidad puede llegar después de los votos matrimoniales —dijo lentamente.

Mientras tomaba la mano de su amiga, fue consciente de que Catalina no estaba hablando de su matrimonio con el rey Enrique. Desde su primera infidelidad, el rey le había sido infiel con otras mujeres, la mayoría sin alcurnia. Era discreto, siempre lo era; pero los rumores de la corte afirmaban que las visitas frecuentes del rey al priorato de Jericó, además de por el bien de su alma, se debían a otros motivos. Siempre había alguien entre las damas de compañía de la reina que le hablaba a Catalina de sus últimas conquistas. Aun así, al rey se le daba bien interpretar su papel, y a la reina también. Se pensaba que el suyo era un matrimonio bien avenido y, la mayor parte del tiempo, lo era. Sin embargo, el marido que habría hecho verdaderamente feliz a Catalina no era Enrique VIII.

María estrechó aún más la mano de Catalina.

—Si no puedo casarme con el hombre al que amo, me contento con permanecer con vos, hermana mía, pues también os amo.

✿✿✿

—«El primero de mayo, cuando la alondra empieza a salir...» —cantaba el rey.

«Al rey se le da bien actuar». A un tiro de piedra de donde estaba, pero oculta a la vista, María reposaba sobre su mantón en un cenador aislado en el parque cercano al palacio de Greenwich. «Interpreta el papel del buen esposo. Seguro que esto significa que siente aprecio por Catalina, ¿no?». En su soledad autoimpuesta, le dio un sorbo al vino y dio un bocado al muslo de pollo.

—«Tralará lará, cantad, tralará lará, mi amor al bosque verde irá» —cantaba el rey en aquel momento.

Catalina llevaba semanas lamentando haber perdido a su confesor y que este hubiera vuelto a Castilla. «¿Acaso es de extrañar que el rey organice un día de jolgorio para su esposa y la corte?». La reina no había sido consciente de que su salida del palacio de Greenwich iba a ser interrumpida por Robin Hood, la dama Marian y el fraile Tuck o de que iba a haber un banquete preparado para su disfrute en el parque, en un cenador enorme cubierto de alfombras y cojines dispersos sobre los que sentarse. No había tenido más remedio que poner buena cara por su esposo, especialmente cuando la jornada estaba siendo presenciada por embajadores extranjeros. «Sí, al rey se le da bien interpretar su papel, pero a la reina también».

Tras el banquete, cuando la cabeza había empezado a palpitarle, María se había apoderado de uno de los cenadores más pequeños, que se habían preparado para quienes deseasen privacidad. Tras pasar un rato ella sola, no le sorprendió ver que Catalina se acercaba. Se puso de pie e hizo una reverencia. La reina le hizo un gesto.

—Sentaos, os lo ruego. Les he dicho a los demás que iba a unirme a vos un rato.

María volvió a sentarse, preguntándose qué era lo que había hecho que Catalina le hablase en su lengua materna.

—Una excursión muy agradable, ¿no os parece? —le preguntó su amiga mientras se sentaba a su lado.

—Sí, muy agradable.

Al oír la voz del rey, María apartó algunos arbustos para poder mirar. Dándoles la espalda, el monarca se encontraba con el embajador veneciano. Aparentemente, ambos estaban admirando uno de los cenadores, que estaba repleto de pájaros cantores de todo tipo. La organización de todo aquello debía de haber costado varios días de preparación. Incluso habían embellecido los árboles al colgar de ellos innumerables hojas de espino bordadas.

Tomás Moro se separó del resto de cortesanos y comenzó a caminar hacia ellas. María se echó hacia atrás y soltó los arbustos, pero, aun así, él las vio, se acercó y se inclinó ante la reina. Catalina se rio.

—Habéis descubierto mi escondite, Tom. —Miró a María—. Aunque debería decir «nuestro», pues fue mi buena amiga la que lo encontró. ¿Os gustaría uniros a nosotras?

Moro volvió a inclinarse ante ella.

—No se me ocurre un placer mayor.

Viendo cómo dejaba su capa en el suelo y se sentaba, María deseó que nadie más fuera a buscarlas. Suspiró. «El tiempo que Catalina pueda pasar conmigo será corto en cuanto al rey se dé cuenta de su ausencia».

—¿Estáis escribiendo algo nuevo, Tom? —le preguntó la reina.

Él se rio.

—Siempre estoy garabateando algo nuevo.

—¿No queréis hablar de ello?

—Me niego a agotar a mi reina con diatribas sobre mis trabajos incompletos en un día tan agradable como este. Si lo hiciera, me arriesgaría a que mi mujer me regañara.

Catalina sonrió.

—¿Vuestra mujer os regaña?

—Sí. Piensa que, a veces, no soy más que un tonto. —Volvió a reírse—. Y si es lo que piensa, lo dice. Sin embargo, también se asegura de que tengamos un buen hogar, tranquilo, y le doy las gracias por ello. Es lo que más necesito para la salud de mi alma.

—He hablado con Alice en los años que han pasado desde que os casasteis. Me encanta cómo siempre dice lo que piensa y lo mucho que os ama, Tom. —Catalina se volvió para apartar algunos arbustos y suspiró—. Ojalá pudiera quedarme más tiempo, pero yo también amo a mi esposo. Es hora de regresar con él. Os deseo buenos días. Por favor, mandadle mis saludos a vuestra esposa y decidle que espero poder verla pronto. María, si habéis disfrutado de bastante soledad por hoy, ¿tal vez podáis regresar pronto? Me siento sola sin vos.

—Regresaré enseguida, mi reina.

María observó a Catalina marcharse, consciente del silencio de Tomás Moro. Al fin, él le dijo:

—¿No deseáis regresar?

María le miró a los ojos, que mostraban curiosidad.

—Siempre desearé regresar con mi reina. Me conoce bien y entiende mi necesidad de alejarme de la gente en algunas ocasiones. Hoy ha sido una de esas ocasiones. Tanta cháchara ha hecho que me duela la cabeza.

Moro asintió y miró en dirección al tumulto de cortesanos. La música, las risas y los hombres y mujeres conversando acababan con cualquier ocasión de disfrutar de un momento de silencio.

—Sí, la corte no es un lugar para la paz o para la salud del alma.

Una voz con acento extranejro pronunció su nombre y el de Tomás Moro. El maestro Erasmo se acercó a ellos tambaleándose. Moro ayudó a María a levantarse del suelo y ambos saludaron al anciano fuera del cenador. Apoyado sobre un bastón, Erasmo se inclinó ante su mano antes de besarla con deleite. María tuvo que reprimirse para no limpiarse la boca y quitarse el sabor a hojas de menta y ajo. Sin embargo, el hombre le caía bien y siempre se alegraba de hablar con él.

—¡Qué hábito de los ingleses tan delicioso! ¡Nunca me canso de él! —dijo el anciano hablando en un francés rápido y con los ojos rodeados por las arrugas provocadas por la risa.

María se rio, contestándole en la misma lengua.

—Os recuerdo durante el primer año de reinado del rey. Ibais en busca de todas las muchachas solteras.

—Saludar con un beso es una buena costumbre de Inglaterra. Pero, más allá de eso, los ingleses tienen mucho que compensar por su clima y por otros malos hábitos.

—¿Eso creéis, viejo amigo? —preguntó Tomás Moro con una carcajada.

María miró a Moro y, después, otra vez a Erasmo.

—¿A qué os referís, maestro?

—Estoy seguro de que lo sabéis. —El hombre cambió de postura como si sintiera dolor—. No hablo de la casa de nuestro amigo aquí presente.

Visitar su casa es una delicia. Sin embargo, hay ingleses que tiran sobre los suelos de arcilla cosas asquerosas. Las esterillas de cálamo ocultan huesos, escupitajos, excrementos de perros y gatos y cualquier cosa bajo el cielo que nos haría vomitar. —Arrugó el rostro, asqueado.

María sonrió y soltó una carcajada.

—Antes, otros compartían esos hábitos. Recuerdo mis primeros días en la corte del padre del rey. El comportamiento de la nobleza inglesa me sorprendía de continuo. Pero hace tiempo que la reina puso fin a ese tipo de conducta en la corte.

—Sí, las condiciones en la corte han mejorado mucho desde la época del antiguo rey. Pero, para mi consternación, he descubierto que muchos otros lugares siguen exactamente igual que cuando llegué por primera vez a Inglaterra, cuando el rey Enrique no era más que un niño y todavía era un príncipe que vivía en el palacio de Eltham.

—¿Lo conocisteis entonces?

—Tenía la esperanza de lograr el patrocinio del antiguo rey, lo cual es todavía una pauta común en mi vida. Deseaba darme a conocer a la reina Isabel. Tomás, vos debéis de recordar aquel día.

—Sí; fuimos caminando juntos desde mi casa hasta el palacio de Eltham. El príncipe Enrique, que es como se le conocía entonces, estaba con su madre. Qué mujer tan hermosa.

—Muy hermosa y, además, era una buena mujer. —María suspiró—. Nuestras vidas fueron a peor tras su muerte.

—¿Recordáis que era más alta que la mayoría de los hombres y que estaba a la misma altura que su propio esposo? —preguntó Erasmo.

—Sí, era alta, pero encajaba con ella —dijo María—. Decidme, ¿cómo era el rey cuando era un niño? Le vi en un par de ocasiones cuando todavía era un muchacho, pero tengo curiosidad por saber qué pensasteis de él, maestro Erasmo.

—Por fuera, era el hijo de su madre. Recuerdo que hacía navegar su barco de juguete en el estanque que había cerca del palacio. Todavía me acuerdo de aquel día. El agua resplandecía como un espejo brillante bajo el sol. Un soplo de brisa onduló su superficie y agitó las plumas de los cisnes. —Se rio—. Es extraño, ¿verdad? Cómo, aunque nos hagamos viejos, la lluvia estropea muy pocos de nuestros recuerdos.

María miró a su alrededor. El parque parecía bañado en oro por el sol poniente. Hiciera sol o lloviese, un manto de tristeza envolvía cada nuevo día. Hacía años que ya no deseaba mirar hacia el futuro. Regresó al consuelo de la voz de Erasmo, que la mantenía a salvo en un pasado que no era el suyo.

—En aquel momento, no sabía que el muchacho agazapado junto a la orilla del lago era un príncipe. Aunque, ahora que lo pienso, había un guardia cerca de él. En aquel entonces, pensé que era un muchacho apuesto.

—Sí, yo pensé lo mismo cuando le vi por primera vez poco tiempo después. Acompañó a la reina hasta el altar para que se casara con su hermano.

—La reina ha sido una buena mecenas para mí. Es digna hija de la gran Isabel de Castilla.

Parecía que Erasmo ya no quería hablar del pasado, sino del presente. María reprimió una risa. «Si me quedo aquí mucho más, es probable que empiece a hablarme de algún libro nuevo para el que desea que la reina le dé más dinero para escribir».

—Desde luego, la reina es hija de su madre.

Como la luz del día había empezado a menguar, el viento se había vuelto más frío. María hizo una reverencia con gran respeto ante ellos.

—Debo marcharme y regresar con mi reina. Os deseo buen día y espero que podamos volver a hablar muy pronto.

Se alejó, pero lanzó una mirada por encima del hombro a los dos hombres. Ambos estaban hablando y no parecían importarles las sombras crecientes o el hecho de que todos los que estaban a su alrededor habían empezado a prepararse para continuar con el viaje interrumpido. Estaban felices en su propio mundo.

❋ ❋ ❋

Más tarde, aquella misma semana, María se dirigía de vuelta a sus aposentos desde el huerto de las hierbas medicinales para recoger su manto antes de asistir a las vísperas. Dado que la sirvienta encargada de servir a las damas de compañía de la reina no estaba por ninguna parte, encendió las velas altas de la habitación. Cuando hubo encendido la última, se apartó de ella y se fijó en una carta sellada que había sobre la mesa. En el pergamino doblado, escrito con claridad, al estilo inglés y en una letra que no reconocía, estaba su nombre.

Encogiéndose bajo el manto, se sentó en el borde de la silla, rompió el sello y abrió el pergamino grueso. Leyó las primeras líneas y se incorporó con el corazón en la garganta. Se puso en pie de nuevo y llevó la carta hasta la vela que había junto a la ventana, que era la que más luz daba.

1515. Mansión de Eresby.

Para lady María:

Os escribo a vos, una mujer a la que no conozco, una mujer a la que debería odiar, para deciros lo siguiente: el médico me dice que debo prepararme para reunirme con el Hacedor.

Así que, esta carta es para vos.

He sabido de vos desde el principio. ¿Os contó Will que crecimos en fincas vecinas y siempre supimos que, algún día, nos casaríamos? Con quince años, bromeábamos sobre cómo las flechas de Cupido nos atravesaban. No creíamos en las flechas de Cupido; con quince años, nos creíamos demasiado mayores como para dar crédito a tales asuntos.

La vida se burla de todos nosotros, pues esas flechas han atravesado todas nuestras vidas.

Por lo que Will me ha contado de vos, creo que no elegisteis enamoraos de mi esposo. Erais joven cuando ocurrió, todos lo éramos. Muy jóvenes. Me alegro de que la madurez os abriera los ojos a lo que estaba bien y lo que estaba mal a la hora de amar a un hombre casado con otra. En momentos así, creo que las mujeres son más fuertes que los hombres. O, tal vez, esté hablando de Will, al que conozco tan bien. Tras entregaros su corazón, el jamás hubiera roto con vos. Tan solo vos teníais ese poder. Sé que ha debido de ser duro para vos, y una amiga querida que tengo en la corte, me ha contado que no os habéis casado y habéis permanecido al servicio de la reina.

Me estoy muriendo y voy a dejar atrás a un hombre afligido. Ambas conocemos a Will: es un hombre bueno y amable. Me ha contado que nunca fuisteis su amante. A pesar de los dictados de vuestros corazones, permaneció fiel a sus votos matrimoniales.

Pero, durante mucho tiempo, su corazón ha estado dividido entre nosotras. Pronto, no habrá motivo para que sea así. Mi muerte le deja libre para volver a amaros.

Os escribo para daros mis bendiciones. Os ruego que consoléis y améis a mi esposo.

Os ruego que le entreguéis esta carta cuando consideréis que es el momento adecuado. Quiero que él también sepa que tiene mis bendiciones.

Escrito por la mano de Mary Willoughby de Eresby.

Sí, esa es otra broma que nos ha jugado la vida. No solo compartimos el amor del mismo hombre, sino también el mismo nombre.

María dobló la carta y se la apretó contra el corazón, que le latía con fuerza. Olvidadas las vísperas, se quedó junto a la ventana con las lágrimas recorriéndole las mejillas mientras la noche tomaba el relevo del día. La luz de las velas brillaba sobre el cristal y sobre la oscuridad que había al otro lado.

❀ ❀ ❀

El jardín seguía sumido en un sueño invernal, pero mientras que el viento soplaba su aliento frío sobre el rostro de María, la promesa matutina de lluvia seguía siendo eso, una promesa sin cumplir.

«Qué extraño... El tiempo hace que piense en promesas y su cumplimiento en un día en el que espero que ocurran ambas cosas». Miró a su alrededor. En su nota, Will le pedía que se reuniera con él en el jardín que hace tiempo habían conocido tan bien. Sin embargo, había llegado antes de la hora que él le había indicado en su corta misiva, y él todavía no había llegado. Se sentó en el banco de piedra cercano y, a pesar de todas las capas de ropa, pudo notar lo frío que estaba. Seis semanas atrás, a la ausencia prolongada de Will en la corte le habían seguido las noticias de la muerte de su esposa. María le había escrito una carta de consuelo. En ella, le decía que no esperaba una respuesta, pero que esperaba hablar con él cuando regresase a la corte. No había esperado descubrir que había regresado el día anterior ni encontrar la nota que le había enviado aquella mañana en su habitación.

Se oyó el crujido de un paso. Volvió la cabeza hacia el ruido. Mientras Will se acercaba a ella, se puso de pie y esperó con el corazón latiéndole con fuerza en el pecho. Dado que las piernas se negaban a mantenerla en pie, volvió a sentarse en el banco.

—Oh, Will —dijo. No podía pensar en nada más que añadir.

Él se sentó a su lado.

—Mi esposa me hizo prometerle que os buscaría en cuando regresase a la corte. Me hizo prometérselo en su lecho de muerte.

Permanecieron un rato sentados en silencio, un silencio pesado por todos los años de dolor y todas las palabras que no se habían dicho. María metió las manos frías bajo el manto y le lanzó otra mirada. Estaba tan marcado por la pena que no pudo evitar tomarla de la mano.

—Ojalá hubiera podido conocer a Mary. Creo que podríamos haber sido amigas. Siempre fue mejor mujer que yo.

Will la miró a los ojos.

—Me contó que os había escrito —dijo.

—Me dijo que se estaba muriendo. Nos dio sus bendiciones.

—Eso era propio de ella. Llegué a estar agradecido de que me enviaseis a casa con ella. —Él apartó el rostro, pero siguió sujetándole la mano—. Eso no quiere decir que os olvidara, pero los años convirtieron los recuerdos en lo que parecía un sueño. Era como si me hubiera despertado para vivir otra vida.

—Me alegro. —María suspiró—. Pero, para mí, nunca ha sido un sueño. El corazón me ha dolido cada día que he estado lejos de vos.

Girando la cabeza, Will la observó.

—Y, aun así, fuisteis vos quien rompió nuestra unión y quien devolvía mis cartas sin abrir.

—Os dije por qué. No podía seguir con las cosas tal como estaban entre nosotros. Estuve muy cerca de suplicaros que me convirtierais en vuestra amante. En aquel momento, me resultó difícil perdonar mi debilidad. Odiaba la idea de que, pronto, pudiera arriesgarme a perder vuestro respeto y el de mi reina. También pensé que, si vivíais como un matrimonio auténtico con vuestra esposa, tendríais una oportunidad de ser feliz.

Will le aferró la mano con más fuerza.

—¿Sacrificasteis vuestra felicidad por mí?

María lo miró. Lo que decía era más cierto de lo que él mismo podría imaginarse. Había sacrificado su felicidad por él, pero jamás le contaría el motivo real. Seis años habían dejado aquel motivo bien enterrado en el pasado.

—Haría cualquier cosa por vos —susurró.

Con los ojos brillantes por las lágrimas, Will le tocó el rostro.

—No era digno de Mary y no soy digno de vos.

María colocó las manos sobre las de él.

—No soy digna de vos, amor mío. —Suspiró—. Pocas veces la vida nos ofrece lo que merecemos, pero, cuando lo hace, ¿acaso no deberíamos tomarlo?

Will le sujetó el rostro entre las manos y la miró fijamente con sus ojos azules.

—¿Seréis mi esposa, María?

—Sí, amado mío, pues, sin vos, la vida no es vida. —María se rio al darse cuenta de que había hablado en su propia lengua—. Sí, me casaré con vos. Si no lo hiciera, tan solo estaría negando lo que siento.

Will inclinó la cabeza y unió sus labios con los de ella, despertando la pasión reprimida que había mantenido a raya durante años hasta que ardió como un fuego desbocado.

❈ ❈ ❈

María se enjugó los ojos húmedos mientras Catalina extendía los brazos para que Alice le entregase al bebé, que estaba llorando.

—Dádmela —dijo, con un tono que denotaba una orden. No la orden de una reina, sino de una madre que deseaba tener a su hija en brazos.

Con las lágrimas iluminándole los ojos, la comadrona sonrió. Con cuidado, le entregó la niña. Por encima de la manta, podía verse la cabeza diminuta de la pequeña y una pelusa de cabello plateado. El bebé se removió, abriendo y cerrando la manita como si fuera una estrella parpadeante sobre la manta bordada con las rosas de los Tudor. Catalina las había bordado a lo largo de las últimas semanas de embarazo, depositando una plegaria de esperanza, anhelo y fe en cada una de las puntadas. Había cosido la prenda mientras le hablaba a María de sus bebés muertos y en medio del nuevo sufrimiento provocado por la muerte de su padre en enero. Ahora, el dolor parecía olvidado y sus ojos estaban desbordantes de alegría mientras miraba a su hija.

El rey Enrique estaba quieto, de pie junto a la cama, contemplando a su hija recién nacida. Su mera postura, rígida como la cuerda tensada de un arco, denotaba claramente su decepción. Durante un momento, movió los labios en silencio. Se aclaró la garganta y habló, como si lo hiciera para sí mismo.

—Somos bastante jóvenes. Llegarán los hijos.

Catalina no pareció escucharle, pues toda su atención seguía en el bebé.

Mirando a su amiga y después al rey, María sintió ganas de vomitar todo su odio. «Maldito seáis. Maldito seáis hasta el infierno. ¿Dónde tenéis el corazón? Ojalá sufrierais la misma agonía que Catalina. Habría disfrutado oyéndoos gritar. Y, desde luego, habríais gritado… Creéis que sois valiente, pero si pudierais dar a luz a un hijo, en medio de la sangre y la agonía, entonces sabríamos lo valiente que sois en realidad. —Apartó la vista de él—. Dejad estos pensamientos vanos. Él también sufrió la pérdida de sus hijos. No me agrada, nunca lo hará, pero Catalina le ama. Él no es consciente de lo mucho que le cuesta a ella no hacer caso de sus infidelidades. Pero es joven, un rey joven; no cumplirá veinticinco años hasta junio. Y, para ser justos, la mayor parte del tiempo, sí que hace feliz a Catalina». O ella pensaba que lo hacía.

En las últimas semanas, había experimentado otra faceta del rey, aquella que más le gustaba a la reina. Enrique no había dejado de hacerles regalos a ella y a Will; regalos que no habían solicitado. Will ya era bastante rico, pero en la época previa a la boda, el rey le hizo aún más rico al aumentar sus propiedades.

Además, el rey también había convencido a Will para retrasar la boda hasta junio de modo que se convirtiera en todo un acontecimiento de la corte. No solo todos los cortesanos iban a presenciar la boda, sino que se había planeado un banquete enorme para después. Si Catalina y Will no se hubieran mostrado entusiasmados por la decisión del rey, a María le habría resultado difícil excusar las semanas que ahora tendría que esperar antes de casarse con él. Sin embargo, había esperado años a que llegara aquel día.

«Tal vez, después de todo, el retraso sea lo mejor». A Will le ofrece más tiempo para llorar a su primera esposa antes de tomar una segunda. María no quería que nada estropeara el día de su boda, especialmente si se trataba del dolor de su futuro esposo por otra mujer, aunque esa mujer hubiera merecido tal sufrimiento. El hecho de que su felicidad hubiera sido posible gracias a la muerte de una buena mujer, a menudo la dejaba helada.

María volvió a mirar a Catalina. Sus ojos, iluminados todavía por la alegría, seguían fijos en la niña que dormía en sus brazos. El rey también contemplaba a aquel bebé perfecto. En aquel momento, extendió un dedo y le tocó la manita. Cuando la niña le agarró el dedo, él sonrió de placer. «Tal vez sea el momento de perdonarlo por su comportamiento cuando era un niño y cuando acababa de ser coronado. Es probable que un hombre que lleva casi siete años siendo rey lo haya olvidado todo. —Cerró los ojos—. Gracias, Dios. Gracias por este bebé sano. Esta niñita se aferra a la vida justo como se aferra al dedo de su padre. Gracias, Dios, porque este bebé no duerme el sueño de la muerte».

Tal como era costumbre, la niña fue bautizada poco después de su nacimiento. Sus padrinos la apartaron de sus padres y la llevaron a la capilla de Greenwich, la misma que había presenciado la boda de sus padres siete años antes. La llamaron María.

Catalina se recuperó lentamente de otro parto duro y difícil, pero, tan pronto como se celebró la misa de parida, el rey Enrique regresó a su lecho.

❋ ❋ ❋

Llegó junio y, antes de que María se diera cuenta, ya caminaba de la mano con Will, siendo al fin su esposa. Se abrieron paso desde la capilla de Greenwich hasta el salón listo para el banquete nupcial. Ambos se sentaron en el lugar de honor del estrado junto con el rey y la reina. El festín pareció prolongarse durante horas y, después, comenzó a sonar la música para la danza.

Uniendo su mano con la de su marido, María recorrió con él la distancia que requería la danza. Era incapaz de dejar de mirarle a los ojos, incapaz de creer que por fin estuviesen casados, incapaz de creer que estuviese bailando con él como su esposa. Le parecía un sueño, uno del que no quería despertar nunca.

La danza terminó. Con la mano todavía entrelazada con la de su esposo, se volvió para regresar a la mesa, pero se encontró al rey frente a ella. Will se inclinó ante él y María hizo una reverencia. El rey le tendió una mano y le guiñó un ojo a Will.

—Es hora de que María baile conmigo. Siempre y cuando su esposo lo permita.

Will volvió a inclinarse ante él.

—Por supuesto, mi señor. —Le hizo un gesto a María con la cabeza—. Esposa, esperaré vuestro regreso sentado a la mesa.

Una vez más, María colocó la mano sobre un hombre, pero, en aquella ocasión, su pareja era el rey y la danza era una que él mismo había escogido. Se acercaron, girando uno en torno al otro, pero lo bastante cerca como para hablar.

—Así que ahora estáis casada —le dijo él.

Con el corazón lleno de alegría, María miró a Will. Él y Catalina estaban hablando.

—Sí, majestad, casada de verdad.

Volvieron a acercarse y el rey le sonrió.

—Así que, pronto, reclamaré la promesa que me hicisteis hace tiempo.

Por un momento, María vaciló con los pasos de la danza. El rey sonrió y le estrechó más la mano que tenían entrelazada. Ella se apartó y, después, volvió a acercarse. El corazón le latía con rapidez y tuvo que hacer uso de todo su control para no salir corriendo de la pista de baile. Tan solo la práctica y la destreza lograron que siguiera moviendo los pies según los pasos de la danza. Hombro con hombro, se rodearon el uno al otro, dibujando un círculo.

—Yo... Yo... No fue una promesa. Hace tiempo que me olvidé de aquello —balbuceó.

Él sacudió la cabeza.

—Puede que vos lo hayáis olvidado, pero yo no lo he hecho. Me negasteis aquel deseo cuando era un muchacho, pero no podéis negárselo a vuestro rey. Esperad mi llamada cuando envíe a vuestro esposo a inspeccionar sus nuevas propiedades. No tengo prisa. He esperado lo suficiente como para seguir siendo paciente y permitir que disfrutéis de vuestro matrimonio durante un tiempo.

Desvanecida toda su alegría, María se dio cuenta de lo mucho que odiaba a aquel hombre. No había cambiado desde que era un muchacho. Pensaba que tenía derecho a tomar aquello que deseara, sin importar a quién hiciese daño o quién se interpusiera en su camino.

Mientras se acercaba a él una vez más, decidió hablar con franqueza.

—Puede que vos me convoquéis, mi señor, pero yo me niego a acudir.

El rey entrecerró los ojillos.

—Nadie me rechaza. Nadie —dijo en voz baja. Se rodearon el uno al otro, él agachó la cabeza hacia ella y siguió hablándole en voz baja—. Hace años, no hice caso de los esfuerzos inútiles de vuestro esposo para salvar a Edmund Dudley. Sin embargo, le pedí a Wolsey que guardara a buen recaudo las pruebas de su participación. María, si desoís mi llamamiento, esas pruebas saldrán a la luz. —Sonrió—. ¿Por qué parecéis tan desanimada en el más feliz de los días? Mantendré mi promesa de que solo será una noche, una noche que os tendré en mi cama. Así pues, la decisión es vuestra. Sed esposa o, si lo preferís, viuda.

Una vez terminada la danza, el rey se inclinó ante ella y María le hizo una reverencia de forma ausente. Enrique regresó junto a Catalina y ella junto a Will. Agarró la copa de vino y se la bebió de un trago. Will le tomó la mano y se la estrechó. «Gracias a Dios que sigue hablando con Catalina». Eso le ofrecía el tiempo que necesitaba para fingir que la conversación con el rey no había tenido lugar. No quería pensar en ello; no en el día de su boda.

CAPÍTULO 10

ás tarde aquella noche, se unió a Will en la alcoba nupcial. Había bebido bastante vino como para entumecer el miedo que sentía por el rey y sus amenazas. «No permitiré que nada estropee mi primera noche con Will, y menos el rey».

Will estaba sentado en una silla de respaldo alto cerca de la chimenea y extendió los brazos hacia ella.

—Venid aquí, esposa.

María se acercó a él, se sentó en su regazo y le pasó un brazo en torno al cuello. Apoyando el rostro contra su mejilla rasposa, suspiró.

—No es necesario que consumemos el matrimonio esta noche si estáis cansada, mi amor —dijo él.

María se apartó de él y lo miró. A la luz de las velas cercanas, su cabello rubio plateado parecía un nimbo que le enmarcaba el rostro. Cuando tan solo era una muchacha que todavía no había cumplido los dieciséis años, le había parecido el hombre más apuesto que hubiese visto en la vida. El tiempo había fortalecido su rostro y profundizado las líneas de expresión, y, a sus ojos, eso le había hecho más hermoso. María apoyó la parte superior de su cuerpo contra él y le tomó el rostro entre ambas manos.

—Will, os he deseado durante más de doce años, tantos como llevo soñando con que estuviésemos juntos. Quiero despertarme mañana y saber que, al fin, soy vuestra esposa de verdad.

Se acercó más a él y unió sus labios. La boca le sabía a hidromiel. Él le devolvió el beso, primero con suavidad y, después, con una voracidad que despertó la suya propia. María le besó como alguien famélico, como alguien que ha pasado muchos años muriendo de hambre. A través del vestido, podía sentir el pene erecto. Se levantó de su regazo y le tendió una mano.

—Esposo, venid. Venid y yaced conmigo.

Riéndose, Will se puso en pie y le tomó la mano. Se la llevó a los labios y le besó la palma antes de pasarle el brazo por la cintura.

—Esposa, no tenéis que pedírmelo dos veces.

❊ ❊ ❊

Mucho más tarde, María se recostó en la bañera mientras el agua de rosas humeaba y la envolvía gentilmente. Frente a ella, en la amplia tina, Will tenía la cabeza echada hacia atrás y los brazos extendidos sobre el borde. Volviéndose, agarró un paño húmedo que colgaba del lateral y tomó el jabón.

—Permitidme —dijo ella. Se acercó hacia Will, su amor, su dulce amor, y apoyó el cuerpo desnudo contra el suyo—. Os lavaré —añadió mientras él se inclinaba hacia delante.

Sintió un cosquilleo en los pezones cuando le rozó con ellos la espalda. Pasó el jabón de olor almizclado por un paño antes de masajearle la piel con él. Notó cómo el cuerpo del hombre se relajaba bajo sus manos.

—Qué bien, mi dulce María, mi esposa. —Le sonrió y se giró en sus brazos—. Ahora sois mi baronesa, corazón mío. Puede que el rey os llame «Mary» si así lo desea, pero siempre seréis mi María, la dueña de mi corazón, la mujer que siempre lo ha tenido.

Él le deslizó la mano entre los muslos, acariciándole y tocándole lentamente con los dedos, abriéndose camino hacia arriba como si tuviera todo el tiempo del mundo. Cerró los ojos, saboreando la dulzura insoportable que le recorría las venas. María le sonrió y cerró las piernas, atrapándole la mano.

—Todavía no; no he terminado —murmuró, empezando a masajearle de nuevo. Pasó los dedos por una cicatriz dentada que le surcaba el omóplato y siguió el largo camino que recorría hacia la parte inferior de la espalda. La luz de las velas la convertía en una gruesa veta de plata—. ¿Cómo os hicisteis esto? —María presionó los dedos suavemente sobre la piel y el músculo que había debajo hizo un movimiento.

—¿Cómo suelen los hombres conseguir recuerdos así? La guerra. O la idea de guerra de nuestro rey. Fue en una de sus batallas en Francia. Podría haber acabado peor que con una simple cicatriz, ya que el corte fue profundo. Sangré como un cerdo.

María tragó saliva.

—No lo sabía; nadie me lo contó.

—No quise que se supiera. También le resté importancia frente al rey. Además, él tenía otras cosas en mente y no pensó en preguntarme por la herida.

María tragó saliva de nuevo y volvió a recorrerle la piel con los dedos. Cuando él volvió la cabeza, vio la cicatriz del cuello que se había hecho hacía mucho tiempo, en el torneo de la coronación. Se estremeció y sintió un dolor en el vientre, en el centro de su esencia vital.

—Os lo ruego, no más torneos ni guerras.

Él cambió de posición en la bañera y le sujetó el rostro entre las manos.

—Me esforzaré al máximo para evitar los torneos, pero no puedo prometeros que no habrá más guerras. Debo ir donde el rey ordene. Incluso sin guerra, la vida está llena de peligros; eso es algo de lo que no nos podemos librar.

María le apoyó la frente sobre el brazo.

—Lo sé, pero he anhelado llamarme «esposa» lo que parece una eternidad. No deseo que me arrebaten eso en un abrir y cerrar de ojos. —Se acurrucó contra él como una niña asustada.

Will la rodeó con los brazos.

—Alegraos, tal como hago yo, de que nos tengamos el uno al otro y no nos preocupemos por lo que nos deparará el futuro. Querida mía, nada puede arrebatarnos el amor que compartimos. Ni siquiera la muerte. Creo eso en cuerpo y alma.

La besó mientras le acariciaba los pechos con las manos. Se fundió con él y todos sus miedos desaparecieron. Will se dio un festín entre sus pechos, con el pene duro contra ella. María abrió las piernas para él, gimiendo mientras se introducía en su interior y empezaba a moverse. Le siguió el ritmo, olvidándose de respirar. El placer no dejó de aumentar hasta que pareció que las estrellas giraban sin control y los cometas ardían surcando los cielos. María gritó y Will gimió mientras estrechaba su abrazo. El placer se convirtió en gozo.

—No os mováis. No os atreváis a moveros —dijo, rodeándole con fuerza con los brazos—. Os quiero en mi interior. Os quiero en mi interior para siempre.

❋❋❋

Pasaron tres meses antes de que el rey Enrique enviase a Will a inspeccionar sus nuevas posesiones y María recibió la temida llamada del monarca. Aquella noche, permitió que la capucha de su capa la envolviera en su oscura profundidad mientras se dirigía a lo que le parecía el lugar de su ejecución.

«Alabo a la Virgen madre y a su hijo Jesús. Lamento mis pecados con vehemencia y constantemente anhelo la vida eterna —rezó en silencio, intentando dejar de temblar. Cada paso al frente la acercaba a la alcoba del duque de Suffolk—. Qué propio del rey pedirle a uno de sus amigos que le facilite cometer adulterio. —Deseó darse la vuelta y correr en dirección contraria, hacia sus aposentos—. Dios amado, no dejéis que nadie me vea. ¿Qué pasará si Catalina lo descubre en algún momento? ¿Y qué pasará con Will? ¿Qué ocurrirá si regresa de sus fincas antes de lo que esperaba? Madre de Dios, lloro mis pecados, tanto los que cometí en el pasado como los que están por venir. Jesús, perdonadme. Perdonadme. Perdonadme. ¿Qué otra cosa puedo hacer? No tengo escapatoria, ni poder. Si deseo mantener con vida a mi esposo, no tengo más remedio que obedecer. Al César lo que es del César... No soy más que una mujer; una mujer enjaulada».

Al llegar a la puerta del duque, María se desmoronó contra la pared. Apoyó la mejilla contra la piedra fría. La cabeza le palpitaba y el corazón le latía con fuerza y rapidez contra el pecho. «Dios mío, apiadaos de mí y matadme aquí mismo. Dadme alguna manera de escapar. No deseo esto; no puedo soportarlo. No quiero dar un paso más».

Pero ningún rayo cayó del cielo. Estaba viva, y le dolía. Luchaba contra las oleadas de náuseas y volvió a ser incapaz de pensar en algún modo de escapar. Se obligó a llamar a la puerta y el latido de su corazón pareció resonar con más fuerza en sus oídos. Respiró con dificultad y llamó con más fuerza, dañándose los nudillos en aquella ocasión. Se llevó la mano dolorida a la boca, como una niña pequeña.

La pesada puerta se abrió con un crujido. Allí, de pie, estaba el mismo paje que le había llevado el mensaje. Casi sintió una arcada al contemplar su mirada de compasión y de pena. No era más que un muchacho y, aun así, sentía lástima por ella. Sin embargo, ella misma sentía lástima de sí misma. «Puta. Adúltera. Traidora». Las palabras le dieron vueltas en la cabeza hasta que tuvo que tragarse el vómito que le subía por la garganta.

El paje tomó su capa y se quedó junto a la puerta abierta que daba a la siguiente alcoba. Como si se dirigiera al cadalso, María se encaminó hacia la estancia, mirando a su alrededor, confundida y aterrorizada.

El rey se levantó del asiento junto al fuego. Llevaba una bata de terciopelo rojo que no le ocultaba ni las piernas desnudas ni los pies. La apertura en forma de «V» de la parte superior mostraba el pelo de un rojizo dorado que se le rizaba en el pecho. Dejándose caer de rodillas, María agachó la cabeza y cerró los ojos. «Alabo a la Virgen madre y a su hijo Jesús. Lamento mis pecados con vehemencia y constantemente anhelo la vida eterna». Apretándose las manos con fuerza, se preparó para lo que le esperaba.

—Podéis marcharos.

«¡Alabado sea Dios!». María alzó los ojos, esperanzada. Sin embargo, la esperanza se convirtió en desesperación. Le estaba hablando al muchacho, no a ella. Miró fijamente el suelo, teniendo problemas para mantener la calma y preparándose para algo así como la muerte. La puerta se cerró suavemente.

—Venid.

María alzó la vista hacia él y, después, miró la mano que le tendía. Estuvo a punto de tener una arcada.

—Mi señor rey, os lo ruego, no me obliguéis a hacer esto.

Él atravesó la habitación y, con los pies separados, se detuvo a poca distancia de ella.

—He sido paciente. Más que paciente. Es hora de que cumpláis vuestra promesa.

María tragó saliva sin dejar de mirarle a los ojos.

—Mi señor rey, pensad en la reina... Esto le rompería el corazón, y a mi esposo también.

Se le escapó un sollozo y alzó una mano para cubrirse la boca. «No te atrevas a mostrarle que eres débil». María volvió a bajar la mirada y vio sus pies acercándose.

—Mi esposa sabe cuándo ha de mirar hacia otro lado, especialmente cuanto está embarazada. Ya sabéis que se me pide que evite su lecho en tales ocasiones. ¿Acaso no preferiría que me encamara con alguien que piensa en su bien que con una de las putas que hay en mi corte y que se abren de piernas ante el más mínimo roce? —Le pasó la palma de la mano bajo la barbilla para obligarla a mirarle—. Y en cuanto a vuestro esposo... Estoy seguro de que se sentiría honrado de que su esposa se encame con el rey. Os he dado muchas recompensas, pero nunca habéis pagado el precio. Me dijisteis que sería diferente una vez que estuvieseis casada. ¿Por qué tanto alboroto? Ya no sois virgen.

A María le costaba respirar. Ocho años de reinado le habían hecho pasar de ser un muchacho a un hombre viril. Se mantenía erguido ante ella.

Era uno de los hombres más guapos que hubiese conocido jamás. Ojos de un azul magnético, piel inmaculada y sonrojada por la salud y la juventud, así como unos dientes perfectos. Parecía como si le hubieran frotado los labios de aquella boca pequeña y roja con el zumo de las cerezas. Era cinco años más joven que ella. Un demonio le susurró al oído: «Solo esta vez. El rey prometió que sería solo una vez».

María recordó cómo su amiga se había sentido con el corazón roto al descubrir su primera infidelidad. Recordó a Will enjugándose las lágrimas de felicidad el día de su boda. Recordó la cicatriz en su cuello y cómo aquel hombre que había frente a ella tenía la vida de los dos en las palmas de las manos. El miedo ayudó al demonio a atraerla hacia el infierno. «¿El Demonio? Dios mío, ¿acaso el amor no mantiene a salvo mi corazón y mi honor? No deseo estar aquí. —Alzó los ojos hacia los del rey. No le debía amor a aquel hombre; no le debía nada—. Seguro que lo que Catalina piensa de él no puede ser algo tan errado. Sé que tiene corazón, pues lo he visto mientras lloraba la muerte de su madre y de los hijos que ha perdido. Tal vez todavía pueda salvarme del infierno». María hizo acopio de valor.

—Nunca os hice una promesa, mi rey. Me malinterpretasteis —dijo.

Las manos de Enrique se movieron con la brusquedad de una serpiente. Le agarró el cuello con los dedos y le presionó los pulgares en la garganta durante un instante. María gritó de dolor y de miedo. Aquel breve momento de confusión acabó con su lujuria para siempre.

—Majestad —dijo—, me hacéis daño.

Él la soltó y la miró con frialdad.

—Jugáis conmigo. Pensadlo detenidamente... ¿Queréis que un rey sea vuestro enemigo? Vuestro esposo no os lo agradecería, no si está en la Torre esperando el hachazo. Recordadlo, tengo todo lo que necesito para firmar su sentencia de muerte.

Esforzándose por controlar la respiración, cerró los ojos y se lamió los labios. Notó el sabor de sus propias lágrimas. Volvió a mirarlo, luchando contra la repulsión que sentía. «Por favor, Dios, permitid que me escuche. Catalina le ama, así que, en algún lugar, debe de haber alguna bondad a la que pueda apelar».

—Mi señor rey, soy la mejor amiga de vuestra esposa, su pariente. Mi esposo es vuestro leal súbdito. Si me acuesto con vos, tan solo me convertiréis en vuestra puta.

Él se acercó a la silla que había junto a la chimenea y, con la elegancia de un bailarín, se quitó la bata y la dejó sobre la silla. El fuego ardiente proyectaba una luz rojiza sobre su cuerpo atlético y hacía que el cabello que le cubría la cabeza se volviera de un dorado intenso. El vello que rodeaba su miembro viril era de un rojo oscuro como la sangre. María no se sorprendió, era como si siempre lo hubiera sabido.

—Os deseo, mi putita. Venid a mí.

Vencida, María se puso en pie. «Solo esta vez. Solo por una vez seré la puta del rey. Jesús bendito, lamento mis pecados. —Caminó hacia el rey—. Si alguna vez intenta obligarme de nuevo a ir a su cama, no lo haré. Antes, me cortaría el cuello».

❋ ❋ ❋

Más tarde, acurrucada en el asiento de la ventana de su habitación, María no podía dejar de escuchar en su interior la voz del rey. El recuerdo de aquella velada terrible y propia de una pesadilla la mantenía presa hasta estar a punto de gritar.

«Dejad de llorar. Mi esposa nunca lo sabrá a menos que se lo contéis. No temáis. No se lo contaré. Ahora, siempre me mira con reproche. Lo que ocurra aquí quedará entre nosotros. Si seguís llorando, me volveré a enfadar. No deberíais haber apartado la boca. ¡Ya me he cansado de vos! Un rey os ofrece su favor y vos lloráis. ¡Marchaos! ¡Marchaos os digo! ¿Por qué debería acostarme con un tronco seco cuando puedo disponer de una docena de mujeres más cariñosas que vos con tan solo chasquear los dedos? Me apiado de vuestro esposo. Al menos mi esposa conoce el significado de la pasión. Marchaos y manteneos fuera de mi vista».

María se apretó la bata sobre el cuerpo. «Le odio, le odio, le odio». Abrazándose las rodillas, se giró en el asiento de la ventana y contempló el día primaveral que hacía fuera. Los pájaros piaban, trinaban y se cortejaban. En una rama cercana a la ventana, una alondra estalló en una alegre bienvenida para el sol de la mañana. La alegría, aquella alegría que tanto le había costado durante aquellos largos años, había desaparecido. Se preguntó si algún día podría recuperarla.

La cabeza se negaba a dejarla tranquila, haciendo que volviera a escuchar las palabras del rey. «No os deseo más que a una puta». El recuerdo

417

de lo que había ocurrido en la cama del duque la había dejado tan marcada como el dolor que sentía en las entrañas.

«Dios mío... Por favor, Dios, mantened a Will lejos de aquí. ¿Qué pasará si regresa hoy a la corte? ¿Cómo le explicaré las moraduras que tengo en los pechos y los muslos o las marcas rojas que llevo en el cuello? Ya me considero una puta lo suficiente sin necesidad de verlo en sus ojos. ¿Y si le digo la verdad? ¿Me perdonará o me odiará porque, una vez, negocié con el diablo por su vida? Y Catalina... Mi hermana, ¿cómo os miraré a la cara? Me conocéis muy bien, pero esto debo ocultároslo. Debo ocultaros para siempre lo que ha ocurrido esta noche».

María tragó bilis, se bajó del asiento con cuidado y se acercó de nuevo a la jofaina. Volvió a lavarse y se roció más agua fría entre las piernas. «Estoy sucia, tan sucia como un leproso». Desde que había regresado a la alcoba, el miedo con respecto a la semilla del rey se había intensificado. ¿Y si echara raíces y creciera en su interior? Toda la noche se había preguntado cómo podría saberlo. Durante su noche de bodas, Will le había repetido la historia que la Latina le había contado casi veinte años atrás: para concebir un hijo, el hombre necesitaba darle el máximo placer a su esposa. María se había reído de él mientras le daba placer; no había deseado decirle que se equivocaba. «Dios mío, arrebatadme esta copa; es demasiado para mí. ¡Will, oh, Will! Mi amor, mi amor... ¿Habría sido mejor que hubiera muerto antes que responder a la llamada del rey? ¿Qué más podría haber hecho? El rey puede destruirnos a ambos con una sola palabra. —María sacudió la cabeza—. A mí ya me ha destruido; no sé cómo recuperarme de esto».

La alondra volvió a cantar y ella regresó al asiento. El sol, a través de la ventana, derramaba su luz cálida sobre el cuerpo tembloroso de María, que se estremecía sin parar con el corazón frío al pensar en lo que la noche anterior podría significar para ella y para Will.

«Si Will se llega a enterar, que Dios me ayude, juro que me quitaré la vida. No podría soportar ver el dolor en sus ojos. ¿Y si descubre que el rey me obligó a visitar su lecho con amenazas?».

Le aterrorizaba pensar en lo que podría hacer. Enfrentarse al rey podría ser lo mínimo. Will se negaba a permitir que el miedo dictara su vida. Creía que tanto hombres como mujeres tenían elección y poder para construir sus propias vidas. «También ama al rey y cree que es un hombre digno de su lealtad... Que Dios nos ayude a ambos. ¿Por qué están tan ciegos los hombres, incluso el mejor de ellos? Sí, Will ama al rey, pero no tanto como a mí».

Se acercó deprisa a la jofaina y volvió a lavarse. No podía dejar de temblar o de que le castañetearan los dientes. Tres meses de gozo marital y, ahora, tenían que enfrentarse a aquello... La noche anterior, el rey le había arrebatado la máscara que tanto le había costado conseguir. Parecía estar desnuda, tan desnuda como cuando la había desvestido, tan desnuda que quería salir corriendo y ocultarse del nuevo día.

Se encorvó al sentir unas arcadas. Le dolían la espalda y las partes femeninas. «Si los hombres tratan a las prostitutas como el rey me trató a mí anoche, que Dios se apiade de ellas». Lo que había experimentado la noche anterior era muy diferente al amor que había conocido con su esposo, con el hombre al que amaba en cuerpo y alma. La velada con el rey no había cambiado eso. Le había poseído el cuerpo, pero no el corazón. La última noche había convertido su desagrado apenas reprimido en una bestia de odio. Como si fuese un jabalí herido, aquel odio quería destrozarlo. María quería hacerle tanto daño como él le había causado.

«¿Cómo voy a ocultar ese dolor? No solo de aquellos que me rodean en la corte, sino de las dos personas que mejor me conocen en este mundo. Will, amor mío, no sabía qué más hacer... No encontraba ninguna manera de librarme del poder del rey».

Se derramó más agua fría entre los muslos. Unas lágrimas ardientes le caían por el rostro y le recorrían el cuello hasta los pechos. Inclinó la cabeza intentando recuperar el control. Odiaba al rey que había causado aquellas lágrimas que no lograba detener. Odiaba aquel nuevo día en el que se había despertado, pues era un día que parecía una pesadilla en vida. Una y otra vez rezó para tener un hijo de Will y no del rey.

Regresó al asiento junto a la ventana. Tres días atrás, su esposo la había llevado hasta la luna y le había regalado las estrellas. Al saber que al día siguiente iba a regresar a sus fincas durante varias semanas, habían hecho el amor una y otra vez, sin casi dormir hasta el amanecer. La primera luz de la mañana había cubierto su habitación de una luz plateada mientras hacían el amor una vez más. Las largas horas que habían pasado amándose habían hecho que se desearan todavía más el uno al otro. Habían vuelto a hacer el amor con cariño y ternura. Parecía como si la ola de su pasión fuese a seguir elevándose hacia la orilla durante una eternidad.

Aquella mañana, su unión había hecho que resonara en ella el mismo dolor de la primera semana que habían pasado como marido y mujer. Un dolor que pronto se había transformado en placer. Un placer que demandaba satisfacción. María le había clavado los dedos en la espalda y le había suplicado que fuese más rápido, más fuerte y que llegase más profundo. Juntos, habían alcanzado la cumbre, cuya nieve se había derretido en un río de éxtasis. Su marido se había reído, desplomándose sobre ella.

—Tal vez sea buena idea que vaya a visitar mis nuevos dominios. —Le había besado y acariciado la parte suave que hay entre el hombro y el cuello—. Necesito estar un tiempo alejado de vos para reponer fuerzas. —Con los labios, le había acariciado la parte superior de la oreja. María había soltado una risita y le había acariciado los hombros anchos, sintiendo los músculos subir y bajar bajo la piel—. Ya no soy tan joven como antes —le había dicho, besándole suavemente los párpados cerrados—. Nuestro matrimonio no ha saciado mi pasión por vos, sino que me ha esclavizado. —Había pasado del lateral de su boca hasta cubrirle los labios con los suyos—. Nunca me canso de vos.

Acariciándole la mejilla, María le había devuelto el beso. Su miembro viril se había vuelto a poner duro dentro de ella. Recuperando el aliento, había apoyado la mejilla contra la de él con los ojos cegados por las lágrimas.

—Quiero tener a vuestro hijo, amor mío, quiero tener a vuestro hijo. Rezo para que, cuando regreséis, pueda deciros que nuestro hijo está en camino.

Él la había besado de nuevo mientras sus lágrimas se mezclaban con las de ella. Una vez más, de nuevo con suavidad, habían vuelto a hacer el amor hasta que, exhausta y agotada, María se había quedado dormida entre sus brazos.

Se había despertado en una habitación que ya no estaba inundada por la luz plateada de una mañana primaveral. Se había dado la vuelta hacia el hueco del cuerpo de Will, que todavía seguía caliente. Se había acurrucado más con su almohada, inhalando su olor. En el centro, había algo. Se había estirado y había tomado entre los dedos unos mechones cortos entrelazados de cabello dorado y negro, unidos por un trozo de cordón rojo. Había sonreído, recordando los cordones rojos del jubón que Will había llevado para la boda. Aquel era el mismo cordón.

«Will, mi dulce amor, mi esposo. Mi corazón es vuestro y solo vuestro. Mi cuerpo albergará vuestra descendencia, vuestros hijos, y los de nadie más».

Volvió a enjuagarse con agua entre las piernas, frotando con tanta fuerza que acabó sintiendo la piel desollada. Volvió a llorar, odiando sus lágrimas una vez más, pues aquellas lágrimas demostraban que, después de todo, era una mujer débil. No quería tener un hijo del rey, solo de Will. Él le daría bebés fuertes y no hijos que solo nacerían para morir y que los amortajaran para el entierro.

Capítulo 11

as horas pasaron lentamente. Tras levantarse de la cama, María tiró de las gruesas cortinas verdes que cubrían la ventana para bloquear la luz matutina, pues deseaba enterrarse en un lugar oscuro. No quería abandonar su habitación. Nunca. Afligida, envió a su acongojada doncella a que le presentara sus disculpas a Catalina, pidiéndole que le dijera a la reina que estaba enferma y que, por su bien y el del bebé que iba a tener, permanecería en sus aposentos. Más mentiras, más mentiras que la vida le había obligado a decir. A cada momento que pasaba, se odiaba más a sí misma.

Al llegar la tarde, descubrió que su mentira era cierta: el dolor que sentía bajo el ombligo y que le afectaba muy a menudo semanas antes de la menstruación era peor que nunca. Doblada de dolor, calentó un ladrillo en el fuego, lo sacó con unas pinzas, lo envolvió cuidadosamente con una manta y volvió a acurrucarse en la cama con el ladrillo pegado a ella. El calor no ayudó demasiado para aliviar el fuego que le estaba haciendo un agujero profundo en el vientre.

A la mañana siguiente, el dolor había disminuido, pero no su abatimiento. Quería quedarse acurrucada en la cama para siempre. Cuando su doncella le llevó comida y la expresó su preocupación, respondió haciéndole un gesto para que se llevara la bandeja. Le dijo a la sirvienta que se marchara y se giró hacia un lado. La doncella regresó unos minutos después, acompañada del médico de la reina.

María se incorporó de golpe, asustada, encogiéndose bajo las sombras del cabecero de su cama.

—¡No quiero ver a nadie! ¡A nadie, he dicho!

Sin pensarlo, habló en su propia lengua. Se subió las mantas de la cama hasta la barbilla, temblando y rezando para que la oscuridad de la habitación la ocultase de los ojos agudos y curiosos de Vitoria. Alto y delgaducho, estaba de pie junto a la cama, frunciendo el ceño y sonriendo mientras encendía una vela. El rubí que llevaba incrustado en el sombrero de terciopelo negro resplandeció en respuesta a la luz. Él le acercó la vela y una voluta de humo se curvó frente a sus ojos. María se estremeció de miedo.

—Doña María, estoy aquí porque la reina está preocupada. Vos no queréis preocuparla, ¿verdad? —Ella sacudió la cabeza, mordiéndose el labio inferior—. Dejad que vea si puedo ayudaros.

Dejó la vela y le apartó la mano de las mantas, colocándole un dedo en el pulso.

—¿Qué síntomas tenéis?

El rostro del hombre mostraba aquella mirada distante que a menudo veía en él cuando examinaba a la reina. María apartó la mano.

—Estoy enferma —dijo.

A él le brillaron los ojos y sonrió. La vela solitaria tiñó sus dientes de color ámbar.

—Sí, por eso estoy aquí. También os he dicho que la reina está preocupada. Bien, ¿qué os ocurre, señora?

—Me duele la cabeza.

El médico le posó los dedos suavemente sobre la frente.

—No hay fiebre, pero estáis pálida. —Tiró del párpado inferior hacia abajo y la examino más de cerca con los ojos vidriosos, pensativo. El aliento le olía a vino dulce—. ¿Desde hace cuánto tiempo estáis casada? —Sin esperar a que respondiera, contó con los dedos los tres meses y sonrió—. ¿Creéis que podríais estar embarazada? Eso serían buenas noticias para la reina. ¿Cuándo fue la última vez que sangrasteis?

María se encogió todavía más en la cama.

—Hace algo más de dos semanas.

Él frunció los labios y entrecerró los ojos.

—Diría que es demasiado pronto. Pero, a veces, dos semanas es tiempo suficiente para que una mujer empiece a mostrar indicios de que está embarazada, especialmente cuando se trata de un primer bebé. ¿Usa la vejiga más a menudo, doña María?

Llevándose las manos a las mejillas ardientes, María asintió. Había perdido la cuenta de cuántas veces había ido a la letrina desde que había regresado de ver al rey.

Vitoria sonrió.

—No es un síntoma poco común en las mujeres que están embarazadas. Bebed todo lo que podáis y eso pasará enseguida. Tenéis treinta años, ¿verdad?

María se removió, incómoda.

—¿Y qué ocurre?

—Con treinta años se es mayor para tener el primer hijo, pues ya ha pasado la época más fértil. Es posible que concibieseis en cuanto se os pasó la menstruación. Sospecho que sentís los síntomas antes a causa de vuestra edad.

María se incorporó a medias, apoyando la espalda sobre los almohadones. Su corazón se aferró a las palabras del médico.

—Me duele el vientre. —Señaló la zona—. Ayer, el dolor me hizo pedazos. ¿Podría ser eso también un indicio de que estoy embarazada?

El hombre entrecerró los ojos y volvió a fruncir los labios.

—¿Estáis sangrando? —María negó con la cabeza—. Bien, si eso cambia, hacédmelo saber. El mejor lugar para vos está en la cama hasta que sepamos una cosa u otra. Se lo haré saber a la reina.

Tomándole la mano, María se acercó a él.

—¿Creéis que es posible que concibiese hace semanas?

—Si os duele la barriga tal como señaláis y estáis orinando más a menudo, estoy seguro de que un embarazo bien podría ser la causa de ello. Quedaos en la cama y descansad todo lo que necesitéis. Con buena suerte, el dolor desaparecerá y tendremos buenas noticias tanto para vuestro esposo como para la reina. Pero, si empezáis a sangrar en los próximos días, enviadme a vuestra doncella y le pediré a lady Alice que venga a veros. Os la enviaré mañana, para que vea cómo os encontráis.

Recostándose sobre los almohadones, María escuchó cómo se alejaban sus pasos mientras abandonaba la alcoba. Dio gracias a Dios de que Vitoria le hubiese dado un motivo para quedarse en la cama hasta que pudiera ocultar las marcas que el rey le había dejado en la parte superior del cuerpo. «Dios, os lo ruego, que Vitoria tenga razón. Por favor, Dios mío, permitid que el hijo de Will ya esté dejando sentir su presencia y que no deba temer un bastardo del rey».

✻✻✻

Dos semanas más tarde, María se apoyó sobre la piedra fría del hueco que formaba el asiento de la ventana. Subió las rodillas y se las llevó al pecho. Después, se rodeó con el manto que su madre le había confeccionado hacía tantos años. Lo guardaba doblado en el baúl de la ropa, cambiando a menudo la canela y los clavos de olor para mantener alejadas a las polillas en busca de un lugar oscuro o para darse un festín con aquella lana de buena calidad. Como lo había cuidado muy bien, la lana se había vuelto más suave, pero el color rojo de aquella prenda ya no era tan intenso como cuando su madre la había teñido. No solía buscar su consuelo a menudo, pero aquel día lo hizo. Se volvió hacia la ventana. Oscuro y en silencio, el día esperaba, acallado por la promesa de un nuevo amanecer. Contempló cómo la marea de la noche se retiraba. Poco a poco, la oscuridad se desvaneció y el cielo quedó bañado por la luz.

Un pájaro cantó entusiasmado, rebosando un deseo alegre. Sabía que el momento había llegado, que la promesa se había cumplido. Siempre llegaba un nuevo día, un nuevo amanecer, un nuevo comienzo. Se removió sobre la piedra dura y fría. El canto de los pájaros no le reconfortaba en absoluto. «¿Qué nuevo comienzo se me ha prometido a mí?». Los días que había pasado a solas la habían rodeado de más miedos. Se decía a sí misma que llevaba en su interior al hijo de Will y no al del rey, pero ¿cómo podría saberlo?

Dos semanas habían sido tiempo suficiente para que nuevos síntomas se sumaran a los anteriores. Cuando le habló de que sentía sensibilidad en los pechos, Alice se rio de ella.

—Mi señora, si eso es todo lo que os ocurre, dad gracias por lo que tenéis. Creedme, es seguro que abandonéis esta habitación y le digáis a la reina que ambas estáis esperando un hijo. Estará encantada cuando le comuniquéis esta noticia.

—¿De verdad estoy embarazada?

Alice se acercó a la cama y le tomó la mano.

—Aunque para vos aún es temprano, llevo siendo comadrona demasiado tiempo como para no notarlo. —La soltó y le colocó las palmas de las manos sobre las caderas generosas—. Dejadme ver... —Como Vitoria, comenzó a contar con los dedos, golpeándoselos sobre el vestido, pero, en aquel caso, le llevó más tiempo que al médico—. Creo que para mediados de junio. Por supuesto, nunca podemos estar seguras cuando se trata de un primer bebé. Nunca llegan cuando los esperas o cuando deseas que lleguen. Bien, ¿qué os parece si llamamos a vuestra doncella y nos encargamos de que os prepare un baño? Un buen remojo y lavaros os sentará bien y, después, podréis vestiros.

En realidad, mi señora, me sorprende que os hayáis quedado en vuestra alcoba durante tanto tiempo. Le dije al médico que una semana era tiempo más que suficiente para saber si debíamos preocuparnos por vos. —La mujer se encogió de hombros—. Servir a la reina hace que el hombre sea demasiado cauto, pero sois una mujer sana, mi señora, y ya es hora de que se lo demostréis a la reina. Solo vuestro reclamo diario de que la dolencia podría ser algo diferente del embarazo ha hecho que los médicos le prohibieran visitar vuestra alcoba. La reina debe pensar primero en el hijo que lleva dentro.

❀ ❀ ❀

A la mañana siguiente, María retomó sus deberes junto a la reina. Hizo una reverencia al lado de la puerta y alzó la cabeza. Solo los años de entrenamiento evitaron que se derrumbara al ver la felicidad que resplandecía en el rostro de Catalina mientras extendía las manos hacia ella en gesto de bienvenida.

La reina le mostró aquello en lo que había estado trabajando durante su separación: un faldón de bautizo para el bebé que estaba esperando. Con echar un solo vistazo al delicado encaje y a los bordados minuciosos, tuvo que contenerse para no llorar. Empezó a balbucear en castellano:

—Catalina, hermana mía...

Apartó el rostro, temiendo perder el control. «Odio al rey. Lo odio. Lo odio. ¿Cómo voy a vivir con esta vergüenza? Me obligó a traicionar a las dos personas que más quiero. Dios mío, dejadme morir».

Catalina se acercó a ella y le tomó la mano.

—¿Qué os ocurre, María? Actuáis de forma extraña.

La interpelada se obligó a sonreír.

—Me siento rara. No imaginaba que estaría tan enferma y cansada.

Catalina sonrió y eso hizo que estuviera a punto de encogerse al verle el rostro. Parecía portar el alma en los ojos, unos ojos atormentados por la pena.

—No hay muchas mujeres que puedan librarse de las molestias de las primeras semanas. Pero os iréis sintiendo mejor. —Su sonrisa se ensanchó—. Aunque eso significa que tendréis que tomar los mismo remedios que me habéis obligado a tomar a mí todos estos años. Notaréis la mejora cuando el bebé empiece a moverse en vuestro interior. Y cuando tengáis en brazos a vuestro hijo, os olvidaréis de todos y cada uno de los días en que tuvisteis molestias.

Durante semanas, María luchó contra la depresión, intentando ocultársela a Catalina y a todo el mundo. El hecho de que le llegaran mensajes de Will con frecuencia hacía que se sintiese incluso peor. Pronto, él empezó a mostrarse desconcertado, preguntándose por qué sus respuestas eran tan breves.

El embarazo le ofrecía la excusa que necesitaba para escabullirse cada vez que el rey visitaba a su esposa en sus aposentos. A diferencia de lo que había ocurrido durante los primeros años, aquello ya no era un acontecimiento diario. El rey todavía disfrutaba de la compañía de su esposa, pero pasaba la mayor parte de su tiempo libre con su amante, Bessie Blount.

Al fin, Will regresó a la corte, cansado y harto de la silla de montar. Para entonces, ya no le quedaban dudas de que estaba embarazada, pero no sabía de quién era el bebé.

La felicidad de Will la destrozó. Era como si un torturador le hubiese atado una soga en torno al cráneo. María se apoyó en él y lloró. Will la estrechó entre sus brazos con más fuerza.

—¿No sois feliz? Me dijisteis que deseabais tener hijos. —La miró, confuso.

—Sí, anhelo tener a vuestro hijo entre los brazos, sea niño o niña.

—Entonces, ¿por qué lloráis? —Le escudriñó el rostro—. Mi María tan solo llora si tiene un motivo para hacerlo.

Ella se tragó las lágrimas y estrechó su cuerpo todavía más mientras la soga se apretaba. Apoyó el lateral del rostro sobre su jubón, pues no deseaba que le viese la cara hasta que estuviera preparada.

—Las mujeres también lloran cuando son felices —dijo, rezando para que aceptase tal explicación y no la obligase a contarle una mentira—. Además, el hecho de estar embarazada también hace que las mujeres lloren con más facilidad.

Will se rio y le dio un beso en la parte superior de la cabeza.

—Entonces, ¿mi esposa llora de alegría?

Le agarró el jubón y asintió, sintiendo como si el cráneo estuviera a punto de partírsele en dos.

—¿Por qué otro motivo lloraría? —Se apartó de él—. Debo volver a la cama y descansar. —Cuando parecía dispuesto a decir algo, ella le puso un dedo en los labios—. Shhh, no más preguntas. —Se inclinó hacia delante y le besó—. Sé que esto debe pareceros una bienvenida extraña, pero el médico me ha dicho que soy mayor para ser primeriza. El bebé ya está haciendo notar su presencia y tengo molestias. Dadme una hora o dos para estar sola y hablaremos más tarde.

Antes de que él pudiera decir nada más, se deslizó hacia el interior del dormitorio y cerró la puerta.

CAPÍTULO 12

Mi querida doña Latina:

La reina Catalina sigue teniendo una única descendiente viva; una hijita, María. Mi reina esperaba que este año le trajese un nuevo bebé, pero, tristemente, resultó no ser así.

Pero qué orgullosa debéis de sentiros al recibir noticias de vuestra antigua alumna. Por supuesto, hablo de la reina más que de mí. Cada día, mi reina se parece más a la reina Isabel, su noble madre. Los ingleses la aman aunque no les haya dado un príncipe.

Muchos tienen motivos para dar gracias a Dios por la buena influencia que ejerce sobre el rey. Para empezar, la hermana del rey, Margarita, reina de Escocia. Estando en los últimos meses de embarazo, estalló una rebelión en Escocia que la obligó a buscar refugio junto a su hermano, el rey. La reina Catalina le convenció de que no podía abandonar a su hermana. Como si cualquier hombre necesitara que le convenciesen de ayudar a una mujer enferma y embarazada en un momento así; mujer que, además, es su hermana.

La reina Margarita dio a luz a una hija y, por el momento, reside en la corte. Dado que María Tudor también está aquí, es extraño pensar que tenemos a tres mujeres en la corte a las que hemos de dirigirnos como reinas.

Ha habido disturbios civiles en Londres. Cientos de jóvenes, muchos de ellos muchachos imberbes, protestaron contra los extranjeros que se ganan la vida en la ciudad. Un sacerdote instigó tales disturbios tras predicar que los extranjeros les quitaban el pan a los pobres niños huérfanos. Los nobles del rey enseguida restauraron la paz, pero las mazmorras de Londres están desbordadas, puesto que, en Inglaterra, se considera traición que los súbditos ataquen a aquellos extranjeros cuyos gobiernos hayan firmado una tregua con el rey. Dado que se rebelaron, esos muchachos (algunos de ellos muy jóvenes, con tan solo trece años) han sido ejecutados con gran violencia y crueldad. He oído decir que sus cuerpos están colgados por las calles a la vista de todos.

ncómoda, María dejó la pluma, se apartó de la mesa y se puso en pie. El bebé le dio una patada e intentó removerse para, al parecer, ponerse de cabeza. Aquel bebé le pesaba mucho, aunque no tanto como el miedo que arrastraba hacía meses. «No penséis en eso, pensad en otras cosas. El bebé es de Will; tiene que serlo».

Tragándose la bilis, María parpadeó para apartarse las lágrimas y miró fijamente el fuego que se desmoronaba. «Pensad en otra cosa antes de que acabéis poniéndoos mala. —Miró la carta—. Deberíais terminarla».

Alguien llamó a la puerta y otra de las damas de compañía de Catalina fue a contestar.

—El cardenal desea hablar con vos, mi señora —dijo la mujer.

Catalina, que llevaba un madeja de seda blanca al cuello, dobló con cuidado la camisa del rey y la dejó a un lado.

—Decidle que puede pasar.

Un hombre robusto atravesó la puerta abierta mientras María y las otras mujeres se ponían en pie y dejaban de lado sus tareas, para hacer una reverencia. Durante un instante, hubo un momento de calma mientras la sotana roja del cardenal barría las esterillas de cálamo. Wolsey se inclinó ante la reina. La luz del fuego se reflejó en los anillos que llevaba en la mano e hizo que brillaran los rubíes y zafiros. Como canónigo de la Iglesia, le gustaba mostrar sus galas y sus costosas joyas. Ahora que era el lord canciller del rey y llevaba dos años siendo cardenal, Wolsey se había tomado muy en serio su condición de príncipe de la Iglesia. El número de joyas que llevaba consigo competía con las del mismísimo rey. Incluso había hecho construir su palacio cerca del de Richmond. Desde que era más rico, sus fiestas eran legendarias y, en consecuencia, el hombre tenía una posición más firme.

A Catalina no le gustaba demasiado, pues era partidario de los franceses, tenía una amante que no ocultaba e hijos bastardos. «Sin embargo, sirve demasiado bien al rey y a Inglaterra como para que no lo respete. Él también la respeta a ella. Me pregunto qué le habrá traído hoy aquí».

Wolsey no perdió tiempo y fue directo al grano.

—Mi señora, no me gusta el ambiente que se respira en Londres. Debéis hablar con el rey. Si continúan las ejecuciones, no será fácil mostrarse ante el pueblo llano. Y lo cierto es que el rey debería temer lo mismo.

Hablando sin un solo rastro de su encanto habitual, explicó cuál era la situación en términos sombríos, y solo abandonó la estancia cuando la reina le hubo prometido que utilizaría su influencia con el rey. Cuando la puerta se cerró tras él, María contó los segundos interminables que pasó Catalina con la mirada perdida al frente. «Me pregunto en qué estará pensando».

Como si le estuviera respondiendo, la reina se volvió hacia ella.

—Cuando éramos niñas, la reina, mi madre, nos contó la historia de cómo rescató a mi hermana mayor cuando la tomaron como rehén cuando era pequeña. No ahorcó a gente del pueblo en represalia por su rebelión. Por el contrario, los calmó y se esforzó por descubrir qué era lo que les había llevado a cometer tales actos. Me angustia que lo primero en lo que piense mi esposo sea en llevar a la muerte a esos muchachos en lugar de plantearse por qué se han rebelado. Si puede, debería ser misericordioso con su pueblo. —Sentándose en la silla, unió las manos y bajó la vista con el rostro tenso mientras pensaba—. Tengo un plan. Pedidle a mi chambelán que invite a mis regias hermanas a mis aposentos para que compartan conmigo una copa de hipocrás.

Una hora más tarde, las tres reinas habían terminado de hablar y pensar en algo, y dejaron a Catalina con la tarea de poner en marcha su plan. María casi se frotó las manos ante la expectativa de ver a su amiga manejando al rey a su antojo como un peón.

Aquella noche, Enrique acudió al salón privado de la reina para cenar, tal como solía hacer cuando ambos se hospedaban bajo el mismo techo.

María le ofreció una reverencia y pidió permiso para ir al asiento de la ventana de la estancia y esperar allí las órdenes de la reina. Aquello era lo más lejos que podía estar de él. Incómoda, con el niño inquieto en su interior, se movió cada vez más hacia las profundidades del asiento. «Debería pedirle a Catalina permiso para marcharme. Debería preguntar si puede atenderla otra de las damas de compañía cuando cene en privado con el rey. —Suspiró—. Pero me preguntaría el motivo». Para reyes y reinas, la privacidad era algo tan extraño como los avistamientos de unicornios blancos. Incluso en aquel momento, había sirvientes que les atendían, y Catalina siempre tenía a mano a una de sus damas de compañía para poder llamarla. A lo largo de las últimas semanas, consciente de que pronto dejaría la corte para dar a luz, su regia amiga había querido tenerla cerca. María se recordó a sí misma que, en aquellos tiempos, el rey apenas le prestaba atención. Tan solo había habido una ocasión en la que lo había descubierto mirándole el vientre.

Durante un tiempo, el comportamiento del rey hacia ella había desconcertado tanto a su marido como a Catalina. Molesta, había hablado con ambos, dándoles la misma explicación.

—¿Por qué querría el rey mirarme? Soy una mujer que está embarazada cuando su propia esposa no lo está.

Al principio, a la reina le había molestado verlo así, pero, pronto, tanto Will como ella habían aceptado aquella excusa. Todas las semanas del embarazo, María vivía con miedo de que alguno de ellos empezase a sospechar. Así las cosas, a su marido le costaba entender por qué lloraba tan a menudo. Se sentía agradecida de que su tiempo en la corte estuviese llegando a su fin por un tiempo. Muy pronto, se marcharía para quedarse en la propiedad que su marido tenía en Londres, junto al Támesis, y quedaría a la espera del nacimiento del bebé. También la acompañaría su esposo, que pasaba de estar aterrorizado por el parto inminente a la alegría de que por fin fuese a ser padre.

Sin apenas haber tocado su plato, Catalina se volvió hacia el rey, observando cómo comía mientras ella bebía de su copa de oro. Empezó a hablarle de cosas comunes o no tan comunes. Hablaron de que los árboles del jardín habían dado los primeros frutos; hablaron del papa León X, del reciente Concilio Lateranense y sus implicaciones; hablaron con miedo del brote reciente de sudor inglés que había afectado a Oxford; y también de la muerte de la hermana mayor de Catalina, María,[57] aunque el rey dejó el tema de lado rápidamente. María, al igual que Catalina con su segundo marido, había pasado su vida marital de un embarazo a otro.

---

[57] N. de la Ed.: María de Aragón (1482-1517). Fue la cuarta hija de los Reyes Católicos. Aceptó casarse con el viudo de su hermana mayor, Isabel, Manuel I de Portugal, con lo que se convirtió en reina de Portugal, aunque su papel político fue escaso. Tuvo diez hijos y, tras el último parto, muy debilitada, falleció. Los más famosos de ellos serían Juan III, rey de Portugal, e Isabel, que se casó con el emperador Carlos V.

Sin embargo, a diferencia del caso de Catalina, la mayoría de sus bebés habían nacido vivos. Había muerto dando a luz, pero había dejado atrás a un heredero. María se estremeció, sintiéndose enferma. «Creo que el rey sería feliz de ver nacer a un príncipe aunque fuese a costa de la vida de su esposa».

Catalina condujo la conversación hacia los disturbios de Londres y los centenares de hombres jóvenes que estaban a la espera de conocer su destino.

—¿Es necesario que mueran, Enrique?

El rey apartó su plato vacío. Un sirviente le ofreció un cuenco metálico dorado y un paño blanco para que se lavara y secara las manos.

—Hacéis preguntas propias de una mujer —dijo, limpiándose las manos.

Su sonrisa dejó a María helada. Durante años, había respetado a la reina, pero con el tiempo había visto aquel respeto erosionado a causa de su sentido de la realeza y un desdén creciente.

Catalina se movió para acercarse un poco más a él.

—Mi Enrique, la mayoría de ellos apenas han cumplido los dieciséis años. Los londinenses os amarán más de lo que ya lo hacen si mostraseis piedad con sus hijos.

El rey resolló. Se llevó la copa a los labios y dio un trago.

—¿Piedad? Eso solo hace que parezca un rey débil.

—La piedad no os hace parecer débil, no si lo hacéis del modo adecuado. Mi Enrique, os lo ruego, ¿puedo deciros lo que tengo en mente?

Él la miró, dio otro trago y le sonrió.

—Habéis despertado mi curiosidad. ¿En qué estáis pensando?

Catalina se acomodó en la silla y sonrió.

—Creo que os gustará mucho...

Así que se lo contó y el rey se rio.

—Sí que me gusta. Y, si a mí me gusta, a Wolsey también. Me ha estado dando la lata a diario con este asunto. ¿Cuándo sugerís que lo hagamos?

—Cuanto antes, mejor. Tres días bastarán para prepararlo. Confiad en mí, amor mío, lo haremos tan bien que todos os adoraran como un rey que no solo es fuerte, sino misericordioso.

El rey volvió a soltar una carcajada y bebió más vino. Dejando la copa, miró en dirección a la puerta cerrada del dormitorio de Catalina y se desató los cordones de la camisa interior. En su mano, la luz del fuego se reflejó e hizo brillar los rubíes de sus anillos. Cuando jugueteó con una joya que llevaba en el cuello del jubón, los dedos se le tiñeron de carmesí.

Observándole desde el asiento de la ventana, María se estremeció. «¿Sangre en sus manos?». Se mordió una uña, preguntándose por qué el miedo hacía que sintiera tanto frío. Catalina no tenía nada que temer del rey, ¿no?

Enrique recorrió con los ojos la habitación a toda prisa, deteniéndose una vez más en la puerta del dormitorio.

—Me gusta esta habitación —dijo—. Hay muchos recuerdos felices en ella. Catalina, cuando me siento aquí con vos, siempre encuentro paz.

La reina sonrió.

—Una esposa siempre debería proporcionarle paz a su marido.

María se dio cuenta de que el rey estaba mirándolos tanto a ella como al resto de sirvientes con un gesto inexpresivo.

—Dejadnos —ordenó.

Mirando a Catalina, María se levantó lentamente del asiento de la ventana y se encaminó hacia la puerta que conducía a la larga galería. Mientras uno de los sirvientes inclinados le abría la puerta, se volvió e hizo una reverencia.

—Decidle a mi paje que pasaré la noche aquí, con la reina. Regresaré a mi alcoba por la mañana para prepararme para la cacería del día.

María miró a su amiga a los ojos. Esta se sonrojó un poco y agachó la cabeza. Reina o no, antes era esposa y debía someterse con obediencia a las órdenes de su esposo.

❋❋❋

Tres días más tarde, María contemplaba otro cielo gris. La primavera había llegado a Inglaterra semanas antes. Era una primavera inquieta y taciturna que se hacía eco del ánimo de Londres. El peso del vientre la ralentizaba, por lo que, al entrar en Westminster Hall, lo hizo muy por detrás de Catalina, las dos hermanas del rey y sus damas de compañía. A pesar de los centenares de velas que había por todo el interior de aquel salón enorme y antiguo, la luz era débil y lúgubre. Suspiró para sí. «He cambiado un día oscuro por esta oscuridad».

Parpadeó mientras los ojos se le ajustaban a la luz y miró hacia el frente, encontrándose con la mirada preocupada de Will entre los cortesanos. Deseando que se tranquilizara, sonrió. Se desvelaba por ella y el bebé que llevaba en su seno, y no veía el momento de abandonar la corte.

Deseando unirse a las damas de compañía de la reina, apretó el paso y se apresuró hacia el estrado real. La gente se apiñaba a lo largo de las dos paredes largas que había a ambos lados del salón. Era imposible contar cuántas personas había. Mientras se abría paso hacia las damas de la reina, que se habían reunido bajo el estrado, sintió muchos ojos posándose en ella.

Tras colocarse de pie cerca de Meg Pole, contempló cómo el rey daba la bienvenida al estrado real a su esposa y sus hermanas. Las tres reinas, ataviadas con costosos vestidos y con el pelo recogido en redecillas enjoyadas, se sentaron muy juntas. A un tiro de piedra de las damas de la reina, el cardenal Wolsey y los nobles y cortesanos del rey permanecían de pie, como si estuvieran a la espera, todos mirando en dirección a las puertas abiertas del salón.

El salón retumbó con lo que pareció un trueno. Sobresaltada, María se llevó la mano al vientre al notar que el bebé se movía inquieto. Unos guardias arrearon hacia el estrado real a cientos de prisioneros que iban atados entre sí con cepos. Cuando se dio cuenta de que, entre ellos, había mujeres, reprimió un grito ahogado. «Y muchos, muchísimos muchachos. Demasiados. Muchos apenas tendrían doce años».

Tomás Moro dio un paso al frente y miró a los prisioneros con sus ojos oscuros. No había ni rastro de su encanto o buen humor. Como magistrado londinense, había desempeñado su papel en los arrestos y ahorcamientos. Contemplaba la escena con una mirada penetrante y despiadada.

María podía oler el miedo de los prisioneros y el hedor de la orina y las heces impregnaba el salón. Tras una semana presos, les habían quedado secuelas: tenían la ropa manchada y desgarrada, estaban sucios y tenían señales de haberse peleado o de haber sufrido violencia. Muchos abrían los ojos de par en par por el miedo. Frente al estrado, como si fueran una sola, cientos de personas cayeron de rodillas. Fue un ruido que resonó por toda la sala.

—¡Piedad! —gritaron—. ¡Piedad!

Algunos rompieron a llorar, pero la mayoría de los prisioneros continuaron con los gritos lastimeros hasta que los guardias se acercaron y tiraron de los cepos para que callaran.

Como si considerara que aquel era el momento adecuado, Wolsey se adelantó.

—Arrepentíos, pues habéis cometido delito de traición al tomar las armas contra extranjeros pacíficos que deberían ser bienvenidos en nuestras tierras. —Haciendo una floritura dramática con las manos enjoyadas, se volvió hacia el rey y se arrodilló—. Buen señor, a pesar de sus pecados, os ruego que seáis misericordioso. Estos prisioneros fueron engañados por cabecillas que ya han recibido la visita de la justicia del rey y han sido ejecutados. Os lo ruego, noble rey, perdonad la vida a estos prisioneros para que puedan seguir adelante, llevar una vida honesta y cumplir con vuestra real voluntad.

El rey Enrique permaneció sentado en su trono, inamovible, mirando fijamente a los prisioneros. Entre los nobles, se alzaron voces suplicando la piedad del rey. Entonces, las tres reinas se pusieron en pie y liberaron sus largas melenas de las redecillas. Las tres mujeres tenían el cabello de un rojizo dorado que brillaba bajo la luz de las velas mientras les caía por los hombros y la espalda. Las tres se arrodillaron frente al rey. Se rasgaron las ricas vestiduras y alzaron las manos hacia Enrique.

—¡Piedad! —le suplicaron una y otra vez.

Ocultándose tras Meg, María reprimió una carcajada. Durante los últimos días, las tres habían estado ensayando hasta el último detalle aquella representación teatral en la alcoba privada de la reina. Escudriñó el rostro del rey. Le conocía lo bastante bien como para saber que estaba disfrutando de cada momento. «¿Cuánto tiempo hará que su esposa y sus hermanas sigan de rodillas? ¿Cuánto tiempo les hará suplicar antes de convertirse en el rey misericordioso?

Al final, se levantó y ayudó a su esposa y sus hermanas a ponerse en pie, besándoles las mejillas. Catalina intercambió una sonrisa con sus cuñadas, tomándolas de la mano. Sin apartar la mirada, María percibió el alivio de la reina mientras volvía a sentarse en el estrado real. El rey apenas podía ocultar lo que le divertía contemplar a las tres regias mujeres, pero, entonces, endureció el rostro y se volvió hacia sus súbditos.

—Sabed que soy un rey cariñoso con mis súbditos y que escucho las súplicas de clemencia de mi esposa, la reina, y mis regias hermanas. Por la presente, os concedo un indulto general. Ya no sois prisioneros, sino que sois libres de vivir una vida honrada y leal al servicio de la corona.

En medio del salón, la voz de un joven exclamó:

—¡Dios salve al rey! ¡Dios salve al rey Enrique!

A aquella voz, pronto se le unieron otras, que cada vez se hicieron más fuertes hasta que el ruido pareció sacudir las paredes del salón. Wolsey les hizo una señal a los guardias, que liberaron a los prisioneros. Una vez libres, estos lanzaron al aire los cepos y las sogas. María se llevó la mano al vientre. «Si yo pudiera liberarme también… Liberarme de esta vergüenza, de todas las mentiras. —El bebé le dio una patada y se removió—. Mi pequeño, no es culpa vuestra; no deseo librarme de vos».

Una semana más tarde, al rey no le gustó tanto escuchar cómo, fuera de las estancias de la reina, cantaban una nueva canción londinense. Se apartó de la ventana.

—Están agradecidos con vos, no conmigo.

Catalina se puso en pie y le tomó de la mano.

—Soy vuestra reina; su gratitud también es para vos.

Sin que se dieran cuenta, María se escabulló. Quería volver a llorar por todas las mentiras que se les imponían a las mujeres. Dirigiéndose hacia su alcoba a grandes zancadas, enderezó los hombros. En voz baja, cantó la última estrofa de la canción que los londinenses le cantaban a su amiga.

Por lo cual, la bondadosa reina, con el corazón alegre
escuchó el agradecimiento y la alabanza de sus madres,
y así, de ellas se separó gentilmente,
y vivió siendo amada de ahí en adelante.

❄ ❄ ❄

El primer día de junio trajo consigo una noche cálida y despejada, como si, por una vez, el verano quisiera hacer saber que había llegado. Tomando su chal, María miró los baúles cerrados, listos para su partida por la mañana.

Will la rodeó con los brazos.

—Me muero de ganas por llevaros a casa en Londres. El tiempo que he pasado en la corte o en mis otras fincas ha hecho que lo descuidase. Me había olvidado de que la mansión tiene vistas al río y de lo confortable que es. Los sirvientes la han preparado para nuestra estancia: acaban de encalar las paredes, han colocado esterillas de cálamo nuevas y os he preparado una destilería digna de Galeno. Pero podrá esperar mientras descansáis y leéis vuestros libros. Estas últimas semanas en la corte os han dejado sin fuerzas. —La miró con preocupación evidente en el rostro—. ¿Estáis segura de que os encontráis lo bastante bien como para atender a esta invitación de la reina?

María se apoyó contra él y el bebé se removió entre ellos.

—Voy a abandonar a mi reina durante un tiempo. —Alzó la vista hacia él—. Si os salís con la vuestra, pasarán meses. Me paso el día supervisando los preparativos para nuestro viaje y tan solo la he visto brevemente esta mañana. Sabéis que nos consideramos hermanas. Prefiero que esta noche vayamos a ver las estrellas y a cenar con ella antes que quedarnos encerrados en nuestra alcoba, en la que hace un calor sofocante.

No le habló de los pensamientos que le daban vueltas en la cabeza mientras empacaba sus ropajes y las prendas para el bebé que había confeccionado en los últimos meses. Durante aquel día largo, inquietante y caluroso, le costó encontrar la tranquilidad en un cuerpo que ya no solo era suyo. También la perseguían los recuerdos de bebés y mujeres muertas: las hermanas de Catalina, Isabel y María, la reina Isabel de York, Inés... La lista de muertes parecía interminable. Eran demasiadas las que habían muerto demasiado pronto. Para cuando hubo terminado de prepararlo todo, tuvo que ir a la destilería para hervir un poco de corteza de sauce y así preparar una infusión que la ayudara a combatir el dolor de cabeza. «Que me quede en Londres significa que Alice me acompañará cuando llegue el momento». Pero a pesar de ser consciente de aquello, seguía teniendo miedo.

Will la tomó del brazo y sonrió.

—Si de verdad queréis hacer esto, será mejor que empecemos a subir al tejado.

La exigente subida por las escaleras de caracol, bien iluminadas, parecía interminable. A cada giro, el bebé le parecía más pesado. Will se negó a abandonarla ni un solo instante, pero, a mitad de camino, hizo que se detuviera e intentó convencerla de que regresaran a su alcoba. María sacudió la cabeza.

—Siempre y cuando no tengamos que apresurarnos, puedo hacerlo.

—¿Estáis segura?

Todavía recuperando el aliento, lo miró. Al día siguiente, abandonaría a Catalina, y podría ser para siempre. María le tocó el rostro y él sonrió.

—Os estoy diciendo la verdad: me encuentro bien. Lo bastante bien como para disfrutar de una última velada con la reina antes de que nos marchemos. Subiremos las escaleras poco a poco.

Le pareció más sensato seguir adelante que regresar a su alcoba y fingir ante su marido que no tenía miedo de dar a luz.

Él tiró de ella para subir el último escalón y emergió a un tejado cubierto de cojines y esterillas de paja. Un tramo estrecho de costosa alfombra turca conducía desde la entrada del tejado hasta varias sillas que había cerca de una mesa alargada cubierta con un mantel blanco. Sobre dicha mesa se había servido un festín de comida; los platos eran tantos que casi no se veía el mantel que había debajo. En cada una de las esquinas del tejado habían colocado una antorcha.

Si bien las antorchas iluminaban los bordes del tejado de la torreta, su luz, que titilaba con una suave brisa, se reducía hasta convertirse en un núcleo de oscuridad en el centro de la construcción, desde donde todos podrían ver las estrellas. Desde el otro extremo del tejado les llegaba la música de un harpa y de un flautista. Los hombres parecían estar tocando para la noche y las estrellas. Las notas conmovedoras de los instrumentos le llegaron y le atravesaron el corazón.

Esperándola de nuevo para que recuperara el aliento, Will la rodeó con un brazo y, juntos, se apartaron de la puerta. Catalina dejó de hablar con el rey, Meg Pole y Tomás Moro y se acercó rápidamente hasta ella. Al llegar, María hizo una reverencia. O lo intentó, ya que su enorme vientre hacía que todo le resultase difícil.

—No esperaba que vinieseis —dijo la reina, dándole un beso en la mejilla. Con una mano, le hizo un gesto a Will, que se había inclinado ante ella—. No, dejad de lado las formalidades, os lo ruego. Me otorgáis un gran placer al haber venido esta noche. —Sonrió en dirección al barón—. María me ha dicho que dejáis la corte también con motivo del nacimiento de vuestro hijo.

Will sonrió ampliamente, agarrándola todavía del brazo.

—Mi sitio está junto a mi esposa, majestad.

Catalina extendió los brazos para tomarles las manos derechas.

—Mi señor, vuestras palabras alegran mi corazón. —Estrechó con más fuerza la mano de María—. En los últimos meses, he comprobado por qué os negasteis a aceptar a ningún otro hombre. Es vuestra pareja perfecta.

María sonrió a su marido un instante.

—Así es, mi reina.

Tras soltar la mano del barón, Catalina siguió aferrando la de María con firmeza.

—¿Os importa si, durante un rato, tengo a María conmigo? Sin ella, las próximas semanas van a ser extrañas.

Will inclinó la cabeza.

—Por supuesto, majestad. Iré a presentarle mis respetos al rey. —Inclinó la cabeza ante ella de nuevo—. Dejo a mi esposa a vuestro buen recaudo, alteza.

Mientras él atravesaba el tejado, Catalina la condujo hasta la mesa de caballetes.

—¿Os gustaría comer algo? El cocinero ha preparado unos cuantos platos castellanos para nuestro disfrute.

—También hay un cuenco de albaricoques maduros. —María tomó uno y le dio un mordisco. Después, se limpió el zumo de los labios con una de las servilletas que tenía cerca—. Me encanta ver cómo los árboles de nuestra tierra natal crecen tan bien en los huertos ingleses.

—Tenemos buenos jardineros en el palacio. Recuerdo lo mucho que cuidaron los retoños que nos envió mi padre durante los primeros años de mi matrimonio con el rey. Durante el primer invierno, encendieron antorchas en torno a ellos para mantener alejadas las heladas e hicieron todo lo posible para asegurarse de que sobrevivían hasta la primavera. Todos aquellos esfuerzos vieron sus frutos. A veces, creo que la fruta de nuestros huertos ingleses es más dulce que la que recuerdo haber comido en nuestra tierra cuando era una niña.

María se rio un poco.

—Ese es un comentario extraño, hermana. Normalmente, cuando echamos la vista atrás, tan solo recordamos la dulzura del pasado, incluso aunque no haya sido ni mucho menos dulce.

Catalina se encogió de hombros.

—No me permito volver la vista atrás muy a menudo. Lo que me preocupa son el presente y el futuro. Y, ¿acaso no es dulce este momento, hermana? Esta noche veraniega nos permite reunirnos para ver las estrellas en un cielo nocturno despejado. Estáis casada con el hombre que siempre habíais deseado y esperando un hijo.

Enferma y mareada, con el corazón latiéndole con fuerza en los oídos, María apartó el rostro. Extendió la mano para apoyarse en la mesa. Catalina la agarró del brazo y la llevó hasta la silla más cercana.

—Sentaos; sentaos antes de que os desmayéis. —La reina arrastró una silla para sentarse a su lado—. ¿Qué os ocurre?

Incapaz de mirarla, María sacudió la cabeza.

—Nada; no ocurre nada.

Catalina le tomó ambas manos entre las suyas y comenzó a hablarle en voz baja en su lengua materna.

—Evitáis decir la verdad, amiga mía. Os lo ruego, decidme qué es lo que os preocupa.

María cerró los ojos. La cabeza volvía a palpitarle. «Jamás podré hablar de lo que me preocupa, y menos con vos». Desesperada, se aferró a los pensamientos que le habían cruzado la mente a lo largo de aquel día largo y cálido. Alzó la cabeza y se encontró con los ojos preocupados de la reina.

—Temo el parto que se acerca.

Catalina le soltó las manos y la contempló con compasión.

—En realidad, seríamos tontas si no temiéramos dar a luz. Lo único que os puedo aconsejar es que intentéis entregarle ese miedo a Dios. Dejad que Él lo cargue por vos.

María alzó los ojos hacia el cielo negro y aterciopelado. Innumerables estrellas mostraban su luz. Se volvió hacia Catalina y sacudió la cabeza de nuevo.

—Vuestra fe siempre ha sido más grande que la mía. En los momentos en los que se os presentaba una prueba, vuestro amor y fe en Dios aumentaba, pero, en mi caso, no ha sido así. A mí me ha ocurrido todo lo contrario. Solo puedo pensar en todo lo que me pueden arrebatar en un abrir y cerrar de ojos.

Miró hacia el otro extremo del tejado, donde Will estaba hablando con el rey. La luz de las antorchas se proyectaba sobre la mesita que tenían al lado, haciendo que el oro de la gran esfera armilar resplandeciera, y también el del conjunto de astrolabios, de los cuadrantes y del resto de instrumentos preparados para que pudieran estudiar las estrellas.

—A veces, incluso temo mi propia felicidad. Si la perdiera, ¿sería capaz alguna vez de encontrar el camino de vuelta de la oscuridad, tal como vos habéis hecho una y otra vez?

—Hermana, todos tenemos que recorrer nuestro propio camino. Si bien me apena que hayáis tenido dificultades para encontrar la paz que yo encontré en mi fe, no es poco usual que una mujer embarazada también cargue con lo que parece el peso del mundo. —Catalina se inclinó hasta estar más cerca de ella y le dio un beso en la mejilla—. En cuanto a mí, las épocas oscuras que he vivido me han enseñado que no llegamos al cielo sin dificultades, que las dificultades nos forjan y nos preparan para reunirnos con Dios.

El hecho de que se atenuara la luz de una de las antorchas hizo que mirase hacia atrás por encima del hombro. Con el cuerpo bloqueando la luz, Tomás Moro atravesó el tejado, dirigiéndose en una línea recta hacia Catalina. Cuando estuvo cerca, se inclinó ante ella y volvió a avanzar. La reina sacudió la cabeza.

—Tomás, ya os lo he dicho antes, no deseo formalidades esta noche. Esta velada es para que el rey y yo disfrutemos de la compañía de algunos amigos y para que todos juntos estudiemos las estrellas. —Le sonrió—. Ya sabéis que tanto el rey como yo os consideramos un buen amigo.

Dado que su cuerpo todavía estaba bloqueando la luz de la antorcha cercana, costaba ver el rostro de Moro, pero la tristeza se reflejaba en sus ojos. Se movió hasta un lugar donde recaía la luz de varias antorchas. Al ver su rostro animado y de buen humor, María se preguntó si se habría equivocado antes.

—Me honra que penséis en mí de ese modo, majestad —dijo el hombre—. Debéis saber el gran respeto que os tengo, mi reina. —Sonrió—. ¿Alguna vez os he contado que os vi cuando erais una muchacha, la primera vez que entrasteis en Londres? Nunca he olvidado lo encantadora que estabais entonces.

Catalina soltó una risita.

—«Entonces»... Mi buen Tom, tal vez sea mejor que un hombre al que se le tiene en alta estima por su sabiduría no se arriesgue a decirle la verdad a su reina que, ciertamente, sigue siendo una mujer.

La sonrisa amable del hombre le otorgaba a su rostro un magnetismo adicional.

—Desde luego, sois una mujer, mi reina, y si queréis saber la verdad, diría que, en estos días, poseéis una belleza que se le negaba a una muchacha que todavía no había celebrado su decimosexta primavera. La belleza del alma brilla más en vuestro semblante con cada año que pasa.

Catalina se rio abiertamente.

—Creo que, muy a vuestro pesar, conocéis bien las habilidades de un cortesano, Tomás. No sabéis lo que me complació que el rey me dijera que os habéis unido al consejo privado. Tal vez nunca lo hayáis deseado, pero, de entre todos los hombres que conozco, sois el más digno de ocupar tal posición.

María vio cómo su interlocutor tensaba los labios. «Pobre hombre. Dice la verdad cuando afirma que no desea esa posición».

—Alteza, espero no daros nunca motivos para que cambiéis de opinión. Con vos puedo hablar con franqueza. Podéis decir que tengo las habilidades de un cortesano, pero no soy más que un hombre sencillo que disfruta de los pequeños placeres de la vida. El rey me asegura que mi familia no sufrirá si asumo este cargo, pero no estoy seguro de que así sea. Si no hubiese llegado a creer que Dios me pide que asuma este servicio, le suplicaría al rey que me permitiera seguir como he estado los últimos años. Servir a Londres como alguacil también es servir a la corona.

—Tomás, yo también os hablaré con franqueza. Serviréis más a Inglaterra al servir en el consejo privado que ofreciendo vuestros servicios a la ciudad de Londres. Mi esposo necesita tener cerca, a su lado, a hombres como vos. —Catalina sonrió—. Vives me ha escrito. En su carta me contaba que ha leído un libro que habéis escrito. Está muy impresionado por esa lectura. Me asombra que no me hayáis hablado de él o dado la oportunidad de leerlo también.

Los labios de Tomás Moro esbozaron una pequeña sonrisa.

—Acabo de escribirlo, majestad. Le envié una copia a Vives para que la leyera y me diera su opinión. Me alegro de que le haya gustado.

—Me ha contado que habéis escrito sobre un país imaginario gobernado por la razón.

—*Utopía,* alteza. He utilizado *Utopía* para explorar mis propios pensamientos y para reflexionar sobre la guerra y la necesidad de que los príncipes reciban la ayuda de consejeros virtuosos. En realidad, debo confesar que los acontecimientos recientes que han tenido lugar en nuestra tierra tuvieron mucho que ver con que escribiera ese libro.

Catalina frunció los labios.

—Sospecho que habláis de los esfuerzos del papa para sembrar la paz entre los príncipes cristianos para que sean capaces de combatir a los turcos y del hecho de que Wolsey fuese nombrado cardenal y legado papal para que pudiera hacer efectiva la paz perpetua prometida por el Tratado de Londres.

—Vuestras sospechas son ciertas, mi reina. —Ladeó la cabeza, contemplándola—. Si deseáis honrarme leyéndolo, será un gran placer para mí enviaros un ejemplar.

—El placer será mío, Tomás. No tengo ninguna duda a ese respecto. —Catalina le sonrió—. Olvidé hablaros de otro placer del que he podido disfrutar recientemente. La última vez que fui paseando hasta vuestra casa en Chelsea, me encontré con vuestra hija Margaret en el jardín. Cada vez que la veo, me vuelve a sorprender con su madurez e inteligencia. Nadie pensaría que es una muchacha de doce años, no por la profundidad y amplitud de su conversación.

—No me ha contado que hubiese hablado con vos, alteza.

Catalina se rio un poco.

—Le preocupaba que no os agradase que hubiésemos estado hablando durante tanto tiempo. Perdonadme, le dije que no os lo contara a menos que vos le preguntaseis por qué había estado tanto tiempo en el jardín y que, si yo os hablaba de ello en algún momento, os contaría que el tiempo que pasé con vuestra hija en vuestro jardín me animó el corazón y me llevó hasta vuestra puerta convertida en una mujer mucho más alegre que la que había llegado a vuestra casa. Vuestra hija es un encanto, Tomás; no solo es inteligente, sino que también tiene buen corazón. Me gustaría que la princesa María recibiese el mismo tipo de educación. —Catalina le dirigió una sonrisa a María—. Quiero que mi hija tenga la misma suerte que nosotras tuvimos de niñas. Mi regia madre escogió bien a nuestros maestros, que nos brindaron el amor por el aprendizaje y nos enseñaron su valía.

María hizo una mueca y se rio.

—Vos aprendisteis esa lección antes que yo. Tenía ocho años cuando dejé de sentir resentimiento por el tiempo que me obligaban a estudiar los libros.

La reina sonrió.

—Por aquel entonces, no solo leíais y escribíais bien, sino que nuestra buena maestra ya había empezado a enseñaros las artes curativas, que os resultaban más interesantes que el estudio de los filósofos antiguos.

—Me sigue pareciendo más interesante que la mayoría de las cosas —contestó ella, riéndose abiertamente.

El bebé se movió y le dio una patada. Se acunó el vientre con las manos. Aquel bebé se hacía notar cada día más. Pensativa, recordó a la muchacha que había sido y se preguntó si la decisión de la Latina con respecto a enseñarle medicina había sido porque se había dado cuenta de que una de sus pupilas jamás disfrutaría de aprender latín si no tenía un propósito para aprenderlo. El estudio no le salía de dentro, como a Catalina, pero el hecho de que hubiera estudiado artes curativas le había cambiado la vida. En cuanto había empezado a aprender medicina, había deseado seguir aprendiendo. Con esfuerzo, volvió a prestar atención a la conversación entre Moro y Catalina.

—¿Podéis recomendarme un buen maestro para mi hija, Tomás? ¿Uno que pudiera enseñarle como a vuestras hijas?

Tomás Moro se rio.

—¿Tan pronto, mi reina? No hace mucho que la princesa celebró su primer cumpleaños.

—Es la hija del rey. Si no tenemos un hijo, algún día será reina de Inglaterra. Puede que mi hija sea pequeña, pero ya da muestras de su inteligencia. Yo, como su madre, superviso su aprendizaje en estos primeros años, pero me gustaría traer a su futuro maestro a mi casa ahora, de modo que, para cuando empiece a recibir sus lecciones en serio, la niña ya lo conozca y lo aprecie. Eso también me daría tiempo para juzgar la valía de dicha persona. Pretendo rodear a mi hija de personas en las que confío y a las que respeto.

—Si deseáis un maestro en el que podáis confiar y al que podáis respetar, no dudo en recomendaros a Richard Featherstone.[58] En primera instancia, es un sacerdote. De hecho, es doctor en Divinidad. Pero también es un erudito del latín. Obtuvo la maestría en Oxford. Hay pocos que se igualen a él.

—¿Richard Featherstone? Le conozco y me agrada. No solo es leal a Inglaterra, sino que también lo es a Dios. Mandaré que le llamen mañana y hablaré con él sobre enseñarle a mi hija en el futuro. Mientras tanto, puede unirse a mi casa como capellán. —Catalina se dio la vuelta y miró a María—. ¿Os encontráis bien, amiga mía? ¿Queréis comer algo u os apetece regresar con vuestro esposo y tomar un instrumento para medir las estrellas? Pronostican que en la próxima luna llena habrá un eclipse lunar.

María tomó un muslo de pollo de la mesa.

—Gracias, mi reina, pero me contento con quedarme aquí y comer.

Cuando sonrió, la antorcha iluminó los dientes de Tomás Moro.

—¿Puedo expresar el placer que es servir a una reina que disfruta de los fenómenos celestiales a través de los ojos de la razón? Demasiados hombres tan solo ven supersticiones en cualquier movimiento de las estrellas.

—Me alabáis demasiado, Tomás. De niña, no hubiera usado la razón. De niña, creía que el movimiento de las estrellas producía una música que ni siquiera sabíamos estar escuchando.

---

58 N. de la Ed.: Richard Featherstone (fallecido en 1540) fue archidiácono de Brecon y capellán de Catalina de Aragón, así como tutor de su hija, María Tudor. Fue ejecutado por negarse a firmar el Acta de Supremacía y canonizado después por la Iglesia católica.

Alzó la cabeza, mirando las estrellas.

El arpista tocó un acorde y empezó a tocar una canción que María había escuchado por primera vez en Ludlow, años atrás. El momento presente se disolvió y, en su interior, escuchó una voz galesa firme que cantaba:

No sois quien en el bosque canta.
Lejos del ojo del arquero,
vuestro curso está sobre la cima de las montañas,
y vuestra música en el cielo.
Recorred sin miedo el camino de nubes blancas,
morador de la tierra, de angelical cancionero.

María vio los ojos de Catalina brillando bajo la luz de las antorchas. «No está mirando las estrellas. Está volviendo la vista a un tiempo en el que la vida contenía la promesa del amor y la dulce esencia de la juventud».

Confirmando sus sospecha, la reina suspiró y dijo:

—Ya no tengo dieciséis años, ni creo que las estrellas hagan música. Los fenómenos astronómicos son como las estaciones: no son más que el designio de Dios y debemos aceptarlos y darles la bienvenida como tal. —Se rio un poco y tomó la mano de María—. Recuerdo que, de niña, creíais que la tierra era plana.

María se encogió de hombros.

—Y yo recuerdo que vos me dijisteis lo contrario. —El cielo nocturno resplandecía, lleno de estrellas—. ¿Y qué tenéis que decirme sobre las estrellas que vemos esta noche dando vueltas en torno a esta Tierra nuestra?

Una vez más, Catalina alzó los ojos hacia el cielo.

—¿Qué puedo decir de las estrellas más allá de que su luz nos une a Dios y a la eternidad?

Capítulo 13

ill tomó al niñito entre sus brazos con los ojos fijos en aquel bebé dormido.

—Le llamaremos Enrique.

A María se le paró el corazón y, después, le dio un vuelco en el pecho. Debilitada por un parto difícil, la energía se le escapaba del cuerpo. Con dolor, rodó sobre la cama para acercarse más a Will y a la cuna. Se llevó las manos a la cabeza dolorida. Su marido alzó los ojos, mirándola con preocupación. Acunó al niño más cerca de él.

—Amor mío, ¿debería llamar de nuevo a la comadrona?

—No quiero llamarle Enrique —dijo en voz baja. Tragó saliva, preguntándose si la habría oído—. No quiero llamarle Enrique —dijo de nuevo, en un tono más alto.

—Cariño, el rey esperará que así sea.

—¿Que lo esperará?

María sintió ganas de vomitar. «Mi hijo no es hijo del rey. No es hijo del rey». Se repetía así misma aquello una y otra vez en la cabeza, pero no le ayudaba. La cabeza y el corazón le palpitaban como si estuvieran listos para hacerse añicos.

—Sí, amor, pensad en todos los regalos de bodas que nos ha hecho y el favor que nos ha mostrado a los dos a lo largo de los años.

«¿Favor?». María escuchó en su interior la voz del rey: «Un rey os ofrece su favor y vos lloráis». El dolor de cabeza se convirtió en una agonía punzante y la luz brillante que se filtraba por las ventanas le hizo daño en los ojos.

—Will, corred las cortinas, os lo suplico. —Mirándola con un miedo evidente, dejó al bebé en la cuna con sumo cuidado e hizo lo que le pedía—. Nunca pedí o quise su favor —añadió débilmente cuando su marido volvió a sentarse en el borde de la cama y le tomó la mano.

—Eso ya lo sé —dijo él en voz baja—, pero también sé que el rey nunca olvida el favor que les brinda a sus súbditos. Siempre espera un pago a cambio.

María se volvió, sintiendo náuseas de repente.

—Voy a vomitar —dijo.

Will agarró la palangana. Le posó la mano con cuidado en la nuca y permaneció así hasta que terminó de vomitar. Después, se enderezó y comenzó a caminar hacia la puerta.

—Voy a ocuparme de esto y a pedirle a la comadrona que regrese con vos.

Una vez sola, María se puso boca arriba y miró el techo. El bebé gimió. «¿Es hijo de Will o del rey? ¿Cómo voy a saberlo? Ay, Dios, ¡cuánta razón tiene Will al decir que el rey nunca olvida! Debería estar feliz, pues tengo un hijo. Pero quiero que su padre sea Will, no un hombre al que odio. Ya me costaba ocultar antes lo que le odiaba. No sé cómo haré ahora para ocultarlo». Sus pensamientos se convirtieron en una bestia decidida a destrozarla y la cabeza empezó a dolerle más y más.

Alice regresó con Will y le echó un vistazo antes de regresar a la cama con una copa.

—Tenéis que beber la leche de la amapola. Necesitáis dormir, mi señora. El sueño lo arreglará todo.

El dolor la apretó más en la cabeza como si de un torturador que apretara una soga se tratara.

«¿El sueño lo arreglará todo? Nada solucionará esto más que la muerte». Obediente, se tragó la leche de la amapola. Los párpados empezaron a pesarle mientras Will le cantaba una nana al bebé, que estaba llorando.

> *Con un arrullo, como un niño,*
> *dormís demasiado, ¡os han seducido!*
> *«Mi amor, mi vida, mi margarita».*

❁ ❁ ❁

«Nada solucionará esto más que la muerte».

Dos semanas más tarde, aquellas palabras resonaban sin parar en su mente y en su corazón. Will estaba tumbado a su lado, con la cabeza apoyada en la cama. Una y otra vez, María le acarició el pelo y, después, le posó la mano en el hombro, que le subía y bajaba con los sollozos.

«Nada solucionará esto más que la muerte».

Su hijo estaba muerto. El hijo que había deseado y con el que había soñado durante lo que le parecía una vida entera. Como ya le sucediera al hijito de la reina años atrás, aquella mañana, la nodriza había encontrado al bebé sin vida en la cuna.

«Nada solucionará esto más que la muerte».

María cerró los ojos con fuerza. «¿Maldije sin querer a mi hijo y por eso habrá muerto?».

La nodriza había expresado su preocupación dos días después de su nacimiento.

—Señora, no mama como mi niño, que está fuerte —le había dicho la joven—. A menudo, vuestro bebé devuelve la mayor parte de la leche.

Despertando de su depresión y sin haber celebrado todavía la misa de parida, María había pedido que le llevaran a su hijo. Lo había colocado junto a ella en la cama y le había quitado la ropa con la que lo habían envuelto. El bebé de cabello rubio plateado le había parecido perfecto y se había dicho a sí misma que había sido una tonta al pensar que era hijo del rey. Era hijo de Will y suyo. Que la hija del rey hubiese nacido con un color de pelo similar al de su hijo no significaba nada. María lo había tomado en brazos y le había acercado la nariz. El olor a bebé le había dado un tirón en las entrañas y había hecho que le dolieran los pechos. Por primera vez, se había arrepentido de hacer tomado la decisión de no amamantarlo ella misma.

Y, ahora, su hijo estaba muerto. Las prendas con las que lo habían envuelto y que ella le había quitado del cuerpo diminuto con tanto cuidado apenas dos semanas antes serían su sudario. Will no había dejado de llorar desde que lo abrazaron aquella mañana. María era incapaz de llorar. Ojalá pudiera hacerlo.

Desde muy pequeña, había mantenido a raya las lágrimas, o lo había intentado. Para perplejidad de Will, durante los últimos meses de embarazo, había llorado por cualquier cosa, como si las lágrimas que había dejado de llorar desde antes de cumplir los quince años le hubieran exigido que las liberase. Sin embargo, en aquel momento, no era capaz de llorar. Si empezara, lloraría un océano de lágrimas. Un océano de lágrimas que la ahogaría.

«Nada solucionará esto más que la muerte».

❋ ❋ ❋

«Nada solucionará esto más que la muerte».

«Nada solucionará esto más que la muerte».

María se enjugó las lágrimas de los ojos. «Mi pequeño se habría convertido en un hombre ahora. Si hubiese sobrevivido, su hermana no se habría convertido en heredera y habría sido de poco interés para hombres como Brandon». Se levantó de la silla con el cuerpo rígido y lanzó otro tronco al fuego. Calentándose las manos, contempló las páginas de pergamino que estaban sobre la mesa que había junto al escritorio. Llevaba horas escribiendo, y todavía no había llegado al final. La luz de los candelabros de la habitación no lograba ahuyentar las sombras. Gracias al cansancio, parecían tomar la forma de los fantasmas de su pasado. Eran unos fantasmas silenciosos, pero, en el corazón, sabía que querían que hablara por ellos. Enderezó los hombros y regresó a la silla. «No escribo solo por Catalina, sino por ellos. También es su historia». Volvió a tomar la pluma.

¿Os he sorprendido, hija mía, al escribir sobre la muerte de mi primer hijo, vuestro hermano? Mi niñito, que murió demasiado pronto como para que yo supiera con certeza si era hijo del rey o de vuestro padre. Cuando murió, poco me importó su linaje. Tan solo quería que viviera.

Sin embargo, nunca podemos determinar nuestro destino. Ojalá pudiéramos. He tenido felicidad en la vida, pero también sufrimiento, tal como nos ocurre a todos. Pero incluso este gran sufrimiento palidece frente a todo lo que Catalina tuvo que padecer a lo largo de su vida.

«Somos bastante jóvenes. Llegarán los hijos», dijo el rey cuando nació la princesa María. Él era bastante joven, sí, pero Catalina no tanto. Tras el nacimiento de la princesa sufrió otro aborto y, después, pasaron dos largos años antes de que volviera a quedarse embarazada. Aquel año, cuando visitamos la facultad

de Merton, Catalina peregrinó al monasterio de santa Fredesvinda para rezar por que le naciera un hijo sano. Sus plegarias fueron en vano. Dio a luz a una niña débil que vivió apenas unos días. El hecho de que llegara la muerte después de la vida volvía a repetirse en el matrimonio de Catalina con el rey Tudor.

Hija mía, os llevaba en el vientre cuando le dije a mi amiga que su bebé había muerto. Era muy consciente de vos, cariño. Mientras la reina lloraba entre mis brazos, vos os movíais entre nosotras. Catalina se aferró a mí como alguien que se está ahogando, clavándose los dedos en los brazos y ocultando el rostro en mi pecho. Me descubrí dando gracias a Dios por la muerte de mi propio hijo y por el dolor que compartíamos y que siempre formaría parte de nosotras.

No hubo más bebés, y di gracias a Dios por ello. El corazón de Catalina se había desgarrado con cada bebé muerto y eso la había llevado a buscar consuelo en Dios. Lo que hizo que siguiera adelante fue su fe, su amor por su hija, María, su amor por el rey y su amor por Inglaterra. Pero dudo que su cordura hubiera soportado la pérdida de otro hijo.

La pequeña María creció y floreció. Para Catalina, la niña era la respuesta a sus plegaras. Dedicó sus días a supervisar el bienestar de su única hija. María le proporcionó a su madre la felicidad que necesitaba en la vida.

No tuve el valor de contarle lo que vuestro padre me había contado en la privacidad de nuestro dormitorio. El rey estaba furioso e insatisfecho. Quería hijos, no hijas con todos los problemas inherentes que las herederas de la corona habían acarreado en el pasado a Inglaterra. Él no lo veía como Catalina, cuya madre había sido una reina fuerte y capaz. ¿Por qué no iba a serlo su hija?

Al hablar con vuestro padre, me costaba entender por qué el rey estaba tan decidido a conseguir un príncipe, haciendo caso omiso de todas las mujeres competentes que conocía y que había conocido a lo largo de su vida. Se olvidaba de su madre, de su abuela, de sus hermanas y de su esposa. Se olvidaba de cómo Catalina había demostrado su valía cuando él se había marchado a Francia y la había dejado como regente. Tal vez quisiera olvidarlo. Los ingleses todavía celebraban la victoria que ella consiguió sobre los escoceses, *una victoria que se veía mucho más grande que las pequeñas victorias del rey en Francia. Se olvidaba de que esa victoria le había costado otro bebé, el hijo que ambos deseaban.*

Sin embargo, tenían a María, una niña que era nieta de la reina Isabel de Castilla; una princesa que era pariente cercana de la casa real más poderosa de Europa. A ojos de su madre, Dios les había entregado a María para que fuera la sucesora, la siguiente monarca de Inglaterra.

Pero el rey no lo veía así.

Capítulo 14

Abadía de Syon, 1520

Mi querida doña Latina:

Vamos a estar en la abadía una semana y a dejar atrás una corte que se prepara para la visita del emperador Carlos y la proximidad del viaje a Calais. Sí, me alegro de la tranquilidad que va a suponer esta semana, incluso aunque el motivo de que vaya a ser así me aleje de mi hija pequeña y me cause mucha inquietud...

aría se frotó los ojos cansados y llorosos y miró hacia el exterior a través de la ventana grande de la alcoba de la reina. Con la visión todavía nublada, clavó la aguja en el vestidito que estaba cosiendo para su hija y volvió a dejar la labor en la cesta que tenía a los pies. El paso de los años no había logrado que desapareciera su aversión por la aguja, pero encontraba un placer perverso en coser para su hija. Estaba dispuesta a hacer cualquier cosa, cualquier sacrificio por ella, incluso pasar horas forzando la vista y pinchándose los dedos mientras confeccionaba otro vestidito para ella.

Se levantó de la silla y se colocó frente a la ventana. Un manto sedoso de nubes rosas manchaba un cielo cada vez más oscuro.

Ninguno de los hilos de seda que había en su caja de costura estaba cerca de capturar los colores del día al acabarse. Al día siguiente, se uniría a las monjas en su jardín de plantas medicinales y se dedicaría a aquel espacio todo el tiempo que le apeteciera. «Sí, mañana me deleitaré usando las manos».

Miró a Catalina y a la princesita. La reina estaba cepillando el cabello rubio plateado de su hija. María recordaba cómo, cuando la niña tenía dos años, el rey le había quitado la redecilla de pelo, lo que había dejado al descubierto su melena rubia frente a los embajadores franceses. Suspiró. Aquello no le había gustado a la reina, y tampoco el motivo por el que lo había hecho su marido, pues no le gustaba nada que hubieran prometido a su hija con el delfín francés.

En un banquete que había ofrecido en honor de los embajadores franceses, el rey también había presumido de su hijo pequeño ante ellos. Era un hijo bastardo, nacido de su amante, Bessie Blount. Un bastardo que el rey había reconocido. El niño había recibido el nombre de su padre y se llamaba Enrique, Enrique Fitzroy.[59]

La princesa María era casi dos años mayor que su medio hermano. Se decía que el niño era inteligente, pero no había duda alguna respecto de que ella era más inteligente que él. Incluso con dos años había impresionado a todos los que la rodeaban con su inteligencia cuando había llamado a fray Dionisio Memo, un músico veneciano empleado por el rey, dirigiéndose a él como «sacerdote» y ordenándole que tocase para ella. Los dos últimos años, fray Dionisio había sido el profesor de música de la niñita. Le había enseñado bien, pues ya podía leer las partituras y tocar el virginal.

Uno de los motivos por los que habían ido a Syon durante un tiempo había sido por la tensión creciente entre Catalina y el rey. Él insistía en tratar a su hijo bastardo como un príncipe. El rey adoraba a su hija y decía que era su perla, pero, en privado, también le hablaba a su esposa de convertir a su hijo en duque. Cuando sugirió un posible matrimonio entre el niño y su hija María en el futuro, Catalina casi perdió el control e intentó pegarle. La reina se negaba a hablar de aquel hijo tanto en aquel momento como en el futuro. Humillada y dolida, había buscado la paz de la abadía para poder calmarse y hacer balance de la situación antes de la llegada de su sobrino.

---

59 N. de la Ed.: Enrique Fitzroy (1519-1536) fue el único hijo ilegítimo al que Enrique VIII reconoció. Nombrado conde de Nottingham y duque de Richmond y Somerset. Criado como un príncipe, las aspiraciones de algunos por nombrarlo heredero desaparecieron debido a su temprana muerte.

María se acercó hasta Meg Pole, que estaba sentada cerca del fuego. La mujer estaba tan absorta en un libro que ni siquiera alzó la cabeza cuando se sentó en una silla frente a ella. Mientras se acomodaba, vio a Catalina pasándole los dedos por el cabello a su hija. El tiempo se detuvo y María se acordó de la reina Isabel haciéndole lo mismo a su hija cuando todavía era una niña. En aquel entonces, había sido un acto de amor y, ahora, también lo era. Se tragó el nudo que tenía en la garganta y que, más bien, parecía el corazón. «Gracias a Dios que el regalo del amor permanece con nosotros hasta el último aliento. No, el amor permanece con nosotros para siempre».

Catalina extendió un mechón de pelo de la niña para que se reflejaran en él los últimos rayos de sol.

—Qué color tan bonito. Se parece mucho al de la madre de vuestro padre, vuestra queridísima abuela, que Dios la tenga en su gloria.

La niña se acicaló y sonrió.

—Vuestro cabello también es bonito, mamá.

Catalina comenzó a cepillárselo de nuevo.

—Antes decían que tenía un cabello hermoso, pero con el tiempo ha perdido brillo, hija mía. Pero, que así sea; mientras vivimos, nada permanece.

Perpleja, la princesa miró a su madre.

—¿Por qué estáis triste?

Catalina dejó el cepillo y abrazó a su hija.

—Cariño, no estoy triste, tan solo soy una tonta. El rey, vuestro padre, me ha enviado una carta explicando sus planes para vos en el futuro. Cuando cumpláis nueve años, os marcharéis a Ludlow. Conviene que aprendáis a gobernar vuestra propia corte cuando seáis mayor. Si Dios quiere, un día seréis reina. Todavía quedan muchísimos años, pero tenéis que aprender a reinar. —Catalina suspiró—. No puedo mentir; no quiero que estéis lejos de mí, ni con nueve años, ni nunca. Pero todavía quedan años. Soy una tonta por pensar en ello cuando todavía os voy a tener conmigo mucho tiempo.

La princesa se mordió el labio inferior con las lágrimas adornándole las cortas pestañas.

—No quiero dejaros, mamá.

Catalina contempló a su hija durante un buen rato.

—Hija, vais a tardar muchos años en dejarme. Pero sois una princesa, María, así como la heredera de vuestro noble padre. Es vuestro deber hacer por vuestro país lo que el rey, vuestro padre, ordene. —Volvió a tomar a la niñita entre sus brazos—. Perdonad a vuestra madre por hablar de ello así como así. Os quedaréis conmigo hasta que seáis lo bastante mayor como para marcharos. Y, cuando llegue el momento, no os enviaré sola. Vuestra madrina, lady Margarita, irá con vos.

Meg alzó la mirada del libro y sonrió.

—Para mí será un gran honor servir y partir con la princesa a Ludlow. Ella y yo ya nos queremos.

Catalina asintió.

—Seréis la madre de mi hija en mi lugar.

La princesa María pasó los brazos alrededor del cuello de su madre y le dio un beso en la mejilla.

—Amo a lady Margarita, pero a vos os amo con todo mi corazón. Solo tengo una mamá.

❀ ❀ ❀

Canterbury, 28 de mayo de 1520

Mi querida doña Latina:

Os escribo durante la semana siguiente a Pentecostés. La corte se abre camino lentamente hacia Dover, donde los barcos esperan para llevarnos a Calais. Sé que os escribí para hablaros de los preparativos de la corte inglesa durante los últimos meses para que el rey de Inglaterra celebre un parlamento con el rey francés. Nos alojamos en el palacio del arzobispo de Canterbury, a poca distancia de Dover y de los barcos que nos esperan para la travesía hasta Francia. Sin embargo, actualmente, hemos retrasado el viaje para dar la bienvenida a Inglaterra al sobrino de la reina, el emperador Carlos.

En la alcoba preparada para uso de la reina, María se acercó hasta el cofre de las joyas, pasando por delante de Maud Parr, que cargaba con las enaguas de lamé plateado de la reina. Su amiga alzó los brazos mientras Maud le pasaba la enagua por la cabeza. Otra de las damas de compañía de la reina, Joan Guildford, estaba a la espera cerca de ellas, sujetando el vestido dorado forrado de terciopelo violeta y adornado con piel de armiño de invierno. La luz del fuego cercano, que ardía resplandeciente en una chimenea enorme, se reflejó sobre las rosas de los Tudor que había bordadas en el dobladillo. Por un instante, las flores brillaron como si fueran estrellas. El vestido, que era uno de los muchos que habían confeccionado para Catalina durante los seis meses de espera para el viaje a Calais y la reunión con el rey de Francia, refulgía como el oro líquido.

Al fin, localizó los collares de perlas y las pesadas cruces de diamantes que Catalina quería ponerse. Al tomar todo aquello, se quedó contemplando el brillo y la iridiscencia de las perlas, que parecían vivas en sus manos. Se lo llevó a Catalina y le pasó el collar por la cabeza, asegurándose de que las perlas colgaban a la perfección antes de unir una de las cruces a una de las cadenas. Después, colocó sobre la cabeza de Catalina el tocado de terciopelo negro, adornado con joyas deslumbrantes y perlas relucientes. Dando un paso atrás para contemplarlo todo, María se dio cuenta de que a la reina le temblaban las manos mientras se alisaba la falda del vestido. «Yo también estaría nerviosa; no solo va a conocer a su sobrino, sino a un emperador».

—¿Creéis que mi sobrino estará orgulloso de mí? —le preguntó.

Riéndose junto con el resto de las mujeres, María hizo una reverencia.

—Mi señora, si os digo la verdad, no necesitáis hacer una pregunta así. Jamás. Sois nuestra reina y nos enorgullece que así sea.

Catalina unió las manos frente a ella, como si deseara calmarlas.

—Para mí, hoy es un día especial. Hace mucho tiempo que deseo ver a mi sobrino, el emperador. Si no fuera la reina de estas tierras, sería mi soberano. —Se acarició la parte superior del corpiño con ambas manos y enderezó los hombros—. Es hora de que salgamos.

Colocándose detrás de Catalina con las otras damas de compañía, María siguió a la reina hasta el gran salón. La noche anterior, Will le había contado historias de muchas bodas reales y banquetes que se habían celebrado allí hacía tiempo. Ahora, los sirvientes iban y venían a toda prisa, preparándose para otro banquete que se celebraba en honor del sobrino de Catalina.

La reina se dirigió al fondo de la estancia, hacia su esposo, que estaba a la espera. Su hermana, María Tudor, y su esposo, que hacía tiempo que había recuperado el favor del rey, estaban de pie cerca de él junto con un hombre joven y alto con el pelo oscuro cortado a la altura de los hombros.

Tenía el rostro más extraño que María hubiese visto jamás. Juana, su madre, e incluso Catalina, poseían una mandíbula que sobresalía, pero solo un poco. Sin embargo, la del joven sobresalía tanto que tuvo que apartar la vista para ocultar la sorpresa al verle. Sin embargo, Catalina no pareció darse cuenta del rostro peculiar de su sobrino. Tras acercarse a él, comenzó a hacer una reverencia, pero él se le adelantó, se quitó el sombrero y se arrodilló ante ella.

—Os pido vuestras bendiciones, tía.

Visiblemente conmovida, Catalina se enderezó y le apoyó la mano en la cabeza desnuda.

—Con todo mi corazón, os bendigo, mi señor y querido sobrino. Alzaos y dejad que os abrace.

Tras levantarse de golpe, Carlos abrazó a la reina. Ella se aferró a él con fuerza durante un instante antes de separarse para enjugarse el rostro.

—Os lo ruego, perdonadme, pero estoy muy feliz. Jamás pensé que llegaría este día.

Él volvió a sonreírle y, después, hizo lo propio con una mujer que se encontraba unos pasos detrás de él. Ataviada como alguien del más alto rango, aquella joven hermosa y de pelo oscuro, que tendría más o menos la misma edad de María y Catalina, hizo una reverencia en respuesta al gesto de acercamiento del emperador y se adelantó para colocarse a su lado.

—También os complacerá saludar a esta dama. Es vuestra madrastra, Germana de Foix.[60]

Catalina actuó como si no supiera que la mujer era también la amante de su sobrino. Saludó a la viuda de su padre en francés con deleite y encanto. María se unió a las damas de compañía de la reina, que estaban a cierta distancia, mientras la realeza inglesa se dedicaba a intercambiar cumplidos con el emperador y su amante. Al final, llegó el momento de que la reina se despidiera brevemente de su sobrino. Regresó a su alcoba para descansar antes de los festejos nocturnos.

---

60 N. de la Ed.: Germana de Foix (1488-1536). Fue reina consorte de Aragón tras su matrimonio con Fernando el Católico. Ambos tuvieron un hijo, Juan de Aragón y Foix, que habría sido rey de Aragón de haber vivido. Ella era muy joven cuando llegó de Francia, tenía dieciocho años. Enviudó pronto y se convirtió en amante del emperador Carlos, un joven de diecisiete años y con pocos amigos en la corte de Castilla tras su llegada. Tuvieron una hija ilegítima, Isabel, que sería educada en Castilla.

Cuando regresaron, el salón principal parecía muy diferente. A lo largo de las paredes, se extendían unas mesas alargadas dispuestas con manteles blancos, mientras que las mesas para la realeza, se encontraban en cada extremo de la estancia.

Contenta de estar sentada junto a Will, María acababa de empezar a comer los manjares del primer plato cuando una trompeta hizo sonar unas notas largas y el suelo se sacudió bajo sus pies. El duque de Buckingham entró montado sobre un caballo blanco, refrenándolo al llegar a la mesa del emperador. Se bajó para arrodillarse ante el visitante real.

—Quiere que Inglaterra estreche lazos con el emperador, no con el rey francés —le dijo Will en voz baja al oído—. He oído que está furioso porque el rey envió a Wolsey hasta Dover para recibir al emperador y escoltarle hasta Canterbury. Todos saben que el duque cree que el cardenal tiene demasiado poder sobre nuestro soberano.

María suspiró. Recordó que Catalina le había contado que Buckingham deseaba (no, exigía) tener influencia sobre el rey. Odiaba al hombre del que decía que era hijo de un carnicero y afirmaba que el cardenal se enorgullecía de su propia riqueza tanto como el mismísimo rey Enrique.

—El rey se enfadó con el duque por hablar del modo en que lo hizo —murmuró ella.

Will frunció el ceño.

—El duque no es el único que odia al cardenal. ¿Habéis visto la cara de enfado del arzobispo de Canterbury cuando le ha dado hoy la bienvenida a su casa? Ahí tampoco había ni una pizca de agrado. La mirada que le ha lanzado el arzobispo Warham no es la que se hubiera esperado de un hombre de Dios.

Hubo otro momento sombrío durante la visita del emperador. Al final del primer plato, Buckingham, como el encargado de protocolo del rey, sujetó el cuenco para que el monarca se lavase las manos. Wolsey aprovechó la oportunidad para lavárselas él también. Los ojos del duque brillaron con furia y volcó el cuenco. María escuchó algunas risas mientras el agua se derramaba sobre los zapatos enjoyados del cardenal, que miró al duque como si pudiera asesinarlo mientras el rey los observaba.

María juntó las manos para que no le temblaran. «El rey parece divertirse, pero sus ojos... son como los de un ave de presa que se prepara para atacar». Se inclinó para acercarse a Will y le susurró:

—Buckingham debería saber que el rey se está cansando de su arrogancia. Si continúa su juego con el cardenal, puede que acabe perdiendo.

Capítulo 15

Día 28 de mayo de 1520

Mi querida doña Latina:

Estoy en Dover a la espera de embarcar en la nave que llevará a la corte hasta Calais. La reina sigue muy contenta por la reciente visita de su sobrino. Está deseando volver a reunirse con él en Gravelinas tras la cumbre con el rey de Francia.

aría miró hacia fuera, en dirección a los acantilados blancos de Dover. Bajo sus pies, la cubierta del *Katherine Pleasaunce* se mecía con las olas. Muchos años atrás, las tormentas que las habían llevado hasta Inglaterra habían hecho que permanecieran encerradas en el interior de un camarote de barco oscuro y habían hecho que se les prohibiese echar un primer vistazo a su nuevo país. Ni siquiera estaba segura de si aquel terrible viaje, ahora hacía tanto tiempo, le hubiese permitido ver aquellos acantilados blancos y majestuosos, más inexpugnables que cualquier fortaleza real. Tan solo sabía que la dejaban asombrada y que, durante un rato, hacían que olvidara el miedo al viaje que se avecinaba.

El aroma del agua de rosas llegó hasta ella, enfrentándose al aire marino. María, la duquesa de Suffolk, se acercó a ella, abriéndose paso entre la multitud que había en cubierta e inclinándose o haciendo reverencias conforme pasaba. Cuando llegó junto a ella, María también le hizo una reverencia.

—Menudo enjambre de gente —dijo la muchacha—. Y este no es más que uno de los navíos que lleva a la corte de mi hermano a reunirse con el rey francés. Mi hermano presume de que seis mil hombres y mujeres van a cruzar hasta Calais. —Apoyó los brazos en la barandilla y contempló los acantilados—. La última vez que tuve estas vistas, maldecía mi sangre real y temía llegar a Francia. Estuve enferma durante todo el trayecto y no solo por el duro viaje por mar.

Decidiendo tomarse con libertad su amistad, María también apoyó los brazos en la barandilla.

—Pero, mirad lo que ocurrió. Cuatro meses después, os casasteis con el hombre al que amabais.

La duquesa volvió los ojos hacia el mar. Sacudió la cabeza y tragó saliva visiblemente.

—Mi corto matrimonio con el rey francés pareció una eternidad —dijo en voz baja—. Además, tuve que fingir que estaba feliz y recibir a mi anciano esposo en mi lecho. —Se encogió de hombros y se rio un poco—. Fue amable conmigo y, sorprendentemente, era un buen amante. Sin embargo... quería que mis muestras de pasión fuesen reales cuando tenía que armarme de valor para sonreír y recibir sus manos y sus labios sobre mí. Lo único que conseguía que superara las noches era cerrar los ojos y fingir que era Charles y no Luis. —Se estremeció visiblemente—. Al final, me sentí como una prostituta.

María se removió con el estómago revuelto. «Os deseo, mi putita. Venid a mí», dijo la voz del rey en su cabeza. Como ayudante cercana de la reina, a menudo le parecía que su contacto casi diario con el rey era el castigo por aquella noche. Eso y el hijo que había perdido. El rey, por otro lado, la trataba de forma amistosa. Will se había vuelto más leal a su soberano después de la mucha amabilidad que había mostrado hacia ellos tras la muerte de su primer hijo. Una vez más, volvía a entablar conversaciones con ella sobre remedios con plantas medicinales y tratamientos para diferentes enfermedades. Era como si hubiese olvidado aquella noche. Ella no la olvidaría jamás. A veces, se tambaleaba al borde de la locura, preguntándose si aquella amabilidad renovada se debía a que se sentía aliviado por la muerte de su hijo. Probablemente, creía que se había librado de que Catalina descubriese alguna vez lo que había pasado entre ellos. Como la duquesa con su primer marido, María se forzaba a sonreír y a actuar como si agradeciera su amistad, aunque le odiase en todo momento.

—Tal vez, todos nos prostituimos. Tanto hombres como mujeres —dijo lentamente—. Hacemos lo que tenemos que hacer para sobrevivir.

—Parecéis cansada del mundo, amiga mía.

María miró a la duquesa. «Sí, puedo hablar abiertamente con ella. Siempre lo he hecho».

—Decidme la verdad. ¿Por qué conserváis los atavíos y el estilo de la reina de Francia si tanto odiasteis el tiempo que pasasteis en el lecho del rey?

María Tudor abrió mucho los ojos. Sonrojándose, agachó la cabeza.

—¿Queréis saber la verdad? Me los gané —dijo en voz baja. Inhaló y dejó escapar un suspiro profundo—. Sí que fui una prostituta. —Miró en dirección al lugar donde su esposo estaba hablando y riendo con el rey—. Los hombres nos convierten en tales cuando no nos dan otra opción.

Las palabras de la duquesa le atravesaron el corazón y María pestañeó para deshacerse de las lágrimas repentinas.

—Creo que será mejor que hablemos del tiempo —dijo de forma apresurada—. Este cielo azul promete una travesía corta y fácil, ¿no os parece?

La duquesa alzó una ceja.

—María, ¿acaso tenéis un secreto que no queréis compartir conmigo?

Consciente de que empezaba a arderle el rostro, volvió a mirar al mar y se tragó el pánico que sentía.

—Todos tenemos secretos —dijo lentamente—. Y en cuanto a compartir los míos con vos... Algunos no deben compartirse nunca. Son nuestra penitencia y deben irse con nosotros a la tumba.

La muchacha frunció el ceño mientras miraba a su esposo y su hermano.

—Sí. Ciertamente, decís la verdad.

María hizo una breve reverencia.

—Debo ir a comprobar cómo está la reina. No se encuentra bien y le está haciendo compañía la condesa de Salisbury. También debo comprobar cómo se encuentra mi esposo. Mi hombre, que es tan fuerte, teme la travesía y ya se ha marchado a la cama.

Con el corazón helado, María se abrió paso entre los cortesanos y regresó al camarote de la reina. Durante todo el viaje, pareció acarrear no solo la carga de sus secretos, sino también de los de María Tudor. «No es de mi incumbencia. Ella puede guardar los suyos, que yo guardaré los míos».

❃❃❃

Mientras cabalgaba junto a Meg Pole detrás de la reina y la duquesa, no podía apartar la vista del castillo de Guînes. Frente al antiguo castillo, otro palacio se elevaba hasta una altura de unos nueve metros. Las paredes de lona y madera hacían que aquel palacio de mentira pareciese de ladrillo y el tejado de lona pintada con sus altas chimeneas parecía hecho de pizarra. Unas vidrieras diamantinas se extendían por la mitad del edificio. Bajo la luz del sol, el palacio brillaba como una joya sobre una colina verde.

Cerca de una de las fuentes de agua potable que habían colocado frente al lugar, junto a la elaborada escalinata, María le entregó su caballo a uno de los mozos de cuadra que estaban a la espera y, después, siguió a Meg. El rey y sus hombres habían llegado un poco antes que la reina y su comitiva. Sospechaba que Will ya estaría en algún lugar del palacio, probablemente ocupado con el rey.

María, que pronto se quedó atrás, ya que las zancadas de Meg eran mucho más largas que las suyas, atravesó la casa del guarda del palacio y entró en el enorme salón de banquetes, que era mucho más grande que la mayoría de los salones de banquetes que el rey poseía en sus palacios de Inglaterra. Las rosas de los Tudor decoraban el techo dorado y un friso, que rodeaba el salón, mostraba a héroes de la mitología o la historia. Mountjoy, el chambelán de la reina, que había partido al amanecer para asegurarse de que todo estaba preparado para ella, dirigió a Catalina y a su séquito hacia sus aposentos, conduciéndolas a través del palacio de mentira hasta un puente corto que llevaba al castillo. La duquesa y sus ayudantes, fueron en dirección contraria junto con su chambelán. A su alrededor, había tapices colgados de las paredes. El brillo del hilo de oro y la abundancia de cojines densamente bordados se esparcía por todas partes.

Con Mountjoy a la cabeza, se abrieron paso a través de la alcoba real hasta el pasadizo secreto que les llevó hasta el puente que conectaba el palacio de mentira con el castillo real, donde habían preparado los aposentos de Catalina. Cerca de la cama real, María se detuvo junto a la puerta abierta del oratorio de la reina para echar un vistazo.

Catalina volvió hasta ella junto con Meg Pole.

—Entrad y satisfaced vuestra curiosidad —le dijo la reina.

María entró en el oratorio. El interior estaba decorado con perlas, joyas y una cornisa de oro. Había una ventana que se abría a la capilla en la que había doce estatuas de oro, tan altas como un niño, que representaban a los doce apóstoles.

—Dicen que la capilla es tan grande como el salón de banquetes —comentó Catalina, que estaba a su lado—. Pedí a la abadía de Westminster que enviasen plata, joyas, reliquias y las ricas vestimentas del padre del rey. Todo está listo para impresionar a los franceses. —La reina entrelazó sus brazos—. Hermana, vayamos a mi dormitorio en el castillo; estoy cansada.

Cruzaron hasta el castillo y llegaron a sus aposentos. Menos impresionantes que las habitaciones del palacio falso, que se había construido solo para impresionar a los franceses, las alcobas del castillo eran también más pequeñas y más cómodas. Habían enviado una de las camas de la reina para su estancia. Catalina se sentó en el lecho con alivio evidente.

—Podéis iros —les dijo a las otras damas de compañía—. Encontrad dónde os alojaréis durante la estancia. Vos también, mi buena condesa de Salisbury. La baronesa me hará compañía mientras descanso y espero la llegada del rey de Francia y su reina.

Cuando la puerta se cerró tras la última mujer, María cruzó la habitación hasta Catalina y se sentó a su lado. Miró a su amiga y, después, apartó la vista, intentando controlar la ansiedad. La piel de la reina estaba tan pálida como la leche y parecía soportar muchos más años que los treinta y cuatro que tenía. Le tomó la mano.

—No estáis bien.

Catalina se encogió de hombros.

—Estaré mejor en cuanto haya tenido la oportunidad de descansar. —Se rio un poco—. La muchacha que era cuando tenía quince años se enfrentó a una travesía marítima mucho más peligrosa que la que acabamos de hacer. En aquel entonces, tenía aguante; ahora, no tanto.

—No os encontráis bien. —María le examinó la mano. Tenía los dedos tan hinchados que los anillos se le clavaban en la carne—. Tenemos que hacer algo con la inflamación. Os prepararé una infusión de diente de león. Eso os ayudará.

Catalina hizo una mueca.

—Si es necesario... Con todas las infusiones de diente de león que me habéis preparado a lo largo de los años, todavía odio el sabor.

—Pero funciona, y la miel hace que sea más de vuestro agrado.

Catalina miró la cama con anhelo por encima del hombro.

—Creo que una hora de sueño lo arreglará todo. —Se volvió hacia María—. Os lo ruego, ayudadme a quitarme el vestido y me acostaré un rato. Entonces, mientras descanso, podéis ir a buscar a ese esposo vuestro y ver dónde os han alojado.

—¿No necesitáis que me quede?

—Siempre os necesitaré, pero, en este momento, lo que me hace falta es dormir más que vuestra compañía. Debo prepararme para enfrentarme a las dos semanas que tenemos por delante.

❀❀❀

El sol había empezado a ponerse en el cielo y tres cañonazos destrozaron la paz, indicando que era la hora acordada en la que el rey Enrique cabalgaría para reunirse con el rey Francisco el día del Corpus Christi. Las trompetas hicieron sonar unas notas largas y palpitantes a las que contestaron las trompetas francesas desde el otro lado del valle.

María alzó una mano para protegerse los ojos de los rayos del sol poniente, contenta de que el calor abrasador del día hubiera aflojado, haciéndose más soportable. De pie en las almenas del castillo de Guînes con la reina, la duquesa de Suffolk y algunas de sus damas de compañía favoritas, María observó cómo el rey cabalgaba hacia el valle que había entre Guînes y Ardres para reunirse con el rey Francisco a solas. Recorrió con la mirada los cientos de jinetes que acompañaban al rey, intentando localizar a Will y a sus hombres. Con el corazón henchido de orgullo, sonrió cuando reconoció sus colores y sus estandartes.

Junto al palacio falso se había instalado una gran carpa dorada para el banquete que se celebraría una vez que los reyes hubiesen acabado con las primeras formalidades. El oro parecía estar por todas partes: no solo en el campo, donde crecía una hierba dorada y las carpas doradas se extendían hasta donde alcanzaba la vista, sino también en las cadenas de oro que llevaban los nobles y los cortesanos de la corte inglesa. Una vez, Erasmo le había contado que a los cortesanos ingleses les gustaba presumir de aquellas cadenas enormes que llevaban a los hombros porque no solo mostraban lo fuertes que eran, sino que eran una demostración de riqueza. Recordando aquellas palabras, María estuvo a punto de reírse en voz alta, pero, entonces, tuvo un recuerdo más serio. Recordó los campos de batalla de su infancia, cuando la reina Isabel había llevado a sus hijas a presenciar la caída de Granada.

Aquel acontecimiento había llegado con una promesa de paz, pero las luchas entre moros y cristianos había continuado durante años. Una de aquellas batallas le había arrebatado la vida a su padre.

Aquel día, a ambos lados del valle, había miles de personas reunidas. «Dijeron que esta cumbre también traería paz, una paz eterna entre Inglaterra y Francia. Ambos reyes han traído hasta aquí un ejército disfrazado con ricos ropajes que exhibe la riqueza de la nobleza de ambos países. Sin embargo, los ingleses y los franceses, siempre han luchado entre ellos. Lo único que veo es un recordatorio de lo frágil que es la paz».

El movimiento constante de la corte de ambos reyes hizo que el aire se llenara de polvo. La mayoría eran soldados de a pie, pero, destacando entre la multitud de hombres, también había cientos de arqueros del rey Enrique. Escogidos por su estatura y su habilidad, tenían un aspecto distintivo con sus capas rojas con una banda decorativa dorada.

—Ojalá pudiéramos escuchar lo que está ocurriendo —dijo María Tudor.

—No podemos escuchar, pero podemos ver —señaló Catalina—. Mirad, ahí están los heraldos de los reyes. El rey, mi esposo, me explicó que son ellos los que van a pedir a todo el mundo que se quede quieto y en su lado del terreno mientras él se reúne con el rey Francisco. Los séquitos de ambos reyes se mueven bajo pena de muerte.

La duquesa cruzó los brazos sobre las almenas.

—El rey Francisco y mi regio hermano se dirigen el uno hacia el otro —dijo—. Se han saludado levantando el sombrero de terciopelo negro. Han acercado los caballos y se están abrazando. ¿Veis al marqués de Dorset sujetando la espada del rey? Lleva con él a los galgos que se han traído como regalo para el rey Francisco. ¡Oh! Un noble francés también porta la espada de su rey. —Lo señaló—. Reconozco su librea. Es Louis, duque de Borbón, el primo del rey. Es como Buckingham para nuestro rey.

—¿No está apuesto mi marido? —dijo Catalina.

María reconoció que era un comentario más que una pregunta, y ocultó una sonrisa cuando varias de las mujeres presentes se sumaron a la conversación, dándole la razón.

Ambos reyes desmontaron de sus caballos y volvieron a abrazarse. No había manera de confundir al rey Enrique. Vestido con toda la indumentaria propia de su rango, era alto, esbelto y, con veintinueve años, joven. Su atuendo de tela plateada acanalada en oro y tachonada con joyas brillaba bajo el sol. Mientras volvía a colocárselo en la cabeza, el viento agitó las plumas negras de su sombrero.

María sintió un escalofrío al ver la mirada cariñosa de Catalina. Toda su vida, había estado ciega ante los hombres que la rodeaban. Creía que merecían su amor. Era como si necesitase creer que era así para tener la posibilidad de ser feliz.

Con el corazón apesadumbrado por su amiga, volvió la cabeza y examinó el campo de justas que había cerca y del que decían que era el doble de grande que el que se usaba en Whitehall. En la parte superior del campo había un árbol artificial, alto y ancho, con hojas de damasco verde. Era una estampa bonita, pero su propósito era serio. Al día siguiente, se usaría para colgar los escudos de los competidores. Sin gente, el campo parecía un espacio sin más. María se estremeció con el corazón apesadumbrado por otro motivo. A pesar de sus esfuerzos decididos por convencerle de lo contrario, Will se había anotado en las listas de participantes. Le había dicho que, si no lo hacía, lo considerarían un cobarde. Ella le había respondido que prefería un esposo cobarde antes que uno muerto. Aquello los había conducido a una de sus poco habituales discusiones. Había decidido morderse la lengua y rezaba para no arrepentirse.

—Tiene las piernas delgadas —dijo Catalina, junto a ella.

Despertando de sus cavilaciones, María volvió a mirar hacia el valle y la enorme reunión de hombres.

—¿Quién? —preguntó, desconcertada.

María Tudor se rio, mirando a Catalina.

—Creo que mi buena hermana se refiere al rey francés. Carece de la misma musculatura en las pantorrillas que tienen nuestros tres buenos esposos. Cuando le conocí en Francia, no tenía por piernas más que palos, y ahora, sigue igual.

—El rey, mi esposo, y el rey de Francia se dirigen ahora a la carpa para hablar. Wolsey va con ellos. —La reina se apartó de las almenas y tomó a su cuñada del brazo—. El rey me dijo que, probablemente, esta sería una reunión larga. —Sacó hacia fuera la barbilla y frunció los labios—. Van a ratificar el tratado de los esponsales de mi hija con el delfín. —María agachó la vista un momento, se imaginaba lo que, en realidad, le apetecería decir a la reina al respecto. Esta miró al resto de las mujeres—. Regresemos a mis aposentos y comamos juntas. Todas nosotras. Mañana tendremos más que hacer y sería buena idea que habláramos de cómo esperamos que transcurra el día.

❈ ❈ ❈

Aquella noche, el rey Enrique y Catalina fueron los anfitriones de un elaborado banquete para el rey francés y su corte. María se sentó con Will a un lado y con George Cavendish, el ujier y secretario del cardenal, al otro. Echaba en falta la compañía de Meg, pero el rango superior de la mujer, así como su parentesco con el rey la situaban en una mesa más cercana al estrado real.

—Los franceses dicen que nunca han visto nada igual. Yo tampoco —les dijo George antes de dar un bocado a uno de aquellos platos que llamaban *subtleties*.

Era cierto: los cocineros se habían superado a sí mismos. Los sirvientes dejaron en las mesas lo que parecía el mismísimo Londres: platos con la forma de castillos, una réplica enorme de la iglesia de San Pablo e incluso figuritas que representaban personas (algunas estaban luchando con espada, otras competían en una justa y, algunas, mostraban a hombres y mujeres bailando). El salón resplandecía con la luz de innumerables velas, que hacían brillar el oro de la mesa como si fuera una bruma dorada.

Durante las muchas horas que duró el banquete, María no dejó de mirar a Catalina. Finalmente, Will le tomó la mano.

—Querida mía, no siempre podéis ayudarla. Venid, esposa, venid y bailad conmigo.

Mientras comenzaba una segunda danza con Will, se dio cuenta de que Tomás Moro y el obispo Fisher se marchaban juntos, conversando. Ojalá ellos pudieran hacer lo mismo. Sin embargo, la duquesa de Suffolk, que era la que dirigía la danza, le había pedido que se quedara en el banquete hasta que hubiera terminado el baile y la ayudara a demostrar las habilidades de la comitiva inglesa. Mirando de nuevo a Catalina, dio gracias a Dios de que la duquesa hubiese aceptado dirigir el baile, dejando así libre a su reina y amiga, que estaba demasiado débil, para que conversase con el rey francés y sus nobles.

«¿Está Catalina tan pálida porque ha descubierto lo que Will me ha contado antes del banquete?». Su esposo había oído al rey hablando con Wolsey acerca de la inquietud que sentía con respecto a su matrimonio.

«Dios me castiga por haberme casado con la viuda de mi hermano dándome hijos muertos», le había dicho Enrique al cardenal. Después, le había preguntado de qué maneras podría anular su matrimonio.

❊ ❊ ❊

Dos días más tarde, temprano por la mañana, una de las doncellas de Catalina le llevó un mensaje de la condesa de Salisbury. Meg le pedía que acudiera a la alcoba de la reina en el castillo antiguo sin demora. Después de atravesar el salón privado de la reina, la doncella abrió la puerta del dormitorio. Meg, que tenía el rostro pálido, estaba de pie frente a la puerta de la letrina. Al escuchar un largo gemido procedente del interior, María se acercó de forma apresurada.

—¿Catalina...?

Cuando, como respuesta, recibió otro gemido, mucho más fuerte en aquella ocasión, María vio el miedo que sentía reflejado en los ojos de Meg. Sin pensarlo más, abrió la puerta. Catalina estaba de rodillas con la cabeza agachada. La sangre le empapaba el camisón y se esparcía a su alrededor. Sintiendo una arcada ante el olor a sangre en aquel espacio cerrado, se apresuró a agacharse junto a ella.

—Ay, hermana, mi pobre hermana —susurró.

Catalina le tendió una mano temblorosa.

—Por favor, ayudadme para que me levante.

Pasó el brazo con cautela por debajo del de la reina y le rodeó la espalda. Tuvo que hacer uso de toda su fuerza para ayudar a que se levantara y a salir de la letrina.

—¿Estáis sufriendo un aborto? ¿Por qué no me habíais dicho...?

Con la ayuda de Meg, condujo a la reina hasta la cama, agradecida de que no fuera la cama de la alcoba real que había en el palacio de mentira, que era un lugar para exhibir y no para vivir realmente.

—Iré a buscar a una comadrona.

Apoyándole la cabeza en el hombro, Catalina hizo un gesto de negación.

—Por favor, María, no llaméis a una comadrona. Os quiero aquí a vos y a Meg; a nadie más.

Ante su mirada suplicante, sentó a su amiga en la cama mientras miraba a su alrededor en busca de toallas. Vio algunas en una mesita que había junto a un arcón de ropa.

—Quedaos aquí con ella —le dijo a Meg—. No permitáis que se mueva.

Atravesó la habitación corriendo para tomar las toallas. Cuando regresó al lecho, Margarita estaba intentando deshacer los nudos del camisón de la reina. Esta tenía los ojos hundidos y el rostro del color de la leche cuajada. Parecía a punto de desmayarse.

Lanzó una de las toallas sobre la cama y colocó otra al lado.

—Tumbaos. Os colocaré una toalla entre las piernas.

Con la ayuda de Meg una vez más, le colocó un almohadón debajo de la cabeza y otro debajo de las rodillas. Después, le acarició el lateral del rostro con una mano.

—¿Estáis segura de que no queréis que vaya a buscar a una comadrona? Me han dicho que hay varias en el campamento.

Catalina le tomó la mano y se la mantuvo agarrada.

—No estoy embarazada. Enrique ya no acude a mi lecho.

María no podía apartar los ojos de ella.

—Pero, toda esta sangre… No puede ser por la menstruación…

—La menstruación… Ojalá la tuviera. Desde principios de año, he sangrado todos los días. ¿Cómo puede mi esposo acudir a mi lecho cuando siempre estoy sangrando? Alice me ha dado unas plantas medicinales para que me ayuden en días así. No le pedí que viniera con nosotros. Si estuviera aquí, la gente pensaría que estoy embarazada. Vos debéis conocer esas hierbas también, ¿verdad?

María tragó saliva, horrorizada. Tras el nacimiento de su niña, vivía parte de la semana en la corte y parte con Will y su hija en su casa de Londres. Cuando estaban en la ciudad, y siempre que el tiempo lo permitía, intentaba regresar con su familia al caer la noche. Meg apenas vivía en la corte, por lo que a Catalina no le habría resultado difícil ocultárselo a ella también. Sacudió la cabeza, regañándose a sí misma por no haberse dado cuenta.

—Sí, tengo lo que necesito —dijo lentamente, devorada por la culpa—. Iré a buscar el baúl donde guardo las medicinas y os prepararé algo para detener la hemorragia.

Catalina le aferró la mano con más fuerza y estiró la otra para sujetar también la de Meg.

—Por favor, no le habléis a nadie de esto. No quiero que mi esposo sepa que estoy enferma.

María apenas podía mirarla. «He estado tan absorta en mi hija, que le he fallado a mi hermana. Le he fallado. Sí, le he fallado una vez más».

—Podéis confiar en que guardaré silencio. Ahora, me marcho. Cuando regrese, quiero que nos digáis por qué nunca me habéis hablado de vuestro problema.

✿ ✿ ✿

Al día siguiente, María permaneció en el estrado con el resto de mujeres que atendían a Catalina. Le dolía el estómago. La sensación que notaba en las entrañas aumentaba a cada momento mientras la aprensión que sentía por su amiga competía por la que sentía por Will. Aunque estaba aliviada de que su poción de plantas medicinales hubiese conseguido controlar el sangrado de la reina, poco podía hacer para devolverle la buena salud. La hemorragia había hecho que su amiga envejeciera más de los años que tenía en realidad. Tenía el aspecto de lo que era realmente: una mujer enferma.

María rezaba para que aguantase otro largo día sin derrumbarse y dio gracias a Dios de que no tuviera que caminar hasta el campo de justas. La litera abierta, cubierta de satén color carmesí y con bordados en relieve de oro, esperaba para llevarla hasta allí. María Tudor también sería transportada allí en una litera cubierta de tela dorada y con el emblema del puercoespín de su difunto esposo, Luis XII de Francia. Sus damas de compañía las siguieron, bien en carretas engalanadas con telas doradas o carmesí o, tal como María y Meg Pole habían decidido, a caballo. Cuando comparó su rico vestido de terciopelo rojo con la montura del caballo, quiso reírse, pues no estaba muy segura de si sus costosos ropajes superaban los atavíos del animal.

Wyatt, el joven, se acercó a la carreta de las otras mujeres. El chico, que no llevaba mucho tiempo en la corte y era hijo de sir Henry Wyatt, un fiel sirviente del rey, era un muchacho de diecisiete años apuesto, de pensamiento profundo y talento. A Catalina le gustaba mucho. Reconocía su talento como poeta y con el laúd y a menudo le invitaba a sus aposentos para que tocase para ella y sus damas de compañía y las entretuviese mientras cosían o leían. Wyatt ayudó a la última de las mujeres a subirse a la carreta y se dio la vuelta, parpadeando ante la luz del sol.

—Ciertamente, mis buenas damas, estamos listos para partir —dijo con una carcajada.

Por encima del hombro, María volvió la vista hacia los hombres que iban montados a caballo. Hacían dar vueltas a sus monturas, creando una tormenta de polvo, antes de detenerlas con las riendas. Los palafrenes cabriolaban como si estuvieran listos para salir disparados ante el menor susto. Meg cabalgaba a su lado y le lanzó una mirada.

—Hoy mostráis una sonrisa extraña, amiga mía.

María se encogió de hombros.

—Estaba pensando que los hombres juegan a juegos tontos.

—¿Juegos tontos? —Margarita se rio de forma sombría—. Más bien, juegos mortales.

Una trompeta hizo sonar una nota larga e intensa, anunciando la llegada de Catalina. Arrastrado por el suelo, el manto color púrpura que lucía se abría para revelar las joyas resplandecientes de su vestido.

A María se le paró el corazón en el pecho. «Catalina se parece a su madre, la reina Isabel, que Dios la tenga en su gloria».

A pesar de parecer enferma, se mantuvo erguida, como la reina que era, y saludó con encanto y gracia a la reina Claudia y a Luisa de Saboya, su suegra. Claudia, una muchacha de aspecto amable más que hermosa, iba ataviada con un vestido plateado sobre una prenda interior dorada. Unas piedras preciosas brillaban en el collar que llevaba al cuello. No ocultaba lo avanzado que estaba su embarazo. Catalina intentó entablar conversación con ella y con la madre del rey, pero ambas parecían poco dispuestas a hablar. Claudia entrecerró los ojos en dirección a María Tudor, como si hubiera visto una serpiente.

Catalina tomó asiento en la galería junto a su cuñada, y la reina francesa se sentó con su suegra. Todas ellas estaban listas para ver competir entre sí a los hombres en el campo de justas y para animar a sus esposos e hijo.

María se sentó entre las cerca de cuarenta mujeres que atendían a ambas reinas y a la madre del rey Francisco. Durante un tiempo, prestó atención al resto de sonidos que se mezclaban con los de los hombres y mujeres de ambas cortes. Los caballos relinchaban. El golpe de los cascos de los animales hacía que el suelo temblara. También irrumpían a menudo los mugidos del ganado o los balidos de las ovejas, animales que se dirigían al matadero para los banquetes de la noche.

«Probablemente, alguien esté castigando al animal por su desinterés en la competición de hoy. —Agachó la cabeza y volvió a rezar—. Dios mío, mantén a Will a salvo. No dejes que le hagan daño».

Dado que el calor le estaba dando sed, aceptó un odre de vino que le entregó Maud Parr y dio varios tragos antes de devolvérselo. Cuando llegó el momento de que Will se uniese a la competición, volvió a quitarle el odre a Maud con la esperanza de que el vino atenuase el miedo que sentía. Cuando su esposo abandonó pronto la competición tras dos derrotas rápidas (primero en las justas y, después, luchando con la espada), quiso mostrar su entusiasmo, pues la alegría de verle salir del campo hacía que sintiera el corazón más ligero. Sin embargo, la alegría no le duró mucho. Poco después de que fuera derrotado, murió ante sus ojos un joven noble francés que estaba enfrentándose a las justas con su propio hermano. Asqueada, pensando en lo fácilmente que podría haberse tratado de su esposo, María tuvo un recuerdo de la niñez en el que el rugido de una multitud competía con un grito de muerte. Recordó a un joven torero matando a un toro como si fuese un bailarín. Cada movimiento había sido elegante y habilidoso, seguro de la victoria. En un momento, lo había estado celebrando con el público y, al siguiente, el toro, enfurecido y herido, lo había corneado hasta la muerte. En aquel momento, ella también había deseado salir corriendo del estrado, pero, tal como en el momento presente, en el que un hermano lloraba sobre el cuerpo de su hermano muerto, había sabido que debía quedarse en su sitio. Aquello no impidió que se sintiera enferma ni la ayudó a contener el miedo que sentía de que su marido pudiera decidir participar de nuevo. Le costó mucho esfuerzo mantener el rostro calmado y las emociones bajo control.

Con los rostros tranquilos e inexpresivos, Catalina y María Tudor ocultaban cualquier rastro de miedo mientras contemplaban a sus esposos luchando contra sus competidores. María sabía que también temían por sus hombres, pero también sabían que ambos eran muy hábiles. Aquel día, el rey Enrique y el duque se adjudicaron la victoria la mayoría de las veces.

Eso no impidió que el rey enrique se torciera la mano cuando entró en combate con el rey Francisco. Fue una lucha aterradora de ver, pues ambos hombres se golpeaban con tanta velocidad y fuerza que hacían saltar chispas de la armadura del otro. El rey francés acabó el día con un ojo morado y un caballo muerto.

Para entonces, María ya estaba harta del día y se sintió aliviada cuando Catalina, que tenía aspecto de encontrarse peor que mal, decidió que la partida de la reina Claudia era la señal para la suya propia. Temiendo que su amiga hubiese vuelto a sangrar de nuevo, la siguió junto con el resto de las damas de compañía y se dirigieron a sus aposentos. Estaba decidida a hacer que volviese a acostarse.

❀ ❀ ❀

Tras dejar a Catalina sumida en un sueño inducido por la amapola, salió del dormitorio de su amiga y se dirigió a la capilla. Quería rezar, no solo por la reina, sino para dar gracias por el hecho de que su esposo hubiera salido de las lizas sin un solo rasguño. Entró en la capilla y, una vez más, contempló el interior de oro y seda, perfecto para un altar cubierto con un paño dorado adornado con abundantes perlas blancas y grandes.

—¿Cómo os atrevéis? —dijo María, la duquesa de Suffolk, enfadada.

Al darse cuenta de lo cerca que debía de estar la duquesa, María se escondió asustada tras el órgano de plata.

La voz de un hombre habló en francés en voz baja, demasiado baja como para que su respuesta le llegase con claridad. Con voz profunda y clara, volvió a hablar. María se cubrió la boca, a punto de soltar un grito en voz alta. Se trataba del rey de Francia.

—Os he echado de menos, querida —dijo—. He pensado que, tal vez, a estas alturas, ya estaríais cansada de vuestro esposo inglés y lista para retomar las cosas donde las dejamos. Querida, sois incluso más hermosa de lo que recordaba.

En la capilla resonó una bofetada.

—No me toquéis. He sido una tonta por aceptar siquiera este encuentro. Soltadme. Soltadme antes de que acabéis lamentándolo.

—Hace años, no decíais lo mismo. Podríais haber sido mi reina, querida.

—¿De veras? Estáis casado con Claudia, y yo jamás habría deseado casarme con vos. He dicho que me soltéis. Gritaré. Eso acabará con cualquier oportunidad de que haya paz entre vos y mi hermano.

—Y yo que pensaba que todavía estaríais agradecida por el servicio que os presté hace años.

—Me hicisteis pagar por él.

—No deberíais quejaros. Conseguisteis el esposo que deseabais y robasteis una fortuna que le pertenecía a Francia. Debería partiros ese cuello tan hermoso, querida.

—Os lo estoy advirtiendo: si no me soltáis, gritaré para pedir ayuda. No me importa si sois el rey de Francia. No soy una sirvienta a la que podáis tratar de este modo.

—Mirad cómo os obedezco, María. Qué pena, cómo habéis cambiado, querida. Entonces, ¿no os importa que vuestro marido se entere de la verdad sobre nosotros?

Aterrorizada ante la idea de moverse o hacer cualquier sonido, María se percató de que se había hecho el silencio antes de que lo desgarrara el sonido del roce de la seda.

—Pensaba que sí me importaba. Tan solo he venido porque vuestra carta me hizo pensar que planeabais contarle la verdad. Pero conozco a mi esposo; sé que me perdonaría. Estoy dispuesta a contárselo si eso significa que al fin quedo libre de tener que volver a hablar con vos. Se sentirá dolido, y deseaba evitárselo, pero me encargaré de que su dolor dure poco tiempo. Adiós. Juro que, esta vez, será para siempre.

María notó una corriente de aire pasando a su lado cuando la duquesa se apresuró a dirigirse hacia la entrada de la capilla. Le siguieron unos pasos suaves y lentos y, después, la puerta se cerró.

Una vez que la capilla se quedó al fin en silencio, salió de su escondite. «Pobre María, conozco vuestro secreto. —Suspiró—. Tal vez todas las mujeres tengamos secretos semejantes».

❀❀❀

—Claudia, reina de Francia —anunció lord Mountjoy, retirándose de la puerta de la alcoba privada de Catalina.

María se puso de rodillas entre la condesa de Salisbury y Maud Parr. Catalina les había pedido a las tres que se quedaran con ella mientras hablaba con su homóloga real, que entró en la habitación seguida de varias damas de compañía. Catalina se levantó del asiento y atravesó la habitación para recibirla a medio camino. Ambas mujeres hicieron una reverencia. El enorme vientre de Claudia hizo que su reverencia fuese un poco torpe y menos profunda que la de Catalina.

La reina tomó la mano de la joven y comenzó a hablarle en francés.

—Estoy encantada de que hayáis aceptado mi invitación. Deseo daros las gracias de nuevo por la litera y las mulas.

—Y yo por los nuevos palafrenes. Estoy deseando que llegue el momento en el que pueda montarlos.

—Hablemos en privado mientras nuestros esposos vuelven a competir en el campo de justas. —Señaló las sillas de respaldo alto que tenían cerca—. Venid y sentaos conmigo. Nuestras damas de compañía pueden sentarse juntas al fondo de la estancia. —Sentándose enfrente de Claudia, la reina le dedicó su sonrisa más encantadora—. ¿Tenéis hambre, alteza? Puedo enviar a alguien para que nos traiga comida de la cocina.

Claudia se llevó la mano al vientre.

—Un poco de vino será suficiente, reina Catalina. He comido hace poco y esté bebé me hace sufrir si como demasiado.

Tras hacer un gesto para que un sirviente les llevase una bandeja con vino y copas, Catalina se volvió hacia Claudia.

—Me pasa lo mismo cuando estoy embarazada.

Claudia tomó una copa y bebió durante un instante, antes de alzar el rostro con gesto de compasión.

—Me apenó saber de vuestra última desgracia. Rezo para que, un día, tengáis a vuestro príncipe.

Mientras tomaba una copa también, Catalina apartó el rostro.

—Yo también rezo por ello, pero por un príncipe que sobreviva. He tenido tres hijos que Dios se ha llevado de este mundo. —Alzó la copa y dio un buen trago antes de agachar la cabeza—. Sé que vos también habéis perdido hijos, pero me alegro por vos. Habéis sido bendecida con dos hijos vivos, y yo doy gracias a Dios por mi hija. Si no tengo un hijo, será ella quien gobierne Inglaterra como reina.

—Ojalá ocurriese lo mismo en Francia. Como sabéis, soy duquesa de Bretaña por derecho propio, pero tanto mi madre como yo nos casamos con Francia para proteger Bretaña. Sin embargo, me complace dejar los asuntos políticos a mi señor esposo. —Claudia sujetó el crucifijo que colgaba de su rosario—. Mis preocupaciones no son de este mundo, pues sirvo a Dios.

Mirando a la reina francesa con gran interés, Catalina volvió a beber.

—Yo también sirvo a Dios, aunque confieso que también me preocupo por los asuntos terrenales. Siempre he creído que ser reina significa servir a Dios haciendo lo correcto por mi país y por mi esposo.

Claudia entrecerró los ojos.

—Hemos hablado con honestidad entre nosotras, mi buena reina de Inglaterra. Le pregunté a mi esposo cómo consiguió convenceros el rey, vuestro esposo, de que los esponsales entre nuestros hijos y gastar una fortuna en estas dos semanas de torneos y banquetes era lo correcto. Puede que no desee ocuparme de los asuntos de este mundo, pero no puedo evitarlos, especialmente cuando tienen que ver con mis hijos. Catalina de Inglaterra nunca ha sido amiga de Francia.

—Catalina de Inglaterra es la esposa de Enrique de Inglaterra. Si mi señor esposo me ordena que sea amiga de Francia, le obedezco. —La reina sonrió a la joven—. Reina de Francia, no me gusta la guerra. Si estas dos semanas aseguran la paz entre nuestros reinos, estoy más que dispuesta a dejar de lado mis sentimientos personales hacia los franceses. Quiero lo que sea mejor para Inglaterra.

—Habláis como alguien que ama un país que no es en el que nació.

Catalina se rio un poco, señalando a María.

—Mirad allí, mi señora. Lady María está emparentada conmigo y crecimos juntas en la corte de mi madre, la reina Isabel, de gran renombre. Casi veinte años viviendo en Inglaterra no han hecho que ella ame el lugar. Dice que odia los inviernos y la lluvia, pero es como yo: no solo amamos a nuestros esposos ingleses, sino que amamos a la gente que vive en el país, tanto de baja como de alta cuna. Y, si fuera sincera, admitiría que hay muchos días en nuestro país de adopción que hacen pensar que el cielo debe de ser verdaderamente paradisíaco si se parece a los cielos y las colinas verdes de Inglaterra.

María no pudo evitar sonreír. Inclinó la cabeza ante la reina francesa.

—La reina tiene razón. Es cierto que hay días en Inglaterra que hacen que me olvide de los inviernos y perdone la lluvia. Lo perdono incluso más ahora que estoy casada con un inglés.

La reina Claudia sonrió.

—Cuando era una niña, una de las niñeras me dijo que los ingleses tenían cola. —María miró a Catalina a los ojos y las dos estallaron en carcajadas. La reina francesa se rio también, pero después las miró a ambas, interrogativa—. ¿Puedo preguntar qué es lo que os resulta tan divertido?

Catalina apoyó el codo en el reposabrazos y apoyó una mano en el lateral del rostro. Soltó una risita.

—Cuando éramos niñas, nos contaron la misma historia, solo que los que tenían cola eran los franceses.

Claudia ladeó la cabeza con sus ojos picarones una vez más.

—No soy francesa, sino bretona. No hay más que decir.

Para cuando la reina Claudia abandonó los aposentos de Catalina, ambas habían formado una amistad que mostraron frente a ambas cortes al día siguiente. En misa, cuando llegó el momento de besar el portapaces dorado que les ofrecían, Catalina le indicó a Claudia que lo hiciese ella primero, después la reina francesa hizo lo mismo, y así sucesivamente hasta que ambas mujeres empezaron a reírse y, en su lugar, se besaron la una a la otra.

❖ ❖ ❖

Al día siguiente, el viento se volvió aún más fuerte. Aullaba y gemía a través del bosque. Del suelo se alzaban hojas y polvo que se arremolinaban hasta formar una nube gris de hojarasca.

Uno de aquellos torbellinos golpeó a María y el polvo se le metió en los ojos. Cegada durante unos segundos, se frotó los ojos y alzó la vista. Unos relámpagos iluminaron el cielo oscuro. Por todas partes, el viento se fortalecía y gritaba, doblando las copas de los árboles a su paso. Los truenos resonaban como cañonazos. Cuando un rayo alcanzó un árbol cercano, estuvo a punto de perder el control de la vejiga. Luchando contra el mareo causado por el miedo y el olor sulfuroso, levantó las faldas del suelo y corrió de vuelta en dirección a los pabellones mientras la lluvia arreciaba.

—¡María! —gritó Will.

Su esposo se apresuró a acercarse a ella. Le tomó la mano y la arrastró más deprisa.

—¡Esperad! —dijo María, riéndose.

Se detuvo, soltó la mano de Will y se sacudió la lluvia del tocado. Se pasó la falda por la faja del vestido para que le quedaran los pies libres y volvió a tomar la mano de su esposo. Corriendo juntos, se dirigieron a la tienda que les habían dado para su uso. Con los dedos fríos y torpes, desató los lazos de la apertura para entrar dentro. Miró a su alrededor, dando gracias a Dios de que la apertura hubiera estado bien cerrada. Todo estaba tal como lo habían dejado antes de marcharse a cumplir con sus deberes, sin que la lluvia o el viento hubieran rozado nada.

—Otra tormenta —murmuró Will, ayudándole a quitarse la capa—. ¡Estáis empapada de pies a cabeza!

Bajo la débil luz, le miró el cabello rubio. Las gotas de lluvia le resbalaban por las puntas. Se rio, acariciándole la mejilla húmeda y, al sentir su piel suave, sonrió. Aquella mañana, ella había protestado por la barba. De algún modo, él había encontrado tiempo para afeitarse.

—Vos también. Voy a buscar ropa seca.

Dado que el puñado de sirvientes del que disponían habían recibido permiso para ir a la feria cercana, se apresuró a buscar en los baúles y preparar lo que necesitaban. Cuando se volvió, se encontró a su esposo con las piernas desnudas, vestido únicamente con la camisa, que tenía los cordones desatados y abiertos del todo. A punto de cumplir los cuarenta años, estaba erguido, con las extremidades relajadas. Tenía el cabello rubio más apagado y corto que cuando se habían conocido décadas antes, pero todavía lo bastante espeso como para que a ella le gustara pasarle los dedos entre los mechones. Se deleitaba en él, su querido esposo, aquel hombre que estaba en la flor de la vida. Era un hombre que siempre estaba cómodo consigo mismo y con lo que le rodeaba.

María dejó las prendas en el jergón adicional que había junto al principal, se quitó el tocado y empezó a desatarse el vestido. Will se acercó y empezó a tirar y a soltar las lazadas. La falda cayó al suelo, seguida por las mangas del vestido y el corpiño. Él le pasó los brazos por la cintura y le mordisqueó el cuello. Después, le quitó de los hombros la camisa, que ya estaba suelta, dejó que cayera entre ellos y le acarició los pechos desnudos con las manos. Ella se echó hacia atrás, cerrando los ojos y frotando el trasero suavemente contra él. Se dio la vuelta para mirarle a los ojos. El anhelo y el deseo hicieron que le temblaran las rodillas y se alzaron en su interior como una marea. Miró en dirección a la entrada de la tienda, que se agitaba con locura contra el viento.

—Esperad —dijo de nuevo, riéndose. Se apartó de él, volvió a asegurar los lazos de la entrada y regresó hasta Will. Volvió a acariciarle el rostro, recorriéndole la mejilla lentamente con los dedos en aquella ocasión—. ¿Creéis que nos va a dar tiempo? Es probable que, en cualquier momento, llegue un paje con un mensaje del rey para vos o de la reina para mí.

—¿Con esta tormenta? —Will le dio la vuelta y, con la boca ardiente, empezó a lamerle y besarle el cuello lentamente desde la oreja hasta el hombro—. Si se parece en algo a la última, durará varias horas. —Le acarició los pezones con los dedos hasta que se le endurecieron. La cabeza empezó a darle vueltas mientras empezaron a dolerle las entrañas, que exigían que las liberasen—. Escuchad el viento, mi María, mi esposa. ¿No oís su pasión? Me recuerda que no hemos hecho el amor desde que vinimos a Francia.

Girándose en sus brazos, María le tomó el rostro entre las manos y le besó. Parecía tener néctar en los labios. Se rio un poco. «Sí, yo no soy más que la abeja que va en su busca». Cerró los ojos mientras la cabeza cada vez le daba más vueltas. Gimiendo, se tumbó en el suelo, arrastrándolo con ella.

Fuera, algo se partió y cayó al suelo. El viento entraba y salía por los laterales de la lona de la tienda. Se aferró con más fuerza a su esposo.

—¡Will! ¡La tienda se va a derrumbar sobre nosotros!

Él la beso y la tumbó sobre la ropa de cama del jergón.

—¿Y qué pasa si es así? No nos matará y, si lo hace, ¿se os ocurre una forma mejor de morir?

María se rio de él, le rodeó con los brazos y le besó sin parar hasta que el mundo y sus problemas desaparecieron.

❁ ❁ ❁

El rey Enrique volvió a reunirse con el rey francés. Mientras pasaba el día con las demás mujeres, María escuchó el viento soplando con furia fuera. Alzó la vista del corpiño diminuto que estaba cosiendo para su hija. «Me muero de ganas de volver a casa y volver a abrazar a mi niña». Cerca, una sirvienta joven estaba de puntillas encendiendo con una candela larga las velas de los candelabros. La joven se movía silenciosamente, pero todas las presentes en la alcoba de Catalina estaban en silencio. Incluso cuando atravesaba el grueso damasco rojo con la aguja, el sonido de la puntada rasgando la tela parecía amplificarse. Durante más de una hora, todas las damas de compañía de la reina permanecieron lo más calladas posible mientras Catalina jugaba al ajedrez con una noble inglesa que habían conocido el en Campo del Paño de Oro. La joven llevaba años viviendo en Francia en la casa de la reina Claudia.

El único sonido de verdad que se oía en la alcoba era el de los dos monos de la reina. Los animales, que habían sido un regalo del sultán otomano para Enrique VIII y que acunaban dos de las damas de compañía, parloteaban y, de vez en cuando, soltaban algún chillido mientras se acicalaban, quitándose el pan de oro del pelaje. Cada vez que el rey Enrique no quería disfrutar de aquel entretenimiento, los animales se quedaban en las alcobas de Catalina. Al rey Francisco le gustaban tanto, que pedía que estuviesen presentes en todos los banquetes.

María empezó a coser de nuevo y se pinchó un dedo cuando uno de los monos volvió a chillar. Clavó la aguja en el corpiño de su hija para que no se perdiera, se chupó el dedo, notando el sabor salado de su propia sangre, y volvió la mirada hacia el juego de ajedrez y la partida que estaba en marcha.

Catalina movió una pieza, sonriendo a su contrincante, de pelo y ojos oscuros. La luz hacía que los ojos de un tono gris azulado de la reina se volvieran del color del mar resplandeciente.

Sin dejar de concentrarse en el tablero de ajedrez, Ana Bolena[61] frunció el ceño, y lo frunció todavía más cuando uno de los monos prorrumpió en una larga retahíla de ruidos.

Mientras seguía chupándose el dedo dolorido, María se removió sobre el taburete, incómoda por cómo el juego había pasado de ser un simple disfrute a algo más serio. La muchacha jugaba para ganar, pero la reina también. Recostándose en la silla, Catalina alzó una mano y se frotó la sien. Aquel gestó hizo que María volviera muchos años atrás, a una reina diferente. La madre de Catalina había hecho lo mismo en los momentos de estrés.

Los paneles diamantinos de la ventana cercana dibujaban una sombra entrecruzada sobre la joven y la reina. El sol poniente brillaba con fuerza sobre Catalina, que entrecerró los ojos como si tuviera dificultad para ver bien. Sin embargo, ni una sola palabra de queja salió de sus labios. Siguió concentrada en lograr la victoria.

Las piezas de ajedrez chocaban entre sí sobre el tablero. Sonriendo triunfal, Ana Bolena extendió la palma de la mano hacia la reina con el rey negro en ella.

---

61 N. de la Ed.: Ana Bolena (fallecida en 1536). Antes de convertirse en reina consorte de Inglaterra, había sido dama en la corte francesa y luego dama de compañía de Catalina de Aragón. Pasó a la historia por su ambición y su perfidia, tanto que, en nuestro idioma, «anabolena» significa, según la DRAE, «mujer alocada y trapisondista», adjetivo hoy en desuso. Tras caer en desgracia, fue acusada de traición y el rey Enrique VIII ordenó su ejecución. Probablemente, su único error fue no darle un hijo varón, al igual que le ocurrió a Catalina.

Catalina volvió a recostarse en la silla.

—Jugáis muy bien, lady Bolena. Cuando regreséis a Inglaterra, espero que os unáis a mis damas de compañía. Pocos se atreven a ganarme; es bueno poner mi ingenio a prueba contra una oponente digna.

La joven inclinó la cabeza ante ella antes de ofrecerle una sonrisa que competía con el sol que entraba a raudales por la ventana.

—Majestad, me uniré a vuestras damas con gusto. —La muchacha, haciendo gala de los años que llevaba en Francia, hablaba con un acento francés encantador—. No solo me han enseñado a jugar al ajedrez y a las cartas, sino que también puedo tocar varios instrumentos con destreza. —Volvió a sonreír—. También me encanta bailar.

—Sí, lo comprobé con mis propios ojos cuando el rey francés me señaló vuestra presencia. Vos y el joven Wyatt bailasteis muy bien juntos. A vuestra edad, a mí también solía gustarme bailar. ¡Qué lástima! Hace algún tiempo que no bailo.

La muchacha contempló a Catalina con lo que parecía compasión.

—Mi señora, he traído el laúd conmigo. ¿Podría tocar para vos? El viento sopla con tanta fuerza que nos perturba el ánimo a todas. Mi laúd hará que nos olvidemos de él. —Mirando a los monos, frunció los labios sin ocultar su desagrado—. Incluso puede que sirva para calmar a los animales.

Con aspecto cansado, Catalina se levantó de la mesa e hizo un gesto con la mano.

—Os lo ruego, hacedlo. La música alivia y restaura el alma.

«La música alivia y restaura el alma». María dobló el corpiño de su hija mientras recordaba la noche anterior.

En aquel momento, había deseado cantarle a la reina para calmarla, pero no estaban a solas. Había demasiadas mujeres, y el estado de ánimo de Catalina no le había animado a cantar. Ayudándola a vestirse para otro encuentro con el rey de Francia, le había peinado la trenza gruesa de tal modo que le cayese por el hombro y la parte frontal del vestido. No tenía ni un solo mechón gris. Sin embargo, las ojeras que tenía indicaban que estaba mal de salud y que había pasado otra noche sin dormir.

Cuando había visto que el resto de las mujeres estaban recogiendo lo que quedaba del instrumental de aseo de la reina, se había acercado más a ella y le había hablado de modo que solo ella la oyera.

—¿Creéis que es prudente que os vistáis al estilo español? Puede que haga que el rey de Francia se enfade, y, vuestro esposo, también.

—Quiero que el rey francés recuerde quién soy —le había dicho Catalina—. Soy reina de Inglaterra, pero nunca me olvido de mi sangre. Anoche, me dieron una cubertería de plata para cenar, cuando él y mi esposo comieron con una de oro. Si mi comportamiento hoy hace que mi esposo se enfade, que así sea. Puede que eso le recuerde que tiene esposa y, además, una esposa de sangre real. —Se había callado antes de observar a sus damas de compañía—. Si bien estoy dispuesta a arriesgarme a que se enfade mi esposo, os pido que tengáis cuidado cuando estéis cerca del rey. Todavía está dolorido y de mal humor tras el combate con el rey Francisco. No esperaba que el rey francés demostrase ser el mejor luchador y cree que le arrebataron la victoria con trampas. Es probable que se desquite con alguien.

María se había encogido de hombros. «De todos modos, me mantengo alejada de él. Pero espero que no se desquite con Catalina».

La joven Bolena regresó con el laúd. Le hizo una reverencia a la reina, que estaba sentada en la silla de respaldo alto que había junto a la ventana meciendo a uno de los monos entre los brazos. María se sobresaltó cuando la muchacha se sentó sin pedir permiso.

—Voy a tocar una de las canciones que se han compuesto para celebrar estas lizas —dijo.

La muchacha rasgó las notas en el laúd y cantó:

Por mi pobre bien, mi soberano y señor,
seis vueltas a la pista dio...

María cerró los ojos, mientras escuchaba cantar a Ana Bolena. «La muchacha tiene la voz de un ángel. Algún día, hará muy feliz a algún hombre».

❁❁❁

No se habían escatimado gastos para las velas que iluminaban la capilla que se había construido de la noche a la mañana en el campo de justas. La luz del interior era más brillante que la de fuera. Sentada junto a Will, esperando a que comenzase la misa, miraba fijamente a los pies del cardenal Wolsey. Cada movimiento que hacía en el altar, hacía que los rubíes y zafiros de sus sandalias brillaran. Jamás había visto unas sandalias así, y jamás había esperado vérselas puestas a un hombre de Dios. El gusto de Wolsey por exhibir sus riquezas había aumentado aprisa con los años.

Tras dos semanas de competiciones, ambos reyes parecían deshechos. Si bien el rey Francisco había dejado de llevar un parche para cubrirse el ojo morado, su nariz alargada se le había quedado torcida hacia un lado después de que se la hubiera roto en una justa contra el conde de Devonshire. El rey Enrique, por su parte, tenía la cara llena de costras y rasguños que empezaban a sanar. Algunas de las heridas visibles se las había causado el rey de Francia tras enfrentarse a su homólogo en un combate. Por lo que Will le había contado, el rey francés, con sus trucos, podría haberle partido la espalda o el cuello a Enrique y no le habrían hecho falta más que unos minutos.

Escuchando a medias las oraciones iniciales de Wolsey, María volvió a cambiar de posición sobre las incómodas tablas de la galería que ahora se habían convertido en bancos de iglesia para las familias reales y sus séquitos. Todo resplandecía de oro y plata. No solo había estatuas de plata de los apóstoles, reliquias sagradas y dos grandes candelabros de oro, sino un crucifijo enorme lleno de joyas.

Los duques de Suffolk y Buckingham, junto con el conde de Northumberland, se acercaron al altar para ayudar al cardenal. Suffolk sostuvo el purificador, Buckingham el cáliz y Northumberland se encargó de catar el vino y la hostia. Se estremeció ante la mirada que los tres nobles le lanzaron al cardenal. «¿Tener la paz? Dios mío, ¿cómo puede haber paz cuando incluso los ingleses se odian entre ellos?».

Al final del servicio, salió de la capilla con Will. Tras una explosión fuerte y repentina, la gente soltó un grito, señalando al cielo. Su marido le tomó la mano.

—Creo que se supone que es un dragón.

—¿Por qué lanzar fuegos artificiales por la mañana? —murmuró, distrayéndose de mirar al cielo por los gritos procedentes de un grupo de hombres que iban de un lado para otro confundidos y angustiados.

—Mirad a esos hombres. Alguien debe de haber resultado herido o haber cometido un error muy caro.

María hizo una mueca y se volvió a mirar la capilla y todo lo que les rodeaba. El sol hacía que el oro de las tiendas resplandeciera y brillara sobre las ventanas de cristal del palacio temporal. «¿Habrá sido todo esto un error muy caro? —Suspiró—. ¿Inglaterra y Francia firmando la paz? Lo creeré cuando la tierra se trague el cielo».

Estrechó con fuerza la mano de Will. Lo único que quería era que acabase todo aquello y regresar a casa con su esposo y su hija.

Capítulo 16

Día 30 de julio de 1520

Mi querida doña Latina:

¿Os han llegado las noticias sobre lo que muchos llaman «el Campo del Paño de Oro»? Hace una semana, oí al embajador francés decirle a otro francés: «Muchos ingleses llevaban a cuestas sus molinos, sus bosques y sus prados». No pude evitar pensar cuánta razón tenía. Mi esposo es uno de los hombres más ricos de Inglaterra y ha agotado sus arcas en estas últimas semanas. No quiero saber cuánto dinero ha gastado el rey Enrique para financiar su encuentro con el rey Francisco. Para ser sincera, si de verdad se consigue la paz, no será por este encuentro entre ingleses y franceses, sino porque ninguno de los dos países pueda permitirse la guerra.

Regresamos al castillo de Calais para celebrar el cumpleaños del rey y para prepararnos para el viaje a Gravelinas para reunirnos con el sobrino de la reina. Catalina sorprendió al rey cuando le expresó su deseo de ir con él. A mí no me sorprendió. En Gravelinas, esperando al rey Enrique y a la reina Catalina, ya hay personas que mi amiga lleva meses esperando ver. Especialmente a una.

urante la primera parte del viaje, estuvieron solas en la litera de la reina mientras que María Tudor, duquesa de Suffolk, y Margarita Pole decidieron cabalgar un rato. María y Catalina hablaron en su lengua materna, recordando los días felices de su infancia anteriores a los largos años de exilio y sufrimiento.

—Entonces, la vida era sencilla y estaba llena de promesas —dijo Catalina.

María sacudió la cabeza.

—Nuestras vidas nunca fueron sencillas. Y, en la vida, no hay nada parecido a las promesas.

La reina suspiró.

—Sí, tenéis razón. Al menos, ya no creo que mi vida esté maldita. Es lo que es y doy las gracias por lo que tengo, como nuestra larga amistad.

Cuando llegaron a Gravelinas, el sol seguía alto en el cielo. María bajó de la litera y ayudó a Catalina a salir. A poca distancia, el rey y sus hombres ya habían desmontado y se habían reunido con el sobrino de la reina, Carlos. El emperador, ataviado con las ropas oscuras y sencillas que él mismo prefería, destacaba entre los colores brillantes y llamativos de la corte inglesa.

De pie detrás de Catalina, María miró alrededor en busca del cabello dorado de una mujer a la que ambas amaban y anhelaban ver. Una mujer de mediana edad se acercó a ellas. Parecía una monja, pues el velo blanco le cubría la mayor parte de la frente y la parte que hay justo debajo de la barbilla. Se acercó a ellas. Era una mujer de nariz respingona y ojos brillantes que les sonreía ampliamente. Margarita de Austria.

Margot, la cuñada de Catalina, no era más que una viuda de luto de veinte años cuando se habían despedido de ella en la Alhambra. Poco después, había regresado a los Países Bajos y se había casado con el duque de Saboya. Una vez más, le había entregado el corazón a un hombre. Una vez más, había disfrutado un breve periodo de auténtica felicidad antes de que la rueda de la fortuna hubiese girado y la hubiese convertido de nuevo en viuda. Había jurado no volver a casarse. Aquel había sido un juramento que había mantenido incluso cuando Maximiliano I, su querido padre, había intentado persuadirla de lo contrario. Durante dieciséis años, había gobernado los Países Bajos como regente de Carlos, su sobrino y el de Catalina, hasta que él había sido lo bastante mayor como para gobernar él mismo. Ahora, el joven tenía veintidós años, era el emperador del Sacro Imperio Romano Germánico y el soberano de reinos que se extendían desde España hasta el Nuevo Mundo.

Catalina dejó escapar un grito ahogado y se dirigió hacia Margot. A unos pasos de distancia, se detuvieron y se miraron la una a la otra. Margot hizo una reverencia y se alzó, extendiendo los brazos ante ella. Catalina se precipitó entre ellos.

María se acercó a ambas. Cuando se separaron y miraron en su dirección, hizo una reverencia profunda y permaneció de rodillas. La duquesa de Saboya le tendió las manos.

—Poneos en pie, amiga mía. Ay, María, cuánto me alegro de veros de nuevo. Venid, también deseo besaros a vos.

Al recibir el abrazo, María le dio un beso. Tras separarse, la otra mujer siguió sujetándole la mano y se estiró para tomar también la de la reina.

—Jamás me permití desear que llegara este día —dijo con la voz temblorosa por la emoción—. Me muero de ganas de que podamos hablar.

Les dedicó la misma sonrisa alegre que tenía de joven. Catalina sonrió igualmente radiante.

—Tenemos muchas cosas que contarnos. —Miró en dirección a los hombres, que estaban a la espera—. Mañana, regresaremos con vosotros a Calais para tratar el asunto de este nuevo tratado, pero, mientras tanto, ese asunto puede esperar. Una vez que se terminen las formalidades de hoy, el rey, mi esposo, me ha dado permiso para recibiros esta noche en mis aposentos. Espero que cenéis conmigo, María, María, la hermana del rey, y mi otra buena amiga, Margarita Pole. —Se rio—. Dos Marías, dos Margaritas y una Catalina. —Sacudió la cabeza—. Aunque esta noche no seré «Katherine», que es como me llaman los ingleses, sino Catalina.

Margarita alzó las manos para tocar el rostro de la reina y le habló en castellano.

—Catalina, mi hermana, cuánto os ha anhelado mi corazón y han deseado veros mis ojos. —Estrechó la mano de María—. A vos también. Nunca he olvidado la Alhambra y el tiempo que pasamos juntas.

María sonrió.

—Yo tampoco lo he olvidado —dijo en su propia lengua—. Los ingleses me llaman «Mary», pero siempre seré María, una orgullosa hija de Castilla.

❋❋❋

Una vez terminados los primeros saludos, María se acomodó en la alcoba que habían preparado para su breve estancia y descansó durante varias horas. En cuanto se hubo refrescado, con el cuerpo libre de la suciedad del camino, y se hubo cambiado para ponerse la ropa propia de la corte, dejó a Will para que se ocupara del rey y se apresuró a dirigirse a las alcobas que le habían asignado a la reina en Gravelinas.

Una sirvienta la dejó pasar y se dio cuenta, molesta, de que era la última en llegar. El resto de mujeres estaban junto a la ventana abierta, charlando en voz baja y mirando hacia afuera, contemplando cómo el sol se ponía sobre el canal que se dirigía hacia el mar. La vista se abría a un paisaje llano, sin nada del verdor de las colinas de Inglaterra.

Ante la llegada de María, Catalina le sonrió como gesto de bienvenida y le señaló una mesa repleta de comida y de vino. Una sirvienta estaba a la espera para servirles.

—Por favor, sentémonos y tomemos el primer plato —dijo Catalina, sonriendo—. Espero que no os importe que, esta noche, una sirvienta se quede con nosotras en la estancia. Bridget llamará a otros sirvientes para que nos traigan los siguientes platos, pero, en cuanto hayan traído la comida, se marcharán. Somos un pequeño grupo de amigas y deseo que hablemos libremente, sin miedo a que nos escuchen o nos espíen. Bridget lleva muchos años a mi lado, podemos confiar en ella.

Sabiendo que era cierto, María le hizo un gesto con la cabeza a Bridget a modo de saludo antes de unirse al resto de las mujeres en la mesa. Catalina se sentó al lado de Margarita de Saboya y, en el otro lado, estaban María, la duquesa de Suffolk y Margarita Pole. Bridget vertió vino en sus copas y se apartó al fondo de la habitación, a la espera de que volvieran a llamarla.

Catalina alzó su copa.

—Bebamos en nombre de la buena salud y la amistad.

—Por la buena salud y la amistad —dijeron las demás al unísono.

María se limpió la boca y miró en torno a la mesa. Aquella noche, en aquella alcoba, la única mujer que podía seguir siendo considerada joven era María, la preciosa cuñada de Catalina. Con veinticuatro años, los embarazos frecuentes la habían dejado cada vez más frágil y con la piel pálida. Todavía no se había recuperado de un último parto, el año anterior, que había sido muy duro. Sin embargo, dado que la llama del deseo entre ella y su esposo seguía ardiendo con fuerza, Suffolk había regresado a su lecho. María dio otro trago de vino. «¿Es la lujuria el motivo real por el que Suffolk vuelve a compartir lecho con su esposa a pesar de que no está bien? ¿O lo hace con la esperanza de engendrar más hijos de sangre real? Para ser un hombre que dice amar a su esposa, no pone demasiado empeño en darle el tiempo que necesita para recuperar la salud. —Sonrió para sus adentros—. Qué suerte tengo de tener a Will, que es paciente y está dispuesto a esperar hasta que yo deseo volver a su lecho. Hay muchos hombres que se niegan a esperar; especialmente aquellos que están en posiciones de poder».

Las voces de Catalina y Margarita de Saboya, que hablaban entre sí como si no fueran conscientes de la presencia de las demás, recorrían la mesa.

—He guardado vuestras cartas como si fueran un tesoro —dijo Catalina.

—Y yo las vuestras —contestó la duquesa. Se inclinó hacia ella y le cubrió la mano con la suya—. En mis cartas jamás podía expresar lo mucho que os echaba de menos o cómo lamentaba vuestras pérdidas.

Catalina volvió el rostro.

—La vida me ha dado consuelos. Uno de ellos es mi hija, el otro, la fe. Dios me ha guiado a través de cada pérdida y mi fe no ha hecho más que volverse más fuerte. Mientras tenga a Dios, podré soportar cualquier cosa. Además, siempre recuerdo que tan solo llegamos al reino de los cielos mediante el sufrimiento.

—Estáis inusualmente callada esta noche —murmuró Margarita Pole a su lado.

María apartó la vista de la reina.

—Me veo arrastrada al pasado y vuelvo a recordar la primera vez que nos sentamos juntas a comer.

Meg miró a Catalina y Margarita.

—Desde entonces, las cosas han cambiado mucho.

María miró al otro lado de la habitación, al fondo de la misma, allí donde la luz de las velas no conseguía llegar. La luz menguante del día traía consigo sombras, recuerdos y fantasmas. Se estaba acordando de un muchacho y una muchacha que estaban sentados el uno al lado del otro con el rostro pálido e inexpresivo mientras observaban a los bailarines de una corte que estaba de celebración. No hablaban entre ellos, como si temieran que, al hacerlo, sus máscaras fueran a romperse.

—Es cierto. El tiempo nos ha arrebatado a personas a las que amábamos, la juventud y la buena salud. —Sonrió a Meg—. Pero también me ha dado otras cosas: un esposo al que amo de todo corazón y una hija. —María tomó un muslo de pollo de uno de los platos cercanos y sonrió antes de empezar a comérselo—. Se me ocurre una cosa que no ha cambiado y que no cambiará nunca.

—¿De qué se trata?

—Sirvo a Catalina con mi vida, y lo haré hasta que muera.

Epílogo

Y eso es lo que hice, hija mía. Sirvo a Catalina incluso ahora, cuando su cuerpo terrenal lleva ya tres años siendo pasto de los gusanos. Sin embargo, su alma está con Dios. Está en paz, mientras que yo sigo luchando, sola.

Tengo muchos recuerdos. Aquellos sobre los que he escrito aquí y otros diferentes. No puedo soportar el pensar en la muerte de vuestro padre. Tuvimos diez años de matrimonio feliz y os tuvimos a vos, la única de nuestros hijos a la que Dios le concedió la vida y la oportunidad de que la amáramos.

Todo lo demás, ya lo conocéis: la determinación del rey Enrique de deshacerse de Catalina para sustituirla por la Bolena, todos los años que mi amiga luchó por su matrimonio, el día que Catalina hizo que el corazón se me hinchiera de orgullo. Una historia que se seguirá contando aunque hayan pasado siglos.

El día que Catalina se levantó de su asiento, se abrió paso a través de la multitud y se dejó caer de rodillas frente al rey... Aquel día, la emoción irrumpió en su forma de hablar inglés, una lengua que llevaba hablando bien casi veinte años.

«Os suplico que, por todo el amor que hemos compartido y por amor a Dios, me dejéis tener justicia. Tened un poco de piedad y compasión, pues no soy más que una pobre mujer y una extranjera nacida fuera de vuestros dominios —dijo mi reina, alzando las manos suplicantes hacia su esposo. El rey Enrique se quedó allí sentado, negándose a mirarla—. ¡Ay de mí! Mi señor esposo, ¿qué he hecho para ofenderos? —preguntó. De

rodillas, se acercó más a él—. ¿Qué ocasión os ha disgustado tanto para que me apartéis de vos? A Dios y a todo el mundo pongo por testigo de que he sido una esposa de verdad, humilde y obediente, siempre pendiente de vuestros deseos y vuestro placer. Jamás dije o hice algo en contra de vuestra voluntad. He amado a todos aquellos a los que habéis amado por vuestro bien, tanto si tenía motivos como si no y tanto si eran amigos como enemigos. Durante más de veinte años, he sido vuestra esposa y, conmigo, habéis tenido varios hijos. Aunque a Dios le haya complacido llevárselos de este mundo, ¡eso no es culpa mía! —Había alzado la barbilla y tenía los ojos encendidos—. Y cuando me tuvisteis por primera vez, que Dios sea mi juez, era una verdadera doncella a la que ningún hombre había tocado. Y que sea cierto o no, lo dejo a vuestra conciencia».

Aquel largo discurso no le sirvió de nada con el rey, pero con los ingleses fue diferente. Una y otra vez, oigo a hombres y mujeres hablar de las palabras de Catalina y de cómo se enorgullecen de haber tenido una reina semejante.

Sin embargo, los últimos años de sufrimiento de Catalina no son importantes para esta historia, no realmente.

Escribo esto para que comprendáis el tipo de vida que deben soportar las mujeres y el tipo de vida que yo he vivido. No soy perfecta; he pecado contra Dios y contra aquellos a los que amo. Pido perdón por ello, pero eso no quita que esto sea cierto: siempre os he amado a vos, a vuestro padre y a Catalina.

Hay un último recuerdo que deseo compartir con vos antes de terminar. Un último recuerdo de amor; de muchísimo amor.

❖❖❖

aría cabalgaba a través de un viento salvaje. Frente a ella, Thomas, su criado, espoleaba a su caballo. La fuerte lluvia le empapaba hasta los huesos y hacía que la tierra que había frente a ella se convirtiera en riachuelos de barro. La yegua se resbalaba y tenía problemas para seguir subiendo la cuesta empinada sobre la que podían verse las antorchas del castillo de Kimbolton.

—Muchacha, no os deis por vencida. Ya casi hemos llegado —dijo.

Pero el animal tropezó y resbaló. A punto de caerse de costado, la yegua hizo que cayera al suelo embarrado.

Con cada parte del cuerpo aullando de dolor, María se sentó sobre el suelo mojado. La capucha se le había caído de la cabeza. Se limpió el barro del rostro, se arrodilló y se estiró para tomar las riendas. La yegua, que estaba muy bien entrenada, permaneció quieta y con la cabeza agachada, como si estuviera derrotada. Se colocó bien el tocado de matrona y acarició el hocico del animal que, temblando, resopló y, dando coces y cojeando, se acercó a ella. Entonces, se detuvo y relinchó sacudiendo la cabeza.

Inclinado sobre la silla de montar a causa de la lluvia y el viento, Thomas detuvo su caballo junto a ella.

—Mi señora, ¿estáis herida?

Ella alzó la vista hacia él, pasándose la capucha por la cabeza e intentando reírse.

—Tengo herido el orgullo, eso es todo. No me caía de un caballo desde que era una niña. Me temo que la pobre *Muchacha* está coja...

Cuando Thomas se removió sobre la silla, como si estuviese listo para desmontar, ella alzó una mano.

—No, Thomas, no bajéis del caballo. Mi pobre yegua y yo nos tomaremos nuestro tiempo. —Se frotó los ojos para retirar las gotas de lluvia—. Os lo ruego, seguid hacia delante y avisad en el castillo de que voy en camino.

—Mi señora, no puedo dejaros sola.

María se apoyó la mano en la cadera dolorida y se rio de forma sombría.

—Ya sabéis que estoy acostumbrada a estar sola. Id, os lo suplico. Si me demoro mucho, desde el castillo podrán enviarme ayuda.

Thomas lanzó una mirada rápida al castillo y dio la vuelta a su montura para encarar el camino cuesta arriba mientras el animal se esforzaba por recuperar terreno firme. El caballo tomó impulso y comenzó a dirigirse hacia el castillo, que estaba situado a poca distancia.

María acarició el hocico de su yegua.

—Vamos, *Muchacha*, queréis avena y yo quiero cenar. Vamos a seguirles.

Con el cuerpo rígido, se puso en pie con cuidado, conteniendo el dolor que sentía en la espalda y en la pierna lesionada. Cojeando junto a su montura también coja, la condujo a través del camino de barro que el otro caballo había allanado. En voz baja, cantó en su propia lengua.

Estrella que resplandeces en la montaña,
como un rayo de sol que brilla de forma milagrosa.
Todos aquellos que son felices
se reúnen.
Ricos y pobres,
Jóvenes y ancianos
suben a la montaña
para verla con sus propios ojos
y de allí regresan,
llenos de gracia.

El caballo dio un respingo y le frotó el hocico contra el brazo. María se rio.

—También sois castellana de pura cepa. Desde que erais un potrillo, os gusta que os cante canciones de nuestra tierras. A otra persona que conozco también le encanta esa canción. Esta noche, me sentaré a sus pies y le cantaré. Vamos, *Muchacha*, cuanto antes consigamos que alguien reconozca esa pata, mejor.

Tiró de las riendas de la yegua, centrándose una vez más en el camino poco definido que había frente a ellas y que se estaba convirtiendo rápidamente en un baño traicionero de barro. Luchó contra la lluvia torrencial y el barro mientras las faldas, que le arrastraban por el suelo, se le empapaban y se hacían cada vez más pesadas. Acortando distancias, se aproximó al castillo. Oía el repiqueteo de la lluvia que el viento arrastraba bajo las cornisas que protegían las antorchas. Cerca, pero fuera de vista, unos perros ladraron en señal de aviso. Mareada por el dolor, María tomó aliento.

—Venga, *Muchacha*, solo un poco más.

Fijó la vista en la llama de las antorchas parpadeantes, arrastrándose paso a paso por el barro. Las sombras negras se cernían sobre ella, aumentando y tomando cuerpo. Thomas galopó hasta ella.

—¡Mi señora! Dicen que no van a bajar el puente levadizo.

—¡Por todos los santos! ¿Es eso cierto? Sujetad mi caballo, Thomas.

Tras tenderle las riendas al sirviente, María maldijo en castellano, se remangó las faldas y se dirigió hacia el castillo cojeando. Se detuvo al borde del foso, con los ojos fijos en las almenas. Por encima del muro de piedra asomó un rostro pálido y barbudo. La luz de las antorchas hacía que sus ojos parecieran luminosos y espectrales.

—¡Vos! —exclamó María, sin preocuparse un ápice por su dignidad. Eso lo había dejado atrás días antes, cuando había abandonado Londres—. ¡Abrid! Soy la baronesa Willoughby.

El hombre se inclinó hacia delante, poniéndose las manos en cada lado de la boca para amplificar su voz.

—Baronesa, os lo ruego, marchaos a otro lugar. No podemos bajar el puente levadizo sin el permiso del rey.

María no podía creer lo que estaba escuchando.

—¿Qué queréis decir con que no podéis? ¿Dejaréis que muera ante vuestras puertas? ¿Habéis olvidado todas las leyes de la hospitalidad? Me he caído del caballo, tengo moratones y necesito que me curen las heridas. Además, mi yegua está coja. No tenéis otra opción más que abrirme, a menos que deseéis que mi yerno, el duque de Suffolk, se encargue de vos más tarde.

—Baronesa, las órdenes del rey...

—Las órdenes del rey... —María sacudió la cabeza, pensando con rapidez—. Ya no hay necesidad de que os preocupéis por ese asunto. Mi señor Cromwell me prometió que el permiso del rey llegaría, seguramente por la mañana. —Enderezó la postura y convirtió su voz en un arma de acero—. Hace mala noche, buen señor, y mi yerno es un príncipe de estas tierras. Bajad el puente levadizo antes de que viváis para lamentarlo.

—Baronesa, os lo ruego...

—¡Santa María! —Sacudió el puño sucio en dirección al hombre tembloroso—. ¡Estáis perdiendo tiempo! Un tiempo que podríais emplear en hacer algo más provechoso. Estoy aquí, buen señor, y no hay nada que podáis decir para hacer que me marche. A menos que deseéis que muera a vuestras puertas, dejadme entrar. Dejadme entrar, pues no voy a marcharme. Bajad el puente. Bajad el puente ahora mismo.

❀ ❀ ❀

Con dificultad, María se mordió la lengua mientras su amiga Catalina le dictaba una carta para el rey.

Mi señor y querido esposo:

Me encomiendo a vos. La hora de mi muerte se acerca con rapidez y, siendo tal mi caso, el tierno amor que os debo me obliga a recordaros en pocas palabras la salud y protección de vuestra alma, a la que debería darle prioridad frente a todos los asuntos terrenales, así como frente al cuidado de vuestro propio cuerpo, por el que a mí me habéis arrojado a muchas miserias y a vos a muchas preocupaciones.

Por mi parte, os lo perdono todo. Sí, deseo y rezo devotamente a Dios para que Él también os perdone. Por lo demás, os encomiendo a María, nuestra hija, suplicándoos que seáis un buen padre para ella, tal como he deseado hasta ahora.

Por último, os juro que mis ojos os desean por encima de todas las cosas.

Catalina, reina de Inglaterra

María llevaba en la alcoba de la reina dos días. No había dado otra opción a quienes guardaban el castillo. Tan pronto como le habían abierto las puertas, había ido en busca de su amiga con la alforja llena de toda una vida de conocimientos médicos. Al final del primer día, se había dado cuenta de que no podía hacer mucho por ella. Lo único que podía hacer era ayudar a su médico a aliviar sus últimas horas de vida. Con cada respiración, a Catalina le costaba sobreponerse a un dolor terrible. Tan solo dormía con la ayuda de la amapola.

Tras una noche horrible de sueño inquieto, le había pedido que escribiera una carta a su esposo y repasara su testamento una última vez. Cuando hubo terminado la carta, Francisco Felipe, su secretario, le leyó el testamento. Se habían pagado las deudas, se había recompensado a los sirvientes y se habían entregado a su hija sus joyas y pieles más valiosas.

Escuchando, María reprimió una risa amarga. La costumbre inglesa impedía que una mujer redactara un testamento mientras su marido siguiese vivo. «Propio de Catalina utilizar el hecho de que el rey la haya repudiado para pedirle que hiciera lo correcto por su hija y sus sirvientes. Cómo odio a Enrique Tudor. Catalina no debería pasar estas últimas horas preocupándose por otros, pero se muestra más terca que nunca, especialmente en estos últimos días. Insiste en hacer lo que considera apropiado aunque eso aumente su dolor».

Enjugándose las lágrimas, se volvió hacia el fuego. El carbón azulado ardía y se desmoronaba, rogando que lo repusieran. Enfadada de nuevo, apretó los dientes y lanzó unos valiosos pedazos de carbón a las brasas ardientes. Quedaba muy poco combustible para calentar aquella habitación gélida.

—La carta para mi esposo y mi testamento están terminados. —Catalina extendió una mano temblorosa—. Francisco, os doy las gracias de todo corazón.

El hombre alzó la cabeza con el rostro tenso y cansado. Se levantó de la silla y se acercó hacia la mujer, tomándole la mano entre las suyas.

—Noble reina, serviros... —La nuez le subió y le bajó. Soltó la mano de Catalina y se frotó el rostro con unos dedos manchados de tinta—. Serviros ha sido el mayor honor de mi vida.

Se inclinó profundamente ante ella, que le sonrió con amabilidad, acomodándose sobre los cojines de la cama. Francisco se incorporó y bajó la vista hacia ella.

—Mi señora, yo...

Miró a María, desesperado, con los ojos iluminados por las lágrimas sin derramar. Catalina se masajeó las sienes. Reconociendo la angustia de su amiga, María le hizo un gesto al hombre para que se marchara, temiendo que aquel dolor desnudo acabase al fin con la determinación de su amiga de permanecer estoica y tranquila. Él se aclaró la garganta. Cuadró los hombros y ordenó sus tinteros antes de alzar la cabeza.

—Nunca os olvidaré, mi reina.

Catalina sonrió un poco y se lamió los labios pálidos y agrietados.

—Id con Dios, Francisco —dijo. María se levantó para llevarle un poco de agua y se encogió cuando su amiga añadió—: Rezad... por mí.

El hombre volvió a inclinarse ante ella.

—Lo haré, mi reina. Adiós, que Dios os guarde, majestad.

Giró sobre sus talones y se precipitó hacia la puerta.

María cerró la puerta, volvió junto a Catalina con un cáliz de vino aguado y esperó a que terminase de beber. Después, tomó la copa y la volvió a dejar en la mesa junto a la jarra de agua. Se volvió justo cuando su amiga se estiraba para tomar el cepillo que tenía en la mesilla que había junto a ella. Con los párpados agitados, Catalina jadeó. Incluso un esfuerzo tan pequeño hacía que le costase respirar. Con la piel cerúlea, todo su ser reflejaba la translucidez de los moribundos.

María volvió a su lado corriendo y tomó el cepillo.

—Permitidme, por favor.

Comenzó a cepillarle el cabello, canoso y fino, y recordó la melena espesa y de un tono rojizo dorado que había tenido en su juventud. Se le cerró la garganta. A pesar de que estaba teniendo cuidado, con cada pasada del cepillo, la reina perdía más pelo. Catalina cerró los ojos y gimió. Tenía las arrugas propias de la edad talladas firmemente en el rostro. María detuvo el cepillo en el aire.

—¿Os he hecho daño?

Su amiga movió la cabeza.

—No, vos no, hermana.

—¿Os encontráis peor?

—No... No... Gracias a Dios... hoy... estoy un poco mejor gracias a vuestros cuidados. Pero el dolor es como un lobo que está al acecho... al otro lado de la puerta. Cuando se abre la puerta, me desgarra con los dientes. —Tomó aire de forma entrecortada.

María le apoyó una mano en el hombro. Había perdido tanto peso que su cuerpo no parecía más que piel suelta sobre unos huesos parecidos a los de un pájaro.

—Intentad no hablar; os cansa demasiado. ¿Queréis que os prepare otra mixtura de amapola?

Catalina volvió a sacudir la cabeza.

—Solo me hace dormir... No quiero dormir, todavía no. Pronto, tendré tiempo más que suficiente para eso. Os lo ruego; no discutáis conmigo. Se acerca el final. Dejadme que hable mientras pueda...

María inclinó la cabeza.

—No quiero pensar en que os vayáis de mi lado.

Tragó saliva, a punto de perder el control. Su amiga le tomó la mano, se la sujetó débilmente durante un momento y, después, se la soltó.

—Hermana, tan solo voy a irme... de este mundo. Alegraos de que me marche con Dios. Es el fin de mis problemas. En paz, María, en paz...

María le arregló como pudo los mechones despeinados y se los pasó detrás de la oreja. El tiempo se detuvo. Suspiró, apoyándole los dedos en ambos lados de la frente sudorosa.

—¿Os acordáis de cómo la reina, vuestra madre, os cepillaba el cabello antes de que dejásemos Castilla?

Ella sonrió y le tomó la mano un instante.

—¿Acaso alguna vez nos olvidamos del amor?

María la miró a los ojos y empezó a perder el control. Miró al suelo fijamente; la ira le estaba perforando el corazón. Rabiaba contra la vida. Estaba enfadada por su impotencia, enfadada con Dios y más que todo enfadada con el rey. Respiró hondo y soltó las manos que había tenido entrelazadas.

—Sí, recuerdo el amor. Cada día de nuestra amistad, a lo largo de todos estos largos años, recuerdo el amor. —Sacudió la cabeza; se negaba a llorar. «Todavía no. Las lágrimas pueden esperar a un momento en el que no vayan a entristecerla»—. No puedo soportar que estemos separadas, sin esperanza de volver a veros en esta vida.

Catalina volvió a tomarle la mano.

—Una vez, mi madre me dijo que nunca perdemos a aquellos a los que amamos. Sé que es cierto. El amor de mi madre me abriga ahora tanto como lo hacía entonces, y más todavía con cada día que pasa. Me acuerdo de nosotras en aquel balcón, antes de partir de Granada. En aquel momento, os dije que, algún día, volvería a estar con ella. Hermana, está conmigo ahora. —Con la alegría bailándole en los ojos, Catalina dio unas palmaditas sobre la cama, junto a ella—. Venid, sentaos conmigo. —María se sentó, asombrada por el aparente deleite de su amiga—. La vi... A mi madre... Anoche. Aquí..., justo al lado de mi cama. Su alegría... brillaba como... el sol de medio día en casa. Era como si... me ocultase un secreto.

María le estrechó la mano e intentó sonreír.

—¿Visteis a la reina?

—Os lo juro. Y mi madre no era la única. Estos últimos días, he estado a la deriva entre este mundo y el siguiente...

María volvió a dejar el cepillo sobre la mesa. Con mucho cuidado, se estiró junto a Catalina, tirando de la manta hacia arriba para que las cubriera a ambas. Volvió a estrechar la mano fría pero sudorosa de su amiga. Ella cerró los ojos mientras el dolor hacía que las arrugas del rostro se hicieran más profundas. Incapaz de hacer otra cosa, María le acarició la frente con los dedos suavemente y acomodó la cabeza junto a la suya.

—¿Cuántas veces a lo largo de la vida hemos compartido la cama? Me alegro de estar aquí, me alegro de compartir la cama con vos ahora.

Catalina se volvió y sonrió.

—Nuestras vidas siempre han estado entrelazadas.

María se acurrucó más cerca de ella e inhaló su aroma. Olía a muerte. Incapaz de contener las lágrimas, dejó que empezasen a caer. Su amiga le tocó el rostro.

—Sin lágrimas, hermana. La muerte no va... a separarnos.

María se frotó los ojos, resolló y alzó la barbilla.

—Sí, la muerte no va a separarnos.

La reina respiraba con dificultad, con mucho esfuerzo. Cada respiración entrecortada indicaba el dolor que le estaba desgarrando las entrañas.

—¿Sabíais que Chapuys... me pidió una confesión en el lecho de muerte? Sobre sí había llegado a Enrique siendo virgen.

Enfadada, María se puso rígida.

—¿Chapuys? Debería recordar cuál es el lugar que le corresponde como embajador de vuestro sobrino y no molestaros con cosas semejantes.

Catalina sacudió la cabeza.

—Pero tiene razón... Lo hago... por María. Una confesión de su madre en su lecho de muerte protegerá sus derechos. El rey conoce la verdad. Llegué a él siendo virgen y soy su legítima esposa. Rezo a Dios para que... un día, el hombre al que amo, lo acepte.

María la miró, desbordada por la rabia que sentía hacia el rey.

—¿Cómo podéis seguir amándole cuando no permite que vuestra hija esté a vuestro lado, ni siquiera ahora?

—Hermana, habéis conocido... el amor verdadero entre... un hombre y una mujer. Un hombre y una mujer que han compartido el lecho y han tenido hijos; que han enterrado a sus hijos. Por favor... comprended que... no puedo hacer otra cosa... que amarle. Rezo para que Dios perdone... a mi Enrique. Está perdido... Solo Dios... puede ayudarle a encontrar el camino de vuelta a casa.

María volvió a resollar y reprimió la respuesta que ansiaba dar. La asaltaban demasiados recuerdos, pero uno de ellos se desenvolvió en su mente.

—No va a regresar, ¿verdad? —le había dicho Catalina, sentada en su silla favorita y volviéndose hacia la ventana como si estuviera buscando la respuesta. María se había levantado del taburete y le había apoyado una mano en el hombro. Catalina había sido consciente de cuál era la verdad sin necesidad de que se lo dijera. Se había vuelto hacia ella con los ojos brillantes por las lágrimas—. No ha venido a despedirse. —Soltó una carcajada corta—. Mi esposo siempre ha procurado evitar los momentos incómodos.

—Os traeré algo de vino —había dicho María, sin saber qué más hacer.

La habían abandonado, la habían dejado de lado, como a otras muchas. Tras servir el vino, regresó junto a ella. Su amiga había tomado el cáliz y había mirado fijamente aquellas profundidades del color de la sangre antes de alzar la mirada.

—¿No le habéis añadido agua?

—No, hermana, un momento así requiere un vino fuerte.

Catalina había soltado una risa ahogada por las lágrimas, mirando hacia el techo con la mirada perdida.

—Mi limosnero me ha dicho que se han marchado a Greenwich.

María se había encogido de hombros.

—A la Bolena le gusta ese lugar.

—A mí también. Y a Enrique. Os lo ruego, traedme el escritorio.

Con curiosidad, había tomado el pequeño escritorio que había en la mesa que estaba cerca de la chimenea. En él, estaban grabadas las iniciales entrelazadas de Enrique y Catalina. Había regresado hasta su amiga y se lo había tendido. Ella lo había abierto y, del último cajón, había sacado un trozo de pergamino sin usar. Sujetando una pluma, había colocado la vitela sobre la parte superior del escritorio inclinado.

—Le hablaré de la pena que siento ante el hecho de que no haya venido a despedirse. Estoy segura de que, si pudiera verle una vez más, podría lograr que reconsiderara su decisión. Es mi esposo. Le amo; no puedo permitir que se marche de este modo. Puede huir de mí, puede huir de sí mismo y puede huir de Dios, pero eso no hará que nuestro matrimonio sea una mentira.

María había observado a su amiga escribiendo la carta, consciente de que estaba perdiendo el tiempo. Sin embargo, seguía siendo demasiado cobarde como para decírselo. En realidad, ¿qué más podía hacer su amiga? En un mundo gobernado por los hombres, las mujeres siempre luchan una batalla cuesta arriba y su poder y sus armas a menudo acaban erosionadas y destruidas por el tiempo y por circunstancias que se escapan a su control. Incapaz de contemplar un segundo más a su amiga más querida torturándose a sí misma, se había dirigido a la ventana para contemplar los árboles. Las ramas danzaban contra el viento y, luego, se habían detenido. Los pájaros cantaban. El mundo resplandecía bajo una luz diáfana.

Había observado a Catalina mientras su pluma acariciaba y rasgaba el pergamino. «La vida es cruel y una prueba para todos los destinos. Especialmente si nacemos siendo mujeres».

La vida se había vuelto aún más cruel. A la mañana siguiente, Catalina había recibido respuesta a su carta. El rostro se le había quedado gris, de un color enfermizo, y luego había dejado caer la misiva del rey al suelo. Se había cubierto la cara con las manos y se había balanceado adelante y atrás sobre la silla.

—Madre de Dios, por favor, ayudadme —había dicho, jadeando en busca de aire, como si estuviera dolorida.

Aquella horrible mañana, se arrodilló junto a su amiga, tal como había hecho tantas veces antes, y le tomó la mano.

—¿Qué ocurre?

Catalina alzó la cabeza, pestañeando como una lechuza.

—Mi esposo me ha escrito diciendo que es mentira que llegase a él siendo virgen. Me ordena que deje de llamarme su esposa. —Agachó la cabeza y lloró—. Oh, Enrique, ¿qué he hecho para merecer esto? —se preguntó, rota, envejecida, desesperanzada.

María había tragado saliva con fuerza, consciente de que no había nada que pudiera hacer para ayudarla. El odio que sentía hacia el rey se había retorcido en su interior como si un montón de gusanos le devorasen el vientre.

Ahora, Catalina, su amiga más íntima, luchaba por respirar en su lecho de muerte. «Odio al rey. No solo niega que Catalina fuese su legítima esposa, sino que le niega que su hija pueda venir a verla. Lo odio, lo odio, lo odio».

Como si hubiese adivinado en qué estaba pensando, Catalina le rozó el brazo.

—Perdonadle... por favor... Por mi bien... y por el vuestro.

«¿Quiere que le perdone? No sé cómo después de lo que me hizo».

Sintiéndose pequeña e indigna de su amiga, María miró en torno a la habitación, como buscando una respuesta. Unas sombras oscuras rodeaban la cama y la luz de las velas las envolvía en un manto ambarino y dorado. «Estamos solas en un puerto seguro mientras, a nuestro alrededor, las sombras esperan a que caigamos. Dios mío, permitid que recuerde el amor y solo el amor. —Volvió a mirar a Catalina—. Sí, solo el amor nos mantiene a salvo de la oscuridad».

Catalina le agarró la mano.

—Prometédmelo...

María respiró hondo.

—Me niego a mentiros. No en este momento. Solo puedo prometeros que lo intentaré...

Su amiga relajó la mano y apoyó la cabeza en su hombro.

—Eso me basta. Rezaré por vos. Con la ayuda de Dios… le perdonaréis… tal como he hecho yo. No es por su bien, sino por el vuestro. Por vuestro bien. —Cerró los ojos—. Estoy cansada. Muy cansada. Intentemos dormir.

❀ ❀ ❀

María soñó. Soñó que recorría un pasillo enorme e interminable, desconcertada y perdida. La luz cambiaba de un momento a otro: la luz brillante del sol que intentaba imponerse a una tormenta oscura. El resplandor de los rayos iluminaba un tapiz enorme y oscuro que ondeaba contra la pared.

Al acercarse al tapiz, vio miles de imágenes o más de su vida, que se desprendían y empezaban a caer como naipes sobre una mesa cubierta de negro. Vio las vegas, las montañas y los valles de su hogar. Una anciana llena de dolor. Una muchacha con el rostro de una virgen embarazada y cargando con la muerte mientras la sangre emanaba de ella como riachuelos por debajo de sus ropajes.

—¿Sois judíos? —le preguntó el príncipe Juan en el sueño, convirtiéndose en un cadáver envuelto en paños sinuosos.

Un navío se hundía en un monstruoso mar de sangre, arrastrándola hacia una playa. Estaba bañada en la sangre de las ejecuciones; unas ejecuciones interminables. Bebés sin forma, envueltos en pañales, a los que se llevaban tras nacer, no para vivir la vida, sino para que fueran enterrados. Una granada aplastada bajo los pies de un hombre, con la piel abierta y los granos derramándose como sangre que emana a borbotones. El llanto de los inocentes en la agonía de la muerte.

Miró el tapiz y vio los hilos de oro. Su madre levantó la vista de sus labores con los ojos marrones resplandeciendo de amor y sabiduría. Tras dirigirse al caballo que le estaba esperando, su padre se acercó al rey. Con las extremidades relajadas, sin miedo y con la mano apoyada en la espada, su padre se dio la vuelta y le sonrió. Dos niñas pequeñas bailaban en una playa dorada. La Latina se reía y les contaba historias de amor y amistad, de fe y de la nieve de las flores de los almendros. Un muchacho y una muchacha se daban un beso largo y profundo mientras sus mantos se agitaban bajo un viento que la nieve había enfriado como si fueran dos dragones gemelos deslizándose y retorciéndose en torno a sus cuerpos unidos. Will le tomó el rostro entre sus manos, aquellas manos fuertes de soldado, y los ojos se le llenaron de lágrimas cuando la besó en el día de su boda. Amamantó a su hija y le prometió que la protegería de cualquier mal.

Tras despertarse entre lágrimas, descubrió que Catalina se retorcía de agonía a su lado. Su amiga gimió, se colocó de lado, tuvo una arcada y, después, vomitó. El olor de la sangre fresca ahogó el aire viciado de la habitación de la enferma.

A medio camino entre el sueño y una pesadilla que la realidad estaba imitando, salió de la cama. Empapó un paño con agua en una palangana cercana y le limpió la boca y el rostro. A su amiga, en cuyos ojos se reflejaban el miedo y el dolor iluminados por las velas, le costaba respirar.

—El lobo me está devorando. Rápido, id a buscar a mi confesor.

María salió volando.

❀ ❀ ❀

María dejó de escribir, apretando los dientes para reprimir el grito de dolor que se alzaba en su interior. Si lo soltaba, el llanto del viento invernal que azotaba las paredes de su casa no parecería nada en comparación. Recuperando el control, sumergió la pluma en el tintero.

Hija mía, en esta vida, he perdido a muchos de aquellos a los que he amado: a vuestro padre, a mi reina e incluso a la Latina, mi querida maestra, quien creía que viviría para siempre, pero lleva tres años en la tumba. Ahora temo que Meg Pole, mi querida amiga, maldita por su sangre demasiado real, no permanecerá entre los vivos mucho tiempo. El rey, su primo, le niega el consuelo de sus amigos y la tiene encerrada en la Torre de Londres. Quiere que la olviden, que se muera. Estos días tristes, ya no consigo animar a mi corazón. Lo único que quiero es que estos días oscuros lleguen a su fin. Aquí, os escribo tan solo la verdad. Lo único que quiero, hija mía, es estar con vuestro padre, con Catalina, con mi madre, con la Latina... con todos aquellos a los que amé y todavía amo en una eternidad en la que ya no existan la pena y el dolor. No me queda ninguna esperanza, hija. Lo único que me queda es el amor profundo y constante que siento por vos, pero me siento sola. Tan, tan sola que me duele como si me hubieran clavado y retorcido una daga en el corazón.

Sintiendo calambres en los dedos, dejó la pluma en el tintero y releyó lo que había escrito, esperando con impaciencia y enojo a que remitiera el dolor del reumatismo y a que los dedos agarrotados volvieran a obedecerla. «Dios querido, permitid que esta carta ayude a mi Catalina a comprender. No quiero morir sin que mi hija comprenda las duras decisiones que la vida me obligó a tomar... o con su odio. No puedo morir mientras mi Catalina me odie».

Comencé esta carta porque no quería morir sin vuestro perdón. Mi dulce niña, a la que amo con todo mi corazón. Os suplicaré perdón, si así lo deseáis, pero, antes, dejad que os diga esto: no podría haber hecho nada para cambiar el transcurso de las cosas para mí o para vos.

Hija, nunca he intentado disuadiros de la dura opinión que tenéis de mí. Cuando erais una niña, siempre me preguntabais por qué no podíais vivir conmigo. No sabía qué deciros, especialmente cuando esperaba que encontraseis la felicidad en el hogar de María Tudor y en los brazos de otra madre.

Conocía a María desde que ella era una niña y yo una muchacha de quince años. Para cuando se casó con Suffolk, tenía el honor de poder decir que era mi amiga. Sabía que era merecedora de vuestro amor. Cuando ella se convirtió en vuestra tutora, no tenía deseos de tirar de vos en dos direcciones al recordaros mi amor.

Cuando murió vuestro padre, yo era una mujer a la que le quedaba poco poder sobre el destino de su única descendiente viva. Como mi querida amiga, la reina Catalina, yo tampoco nací en estos dominios, sino en un país muy, muy lejano, para llegar al cual hay que hacer una travesía por mar larga, terrible y traicionera. Antes de que mis hijos nacieran, la única pariente que tenía en Inglaterra era mi reina y, a la muerte de vuestro padre, ella ya no tenía poder sobre el rey Enrique. Lo único que podía hacer para evitar que el hermano de vuestro padre se quedara con todo lo que os correspondía era rogarle al duque de Suffolk que os tomara bajo su protección. Creedme, hija, todo lo que podría haber hecho por vos, lo hice. Y, además, lo hice por amor. Todo lo que he hecho lo he hecho por amor. Por la cruz de Cristo y por la esperanza de una vida venidera, os juro que lo que estoy escribiendo es la verdad.

Como la vista se le nublaba, cerró los ojos para que le descansaran un momento. Volvió a escuchar la voz joven de su hija ahora hacía tres años: «Sois mi madre, pero no hacéis nada para impedir mi boda con este anciano. Cuando era niña, me vendisteis a él y mirad cómo han acabado las cosas. Desde niña, he creído que me casaría con Enrique, no con su señor padre. Enrique tiene el corazón roto y os odio por haber sido la causante. Y, desde luego, lo habéis causado vos, porque me vendisteis al mejor postor».

María tomó la pluma una vez más.

Me dolió el corazón al veros llorar el día antes de vuestra boda y al veros casada con el hombre al que habíais llamado «señor padre» desde la infancia. Pero el duque de Suffolk tenía vuestra custodia, Catalina. No tenía más opción que sonreír y fingir alegría cuando el corazón se me rompía por vos. Si no lo hubiera hecho, ¿creéis que me habrían permitido asistiros en vuestra boda? ¿Que me habrían permitido hacer lo poco que podía hacer por vos como madre, aunque fuese una madre a la que maldecíais? También creía que Suffolk sería un esposo amable con vos. Fue amable con vuestra madre de acogida y, en realidad, es un hombre amable con la mayoría de las mujeres. Nunca le he visto levantarle la mano a ninguna mujer, ya fuese de alta cuna o una sirvienta. Y teníais razón al decir que es viejo, porque es tan mayor como yo.

Dejadme que os hable con sinceridad. Le supliqué que os diera más tiempo antes de convertiros en madre. Creía que me había escuchado, pero tendría que haber sabido que no era así. Tenía un hijo moribundo y sabía que la muerte también le acechaba a él. No hizo caso de vuestra tierna edad y acudió a vuestro lecho tan pronto como os desposó. Demostró ser un hombre que piensa en sí mismo antes que en el bienestar de aquellos a los que debe proteger y cuidar. Alabado sea el buen Dios, la muerte irá pronto a buscarle. En un futuro cercano, seréis una viuda rica y joven, libre para elegir si queréis casaros o con quién queréis hacerlo siguiendo los criterios de vuestro corazón.

Ahora os escribo, suplicándoos como la madre que os trajo al mundo y que os ha amado con mucho cariño todos los días desde

entonces. Cuando muera, y espero por Dios que sea pronto, os su-
plico que enterréis mi corazón con la persona a la que amé desde
la infancia. Sabéis de quién os hablo, ¿cómo no ibais a saberlo
cuando lleváis su nombre?

Tras cambiar la pluma, María se inclinó para tomar la copa de vino aguado que había en la mesa de al lado del escritorio y dio un trago. Casi había
terminado la carta. Después, ella también habría terminado y estaría preparada para reunirse con la muerte. Agarró la pluma.

Cerca, tañe la campana de una iglesia. He estado escribiendo
durante toda la noche, consumiendo las velas hasta las mechas.
Los rayos de sol se arrastran hacia mí, acercándose cada vez más
y anunciando una nueva mañana. Incluso la nieve a dejado de
caer. Al menos, por un tiempo.

Llevo horas escribiendo, encorvada sobre la mesa, agobiada
con un dolor insoportable al pensar en todos aquellos a los que he
amado y que ya están muertos y enterrados, así como pensando en
mi amiga Meg, que está a la sombra del hacha.

Mi querida hija, esta es la primera vez que me he permitido
recordar la muerte de Catalina. Dios mío, mientras ella estaba
viva, nunca me sentí sola. «Sola»... Hija mía, no se me ocurre
una palabra más odiosa.

Creí haber vivido lo peor que la vida podía ofrecerme cuando
perdí a vuestro padre. Pero ¿cuando murió Catalina, mi hermana
de corazón? Cuando pienso en su muerte, me quedo sin aliento.

¿Sabíais que murió en mis brazos? Estos brazos... Dios mío,
estos brazos indignos... Unos brazos que la habían abrazado
muchas veces. La abracé mientras estaba enferma y mientras
estaba en mitad de un parto. Abracé a mi reina aún más fuer-
te mientras sufría y lloraba con el corazón roto al ver cómo, de
forma apresurada, se llevaban de la alcoba oscura a otro bebé
amortajado. Como alguien que se está ahogando, se esforzaba
para no permitir que la oscuridad de la desesperación y la an-
gustia que sentía la arrastrasen a un pozo. Siempre soportó una
carga mayor que la mía. Sus cargas siempre fueron mayores y más
pesadas que las de la mayoría de las mujeres.

La pena de perder a Catalina convirtió mi corazón, que ya estaba roto, en pedazos de piedra mellada. Cada aliento que tomaba era como una oleada de agonía.

Pero, extrañamente, escribiros esta carta me ha quitado el peso del pecho.

Os he escrito esta carta porque quería que me perdonaseis, pero veo que yo también tengo que perdonar. He llevado el odio en el corazón durante demasiado tiempo, hija mía. Mi Catalina me pidió que perdonara a su esposo. Ahora puedo hacerlo. Él es quien es y yo soy quien soy. Al final, no soy más que una mujer que ha vivido lo mejor que ha podido.

Escribir esta carta ha convertido mi odio en lástima. Hay que sentir mucha lástima por un hombre que tenía las semillas de la bondad y la amabilidad pero que, por motivos que solo él conoce, permitió que florecieran las de la maldad. Tal vez, no fuera solo culpa suya. Una vez, su madre dijo que, para su hijo, ser rey sería una maldición. Tenía razón. Y Catalina tenía razón al pedirme que le perdonara. Creo que sabía que el perdón me liberaría del pasado.

Nunca fue por él, sino por mí.

Dulce hija, llego a esta última página acordándome del amor; solo del amor. De mucho amor. Su luz me rodea. Es cierto: al final, sabemos que el amor es eterno. Esa es la luz que os dejo, aquella que nunca perderéis.

Os ruego que perdonéis a vuestra madre, una madre que os ama, y que viváis en paz, hija mía.

Escrito de mi puño y letra.
María de Salinas, baronesa Willoughby de Eresby.

Agradecimientos

l igual que al escribir el resto de mis novelas, esta historia me ha llevado a realizar un auténtico viaje, tanto en el ámbito intelectual como en el emocional y el físico. Cuando lo recuerdo, lo hago con mucha gratitud. Una vez más, he recibido apoyo a cada paso del camino. Una vez más, hay tanta gente a la que debo dar las gracias que me preocupa olvidarme de alguien. Si es así, por favor, acepta mis disculpas de antemano.

El primer agradecimiento debe ir para mi familia. Ellos son el centro de mi existencia y no conseguiría nada en esta vida sin su fe y su amor.

Me siento muy agradecida por todos los amigos que han formado parte del viaje de escribir este libro gracias a su apoyo, los ánimos que me han dado y las críticas constructivas que he recibido. ¡A veces incluso a través de las tres cosas! Les doy las gracias especialmente a David Dunn, Ingrid Ahmer, Adrienne Dillard, Catherine Brooks, Lauren Chater, Glenice Whitting, Ana Tinc, Kathryn Lamont, Cindy Vallar, Claire y Tim Ridgeway, Rachel Nightingale, Kathryn Gauci, Barbara Gaskell Denvil, Nerina Jones, Rebecca Larson, Gareth Russell, Angela Wauchop, la doctora Carol Major, Natalie Grueninger, la doctora Carolyn Beasley, Lyn Zelenkovic, Karina Machado, Carol Dixon, Kathryn Holeman, Kate Murdoch, Deb Hunter, Tina Tsironis, Kristie Dean, Valerie Clukaj, el doctor Owen Emmerson, Christine Bell, Nik Shone, Keren Heenan, James Peacock, Sarah Giles, Helen y Brian Brown, Michele Le Bas, Shane y Vikki Nash, Luke Rowlatt, Jason Minos, Ian y Margaret Pym, Paricia Edgoose, Sue Sizer, Jane Downing, Anne Casey, Oscar O'Neill-Pugh, Denise O'Hagan, Stewart Faichney, Eloise Faichney,

Laura-Jane Maher, Alexandrina Stark, Val Strantzen, Alexandrina Stark, Michelle Duke, Sally Odgers, Anne Connor, Jimmy D, Bubblita, David Major, Lesley Harrison, Lydia Fucsko y Carolyn Mumford.

Descarga la guía de lectura gratuita
de este libro en:
https://librosdeseda.com/